Caren Benedikt

DAS GRAND HOTEL

Die mit dem Feuer spielen

CARAN BENEDIKT

DAS GRAND HOTEL

Die mit dem Feuer spielen

Band 2

Roman

blanvalet

MIX
Papier aus verantwortungsvollen Quellen
FSC® C014496

Penguin Random House Verlagsgruppe FSC® N001967

2. Auflage

Neumarkter Straße 28, 81673 München
Redaktion: Kristina Lake-Zapp
Umschlaggestaltung: FAVORITBUERO, München
Umschlagmotiv: Shutterstock.com (rdonar; 100ker; Falk Herrmann;
weerawath.p; zakaz86; Artiste2d3d)
NG · Herstellung: sam
Satz: Uhl + Massopust, Aalen
Druck und Bindung: GGP Media GmbH, Pößneck
Printed in Germany
ISBN 978-3-7645-0708-4

www.blanvalet.de

Ich widme diesen Roman meiner Großmutter,
der Frau, deren Geschichte mich hierzu inspiriert hat.

Prolog

Binz, 08. Februar 1912

»Ein Leben, das nicht meines ist. Oder doch das, das mir immer vorherbestimmt war? Ich weiß es nicht. Doch ich weiß, dass ich zugreifen werde. Ich muss es einfach tun.«

Hans Megerlein

Ich kann es nur rückblickend zusammenfassen, wenngleich mein Erinnerungsvermögen sich weigert, mir jedes Detail der Ereignisse zu offenbaren, die sich an jenem schicksalhaften Tag im April des Jahres 1879 zugetragen haben. Womöglich ist es gut so, eine Art Schutz meiner damals erst siebzehnjährigen Seele. Und doch bleiben immer diese Fragen und Zweifel. War es richtig, wie ich mich verhalten hatte?

Noch am Morgen hatte ich geglaubt, dass es einer der glücklichsten Tage, wenn nicht gar der *glücklichste Tag meines Lebens würde, denn all die Mühen und das viele Lernen hatten sich am Ende bezahlt gemacht. Ja, es war genauso gekommen, wie Leopold von Plesow es vorausgesagt hatte: Sohn eines Knechts oder Sohn eines Gutsherrn – jeder konnte Bildung erlangen, wenn er nur wissbegierig und fleißig genug war.*

Und ich hatte es geschafft. Ich, Hans Megerlein, einfacher Sohn eines Knechts und einer Magd, die schon lange nicht mehr am Leben waren. Wie sehr hätte Mutter es geliebt, mich an diesem Tage so sehen zu können! Ich trug einen Anzug, einen richtigen Anzug, der eigens für mich geschneidert worden war. Leopold und Felicitas von Plesow hatten ihn für mich anfertigen lassen, und ich sollte ihn als Geschenk erhalten, wenn es mir gelänge, meine Prüfungen zu bestehen und den ersehnten Abschluss zu erhalten. Nun durfte ich ihn tragen, zur feierlichen Übergabe der Urkunde. Ich konnte mein Glück, vor allem aber auch die Großzügigkeit der von Plesows kaum fassen. Menschen wie sie gab es wohl kein zweites Mal auf dieser Welt, und ihr Verhalten und ihre Art, mit Untergebenen umzugehen, wurden mir zum Wegweiser, der mich mein ganzes Leben lang begleiten sollte.

Ich hatte die von Plesows nie anders kennengelernt denn als gütige Menschen mit einem reinen Herzen, die dankbar waren für das, was der Herrgott ihnen im Leben geschenkt hatte. Ich wusste nicht viel über die Geschichte der Familie, nur dass bereits die Großeltern und, wenn ich mich richtig erinnere, auch deren Eltern schon auf dem prächtigen Gutshof mit dem weitläufigen Anwesen in der Nähe von Teterow gelebt hatten. Es war ein stattliches Haus, das sich in einem freundlichen Gelb über das satte Grün des Geländes erhob. Der Anblick hatte für mich stets etwas Friedvolles gehabt und trotz der immensen Größe nichts Einschüchterndes, was womöglich daran lag, dass ich wusste, welche herzensguten und freundlichen Menschen hinter den Fenstern und Mauern lebten.

Auch meine Eltern, die als Magd und als Knecht im Dienste der von Plesows standen, hatten stets nur gut über die Herrschaften zu sprechen gewusst. Und als es erst meine Mutter und kurze Zeit später auch meinen Vater dahinraffte, hatten die von Plesows nicht lange überlegt, was mit mir, einem damals erst achtjährigen Jungen, geschehen sollte. Ganz selbstverständlich sorgten sie dafür, dass ich aus dem Gesindetrakt ins Haupthaus wechselte, gleichwohl sie hierzu keinerlei Verpflichtung gehabt hätten. Hätte es die von Plesows nicht gegeben, wäre ich in einem der vielen Armenhäuser gelandet, die zu jener

Zeit wie Pilze aus dem Boden schossen und über die die schlimmsten Geschichten erzählt wurden. Kaum vorstellbar, was die Kinder dort zu erdulden hatten.

Ich weiß nicht, ob die von Plesows irgendein wie auch immer geartetes Potenzial in mir sahen. Der Nutzen, den ich ihnen in Zukunft bringen würde, war – wenn überhaupt – mehr als überschaubar. Nein, es lag wohl einfach in ihrer Natur zu helfen, ohne die Hoffnung, hierfür selbst etwas zu erhalten. Und so nahmen sie mich auf, und ich lebte bei ihnen, Seite an Seite mit Karl, ihrem einzigen Sohn, und tatsächlich fühlte es sich fast so an, als wäre er mein richtiger Bruder. Bis auf wenige Monate waren wir im gleichen Alter, und Felicitas von Plesow hatte mehr als einmal gesagt, dass sie und ihr Ehemann nun zwei Söhne hätten, der eine blond und der andere dunkelhaarig. Karl und ich machten einfach alles zusammen, wir waren unzertrennlich. Und obwohl jeder von uns die Wahrheit kannte, schien es doch, als spiele es keine Rolle mehr, ganz so, als wäre meine Herkunft nicht mehr von Belang.

Ja, es war eine glückliche Zeit damals, und ich glaube, so verwegen sein und behaupten zu können, dass die von Plesows mich aufrichtig gemocht, womöglich sogar geliebt haben. Ich jedenfalls liebte sie von Herzen, daran gibt es nicht den geringsten Zweifel.

Wenn ich nun an jenen schrecklichen Apriltag zurückdenke, so wird mir bewusst, dass der Verlust der von Plesows mich härter traf als seinerzeit der Tod meiner leiblichen Eltern. Ich schäme mich für den Gedanken, und doch ist er da. Immer wieder bin ich im Geiste alles durchgegangen, habe mich gefragt, ob ich es hätte verhindern können. Die Verzweiflung über das, was nicht mehr zu ändern war, brachte mich fast um den Verstand.

Ich weiß noch, dass wir zusammen in der Kutsche saßen. Felicitas, Leopold, Karl von Plesow und ich. Otto fuhr die Kutsche und trieb den Gaul an, weil es in Strömen regnete, obwohl die Tage zuvor hei-

teres Wetter geherrscht und die Sonne dem Anschein nach jeden Tag an Kraft gewonnen hatte. Karl und ich hielten unsere Urkunden in Händen, den Beleg dafür, wie fleißig wir gelernt hatten. Ja fast war es mir peinlich, und ich fühlte mich sogar ein wenig undankbar, dass mein Ergebnis knapp besser war als seines. Doch Karl schien das nicht zu stören. Vielmehr freute er sich für mich, genau wie seine Eltern. Felicitas von Plesow sagte mir an jenem Tag, ich könne stolz auf mich sein, und ich konnte ihr die Anerkennung, die sie mir zollte, deutlich am Gesicht ablesen. Ja, sie war stolz auf mich wie eine Mutter, und ich musste gegen die Tränen kämpfen, als sie mir mit einer vertrauten Geste über die Hand strich. Nie zuvor hatte ich eine solche Wertschätzung erfahren. Bewegt wandte ich den Blick ab und sah aus dem Fenster. Die Kutsche rollte soeben auf die Brücke, die den Fluss, welcher wie ein breites graues Band durch die ergrünende Landschaft mäanderte, überspannte.

Kurz darauf hörten wir Otto aufschreien, ganz plötzlich, und schon im nächsten Moment geriet die Kutsche ins Schleudern. Ich sehe noch heute Felicitas von Plesows Augen vor mir, ihren ängstlichen Blick, der verriet, dass sie das Unheil ahnte, das in jenem Augenblick über uns alle hereinbrach.

Es krachte, Otto brüllte, und die Kutsche stürzte in rasender Geschwindigkeit in die Tiefe. Wir wurden von unseren Sitzen geschleudert und flogen wild durcheinander. Kurz darauf spürte ich den Aufprall, spürte, wie Wasser durch die Fenster eindrang und rasch höher stieg. Dann verlor ich das Bewusstsein.

Als ich die Augen wieder aufschlug, fand ich mich im Bett eines Hospitals wieder. Auf einem Stuhl zu meiner Rechten saß Dr. Kramer, der Anwalt der von Plesows. Sobald er bemerkte, dass ich zu mir kam, stand er eilig auf und beugte sich zu mir herüber.

»Hans«, flüsterte er. »Du musst jetzt genau das tun, was ich dir sage, hörst du?«

Ich weiß nicht, ob ich nickte oder ihm sonst irgendwie zu verstehen gab, dass ich einwilligte, doch er sprach schon weiter und teilte mir mit, dass die von Plesows und ihr Kutscher tot waren. Alle waren bei dem Sturz von der Brücke in den Fluss ums Leben gekommen.

Nur bruchstückhaft erinnere ich mich, dass er mir zuflüsterte, er habe dem Krankenhauspersonal weisgemacht, dass ich Karl von Plesow sei. Ich verstand kaum, was er mir mitzuteilen versuchte. Eindringlich zischte er mir zu, dass es keine Erben gebe und daher sämtlicher Besitz der von Plesows, der sich seit Generationen in der Familie befand, an den Staat falle.

»Du bist Karl von Plesow, hörst du?«, zischte er mir wieder und wieder zu und versicherte mir, dass er sich um alles kümmern werde.

Und das tat er.

Noch während ich mich im Hospital von meinen diversen Knochenbrüchen erholte, veranlasste er, dass die von Plesows und Hans Megerlein bestattet wurden.

Anfangs glaubte ich, es müsse doch jemand kommen, der mich kannte oder Karl von Plesow im Hospital besuchen wollte, doch das war nicht der Fall.

Am Tag meiner Entlassung bezahlte Dr. Kramer für die immerhin fast zweimonatige Behandlung und nahm mich mit. Wir fuhren nicht zum Anwesen der von Plesows. Genau genommen kehrte ich niemals dorthin zurück.

Dr. Kramer hatte sich um alles gekümmert, sämtliche Papiere erstellt und für mich eine Bleibe nahe Berlin gefunden, die er als angemessen bezeichnete. Ich selbst fand das Haus viel zu groß. Doch diesen Gedanken behielt ich für mich.

Als er mir die Abrechnungen für seine Dienste vorlegte, die ich auszugleichen hatte, wurde mir klar, dass Dr. Kramer einen guten Gewinn aus alldem zog. Doch hätte ich ihn deswegen verurteilen sollen?

Bis zu unserem letzten Treffen beharrte er darauf, in Leopold von

Plesows Sinn gehandelt zu haben, dem es gar nicht gefallen hätte, wenn sein gesamtes Vermögen an den Staat gefallen wäre. Zudem ließ er nicht unerwähnt, dass ich ohne die Großmut meiner Gönner keine echte Zukunft vor mir gehabt hätte. Im Grunde meines Herzens wusste ich, dass er mit beiden Behauptungen recht hatte, doch milderte das nicht mein schlechtes Gewissen. Dennoch, so muss ich zu meiner eigenen Schande gestehen, hegte ich niemals ernsthaft den Gedanken, die Angelegenheit aufzuklären. Nein. Ich war von jenem Tage an Karl von Plesow, mit allen notwendigen Papieren, um dies zu belegen, und einem Vermögen, das mir einen mehr als guten Start in die Zukunft bereiten würde. Ja, ich ließ es geschehen. Und vielleicht hätten alle, die gestorben waren und sich hierzu ein Urteil hätten erlauben können, es wirklich so gewollt. Doch fragen konnte ich sie nicht. Und so musste ich einfach mit dem Geheimnis leben.

Ob ich wohl im Jenseits die Gelegenheit dazu bekomme? Was, wenn sie mich deswegen verfluchen oder beschimpfen? Was, wenn sie mir ihre Enttäuschung ins Gesicht speien? Oder gibt es gar kein Jenseits, sondern einfach nur ein großes Nichts, und all die Seelen, die Mutter Erde Jahr für Jahr verlassen, zerfallen und werden vom Wind der Zeit fortgetragen?

Ich spüre, wie ich mich sträube, mich zu erheben und zur Tat zu schreiten. Doch das ist allemal besser, als Tag für Tag einen immer jämmerlicher werdenden Anblick zu bieten, bis der qualvolle Tod eintritt. Nein, ich möchte nicht, dass sie mich so in Erinnerung behalten.

Gleich schon werde ich dort unten liegen, dort vor dem Hotel, das ich zusammen mit meiner geliebten Frau Bernadette aufgebaut habe. Bernadette. Wundervolle, schöne, kluge Bernadette, Mutter meiner Kinder und Liebe meines Lebens. Du wirst es verstehen, das weiß ich. Denn du bist anders als all die anderen Menschen, die sich von ihren Gefühlen leiten lassen und danach ihre Entscheidungen treffen. Ich zweifle keinen einzigen Augenblick, dass du all das meis-

tern wirst, was das Leben an Herausforderungen für dich bereithält. Einzig bedauere ich, dass ich nicht mehr dabei sein kann, um es mit dir zu erleben.

Schon wieder spüre ich, dass ich mich in meinen Gedanken verliere. Ja, ich schiebe den Moment hinaus, weigere mich loszulassen. Doch es muss sein, jetzt und nicht erst später. Andernfalls könnte mein Fortbleiben auffallen und meine Pläne womöglich durchkreuzen.

Schweren Herzens stehe ich auf, taste mich auf dem Dach weiter vor. Fast schon habe ich die Kante erreicht. Ich binde mir das Seil um den Bauch, das mich sichern soll. Das andere Ende habe ich an dem stabilen Haken neben dem Fenster angebracht. Niemand darf annehmen, dass ich leichtsinnig in die Tiefe gestürzt bin. Nein, es muss so aussehen, als wäre das Seil gerissen, während ich die schadhaften Dachziegel auswechseln wollte. Niemand darf zu einem anderen Schluss kommen.

Meine Finger gleiten über die Stelle am Seil, die ich vorsichtig mit dem Messer bearbeitet habe. Ein kräftiger Ruck, und es wird reißen.

Mein Blick schweift über die See, über den Steg, den Bernadette und ich so oft gemeinsam entlangschritten. Ich stelle mich ganz vorn an die Kante des Daches, lehne mich mit ganzem Gewicht gegen das Seil. Noch gibt es nicht nach, ein weiterer Lebensmoment wird mir geschenkt. Ich beuge mich weiter vor, das Seil gibt einen kurzen, knarrenden Laut von sich. Ich rieche die See, höre die Möwen schreien und schließe die Augen. Das Seil reißt, und ich stürze in die Ewigkeit.

1. Kapitel

Binz, 11. Mai 1925

»Und es ist endlich. Alles Leben stirbt und ist ein ständiger Verfall. Es fällt mir schwer, den Sinn in der Sinnlosigkeit zu finden.«

Bernadette von Plesow

Bernadette wusste nicht, wie lange sie nun schon so dastand und auf das Grab sah, in dem ihr Ehemann Karl und ihre Söhne Alexander und Maximilian die letzte Ruhe gefunden hatten. Ein Dreivierteljahr war es nun her, dass das Grab erweitert und Alexander neben seinem Vater und Bruder bestattet worden war. Doch die Zeit hatte für Bernadette nicht gereicht, wieder die Alte zu werden. All das, was ihr früher wichtig gewesen war, zählte für sie nicht mehr. Niemand sollte seine eigenen Kinder begraben müssen, und für Bernadette fühlte es sich fast wie eine Strafe Gottes an, die sie zu verbüßen hatte. Dabei war sie nicht einmal gläubig, zumindest nicht im üblichen Sinne. Sie bezweifelte nicht, dass es einen Gott gab – sie bezweifelte vielmehr, dass er sich noch für sie interessierte. Zu oft schon hatte sie ihre Seele verkauft, um zu bekommen, was sie wollte, und nun konnte sie sich des Gefühls nicht erwehren, dass Gott aufgegeben hatte und sie gewähren ließ – einfach weil er nicht an ihre vermeintliche Bekehrung glaubte.

Bernadette bückte sich, legte eine Rose auf jedes der Gräber, stand auf, strich ihren Rock glatt und ging. Sie gab sich Zeit, sich zu sammeln, bis sie die metallene Friedhofspforte erreichte, die nur quietschend den Weg zurück zu den Lebenden freigab. Sobald sie diese Pforte wieder schloss, würde sie es sich nicht mehr erlauben, ihren Gedanken nachzuhängen und mit ihrer Situation und dem Schicksal zu hadern. Wie es in ihr aussah, ging nur sie allein und sonst niemanden etwas an.

Sie kam am Haus des Pastors vorbei, in dessen Gemeindegarten ein halbes Dutzend Helfer damit beschäftigt waren, die Büsche und Sträucher zu stutzen und alles für die immer wärmer werdenden Tage herzurichten. Der neue Pastor war erst vor Kurzem mit seiner Ehefrau und seinen vier Kindern hergezogen, nachdem der Kirchenvorstand den früheren Prediger mit Schimpf und Schande aus Binz fortgejagt hatte. Bernadette schüttelte den Kopf bei dem Gedanken an die gelebte Doppelmoral, die diesem Vorgang vorausgegangen war. Natürlich verstand sie, dass sich der frühere Pastor in eine prekäre Lage gebracht hatte, indem er nach dem Tod seiner Gemahlin ein Verhältnis mit einer gut zehn Jahre jüngeren Frau angefangen hatte. Gewiss wäre es besser gewesen, die Sache so lange unter Verschluss zu halten, bis beide einander das Jawort gegeben hätten, und genau das, so betonte es zumindest Pastor Dietrichs, hatten sie ja auch vorgehabt. Es war nur eben so, dass der Ehemann der Geliebten nicht aus dem Krieg heimgekehrt war und sie sich bisher geweigert hatte, ihn für tot erklären zu lassen. Sonst hätte einer Eheschließung nichts im Wege gestanden, auch die beiden Kinder der Frau hatte Pastor Dietrichs annehmen wollen. So jedoch hatte sich alles verzögert, und niemand hatte ahnen können, dass sich der Kirchenvorstand über das Verhältnis der beiden derart echauffierte, dass er den Pastor seines Postens in Binz enthob. Absurd und vollkommen übertrieben, fand Bernadette, vor allem da sie wusste, dass mindestens zwei der so kompromisslos agierenden Vorstandsmitglieder ebenfalls jüngere Geliebte hatten – mit dem Unterschied, dass ihre eigenen Frauen noch am Leben waren und sich bester Gesundheit erfreuten.

In Bernadettes Augen war die Entlassung von Pastor Dietrichs ein großer Verlust für die Gemeinde, hatte sie doch dessen pragmatische und menschennahe Art sehr geschätzt. Er war nicht nur ein verknöcherter Geistlicher, sondern vor allem ein Mann, der sein Leben lebte und stets mit kluger Sicht auf die Belange der Menschen in seiner Gemeinde einging. So überbrachte er beispielsweise bei runden Geburtstagen nicht nur die besten Wünsche der Kirche und forderte zum Gebet auf, sondern lockerte danach auch den obersten Knopf am Hemdkragen unter dem Talar und trank mit seinen Schäfchen das eine oder andere Bier. Durch ebendiese umgängliche Art gab er den Menschen so viel mehr Halt im Glauben als ein Pastor, der mit erhobenem Zeigefinger von der Kanzel predigte und mit göttlichen Strafen drohte. Dennoch hatte sich Bernadette nicht für Pastor Dietrichs eingesetzt, als der Kirchenvorstand die Entscheidung fällte, ihm die Stelle wegzunehmen.

Mittlerweile lag die Sache ein Vierteljahr zurück; Alexander war zu diesem Zeitpunkt gerade einmal ein halbes Jahr tot gewesen. Ihr hatte einfach die Kraft gefehlt, einen Kampf zu führen, der letztendlich nicht ihrer war, noch dazu in einer Zeit, in der es ihr morgens oft schwerfiel, auch nur das Bett zu verlassen. Erst als Pastor Dietrichs zu ihr ins Hotel gekommen war, um sich von ihr nach all den Jahren, die sie zusammen hier in Binz gelebt hatten, zu verabschieden, bereute sie, nichts unternommen zu haben. Sie wusste, dass ihre Stimme in der Gemeinde Gewicht hatte, und sie wusste auch, dass sie so manches Vorstandsmitglied zum Umdenken hätte zwingen können, hätte sie damit gedroht, Dinge preiszugeben, die nicht für die Ohren der Öffentlichkeit bestimmt waren. Doch sie hatte es nicht getan. Sie hatte geschwiegen, genau wie die anderen. Auf dem Weg zurück zum Grand Hotel grüßte sie die Menschen, denen sie begegnete, ganz gleich, ob sie diese zu kennen glaubte oder nicht. Denn auch wenn sie meinte, viele der Gesichter nie zuvor gesehen zu haben, ahnte sie doch, dass wohl jeder wusste, wer sie war. Und sie wollte nicht, dass man ihr ansah, in welcher Stimmung sie sich befand und welch trübe Gedanken ihr auf der Seele lagen. Nein, das ging niemanden etwas an, und wichtiger als alles andere war es, Haltung zu bewahren und für jeden ein Lächeln zu haben, ganz gleich, wer ihr begegnete. Denn eines hatte sie gelernt, eine Lektion, die ihr in Fleisch und Blut übergegangen war: Ohne Disziplin konnte man nicht überleben. In ihrer Welt gab es keine unbedachten Momente, keine Äußerung, die ihr einfach über die Lippen kam und die sie womöglich später bereute. Sie war die Disziplin in Person, ein Mensch, der sich weder gehen ließ noch Schwäche zeigte. Ihr Gesicht war hinter einer lächelnden Maske verborgen, und sie gestattete niemandem, ihr diese abzunehmen, nicht einmal sich selbst.

Als sie das Hotel betrat, blickte Werner Druminski an der Rezeption auf.

»Ah, gnädige Frau«, sagte er, als Bernadette näher kam, und griff nach einem Brief, der auf der Ablage hinter dem Tresen lag. »Dieses Kuvert wurde für Sie abgegeben.«

»Danke sehr, Werner.« Bernadette nahm den Brief, auf dem lediglich ihr Name stand, und drehte ihn um. Auch auf der Rückseite stand kein Absender.

»Sind die von Constantin angekündigten Gäste, die von Hohewalds, schon eingetroffen?«

»Die gnädige Frau Frederike von Hohewald, ja. Ihr Gatte wird erst am frühen Abend in Binz ankommen.«

»Gut. Ich werde gleich hinaufgehen und sie persönlich begrüßen. Wurde das Blumenarrangement aufs Zimmer gebracht?«

»Selbstverständlich, gnädige Frau.«

Bernadette nickte. »War sonst noch etwas?«

»Regierungsrat Ernst Bautner hat sich für das Wochenende angemeldet und wird von insgesamt vier weiteren Herren«, er räusperte sich, »sowie von einigen Damen begleitet werden.«

»In Ordnung. Lassen Sie bitte alles wie üblich vorbereiten, Werner.«

»Jawohl, gnädige Frau.«

Bernadette konnte dem Rezeptionisten ansehen, dass ihm das Arrangement, das Bernadette mit Bautner getroffen hatte, gar nicht gefiel, lag es in seinen Augen doch weit unter dem Niveau des angesehenen Hotels, dass hier verheiratete Männer mit Damen zweifelhaften Rufs ihrem Vergnügen frönten. Bernadette hatte diese Übereinkunft einst mit Ernst Bautner getroffen, weil sie damals, noch vor Alexanders Tod, Major Götz Wilhelm hatte heiraten und aus diesem Grunde die Affäre mit Bautner beenden wollen. Als Regierungsrat mit entscheidendem Einfluss auf Baubehörde und Gemeindeverwaltung hatte Bautner ihr gegen gewisse Gefälligkeiten über Jahre hinweg zu den erforderlichen Baugenehmigungen zur Verwirklichung ihrer Pläne verholfen. Um sich dennoch seiner Unterstützung sicher sein zu können, hatte sie eingewilligt, ihn und andere Regierungsbedienstete von Zeit zu Zeit im Hotel logieren zu lassen und ein oder sogar beide Augen zuzudrücken, wenn diese diverse Damen einluden und gemeinsam ausgelassene Abende begingen. Zuletzt war es um ihr Vorhaben gegangen, das Palais, den größten Konkurrenten des Grand an der Promenade von Binz, zu kaufen, doch nach Alexanders Tod hatte Bernadette das Interesse daran verloren. Inzwischen fragte sie sich sogar, wie genau Bautner ihr noch nützen könnte und ob es nicht an der Zeit wäre, die Vereinbarung zu beenden.

»Gibt es sonst noch etwas?«, fragte sie ihren treuen Rezeptionisten gedankenverloren.

»Uns erreichen immer neue Reservierungen, und tatsächlich werden wir dieses Jahr wohl kaum in der Lage sein, allen Anfragen zu entsprechen«, gab Werner Druminski Auskunft.

»Gut so«, befand Bernadette, wenngleich sie es schon fast als selbstverständlich ansah, dass das Hotel ausgebucht war. Es hatte andere Zeiten gegeben, die noch nicht einmal besonders lange zurücklagen, doch mittlerweile hatte sie es geschafft, das Grand als erstes Haus am Platz zu etablieren. Jeder, der einmal hier gewesen war, kam wieder. »Hat meine Tochter angerufen?«

»Ich bedaure, doch das gnädige Fräulein hat sich bisher nicht gemeldet.«

»Bestimmt wird sie das heute noch tun. Bitte stellen Sie sie sogleich zu mir durch.«

Druminski deutete eine Verbeugung an. »Gewiss, gnädige Frau.«

»Gut. Ich werde noch bei Frau von Hohewald vorbeigehen, und danach finden Sie mich in meinem Büro.«

»Sehr wohl, gnädige Frau.«

Bernadette nahm das Kuvert, ging zur Treppe und stieg die Stufen in den ersten Stock hinauf. Sie hatte dem Ministerialrat von Hohewald und dessen Ehefrau Zimmer 135 gegeben, ein großzügiges Doppelzimmer mit Bad und herrlichem Blick auf die See.

Vor der Tür blieb sie stehen und klopfte. Eine Frau, die sie in etwa so alt schätzte wie sich selbst, vielleicht auch etwas jünger, öffnete die Tür.

»Frau von Hohewald? Mein Name ist Bernadette von Plesow.« Sie legte den Kopf schräg und lächelte, wie sie es immer tat, wenn sie jemanden begrüßte. »Willkommen in unserem Hause.«

»Ach, wie wunderbar.« Frederike von Hohewald griff nach Bernadettes Händen und zog sie ins Zimmer. »Ich habe Sie sofort erkannt«, stellte sie fest. »Ihr Sohn Constantin ist wirklich Ihr Ebenbild.«

»Wir haben die gleichen Augen«, pflichtete Bernadette ihr bei.

»Ach, liebe Frau von Plesow, ich bin ja ganz und gar verzückt. Was für ein wunderbares Hotel!«

»Haben Sie herzlichen Dank. Ja, das Grand ist schon etwas Besonderes.«

»Und erst einmal die herrlichen Blumen, die Sie als Willkommensgruß haben bereitstellen lassen – einfach wundervoll.«

»Von Herzen gern.« Bernadette nickte ihr freundlich zu. »Von Constantin weiß ich, dass Sie ganz besonders geschätzte Gäste des Astor und seine persönlichen Freunde sind. Umso größer ist unsere Freude, dass Sie nun auch uns hier in Binz beehren.«

Frederike von Hohewald legte eine Hand auf die Brust. »Wie reizend von Ihnen. Und dass Ihr Sohn meinen Gatten und mich so überaus schätzt, ist sowohl Freude als auch Ehre.«

»Constantins Freunde sind unsere Freunde«, stellte Bernadette fest. »Darf ich Sie heute Abend als meine Gäste begrüßen? Wäre Ihnen neunzehn Uhr genehm?«

»Ich hoffe, dass mein Gatte dann bereits eingetroffen sein wird.«

»Nun, essen müssen Sie so oder so, meine Teure.« Bernadette

beugte sich weiter vor und sagte in verschwörerischem Tonfall: »Und wenn er noch nicht da ist, haben wir Frauen die Gelegenheit, miteinander zu plaudern, was für mich ebenso reizvoll wäre, wie den Abend mit Ihnen und Ihrem Gatten zu verbringen.«

Frederike lachte auf. »Sie haben so eine wunderbar gewinnende Art, liebe Frau von Plesow. Ihr Sohn ist da ganz genau wie Sie.«

»Bitte, nennen Sie mich doch Bernadette.«

»Oh, sehr gern. Ich heiße Frederike mit Vornamen.«

»Vielen Dank, Frederike.« Sie lächelte ihrem Gast zu. »Dann treffen wir uns um neunzehn Uhr unten im Restaurant?«

»Ja, ich werde da sein. Und ich freue mich wirklich sehr auf den Abend.«

»Ich ebenso, liebe Frederike.« Bernadette ging zur Tür und öffnete sie. »Dann bis später, und genießen Sie die Zeit in unserem wunderschönen Binz.« Damit ging sie hinaus und schloss die Tür hinter sich. Kaum dass sie auf den Korridor getreten war, verschwand das aufgesetzte Lächeln von ihrem Gesicht, und ihre Miene wurde ernst. In Momenten wie diesen fragte sie sich stets, wie lange ihr Lächeln schon nicht mehr echt gewesen war.

Sie hatte das Fenster geschlossen, um die von der Promenade herüberklingende Melodie des Akkordeons auszusperren, und saß bereits wieder eine geraume Zeit an ihrem Schreibtisch, als das Prüfen der Korrespondenz durch Telefonklingeln unterbrochen wurde. Das Kuvert, auf dem nur ihr Name geschrieben stand und das unten an der Rezeption für sie abgegeben worden war, lag noch immer ungeöffnet vor ihr auf dem Tisch. Bernadette hatte es sich schon vor langer Zeit zur Gewohnheit gemacht, nicht spontan zu reagieren und sich Dingen zu widmen, die so nicht angedacht waren. Nein, sie weigerte sich, anderen

Menschen zu gestatten, ihre Neugierde zu wecken und sie so dazu zu bringen, ihre für den Tag gemachten Pläne zu verwerfen. Wann sie etwas tat oder auch nicht, bestimmte sie allein.

Sie nahm den Hörer ab. »Ja?«

»Gnädige Frau, Ihr Fräulein Tochter wünscht, Sie zu sprechen.«

»Wunderbar, Werner. Bitte stellen Sie sie durch.« Täuschte sie sich, oder klang ihr Rezeptionist eigenartig? So fröhlich, fast schon ausgelassen.

»Sehr wohl, gnädige Frau.«

Nun war sich Bernadette sicher, dass er bei seinen Worten schmunzelte. Doch das Klicken in der Leitung, womit er das Telefonat durchstellte, nahm ihr die Gelegenheit, ihren Angestellten darauf anzusprechen.

»Josephine, wie schön. Wie geht es dir?«

»Guten Tag, *maman*. Es geht mir gut, vielen Dank. Doch ich habe Sehnsucht nach zu Hause. Und wie geht es dir?«

»Du hast Sehnsucht? Dann solltest du bald einmal wieder nach Binz kommen.«

»Ach, wem sagst du das?« Josephine kicherte. »Was denkst du? Wann passt dir mein Besuch?«

»Wann immer du willst, das weißt du doch.«

»In drei Wochen geht es auf keinen Fall, aber das weißt du ja. Da findet meine Vernissage statt.«

»Ja, natürlich weiß ich das. Ich werde eigens deshalb nach Leipzig reisen.«

»Und die Woche darauf ist es auch schlecht«, fuhr Josephine fort und prustete unterdrückt.

»Josephine, was ist denn los? Du lachst so albern.« Bernadette runzelte die Stirn und drehte sich dann zum Fenster um. Hatte sie es nicht richtig geschlossen? Sie hörte noch immer den Akkordeonspieler, oder täuschte sie sich? Sie hielt den Telefonhörer ein wenig vom Ohr weg, und die Melodie schien leiser zu werden.

»Aber ich lache doch nicht albern, *maman*«, entrüstete sich Josephine, und Bernadette stellte fest, dass die Melodie des Akkordeons nicht von draußen, sondern aus dem Hörer kam. In diesem Moment fiel der Groschen.

»Josephine von Plesow, veralberst du mich etwa und stehst unten am Empfang?«

Jetzt lachte Josephine lauthals los. »Sie hat uns durchschaut, Herr Druminski«, hörte Bernadette sie sagen. »Bleib oben in deinem Büro. Ich komme zu dir hinauf.« Damit hängte Josephine den Hörer ein.

Bernadette tat es ihr gleich, stand auf, ging gemessenen Schritts zur Tür und öffnete diese. Nur einen Augenblick später hörte sie Schritte, die eilig näher kamen. Offenbar rannte Josephine, etwas, was Bernadette ihr von klein an tunlichst verboten hatte. Damen rannten nicht, sie gingen nicht einmal rasch. Sie schritten und strahlten mit jedem einzelnen Schritt Würde und Stolz aus. Bernadette stöhnte innerlich. Ob es ihr wohl je gelingen würde, eine Dame aus ihrer Tochter zu machen?

Sie trat auf den Flur und sah den Korridor entlang. Gerade in diesem Moment erreichte Josephine die letzte Stufe und rannte nun mit ausgebreiteten Armen auf ihre Mutter zu.

»*Maman!*«, rief sie laut.

Am liebsten hätte sie die Tochter zurechtgewiesen, doch ihre Freude, ihr kleines Mädchen nach so vielen Wochen wiederzusehen, überwog. Glücklich schloss sie sie in die Arme. »Josie, mein Schatz!«

Bernadette schluckte schwer, um die aufsteigenden Tränen zurückzudrängen, als Josephine schluchzend stammelte: »Ich bin so glücklich, wieder hier zu sein.«

Sie schob Josephine ein wenig von sich und betrachtete sie. »Du siehst gut aus, Liebes. Das Kostüm steht dir fantastisch.«

»Ach ja? Es gefällt dir? Das hatte ich gehofft.« Josephine strahlte. »Und du bist so wunderbar und makellos wie immer, *maman*.«

Bernadette lächelte. »Komm erst einmal herein.« Sie legte den Arm um Josephines Schultern und führte sie in ihr Büro. »Komm, setzen wir uns.« Sie deutete zur Sitzecke mit den Sofas hinüber, in der sie nur selten Platz nahm. Wenn sie sonst jemanden in ihrem Büro empfing, dann ließ sie ihn auf den Stühlen vor ihrem Schreibtisch Platz nehmen.

»Möchtest du etwas trinken?«

»Ein Bier aus der Flasche«, gab Josephine prompt zur Antwort, was ihr einen fragenden Blick ihrer Mutter einbrachte. Sie lachte auf. »Ich wollte nur dein Gesicht sehen«, prustete sie los. »Ich hätte gern ein Wasser, allenfalls einen Wein oder ein Glas Champagner.«

Bernadette schmunzelte, dann sagte sie in liebevoll-mahnendem Ton: »Würdest du bitte aufhören, mich zu veralbern?«

Bernadette nahm zwei Gläser von der Anrichte und stellte sie auf den Tisch, dann holte sie die mit Wasser gefüllte Kristallkaraffe, schenkte ein und setzte sich zu Josephine auf eines der Sofas. Die Frauen fassten sich an den Händen.

»Ich freue mich so, dass du gekommen bist«, begann Bernadette das Gespräch.

»Es ist herrlich, wieder hier zu sein«, gab Josephine glücklich zurück.

»Aber warum hast du denn nicht gesagt, dass du kommst? Ich hätte etwas vorbereiten können.« Bernadette strich über Josephines Hände. Sie zog die Stirn in Falten. »Oder ist etwas geschehen? Musst du mir etwas sagen?«

»Aber nein. Warum denkst du immer gleich, es wäre etwas Schlimmes passiert, wenn ich nach Hause komme?« Josephine schüttelte lächelnd den Kopf.

»Ach verzeih, das war dumm von mir. Aber nun erzähl«, forderte Bernadette die Tochter lächelnd auf. »Wie ist es dir in letzter Zeit ergangen?«

»Ich sehe, wenn du dieses Lächeln aufsetzt«, stellte Josephine fest.

»Was meinst du?«

»Na, dieses verbindliche, das du für unsere Gäste und deine Geschäftspartner benutzt. Bei mir kannst du dir das sparen.«

Bernadette wusste nicht, wie sie reagieren sollte. Josephine hatte vollkommen recht, doch das wollte sie keinesfalls eingestehen. »Mein Lächeln ist nicht falsch, Liebes. Ich bin nur etwas abgespannt, das ist alles.«

»Aber weshalb denn?«

»Es ist viel zu tun im Moment.«

»Es ist immer viel zu tun, *maman*.«

Bernadette gefiel nicht, in welche Richtung sich das Gespräch entwickelte. Ihre Tochter legte den Kopf schräg, eine Geste, die sie zweifelsohne von ihrer Mutter übernommen hatte. Ob gewollt oder nicht, hätte Bernadette nicht sagen können, nur dass Josie sie schon immer bewundert und von klein auf in ihre Fußstapfen hatte treten wollen. Doch seit dem Tod ihres Bruders Alexander hatte sich etwas verändert. Offenbar spürte Josephine, dass die Kraft, die ihre Mutter stets ausgestrahlt hatte, nicht mehr dieselbe war.

»Wie geht es dir wirklich, *maman*?«, wollte sie nun wissen.

»Es ist alles in Ordnung.« Bernadette bemühte sich um ein Lächeln. »Das Hotel ist so gut wie immer ausgebucht, und wir sehen einem vortrefflichen Sommer entgegen.«

»Ich frage dich nicht, wie es um das Hotel steht, sondern wie es dir geht«, stellte Josephine klar.

»Ich kann wirklich nicht klagen«, beteuerte Bernadette. »Und nun erzähl mir endlich, weshalb du so überraschend nach Binz gekommen bist. Wie lange wirst du bleiben?«

»Ich bin deinetwegen hier«, begann Josephine. »Und so wie ich dich jetzt erlebe, denke ich, dass meine Entscheidung richtig war.«

»Wie soll ich das verstehen?«

»Du kannst die anderen täuschen, *maman*, mich jedoch nicht. Früher einmal, ja, doch heute gelingt dir das nicht mehr. Ich weiß, du traust es mir nicht zu, aber ich bin erwachsen geworden und sehe endlich einmal nicht mehr nur auf mich.«

»Und das soll ich bitte wie verstehen?«

»Es geht dir nicht gut«, stellte Josephine fest, und ihre Stimme ließ keinerlei Zweifel aufkommen, dass sie meinte, was sie sagte. »Und genau aus diesem Grunde bin ich gekommen.«

Bernadette sah die Tochter an und wartete ab, was wohl als Nächstes kommen würde.

»Ich möchte mit dir über die Zukunft sprechen, *maman*.«

»Über deine oder meine?«

»Über unsere, um genau zu sein. Ich weiß, wie sehr dir Alexanders Tod zugesetzt hat. Mir ebenfalls«, fügte sie eilig hinzu, »doch ich glaube, für eine Mutter ist so etwas weitaus schwerer zu ertragen als für eine Schwester. Du hast Vater verloren, Maximilian und jetzt auch noch Alexander. Wer könnte es dir verübeln, dass du mit dem Schicksal haderst?«

»Wie kommst du darauf, dass ich das tue?«

Josephine sah sie voller Mitgefühl an. »Deine Augen, deine Stimme. Deine ganze Art verrät dich. Du warst immer sehr stark.« Sie befeuchtete mit der Zunge ihre Lippen. »Du hattest

Ziele und wusstest immer sehr genau, wie du bekommst, was du willst. Doch seit Alexander nicht mehr lebt, scheint es, als würdest du nur noch …«, sie zögerte und zuckte die Schultern, »nun ja, als würdest du nur noch das tun, was notwendig ist, und alles andere wäre dir egal.«

»Es ist mir nicht egal«, widersprach Bernadette, doch dann wurde sie nachdenklich. Sie schwieg eine Weile, bevor sie leise einräumte: »Womöglich hast du recht. Vielleicht ist mir wirklich vieles gleichgültig geworden. Vieles«, sie hob den Zeigefinger, »jedoch nicht alles. Du bist mir nicht egal.«

Josephine lächelte. »Das weiß ich, *maman.*«

»Es ist schwer zu beschreiben, musst du wissen. Und ich rede nicht gern darüber. Allerdings fühle ich mich ständig müde und erschöpft.« Sie senkte den Blick und schloss für einen kurzen Moment die Augen.

»Das ist die Trauer, *maman.* Dennoch es ist an der Zeit, dass du in dein Leben zurückfindest.«

»Weshalb?« Bernadette sah Josephine in die Augen. »Du hast es selbst gesagt: Mein Mann ist tot, genau wie zwei meiner Söhne. Ich habe niemanden, an den ich das Grand Hotel übergeben könnte. Ja, ich gebe es zu: Ich habe meinen Ehrgeiz verloren.«

»Aber deshalb bin ich ja hier.«

»Ach?« Bernadette war die Überraschung anzusehen.

»Ich habe mir etwas überlegt, *maman.*« Josephine drückte die Hand ihrer Mutter ein wenig fester. »Du hast alles für mich getan. Für mich und auch für meine Brüder. Es ist an der Zeit, etwas zurückzugeben.«

»Nein, Josephine. Das ist nicht nötig. Ich danke dir.«

»Doch, das ist es. Und ich habe dir etwas vorzuschlagen.«

Bernadette sah die Tochter interessiert an.

»Ich werde nach Binz zurückkehren und dich im Hotel unterstützen.«

»Du bist Malerin, Josephine.«

»Genau deshalb würde ich mir auch gern mein altes Atelier einrichten, wenn du nichts dagegen hast.«

»Selbstverständlich habe ich nichts dagegen. Doch ich halte es für keinen guten Einfall, Josie. Du musst dein eigenes Leben leben. Und das findet in Leipzig statt.«

»Genau das habe ich vor. Doch nicht in Leipzig. Ich habe eine wunderbare Zeit dort verbracht, und ich bin dankbar, dass Herr von Rubenstein mir geholfen hat, mich als Künstlerin zu etablieren. Doch ich kann mehr als das.«

»Das sind wirklich ganz neue Töne.«

»Ich weiß. Ich habe sehr viel nachgedacht. Und ich bin zu dem Entschluss gekommen, dass ich von dir lernen möchte, ein Hotel zu leiten.«

»Und deine Malerei?«

»Die werde ich weiterbetreiben.« Josephine bemühte sich um ein Lächeln. »Machen wir uns doch nichts vor, Mutter. Ich habe in Leipzig gemalt, ja. Und tatsächlich scheinen einige Menschen genug in den Bildern zu sehen, um sie zu kaufen. Doch ich verbringe niemals meine gesamten Tage damit. Zugegeben, manchmal langweile ich mich sogar ein wenig.«

»Ich hätte nie gedacht, das einmal aus deinem Munde zu hören.«

»Ich denke, ich bin endlich erwachsen geworden, Mutter. Das, was ich für ein aufregendes Künstlerdasein gehalten habe, ist mir inzwischen nicht mehr genug. Und irgendwann zwischen Binz, Berlin und Leipzig sind mir wohl die Ausreden ausgegangen.«

»Ich bin sehr stolz auf dich, mein Liebes.«

»Dann lass mich etwas dafür tun, dieses Gefühl zu verdienen, *maman.*« Sie strich zärtlich über Bernadettes Hand. »Constantin lebt sein Leben in Berlin, und wir beide wissen, zu was für einem Menschen er geworden ist. Von Alexander sind uns nur seine Zwillinge geblieben, wenngleich sie durch Margrits Erziehung gewiss keine einfachen Menschen werden.« Josephine blickte ihre Mutter traurig an. »Wir haben doch nur noch einander, *maman*. Bitte, stoß mich nicht zurück.«

Bernadettes Augen füllten sich mit Tränen. Und das erste Mal nach langer Zeit gestattete sie es sich, einmal nicht dagegen anzukämpfen.

2. Kapitel

»Berlin ist eine launische, arrogante Hure.
Und ich vergöttere diese Stadt dafur.«

Constantin von Plesow

Constantin grinste breit, als er den Tumult sah. Der Fahrer eines Automobils hatte offenbar wegen zu hoher Geschwindigkeit die Kontrolle über sein Fahrzeug verloren und einen Radfahrer erfasst, der nun fluchend am Boden lag. Sein Fahrrad war vollkommen verbogen und reif für den Schrott, während er selbst unverletzt zu sein schien. Die Hose, die er trug, würde jedoch genau wie das Fahrrad irreparabel sein.

Nach und nach kamen immer mehr Passanten herbei, um zu sehen, was geschehen war. Fast alle schimpften auf den Fahrer des Automobils ein, und einige beschwerten sich lautstark darüber, dass von diesen neumodischen Vehikeln ohnehin nur Unheil ausginge, weil immer mehr Fahrer rücksichtslos durch die Stadt brausen würden. Besonders amüsant fand Constantin, dass direkt über dem am Boden liegenden Fahrradfahrer eine Plakatwerbung für ein großes Autorennen prangte, das dem Geschwindigkeitsrausch dieser Zeit geschuldet war.

Zusammen mit Gerd Nolte ging er voraus, während Ludger Schnurr, Klaus Denker und Eduard Köhler ihnen folgten. Sie überquerten die Straße und erreichten kurz darauf die Sporthalle in dem baufällig wirkenden Gebäude, dessen Tür am oberen Scharnier so schräg saß, dass Nolte kräftig ziehen musste, um sie öffnen zu können. Mit einem quietschenden Laut gab sie schließlich nach und den Eingang frei.

Nolte ließ Constantin den Vortritt, dann betrat er selbst das düstere Innere. Die anderen folgten ihnen wortlos.

Drinnen roch es nach Schweiß. Einige der Sportler sahen auf, als die fünf Männer eintraten, andere wiederum beachteten sie gar nicht.

»Wir suchen einen Mann namens Fritz Langkamp«, erklärte Nolte, als er auf einen der Boxer zutrat.

»Fritz? Das ist der da vorne im Ring.« Der Boxer deutete mit dem Kinn nach vorn, ein Stück tiefer in die Halle, während er eine Bandage von seinem Handgelenk löste.

»Danke.«

Zusammen gingen sie weiter.

»Fremde haben hier keinen Zutritt«, sprach sie ein Mann von der Seite an.

»Wer sind Sie?«, wollte Constantin wissen.

»Manfred Koziol. Ich trainiere Fritz.«

Constantin streckte ihm die Hand entgegen. »Dann sind Sie genau der Mann, den ich sprechen will. Mein Name ist Constantin von Plesow.«

»Constantin von Plesow.« Koziol pfiff durch die Lippen. »Der Name sagt mir was. Ihnen gehört das Varieté, oder?«

»Das Varieté und das Hotel Astor.« Constantin nickte.

»Fritz macht keine Zirkusnummern«, stellte Koziol sogleich klar. »Er ist ein richtiger Boxer und der kommende Champion.«

»Nun, nach dem, was man so hört, dürfte dieser Max Schmeling wohl bessere Chancen haben, der kommende Champion zu werden. Er ist jünger als Langkamp und hat Biss.«

»Biss hat Fritz auch. Und er hat mehr Erfahrung. Aber was interessiert Sie das überhaupt?«

Constantin sah zu Langkamp hinüber, der seinem Gegner gerade einen rechten Haken verpasste, worauf dieser stumpf zu Boden ging. »Nun, sagen wir, ich überlege, mein Geschäftsfeld zu erweitern.«

»Ich habe viel von Ihnen gehört und weiß, wie Sie Ihre Geschäfte machen«, stellte Koziol fest.

»Und ich darf doch wohl annehmen, dass Sie hiervon sehr angetan sind?« Constantin lächelte, doch es lag etwas Gefährliches, Warnendes in seinem Blick.

»Was wollen Sie von Fritz?«

»Nun, wenn ich es richtig sehe, könnte er etwas Unterstützung gebrauchen, um voranzukommen.«

»Unterstützung welcher Art?«

»Er braucht einen großen Kampf, nicht dieses Fallobst, das man ihm bisher serviert hat. Einen Kampf, den die Leute sehen wollen. Und ich kann dafür sorgen, dass er ihn bekommt.«

»Aber doch nicht ohne Gegenleistung?«

»Was denken Sie? Ich bin Geschäftsmann. Ich kümmere mich um alles, und dafür will ich achtzig Prozent der Einnahmen.«

»Achtzig Prozent?« Koziol tippte sich mit dem Zeigefinger gegen die Stirn. »Und dafür soll Fritz seinen Kopf hinhalten und sich die Nase breitschlagen lassen?«

»He, he«, begehrte nun Ludger Schnurr, selbst ein ehemaliger Boxer, auf. »Rede nicht so respektlos mit dem Chef, sonst wird's dir noch leidtun.«

»Wer bist du denn?« Koziol machte einen Schritt auf Schnurr zu.

»Na, na, wir wollen doch nicht unhöflich werden, nicht wahr?«, ging Constantin dazwischen. »Die kleinen Machtspielchen können wir uns sparen.« Er stellte sich so hin, dass Koziol der Blick auf Schnurr verwehrt war. »Im Grunde hat mein Mitarbeiter recht, Herr Koziol, und das wissen Sie auch.«

»Ich kann den Jungs da drüben Bescheid sagen«, drohte Koziol an. »Dann werden wir ja sehen, wer hier recht hat.«

»Nein, das werden wir nicht. Denn das wäre doch wohl sehr kurzfristig gedacht, nicht wahr? Ihre Männer prügeln auf meine Männer ein, wir gehen, holen den Rest unserer Leute und nehmen uns jeden einzelnen Ihrer Jungs, wie Sie sie nennen, vor. Glauben Sie mir, da bleibt kein einziger Knochen heil, und dann ist es vorbei mit dem Boxen.« Constantin klopfte ihm mit einer vermeintlich freundschaftlichen Geste auf den Oberarm. »Und das wollen wir doch alle nicht, oder?«

»Sie reden nicht lange um den heißen Brei herum.« Manfred Koziol spuckte auf den Boden. »Der Ruf, der Ihnen vorauseilt, scheint zu stimmen.«

»Sehr gut«, befand Constantin. »Dann wäre das geklärt.«

»Was ist hier los?« Fritz Langkamp lehnte sich auf die Seile des Boxrings und sah zu ihnen herunter.

»Mein Name ist Constantin von Plesow. Ich denke, wir werden künftig zusammenarbeiten.«

»Ach ja?« Langkamp warf seinem Trainer einen fragenden Blick zu.

»Ja«, stellte Constantin fest. »Ich habe vor, Ihnen die Chance zu bieten, vor großem Publikum gegen richtige Boxer zu kämpfen.« Er nickte mit dem Kopf in Richtung des soeben zu Boden gegangenen Sportlers. »Was halten Sie davon?«

»Das klingt erst einmal verdammt gut.« Wieder suchte Langkamp den Blick seines Trainers, dessen Miene jedoch nur schwer zu entnehmen war, wie er darüber dachte.

»Was halten Sie davon, heute Abend ins Varieté Astor zu

kommen? Wir können etwas zusammen trinken und über die Details sprechen.«

»War schon ein paarmal da«, erklärte Langkamp. »Ganz schön gepfefferte Preise.«

»Betrachten Sie sich als meinen Gast.« Constantin suchte Koziols Blick. »Werden Sie Ihren Schützling begleiten, oder wollen wir beide uns ein andermal weiter unterhalten?«

»Er will achtzig Prozent deiner Einnahmen«, sagte Koziol zu Langkamp, ohne auf Constantins Frage einzugehen.

»Achtzig Prozent?«, wiederholte der Boxer ungläubig.

»Richtig«, erklärte Constantin. »Damit bleiben Ihnen zwanzig Prozent einer gewaltigen Summe, während Sie jetzt hundert Prozent von gar nichts haben und in diesem Drecksloch hier trainieren müssen.«

Langkamp wiegte den Kopf. »So betrachtet klingt es doch ganz gut, Trainer.«

Koziol war anzusehen, dass er widersprechen wollte, doch als er Constantins Blick begegnete, schluckte er die Bemerkung, die ihm auf der Zunge lag, hinunter. »Wir können ja mal darüber reden«, lenkte er ein.

»Gut.« Constantin streckte Koziol die Hand entgegen. »Ich erwarte Sie beide heute Abend im Varieté.« Koziol ergriff die ihm gebotene rechte. »Bis heute Abend.«

Constantin setzte ein zufriedenes Lächeln auf, verabschiedete sich und bedeutete dann seinen vier Begleitern, mit ihm die Sporthalle zu verlassen. Als sie an den anderen Sportlern vorbeigingen, die einen Großteil des Gesprächs verfolgt hatten, sprach einer von ihnen Constantin an. »He, von Plesow. Sind wir anderen auch eingeladen?«

»Wenn ihr boxen könnt und die Leute dafür bezahlen, euch zuzugucken, warum nicht?«

»Herbert. Halt deinen Mund und trainiere lieber!«, schnauzte Koziol.

»Man wird doch mal fragen dürfen«, maulte dieser, wandte sich aber ohne ein weiteres Wort ab.

»Ganz schöne Schisser dafür, dass sie sich selbst als Boxer bezeichnen«, urteilte Ludger Schnurr, als sie ins Freie traten.

Gerd Nolte warf Constantin einen kurzen Blick zu, sagte aber nichts. Er war überrascht, wie deutlich sein Chef im Hinblick auf die ausgesprochenen Drohungen geworden war. Vor allem weil ein halbes Dutzend Zeugen das Gespräch mitbekommen hatten. Normalerweise ging er wesentlich subtiler vor. Constantin hatte sich verändert, und zwar schon vor einer ganzen Weile. Vermutlich hatte das etwas mit dem Tod seines Bruders Alexander zu tun. Keiner aus Constantins Familie wusste, wie dieser wirklich ums Leben gekommen war. Constantin hatte alle glauben gemacht, dass Alexander bei ihm zu Besuch gewesen und dort aus Unachtsamkeit eine Treppe hinuntergestürzt war. In Wahrheit jedoch war Alexander aus Rache an Constantin ermordet worden, und Nolte hatte schon damals bezweifelt, dass Constantin die Sache auf sich beruhen lassen würde. Nein, dafür war er nicht der Mensch. Der Besuch in der Boxhalle heute bestätigte Noltes Verdacht, wusste er doch, dass Schnidtke, der Anführer des Ringvereins in Frankfurt und Auftraggeber des Mordes an Alexander, seine Finger ebenfalls im Boxgeschäft hatte. Bisher hatte Constantin die Geschäfte des Ringvereins in Berlin, dessen erster Mann er war, ausschließlich auf Schutzgeld und Drogen gestützt. Die Einnahmen, die zusätzlich durch das Hotel und auch das Varieté in die Kassen gespült wurden, waren nicht ohne, wenngleich nicht ansatzweise so hoch wie die aus den illegalen Geschäften.

Zwar war tatsächlich zu beobachten, dass das Interesse der

Menschen an Boxkämpfen gestiegen war, doch auch Autorennen und alle möglichen Formen von Wetten wurden bei der Bevölkerung immer beliebter. Aber daran schien Constantin kein Interesse zu haben. Gerd konnte nur hoffen, dass sein Chef sich nicht zu irgendwelchen unüberlegten Handlungen hinreißen ließ und dass sein Interesse am Boxen ausschließlich dem Geschäft galt. Zwar hielt er Constantin für keinen sonderlich emotionalen Menschen, aber der Tod seines Bruders Alexander war ihm nahegegangen. Viel mehr, als er es sich nach außen hin anmerken ließ. Vor allem aber glaubte Nolte, dass Constantin die Last, für den Tod seines Bruders verantwortlich zu sein, fast erdrückte. Und das verstand er nur zu gut. Er hatte selbst einen Bruder gehabt. Erich war ein Nachzügler gewesen, fünfzehn Jahre jünger als er, und bereits in den ersten Kriegstagen gefallen. Gerd hatte erst fast ein Jahr später davon erfahren. Er erinnerte sich noch ganz genau, wie er vor dem Einschlafen an Erich gedacht und sich gefragt hatte, ob es ihm wohl gut ging und wie er sich hielt. Dabei war er zu jenem Zeitpunkt schon gar nicht mehr am Leben gewesen. Hätte er es nicht irgendwie spüren müssen? Immerhin floss das gleiche Blut durch ihre Adern. Lag es daran, dass er sich schuldig am Tod seines kleinen Bruders fühlte? Oder hatte er einfach nur ein schlechtes Gewissen, weil er selbst überlebt hatte und Erich nicht? Erich, der Jüngere, der Begabtere von beiden. Die Eltern hatten große Hoffnung in ihn gesetzt, viel größere als in Gerd. Und sie hatten recht behalten. Was war denn schon aus ihm geworden? Er, der gelernte Buchhalter, der zu Beginn des Krieges bereits achtunddreißig Jahre alt gewesen war und bis dahin ein Leben in geradezu langweiliger Beschaulichkeit geführt hatte. Wäre der Krieg nicht dazwischengekommen, würde er vermutlich noch immer in der Steuerkanzlei, in der er gearbeitet hatte, die Belege zusammentragen. Und vermutlich wäre er glücklich damit. Doch der Krieg hatte ihn, wie wohl auch jeden anderen im Land, verändert. Er dachte daran, wie er das erste Mal einen Menschen getötet hatte – einen jungen Soldaten, vermutlich nicht älter als Erich damals. Gerd erinnerte sich noch genau an den Moment, als die Kugel direkt in dessen Stirn einschlug. Er schrie nicht und gab auch sonst keinen Laut von sich. Sein Gesichtsausdruck ließ keinen Schmerz vermuten. Er wirkte einfach nur überrascht, ja erschrocken. Und so blieb er liegen, mit einem Loch im Kopf, weit geöffneten Augen und aufgeklapptem Mund – fast so, als wollte er im nächsten Moment noch etwas sagen. Er war ein junger Mann wie Erich oder Dutzende andere, die er kannte. Nur eben für die andere Seite. Der Feind. Ein Feind oder einfach nur ein Mann, der genau wie er in eine Schlacht geführt worden war, deren Sinn er im Grunde nicht einmal verstand. Und nun mussten seine Eltern um ihn trauern, vielleicht auch Geschwister oder eine Liebste, die ein Leben mit ihm hatte verbringen wollen. Oder Kinder? Hatte er einem jungen Vater das Leben genommen? Gerd wusste es nicht. Er wusste nicht, wie der Mann geheißen hatte, er und all die anderen, deren Leben er beendet hatte. Genau wie der Soldat, der Erich erschossen hatte, nicht wissen konnte, dass er einen jungen Architekten getötet hatte, dessen Traum es gewesen war, nach Amerika zu gehen und dort die höchsten Wolkenkratzer der Welt zu bauen. Einen Mann voller Träume und Visionen. Was für eine Verschwendung! Niemand würde nun die Gebäude bauen, die Erich vor seinem inneren Auge gesehen hatte. Und mehr noch: Wie viele Männer waren auf der einen wie der anderen Seite gestorben – bedeutende Künstler, Erfinder und Vordenker oder solche, die es noch geworden wären? Wie viele Musikstücke würden nun der Menschheit verwehrt bleiben, wie viele Skulpturen oder Gemälde niemals gefertigt werden? Was, wenn genau der Mensch, der zur Lösung eines entscheidenden Problems der Zukunft hätte beitragen können, durch eine Gewehrkugel niedergestreckt worden war? Wofür? All diese Gedanken, mit denen Gerd sich während des Krieges und auch danach quälte, hatten ihn zu einem anderen Menschen werden lassen. Der Buchhalter Gerd Nolte mit seinen Werten und moralischen Vorstellungen war im Krieg gestorben. Und das bisschen Leben, das dieser elende Krieg als halbverdauten Rest wieder ausgespuckt hatte, war nicht mehr das gleiche wie zuvor. Es mochte verwerflich sein und gewiss gegen das Gesetz, was er heute tat und zu welchen Mitteln er griff, um das durchzusetzen, was bei seiner Tätigkeit für Constantin notwendig war und was von ihm erwartet wurde. Doch Gerd hatte keinerlei Bedenken oder gar Gewissensbisse. Zu viel war inzwischen geschehen, und seine Eltern und seine Frau waren längst tot. Sein Interesse galt nun ausschließlich dem Schutz Constantins und der Organisation, denn das war die einzige Familie, die er noch hatte.

Sie erreichten das Hotel Astor, und während Schnurr, Köhler und Denker sich verabschiedeten, um im nebenan gelegenen Varieté ihrer Arbeit nachzugehen, betraten Constantin und Gerd zusammen das Hotel.

»Kann ich dich kurz sprechen?«, wandte sich Gerd an seinen Chef.

Constantin sah ihn an. »Sicher. Komm mit nach oben. Ich wollte noch eben bei Marie vorbeischauen und mich erkundigen, ob irgendetwas Besonderes vorgefallen ist. Doch das kann warten.«

»Danke.«

Zusammen gingen sie in Richtung Lift. Der Rezeptionist grüßte überschwänglich, was Constantin mit einem Kopfnicken quittierte. Dann betraten sie den Aufzug und ließen sich vom Liftboy in die zweite Etage fahren.

Sie sprachen kein Wort, erst im Büro brach Constantin das Schweigen.

»Also, Gerd, wo drückt der Schuh?«

»Wir kennen uns jetzt schon eine ganze Weile«, begann Nolte.

»Allerdings. Und du willst mir hoffentlich nicht sagen, dass du die Nase voll hast und vorhast, dich aus dem Staub zu machen.«

Gerd schüttelte den Kopf. »Nein, keine Sorge. Das ist es nicht.«

»Was ist es dann?« Constantin beugte sich vor. »Hast du Schwierigkeiten? Keine Sorge, das kriegen wir hin. Egal, was es ist.«

Nolte hob abwehrend die Hände. »Nichts dergleichen. Trotzdem danke.« Er setzte sich gerade hin. »Wir konnten doch immer ganz offen sein, nicht wahr?«

»Sicher.«

»Gut. Denn ich möchte nicht, dass du mich falsch verstehst.«

»Gerd, rede nicht um den heißen Brei herum. Raus mit der Sprache!«

Nolte räusperte sich. »Warum willst du ins Boxgeschäft einsteigen?«

Constantin lehnte sich in seinem Schreibtischsessel zurück. »Das weißt du ganz genau, Gerd.« Er musterte seine rechte Hand einen Moment lang, dann fügte er hinzu: »Falls du glaubst, ich würde dir weismachen, dass man damit eine Menge Geld verdienen kann, irrst du. Das ist die Version für die anderen.« Er beugte sich wieder vor. »Ich werde nach und nach immer mehr Kämpfe veranstalten und nebenher ordentlich Kohle scheffeln, doch am Ende geht es mir darum, diesen Arnold Schnidtke aus der Reserve zu locken. Einer seiner Frankfurter Boxer wird gegen einen von unseren Leuten kämpfen, und dann ist er fällig.« Er verzog grimmig die Miene und ballte die Hand zur Faust.

Nolte atmete geräuschvoll aus. »Genau das hatte ich befürchtet.«

»Du kennst mich gut, Gerd. Vermutlich besser als jeder andere. Und genau aus diesem Grund mache ich dir auch nichts vor. Ich habe jetzt fast acht Monate die Füße still gehalten, um innerhalb des Rings keinen Staub aufzuwirbeln. Doch die Sache auf sich beruhen zu lassen ist für mich keine Option. Ich werde mir diesen Kerl vorknöpfen. Nicht unsere Leute, nein, *ich* nehme ihn mir vor. Ich allein. Und wenn ich mit ihm fertig bin, wird nicht mehr viel übrig sein, was sie mit zurück nach Frankfurt nehmen können.«

Gerd überlegte kurz, dann nickte er. »Ich dachte mir, dass es darum geht und nicht um die Einnahmen aus den Wetten oder dem Kampf selbst.«

»Und nun willst du es mir ausreden?« Constantin sah ihn herausfordernd an.

»Nein.« Nolte schüttelte den Kopf. »Das wäre sinnlos. Sag mir lieber, wie ich dich unterstützen kann und auf was ich achten soll.«

»Genau deshalb schätze ich dich so«, stellte Constantin fest. »Du hast einen sehr realistischen Blick auf die Dinge, und ich weiß, dass ich mich zu hundert Prozent auf dich verlassen kann.«

»Das kannst du«, bekräftigte Gerd.

Constantin streckte den Arm aus und klopfte seiner rechten Hand auf die Schulter. »Ich denke, wir sollten es langsam angehen lassen. Dieser Langkamp ist nicht schlecht und hat das Potenzial, Leute zu ziehen. Wir werden ihn ein bisschen aufbauen.«

»Und was kann ich konkret machen?«

»Deine Aufgabe wird es sein, weitere Boxer anzuwerben. Wir

müssen mehr als nur einen Langkamp haben, wenn wir uns für die Frankfurter interessant machen wollen.«

»Du willst das also richtig groß aufziehen, ja?«

»Mit stetiger Steigerung, ganz genau. Fünf oder sechs vorzeigbare Boxer müssten genügen. Hör dich ein bisschen um.«

»In Ordnung. Was sonst noch?«

»Wir brauchen einen Ort, an dem die Männer vernünftig trainieren können.«

»Vielleicht in einer der Lagerhallen am Westhafen«, schlug Nolte vor.

»Gute Idee. Kümmere dich darum und besorg alles, was die Jungs zum Trainieren brauchen. Sie sollen glauben, dass wir wirklich etwas für sie aufbauen. Dann kommen auch die guten Boxer von ganz allein.«

»Wird erledigt.« Nolte stand auf. »Eines noch. Was wird aus der Boxhalle und allem anderen, wenn du mit Schnidtke fertig bist?«

Constantin zuckte die Schultern. »Ist mir gleich. Von mir aus kannst du eine Fackel reinwerfen und alles niederbrennen. Ich will nur Schnidtke. Und den werde ich auch kriegen.«

Es war gegen halb zehn am Abend, als Constantin sein Büro im Varieté verließ und sich oben ans Geländer stellte, um von dort aus das Treiben in seinem Lokal zu beobachten. Sein Blick fiel auf einen Stammgast, der schon um diese Zeit so betrunken zu sein schien, dass ihm das Bier seitlich aus dem Mundwinkel lief und einen dunklen Fleck auf seinem hellen Hemd hinterließ – für Constantin unvorstellbar. Sich derart gehenzulassen hatte in seinen Augen nicht das Geringste mit Genuss, sondern ausschließlich mit Kontrollverlust zu tun, und wenn er diesen Kerl so betrachtete, empfand er nichts als Abscheu.

Sein Blick fiel auf die Tür. Der dunkle Vorhang, der als Windfang diente, wurde beiseitegeschoben, und Fritz Langkamp und sein Boxfreund, dessen Namen Constantin nicht kannte, traten ein. Koziol war nicht dabei. Doch damit hatte Constantin auch gar nicht gerechnet. Dieser Dummkopf von einem Trainer überschätzte seinen Einfluss auf Langkamp erheblich. Constantin lächelte. Er wusste, dass er Langkamp ohne Koziol noch um einiges schneller auf seine Seite ziehen und dazu bringen würde, genau das zu tun, was er wollte. So wie alle stets das taten, was Constantin von ihnen verlangte.

Er stieß sich vom Geländer ab und stieg die Stufen hinab. Unten heizten Fredy und seine Jungs dem feierlustigen Publikum mit lauten, schnellen Dixie-Klängen ein. Constantin hob kurz die Hand, was Fredy mit einer Bewegung seiner Trompete erwiderte, dann ging der Varietébetreiber zu Langkamp und dessen Begleiter hinüber, die hinter dem Vorhang stehen geblieben waren und sich offenbar einen Überblick zu verschaffen versuchten.

Constantin streckte erst Langkamp, dann dessen Boxkumpan die Hand entgegen. »Willkommen im Astor. Constantin von Plesow«, stellte er sich Langkamps Begleiter vor.

»Peter Schiller«, antwortete dieser und schüttelte die ihm gereichte Rechte.

»Kommen Sie!«, bot Constantin an und führte die beiden hinüber zum Tresen.

»Whisky?«

Langkamp schüttelte den Kopf. »Für mich lieber ein Bier.«

»Ebenso«, stimmte Schiller zu.

»Eduard«, sprach Constantin seinen Mann hinter dem Tresen an, »zwei Bier und einen Whisky.«

»Kommt sofort, Chef.«

»Die Herren hier sind meine persönlichen Gäste.«

»Geht klar, Chef.«

Köhler reichte ihnen die Getränke, und Constantin stieß mit den beiden an. »Auf unsere Zusammenarbeit, würde ich sagen.«

»Ganz so weit sind wir noch nicht«, bremste Langkamp vorsichtig.

»Stimmt. Denn bisher habe ich noch keinen von Ihnen beiden kämpfen sehen. Ich weiß also gar nicht, ob sich eine Investition für mich überhaupt lohnt.«

»Haben Sie nachher noch Zeit?«, fragte Schiller.

»Halt die Klappe, Peter«, fuhr Langkamp seinen Freund an.

Constantin sah von einem zum anderen. »Es gibt also nachher noch einen Kampf?«

Langkamp schüttelte den Kopf. »Ist nur 'n Spaß. Keine große Sache.«

»Und wo?«, fragte Constantin.

Schiller sah schuldbewusst zu seinem Freund. Er wusste, dass es ein Fehler gewesen war, so leichtfertig darüber zu sprechen. »Fritz hat recht. Es ist eigentlich nichts.«

Constantin legte den beiden die Arme um die Schultern. »Wir sind doch hier unter Freunden«, stellte er jovial fest. »Da sollten illegale Wetten kein Thema sein. Also?«

»Wir verdienen uns bloß ein bisschen Geld dazu, mehr nicht«, räumte Schiller zögerlich ein. Ist echt keine große Sache.«

»Und wer tritt gegen wen an?«

Langkamp zuckte mit den Schultern. »Wolfgang Schenker organisiert das Ganze. Er bringt unsere Gegner mit.«

»Wolfi?« Constantin lachte spöttisch auf. »Mit so einem lasst ihr euch ein?« Fast unmerklich war er zum vertrauten Du übergegangen. »Der hat nun wirklich seine besten Zeiten hinter sich.«

»Das wissen wir«, pflichtete Schiller ihm bei. »Doch es ist leicht verdientes Geld.«

Constantin schmunzelte gönnerhaft. »Ich werde kommen und mir die Sache mal ansehen. Und dann reden wir darüber, wie eure Zukunft aussehen kann.«

Langkamp und Schiller tauschten einen Blick. »Um Mitternacht am Hafen, in der alten Fischfabrik.«

»Da gibt es einen Boxring?«

»Keinen Ring. Nur Boxen.«

»Gut. Dann haltet euch einigermaßen nüchtern. Nicht dass ich am Ende in die Männer investieren will, die Wolfi mitbringt.«

Es war kurz vor Mitternacht, als Constantin von Plesow in Begleitung von Gerd Nolte, Ludger Schnurr und Klaus Denker die alte Fischfabrik betrat, vor der etliche Autos parkten und die zu den wenigen Gebäuden am Hafen gehörte, die jetzt noch beleuchtet waren. Sollte es eine Razzia geben, würde die Polizei schnell fündig werden.

Obwohl die Fabrik schon viele Jahre leer stand, schlug ihnen ein beißender Fischgeruch entgegen. Die Ankunft der vier Männer blieb nicht unbemerkt. Die Zuschauer stießen einander an und tuschelten, und Constantin stellte mit einer gewissen Genugtuung fest, dass man ihn offenbar erkannt hatte.

»Na, wenn das keine Überraschung ist.« Wolfgang Schenker eilte auf die Gruppe zu und reichte Constantin die Hand. Er war sichtlich in die Jahre gekommen und wirkte nun noch gedrungener als früher, auch die Haare waren weniger geworden. »Constantin von Plesow höchstpersönlich.«

»Tag, Wolfi. Lange nicht gesehen.«

»Wir verkehren eben nicht in den gleichen Kreisen.« Schenker zwinkerte Constantin zu. »Was verschafft uns die Ehre?«

»Ich bin nur neugierig. Hab gehört, dass hier gekämpft wird.«

»Stimmt. Aber wahrscheinlich nicht so, wie es dir gefällt.«

»Ob es mir gefällt oder nicht, sehe ich ja dann«, stellte Constantin fest.

»Willst du wetten? Der Einsatz geht bei zehn Mark los.«

»Warum nicht. Wer kämpft?«

Wolfgang Schenker grinste schief. »Ich möchte wetten, dass du das schon weißt. Aber gut, ich verrate es dir trotzdem. Im ersten Kampf Peter Schiller, der bei Manfred Koziol trainiert, gegen Heinz Schneyder.«

»Und dieser Heinz Schneyder, von wem wird der trainiert?«

»Von einem Niemand. Harald Dierks heißt der Kerl.«

»Scheint eine sichere Sache für Schiller zu sein, oder?«

»Wenn du mich fragst, schon. Die Männer von Koziol sind nicht schlecht.«

»Gibt es noch weitere Kämpfe?«

»Fritz Langkamp gegen Lorenz Altbach. Altbach hat keine Chance, wenn du mich fragst.«

Constantin zog seine Brieftasche hervor. »Fünfzig auf Schiller und hundert auf Langkamp.« Er reichte Schenker die Scheine, die der ihm förmlich aus der Hand riss.

»Alles klar. Da drüben gibt's Bier, wenn ihr was wollt.« Er deutete auf den hinteren Teil der Halle.

»Danke.«

Wolfgang Schenker nickte noch einmal, dann ging er davon.

»Will einer von euch was trinken?«, fragte Constantin.

»Ich will mir doch nichts einfangen«, lehnte Schnurr ab, während die anderen die Köpfe schüttelten.

Kurz darauf kam Bewegung in die stehende Menge, und auch Constantin drängte sich mit seinen Leuten weiter vor.

Peter Schiller und ein Mann, den Constantin noch nie zuvor gesehen hatte, waren hereingekommen und stellten sich nun voreinander auf. Beide trugen Boxhandschuhe. Um sie herum ließen die Zuschauer einigen Abstand, als stünden sie um einen Boxring herum. Erst jetzt bemerkte Constantin die mit Kreide gezogenen Linien in Form eines Rechtecks, die offenbar als Markierungen dienten. Dahinter war eine weitere Kreidemarkierung für die Zuschauer zu sehen.

»Und kämpft!«, rief Wolfgang Schenker laut, worauf die Kontrahenten sofort zu boxen begannen.

Constantin konnte nur den Kopf schütteln. Noch schlechter konnte man einen solchen Kampf nicht präsentieren.

Erst tänzelten die Boxer umeinander herum. Mal ließ der eine den Arm vorschnellen, dann der andere. Irgendwann ertönte ein Gong, und es wurden eilig zwei Stühle gebracht, auf die die Sportler sich fallen ließen. Dann ertönte abermals der Gong, und der Kampf ging weiter. Die ersten sieben Runden waren vollkommen ereignislos, und das Einzige, was heftiger wurde, war das Gebrüll der Menschen, weil jeder den Boxer, auf den er gesetzt hatte, anfeuerte.

Erst als die achte Runde eingeläutet war, schien Leben in die Kontrahenten zu kommen. Vor allem Schiller erhöhte sowohl die Zahl als auch die Härte seiner Schläge, ließ seine Faust wieder und wieder pfeilgerade vorschnellen und landete einen Treffer nach dem anderen. Nur mit Glück rettete der Gong seinen Gegner, der sich kraftlos und blutend auf den Stuhl sinken ließ.

»Alles klar«, sagte Constantin zu Nolte. »Sie müssen also mindestens acht Runden kämpfen.«

Nolte nickte. »Schließlich will man den Leuten ja was bieten.«

Constantin nickte. Der Gong ertönte, und die Boxer standen wieder auf.

»Diese Runde macht Schiller kurzen Prozess«, befand Constantin, worauf Nolte abermals zustimmend nickte.

Und tatsächlich ging Schiller wie ein wilder Stier auf seinen Gegner los, ließ eine rasche Folge von Schlägen auf diesen niederprasseln und landete manch einen Treffer. Als Heinz Schneyder kurz die Deckung sinken ließ, schoss Schillers Rechte vor und erwischte ihn mitten am Kinn. Schneyder ging wie ein gefällter Baum zu Boden. Kurz blieb Schiller noch stehen und sah auf den Kontrahenten hinab, doch der regte sich nicht mehr und wurde schließlich von vier Männern an Armen und Beinen gepackt und weggetragen.

Im nächsten Moment betrat Wolfgang Schenker das Kreiderechteck und bezahlte die Männer, die bei dem Kampf auf Schiller gesetzt hatten. Auch Constantin bekam fünfundfünfzig Mark in die Hand gedrückt.

»Nicht gerade üppig«, befand Constantin.

»Wird mehr, wenn du auf einen Außenseiter setzt und gewinnst«, stellte Schenker knapp fest und ging weiter zum Nächsten.

Kurz darauf betraten Fritz Langkamp und dessen Gegner Lorenz Altbach den eingezeichneten Ring. Der Jubel war wesentlich lauter als zuvor bei Schiller. Offenbar hatte Langkamp sich tatsächlich bereits einen gewissen Ruf erworben, wie Constantin zufrieden feststellte. Und wenn er ihn und einige andere, wie beispielsweise Peter Schiller, richtig einsetzte, würde er über kurz oder lang auch Schnidtkes Aufmerksamkeit gewinnen. Ja, er war definitiv auf dem richtigen Weg, das spürte er.

Langkamp sah zu ihm herüber, und aus einer spontanen Eingebung heraus verschaffte Constantin sich Platz und drängte sich bis nach vorn durch.

»Fritz!«, rief er ihm zu. »Komm mal her.«

Langkamp kam zu ihm, und Constantin flüsterte ihm zu: »K. o. in der ersten Runde, hörst du?«

Langkamp schüttelte den Kopf. »Ich muss mindestens acht Runden machen.«

»Ich weiß, aber nicht heute Abend. Wie viel bezahlt Wolfi dir?«

»Zwanzig pro Kampf. Aber nur wenn ich die acht Runden durchziehe.«

»Du kriegst vierzig von mir, wenn du ihn in der ersten Runde umhaust und er nicht wieder aufsteht.«

Langkamp überlegte nur kurz, dann nickte er. »Geht klar.«

»In Ordnung.« Constantin trat zurück und ging zu seinen Männern, die noch immer an der Stelle standen, an der er sie zurückgelassen hatte.

»Was hast du ihm gesagt?«, wollte Nolte wissen.

»Wirst du gleich sehen.«

Der Gong ertönte, und Langkamp ging sofort mit heftigen Schlägen auf seinen Gegner los. Dieser schien vollkommen überrascht und taumelte bereits nach wenigen Sekunden.

Wolfgang Schenker rief Langkamp etwas zu, was Constantin nicht verstand, wenngleich er sich natürlich zusammenreimen konnte, worum es ging. Lorenz Altbach schien darüber, dass sein Gegner sich offenbar nicht an die Absprache halten wollte, ebenso überrascht wie wütend. Außer sich vor Zorn ging er nun seinerseits auf Langkamp los und prügelte auf diesen ein. Fritz Langkamp hob die Deckung und tauchte unter Altbachs Schlägen ab. Das Publikum johlte, feuerte beide immer lauter an. Langkamp setzte eine schnelle Schlagfolge, Altbach reagierte, hob die Deckung, versuchte seinerseits, Treffer zu platzieren. Langkamp war anzusehen, dass er unbedingt den K. o. erzwingen wollte, und Altbach, dass dieser sich verzweifelt wehrte. Wie von Sinnen droschen die beiden aufeinander ein. Bis zum Gong konnte es nur noch wenige Momente dauern. Eine weitere schnelle Rechts-links-Kombination von Langkamp prasselte auf Altbach nieder. Dieser hob abermals die Deckung, versuchte sich wegzuducken. Langkamp tänzelte zurück, und Altbach hob den Kopf. Ein Fehler, wie er sogleich erkennen musste, denn in diesem Moment traf ihn Langkamps harte Rechte mitten ins Gesicht. Altbach taumelte rückwärts, Langkamp setzte nach und schlug abermals mit voller Härte zu. Genau in dem Moment, in dem der Gong ertönte, ging Altbach zu Boden und blieb reglos liegen.

3. Kapitel

»Gewiss hätte ich die Kraft, mich zu erheben.
Doch der Sinn, weshalb ich es tun sollte, entzieht sich mir.«
BERNADETTE VON PLESOW

Es war bereits später Nachmittag, und Bernadette würde schon in Kürze nach unten gehen, um sich im Restaurant mit den von Hohewalds zu treffen. Jetzt erst gestattete sie sich, das Kuvert, das an der Rezeption für sie abgegeben worden war, aufzunehmen und mit dem Brieföffner einzuschneiden.

Sie zog ein schlichtes weißes Blatt ohne Monogramm heraus, auf dem ihr handschriftlich mitgeteilt wurde, dass sie zu einer Zusammenkunft eingeladen sei, um das Leben und Streben des verstorbenen Freundes und Gleichgesinnten Alexander von Plesow zu würdigen. Bernadette fröstelte. Sie atmete einmal tief durch. Alexander. Sie waren im Streit auseinandergegangen, und ihr ältester Sohn war in dem Bewusstsein gestorben, dass sie, seine eigene Mutter, ihn niemals wiedersehen wollte. Sie bedauerte das alles zutiefst. Nicht ihre Empörung über sein Verhalten. Sie war der festen Überzeugung, dass ihre Wut berechtigt gewesen war, da Alexanders leichtfertiges Handeln eine ganze Familie das Leben gekostet hatte. Aber womöglich hatte sie zu hart reagiert, indem sie keinen Zweifel daran gelassen hatte, dass ihr Verhältnis unwiederbringlich zerstört war. Womöglich wäre er nie nach Berlin gereist, um sich mit Constantin zu besprechen, und noch am Leben, hätte sie ihm nicht gesagt, sie wolle ihn nie wiedersehen.

Sie ließ das Papier mit einem Seufzer auf die Tischplatte sinken. Für einen kurzen Moment schloss sie die Augen. Sie musste sich zusammennehmen, durfte sich nicht erlauben, noch einmal die Fassung zu verlieren. Das hatte sie bereits vorhin bei Josephine getan, und so menschlich es in den Augen anderer auch sein mochte, sie verabscheute es, Schwäche zu zeigen. Weder nach außen hin noch sich selbst gegenüber. Für einen Moment schloss sie erschöpft die Augen. Wo war nur ihr Kampfgeist geblieben? Es schien, als wäre er zusammen mit Alexander begraben worden. Dabei hatte sie, solange sie denken konnte, immer nur das eine Ziel gehabt: Sie wollte das Grand Hotel zum ersten Haus am Platz machen. Das hatte sie geschafft. Und wie. Ihr Hotel war weit über die Grenzen von Binz hinaus bekannt. Es stand für Luxus, ausgezeichnetes Essen, gehobenen Komfort, Seefrische und eine unbeschwerte Zeit, in der das Personal den Gästen alles abnahm und jeden noch so ungewöhnlichen Wunsch erfüllte. Das Grand war eine Klasse für sich, und Bernadette liebte es dafür. In diesem Moment schämte sie sich fast für die Trägheit, die sie trotz des Glücks, Eigentümerin genau dieses Hotels zu sein, an den Tag legte. Sie konnte es sich selbst nicht erklären. Irgendwie war da dieses Gefühl der Sinnlosigkeit. Was nützte es ihr, immer weiterzumachen, wenn ihr der Herrgott doch nach und nach alles nahm, was ihr wirklich etwas bedeutete?

Sie dachte an ihre Tochter und an ihr Gespräch vorhin. Sollte sie wirklich in Erwägung ziehen, Josephine in die Hotelarbeit mit einzubinden? Sie war Künstlerin mit Leib und Seele, und es hatte wahrlich lange genug gedauert, bis sie ihren Weg und ihren Platz im Leben gefunden hatte. Noch vor zwei Jahren hätte Bernadette die Tochter manches Mal für ihre Leichtfertigkeit und ihre oberflächliche Art erwürgen mögen. Es hatte Josephine an Ernsthaftigkeit gefehlt, vor allem aber auch an Ehrgeiz und Fleiß. Das war inzwischen vollkommen anders. Josephine gab sich der Kunst nicht nur hin, sie arbeitete tatsächlich an ihren Gemälden. War es richtig, ihr zu gestatten, ins Hotelfach zu wechseln? War dieser Wunsch nicht nur Josephines Gewissen geschuldet, die offenbar nicht mit ansehen konnte, dass es ihrer Mutter nicht gut ging?

Fast ärgerte sie sich, dass die Tochter sie so gut zu durchschauen vermochte. Merkte man ihr wirklich so sehr an, wie es in ihr aussah? Dabei hatte Bernadette sich doch stets eingebildet, ein Buch mit sieben Siegeln für ihre Mitmenschen zu sein. Sie sah noch einmal auf das Papier. Das Treffen sollte bereits am kommenden Samstag stattfinden. Eine Unverschämtheit, so kurzfristig über ihre Zeit verfügen zu wollen. Dennoch beschloss sie, an der Zusammenkunft teilzunehmen, wenngleich sie keine Ahnung hatte, was sie dort erwarten würde. Aber schließlich ging es um Alexander, ihren verstorbenen Sohn. Welchen Eindruck würde es machen, wenn sie die Einladung einfach so ausschlug?

Sie zog die oberste Schublade ihres Schreibtischs auf und legte den Brief hinein. Kurz fiel ihr Blick auf das gerahmte Foto von Alexander, das darin zusammen mit den anderen Bildern verstaut war. Nach seinem Tod hatte sie sämtliche Aufnahmen von ihrem Schreibtisch geräumt. Sie konnte es nicht ertragen, auf all die toten Menschen zu sehen, die eigentlich an ihrer Seite sein und mit ihr das Leben teilen sollten.

Bernadette wandte den Blick ab und schob die Schreibtischschublade zu. Ruckartig stand sie auf, strich ihren Rock glatt, nahm den kleinen Flacon und spritzte etwas Parfüm hinter ihre

Ohren und in den Nacken. Es gab niemals einen Grund, nicht gut zu riechen, und *Adieu Sagesse* von Jean Patou war derzeit Bernadettes Lieblingsduft. Sie ging zu dem kleinen Bad, das ihrem Büro angeschlossen und eigens ihretwegen gebaut worden war. Wenn Bernadette eines an dem Wohlstand, den sie sich im Laufe der Zeit erarbeitet hatte, zu schätzen wusste, dann war es der Luxus, die Dinge um sich herum so zu gestalten, wie sie für sie optimal waren. Ja, sie mochte weder einfaches Essen, das nur rasch zubereitet wurde, noch wollte sie sich in einer Umgebung aufhalten, die nicht ihren Ansprüchen genügte. Und diese hatten sich im Laufe der Jahre tatsächlich verändert. War sie früher auch mit weniger zurechtgekommen, empfand sie es heute als selbstverständlich, nur die besten Speisen und erlesensten Weine serviert zu bekommen, die schönsten Stoffe zu tragen und teures Parfüm aufzulegen. Der Preis, den sie hierfür in all den Jahren gezahlt hatte, war hoch gewesen. Höher, als sie jemals gedacht hätte.

Sie drehte den vergoldeten Wasserhahn auf und ließ das kühle Nass über ihre Hände laufen. Dann nahm sie einen der bereitliegenden Waschlappen, durchfeuchtete ihn und drückte ihn erst gegen die Stirn und dann in den Nacken. Nach einem Moment tauchte sie ihn abermals ein, betupfte ihre Wangen und sah in den Spiegel. Sie war blass, die Ringe unter ihren Augen zeugten von unruhigen Nächten. Bernadette berührte mit der Spitze des Zeigefingers die Augenpartie. Die Fältchen waren mehr geworden. Sie griff nach dem kleinen gelben Aluminiumdöschen, dessen Aufschrift versprach, der Inhalt würde die zarte Haut schön, gesund und jugendfrisch machen. Vorsichtig klopfte sie die weiße Creme um ihre Augen herum ein. Tatsächlich wirkte ihre Haut sogleich um einiges frischer und damit auch jünger. Trotz ihrer inzwischen fünfzig Jahre war sie noch immer eine schöne Frau, dachte Bernadette, die weiter kritisch ihr Spiegelbild beäugte. Es fehlte ihr gewiss nicht an Möglichkeiten, sich einen Verehrer zuzulegen und sich für eine Weile Ablenkung zu verschaffen, doch danach stand ihr nicht der Sinn. Kurz vor Alexanders Tod hatte sie alles aufgeben und Major Götz Wilhelm heiraten wollen. Ja, sie war bereit gewesen, Alexander das gesamte Hotel zu übertragen und ihr Glück zu leben an der Seite des Mannes, dem es als Einzigem gelungen war, nach dem Tode ihres Ehemannes Karl ihr Herz zu erreichen. Doch mit Alexanders Tod war alles anders gekommen. Götz hatte sie nicht länger nach einer gemeinsamen Zukunft gefragt – er war ein kluger Mann, der ihre Gedanken auch dann zu ahnen schien, wenn sie sie nicht aussprach. Auch ohne Worte wusste er, dass Alexanders Tod alles verändert hatte. Eine Weile war Götz noch in Binz geblieben, dann, es mochte Ende Februar gewesen sein, war er zu Bernadette gekommen und hatte ihr mitgeteilt, seinen Militärdienst wieder aktiv aufnehmen zu wollen. Aufgrund der immer stärker aufflammenden Unruhen war die Regierung dazu übergegangen, mehr und mehr Reservisten heranzuziehen, die die Stabilität im Lande sichern sollten. Bernadette hatte nicht einen Moment lang versucht, ihn zum Bleiben zu überreden. Der Zugang, den Götz zu ihrem Herzen gefunden hatte, schien wie gekappt, und Bernadette spürte nichts mehr von dem, was sie noch vor Alexanders Tod für ihn empfunden hatte. Genau genommen hatte sie das Gefühl, überhaupt nichts mehr zu empfinden. Seufzend stieß sie sich vom Waschbecken ab und straffte die Schultern. Sie durfte jetzt nicht aufgeben. Stattdessen musste sie den Stolz und die Nonchalance an den Tag legen, die ihr schon durch so viele Krisen geholfen hatte. Sie wollte die alte Bernadette von Plesow zurückhaben, die Kämpferin, und es war an ihr, dafür zu sorgen, dass diese ins Leben zurückkehrte.

Sie legte den nassen Waschlappen auf den Rand des Beckens, dann ging sie hinaus und verschloss sorgfältig die Bürotür hinter sich.

Es war zwanzig nach sechs, als Bernadette das Restaurant des Grand betrat. Sofort richteten sich wie so oft alle Blicke auf sie. Bernadette lächelte, ging zum ersten Tisch, der besetzt war, und begrüßte herzlich ihre Gäste, das Ehepaar von Giesing, das mit ihrem Sohn Raimund im Hotel weilte. Bernadette hatte es sich schon vor Jahren zur Gewohnheit gemacht, sich die Gesichter ihrer Gäste einzuprägen, außerdem ging sie regelmäßig mit Werner Druminski die Namen der am Tage Ankommenden durch, um mit ihm gemeinsam abzugleichen, ob diese schon einmal im Grand gewesen waren oder nicht. Es war ihr sehr wichtig, dass die Menschen das Gefühl hatten, Bernadette würde jeden von ihnen persönlich kennen, sich an ihn erinnern und sich aufrichtig freuen, ihn wieder als Gast im Hotel begrüßen zu dürfen. Nur so, das war ihre feste Überzeugung, konnte sie die Menschen an sich und ihr Grand binden.

Bernadette zeigte sich erfreut, als ihr die von Giesings berichteten, welch wunderbaren Tag sie in Binz verbracht hatten und wie sehr sie den Komfort im Hotel und die Bemühungen des Personals genossen. Veronika von Giesing sprach besonders enthusiastisch über die einzigartige Atmosphäre, die der Akkordeonspieler mit seinen Melodien erschuf, und dass andere Orte an der See, in denen die Sommerfrische genossen werden konnte, gut daran täten, sich ebenfalls um einen solchen Musikanten zu bemühen. Bernadette pflichtete ihr bei, wenngleich sie selbst die Akkordeonmusik oft als störend, ja sogar nervenzerreißend empfand. Doch natürlich sagte sie dies nicht. Bernadette wusste, dass das sehnsuchtsvolle Spiel des ehemaligen

Soldaten die Menschen berührte. Womöglich lag es auch an der Versehrtheit des Mannes, der mit nur einem Bein aus dem Krieg heimgekehrt war und nun Tag für Tag in seiner Uniform an der Promenade saß, die Haare korrekt gescheitelt und stets überaus höflich, ganz gleich, ob man ihm eine Münze in die am Boden liegende Uniformmütze warf oder nicht.

»Morgen wird ein großer Tag für unser Land«, frohlockte Veronika von Giesing und legte die Hand auf den Unterarm ihres Ehemannes. »Adalbert freut sich sehr darauf, nicht wahr, mein Lieber?«

»Ja, in der Tat«, stimmte ihr Ehemann mit fester Stimme zu. »Mit Hindenburg haben wir einen fähigen Mann im Sessel des Reichspräsidenten, der unser Land zu alter Stärke führen wird.«

Bernadette lächelte wohlwollend. Sie war mit der Wahl Paul Hindenburgs zum Reichspräsidenten alles andere als glücklich, doch keinesfalls würde sie ihre Gedanken und damit ihre politische Überzeugung preisgeben. In ihren Augen würde am morgigen Tag ein ehemaliger Generalfeldmarschall und alter Mann, dessen Führung ganz und gar nicht in die neue Zeit passte, als Reichspräsident vereidigt werden. Sie sah in Hindenburg nicht den notwendigen Reformer, sondern ein Überbleibsel der Kaiserzeit. Er könnte den Anforderungen des Umschwungs als Reichspräsident bestimmt nicht gerecht werden.

»Fürwahr, es wird ein Tag werden, der in die Geschichtsbücher eingeht«, sagte sie dennoch lächelnd. »Und nun wünsche ich Ihnen einen wunderbaren Abend. Genießen Sie Ihr Mahl.«

»Das werden wir. Haben Sie vielen Dank«, erwiderte Adalbert von Giesing.

Bernadette nickte der Familie Giesing noch einmal freundlich zu, dann ging sie zum nächsten Tisch und hörte im Weggehen, dass Veronika von Giesing ihrem Mann zuflüsterte, was für eine angenehme Person Bernadette doch sei. Sie behielt ihr Lächeln bei und begrüßte nun das Ehepaar Gottwald, das schon zum wiederholten Male im Hotel weilte und von dem Bernadette wusste, dass es den ganzen Tag im Ort unterwegs war und stets erst am frühen Abend ins Hotel zurückkehrte. Sie plauderten ein wenig miteinander, und auch hier erhielt Bernadette die Rückmeldung, wie wohl sich das Ehepaar im Hotel fühlte.

Nachdem sie auch den Gottwalds einen schönen Abend gewünscht hatte, ging sie weiter von Tisch zu Tisch und begrüßte jeden der Anwesenden mit Namen. Schließlich erreichte sie ihren eigenen Platz und setzte sich. Inzwischen war es fünf nach halb sieben. Bernadette war froh, noch einige Momente für sich zu haben, bevor die von Hohewalds ebenfalls eintreffen würden.

Der Kellner kam an ihren Tisch und verbeugte sich tief. »Guten Abend, gnädige Frau.«

»Guten Abend, Casper. Ich werde zunächst ein Glas Champagner trinken.« Bernadettes Blick fiel auf die Eingangstür, in der in diesem Augenblick Josephine erschien. Gemessenen Schritts betrat diese den Raum, ging langsam an den Tischen vorbei und begrüßte jeden der Gäste. Nicht wie Bernadette es zuvor getan hatte, aber doch so, dass sie jeden ansprach, einen guten Abend wünschte und ein genussvolles Speisen.

»Bring zwei Gläser Champagner, Casper«, bestellte Bernadette mit einem Schmunzeln.

Der Kellner verbeugte sich eilig und verschwand.

Josephine trat an Bernadettes Tisch, beugte sich herab und hauchte ihr einen Kuss auf die Wange. »Guten Abend, *maman.*«

»Guten Abend, Josephine. Bitte, nimm Platz.«

»Merci beaucoup, maman.«

Erst nachdem Josephine sich gesetzt hatte, nahmen die Gäste

des Restaurants ihre Gespräche wieder auf. Zuvor hatten fast alle Blicke auf der Tochter der Hoteliersfrau geruht.

»Du verstehst es, auf dich aufmerksam zu machen«, bemerkte Bernadette und legte ihre Hand auf Josephines.

»Ich habe von der Meisterin gelernt«, gab diese zurück und schenkte ihrer Mutter ein breites Lächeln.

In diesem Moment kam Casper mit zwei Gläsern Champagner auf einem Tablett an den Tisch.

»Ich habe mir die Freiheit genommen, dir ebenfalls ein Glas zu bestellen.« Bernadette lächelte die Tochter an.

»Wunderbar. Dann können wir sogleich auf unsere gemeinsame Zukunft anstoßen.«

Der Kellner stellte die Gläser ab und verneigte sich.

»Vielen Dank, Casper. Wir erwarten noch Gäste und werden erst später bestellen.«

»Sehr wohl, gnädige Frau.« Er verneigte sich erneut und entfernte sich vom Tisch.

Josephine erhob das Glas. »Welche Gäste erwarten wir denn noch?«

»Die von Hohewalds. Womöglich auch nur sie, Frederike. Ich weiß nicht, ob ihr Mann schon eingetroffen ist.« Bernadette hob ebenfalls ihr Glas.

»Lass uns auf uns trinken, *maman*«, bat Josephine. »Auf dass wir gemeinsam das fortführen, was du und Vater begonnen habt, und darauf, dass du mit meiner Unterstützung wieder die Kraft findest, die dir ein Leben lang zu eigen war.«

»Hört, hört«, sagte Bernadette und setzte ein Lächeln auf, das jedoch im nächsten Moment erstarb, als sie sich selbst dabei ertappte, erneut eben die Maske aufzusetzen, die Josephine an ihr nicht mochte. Vorsichtig stieß sie ihr Glas gegen das ihrer Tochter. »Ich würde mich freuen, wenn dies gelingen könnte.«

»Also sagst du Ja?« Josephine strahlte über das ganze Gesicht.

Bernadette sah sie lange an, dann antwortete sie: »Ich sage: Versuchen wir's.« Sie atmete tief durch und lächelte. »Ja, lass es uns versuchen.« Sie hob das Glas noch einmal. »Auf uns, Liebes. Auf die Von-Plesow-Frauen, auf Stärke, Mut und Geschäftssinn.«

»Und auf die Liebe, die uns als Mutter und Tochter verbindet«, fügte Josephine hinzu. Die Gläser klirrten. Ein wenig zu laut für Bernadettes Geschmack, doch sie behielt den Tadel für sich, prostete Josephine zu und trank dann einen Schluck.

»Ich freue mich unendlich über deine Entscheidung, *maman*«, versicherte diese ihr strahlend. »Du wirst es nicht bereuen, das verspreche ich dir.«

In diesem Moment betrat das Ehepaar von Hohewald das Restaurant. Bernadette stellte ihr Glas ab, stand auf und ging um den Tisch herum. Sofort erhob sich auch Josephine.

Die von Hohewalds bemerkten sie und schlenderten zu ihnen herüber.

»Bernadette«, sagte Frederike von Hohewald und streckte ihr beide Hände entgegen, die Bernadette ergriff und einen kurzen Moment hielt. »Darf ich Ihnen meinen Ehemann vorstellen, Hermann von Hohewald?« Sie deutete mit der Hand auf Bernadette. »Hermann, das ist die wunderbare Bernadette von Plesow.«

»Es ist mir eine Freude.« Bernadette reichte ihm die Rechte, auf die er einen Kuss hauchte.

»Frau von Plesow, ich habe schon so viel von Ihnen gehört. Die Freude ist ganz auf meiner Seite.«

»Für Sie bitte Bernadette. Darf ich Ihnen meine Tochter Josephine vorstellen?«

»Die Ähnlichkeit ist wirklich nicht zu übersehen«, stellte Frederike von Hohewald fest.

»Guten Abend und herzlich willkommen in unserem wunderbaren Grand«, sagte Josephine und reichte zunächst Frederike, dann Hermann von Hohewald die Hand.

Bernadette stellte zufrieden fest, wie formvollendet Josephine die sich selbst auferlegte Rolle als Gastgeberin auszufüllen versuchte.

»Wie schön, dass Sie gekommen sind«, sagte Bernadette nun an die von Hohewalds gewandt und bat die beiden, Platz zu nehmen, dann winkte sie den Kellner an ihren Tisch.

»Bring bitte noch zwei weitere Gläser Champagner, Casper«, sagte sie, dann lächelte sie die von Hohewalds an. »Ihr Einverständnis vorausgesetzt.«

»Oh, wie wunderbar«, stimmte Frederike sofort zu. »Ich liebe Champagner. Und du doch auch, nicht wahr, Liebling?« Sie stieß ihren Mann etwas unsanft an.

»Ja, gewiss«, gab dieser eilig zurück.

»Sehr wohl, gnädige Frau.« Der Kellner verneigte sich und beeilte sich, die Bestellung zu erfüllen.

Alle setzten sich an den Tisch, und sofort begann Josephine eine ebenso höfliche wie charmante Konversation mit den Gästen. Bernadette sah ihre Tochter voller Stolz an. Womöglich war Josephines Heimkehr nach Binz tatsächlich das Beste, was Bernadette und dem Grand hätte passieren können.

4. Kapitel

»Ich spüre, mit jedem meiner Schritte stärker zu werden. Doch ebenso, mich immer weiter von mir selbst zu entfernen.«

Marie Reidel

Sie klopfte und öffnete erst die Tür, als sie aus dem Büro Constantins Stimme vernahm, der »Herein!« rief.

»Guten Tag, Constantin. Kann ich dich bitte kurz sprechen?« Ihr Blick fiel auf den ebenfalls anwesenden Gerd Nolte, der vor dem Schreibtisch seines Chefs saß und sich nun zu ihr umdrehte. Freundlich nickte sie ihm zu.

»Fräulein Reidel«, grüßte Gerd und erhob sich.

»Kannst du, Marie«, antwortete Constantin. »Gerd und ich sind sowieso fertig.«

»Nein, bitte, bleiben Sie, Herr Nolte. Es ist sogar ganz gut, wenn wir die Angelegenheit zu dritt besprechen«, stellte Marie fest. Sie trat ein, schloss die Tür hinter sich und ging auf den anderen Besucherstuhl zu, der neben dem, auf dem Nolte saß, vor dem Schreibtisch stand. Gerd stand auf und rückte ihr das Möbel zurecht.

»Danke schön.« Marie schenkte ihm ein Lächeln.

»Ich hatte ohnehin vor, später noch zu dir zu kommen«, stellte Constantin fest.

»Nun«, erklärte Marie, »mein Anliegen kann nicht warten. Es geht um deinen Angestellten, Herrn Köhler.«

»Eduard? Was ist mit ihm? Ist er dir etwa zu nahe getreten?« Constantin legte die Stirn in Falten.

Marie hob abwehrend die Hände. »Aber nein, das ist noch nie vorgekommen.«

»Gut. Denn das würde ich keinesfalls dulden.«

»Das weiß ich doch. Nein, deine Männer verhalten sich mir gegenüber ausnahmslos korrekt«, bekräftigte Marie.

Constantin nickte. Es hätte ihn auch überrascht, wenn es anders gewesen wäre. Seine Leute wussten sehr genau, dass sie sich vom Personal fernzuhalten hatten. Und zwar nicht nur von den Zimmermädchen, sondern auch von den Tänzerinnen und Huren. Von Marie natürlich erst recht, auch wenn er das nicht ausdrücklich erwähnt hatte. Sie war etwas ganz Besonderes für ihn, und das nicht nur, weil sie quasi zusammen aufgewachsen waren. Marie hatte in Constantins Augen eine bemerkenswerte Entwicklung durchgemacht, seit sie in Berlin war. Genau genommen bereits ab dem Tag ihrer Ankunft. Sie hatte ihm klar und deutlich zu verstehen gegeben, dass sie zwar bereit war, eine Weile im Astor als Zimmermädchen zu arbeiten, doch lediglich für eine begrenzte Zeit. Sie strebte nach Höherem, und sie würde sehr viel darum geben, ihr Ziel zu erreichen. Nichts an ihr erinnerte noch an das schüchterne Zimmermädchen, das im Grand in Binz durch die Gänge gehuscht war und alles rein gehalten hatte. Nein, sie war eine andere geworden. Constantin wusste nicht, was dazu geführt und weshalb sie Binz überhaupt verlassen hatte. Auch konnte er nicht sagen, wann genau sie sich so verändert hatte. Tatsache jedoch war, dass sie im Astor ihre Rolle als Hausdame voll und ganz erfüllte, während Constantin bei Maries Vorgängerin, Frau Stieglitz, immer noch das eine oder andere selbst hatte regeln oder dann und wann beanstanden müssen. Marie dagegen schien alles mühelos und mit Bravour zu bewältigen. Ja, er war sehr zufrieden mit ihr. Doch noch mehr als das genoss er es, sie in seiner Nähe zu wissen, zog sie ihn doch weit stärker an als jede andere Frau zuvor. Natürlich hatte er ihr das nicht gesagt, und vermutlich würde er es ihr auch niemals sagen. Denn Constantin wusste, dass er sich bei seinem Lebenswandel keine Frau an seiner Seite leisten konnte, zumindest keine, die ihm wirklich etwas bedeutete. Das würde ihn viel zu angreifbar machen.

»Wenn Köhler sich dir gegenüber nicht falsch verhalten hat, was ist es dann?«, nahm Constantin den Faden wieder auf.

»Er macht mir das Personal abspenstig.«

»Wie meinst du das?«

»Nun, wie du weißt, ist es nicht ganz einfach, vernünftige Zimmermädchen zu bekommen.«

»Aber du hast doch gerade erst drei neue eingestellt.«

»Ganz genau«, bestätigte Marie. »Eben wegen dieser Mädchen bin ich ja hier, zumindest wegen zwei von ihnen.«

Constantin zuckte die Schultern. Er verstand nicht, worauf sie hinauswollte.

»Du hast mich als Hausdame eingestellt, und ich bin dafür verantwortlich, dass alles reibungslos läuft. Doch vor drei Tagen hat dein Eduard Köhler die neuen Zimmermädchen darauf aufmerksam gemacht, dass sie wesentlich mehr verdienen könnten, wenn sie sich drüben im Varieté um die Gäste kümmern würden statt hier um die Hotelzimmer.« Marie stand die Empörung deutlich ins Gesicht geschrieben.

Constantin schmunzelte. »Du bist für das Hotel zuständig, und Eduards Aufgabe ist es nun einmal, die *Tänzerinnen*«, er betonte das letzte Wort, »für das Varieté zu engagieren.«

»Von mir aus. Aber er soll aufhören, mir meine Mädchen

wegzunehmen«, empörte sich Marie. »Oder möchtest du, dass die Gäste ihre Unterkunft in Zukunft selbst reinigen?«

Constantin schmunzelte noch immer, was Marie nur noch wütender werden ließ.

»Sie haben vollkommen recht, Fräulein Reidel«, brachte sich nun Gerd Nolte ein. »Ich werde mit Eduard sprechen. Es wird nicht wieder vorkommen.«

»Danke schön, Herr Nolte.« Sie wandte sich ihm zu. »Wenigstens einer, der die Dringlichkeit meines Anliegens versteht.«

Ohne den Blick von Marie abzuwenden, bat Constantin seine rechte Hand: »Gibst du uns einen Moment, Gerd?«

»Aber sicher.« Nolte stand auf, nickte Marie und Constantin zu und verließ den Raum.

Marie sah ihm nach, bis die Tür ins Schloss gefallen war, dann wandte sie sich wieder Constantin zu. »Das ist ein Riesenspaß für dich, nicht wahr?«

»Aber Marie«, begann Constantin in versöhnlichem Tonfall, »du siehst das alles viel zu eng. Eduard versucht nur, seine Arbeit zu machen, genau wie du. Wir werden schon Zimmermädchen für dich finden.«

»Ach ja? Wirklich fleißige Zimmermädchen zu finden ist schwierig. Alle wollen nur so rasch wie möglich so viel Geld wie möglich verdienen, ob sie ihre Arbeit gut machen oder nicht, ist ihnen völlig gleich. Ich sage dir: Nicht eine von denen, die wir hier beschäftigen, würde bei deiner Mutter im Grand bestehen.« Sie seufzte. »Ich bin dir dankbar für die Stelle, die du mir gegeben hast, und weiß die Möglichkeit zu schätzen, die sich mir dadurch bietet. Doch ich will ehrlich sein, Constantin. Mir gefällt es nicht, hier zu arbeiten, wenn du das Hotel nicht wertzuschätzen weißt, was sich scheinbar auf den Rest des Personals überträgt.«

»Was konkret meinst du damit, Marie?«

Sie beugte sich weiter vor, verschränkte ihre Hände und legte diese gefaltet auf den Schreibtisch. »Versteh mich nicht falsch, Constantin. Und bitte glaube mir, ich möchte keinesfalls undankbar erscheinen.«

Constantin hob die Hand. »Rede ganz offen mit mir, Marie. Ich nehme es dir nicht übel. Ich mag es, wenn mir die Menschen ihre Meinung ins Gesicht sagen. Dann weiß ich, woran ich bin.« Constantin sah sie abwartend an.

Marie war nicht sicher, ob es klug war, seiner Aufforderung Folge zu leisten und wirklich auszusprechen, was sie dachte. Sie räusperte sich. »Für dich bedeutet das Astor nicht das Gleiche wie das Grand für deine Mutter«, setzte sie zögerlich an.

»Wie kommst du darauf?«

»Womöglich täusche ich mich, doch mir scheint es, als würdest du das Hotel nur als Geschäft betrachten.«

»Ist es das denn nicht?«

»Für dich wahrscheinlich, ja. Und das verstehe ich«, fügte sie eilig hinzu. »Doch ich denke, es könnte so viel mehr sein als das.«

»Was meinst du damit?«

Marie überlegte kurz, schien nach den richtigen Worten zu suchen, dann fügte sie hinzu: »Das Astor ist ein so wundervolles Hotel. Das Gebäude an sich, die goldenen Tapeten, diese dicken Teppiche, der Prunk. Ich meine, alles ist so besonders gestaltet. Du hast bei der Einrichtung großen Wert auf Details gelegt.«

»Es klingt, als würde jetzt ein Aber folgen.«

Marie senkte den Blick. »Aber«, sagte sie dann und musste selbst schmunzeln, als sie ihn wieder ansah, »es ist eben nur so eingerichtet und wird nicht mit der notwendigen Sorgfalt geführt.« Sie atmete geräuschvoll aus. So, jetzt war es heraus.

»Wo fehlt es denn deiner Meinung nach an Sorgfalt?« Eben noch hatte Constantin einen kurzen Widerstand gespürt, als Marie seine Hotelführung mit der seiner Mutter verglich und offenbar als schlechter beurteilte. Nun jedoch war er fast neugierig, wohin dieses Gespräch führte.

»Womöglich ist Sorgfalt nicht einmal der richtige Begriff. Ich würde fast sagen, es fehlt die Liebe in der Führung des Hotels.«

»Ich soll mein Hotel lieben?« Constantin hob die Augenbrauen.

»Selbstverständlich.« Marie nickte voller Überzeugung. »Denn es ist so viel mehr als nur ein Gebäude, mit dem sich Geld verdienen lässt.« Sie wurde plötzlich ganz aufgeregt, rückte näher an Constantins Schreibtisch heran. Fast schwärmerisch legte sie sich eine Hand auf die Brust. »Wahrscheinlich mache ich mich hier total lächerlich, wenn ich dir sage, was ich denke. Aber ich habe es im Grand erlebt, und ich glaube wirklich, mir dieses Urteil erlauben zu können.« Sie ließ ihre Hand wieder sinken. »Im Grand kommen die Gäste nicht nur deshalb immer wieder, weil die Zimmer besonders sauber sind oder deine Mutter mit strenger Hand darüber wacht, dass wirklich alles für sie getan wird, Constantin. Ich weiß nicht, ob es ihr selbst bewusst ist, aber durch die besondere Sorgfalt und Aufmerksamkeit, die sie dem Grand entgegenbringt, wertet deine Mutter das Hotel so auf, dass sich die Gäste persönlich willkommen geheißen fühlen. Versteh doch, in einem Hotel geschieht so viel mehr, als dass Fremde die Zimmer beziehen und eine gewisse Zeit bleiben«, sagte sie eindringlich. »Ein Hotel ist ein Ort der Begegnung, jeder bringt seine eigene Geschichte dort mit hinein, hat ganz verschiedene Hoffnungen, Träume und Wünsche. Jeden Tag kommen die unterschiedlichsten Menschen zusammen und teilen sich das Dach, unter dem sie schlafen. Sie haben verschiedene Berufe, manche sind verheiratet und reisen mit Kind und Kegel an, andere wieder kommen allein, um eine Weile die Ruhe vom Alltag zu genießen, Kraft zu schöpfen oder einfach einmal alles hinter sich zu lassen.« Kurz kroch das beklemmende Gefühl der Erinnerung an Dr. Robert Herbst in ihr herauf, ihren früheren Geliebten, der nach Binz gekommen war und den sie für die Liebe ihres Lebens gehalten hatte, doch er hatte sie auf schändliche Weise enttäuscht und betrogen. Rasch schob sie den Gedanken an ihn beiseite. »Wie dem auch sei …« sie machte eine Handbewegung, als wollte sie ein störendes Insekt verscheuchen, »… im Grunde will ich sagen, dass dem Astor die Seele fehlt.«

»Anders als dem Grand?«

»Ja, anders als dem Grand«, wiederholte Marie seine Worte.

Constantin sah sie einen Moment lang nachdenklich an. Sie hatte recht. Für ihn war das Astor eine Einnahmequelle, vor allem aber eine Möglichkeit, einiges von dem Geld zu waschen, das er mit seinen Drogengeschäften und Schutzgelderpressungen verdiente. Weiter nichts. Würde es daher überhaupt Sinn machen, den Versuch zu unternehmen, dem Hotel die Seele einzuhauchen, die Marie für so dringend notwendig hielt? Wo wäre der Vorteil? Er betrachtete die junge Frau, die ein so eindringliches Plädoyer über die wahre Bedeutung eines Hotels an ihn gerichtet hatte. Nein, es würde in finanzieller Hinsicht ganz gewiss keinen Unterschied machen, ob er einen Wandel in der Geschäftsführung des Hotels herbeiführen würde oder nicht. Doch da war dieses Gefühl, dass es Marie eine Freude sein könnte, wenn er es dennoch täte. Es war ihr wichtig. Und ob er wollte oder nicht – der Gedanke, sie damit glücklich zu machen, gefiel ihm.

»Du musst bedenken, Berlin ist nicht Binz und das Astor vollkommen anders als das Grand«, wandte Constantin ein. »Die

Menschen, die hier zu Gast sind, kommen nicht, um die Sommerfrische zu genießen und sich auszuruhen. Sie wollen Berlin erleben, die Stadt, die nie schläft. Sie wollen tanzen und feiern, sie wünschen sich nicht, die wahre Liebe zu finden, sondern das schnelle Vergnügen. Während Binz mit der tragenden Musik des Akkordeonspielers die Sehnsucht des Ortes wiedergibt, quäken hier Trompeten und Saxophone um die Wette.«

Marie nickte ihm zu. »Das weiß ich ja alles. Und dennoch glaube ich, wenn es uns gelingen könnte, dem Astor ein besonderes Flair zu geben, könnte ein Aufenthalt hier einen Berlinbesuch zum unvergesslichen Erlebnis machen.«

»Und wie können wir das deiner Meinung nach erreichen?«

Marie atmete geräuschvoll aus. Sie hatte nicht zu hoffen gewagt, mit ihren Worten wirklich zu ihm durchzudringen, doch anscheinend war ihr genau das gelungen. Zwar gab Constantin ihr stets das Gefühl, ihr zuzuhören und dass sie ihm wichtig war. Doch letztendlich stand für ihn das Geschäft im Vordergrund, und da das Hotel auch so gut, ja sogar sehr gut lief, gab es für ihn vermutlich keinen Anlass, etwas zu ändern.

»Ich glaube nicht, dass dir mein Vorschlag gefallen wird«, kündigte sie zögerlich an.

»Versuch's.«

»Das Astor sollte eine deutlichere Abgrenzung zum Varieté herstellen. Mehr als einmal habe ich deine Tänzerinnen leicht bekleidet durch die Flure huschen sehen, wenn sie von einem Gast kamen, mit dem sie für eine Weile auf dem Zimmer waren. In einem ordentlichen Hotel würde so etwas nicht geduldet werden.«

»Die Prüderie hast du aus Binz mitgebracht«, stellte Constantin etwas abschätzig fest, nur um dann rasch hinzuzufügen: »Ich mache mich keinesfalls darüber lustig, glaub mir. Doch wir gehören nicht zu den Hotels, in denen der Nachtportier die Ausweispapiere der Herrschaften verlangt, nur um die Namen abzugleichen und damit sicherzustellen, dass sich auch wirklich das Ehepaar Bieder das Zimmer teilt.«

Marie schluckte. Constantins schroffe Worte hatten sie verletzt. »Nun gut, ich denke, ich habe deinen Standpunkt verstanden«, sagte sie und stand auf.

»Marie, du musst nicht beleidigt sein. Berlin ist nun einmal nicht Binz.«

»Das ist es in der Tat nicht«, pflichtete sie ihm bei. Wehmut schwang in ihrer Stimme mit. Es war das erste Mal seit Wochen, dass die Sehnsucht nach dem Ort, an dem sie geboren und aufgewachsen war, wie eine tosende Welle über ihr zusammenschlug.

»Setz dich doch wieder. Wir können darüber reden.«

Sie lächelte freudlos. »Ich denke, du hast einem törichten Mädchen vom Lande deutlich gemacht, was du denkst.«

Constantin erhob sich ebenfalls. »Es tut mir leid, wenn dich meine Worte gekränkt haben sollten. Das war nicht meine Absicht.«

»Das macht nichts.« Marie sah ihm in die Augen. »Vermutlich gehöre ich einfach nicht nach Berlin.«

»Das stimmt doch nicht. Du hast dich hier sehr gut in alles eingefunden.«

»Ich halte dir den Rücken frei, das mag sein. Doch ich führe dieses Hotel nicht in der Art, wie ich es möchte.«

»Du bist hier Hausdame. Das gesamte Personal untersteht dir und dem, was du sagst, Marie. Reicht dir das nicht?«

Sie sah ihn nachdenklich an. »Ohne groß zu überlegen, habe ich vorhin das Astor mit dem Grand verglichen und damit deine Geschäftsführung mit der deiner Mutter. Und wahrscheinlich ist genau das der Punkt. Als ich Binz verließ, gab mir deine Mutter mit auf den Weg, mich so lange nicht zufriedenzugeben, bis ich es wirklich bin.«

»Ja, das klingt ganz nach Bernadette«, stellte Constantin fest. »Aber denkst du nicht, dass der Sprung vom einfachen Zimmermädchen zur Hausdame genügt?«

Marie schüttelte den Kopf. »Es war in der Tat ein gewaltiger Sprung. Doch er reicht noch nicht.«

»Was willst du wirklich, Marie?« Constantins Miene war ernst geworden.

»Ich weiß es nicht. Noch nicht«, fügte sie rasch hinzu.

»Sagst du es mir, wenn du es weißt?«

»Das werde ich.«

»Aber bitte nicht erst, wenn du schon deinen Koffer gepackt hast.« Constantin bemühte sich, einen sorglosen Ton anzuschlagen, doch er konnte eine gewisse Furcht nicht leugnen, von Marie vor vollendete Tatsachen gestellt zu werden.

»Ich verspreche dir, zu dir zu kommen, sobald ich weiß, was ich will.« Marie wandte sich lächelnd zum Gehen. »Aber jetzt werde ich mich erst einmal darum kümmern, neue Zimmermädchen zu finden. Guten Tag, Constantin.«

»Guten Tag, Marie.« Er sah ihr noch nach, als sie die Tür bereits hinter sich geschlossen hatte, ein mulmiges Gefühl im Magen. Würde er Marie verlieren, noch bevor er überhaupt begriffen hatte, was sie ihm wirklich bedeutete? Er ging ans Fenster, öffnete es und ließ den lärmenden Verkehr der Straße zu sich herein. Die Menschen dort unten hetzten aneinander vorbei. Jeder schien es eiliger zu haben als der andere. Ja, es war ganz anders als im beschaulichen Binz, wo die Möwen mit ihrem Geschrei das lauteste Geräusch von sich gaben und nur durch das Spiel des Akkordeons unterbrochen wurden. In diesem Moment sehnte er sich nach dem Ort, der einmal sein Zuhause gewesen war.

Einen Moment blieb er so stehen, dann schloss er die Fenster wieder. Nein, er gehörte schon lange nicht mehr dorthin, sondern hierher nach Berlin. Hier ging er seinen Geschäften nach und würde vermutlich schon bald den ersten Mann im Ringverein ablösen. Dann wäre er die unangefochtene Nummer eins. Nicht nur hier in Berlin, sondern in ganz Deutschland. Sämtliche Mitglieder würden letztendlich ihm unterstehen. Er hatte Jahre gebraucht, um dorthin zu kommen. Und das würde er sich jetzt gewiss nicht durch eine sentimentale Schwäche zerstören.

Er machte kehrt, ging jedoch nicht an seinen Schreibtisch zurück, sondern verließ das Büro und schloss hinter sich ab. Im Eilschritt nahm er die Treppen, durchquerte die Hotelhalle, ging hinaus und nach drüben ins Varieté, wo bereits die Vorbereitungen für den Abend auf vollen Touren liefen. Obwohl gelüftet wurde, roch er den Rauch von Zigaretten und Zigarren, der sich in den Tapeten festgesetzt hatte. Die Band probte ein schnelles Dixie-Stück, die Angestellten eilten geschäftig hin und her und bemerkten seine Anwesenheit nicht. Constantin blieb einen Moment im Eingang stehen und betrachtete das Treiben. Warum nur hatte ihn das Gespräch mit Marie so nachdenklich werden lassen?

»Chef, gut, dass du da bist. Die Vollidioten von der Brauerei haben die falsche Lieferung rausgegeben!«, rief Eduard Köhler, als er ihn entdeckte, und kam mit großen Schritten auf ihn zu.

»Na, dann ruf da an und lass sie noch mal ausliefern«, gab Constantin zurück. »Ich bin oben in meinem Büro. Hat Gerd schon mit dir gesprochen?«

»Nein, Chef. Er war noch nicht hier.«

»Na gut, dann sage ich es dir jetzt: Finger weg von den Zimmermädchen des Astor, hast du gehört? Mir ist egal, wo du die Nutten herkriegst. Aber wenn ich noch einmal erlebe, dass eine, die als Zimmermädchen drüben angefangen hat, abends hier rumläuft, dann bist du draußen, hast du verstanden?«

»Ja, Chef.« Köhler war sichtlich eingeschüchtert. »Ich wusste ja nicht, dass …« Weiter kam er nicht.

»Jetzt weißt du's. Die Mädchen aus dem Hotel sind tabu.«

»Ist gut. Kommt nicht wieder vor.«

Constantin brummte etwas Unverständliches und ging die Treppe zu seinem Büro hinauf. Oben angekommen drehte er sich noch einmal um und sah, wie Köhler kehrtmachte, wohl um die Sache mit der Brauerei zu klären. Seine Laune sackte stetig in den Keller, und er konnte nur hoffen, dass keine weiteren Scherereien auftraten.

5. Kapitel

»Ich bin auf der Suche. Was ich mir jedoch zu finden erhoffe, weiß nur der Herr allein.«

JOHANNES BLUMBERG

Er blieb vor dem Hotel stehen und betrachtete es lange. Die Ansichtskarte, auf der er es gesehen hatte, wurde dem Bauwerk keinesfalls gerecht. Die hellgelbe Fassade mit den weißen Fenstern und den roten Dachziegeln strahlte in der Nachmittagssonne eine solche Eleganz und Erhabenheit aus, dass es eine ganze Weile dauerte, bis er sich endlich losriss, den kleinen braunen Lederkoffer nahm, den er neben sich abgestellt hatte, und hineinging. Im Innern hallte jeder seiner Schritte auf dem hellen, glänzenden Marmorboden nach.

»Guten Tag, der Herr«, empfing ihn der Rezeptionist freundlich und senkte kurz den Kopf. »Herzlich willkommen im Grand. Wie kann ich Ihnen behilflich sein?«

»Guten Tag. Ich hätte gern ein Einzelzimmer für drei, womöglich auch vier oder fünf Tage.«

»Haben Sie reserviert?«

»Nein.«

Werner Druminski schlug das in Leder gebundene Buch zu, das vor ihm lag. »Ich bedauere zutiefst, der Herr, doch wir sind für Wochen, ja sogar Monate ausgebucht.«

»Ich hatte es befürchtet, als ich eben von draußen Ihr wunderbares Hotel bestaunte.« Er seufzte. »Dabei war es mir so wichtig, hier unterzukommen. Zu dumm, dass ich nicht rechtzeitig reserviert habe.«

»Es tut mir wirklich sehr leid, aber da ist leider gar nichts zu machen. Es sei denn …«

»Es sei denn was?«

»Nun ja. Eine Familie musste am heutigen Morgen überraschend abreisen. Ein plötzlicher Trauerfall«, gab er mit bedauerndem Gesichtsausdruck Auskunft. »Allerdings hatten sie eines unserer größten Zimmer, viel zu groß für eine Einzelperson.«

»Ich nehme es«, entschied der Mann sofort.

»Es kostet entsprechend«, wandte Druminski vorsichtig ein.

»Das ist mir gleichgültig. Ich nehme es.«

Der Rezeptionist schlug das ledernde Buch wieder auf. »Wie der Herr wünschen. Waren Sie schon einmal in unserem Hause?«

»Nein, ich bin das erste Mal in Binz.«

»Wenn ich dann bitte den Namen notieren dürfte?«

»Blumberg. Johannes Blumberg.«

»Wären Sie so freundlich und hätten ein Ausweispapier für mich, Herr Blumberg?«

»Aber natürlich.« Der Gast fingerte eine Brieftasche hervor, woraus er das Dokument entnahm und Druminski reichte.

»Vielen Dank, Herr Blumberg.« Der Rezeptionist notierte die Angaben und reichte den Ausweis zurück. »Das Frühstück wird ab sieben Uhr in unserem Frühstücksraum serviert.« Er deutete mit der Hand nach rechts. »Dort entlang durch die Rundbogentür«, erklärte er weiter. »In unserem Restaurant werden ab achtzehn Uhr Speisen serviert. Und wenn ich das erwähnen darf, unser Koch ist mehrfach ausgezeichnet und genießt über die Grenzen von Binz hinaus einen vortrefflichen Ruf. Möchten Sie, dass ich Ihnen für den Abend einen Tisch reserviere?«

»Gern, vielen Dank.«

»Ist Ihnen neunzehn Uhr recht?«

»Ja, neunzehn Uhr würde mir gut passen.«

»Sehr wohl.« Werner Druminski notierte in einer anderen Liste Namen und Uhrzeit.

»Wünschen der Herr etwas über die Möglichkeiten der Aktivitäten hier in Binz zu erfahren?«

»Nein, haben Sie vielen Dank. Ich denke, ich werde Ihren schönen Ort in den nächsten Tagen auf eigene Faust erkunden.«

»Wie der Herr wünschen.« Druminski schlug zweimal die kleine Klingel an, und sofort eilte der Boy herbei, ganz so, als hätte er nur auf seinen Einsatz gewartet.

»Zimmer 143 für unseren Gast.«

»143«, wiederholte der Boy und verbeugte sich tief. Dann nahm er den Koffer und wartete, bis der Gast so weit war.

»Ich wünsche einen angenehmen Aufenthalt, Herr Blumberg. Und wenn Sie noch Fragen haben, würde ich mich freuen, Ihnen behilflich zu sein.«

»Ich hätte da tatsächlich eine Frage«, kündigte Blumberg an. »Bernadette von Plesow, die Inhaberin des Hotels, ist sie derzeit zugegen?«

»Allerdings. Die gnädige Frau befindet sich in ihrem Büro. Möchten Sie, dass ich für Sie durchklingle?«

»Nein, im Moment nicht. Vielen Dank. Ich freue mich, zu einem späteren Zeitpunkt darauf zurückzukommen. Jetzt würde ich gern mein Zimmer beziehen.«

»Sehr wohl, Herr Blumberg.«

Druminski gab dem Boy ein Zeichen, der sich hierauf sogleich in Bewegung in Richtung Fahrstuhl setzte. »Einen angenehmen Aufenthalt, Herr Blumberg.«

»Danke sehr.« Er folgte dem Boy, der in diesem Moment das

Gitter des Aufzugs beiseitezog und wartete, bis der Gast eingetreten war. Dann schob er das Gitter wieder zurück und legte den Hebel um. Gleich darauf setzte sich der Fahrstuhl in Bewegung.

Genau in diesem Moment kam Bernadette die Treppe hinunter und betrat die Eingangshalle. Ihr Blick fiel auf den Aufzug, und einen Augenblick lang sahen der Gast und sie sich durch das Gitter an. Bernadette verharrte in der Bewegung und sah dem Aufzug nach, von dem nun nur noch die Bodenplatte zu sehen war. Sie konnte nicht sagen, wer der Mann war, doch an irgendjemanden erinnerte er sie. Mit einem Ruck riss sie sich los und ging zum Empfang.

»Wie heißt der Gast, Werner?«

»Der Herr im Aufzug?«, fragte er nach. »Sein Name ist Johannes Blumberg, er ist das erste Mal Gast hier im Hause.«

»Eigenartig.« Bernadette wandte sich kurz zum Aufzug und dann wieder ihrem Rezeptionisten zu. »Ich habe das Gefühl, ihn zu kennen.« Sie überlegte. »Nun, es fällt mir schon wieder ein. Ich werde ein wenig an die Luft gehen, Werner.«

»Sehr wohl, gnädige Frau. Ach, haben gnädige Frau bereits davon gehört?«

»Wovon denn?«

»Die Kommunisten haben während der Vereidigung Paul von Hindenburgs zum Reichspräsidenten lärmend den Saal verlassen.« Er hob die Augenbrauen und schüttelte verständnislos den Kopf. »Wie soll Demokratie möglich werden, wenn nicht einmal die Politiker selbst sich anständig verhalten? Und sobald das Volk sich ihrer als Vorbild bedient, werden sie mit Knüppeln auseinandergetrieben wie räudige Hunde.«

Bernadette runzelte kaum merklich die Stirn. Gewiss würde sie sich nicht dazu hinreißen lassen, ihre eigene Meinung kundzutun. »So leidenschaftlich kenne ich Sie ja gar nicht, Werner. Höre ich da womöglich einen Aufrührer der jüngeren Jahre sprechen?«

»Aber nein, gnädige Frau, wo denken Sie hin? Doch nach all den Jahren der Entbehrungen, des Krieges und der Unruhe ist es doch wohl an der Zeit, dass das Land zur Ruhe kommt, nicht wahr?«

»Da stimme ich Ihnen voll und ganz zu, Werner. Hoffen wir, dass schon bald friedlichere Zeiten Einzug halten.« Sie lächelte ihn an. »Ich werde nicht lange fort sein«, fügte sie an, wandte sich ab und ging hinaus.

Vor dem Hotel blieb sie stehen und atmete einmal tief durch. Sie hatte am heutigen Tage viel geschafft und war zufrieden. Ihrer Schätzung nach würde sie noch eine oder höchstens eineinhalb Stunden benötigen, um alles erledigt und die zuvor teils vernachlässigte Korrespondenz aufgearbeitet zu haben, da konnte sie sich ruhig die Zeit für einen kleinen Spaziergang nehmen. Sie musste zugeben, dass sie sich tatsächlich besser fühlte, seit Josephine nach Binz zurückgekehrt war. Zwar wäre sie nicht so weit gegangen, von neu gewonnenem Optimismus zu sprechen, doch sie fühlte sich insgesamt wieder kräftiger und wollte sich den Herausforderungen stellen, die das Leben künftig für sie bereithalten würde. Langsam schien es, als bekämen die Dinge in ihrem Leben wieder einen Hauch von Sinn, wenngleich sie noch zögerlich war, ob dieses Gefühl nur einer ersten Euphorie über die Heimkehr ihrer einzigen Tochter geschuldet war oder doch so weit ging, dass die Wirkung anhalten könnte. Schon immer war Bernadette der Überzeugung gewesen, dass das Leben bis zum letzten Atemzug etwas Gutes für einen Menschen bereithalten konnte. Und fast schämte sie sich ein wenig für ihr Verhalten seit Alexanders Tod, nicht nur weil sie es als

Schwäche empfand, sondern auch weil Josephine es bemerkt hatte, und vermutlich nicht nur sie. Dabei war es ihr stets so wichtig gewesen, sich ihre Gefühle nicht anmerken zu lassen und sowohl für ihre Kinder als auch für das Personal ein Vorbild an Disziplin und Selbstkontrolle zu sein. Nun, in Zukunft wäre sie wieder die Bernadette von Plesow, die sie stets gewesen war.

Bernadette hob den Kopf, atmete noch einmal tief durch und ging dann in Richtung Seebrücke. Kurz darauf betrat sie den hölzernen Steg. Fünfhunderteinundachtzig Schritte waren es bis zum Ende der Seebrücke. Fünfhunderteinundachtzig Schritte, in denen sie ganz und gar in ihre Gedankenwelt abtauchen und alles um sich vergessen konnte. Während sie sich früher nur von Zeit zu Zeit diese kleine Auszeit gegönnt hatte, war sie in den vergangenen Monaten dazu übergegangen, täglich einmal die Seebrücke bis ganz zum Ende und wieder zurück zu gehen. Und das bei Wind und Wetter. Jetzt im Mai, wo die Sonne schon kräftig schien, aber der Wind so angenehm wehte, dass es nicht zu warm war, genoss sie ihren Spaziergang ganz besonders. Er half ihr, ihre Gedanken zu ordnen. Ihr kam der neue Gast in den Sinn, den sie im Aufzug gesehen hatte. Werner hatte gesagt, sein Name sei Johannes Blumberg. Johannes Blumberg … Sie überlegte hin und her, fragte sich, ob sie ihn irgendwann schon einmal gehört hatte, doch ihr wollte beim besten Willen nicht einfallen, wann. Trotzdem … Sie wusste nicht, wo, doch sie war sich sicher, ihn schon einmal gesehen zu haben. Ein Bild erschien vor ihrem geistigen Auge. Sie blieb am Geländer stehen und schloss für einen Moment die Augen, um sich besser konzentrieren zu können. Sie kannte das Gesicht. Doch woher? Welcher Gedanke versuchte, sich seinen Weg an die Oberfläche zu bahnen, ohne dass er für Bernadette greifbar war? Wer war der Mann? Je mehr sie versuchte, den Gedanken festzuhalten, desto weiter schien er sich von ihr zu entfernen. Dann war er ganz weg. Nein, so würde sie nicht darauf kommen. Seufzend setzte sie ihren Weg fort. Unwillkürlich zählte sie eine Weile ihre Schritte, wie sie es so oft tat, wenn sie hier entlangging, auch wenn sie gar nicht mehr wusste, bei welcher Schrittzahl sie zu zählen aufgehört hatte. Plötzlich blieb sie wie vom Donner gerührt stehen und schlug die rechte Hand auf die Brust. Das Gesicht des Mannes! Da war es wieder. Jetzt wusste sie, wo sie es schon einmal gesehen hatte. Doch das konnte nicht sein. Das war unmöglich.

Sie machte kehrt und verließ im Eilschritt die Seebrücke. Fast wäre sie gestolpert, als der Absatz ihres Schuhs in einer der Lücken zwischen den Planken hängen blieb. Mit Mühe befreite sie sich und setzte ihren Weg zum Hotel fort, bemüht, ihre Gefühle unter Kontrolle zu halten.

»Oh, gnädige Frau sind bereits zurück?«, erkundigte sich Werner höflich, als sie am Empfang vorbeikam.

»Ich habe noch einiges zu erledigen«, erklärte sie kurz angebunden und strich eine Strähne zurück, die sich aus ihrer Frisur gelöst hatte. »Sagen Sie, Werner, in welchem Zimmer ist der neue Gast untergebracht?«

»Sie meinen Herrn Blumberg?«, vergewisserte sich Druminski.

Bernadette musste sich zusammennehmen, ihn nicht zu schütteln. »Ja«, antwortete sie so ruhig wie möglich. »Die Zimmernummer von Herrn Blumberg.«

»Zimmer 143. Ich habe ihn darauf hingewiesen, dass die Suite zu groß für eine Einzelperson ist, doch der Herr schien erleichtert, überhaupt ein Zimmer zu bekommen.«

»Reichen Sie mir bitte eine Flasche Champagner, Werner.«

»Sehr wohl, gnädige Frau.« Druminski bückte sich und zog eine der Flaschen hervor, die unterhalb des Tresens dort aufbewahrt wurden und besonderen Gästen als Begrüßungsgeschenk dienten.

»Danke.«

»Dann kennen Sie den Gast also doch?«, wunderte sich Druminski.

Bernadette schluckte eine barsche Erwiderung hinunter. »Das wäre alles, Werner. Danke.« Damit nahm sie die Flasche, ging in Richtung Treppe davon und schlug, oben angekommen, den Weg zu Zimmer 143 ein.

6. Kapitel

»Den Weg bis ganz nach oben zu erkämpfen ist leichter, als sich dort zu halten.«

Constantin von Plesow

Constantin saß in seinem Büro im Hotel und hatte gerade die Abendausgabe des *Berliner Tageblatts* vom 12. Mai 1925 aufgeschlagen, die er am Vorabend seiner dringenden Geschäfte wegen noch nicht hatte durchblättern können, und las nun mit einem Schmunzeln, was sich gestern bei der Vereidigung des neuen Reichspräsidenten von Hindenburg zugetragen hatte. So berichtete der Reporter nicht nur über die bei dem »feierlichen Akt im Reichstage« anwesenden Politiker, Botschafter, Offiziere und Regierungsbeamten, sondern schilderte auch den Ablauf der Veranstaltung und den von den kommunistischen Reichstagsmitgliedern verursachten Aufruhr. Constantin las, dass der Redakteur von Hindenburg als »eine in sich geschlossene, in sich gebändigte, in sich ausgeglichene Naturerscheinung« beschrieb. Weiter hieß es in der Zeitung: »Als er den Saal betritt, erheben sich sämtliche Anwesenden von ihren Plätzen. Die Kommunisten brechen, in einstimmigem Chor, in die Rufe aus: ›Nieder mit dem Monarchisten! Hoch die Räterepublik!‹ Alsdann verlassen sie schleunigst den Saal. Kein Mensch nimmt weiter davon Notiz. Auch Hindenburg nicht …«

Einige von denen, die in der KPD waren und die, wie er sich

vorstellte, für den Tumult mitverantwortlich gewesen sein dürften, kannte er recht gut. So gut, dass diese ihn vermutlich als Freund bezeichnen würden. Im umgekehrten Fall würde Constantin diese Bezeichnung sicher nicht wählen. Es gab nur eine Handvoll Männer, die seiner Meinung nach die Bezeichnung »Freund« verdienten. Wenn er genau darüber nachdachte, dann nicht einmal das. Eigentlich kam nur für Gerd Nolte die Bezeichnung »echter Freund« infrage. Ihm konnte er bedingungslos vertrauen. Doch letztendlich war Nolte ein Angestellter, der Constantins Befehle ausführte und dafür sorgte, dass alles reibungslos lief. Er war also niemand auf Augenhöhe. Konnte jemand wie er wirklich ein Freund sein? Er verdrängte diese Gedanken und überflog die weiteren Artikel des *Berliner Tageblatts*, die sich auf den ersten drei Seiten ausschließlich mit der Vereidigung des neuen Reichspräsidenten, dessen Person und den Auswirkungen im In- und Ausland befassten und Constantin schnell langweilten. Die Kritik zur Premiere der Oper »Der ferne Klang« von Franz Schreker in der Staatsoper konnte sein Interesse ebenso wenig wecken wie Auslandsberichte und ein Artikel über »Die technische Messe in Breslau«. Lediglich unter der Schlagzeile »Das ›trockene‹ Amerika« fand er eine interessante Nachricht zur Blockade der Alkoholschmugglerschiffe, wodurch die Alkoholpreise »sehr in die Höhe geschnellt« seien. Er war froh, dass er solche Probleme nicht hatte, überlegte jedoch sofort, wie er selbst damit umgehen würde. Ja, er würde aus einer Alkoholprohibition, wie sie in Amerika schon seit 1920 galt, ganz sicher seine Vorteile ziehen, konnte man doch die Preise für Alkohol verzigfachen … Die Menschen hatten immer Durst und verlangten danach, diesen auch zu stillen.

Constantin blätterte weiter, bis das Läuten des Telefons ihn bei seiner Lektüre unterbrach.

Er hob den Hörer ab. »Ja?«

»Chef, ich bin's, Gerd. Du solltest rüberkommen.«

»Warum?«

»Lodewald ist hier.«

»Was?«

»Du hast richtig gehört. Er ist mit seinen Leuten eben zur Tür herein. Ich habe ihm gesagt, dass du drüben im Hotel bist und ich dir Bescheid gebe. Ich wäre ja rübergekommen, doch ich will ihn und seine Leute nicht so lange da oben in deinem Büro allein lassen.«

»Ich komme«, sagte Constantin knapp und legte sofort auf. Er ließ die Zeitung aufgeschlagen auf dem Schreibtisch liegen, nahm seine Schlüssel, verließ das Büro und schloss hinter sich ab. Mit schnellen Schritten stieg er die Treppe, zwei Stufen auf einmal nehmend, hinunter und durchquerte, ohne nach rechts oder links zu blicken, die Hotelhalle. Erich Lodewald war der oberste Chef sämtlicher Ringvereine Deutschlands. Bei ihm liefen alle Fäden zusammen, was er sagte, war Gesetz. Er hatte seinen Sitz angeblich irgendwo in der Nähe von Düsseldorf und lebte sehr zurückgezogen. Constantin war niemals dort gewesen, wie wohl auch die wenigsten anderen aus der Organisation. In wie vielen Clubs und Etablissements er seine Finger hatte, wusste er vermutlich selbst nicht zu sagen, doch eines stand fest: Sein Einfluss war immens.

Lodewald war eine Art Mentor für Constantin gewesen, damals, als er nach Berlin gekommen war und das Hotel Astor eröffnet hatte. Zunächst war von dem Varieté noch keine Rede gewesen. Erst als Lodewald in Constantins Leben getreten war und ihm die Möglichkeiten aufgezeigt hatte, die ein Eintritt in den Ringverein mit sich brachten, veränderten sich Constantins Pläne. Er hatte nicht lange gebraucht, um vom Neueinsteiger zu einem der Männer zu werden, die das Sagen hatten. Und nach nicht einmal einem Jahr hatte er Viktor Regmann, der zuvor Chef des Berliner Ringvereins gewesen war, den Rang abgelaufen und dessen Bereiche übernommen. Die Auseinandersetzungen mit Regmann oder, besser gesagt, dessen Widerstand war kurz gewesen. Lodewald hatte den Mitgliedern des Ringvereins gegenüber deutlich gemacht, dass Constantin der neue starke Mann in Berlin war, der sein Vertrauen genoss. Constantin selbst wäre auch bereit gewesen, zu endgültigeren Mitteln gegenüber Regmann zu greifen, doch zu seiner Überraschung war dies gar nicht nötig. Kaum dass Lodewald als oberster Chef Viktor Regmann das Vertrauen entzogen hatte, hatten sich ausnahmslos alle vermeintlich treuen Gefährten von Regmann abgewandt und in Constantins Dienst gestellt. Regmann hatte von heute auf morgen vor dem Nichts gestanden und, soweit Constantin erfahren hatte, kurz darauf eine Schiffspassage nach Amerika gelöst, um dort seine weiteren Jahre zu verbringen. Genug Geld hatte er beiseitegelegt, das stellte wahrlich kein Problem dar. Was letztendlich aus ihm geworden war und ob er überhaupt noch lebte, wusste Constantin nicht. Er hatte einzig die Erkenntnis aus der Angelegenheit mitgenommen, dass Lodewalds Macht nicht zu unterschätzen war. Er bestimmte, wer kam, wer bleiben durfte und wer zu gehen hatte. Und wenn diese Entscheidung getroffen war, entschied sie über Leben und Tod. So einfach war das. Weshalb er sich die Mühe gemacht hatte, nach Berlin zu kommen, konnte Constantin sich nicht erklären. Lodewald ließ sich so gut wie nie in Berlin blicken, klärte sämtliche Angelegenheiten stets von Düsseldorf aus. Für Constantin war nicht einmal ersichtlich, ob Lodewalds Leute ausschließlich von dort aus agierten oder ob Lodewald womöglich in jeder größeren Stadt kleinere Abordnungen hatte, die das Geschehen vor Ort im Auge behielten und den obersten Chef informierten, sollten sich Schwierigkeiten ergeben. Was wollte Lodewald von ihm? Ging es womöglich um die Sache mit Schnidtke? Hatte Lodewald Wind davon bekommen, dass Constantin die »Libellen« in Binz, deren Anführer Arnold Schnidtkes Bruder Dieter gewesen war, einen nach dem anderen dem Sensenmann überführt und auch den Chef selbst nicht verschont hatte? Würde Lodewald ihn hierfür zur Rede stellen wollen? Womöglich hatte sich Dieter Schnidtkes Bruder aus Frankfurt an Lodewald gewandt und ihm von den Geschehnissen berichtet. Doch dazu passte wiederum nicht, dass Arnold Schnidtke die Dinge selbst in die Hand genommen und Constantins Bruder Alexander hatte umbringen lassen.

Die Gedanken kreisten in Constantins Kopf, als er mit rasendem Puls das Varieté betrat. Sollte er seine Leute in Bereitschaft versetzen, falls Lodewalds Männer die Waffen zückten?

Köhler stand hinter dem Tresen und nickte Constantin zu, als er ihn hereinkommen sah. Seine Miene verriet, dass er den Besuch der Düsseldorfer mitbekommen hatte und sich nun offenbar genau wie Constantin fragte, was der Grund hierfür sein konnte. Oder wusste er es ganz genau, weil er insgeheim gar nicht für Constantin, sondern für Lodewald arbeitete? Immerhin war Köhler schon einige Jahre bei ihm und kannte sich innerhalb des Ringvereins gut aus. War er womöglich von Lodewald eingeschleust worden?

Zwei weitere Angestellte von Constantin, Klaus Denker und Ludger Schnurr, kamen mit Champagnerkisten herein, die sie hinter die Bar trugen.

»Tag, Chef«, grüßte Klaus Denker und stellte die Kiste ab.

Constantin nickte nur. Denker war erst im letzten Jahr zu ihm gekommen. Gerd hatte ihn angeschleppt. Schnurr hingegen mochte jetzt bereits drei Jahre dabei sein. Bisher hatte keiner von ihnen Constantin einen Grund gegeben, an seiner Loyalität zu zweifeln, aber standen sie wirklich zu ihm oder hielten sie vielmehr dem Ringverein und damit in erster Linie Lodewald die Treue? Würde er auf sie zählen können, wenn es hart auf hart kam? Bei Denker war sich Constantin sicher. Er hatte ihm eine Chance gegeben, obwohl er gerade erst aus dem Zuchthaus entlassen worden war und Constantin Männer wie ihn sonst nicht in seinen Reihen duldete, um nicht unnötig das Interesse der Polizei auf sich zu ziehen. Aber Schnurr? Constantin versuchte, sich an die Umstände zu erinnern, unter denen er hinzugekommen war, doch es wollte ihm nicht einfallen. Entschlossen schüttelte er den Kopf, um die düsteren Gedanken zu vertreiben, und straffte die Schultern. Anstatt seine Paranoia zu befeuern, sollte er sich lieber den Tatsachen stellen.

Wieder zwei Stufen auf einmal nehmend, stieg er die Treppe hinauf. Oben angekommen, sah er, dass die Tür zu seinem Büro offen stand, Stimmen drangen zu ihm heraus. Besonders laut sprachen sie nicht. Er hörte Gerds Stimme heraus, der soeben die *Volants Marocains*, die Fliegenden Marokkaner, erwähnte und dass die Artisten nächste Woche wieder in Berlin eintreffen würden, dann betrat er sein Büro.

»Erich! Das ist eine echte Überraschung.«

Lodewald, der auf Constantins Ledersessel hinter dem Schreibtisch Platz genommen hatte, stand auf und ging auf ihn zu. Freundschaftlich umarmten die beiden einander. »Constantin, mein Freund. Ich hoffe, wir stören dich nicht bei irgendetwas Wichtigem?«

»Was könnte wichtiger sein, als einen alten Freund willkommen zu heißen?« Constantin versuchte, der Miene seines Gegenübers abzulesen, ob es sich wirklich um einen freundschaftlichen Besuch handelte.

»Dann hast du einen Moment für mich?«

»Aber immer. Nimm wieder Platz!« Constantin nickte den anderen Anwesenden zu. Zusammen mit Lodewald waren noch sechs weitere Männer ins Varieté gekommen. Jeder von ihnen hielt ein Glas in der Hand. Gerd hatte sich also bereits darum gekümmert.

»Ich würde gern mit dir allein sprechen«, kündigte Lodewald an und nickte seinen Leuten zu, die sofort das Büro verließen.

»Gern«, sagte Constantin. »Gerd, kannst du uns noch etwas zu trinken bringen lassen?«

»Sicher«, antwortete Gerd, der abwartete, bis Lodewalds Männer gegangen waren, bevor er selbst das Büro verließ. Während er die Tür hinter sich zuzog, warf er Constantin einen fragenden Blick zu, der kaum merklich nickte.

»Setz dich«, bot Constantin abermals an, doch Lodewald ging nicht zu dem Schreibtischsessel zurück, sondern zu der Sitzecke im hinteren Teil des Raumes.

Constantin wartete, bis Lodewald sich gesetzt hatte, dann nahm er selbst Platz. Noch bevor sie ihr Gespräch beginnen konnten, kehrte Gerd mit einer Flasche Whisky zurück, die er auf dem Couchtisch abstellte.

»Danke, Gerd«, sagte Constantin, nahm zwei Gläser von dem Bartisch an der Wand und schenkte ihnen ein. Nolte verließ grußlos das Büro. Constantin nahm das leichte Knarren der Dielen wahr, das immer dann zu hören war, wenn jemand auf einem der Besucherstühle vor dem Büro Platz nahm. Gerd hatte sich also vor dem Büro postiert, statt zu den anderen und Lodewalds Männern nach unten zu gehen. Ein beruhigender Gedanke.

»Also, Erich, wo drückt der Schuh?« Constantin nahm sein Whiskyglas und prostete dem Besucher zu. »Du bist wohl kaum gekommen, weil du mich so vermisst hast.«

»Nein, das nicht.« Lodewald leerte sein Glas in einem Zug.

Constantin griff sogleich zur Flasche und füllte ihm nach.

»Ich will nicht lange um den heißen Brei herumreden«, fing Lodewald an. »Kannst du dir denken, weshalb ich gekommen bin?«

Constantin schüttelte den Kopf. »Nein.«

»Du hast wirklich gar keine Ahnung?«

Wieder schüttelte Constantin den Kopf.

»Würde ich dich nicht besser kennen, würde ich dir deine Unschuldsmiene tatsächlich abnehmen.« Lodewald grinste, dann kippte er auch den zweiten Whisky in einem Schluck hinunter. Als Constantin erneut nach der Flasche griff, legte er die flache Hand auf sein Glas. »Lass gut sein.«

Constantin stellte die Flasche auf den Tisch.

»Wahrscheinlich denkst du, ich sei wegen der Sache mit den Libellen und diesem Schnidtke hier, oder?«

»Nein, eigentlich nicht. Ich habe die Angelegenheit selbst geklärt.« Constantin versuchte, seiner Stimme einen ruhigen, selbstsicheren Klang zu geben.

»Du weißt genau, dass ich dir das eigentlich nicht durchgehen lassen kann. Innerhalb des Rings gibt es Regeln.«

»Außerhalb des Rings auch«, erwiderte Constantin. »Man nennt es Gesetze. Und du weißt selbst am besten, wie viel du und ich darauf geben.«

»Das ist etwas anderes«, befand Lodewald. »Gesetze sind eher so etwas wie Vorschläge. Die Regeln des Rings dagegen sind nicht verhandelbar und absolut verbindlich. Und zwar ohne Ausnahme.«

»Willst du wissen, wie es dazu gekommen ist?«, fragte Constantin.

Lodewald schüttelte den Kopf. »Ich weiß bereits alles. Tut mir leid, was mit deinem Bruder passiert ist.«

Constantins Miene blieb unbewegt. »Wie gesagt, ich habe das geregelt. Die Sache ist erledigt.«

»Erzähl mir doch keinen Scheiß, Constantin. Mir ist zu Ohren gekommen, dass du gerade eine Boxhalle einrichtest, obwohl du bisher nichts damit am Hut hattest. Du willst Arnold Schnidtke hierherlocken und ihn dir vorknöpfen. Wenn du möchtest, dass wir Freunde bleiben, dann versuche nicht, mich zu verarschen, klar?«

»Was willst du von mir, Erich?«

»Ich weiß, was hier vorgeht. Das sollst du wissen. Doch deshalb bin ich nicht gekommen.«

»Sondern?«

»Weil ich deine Hilfe brauche.«

Eben noch abwartend, fast schon lauernd, veränderte Constantin nun seine Haltung. »Du bekommst meine Hilfe«, sicherte er zu, ohne zu wissen, worum es überhaupt ging. »Was ist los?«

Lodewald nahm das leere Glas und drehte es in seinen Händen. Er wirkte jetzt nachdenklich und hatte etwas von der selbstbewussten Ausstrahlung eingebüßt, die er sonst an den Tag legte. »Ich bin ein bisschen in die Jahre gekommen, Constantin. Und irgendwie glaubt nun wohl jemand, dass ich meinen Posten so langsam räumen sollte.«

»Wer?«

»Sagt dir der Name Gustav von Kempner etwas?«

»Der Münchner?«

»Ganz genau der. Er intrigiert gegen mich.«

»Wie?«

»Er versucht, an meinem Stuhl zu sägen. Hat 'ne Menge Geld in die Hand genommen, um meine Leute abzuwerben und meine Autorität zu untergraben. Außerdem hat er hinter meinem Rücken einige Treffen innerhalb des Rings einberufen und macht Stimmung gegen mich, damit er meine Position übernehmen kann.«

»Der hat vielleicht Eier.«

»Die ich ihm mit Vergnügen abschneiden werde. Dieser kleine Wichser hat seinen Alten beerbt und will nun das Geld dazu verwenden, um in der Organisation die richtigen Leute zu kaufen. Sein Alter hatte Ländereien ohne Ende und wohl auch ein Schloss oder so was. Dagegen sind du und ich arme Leute. Und mir hat dieser Drecksack den Job in München überhaupt zu verdanken.« Er verzog grimmig das Gesicht. »Man kann in dieser Branche wirklich niemandem trauen, Constantin, das solltest du dir merken.«

»Was willst du tun?«

»Na, was wohl? Ich werde in diesem Fall mit aller Härte durchgreifen müssen. Doch das Problem ist, wie gesagt, dass ich keinem mehr trauen kann. Ich weiß nicht, wer bereits von diesem von Kempner geschmiert wurde und wer nicht.«

»Auf meine Leute kannst du zählen.«

Lodewald wiegte den Kopf. »Sei dir da nicht so sicher.«

»Wie meinst du das?«

»Ach, Constantin, du weißt doch, wie so was läuft. Mal arbeiten sie für dich, dann wieder für mich. Am Ende sind wir eine große, glückliche Familie, nicht wahr?«

Constantin nahm sein Glas und trank einen Schluck. Er wollte sich seine Wut darüber, dass Lodewald soeben eingestanden hatte, ihn überwachen zu lassen, nicht anmerken lassen.

»Nur dass jetzt einer deiner Söhne in unserer großen, glücklichen Familie auf deinem Sarg tanzen will«, gab er dennoch leicht spöttisch zurück.

Hierauf wusste Lodewald nichts zu sagen. »Ich nehme doch noch einen«, erklärte er und schob Constantin das leere Glas hin.

Constantin griff nach der Flasche und schenkte nach.

»Also«, nahm er das Gespräch anschließend wieder auf. »Was kann ich tun?«

»Du musst mir den Rücken freihalten. Der Berliner Ring hat die meisten Mitglieder, dann folgen der Münchner und der Frankfurter Ring. Die Hamburger können da längst nicht mithalten, ebenso wenig wie die anderen. Wenn ich mich auf deine Unterstützung verlassen kann, sieht Gustav alt aus.«

»Das kannst du, Erich, unter einer Bedingung.«

»Welcher?« Lodewald musterte Constantin argwöhnisch.

»Ich will wissen, wem ich trauen kann und wem nicht. Du gibst mir sämtliche Namen der Männer, die ich bezahle und die eigentlich für dich arbeiten.«

»Kriegst du.«

»Ich meine es ernst, Erich. Ohne Ausnahme und ohne Hintertür.«

»Du hast mein Wort.«

Constantin nickte. »Also, was soll ich tun?«

»Im Grunde das, was du mit den Libellen gemacht hast. Ich werde dir eine Liste mit Namen geben, und du wirst dich darum kümmern.«

Constantin nickte. »Ist das alles?«

»Unterschätz die Sache nicht. Wir sind alle im gleichen Metier, und wäre ich an von Kempners Stelle, würde ich genau damit rechnen. Es wird also kein Spaziergang werden.«

»Auf wie viele deiner Leute kannst du noch zählen?«

»Fünf Dutzend, vielleicht auch ein paar mehr.«

»Das sind nicht besonders viele für eine solche Aufgabe.« Constantin hob beinahe missbilligend die Augenbrauen. Er musste zugeben, dass er es genoss, seinem alten Mentor aufzuzeigen, wer in dieser Situation der Starke von ihnen war und dass sich die Zeiten, vor allem aber die Machtverhältnisse geändert hatten.

»Es soll nicht zu deinem Schaden sein, Constantin.«

Constantin wartete ab, was Lodewald ihm anzubieten hatte.

»Wenn wir gemeinsam aufgeräumt haben, werden einige Posten neu besetzt werden müssen. Du kannst Leute deines Vertrauens auswählen. Der Gewinn bleibt natürlich bei dir.« Er räusperte sich. »Ganz gleich, was du mit Schnidtke anstellst, Constantin – es ist deine Sache. Du hast keine Konsequenzen vom Ring zu erwarten.«

»Gut zu wissen.«

Lodewald war anzusehen, dass er sich in der Rolle des Bittstellers mehr als unwohl fühlte. Constantin beobachtete ihn genau. Von dem Mann, der Lodewald einmal gewesen war, schien in diesem Augenblick nicht mehr viel übrig zu sein. Ob es die Wut über von Kempners Verrat war oder die Erkenntnis, dass er sich hatte übertölpeln lassen, hätte Constantin nicht sagen können. Womöglich war es auch die nackte Todesangst, die Lodewald gepackt hatte, denn es war nur eine Frage der Zeit, wann von Kempner ihn beiseiteschaffen lassen würde – vorausgesetzt, er konnte genügend Leute auf seine Seite bringen. Vermutlich wartete er nur noch auf die passende Gelegenheit.

»Mit dem, was für dich rausspringt, wenn du die Posten der Abtrünnigen neu besetzt, kannst du dir gleich noch ein Hotel bauen lassen«, unterbrach Lodewald seine Gedanken.

Das war nicht unbedingt das, was Constantin wollte, und der Mann ihm gegenüber war nicht mehr der, den er bei seinem Eintritt in den Ring kennengelernt hatte. »Wir müssen die Sache hier in Berlin koordinieren, Erich«, sagte er. »Was denkst du, wen Gustav bereits auf seine Seite gezogen hat?«

»Ich weiß von mehreren Treffen mit den Leuten aus Ludwigsburg, Konstanz und Augsburg. Er soll sich außerdem ein paarmal in der Rheingegend mit verschiedenen Mitgliedern getroffen haben.«

»Hm«, machte Constantin, »das ist alles zu vage. Die beste Chance dürfte demnach darin bestehen, direkt den Münchner Standort hochzunehmen und das Problem beim Schopfe zu packen.«

»Das sehe ich auch so. Doch das genaue Vorgehen überlasse ich dir.«

»Wann können deine Leute in München sein?«

»Wenn ich die Anweisung gebe, nehmen sie den ersten Zug.«

»In Ordnung. Sie sollen sich bereithalten. Vorerst regle ich das Ganze auf meine Art. Sobald ich deine Leute brauche, fordere ich sie an. Ich habe hier heute noch ein paar Vorbereitungen zu treffen. Morgen kann ich mit meinen Leuten aufbrechen und übermorgen dort sein.«

»Du willst selbst nach München fahren?«, fragte Lodewald überrascht.

»Wir wollen doch, dass die Botschaft deutlich ankommt, nicht wahr? Was nützt es uns, von Kempner auszuschalten, wenn niemand in München ist, der die umliegenden Organisationen zusammenruft und die Geschäfte übernimmt?«

»Du machst wirklich nicht viel Federlesen, Constantin.«

»Ich werde zunächst nur mit einer Handvoll meiner Leute fahren und mit von Kempner sprechen.«

»Du willst mit ihm *sprechen*? Weshalb?«

»Wie wollen wir sonst herausfinden, wen er bereits auf seine Seite gezogen hat, wenn er tot ist? Nein.« Constantin schüttelte den Kopf. »Ich werde mit meinen Leuten nach München reisen und ihm die volle Unterstützung des Berliner Ringvereins zusichern. Und dann, wenn der richtige Zeitpunkt gekommen ist und wir wissen, wem wir noch trauen können, ramme ich ihm höchstpersönlich das Messer ins Herz.«

Lodewald grinste. »Da wäre ich zu gern dabei.«

»Du, Erich, solltest noch heute nach Hause zurückfahren und die Füße stillhalten. Ich werde mich um alles kümmern. Und wenn von Kempner erledigt ist, knöpfe ich mir diejenigen vor, die er auf seine Seite gezogen hat. Entweder sie kriechen zu Kreuze und bekommen eine zweite Chance, oder sie folgen von Kempner direkt nach.«

»Ich wusste, dass ich auf dich zählen kann.« Lodewald beugte sich vor und klopfte Constantin auf die Schulter.

»Ich werde dir über die üblichen Wege eine Nachricht zukommen lassen, sobald die Arbeit getan ist.« Constantin erhob sich.

»In Ordnung.« Erich Lodewald stand ebenfalls auf und streckte ihm die Hand entgegen. »Danke, Constantin. Ich stehe in deiner Schuld.«

»Gerd!«, rief Constantin laut. Gleich darauf wurde die Tür geöffnet, und Nolte trat ein.

»Ja, Chef.«

»Ruf Erichs Leute zusammen. Wir haben alles geklärt.«

»In Ordnung, Chef.«

Constantin wandte sich Lodewald zu. »Mach's gut, Erich. Ich melde mich bei dir. Und vergiss nicht: Wenn das hier vorbei ist, will ich die Namen der Männer, die für dich arbeiten, obwohl sie auf meiner Gehaltsliste stehen.«

»Ich stehe zu meinem Wort«, versicherte Lodewald, nickte Constantin noch einmal zu und ging hinaus.

Als er weg war, trat Constantin ans Fenster und sah nachdenklich hinaus. Es dauerte nicht lange, bis er von oben drei Automobile vorfahren sah, die Lodewald und seine Leute abholten. Constantin fasste sich mit der Hand in den Nacken und massierte seine angespannten Muskeln, um den zunehmenden Druck an den Schläfen zu mindern. Er konnte jetzt keine Kopfschmerzen gebrauchen. Für das, was er plante, musste er zu hundert Prozent klar denken können.

7. Kapitel

»Wenn die Last eines Geheimnisses so schwer wiegt,
als würde man einen ganzen Berg auf den Schultern tragen,
ist es nur die Liebe zu den Seinen, die es ermöglicht,
damit weiterzugehen.«

Bernadette von Plesow

Bernadette atmete noch einmal tief durch, als sie vor der Tür zu Zimmer 143 ankam, dann klopfte sie. Es dauerte nur einen kurzen Moment, bis der Gast öffnete und sie das Gesicht sah, das sie im Aufzug nur teilweise hatte erkennen können. Sie setzte ihr professionelles Lächeln auf und legte den Kopf schräg.

»Herzlich willkommen im Grand Hotel, Herr Blumberg.« Sie hielt ihm die Flasche Champagner entgegen.

»Wie freundlich, haben Sie herzlichen Dank. Bitte, Frau von Plesow, kommen Sie doch herein.«

»Oh, ich muss mich also gar nicht vorstellen? Kennen wir uns?« Bernadette machte ein paar Schritte in die Suite hinein, während der Gast die Tür hinter ihr schloss.

»Nun, fast kommt es mir so vor«, stellte er fest. »Aber persönlich begegnet sind wir uns meines Erachtens bisher nicht.«

Bernadette machte eine ausladende Geste durch den Raum. »Gefällt Ihnen Ihr Zimmer, Herr Blumberg?« Bernadette wagte nicht, die Erörterung der Frage, ob sie einander kannten, weiter zu vertiefen, und doch wollte sie es wissen. *Musste* es wissen.

Wer war dieser Mann, und wenn ja, wie war das möglich? War er wirklich der, für den sie ihn hielt? Sein Name sprach dagegen, doch der konnte selbstverständlich falsch sein. An einen Zufall glaubte sie keinen Augenblick.

»Das Zimmer ist herrlich, vielen Dank. Und diese Aussicht! Das hier ist eines der schönsten Fleckchen Erde, die ich je zu Gesicht bekommen habe.«

»Sie reisen viel?«

»Früher einmal, ja. In den letzten Jahren nicht mehr so. Ich bin ruhiger geworden.«

Bernadette war zum Zerreißen gespannt. Was wollte er? Warum sprach er nicht aus, was sie ohnehin ahnte? Weshalb trieb er ein Spielchen mit ihr, statt zum Punkt zu kommen, sie eine Lügnerin und Betrügerin zu nennen und sie aufzufordern, all das, was auf ihren guten Namen gründete, unverzüglich an ihn zu übergeben?

»Waren Sie beruflich unterwegs oder privat?«

»Beruflich. Doch ich hatte das große Glück, das Berufliche mit meiner privaten Reiselust verbinden zu können.«

»Welcher Arbeit gehen Sie nach, wenn ich fragen darf?«

»Ich bin Rechtsanwalt und stand viele Jahre in den Diensten Jesko von Puttkamers, dem damaligen Gouverneur in Kamerun. Ein wunderbares Land. Waren Sie schon einmal auf dem Schwarzen Kontinent?«

»Nein, das war mir bisher nicht vergönnt«, entgegnete Bernadette, nach Fassung ringend.

»Ich weiß, in welchem Ruf von Puttkamer stand, was sein Vorgehen gegen die einheimische Bevölkerung angeht. Und ich konnte die harte Hand, die er hat walten lassen, ebenso wenig gutheißen wie die meisten anderen, das können Sie mir glauben. Doch ich habe auch eine andere Seite an ihm kennengelernt, eine gutherzige, ja fürsorgliche Seite. Er hat seinen Sohn aufrichtig geliebt, und ich behaupte wohl nichts Falsches, wenn ich sage, dass sein Selbstmord der Trauer um sein einziges Kind geschuldet war. Wenn das nicht die vollkommene, unbedingte Vaterliebe ausdrückt, was dann?«

»Ich maße mir nicht an, über Menschen zu urteilen, die ich nicht kenne«, entgegnete Bernadette. »Ich glaube, keiner von uns kann sagen, wie er in einer Situation gehandelt hätte, in der er nicht selbst zu entscheiden und am Ende damit zu leben hatte.« Sie sah ihm fest in die Augen.

»Weise Worte«, erwiderte er. »Ich dachte mir schon, dass Sie eine sehr kluge Frau sind, und nun stimmen wir sogar in unseren Meinungen überein. Es ist wirklich ein Glück, dass ich den Weg hierhergefunden habe.«

»Ist es wirklich Glück?« Zum ersten Mal spürte Bernadette, dass ihr das aufgesetzte Lächeln nicht mehr gelingen wollte.

»Nun, Glück ist vermutlich zu viel gesagt. Bezeichnen wir es lieber als meine richtige Entscheidung, hierhergekommen zu sein.«

»Ich hoffe, es wirkt nicht unhöflich, wenn ich Sie nach dem Grund Ihres Besuches frage. Sie scheinen mir nicht der Mensch zu sein, der nur der Sommerfrische wegen hier ist.«

Blumberg sah sie abwartend an. Die Stimmung schlug um, wirkte plötzlich angespannt. Der Argwohn, der in der Luft lag, war fast greifbar.

»Warum gehen wir nicht ein wenig hinaus an die Promenade?«, schlug Bernadette vor. »Von dort aus sind es nur wenige Schritte zur Seebrücke. Dann können wir uns in aller Ruhe unterhalten.«

»Sehr gern.« Blumberg ging zur Tür, um sie Bernadette aufzuhalten, die ihm höflich zunickte und dann das Zimmer verließ.

Unten angekommen blieb Bernadette kurz am Empfang stehen. »Ich bin noch einmal außer Haus, Werner«, teilte sie dem Rezeptionisten mit.

»Sehr wohl, gnädige Frau«, gab dieser zurück und sah nachdenklich seiner Chefin nach, die mit dem frisch eingetroffenen Gast das Hotel verließ. Eigenartig. Hatte sie nicht zuvor behauptet, den Herrn nicht zu kennen? Seine Gedanken wurden vom Telefon unterbrochen, das in diesem Moment auf dem Empfangstresen schrillte. »Sie sind mit dem Grand Hotel in Binz verbunden, Werner Druminski am Apparat.«

»Werner, hier spricht Constantin von Plesow.«

»Oh, guten Tag, gnädiger Herr.« Er deutete automatisch eine Verbeugung an.

»Guten Tag, Werner. Ist meine Mutter zu sprechen?«

»Sie ist soeben zur Tür hinaus, aber noch direkt vor dem Hotel. Soll ich sie bitten, kurz zurückzukommen?«

»Nein, lassen Sie nur. Richten Sie ihr bitte aus, dass ich für einige Tage in München sein werde, falls sie mich zu erreichen versucht. Ich werde mich melden und einen Telefonanschluss mitteilen, unter dem sie mich anrufen kann, wenn sie möchte.«

»Vielen Dank, gnädiger Herr. Ich werde es Ihrer Frau Mutter ausrichten.«

»Danke, Werner. Dann noch einen guten Tag.«

»Verbindlichsten Dank und Ihnen auch einen angenehmen Tag, Herr von Plesow.« Druminski hängte ein. Er wusste, dass sich das Verhältnis der gnädigen Frau zu ihrem Sohn im letzten Jahr verschlechtert hatte. Den Grund kannte er nicht, nur dass sich die beiden voneinander entfernt hatten, kurz bevor der älteste Sohn, Alexander, ums Leben gekommen war. Auch mit diesem hatte sie Streit gehabt, und nun, da er tot war, konnte Druminski nur ahnen, wie es in der gnädigen Frau aussah. Die Veränderung, die Alexanders Tod in ihr ausgelöst hatte, konnte niemand leugnen. Werner hoffte inständig, dass es seiner Chefin gelingen würde, die Trauer zu überwinden und eines Tages zu sich selbst zurückzufinden. Auch wenn es ihm selbst nie vergönnt gewesen war, zu heiraten und Kinder zu zeugen, konnte er doch nachempfinden, wie unermesslich der Verlust für die gnädige Frau sein musste. Sie hatte ihren Ehemann und zwei ihrer Kinder verloren. Konnte es etwas Schlimmeres im Leben eines Menschen geben?

Zusammen mit Johannes Blumberg ging Bernadette in Richtung Seebrücke. Die ersten Meter gingen sie schweigend nebeneinander her, begleitet vom Klang des Akkordeons.

»Ich hoffe, dass Ihnen mein Erscheinen in Ihrem Hotel nicht unangenehm ist«, brach Blumberg das Schweigen.

»Warum sollte es?«, fragte Bernadette, ohne ihn anzusehen.

»Sie machen es mir nicht leicht«, stellte Blumberg nun fest.

Bernadette blieb stehen. »Ich habe das Gefühl, dass wir beide wie zwei Katzen umeinander schleichen. Weshalb sind Sie hier, Herr Blumberg?«

»Ich wollte Sie kennenlernen.«

»Weshalb?«

»Ahnen Sie das nicht?«

»Ich möchte es aus Ihrem Munde hören.« Bernadettes Hände wurden feucht. Gleich würde er es aussprechen. Würde ihr mitteilen, dass er und niemand sonst der wahre Karl von Plesow war und dass all das, was sie und ihr Ehemann auf dessen Namen und mit dem Geld der Familie aufgebaut hatten, in Wahrheit ihm gehörte. Würde er sie bei den Behörden melden? Musste sie mit einem Strafverfahren rechnen? Wie würde sie es ihren Kindern erklären? Sollte sie ihnen sagen, dass ihr Vater ein Betrüger war und Bernadette sein Geheimnis für sich behalten hatte?

Ihre Gedanken überschlugen sich. Wie war es überhaupt möglich, dass der echte Karl von Plesow noch lebte? Ihr Mann hatte ihr doch genau geschildert, was bei dem Unfall damals geschehen war. Karl von Plesow war ums Leben gekommen, genau wie seine Eltern. Sie waren alle drei tot und begraben. Wie konnte er nun also vor ihr stehen?

»Was haben Sie gedacht, als Sie mich vorhin im Aufzug sahen?«, unterbrach Blumberg ihre Gedanken.

Bernadette überlegte kurz. »Dass ein Gast angekommen ist, den ich noch nicht kenne.«

»Ohne respektlos erscheinen zu wollen, gnädige Frau: Ich glaube Ihnen nicht.«

»Ach nein? Und weshalb, wenn ich fragen darf?«

»Weil ich das Ebenbild meines Vaters bin, wie mir immer wieder gesagt wurde. Deshalb haben Sie mich bemerkt, oder täusche ich mich?«

»Und wer ist Ihr Vater, wenn ich fragen darf?«

»Der gleiche Mann, der auch der Vater Ihres Ehemannes war, Leopold von Plesow.«

Bernadette blieb abrupt stehen. »Wie bitte?«

»Ich weiß, es klingt unwirklich. Und bitte glauben Sie mir, ich bin nicht hier, um irgendetwas einzufordern oder Schwierigkeiten zu machen. Ich habe genug von meinem Vater bekommen und war versorgt. Ich konnte sogar Jura studieren und hatte trotz meiner Herkunft gute Voraussetzungen.«

»Offen gesagt verstehe ich nicht, was Sie mir sagen wollen.« Bernadette war vollkommen verwirrt. »Leopold von Plesow hatte nur einen einzigen Sohn, und zwar Karl von Plesow.«

»Wollen wir weitergehen?«, fragte Blumberg.

»Sicher«, stimmte Bernadette zu und setzte mechanisch einen Fuß vor den anderen.

»Leopold und Felicitas von Plesow hatten in der Tat nur einen gemeinsamen Sohn, Ihren Ehemann Karl. Jedoch hatte Leopold, als Karl etwa drei Jahre alt war, eine Liaison mit meiner Mutter, Katharina Blumberg. Sie stand einige Jahre im Dienst der von Plesows.« Er hob die Hände. »Ja, was soll ich sagen, ich bin dann wohl das, was man im klassischen Sinne einen Bastard nennt.« Er sah zu Bernadette und lächelte etwas unsicher. Offenbar fiel es ihm selbst nicht ganz leicht, diese Bezeichnung für sich zu wählen.

»Setzen wir uns doch für einen Moment«, bat Bernadette, als sie eine der Bänke erreichten.

»Gern.« Blumberg suchte ihren Blick. »Nun habe ich Sie wohl schockiert, was?«

Bernadette musste das Gehörte tatsächlich erst einmal verdauen, jedoch nicht aus dem Grund, den Blumberg vermutete. Sie hatte sich darauf eingestellt, dass dieser Mann gekommen war, um ihr alles zu nehmen und ihr Leben zu zerstören. Ihres und das ihrer Kinder. Doch nun tat er ihr leid. Wie mutig von ihm, ihr seine Herkunft zu gestehen. Das war ihm bestimmt nicht leichtgefallen. »Ich gebe zu, dass ich nicht überraschter sein könnte.«

»Was durchaus verständlich ist.« Er sah sie von der Seite an. »Darf ich Sie fragen, für wen Sie mich gehalten haben? Sie wirkten … nun, wie soll ich sagen? … Sie wirkten eher abweisend.«

»Ich kannte meinen Schwiegervater nur von Fotos«, setzte Bernadette zu einer Erklärung an, was der Wahrheit entsprach. »Und irgendwie hatte ich das Gefühl, Ihr Gesicht zu kennen, doch ich konnte es nicht wirklich zuordnen.«

»Ich habe Sie gewiss an Ihren Ehemann erinnert.«

»Wie bitte?«

»Nun ja, ich habe ihn nicht gekannt, doch von meiner Mutter

weiß ich, dass Karl genau wie ich unserem Vater bis aufs Haar glich.«

»Karl sah später nicht mehr so aus«, entgegnete Bernadette rasch. »Seine Haare wurden mit den Jahren immer dunkler. Er pflegte stets zu sagen, dass wohl das Aussehen seines Großvaters mütterlicherseits durchkäme.«

»Nun«, Blumberg lächelte, »bei mir ist es so geblieben.« Er berührte kurz sein Haar. »Früher ganz blond, heute weiß. Der Lauf des Lebens eben.«

»Als Karl starb, war er ja noch jünger als Sie jetzt.«

»Er hatte einen Unfall, nicht wahr?«, fragte Blumberg, und das Bedauern darüber stand ihm deutlich ins Gesicht geschrieben. »Ich habe mich nach Ihrer Familie erkundigt, besonders nach Karl«, fügte er erklärend hinzu.

Bernadette nickte. »Ja, vor dreizehn Jahren. Er ist vom Dach gestürzt, als er eine der Ziegeln austauschen wollte.«

Blumberg schüttelte den Kopf. »Ich bedauere, mich nicht früher dazu durchgerungen zu haben, den Kontakt zu suchen. Ich hätte meinen Halbbruder gern kennengelernt.«

»Sie hätten ihn gemocht«, sagte Bernadette und lächelte bei der Erinnerung an ihren Ehemann, wenngleich ihr klar war, dass es in einer Katastrophe hätte enden können, wäre Blumberg ihrem Ehemann zu dessen Lebzeiten begegnet.

»Also sind Sie genau genommen mein Schwager«, stellte sie nun fest.

Wieder lächelte er sie fast schüchtern an. »Ich würde verstehen, wenn Sie diese Bezeichnung für mich nicht akzeptieren würden.«

»Weshalb?«

»Nun ja, ein Bastard ist nicht eben das beliebteste Familienmitglied.«

»Wenn Sie der Begriff schmerzt, weshalb verwenden Sie ihn dann?« Bernadette fand mehr und mehr zu ihrer Selbstsicherheit zurück. Dieser Mann, der bis auf das Alter genauso aussah wie Leopold von Plesow auf dem Foto, das diesen mit seiner Familie und Hans Megerlein auf den Stufen der Villa in der Nähe von Teterow zeigte, tat ihr aufrichtig leid. Bernadette konnte nur erahnen, wie schmerzhaft es für ihn gewesen sein musste, ohne Vater aufzuwachsen.

»Ich denke, ich habe mich einfach daran gewöhnt. Früher war es schlimm für mich. Heute jedoch nicht mehr.«

»Und doch ist da ein Unterton in Ihrer Stimme, der mir etwas anderes verrät. Weshalb sind Sie hierhergekommen, Herr Blumberg? Was erwarten Sie sich von Ihrem Besuch?«

Blumberg sah einer Möwe nach, die ins Wasser gestoßen war und nun mit ihrer Beute davonflog. »So genau weiß ich das eigentlich selbst nicht.« Er seufzte. »Vor Jahren dachte ich, ich hätte Frieden mit meiner Vergangenheit gemacht«, erklärte er.

»Und jetzt?«

»Jetzt sind bestimmte Umstände eingetreten, die mich zum Umdenken veranlasst haben.«

Schlagartig kehrte die Nervosität zurück. Wollte er doch etwas einfordern?

»Was für Umstände?«

Er presste die Lippen aufeinander.

Bernadette beobachtete ihn genau. War es Schmerz, den sie in seiner Miene lesen konnte?

»Sie sind krank, nicht wahr?«

Er sah sie von der Seite an. »Ist das so deutlich zu sehen?«

»Nein. Ich ahne es nur.«

»Ich habe nicht mehr viel Zeit. Und Sie und Ihre Kinder sind das Einzige, was einer Familie in meinem Leben nahekommt.

Ich wollte wohl einfach …« Er schluckte schwer. »Ach, ich weiß auch nicht, was ich wollte.«

Bernadette blickte zu Boden. Sie wollte ihn nicht sehen lassen, dass sie bemerkt hatte, wie seine Augen sich mit Tränen füllten. Sie ließ ihm eine Weile Zeit, dann fragte sie: »Finden Sie es nicht auch albern, dass wir uns siezen?« Sie suchte seinen Blick und schenkte ihm ein Lächeln. »Wer siezt denn schon den Bruder seines Mannes?«

»Halbbruder«, korrigierte er.

»Bruder«, hielt sie dagegen. »Nenn mich Bernadette, bitte.«

»Johannes.« Ihm stand die Erleichterung ins Gesicht geschrieben. Gelöst lachte er auf. Dann umarmte er sie völlig überraschend und drückte sie kurz an sich, löste sich aber ebenso rasch wieder. »Verzeih einem törichten Kerl, dessen Gefühle gerade mit ihm durchgehen.«

Nun lachten sie beide.

»Ich bin froh, dass du gekommen bist, Johannes.« Sie stand auf. »Komm, gehen wir noch ein Stück. Es ist unbedingt an der Zeit, dass wir einander kennenlernen.«

8. Kapitel

»So lange schon warte ich, dass meine Stunde kommen mag. Ich bin bang bei dem Gedanken, was wird, wenn nicht.«

Josephine von Plesow

Josephine kam sich fast ein wenig dumm vor. Noch vor ein paar Tagen war sie so voller Euphorie gewesen, als sie nach Binz heimgekehrt war und ihrer Mutter den Vorschlag gemacht hatte, sich künftig gemeinsam mit ihr um das Hotel zu kümmern. Ja, sie hatte das Gefühl gehabt, *maman* wirklich helfen zu können, und war überaus begeistert gewesen, als diese schließlich dem Vorschlag zugestimmt hatte. Nun jedoch hatte sie den Eindruck, es gäbe gar keine wirklichen Aufgaben für sie, und wie schon so oft in ihrem Leben fühlte Josephine sich nutzlos und klein. Was genau tat denn eigentlich eine Hotelchefin, und wie konnte sie ihre Mutter unterstützen? Vor allem aber: Wie sollte es Josephine gelingen, in Aufgaben hineinzuwachsen, die sie bisher nicht einmal kannte? Hinzu kam, dass sie nicht einmal in der Nähe war, wenn ihre Mutter im Hotel ihrer Arbeit nachging. Josephine verbrachte die meiste Zeit im Privathaus der von Plesows und kam sich vor wie auf einem Abstellgleis, auf dem sie tagtäglich darauf wartete, dass der Nachmittag verging und sie sich für ihren allabendlichen Auftritt im Restaurant zurechtmachen konnte, um dort die Rolle der wohlerzogenen Tochter zu erfüllen, die ihrer Mutter den Rücken stärkte. Aber war das wirklich genug? Nein, dachte sie jetzt und schüttelte entschieden den Kopf. Es war beileibe nicht genug, zumindest nicht für sie. Das Beste wäre es wohl, sich auch hier in Binz wieder der Malerei zu widmen. Wenigstens in diesem Bereich hatte sie Talent, wenn man dem Galeristen Gregor von Rubenstein Glauben schenken konnte, der ihre Vernissage in Leipzig organisiert hatte. So wäre sie in der Nähe der Mutter und könnte ihr zur Hand gehen, wenn sie denn gebraucht wurde. Doch dass dies jemals der Fall wäre, bezweifelte sie von Tag zu Tag mehr. Sie seufzte, dann nahm sie sich zusammen. Nein, sie wollte nicht wieder in ihr altes Muster verfallen. Die Zeiten des Selbstmitleids gehörten ein für alle Mal der Vergangenheit an. Was konnte sie tun, um sich wieder besser, vor allem aber nützlich zu fühlen? Eine kleine Aufmunterung, ein klein wenig Anerkennung würden ja schon genügen. Plötzlich kam ihr ein Gedanke, der ein Lächeln über ihr Gesicht huschen ließ. Eilig verließ sie ihr Zimmer und ging zum Telefonapparat auf dem Flur, hob ab und ließ sich mit einem Anschluss im Münsterland verbinden. Es klingelte einige Male, bevor abgehoben wurde.

»Guten Tag, Sie sind mit dem Café am Berkel verbunden, Landwich am Apparat.«

»Guten Tag, Frau Landwich, hier spricht Josephine von Plesow.«

»Ah, Fräulein von Plesow, guten Tag.«

Josephine war erleichtert, Frau Landwich am Apparat zu haben und nicht die Chefin, Frau Markwort.

»Sagen Sie, wäre Lotte kurz zu sprechen?«

»Bitte warten Sie einen kleinen Moment, Fräulein von Plesow. Sie ist gerade in die Küche gegangen. Aber bitte wirklich nur ganz kurz, ja? Es ist reichlich zu tun.«

»Selbstverständlich«, stimmte Josephine sofort zu. Dann wartete sie. Kurz darauf meldete sich Lotte.

»Josephine, wie schön. Aber ich habe nur ganz wenig Zeit.«

»Ich will dich auch nicht lange aufhalten, Lotte. Ich wollte dir nur rasch Bescheid geben, dass ich im Moment nicht in Leipzig, sondern in Binz bei meiner Mutter bin, falls du mich zu erreichen versuchst.«

»In Binz?«

»Ja, genau. Ich möchte meiner Mutter ein wenig im Hotel helfen. Vielleicht sogar ein bisschen mehr. Mal sehen, wie es wird. Geht es dir gut?« Josephine wusste, wie schwer Lotte es hatte. Ihre Mutter war im letzten Monat gestorben, und mit dem Geld, das Lotte im Café am Berkel als Bedienung verdiente, konnte sie nicht leben und nicht sterben. Hinzu kam, dass sie gewaltig unter ihrer Chefin zu leiden hatte, die alles andere als freundlich mit dem Personal umging. Und Lotte fasste sie besonders hart an, seit sie festgestellt hatte, dass ihr Ehemann Gefallen an der jungen Frau gefunden hatte, was Lotte immer unsicherer werden ließ.

»Es geht so.« Lottes Stimme klang bedrückt.

»Warum kommst du nicht hierher? Wir haben uns viel zu lange nicht gesehen, und dir würde eine kleine Auszeit gewiss guttun. Du wirst doch sicher ein paar Tage freibekommen.«

»Ich kann nicht.«

»Aber warum denn nicht? Du müsstest nur herkommen, übernachten könntest du bei mir. Es würde dich nichts kosten.«

»Das wäre schön. Es ist hier noch mal um einiges schlimmer geworden. Weißt du …«

»Fräulein Raabe, hängen Sie sofort ein!«, hörte Josephine eine barsche Stimme im Hintergrund rufen. »Hier wird gearbeitet und nicht geplaudert!«

»Ich muss Schluss machen.« Lotte hatte Mühe, ein Schluchzen zu unterdrücken.

»Lotte, warte …« Weiter kam Josephine nicht. Das Klicken

verriet ihr, dass auf der anderen Seite eingehängt worden war. Josephine seufzte, dann hängte auch sie ein. Enttäuscht wandte sie sich ab.

»Erich, nicht. Lass das«, hörte sie Inges Stimme aus dem Kinderzimmer. »Nein, Paul, du auch nicht. Gib mir das.« Josephine schmunzelte. Inge, das Kindermädchen der Zwillinge ihres verstorbenen Bruders Alexander, konnte einem schon leidtun.

Josephine ging zum Kinderzimmer hinüber. »Kann ich dir helfen, Inge?«

»Oh, gnädiges Fräulein.« Inge knickste eilig. »Es wäre wirklich zu freundlich, wenn Sie Paul für einen Moment beaufsichtigen könnten. Erich hat sich eingenässt, und ich muss ihn umziehen, doch Paul gibt keine Ruhe, wenn ich ihn im Laufstall absetze. Und die gnädige Frau möchte nicht gestört werden.« Ängstlich blickte Inge in Richtung des Schlafzimmers, in das Margrit sich zurückgezogen hatte. Seit Alexanders Tod war sie voll und ganz in ihrer Rolle als trauernde Witwe aufgegangen, und ihre Laune war noch schlechter als früher.

»Ganz ruhig, Inge«, sagte Josephine, der das Verhalten ihrer Schwägerin gehörig auf die Nerven ging. Sie war noch nie gut mit der Frau ihres Bruders ausgekommen, doch seit Alexanders Tod empfand sie Margrits Art als absolut unerträglich. »Gib mir Paul.« Josephine nahm Inge den Neffen ab und stellte ihn auf den Boden, worauf der Dreijährige sogleich zu quengeln begann.

»Vielen Dank, gnädiges Fräulein.«

»Du gibst jetzt Ruhe, junger Mann«, befahl Josephine mit strenger Stimme. »Meine Güte. Die beiden sind dermaßen verwöhnt. Meine Mutter hätte uns ein solches Verhalten niemals durchgehen lassen.«

»Es ist mein Fehler«, gestand Inge sogleich ein. »Bestimmt mache ich alles verkehrt.«

»Du bist nicht ihre Mutter, Inge. Außerdem wurdest du damals nicht als Kindermädchen eingestellt.« Sie schüttelte den Kopf. »Ist es eigentlich normal, dass sich ein Dreijähriger noch einnässt?«

»Es geschieht nicht mehr oft. Nur dann, wenn er seinen Willen nicht bekommt«, erklärte Inge. »Ich wollte ihm die Kekse nicht geben, aber er hat sie sich trotzdem geschnappt. Und als ich sie ihm weggenommen habe, hat er aufgestampft und in die Hose gemacht.«

»Wie bitte?« Josephine sah Erich an, der sich soeben einen Teil des Corpus Delicti in den Mund steckte und genussvoll kaute.

»Das glaube ich nicht.« Josephine machte einen raschen Schritt nach vorn und nahm Erich die andere Hälfte des Kekses weg. Sofort stapfte er mit dem Fuß auf und begann laut zu schreien.

Inge riss die Augen auf. »Bitte, Fräulein Josephine, bitte geben Sie ihm den Keks zurück. Wenn die gnädige Frau wach wird, wird sie mich schrecklich bestrafen.«

»Überlass das nur mir«, beruhigte Josephine das aufgelöste Kindermädchen und ging vor dem tobenden und schreienden Erich in die Hocke.

»Sehr gut, Erich. Ja, brüll nur lauter. Was, mehr kannst du nicht? Lauter, na, mach schon.« Sie lächelte ihn an.

Einen Moment war er zu überrascht, um noch einen Laut von sich zu geben.

»Komm, ich wechsle rasch deine Hose«, sagte Inge eilig und wollte ihn an die Hand nehmen.

»Nein«, entschied Josephine. »Noch nicht. Er soll das unangenehme Gefühl ruhig noch eine Weile haben.« Sie berührte kurz die nasse Hose und verzog angewidert das Gesicht.

Paul verfolgte mit verblüffter Miene das Geschehen.

»Bitte, Fräulein Josephine, lassen Sie mich doch rasch seine Hose…«

»Was ist denn hier los? Kann man nicht einmal eine kleine Pause machen, ohne dass es Geschrei gibt?« Margrit war in den Raum getreten und stemmte die Hände in die Hüften.

»Entschuldigen Sie bitte, gnädige Frau.« Inge traten Tränen in die Augen.

»Du musst dich nicht entschuldigen für etwas, das ich zu verantworten habe«, stellte Josephine klar und sah ihre Schwägerin herausfordernd an. »Erich und Paul benehmen sich unmöglich. Ist dir bewusst, dass Erich das Einnässen als Mittel benutzt, um seinen Willen durchzusetzen?«

»Ist das so? Nun, ich wüsste auch nicht, warum man ihm irgendetwas verwehren sollte. Immerhin hat er erst vor einigen Monaten seinen Vater verloren.« Margrit hob das Kinn.

»Du denkst also, dass es die richtige Erziehung für einen Dreijährigen ist, ihm einfach alles zu geben, was er will, und jede seiner Launen durchgehen zu lassen, weil er zur Halbwaise geworden ist?« Josephine lachte freudlos auf.

»Weshalb mischst du dich da ein? Du interessierst dich doch gar nicht für deine Neffen, sondern nur für dich und deine Kleckserei.«

»Verbindlichen Dank, dass du mich über meine Gefühle, meine Neffen betreffend, aufklärst.« Josephine lächelte herablassend. »Weitaus interessanter ist allerdings die Frage, warum *du* dich nicht für Paul und Erich interessierst. Immerhin bist du ihre Mutter.«

»Ich bin Witwe.«

»Und? Nun tu doch nicht so, als hättest du dich vor Alexanders Tod mehr um die beiden gekümmert.«

»Was fällt dir ein?« Margrits Stimme überschlug sich.

»Ich sage nur die Wahrheit. Es ist nicht in Ordnung, dass du Inge die ganze Arbeit machen lässt, ihr aber nicht zugestehst, dass sie den Zwillingen Grenzen aufzeigt.«

Margrit öffnete den Mund und schloss ihn wieder. »Das dürfte dich wohl kaum etwas angehen.«

»Und ob mich das etwas angeht. Bevor die Zwillinge auf der Welt waren, stand Inge bereits als Hausmädchen im Dienst unserer Familie. Und genau genommen hat sich das auch nie geändert. Sie ist nur deshalb zum Kindermädchen geworden, weil Alexander und du die Kosten gescheut habt, noch jemanden einzustellen.«

»Das eine hat mit dem anderen nicht das Geringste zu tun.«

»O doch, das hat es. Ich weiß, dass meine Mutter es gar nicht leiden kann, wenn man das Personal schlecht behandelt. Fragen wir sie doch einfach.«

»Ich habe nicht vor, dieses Gespräch weiterzuführen.« Margrit wandte sich von Josephine ab. »Inge, ich habe gleich noch eine Verabredung, und ich erwarte, dass du dich um die Zwillinge kümmerst.«

»Selbstverständlich, gnädige Frau.« Inges Wangen glühten. Ihr stand deutlich ins Gesicht geschrieben, wie peinlich sie der verbale Schlagabtausch der beiden Frauen berührte.

Margrit drehte sich um. »Wenn ihr mich dann entschuldigen würdet. Ich habe Wichtigeres zu tun, als mich diesen Kindereien hinzugeben.« Damit verließ sie den Raum.

»Warte, Inge, ich helfe dir.« Josephine schüttelte den Kopf über das Verhalten der Schwägerin.

»Nein, wirklich, gnädiges Fräulein, das ist nicht nötig.«

»Inge, lass gut sein. Ich habe recht, und das weißt du. Ich werde mit meiner Mutter über die Situation sprechen.«

»Nein, bitte, das möchte ich auf keinen Fall.«

»Inge, ich werde das nicht diskutieren. Du bist doch nicht mehr glücklich, oder? Ich kann mich an Zeiten erinnern, in denen du gelächelt hast. Seit du dich um die Zwillinge zu kümmern hast, bist du von Tag zu Tag immer blasser und ernster geworden. Du huschst nur noch durch die Gegend und siehst ständig aus wie ein Kaninchen, das sich einer Schlange gegenübersieht. Um Himmels willen, Inge, so geht es doch nicht weiter.«

Hierauf wusste das Kindermädchen nichts zu sagen.

»Wenn ich eines von meiner Mutter gelernt habe, dann das: Folge deinen Träumen und versuche, glücklich zu werden. Willst du dich denn ewig herumschubsen lassen?«

Inges Augen füllten sich erneut mit Tränen, und sie senkte eilig den Blick. Dann schlug sie die Hände vors Gesicht und schluchzte auf.

Josephine machte einen Schritt auf sie zu und nahm sie in den Arm. »Ist ja schon gut«, tröstete sie die junge Frau.

Josephine spürte, dass an ihrem Rock gezogen wurde, löste sich von Inge und sah herab. Paul stand da und blickte zu ihr herauf. Auch seine Augen waren mit Tränen gefüllt, während Erich nur dastand und das Geschehen beobachtete. Josephine bückte sich, nahm Paul auf den Arm und hielt ihn so, dass er mit seiner kleinen Hand Inges Wange berühren konnte.

»Ja, genau Paul. Inge ist traurig. Also müssen wir ganz lieb zu ihr sein, ja?«

Paul nickte stumm. Josephine übergab ihn an Inge, und der Kleine legte seine Arme um ihren Hals. Josephine machte einen Schritt auf Erich zu. »Kommst du zu uns?«, fragte sie sanft.

Erich schüttelte den Kopf.

»Wie du willst«, sagte Josephine und trat wieder zurück. Erich zögerte, dann setzte er sich doch in Bewegung und kam zu Josephine. Wegen seiner nassen Hose verzichtete sie darauf, ihn wie zuvor seinen Bruder auf den Arm zu nehmen. Stattdessen ging sie in die Hocke und griff seine kleinen Händchen. »Ich werde dir jetzt eine trockene Hose anziehen. Und dann können wir alle wieder fröhlich sein, ja?«

Erich nickte. Er wirkte so bedrückte, dass er Josephines Herz berührte. Sie beugte sich zu ihm vor und drückte ihn kurz an sich. Dann richtete sie sich wieder auf und hielt ihm die Hand hin, die er sofort nahm.

»Aber ich kann das doch machen«, sagte Inge, die langsam ihre Fassung zurückgewann.

»Das ist nicht nötig. Erich und ich werden das wunderbar hinbekommen, nicht wahr?« Sie sah zu ihrem Neffen hinunter.

»Ja, Tante Josephine«, sagte er folgsam.

»Das ist sehr brav von dir.« Josephine musste schlucken. Der Kleine erinnerte sie unglaublich an Alexander. Sie würde sich um seine Söhne kümmern. Das war sie ihm einfach schuldig.

* * *

Bernadette wusste nicht, was sie erwarten würde, als sie das Gebäude betrat. In Gedanken war sie bei Johannes, mit dem sie nicht nur diesen Nachmittag, sondern in den letzten Tagen auch viele Stunden verbracht hatte. Sie verstanden sich wirklich gut, mehr noch, Bernadette fand es herrlich, ihre Zeit mit ihm zu verleben. Und tatsächlich fühlte es sich für sie so an, als sei er ihr Schwager und damit auch eine Verbindung zu ihrem verstorbenen Ehemann, wenngleich sie wusste, dass dies Unsinn war, hatte der Mann, mit dem sie verheiratet gewesen war, doch in verwandtschaftlicher Hinsicht nicht das Geringste mit den von

Plesows zu tun. Doch irgendwie fühlte es sich gut und richtig an, Johannes zu vermitteln, dass sie ihn voll und ganz als Mitglied der Familie akzeptierte, zu der sie und ihre Kinder im Grunde gar nicht gehörten.

Etwas zögerlich öffnete sie die Tür zum Gemeinschaftsraum des örtlichen Sportvereins, in dem das Treffen zu Ehren Alexanders stattfinden sollte. Sie kam sich vollkommen fehl am Platz vor, vor allem da sie nicht einmal wusste, dass Alexander hier Mitglied gewesen war. Als einer der Männer, die vorne im Raum standen, sie eintreten sah, eilte er ihr entgegen und hielt ihr die Tür auf.

»Gnädige Frau von Plesow, welche Freude, auch wenn der Anlass uns alle beklommen macht.«

»Guten Tag, Herr Koldehofer«, grüßte sie den Wirt, der nicht weit entfernt vom Grand eine Kneipe betrieb.

»Bitte, gnädige Frau, wenn Sie dort vorn an der Stirnseite Platz nehmen wollen?«

»Danke.«

Bernadette nickte den Umstehenden zu, an denen sie vorbei bis nach vorn ging. Alle Blicke ruhten auf ihr, was ihr normalerweise nichts weiter ausmachte. Hier jedoch fühlte es sich alles andere als gut an.

Insgesamt waren ungefähr dreißig Männer gekommen, die sich an den U-förmig stehenden Tischen verteilten und ihre Plätze einnahmen, kaum dass sie sich gesetzt hatte. Bernadette war der Platz in der Mitte des querstehenden Tisches vorbehalten, links neben ihr nahm Herbert Koldehofer Platz. Rechts neben ihr blieb der Stuhl frei. Vor ihr und auf dem freien Platz rechts standen zwei gefüllte Sektgläser, auf den anderen Plätzen Bier.

Bernadette, die nicht wusste, was als Nächstes geschehen

würde, blickte Herbert Koldehofer fragend an. Im selben Moment wurde die Tür geöffnet, und Margrit trat ein. Sie war, wie immer seit Alexanders Tod, ganz in Schwarz gekleidet, doch heute trug sie zusätzlich einen Hut mit einem schwarzen Spitzenschleier, der fast vollständig ihre Augenpartie verbarg.

Bernadette konnte mit einer derart zur Schau getragenen Trauer nur wenig anfangen. Obwohl Alexander ihr ältester Sohn gewesen war, hatte sie außer zur Beerdigung nicht einen einzigen Tag schwarz getragen. Schon damals nicht, als Maximilian gestorben war, und auch nicht, als sie ihren Ehemann Karl verloren hatte. Bernadette weigerte sich, eine Farbe zu tragen, in der sie sich unwohl fühlte, nur um damit ihrer Trauer nach außen hin Ausdruck zu verleihen. Ihre Gefühle gingen nun einmal allein sie selbst etwas an.

Koldehofer war aufgesprungen, um Margrit zu begrüßen und sie zu dem freien Stuhl neben Bernadette zu geleiten. Margrit nahm Platz und nickte ihrer Schwiegermutter kurz zu. Dann trat Stille ein.

Herbert Koldehofer war wieder zu seinem Stuhl zurückgekehrt, doch anstatt sich zu setzen, blieb er dahinter stehen und räusperte sich laut und vernehmlich.

»Wir sind heute hier zusammengekommen, um einen der Unseren zu ehren. Oft haben wir uns hier getroffen und unsere Gedanken ausgetauscht, und immer war er es, der alles so klug und durchdacht zu lenken vermochte. Alexander von Plesow war ein Patriot und Ehrenmann. Und er war unser Freund.« Koldehofer nahm sein Glas. »Vielen Dank, gnädige Frauen von Plesow, dass Sie beide heute gekommen sind, um die Runde derer, die ihn geschätzt und geliebt haben, zu vervollständigen.« Er hob sein Glas, und alle bis auf Bernadette und Margrit erhoben sich. »Auf Alexander von Plesow, unseren Freund.«

»Auf Alexander von Plesow!«, riefen die anderen Männer zurück und setzten ihre Gläser an. Bernadette prostete Margrit höflich zu, trank einen kleinen Schluck und stellte das Glas dann wieder ab. Es war nur ein einfacher Sekt minderer Qualität, nicht einmal ein Champagner, und sie musste sich zusammennehmen, um nicht das Gesicht zu verziehen.

Nach und nach setzten sich alle wieder, auch Koldehofer, der erneut das Wort ergriff. »Wir haben lange in kleiner Runde darüber gesprochen, wie es weitergehen soll, und wir sind uns einig, dass wir es Alexander schulden, die Arbeit auch ohne ihn fortzusetzen.«

Bernadette sah ihn interessiert an. Sie hatte keine Ahnung, wovon der Wirt sprach, und schaute Margrit fragend an, doch die hatte den Blick fest auf Koldehofer geheftet.

Bernadette sah sich unter den Anwesenden um. Sie kannte jeden der Männer im Raum. Da waren der Gemischtwarenhändler Raimund Lefers, Fred Reimann, der Friseur aus der Marienstraße, Heinrich Schiffer, der Bäcker, außerdem der Fleischer, der Buchhändler, der Spirituosenlieferant und all die anderen Selbstständigen des Ortes. Allesamt vertraute Gesichter, denen sie nahezu täglich begegnete, und doch waren sie ihr hier, in dieser Runde, fremd. Die Männer schienen eine eingeschworene Gemeinschaft zu sein, die ein gemeinsames Ziel verfolgte. Doch wie sah dieses Ziel aus? Und was hatte Alexander mit ihnen zu tun gehabt?

»Liebe Frau von Plesow«, riss Koldehofer sie aus ihren Gedanken heraus.

»Ja, bitte?«

»Ich denke, ich war gemeint«, stellte Margrit fest und nahm ihren Hut ab.

»Verzeihung«, bat Koldehofer. »Mein Fehler. Bitte, liebe Frau

Margrit von Plesow, wenn Sie nun das Wort an die Runde richten wollen?«

Voller Überraschung stellte Bernadette fest, dass Margrit einer solchen Versammlung offenbar nicht zum ersten Mal beiwohnte.

»Danke schön, Herr Koldehofer. Ich habe über Ihr Anliegen nachgedacht.« Margrit ließ ihren Blick über die Anwesenden schweifen. »Und ich möchte Ihnen mitteilen, wie froh ich bin, dass Sie am heutigen Tage meine Schwiegermutter hinzugebeten haben.«

Bernadette versuchte, sich ihr Erstaunen nicht anmerken zu lassen.

»Ich habe mich zuvor stets aus diesen Dingen herausgehalten und werde es auch weiterhin tun. Dennoch werde ich Ihre Sache in Alexanders Sinne unterstützen.«

Applaus brandete auf. Sobald die Beifallsbekundungen verebbt waren, sah Bernadette erst Margrit, dann Koldehofer an und fragte: »Wäre wohl jemand so nett, mir zu erklären, worum es eigentlich geht?«

»Selbstverständlich, gnädige Frau. Verzeihen Sie diesen Überfall – Sie werden gleich verstehen, dass es in unserer Lage nicht ganz einfach ist, unsere Gedanken offen zu äußern.« Er räusperte sich. »Wir haben uns vor über einem Jahr zusammengeschlossen. Haben Sie damals mitbekommen, dass Drohungen gegenüber den Binzer Geschäftsleuten ausgesprochen wurden?«

Bernadette nickte. »Am Rande.«

»Nun, das Land gerät zunehmend in Aufruhr, und an jenem Punkt wurde uns klar, dass wir etwas unternehmen müssen.«

»Wenn Sie bitte etwas genauer werden könnten?«

»Wir waren einfach nicht mehr bereit, all das hinzunehmen, was auf uns einprasselte, weil es der Regierung nicht gelang, eine stabile Situation im Lande zu schaffen und mit der nötigen Härte durchzugreifen, um Lumpenpack und Gaunern nicht Tür und Tor zu öffnen.«

Bernadette sah ihn abwartend an.

»Wir haben eine kleine Hoffnung, dass Paul von Hindenburg als früherer Heeresleiter die Zügel wieder in die Hand nimmt. Doch zu viele reden mit und bekommen eine Stimme. Und die von außen auferlegten Einschränkungen knebeln jeden Einzelnen von uns.« Er holte Luft. »Bei allem Respekt, doch niemand hat uns geholfen, als diese Ganoven kamen und uns Schaufensterversicherungen verkaufen wollten, was nichts als ein anderer Begriff für Schutzgeld war. Und wer aufgemuckt hat, wurde kaltblütig ermordet.«

Bernadette erinnerte sich gut an den Tag, an dem Bankier Bischoff und ein weiterer Mann tot aufgefunden wurden. Es waren regelrechte Hinrichtungen gewesen, und sie schauderte bei dem Gedanken daran, wie der Bankier mit dem Einschussloch direkt in der Stirn ausgesehen hatte.

»Das war in der Tat schrecklich«, stimmte Bernadette mit aufrichtigem Bedauern in der Stimme zu.

Koldehofer nickte. »Damals waren wir zum Handeln gezwungen, um nicht auf die gleiche Art zu enden oder aber zahlen zu müssen, was manche hier in der Runde ohnehin schon reichlich getan hatten.« Koldehofer ließ seinen Blick über die Männer schweifen, und einige der Anwesenden äußerten murmelnd ihre Zustimmung.

»Wie haben Sie denn gehandelt, wenn ich fragen darf?« Bernadette sah den Wirt interessiert an. Sie wusste nur zu genau, dass es keinesfalls stimmte, was dieser da andeutete. Nicht er oder die Männer aus diesem Raum waren es gewesen, die die Schutzgelderpresser seinerzeit aus Binz vertrieben hatten, sondern Constantins Leute. Was genau mit den Erpressern geschehen war, wusste Bernadette bis heute nicht. Und wenn sie ehrlich war, wollte sie auch lieber nicht darüber nachdenken nach all dem, was sie inzwischen über Constantin wusste.

»Mit Zusammenhalt und voller Härte konnten wir uns durchsetzen«, gab Koldehofer vage von sich. »Doch damit ist es längst nicht genug.« Er ballte die Hand zur Faust. »Mehr denn je müssen wir dafür Sorge tragen, wieder mit Stolz auf unser Land blicken zu können. Und wenn die Regierung zu schwach ist, um für Recht und Ordnung zu sorgen, müssen wir die unterstützen, die Stärke beweisen, und zwar mit allen Mitteln.«

»Und das bedeutet was?«, fragte Bernadette mit einer gewissen Schärfe in der Stimme.

Koldehofer atmete vernehmlich ein. »Ihr Sohn Alexander war voll und ganz unserer Auffassung, deshalb will ich offen reden: Die Weimarer Republik ist ein Abbild der Schwäche und des Scheiterns. Und es ist an uns, den Männern des deutschen Volkes, dafür zu sorgen, dass diejenigen an die Macht kommen, die uns zu alter Stärke zurückführen werden.«

Die Männer trommelten begeistert mit den Fäusten auf die Tische.

Bernadette sah sich um. Sie spürte, dass sie klug vorgehen musste, wollte sie das Pulverfass, auf dem sie hier saß, nicht mit ihren Worten entzünden.

»Nun, ich bin eine Frau und weiß daher nicht, wie Ihre Männerherzen schlagen, daher maße ich mir kein Urteil an. Dennoch würde ich gern wissen, warum ich zu dieser Zusammenkunft geladen wurde, da es ganz offenkundig nicht vorrangig darum geht, Alexander zu ehren, sondern vielmehr darum, seine Gesinnung weiterleben zu lassen.« Aus dem Augenwinkel nahm sie wahr, dass Margrit die Schultern straffte.

»Alexanders Wille soll weiterleben, genau wie die Sache, an die er glaubte.«

Jetzt fiel es Bernadette wie Schuppen von den Augen. »Sie möchten, dass ich Geld bereitstelle, um die Macht, von der Sie sprechen, zu unterstützen?«

»Richtig«, gab Margrit mit verschnupfter Stimme zurück.

»Auf keinen Fall«, verwahrte sich Bernadette energisch. »Und zwar ohne Wenn und Aber.«

Margrit drehte sich ihr zu. »Das, liebe Schwiegermutter, hast du nicht allein zu entscheiden.« Sie sah Bernadette mit vorgerecktem Kinn an.

»Ach, und weshalb nicht?«

»Weil ich Alexanders Erbin bin und damit im Besitz seiner Anteile am Hotel.«

Bernadette hielt ihrem Blick stand, bis ihre Schwiegertochter zur Seite schaute. Dann erhob sie sich. »Das Beste wird sein, wir beide unterhalten uns zu Hause, Margrit.« Sie wandte sich an die Männer. »Und Sie, meine Herren, sind keine guten Verhandlungsstrategen, wenn Sie glauben, meine Schwiegertochter instrumentalisieren zu müssen, um sich meiner Unterstützung zu versichern. Die Methoden, die Sie hier an den Tag legen, sind mir mehr als zuwider.« Sie wandte sich zur Tür.

»Aber gnädige Frau …«

»Nein, Herr Koldehofer, so nicht. Die Worte meiner Schwiegertochter klangen genau wie die jener erpresserischen Kerle, gegen die Sie sich angeblich so entschieden durchzusetzen vermochten.« Sie schob ihren Stuhl an den Tisch. »Eines muss klar sein: Ich lasse mich nicht erpressen. Weder von Ihnen, meine Herren, noch von dir, Margrit. Du solltest dich schämen. Einfach nur schämen.« Damit verließ sie den Raum, ohne sich noch einmal umzublicken.

9. Kapitel

»Das Dankbare an einer Arbeit, die man am Tage kaum schaffen kann, ist, dass man am Abend zu erschöpft ist, um über sich und sein Leben nachzudenken.«

Marie Reidel

Marie wäre es lieber gewesen, wenn Gerd Nolte nicht mit nach München gefahren wäre. Sie arbeitete gut mit ihm zusammen, und Marie fand es angenehm, ihn in ihrer Nähe zu haben. Mit Eduard Köhler hingegen, der übernahm, wenn weder Constantin noch Gerd Nolte vor Ort waren, war sie nicht gern zusammen. In Maries Augen war Köhler ein Mensch, der keine allzu hohe Meinung von Frauen hatte, was er offen zeigte. Hoffentlich würde er während Constantins und Gerds Abwesenheit im Varieté bleiben, während sie sich um das Hotel kümmerte.

Zunächst aber hatte Marie ganz andere Sorgen. Elsa, Ruth, Frieda und Käthe hatten sich am heutigen Morgen krankgemeldet. Vier Zimmermädchen auf einmal, und nun mussten Erika, die von allen nur Riekchen genannt wurde, Minna und Dorothea die ganze Arbeit allein schaffen. Marie hatte an sich halten müssen, nicht selbst zu Feger und Kehrblech zu greifen oder die Betten zu machen, dabei hätte ihr das womöglich geholfen, die Wut abzubauen, die sie den Krankmeldern gegenüber empfand. Damit würden die vier nicht durchkommen, wusste sie doch, dass ihr Fortbleiben eine Trotzreaktion auf Maries Weigerung war, den Stundenlohn heraufzusetzen. Anscheinend war Marie zu nachsichtig gewesen, denn wie sollte sie sich sonst erklären, dass die Mädchen ihr derart respektlos begegneten? Sie fragte sich, was Bernadette von Plesow, ihr großes Vorbild, in einer solchen Situation täte. Eine Antwort fand sie nicht, denn es würde sich gewiss niemand trauen, ein solches Verhalten der gnädigen Frau gegenüber an den Tag zu legen. Es war inzwischen fast zwölf Uhr durch, doch die Mädchen hatten nicht einmal ansatzweise alle Zimmer geschafft. Marie überlegte fieberhaft, was sie tun könnte. Schon bald würden die neuen Gäste kommen, und die Zimmer waren noch nicht vorbereitet. Marie hatte die Mädchen angewiesen, zunächst die Räumlichkeiten der Gäste herzurichten, die bereits im Hotel weilten und nun beim Frühstück oder bei einem Stadtbummel waren. Das brachte sie nun in Schwierigkeiten, weil abzusehen war, dass die weiteren Zimmer nicht rechtzeitig fertig würden. Sie musste eine Lösung finden. Dringend. Ihre Wut über die Mädchen, die sich krankgemeldet hatten, würde ihr nicht weiterhelfen.

Marie massierte einen Moment lang ihre pochenden Schläfen, dann stand sie abrupt auf, verließ das Büro und sperrte hinter sich ab. Entschlossenen Schrittes ging sie zur Treppe. Nicht nur, weil sie es noch aus ihren Binzer Zeiten gewohnt war, sondern vor allem auch, weil sie es sich von der gnädigen Frau abgeschaut hatte, die so gut wie nie den Aufzug nahm. Unten im Foyer lächelte Marie Ronald Sommer, dem Rezeptionisten des Astor, freundlich zu.

»Herr Sommer, ich werde für einen kurzen Moment ins Varieté hinübergehen«, kündigte sie an. »Es wird nicht lange dauern.«

»Aber, aber, Fräulein Reidel, was sind denn das für neue Gepflogenheiten?«, gab er schmunzelnd zurück.

Marie wusste, dass der gutmütige Ronald Sommer nur scherzte. Sie mochte ihn, und das vom ersten Tage an. Er brachte ihr genau den Respekt entgegen, den sie so schätzte, ohne dabei unterwürfig zu sein. Außerdem hatte er einen Sinn für Humor und stets ein Augenzwinkern, mit dem er sie zum Lächeln brachte.

»Sie wissen doch, Herr Sommer, kaum ist die Katze aus dem Haus ...« Sie legte den Zeigefinger auf ihre Lippen. »Aber pst, verraten Sie mich ja nicht bei Herrn von Plesow.«

»Ich doch nicht«, versicherte Sommer. »Wenn Sie einen Moment warten, komme ich mit.«

Marie lachte herzlich auf. »Ich glaube, das lohnt nicht, ich bin nämlich gleich wieder zurück.«

»Nun gut, wie Sie wollen. Allerdings bricht es mir das Herz, dass Sie das Amüsement mit mir ausschlagen.«

Marie schüttelte vergnügt den Kopf. »Sie sind mir schon ein Original, Herr Sommer. Warten Sie nur ab – vielleicht nehme ich Sie eines Tages beim Wort.«

»Ich werde die Hoffnung nicht aufgeben«, entgegnete er in verschwörerischem Tonfall.

Marie schüttelte abermals den Kopf, hob grüßend die Hand und verließ das Hotel. Bei jedem anderen Mann hätte sie ein solches Gespräch als aufdringlich empfunden, nicht jedoch bei Ronald Sommer. Sie wusste, dass der Rezeptionist glücklich verheiratet war. Sie hatte seine reizende Ehefrau, die einen kleinen Blumenladen nicht weit vom Hotel entfernt betrieb, vor einigen Monaten kennengelernt. Manchmal kam Elli Sommer vorbei, wenn sie während der Mittagszeit ihren Laden geschlossen hatte. Marie freute sich stets, die lebenslustige Mittvierzigerin zu sehen, denn Elli Sommer war eine Frau, die einfach immer gute Laune zu haben schien. Ganz anders als die meisten anderen

Menschen, die stets nur sauertöpfisch dreinblickten und denen partout kein Lächeln über die Lippen kommen wollte.

Der Portier hielt ihr die Tür auf und verbeugte sich tief, als sie das Hotel verließ, was Marie ihm freundlich dankte. Noch immer dachte sie an Elli Sommer. Allein der Gedanke an sie hatte ihr gute Laune beschert. So würde auch sie gern von ihren Mitmenschen wahrgenommen werden, doch sie wusste, dass dies nicht der Fall war. Dafür war Marie einfach viel zu ernst. Dabei konnte sie sich durchaus an andere Zeiten in ihrem Leben erinnern, an leichtere, unbeschwerte. Doch das war damals gewesen, vor einer halben Ewigkeit, als ihre Mutter noch gelebt hatte. Manchmal träumte Marie nachts von ihr. Dann kam sie an ihr Bett und bat Marie, aufzustehen und mit ihr zu kommen. Kaum dass Marie der Aufforderung Folge geleistet hatte und zusammen mit ihrer Mutter in den nächsten Raum gegangen war, stand sie nicht mehr in dem an ihre kleine Kammer angrenzenden Zimmer, sondern mitten in der Hotelhalle. Und dann trug sie auch nicht mehr ihr Nachthemd, sondern ein wunderschönes Kleid aus Seide, das sanft ihre Hüften umspielte. Ihre Füße steckten in Tanzschuhen, wie sie die Tänzerinnen im Varieté trugen, mit einem Riemen, der guten Halt versprach. Die Mutter nahm ihre Hände, wie sie es früher getan hatte, wenn sie mit Marie und ihrer Schwester Lisa über die Promenade gegangen war und sich, wenn niemand sonst zu sehen war, immer schneller und schneller mit den Kindern gedreht hatte, bis ihnen ganz schwindelig wurde. Dann lachte Marie im Traum und rief, die Mutter möge aufhören, und die wurde langsamer und zog die beiden Mädchen glücklich in ihre Arme. Marie atmete den Duft ihrer Mutter und fühlte sich sicher und geborgen. Sie liebte diesen Traum, kniff oft die Augen noch einmal ganz fest zu, wenn sie spürte, dass sie langsam wach wurde und die Mutter in die

Unendlichkeit zurückkehrte. Stets war da dann dieses Gefühl von Verlust und dass sie der Mutter doch so viel erzählen müsste. Ob sie wusste, was Marie getan hatte? Hatte sie von dort, wo sie nun war, mit ansehen müssen, dass sich ihre Tochter so leichtfertig auf etwas eingelassen hatte, was sie in ihrer grenzenlosen Naivität maßlos überforderte? Liebte sie sie dennoch? Konnte sie ihr verzeihen, was geschehen war?

Marie erreichte den Eingang des Varietés und schüttelte die trüben Gedanken kurz entschlossen ab. Zögernd öffnete sie die Tür. Sie hatte das Etablissement nur zweimal betreten – einmal im letzten Jahr zusammen mit Josephine, das andere Mal, als sie Constantin hatte sprechen müssen. Beide Male hatte sie sich nicht wohlgefühlt. Das war nicht ihre Welt, dort hatte sie nicht das Geringste zu suchen.

Sie atmete noch einmal tief durch, dann stieß sie die Tür mit Schwung auf und stand vor dem roten, schweren Vorhang, der sowohl als Windfang als auch Sichtschutz diente. Sie schob ihn beiseite und stand nach dem nächsten Schritt mitten im Lokal.

Außer der Band, die gerade ihre Instrumente aufbaute, war im ersten Moment niemand zu sehen. Sie grüßte gerade die Musiker, als Eduard Köhler, der sich offenbar hinter dem Tresen nach etwas gebückt hatte, zum Vorschein kam.

»Guten Tag, Herr Köhler«, sprach Marie ihn an und ging auf ihn zu. »Hätten Sie einen Moment Zeit für mich?«

»Fräulein Reidel! Na, das ist eine Überraschung! Was kann ich für Sie tun?«

»Ich brauche Ihre Hilfe, Herr Köhler«, kündigte sie an.

»Aha. Dann schießen Sie mal los.«

»Ich brauche Hilfe im Hotel und würde mir hierfür gern einige Ihrer Tänzerinnen ausleihen.«

»Das soll wohl 'n Scherz sein.«

»Herr Köhler«, entgegnete sie mit fester Stimme. »Denken Sie, dass ich meine Arbeit unterbreche und hierherkomme, um Sie mit irgendwelchen Scherzen zu unterhalten?« Sie hob die Augenbrauen und hielt seinem Blick stand.

Köhler öffnete den Mund und schloss ihn wieder. Offenbar wollte ihm hierauf keine passende Erwiderung einfallen.

»Die Sache ist folgende: Heute Morgen haben sich vier Zimmermädchen krankgemeldet.«

»Na, das nenn ich ansteckend.«

Marie warf ihm einen scharfen Blick zu, der ihn erneut zum Schweigen brachte.

»Aus diesem Grunde brauche ich einige Ihrer Tänzerinnen, die helfen, die Hotelzimmer zu reinigen.«

Köhler schüttelte den Kopf. »Geht nicht. Die haben zu tun.«

»Nun, zwei von ihnen wären eigentlich noch Zimmermädchen im Hotel, hätten Sie sie nicht abgeworben.«

»Arbeiten doch alle für Herrn von Plesow«, stellte er fest. »Wieso die Aufregung? Hab ich Gerd auch gesagt, weil Sie ja zu ihm gerannt sind und sich beschwert haben.« In seinem Blick lag Triumph. Offenbar genoss er es, Marie heimzuzahlen, dass diese sich bei Constantin und Nolte über sein Verhalten beschwert und er sich deswegen eine Rüge eingefangen hatte.

»Damit sprechen Sie einen wichtigen Punkt an, Herr Köhler.« Marie ließ sich nicht beirren. »Sie haben recht: Sowohl die Mädchen im Varieté als auch die im Hotel arbeiten für Herrn von Plesow. Wenn einer Ihrer Leute nicht da ist, um hier hinter dem Tresen zu stehen, übernimmt ein anderer, der vielleicht gar nicht für diese Aufgabe engagiert wurde. Genauso machen wir es jetzt mit den Mädchen. Sagen Sie bitte Annemarie und Gerda Bescheid, ich möchte sie direkt mitnehmen. Oder sind die beiden nicht da?«

»Doch, schon, aber es geht nicht.«

»Warum nicht?«

»Weil es eben nicht geht.«

Marie beugte sich vor, ganz so, als wollte sie nicht, dass jemand ihr Gespräch mitbekam.

»Wie Sie meinen, Herr Köhler. Ich denke, es versteht sich von selbst, dass ich Herrn von Plesow eine Erklärung dafür liefern muss, warum Gäste aus unserem Haus ins Adlon gewechselt haben. Er wird darüber wohl kaum begeistert sein.«

Köhler war anzusehen, dass er mit sich rang. »Ich hole die beiden«, knurrte er nach einem kurzen Augenblick und wandte sich ab.

»Vielen Dank.« Marie lächelte und sah ihm nach. Genau so, dachte sie voller Stolz, hätte Bernadette von Plesow eine solche Angelegenheit geklärt. Sie hatte sich wirklich verändert, und wenn sie sich mit der Marie von vor einem Jahr verglich, erkannte sie sich selbst kaum wieder.

Die Band begann, sich einzuspielen, und Marie zuckte zusammen, als Fredy in die Trompete blies. Nein, diesen Krach würde sie unmöglich jeden Tag ertragen. Wenn schon Musik, dann die sehnsuchtsvollen Melodien des Akkordeonspielers, der immer direkt an der Seebrücke in Binz saß. Dessen Spiel hatte Marie geliebt. Manchmal hatte sie die Fenster beim Reinigen der Zimmer sperrangelweit geöffnet und sich vorgestellt, der verwundete Soldat würde nur für sie und niemanden sonst spielen.

»So, da haben Sie die beiden Damen.« Köhler kehrte mit Gerda und Annemarie zum Tresen zurück.

»Ganz herzlichen Dank, Herr Köhler. Ich werde Constantin wissen lassen, wie hilfsbereit Sie mich während seiner Abwesenheit unterstützt haben.«

Köhler brummte etwas Unverständliches, dann machte er sich weiter daran, die Flaschen hinter dem Tresen einzusortieren.

»Kommt, ihr beide«, forderte Marie Gerda und Annemarie auf. Ihr Blick blieb an Gerdas Hals hängen, an dem eine kleine Blessur zu erkennen war. »Was hast du da gemacht?«

»Nichts, gar nichts«, kam die rasche Antwort. Dann senkte sie den Kopf.

Marie musterte sie und sah auch Annemarie kurz an, die eilig den Blick abwandte. »Gehen wir zum Hotel. Ich nehme an, Herr Köhler hat euch bereits gesagt, wofür ich euch brauche?«

»Ja, Fräulein Reidel.« Gerda nickte scheu.

Auf dem Weg zum Hotel blieb Marie stehen und fasste Gerda an den Schultern. »Was ist geschehen, Gerda? Als du letzte Woche im Hotel gearbeitet hast, warst du ganz anders.« Marie hatte Gerda als lebenslustig, beinahe übermütig kennengelernt – ein Mädchen, dem sie nur schwer gutes Benehmen und Zuverlässigkeit beibringen würde. Nun jedoch wirkte sie vollkommen verschüchtert, ja richtiggehend starr vor Angst.

Gerda zögerte, dann traten ihr die Tränen in die Augen und liefen über die Wangen. »Es tut mir so leid, dass ich Sie im Stich gelassen habe und als …«, sie räusperte sich, »… als Tänzerin arbeiten wollte.« Sie schluchzte verzweifelt auf. »Kann ich nicht einfach wieder Zimmermädchen sein, bitte?«

Maries Herz krampfte sich beim Anblick des jungen Mädchens schmerzhaft zusammen. Auch wenn sie sich gut vorstellen konnte, dass der Umgang mit den meist betrunkenen Gästen kein reines Vergnügen war, war sie nun doch aufrichtig schockiert.

»Du kannst im Hotel arbeiten, Gerda.« Sie sah zu Annemarie hinüber. »Und für dich gilt das Gleiche.«

»Danke«, sagte Annemarie nur, ohne Marie mitzuteilen, ob

sie das Angebot anzunehmen gedachte oder nicht. Marie bedeutete den beiden weiterzugehen, und kurz darauf betraten sie die Eingangshalle des Hotels. Marie nickte Herrn Sommer zu, der ihr freundlich zuzwinkerte, dann wandte sie sich an die beiden Mädchen.

»Am besten, ihr geht gleich nach unten, zieht euch um und sucht alles zusammen, was ihr zum Reinigen der Zimmer braucht. Wir treffen uns oben in der dritten Etage.«

Annemarie nickte und wollte sich direkt aufmachen, Gerda aber knickste kurz. »Vielen Dank, gnädiges Fräulein. Für alles.« Dann eilte auch sie davon.

10. Kapitel

»Ich bin nur eine schwache Frau und soll doch für meinen toten Mann mit stark sein. Das habe ich nicht verdient.«

Margrit von Plesow

Den ganzen Rückweg vom Vereinsraum zum Privathaus der Familie von Plesow hatte Margrit sich Gedanken gemacht, wie sie mit der Situation und Bernadette umgehen sollte. Sie wusste, dass sie einen Fehler gemacht hatte. Es war unklug gewesen, ihre Schwiegermutter im Rahmen der Zusammenkunft zur Unterstützung aufzufordern. Margrit hätte es besser wissen müssen, kannte sie Bernadette doch lange genug, um beurteilen zu können, dass diese keine Frau war, die man unter Druck setzen konnte. Doch sie hatte sich das, was die Gruppe vorhatte, ja nicht einmal angehört. Alexander war es nicht mehr vergönnt gewesen, das aufgehobene Verbot der NSDAP und die Neugründung der Partei mitzuerleben. Und auch Margrit maß sich kaum ein Urteil darüber an, ob damit wirklich der große Umschwung glücken könnte und mit diesem Adolf Hitler tatsächlich die Stabilität zurückkehrte, die Deutschland so dringend brauchte. Doch wenigstens würde er alles dafür tun und auch nicht zurückweichen, sobald es unbequem wurde, wie die Schwächlinge in der Regierung der vergangenen Jahre es getan hatten.

Viel hatte Alexander ihr nicht von seiner Zeit im Krieg erzählt, doch Margrit wusste, wie enttäuscht er war, für sein Land gekämpft zu haben, nur um anschließend zu erleben, dass die Politiker sich unterwürfig wie kriechende Würmer in ihr Schicksal fügten und damit alle Deutschen verraten hatten. Sie hatte sich zuvor nicht sonderlich für Politik interessiert, doch nach seinem Tode glaubte sie, ihm genau das schuldig zu sein, auch wenn sie nicht alle Zusammenhänge verstand. Doch der Gedanke, dass mit Adolf Hitler und seinen Männern welche daherkamen, die nicht bereit waren, jede Kröte zu schlucken, die ihnen vorgesetzt wurde, gefiel ihr. Vor allem aber mochte sie es, einer Gruppe anzugehören, die gemeinsam voranging und Zusammenhalt demonstrierte. Deshalb und im Gedenken an ihren verstorbenen Ehemann würde sie keinesfalls die Weigerung ihrer Schwiegermutter akzeptieren, die Sache zu unterstützen. Alexander war der Geschäftsführer des Hotels gewesen, und ihm gehörte die Hälfte von allem, was Margrits Meinung nach auch das Privathaus einschloss. Sie würde Bernadette gewaltigen Ärger bereiten, wenn diese nicht einlenkte und die Mittel freigab, die Margrit den Männern um Koldehofer versprochen hatte. Es waren große Summen, die fließen sollten, und die Gruppe, vor allem aber sie selbst stand nach ihrer Zusage bei den Leuten der NSDAP im Wort. Und Margrit dachte nicht daran, ihr Versprechen zu brechen. Sie überlegte kurz, ob sie zum Hotel hinübergehen und das Gespräch mit ihrer Schwiegermutter suchen sollte, entschied sich dann aber dagegen. Womöglich war es klüger, ein Zusammentreffen bei Tisch abzuwarten. Also ging sie die Stufen zum Privathaus ganz in der Nähe des Hotels hinauf und trat ein. Mechthild, die Haushälterin der von Plesows, kam in diesem Moment aus der Küche.

»Guten Abend, gnädige Frau«, grüßte sie, obwohl es erst fünf Uhr war.

»Mechthild.« Margrit nickte ihr zu. »Ist Inge mit den Zwillingen oben?«

»Ja, gnädige Frau. Fräulein Josephine ist ebenfalls zugegen.«

Margrit ersparte sich die Bemerkung, dass sie dann ganz bestimmt nicht hinaufgehen würde. Der Zusammenprall mit Josephine hatte ihr vorhin schon gereicht.

»Margrit?« Bernadette trat aus dem Wohnzimmer. »Kommst du bitte? Wir haben etwas zu besprechen.«

»Oh«, sagte Margrit überrascht. Sie hatte nicht damit gerechnet, dass Bernadette um diese Zeit im Haus war. »Gewiss«, stimmte sie dann zu, übergab Mechthild ihren dünnen Mantel und ging hinüber.

Bernadette schloss die Tür, sobald die Schwiegertochter eingetreten war.

»Bitte«, sie deutete zum Sofa hinüber, »setz dich.«

Margrit folgte der Bitte und nahm Platz. Ihre Schwiegermutter setzte sich auf das passende Möbel ihr gegenüber.

»Es ist kein Geheimnis«, begann Bernadette ohne Umschweife, »dass wir uns nie besonders füreinander erwärmen konnten.«

»Was gewiss nicht an mir lag«, erwiderte Margrit sogleich.

»Doch mit dem Treffen vorhin«, fuhr Bernadette einfach fort, »bist du eindeutig zu weit gegangen.«

»Wie bitte? Ich?« Margrit legte die Hand auf die Brust und sah die Schwiegermutter überrascht an. »Ich dachte, du hättest auf mich gewartet, um dich für dein Verhalten zu entschuldigen.«

»Mitnichten«, erklärte Bernadette mit einem Anflug von Spott. »Ich war nachsichtig mit dir«, fuhr sie dann fort. »Doch dein Verhalten heute hat mir gezeigt, dass es an der Zeit ist, die Grenzen deutlich abzustecken.«

»Was willst du damit sagen?«

Bernadette setzte sich kerzengerade auf die vordere Kante der

Couch und verschränkte die Finger. »Alexander und ich waren oft einer Meinung, doch genauso oft nicht. Wir haben einander respektiert.« Sie seufzte. »Ich weiß, dass seine Ansichten nicht die meinen waren, wenn es um die politische Situation im Land ging und darum, welcher Kurs nach dem verlorenen Krieg eingeschlagen werden sollte.«

»Findest du es richtig«, hakte Margrit sogleich nach, »dass wir Deutschen weiter unter dem Knebel der Reparationszahlungen ein gebücktes Dasein fristen, während wir nicht wissen, wovon wir unsere Kinder ernähren sollen?«

Bernadette schmunzelte.

»Was ist daran so lustig?«, empörte sich die Schwiegertochter.

»Verzeih, doch diese Worte wirken aus deinem Munde unweigerlich komisch. Wann hast du je auch nur einen Finger rühren müssen, um für deine Zwillinge zu sorgen? Und wie genau spürst du den ›Knebel der Reparationszahlungen‹?« Bernadette schüttelte den Kopf. »Alexanders Wut konnte ich noch verstehen. Er war im Krieg und hat Männer, ja Freunde an seiner Seite sterben sehen. Er hat seinen Bruder verloren, nur um dann heimzukommen und festzustellen, dass all die Verluste zu nichts und wieder nichts gut waren. Doch du?«

»Sprichst du mir jetzt also auch noch das Recht ab, mit den Menschen zu leiden, denen es schlecht geht in unserem Land?« Margrit hob das Kinn.

»Du plapperst einfach nur das nach, was man dir weismacht. Verzeih, doch das wirkt nicht besonders glaubwürdig. Ich warne dich, Margrit: Bring mich nie wieder in eine solche Lage wie vorhin, denn das lasse ich mir nicht bieten. Und glaub ja nicht, dass du von mir Geld für ›eure Sache‹ bekommst.«

Margrit schnaubte entrüstet. »Ich werde tun, was ich für richtig halte«, erwiderte sie schnippisch. »Und wenn du dich schon nicht für die richtige Sache starkmachst, werde ich eben einen Teil des Erbes nehmen, das mir als Alexanders Witwe zusteht, und damit die Unterstützung leisten, die ich für angebracht halte.«

Bernadette musste sich zur Ruhe zwingen. Sie atmete tief durch, dann sagte sie: »Wenn du auf die Auszahlung von Alexanders Anteil bestehst, werde ich dafür Sorge tragen, dass du das Geld bekommst. Doch dir muss klar sein, dass damit deine Ansprüche für alle Zukunft abgegolten sind.«

»Nein. Ich werde mir nur einen Teil auszahlen lassen, um damit die Partei zu unterstützen und weiterhin am Hotel beteiligt zu bleiben.«

»Nein, Margrit«, widersprach Bernadette. »Ganz oder gar nicht.«

»Was soll das denn bitte heißen?« Margrits Wangen glühten.

»Ich versuche, sachlich zu bleiben, Margrit, doch es fällt mir nicht leicht. Wir sollten im Gedenken an Alexander versuchen, eine Einigung zu erzielen. Noch bin ich dazu bereit.« Sie sah ihre Schwiegertochter einen Moment lang an. »Ich kenne mich sehr genau, Margrit. Deshalb rate ich dir, eine gewisse Grenze nicht zu überschreiten.«

»Soll heißen?«

»Ich werde meinen Rechtsanwalt kontaktieren und dir ein Angebot für die dreißig Prozent des Hotels machen, die dir zustehen.«

»Dreißig Prozent?« Margrit sah sie entgeistert an. »Wieso nur dreißig Prozent?«

»Weil das Alexanders Anteil war.« Bernadette war überrascht, dass die Schwiegertochter offenbar von etwas anderem ausgegangen war.

»Aber Alexanders Anteil war höher. Mindestens die Hälfte des Hotels, und hinzu kommt, dass er der Geschäftsführer war.«

»Auch wenn wir nach Alexanders Tod nicht mehr darüber gesprochen haben, wirst du dich sicher erinnern, dass ich ihm die Geschäftsführung entzogen hatte.« Bernadette versuchte, in Margrits Miene zu lesen.

»Du hast mir nie gesagt, weshalb ihr so in Streit geraten seid«, stellte diese fest. »Wäre jetzt nicht der richtige Zeitpunkt, das zu tun?«

Bernadette überlegte. Ganz von der Hand zu weisen war die Bitte ihrer Schwiegertochter nicht. Doch sollte sie ihr wirklich sagen, dass ihr Ehemann den Tod einer Familie zu verantworten hatte? Nein, das musste Margrit nicht wissen.

»Das ist heute nicht mehr wichtig«, sagte sie daher mit einer Stimme, die keinen Widerspruch duldete. »Die Geschäftsführung hätte ohnehin keinen Einfluss auf den Erbanteil genommen.«

»Ich dachte immer, jedem von euch würde die Hälfte gehören.«

»Nun, dem ist nicht so. Dennoch werde ich dafür sorgen, dass du eine angemessene Zahlung erhältst.«

Margrit zögerte, dann fragte sie patzig: »Und mit welcher Summe kann ich rechnen?«

»Das werde ich feststellen lassen. Wir haben gerade erst in den Terrassenausbau investiert. Ich bin bereit, diese Summe unberücksichtigt zu lassen, da du von dieser Investition nichts mehr haben wirst.«

»Aber das Hotel wird durch den Terrassenneubau Jahr für Jahr gewinnen«, wandte Margrit ein. »Mir entgeht ein Teil des Geldes, wenn ich mich jetzt auszahlen lasse.«

»Wenn du jetzt dein Erbe ausbezahlt haben willst, wirst du entweder die dir zustehenden dreißig Prozent bekommen oder gar nichts.«

Margrit überlegte kurz. »Nein, dann will ich lieber weiter am Hotel beteiligt sein und verkaufe dir meinen Anteil vom Haus.«

»Von welchem Hausanteil sprichst du bitte?«

»Na, Alexanders Anteil an diesem Haus hier.«

Bernadette schüttelte den Kopf. »Ich weiß wirklich nicht, was dein Ehemann dir für Flausen in den Kopf gesetzt hat. Dieses Haus hier, in dem du und deine Kinder leben, gehört allein mir.«

Margrit überlegte kurz. »Aber wenn du, wie es die Natur gewollt hätte, vor deinem Sohn gestorben wärst, hätten Alexander, Constantin und Josephine geerbt. Und da Alexander nun nicht mehr da ist, steht dieser Anteil mir zu.«

Bernadette schluckte die Bemerkung, die ihr auf den Lippen lag, hinunter. »Du hast wirklich eine sehr eigene Auffassung dessen, was dir zusteht. Ich empfehle dir dringend, einen Anwalt zu konsultieren, der dich auf den Boden der rechtlichen Tatsachen zurückholt.« Sie musterte die Schwiegertochter. »Wie möchtest du es also haben? Willst du dir die dreißig Prozent auszahlen lassen oder nicht?«

Margrit zögerte. Ihr wäre es lieber gewesen, die Anteile am Hotel halten zu können, denn es lag auf der Hand, dass nun nach all den Jahren des Aufbaus die Zeit kam, wo die Gewinne größer und größer wurden. Doch hatte sie eine Wahl? Immerhin hatte sie Koldehofer das Geld zugesagt und dieser das Versprechen sogleich an die Partei weitergegeben. War es ratsam, nun zurückzurudern und die NSDAP damit vor den Kopf zu stoßen? Ganz abgesehen davon, dass sie ihre neu erworbene gesellschaftliche Position nicht verlieren wollte. Offenbar hatten die Selbstständigen ihren Ehefrauen davon berichtet, wie großzügig Margrit sich zeigte, denn seit ihrer Zusage, die finanzielle Zuwendung betreffend, war kaum ein Tag vergangen, an dem sie nicht irgendwo eingeladen worden wäre. Und es gefiel ihr, derart hofiert zu werden.

»Ich möchte mich auszahlen lassen«, erklärte sie daher.

»Gut, dann wäre das geklärt. Doch da ist noch etwas: Ich denke nicht, dass es für uns gut wäre, weiterhin unter einem Dach zu leben.«

»Wie bitte?«

»Du hast mich richtig verstanden. Du wirst mit den dreißig Prozent eine Summe erhalten, die dir die nächsten Jahre über eine gewisse Absicherung sein wird. Ewig wird das Geld nicht reichen, doch ich bin zuversichtlich, dass du einen neuen Versorger finden wirst.«

»Du willst, dass ich das Haus verlasse?«

»Ja, wenngleich es mich schmerzt, die Zwillinge dann weniger, wenn überhaupt noch zu sehen.«

»Auf gar keinen Fall.« Margrit schüttelte den Kopf. »Was sollen denn die Leute denken?«

»Sie werden denken, dass wir nicht mehr in einem Haus leben, das ist alles.«

»Du kannst mich nicht hinauswerfen.«

»Ach nein? Und weshalb nicht?«

»Weil ich mir das nicht bieten lasse. Glaubst du, dass Alexander dein Verhalten gutgeheißen hätte?«

»Du scheinst vollkommen verdrängt zu haben, dass ich diese Entscheidung schon vor Alexanders Tod getroffen habe. Und wenn ich ehrlich bin, hätte ich sie bereits treffen sollen, als die Zwillinge auf die Welt kamen.«

»Ich werde nicht gehen.« Margrit verschränkte die Arme. »Außerdem habe ich eine großzügige Spende zugesagt, die den Großteil meiner finanziellen Mittel verschlingen wird. Und ich werde mein Versprechen halten.«

»Das ist dein Problem, Margrit. Du wirfst mit Geld um dich, das du nicht hast. Dafür bin ich nicht verantwortlich, und genau deshalb werde ich mich auch nicht darum kümmern.«

Margrit fuhr sich mit der Zunge über die Lippen. »Aber das geht nicht«, stieß sie dann leicht atemlos hervor. »Wenn ich nicht mehr hier lebe, muss ich für eine angemessene Unterkunft bezahlen.«

»Wie jeder andere Mensch auch, allerdings. Ich weiß ja nicht, wie hoch die Summe ist, die du deinen Freunden versprochen hast, doch ich biete an, dir auszuhelfen, damit meine Enkel ein vernünftiges Zuhause bekommen. Allerdings mit einer vertraglichen Absicherung, sobald du wieder einen Versorger gefunden hast. Dann möchte ich mein Geld zurückhaben.«

»Aber …«, Margrit schluckte schwer, »selbst wenn ich ein geeignetes Haus finde, wovon sollen wir leben?« Sie sah Bernadette mit weit aufgerissenen Augen an. »Und was ist mit dem Personal? Was ist mit Inge? Wie oft wird sie dann noch auf die Zwillinge aufpassen können?« Ein trockener Schluchzer entrang sich ihrer Kehle.

Bernadette schüttelte den Kopf. »Hörst du dich eigentlich selbst reden? Schwingst Reden, wie schlecht es den Menschen doch geht, dabei hast du von einem eigenverantwortlichen Leben nicht die geringste Ahnung.« Sie beugte sich zu ihrer Schwiegertochter vor. »Ich will dir mal etwas sagen, Margrit: Als mein Ehemann starb, war meine Jüngste gerade einmal zwölf Jahre alt. Dann kam der Krieg, und meine Söhne mussten allesamt an die Front. Ich musste das Hotel am Laufen halten, und glaub mir, du willst nicht wissen, was ich alles getan habe, um Lebensmittel zu beschaffen und die Handvoll Gäste zu versorgen, die noch kamen.« Sie suchte den Blick der Schwiegertochter. »Aber das hat mich stark gemacht. All die Widerstände, denen ich getrotzt habe. So viele Entbehrungen und Nächte, in denen ich weiter und immer weiter gearbeitet habe, um ja nicht aufzugeben. Niemals. Und du, die du nie ein Leid erfahren hast, kommst daher und spuckst große Töne, um im nächsten Moment in Tränen auszubrechen, nur weil du dich künftig selbst um deine Kinder zu kümmern hast? Ich halte das für verachtenswert.«

Margrit schlug die Hände vors Gesicht und fing bitterlich an zu weinen. »Ich kann das nicht. Bitte, Bernadette, wirf mich nicht hinaus. Ich weiß nicht, wie ich dann weiterleben soll.«

Bernadette seufzte. Margrit tat ihr leid. Vielleicht hatte ihr das Gespräch tatsächlich die Augen geöffnet, und sie sollte ihr eine allerletzte Chance geben.

Sie klappte gerade den Mund auf, als Margrit sagte: »Wenn du mich hinauswirfst, werde ich mir das Leben nehmen. Dann musst du deinen Enkeln erklären, dass du es warst, die ihre Mutter in den Tod getrieben hat.«

Bernadette stand auf. »Ich habe dir schon einmal gesagt, dass ich mich nicht erpressen lasse, und genau das hast du gerade eben schon wieder versucht. Ich wollte einlenken, aber das werde ich nun nicht mehr tun. Inge wird deine Sachen packen, sobald eine Unterkunft für dich gefunden ist.« Damit wandte sie sich ab und verließ ohne ein weiteres Wort den Raum.

11. Kapitel

»Ich mag die Geschwindigkeit von Zügen.
Diese Art des Reisens passt zu meinem Leben.«

CONSTANTIN VON PLESOW

Während der über elfstündigen Fahrt war Constantin für seine Verhältnisse auffallend ruhig gewesen. Zusammen mit seinen fünf Begleitern hatte er ein ganzes Abteil in Beschlag genommen. Sie mussten in Leipzig und Nürnberg umsteigen, und es war bereits nach fünf Uhr am Nachmittag, als die Bremsen des Zuges quietschten und der Schaffner ihnen mitteilte, dass sie den Münchener Hauptbahnhof erreicht hatten.

Constantin stieg als Erster aus, gefolgt von Gerd Nolte, Klaus Denker, Ludger Schnurr, Peter Renken und Hans Lippmann. Sowohl Renken als auch Lippmann waren erst vor wenigen Wochen hinzugekommen, und Constantin war sich nicht sicher, inwieweit er sich auf die beiden verlassen konnte. Seit Lodewalds Besuch behielt er seine Leute noch genauer im Auge. Er hatte schon lange den Verdacht, nein er war sogar überzeugt davon, dass es einige gab, die sich den einen oder anderen Schein hinzuverdienten, indem sie brühwarm Informationen des inneren Rings an die Mitglieder des äußeren Rings weitergaben. Auch er selbst bezahlte so manche Reichsmark, um auf dem Laufenden zu bleiben – so war nun einmal das Geschäft. Trotzdem störte es ihn, dass er nicht wusste, auf wen er sich zu hundert Prozent verlassen konnte. Es wurde Zeit, unter seinen Angestellten einmal ordentlich auszusieben. Für Nolte und Denker legte er seine Hand ins Feuer. Ludger Schnurr, der ehemalige Boxer, war vor allem ein Mann fürs Grobe, und Constantin konnte sich nur schwerlich vorstellen, dass dieser Informationen an andere weitergab, schon deshalb, weil ihm dafür einfach der Grips fehlte. Schnurr empfing Befehle und führte sie aus. Punkt. Constantin hoffte nur, dass er die goldene Regel »Reden ist Silber, Schweigen ist Gold« kannte und befolgte. Die beiden Neuen, Renken und Lippmann, waren erst Mitte zwanzig und hatten weder Ahnung vom Leben noch von den Auswirkungen ihres Handelns. Sie waren einfach zwei Jungspunde, die sich selbst für ganz harte Kerle hielten. Jungs wie sie, das wusste Constantin aus Erfahrung, waren stets die Ersten, die den Schwanz einkniffen, wenn es brenzlig wurde. Das Wort Loyalität konnten sie weder schreiben, noch hatte es irgendeine Bedeutung für sie. Sie fühlten sich unbesiegbar, so lange, bis sie jemand zu Fall brachte und seinen Fuß in ihren Nacken drückte. Und wenn sie hochgenommen wurden und fürchten mussten, eine Nacht in Gewahrsam zu verbringen, flennten sie wie kleine Mädchen. Constantin hatte die beiden allein aus dem Grund mit nach München genommen, weil er meinte, sie so ein wenig unter die Lupe nehmen zu können.

Auf dem Bahnsteig sah Constantin sich um. Der Münchener Hauptbahnhof war ein Kopfbahnhof, genau wie der Anhalter Bahnhof in Berlin, von dem aus sie am frühen Morgen nach Süddeutschland abgefahren waren. Schon der Anhalter war ein riesiges Gebäude, dessen Länge Constantin auf mindestens einhundertsiebzig Meter schätzte, doch der bayerische Bahnhof – ein wahrhaft prächtiges Bauwerk mit angebauten Flügeln rechts und links – übertraf dieses Maß um einiges. Allein in der Haupthalle gab es zweiunddreißig Gleise, auf denen ständig Züge ein- und wieder ausfuhren. Auch das Gewimmel auf den Bahnsteigen schien weitaus größer zu sein, da seine Männer ihm den Weg Richtung Ausgang regelrecht freibahnen mussten. Auch der Münchener Bahnhof hatte – ähnlich wie der Anhalter in Berlin – viele Rundbogenfenster, die Gebäudedecke wurde von hohen Bögen gestützt. Die Mauern bestanden aus gelben und roten Backsteinen, während Säulen und Bögen wohl mit Kalk- und Sandstein errichtet worden waren. Das Schönste an diesem an eine romanische Basilika erinnernden Bahnhof aber war eine imposante Fensterrosette, durch die das gefilterte Tageslicht hereinfiel – ein Spiel des Sonnenlichts, wie er es noch nie gesehen hatte. Constantin verließ mit seinen Männern den Bahnhof und fand sich unter einem breiten Vordach mit Rundbögen wieder. Direkt davor lag der Bahnhofsplatz, auf dem mehrere Taxis des Typs *Horch 10 M 25* auf Fahrgäste warteten. Constantin nahm das vordere Taxi, seine Begleiter stiegen in das zweite und ließen sich zur Unterkunft bringen.

Kaum kamen die Automobile vor dem Regina-Palast-Hotel zum Stehen, eilten auch schon zwei junge Männer herbei, um den angereisten Gästen die Koffer abzunehmen.

Constantin blickte an der Fassade empor. Das Regina war ein Prachthotel, daran bestand kein Zweifel. Beeindruckt betrat er die Lobby und ging mit Gerd an die Rezeption.

»Herzlich willkommen im Regina-Palast-Hotel, die Herren. Mein Name ich Charles Hubach. Ich stehe Ihnen während Ihres Aufenthalts zu Diensten.«

Nolte wünschte dem Rezeptionisten einen guten Tag und teilte ihm mit, dass vier Zimmer auf den Namen von Plesow reserviert seien. Herr Hubach warf einen kurzen Blick in sein Reservierungsbuch, dann sah er auf und sagte mit einem verbindlichen Lächeln: »Und hier habe ich Sie auch schon, meine Herren. Vier unserer besten Suiten. Darf ich fragen, ob Sie unser Haus aus geschäftlichem oder privatem Anlass beehren?«

Nolte setzte zu einer Antwort an, doch Constantin kam ihm zuvor. »Wir besuchen Freunde.«

»Ein wunderbarer Grund für eine Reise«, befand der Rezeptionist, dann deutete er mit dem Arm auf einen breiten Durchgang. »Dort vorn befindet sich der Eingang zu unserem Restaurant. Das Frühstück wird ab sieben Uhr morgens gereicht, und selbstverständlich können Sie ganz ausgezeichnet zu Mittag und zu Abend speisen.« Er wartete kurz, ob die Gäste eine Frage hatten. Als dies nicht der Fall war, drückte er auf die kleine Klingel vor ihm, worauf wie aus dem Nichts drei Pagen erschienen, und reichte Constantin vier Schlüssel.

»Fünfter Stock, die Zimmer 501 bis 504.«

»Wenn die Herren mir bitte folgen wollen«, bat der Liftboy, der hinzugetreten war, während die Pagen dienstbeflissen zu den Treppen eilten.

»Fünfter Stock«, wies der Rezeptionist den Liftboy an, dann wandte er sich wieder an seine Gäste. »Ich wünsche Ihnen einen wunderbaren Aufenthalt im Regina. Scheuen Sie sich bitte nicht, mich zu kontaktieren, sollte ich irgendetwas für Sie tun können.«

»Danke«, sagte Constantin knapp, dann folgten er und seine Männer dem Liftboy zum Aufzug.

Die Kabine war ziemlich eng, und Constantin war froh, als sie im fünften Stock aussteigen konnten. Die Pagen standen bereits vor den Zimmern. Constantin drückte jedem von ihnen einen Schein in die Hand und verteilte die Schlüssel. »Wir treffen uns um neunzehn Uhr zum Abendessen«, erklärte Constantin, als die Pagen verschwunden waren. »Bis dahin kann jeder machen, was er will.«

»In Ordnung, Chef«, sagte Schnurr, während die anderen nur nickten.

»Brauchst du mich?«, fragte Gerd.

»Im Moment nicht. Ruh dich ein bisschen aus.«

»In Ordnung. Bis nachher, Constantin.«

Constantin war froh, als er die Tür hinter sich ins Schloss fallen ließ. Er trat ans Fenster und sah nach unten auf den Maximiliansplatz. Die Menschen hier wirkten nicht so geschäftig wie die in Berlin. Vielmehr schien es, als hätte man in München mehr Zeit, um von einem Ort zum anderen zu kommen, ganz anders als zu Hause, wo jeder ständig in Eile zu sein schien.

Er wandte sich vom Fenster ab und ging zunächst ins Bad, um sich etwas zu erfrischen. Danach hob er den Hörer des Telefonapparates ab und wollte eben die Rezeption anrufen, doch er besann sich und legte wieder auf. Stattdessen nahm er seinen Zimmerschlüssel, ging hinaus und schloss hinter sich ab. Den Aufzug ließ er links liegen und wandte sich stattdessen zur Treppe. Fünfter Stock hin oder her – Aufzüge lagen ihm einfach nicht. Außerdem tat ein wenig Bewegung nach der langen Zugfahrt ganz gut.

Als Constantin diesmal die Eingangshalle betrat, gönnte er sich einen genaueren Blick auf die Ausstattung. Er wusste nicht genau, wann das Regina gebaut worden war, ging aber von den ersten Jahren des zwanzigsten Jahrhunderts aus. Sein eigenes Hotel in Berlin war erst 1920 errichtet worden und damit um die zehn, womöglich sogar fünfzehn Jahre jünger, was man der Architektur anmerkte. Dieses Hotel war ebenfalls modern, doch kleine Details zeigten ihm, dass sein eigenes Gebäude moderner war.

Der Rezeptionist sah auf, als Constantin auf den Tresen zuging.

»Herr von Plesow?«, vergewisserte er sich.

»Ganz recht.«

»Ist mit Ihrem Zimmer alles in Ordnung und entspricht alles Ihren Vorstellungen?«

»Ich bin sehr zufrieden, vielen Dank. Herr Hubach, nicht wahr?«

Der Rezeptionist deutete eine Verbeugung an. »Charles Hubach, zu Ihren Diensten.«

»Herr Hubach, wären Sie so freundlich, meinen Freund anzurufen und sich zu erkundigen, wann ihm mein Besuch angenehm wäre? Mir würde es morgen passen.«

»Selbstverständlich, Herr von Plesow.« Der Rezeptionist griff nach dem Hörer. »Wenn Sie mir den Namen und die Verbindung nennen würden?«

Constantin lächelte. »Aber Herr Hubach. Sie haben doch Gustav von Kempner bereits angerufen, als wir hier eingetroffen sind und noch nicht einmal unsere Zimmer bezogen hatten. Da werden Sie doch seine Nummer noch wissen.«

Charles Hubach zögerte kurz, dann nickte er. »Selbstverständlich, Herr von Plesow. Für welche Uhrzeit darf ich Sie anmelden?«

»Ach, ich richte mich da ganz nach unserem gemeinsamen Freund.«

»Ich werde mich darum kümmern und Ihnen eine Nachricht zukommen lassen.« Der Rezeptionist verbeugte sich erneut.

»Danke, Herr Hubach. Ich höre dann von Ihnen.« Damit machte Constantin kehrt und ging zurück zu den Treppen.

Constantin war erst wenige Augenblicke wieder in seinem Zimmer, als das Telefon läutete und Charles Hubach sich meldete.

»Herr von Plesow, Herr Gustav von Kempner ist in der Leitung und wünscht Sie zu sprechen.«

»Bitte, stellen Sie durch.«

»Sehr wohl, Herr von Plesow.«

Ein Klicken verriet Constantin, dass der Rezeptionist aus der Leitung gegangen war.

»Von Plesow.«

»Gustav von Kempner hier, grüß Gott.«

»Ah, Kollege von Kempner. Guten Tag.«

»Wie ich höre, sind Sie ins schöne München gereist, um mich zu besuchen?«

»So ist es. Wann hätten Sie Zeit?«

»Für Sie, Herr Kollege, nehme ich mir Zeit. Was halten Sie davon, wenn Sie morgen Mittag zu mir zum Essen kommen? Sagen wir um zwölf?«

»In Ordnung.«

»Mit wie vielen Leuten darf ich Sie erwarten?«

»Wir sind zu sechst, doch ich habe nichts dagegen, allein mit Ihnen zu essen, Herr Kollege.«

Von Kempner zögerte. Offenbar hatte er nicht damit gerechnet, dass Constantin auch ohne seine Begleiter kommen würde.

»Bringen Sie Ihre Männer ruhig mit. Das Anwesen ist groß. Sie werden sich die Zeit schon vertreiben. Ich werde Ihnen zu elf Uhr dreißig zwei Wagen schicken lassen.«

»Danke, Herr Kollege.« Constantin legte auf. Er setzte sich grinsend aufs Bett, streckte sich dann lang aus und verschränkte die Arme hinter dem Kopf, wie er es gern tat, wenn er nachdachte. Viel zu lange hatte er das nicht mehr getan, hatte sich nicht die Zeit gegönnt, wenigstens kurz innezuhalten. Selbst nach Alexanders Tod hatte er einfach weitergemacht, als wäre nichts geschehen, und er wusste, dass das ein Fehler gewesen war. Die Wut, vermischt mit Trauer, hatte einen Riss in seiner Seele hinterlassen, und mehr denn je spürte er, wie angreifbar er geworden war – ein Zustand, den er sich in seiner Branche nicht leisten konnte. Er wusste, dass er stark war, wusste, dass er es verstand, Probleme anzugehen und Lösungen zu finden, selbst oder vor allem dann, wenn alle anderen eine Angelegenheit für aussichtslos hielten. Sein Gefühl täuschte ihn so gut wie nie – nur in einer Sache hatte er sich geirrt. Als er den Anführer der Libellen – Schutzgelderpresser, die den Geschäftsleuten in und um Binz das Leben schwer machten – ausschaltete, hatte er nicht bedacht, dass dieser Dieter Schnidtke einen Bruder hatte: Arnold Schnidtke, Anführer des Ringvereins in Frankfurt. Durch Constantins leichtfertiges Handeln war Alexander nun tot, und es gab nichts, was er daran hätte ändern können.

Constantin atmete vernehmlich aus. Eben noch hatte er die Ruhe genossen, nun jedoch spürte er, dass mit jedem Augenblick der Stille die Gedanken in seinem Kopf nur umso lauter hämmerten.

Er richtete sich auf und setzte sich auf die Bettkante. War diese Rastlosigkeit wirklich allein auf Alexanders Tod zurückzuführen? Wieso vermisste er den Bruder, mit dem er sich doch die meiste Zeit über gar nicht gut verstanden hatte? Alexander und er waren nur selten einer Meinung gewesen. Während Alexander im beschaulichen Binz sein Dasein pflegte und konservativen Werten folgte, ja am liebsten zur Monarchie zurückgekehrt wäre und die Demokratie zum Teufel gejagt hätte, feierte Constantin die zügellose und schnelle Zeit, in der sie lebten. Er pfiff auf Konventionen, glaubte so gar nicht an die Ehe und versuchte vor allem nicht, in jeder noch so kleinen Lächerlichkeit einen Sinn zu finden. Vor allem aber fühlte Constantin sich nicht für die Probleme anderer zuständig und wollte nie das große Ganze klären, stattdessen sorgte er dafür, dass er selbst irgendwie durchkam und am Ende gut dastand. Doch jetzt, wo es um ihn herum so ruhig war, konnte er es nicht ertragen, allein zu sein. Wer war er schon ohne sein Hotel, sein Varieté oder eben auch seine Männer, die sich stets in seiner Nähe aufhielten, bereit, für ihn in die Bresche zu springen? Schluss damit! Mit einem Ruck stand er auf, schnürte seine Schuhe nach, nahm seinen Schlüssel und trat auf den Gang hinaus, wo er an die Tür der Nachbarsuite klopfte. Nur einen Moment später öffnete Gerd Nolte die Tür.

»Ich will noch ein bisschen rausgehen«, kündigte Constantin an. »Nur damit du Bescheid weißt.«

»Warte«, bat Nolte, ging hinein und kam mit Jacke und Schlüssel wieder zurück. »Ich komme mit.«

»Das musst du aber meinetwegen nicht«, stellte Constantin fest.

»Doch, muss ich. Aber nicht deinetwegen, sondern meinetwegen. Es ist so entsetzlich still hier. Das hält man ja kaum aus.« Gerd verdrehte die Augen.

Constantin schmunzelte. »Du sprichst mir aus der Seele, mein Freund. Gehen wir.«

Zusammen verließen sie das Hotel und schlenderten eine ganze Weile nebeneinander her, ohne etwas zu sagen.

»Ich habe eine Idee, wie wir Schnidtke aus seiner Deckung kriegen«, brach Constantin schließlich das Schweigen. »Wir müssen Langkamp bei Laune halten, bis die neue Boxhalle fertig ist. Selbst ihm und seinem Freund wird das Bier irgendwann langweilig. Ich werde ein Boxturnier ausrichten. Mann gegen Mann. Du musst mit Wolfgang Schenker sprechen, er soll einen sicheren Ort finden.«

Nolte nickte und zündete sich eine Zigarette an. »Zu welchen Konditionen?«

Constantin lächelte. Ihm gefiel es, wie Gerd seine Pläne unterstützte und mitdachte. Treue und Intelligenz fanden sich nur selten in diesem Geschäft.

»Ich will achtzig Prozent des Wettgewinns. Schenker trägt das Risiko und wirbt die Boxer an, ich brauche sechzehn Männer. Der Gewinner jedes Kampfes bekommt zwanzig Mark. Wer als Letzter steht, kriegt hundert.«

»Wird Schenker sich darauf einlassen?«

»Er hat keine andere Wahl. Ich übernehme den Alkohol, er das Risiko. Wenn er nicht mitmacht, finde ich einen anderen, der das tut. Mach ihm klar, dass er uns mehr braucht als wir ihn.«

Nolte nickte und zog an seiner Zigarette. »Und wie willst du an Schnidtke herankommen?«

Constantin zog seinen Mantel zurecht. »Das ist die Bedingung, die du Schenker stellst. Er kennt doch so gut wie jeden in der Szene. Ich will, dass er Schnidtkes Boxer anwirbt. Bei dem Lohn werden die sich das nicht entgehen lassen. Besonders wenn Schenker herumposaunt, dass der künftige Weltmeister Fritz Langkamp dabei ist.«

Nolte nahm einen letzten Zug und warf seine Zigarette weg.

»Du willst Langkamp teilnehmen lassen?«

»Natürlich. Für all jene, die nicht nur wegen des Geldes boxen, sollte er Anreiz genug sein.«

»Was, wenn er sich verletzt? Wir brauchen ihn für die großen Kämpfe.«

Constantin zuckte achtlos mit den Schultern. »Berufsrisiko. Außerdem«, er sah Nolte an und blieb stehen, »wenn ich die Kämpfe ausrichte, dann folgen sie meinen Regeln. Wir werden die Boxer aussuchen, gegen die Langkamp kämpft, und wenn etwas nicht nach Plan verläuft, lassen wir Schenker einschreiten.«

»Ich werde mit Schenker sprechen und ihm unser Anliegen klarmachen, sobald wir wieder in Berlin sind.« Nolte sah sich die umliegenden Gebäude an. »Darauf freue ich mich schon. Ich brauche den Qualm und den Lärm von Berlin. München wirkt dagegen wie eine prüde Jungfer.«

Constantin nickte zustimmend. »Du bist einer der wenigen, denen ich wirklich vertraue, Gerd. Ich danke dir«, sagte er mit bewegter Stimme.

Nolte sah ihn an. Er war sichtlich überrascht, ein derart emotionales Lob hatte er nicht erwartet. »Das kannst du auch, jederzeit.«

Constantin schlug ihm freundschaftlich auf die Schulter. »Gehen wir zurück. Wir haben viel zu tun.«

12. Kapitel

»Triff Entscheidungen und stehe dazu.
Sonst wirst du dich nur stets selbst enttäuschen.«

BERNADETTE VON PLESOW

»Ich habe dich gestern mit einem Mann an der Promenade gesehen. Ein Gast?«, fragte Josephine und beschmierte ihr Brot mit Butter.

Bernadette setzte ihre Tasse Kaffee ab, aus der sie soeben einen ersten Schluck getrunken hatte. »Darüber wollte ich ohnehin mit dir sprechen«, kündigte Bernadette an.

Josephine ließ das Messer sinken und machte große Augen. »Ein Verehrer also? Hast du dich verliebt?«

»Bevor du vollends in Begeisterung ausbrichst, nein, kein Verehrer, und ich bin auch nicht in ihn verliebt.«

Josephine zog eine Schnute. »Ach, schade. Was gibt es denn dann so Wichtiges über ihn zu berichten?«

»Er ist dein Onkel.«

»Wie bitte?« Jetzt war Josephine wirklich überrascht.

»Es stimmt.« Bernadettes Miene blieb ungerührt. Sie hatte lange überlegt, ob sie das Risiko eingehen sollte, die zwei miteinander bekannt zu machen, zumal sich die vermeintlichen Halbbrüder alles andere als ähnlich sahen. Doch selbst wenn das Thema darauf käme, würde Bernadette schon einen Weg finden, um sich herauszureden. Die Wahrheit war tatsächlich so abwegig, dass weder Josephine noch Johannes die richtigen Schlüsse ziehen könnten. Für Josephine war ihr Vater Karl von Plesow, genau wie für den Rest der Welt, und Johannes Blumberg, der uneheliche Sohn von Leopold von Plesow, damit ihr Onkel. Halbonkel, um genau zu sein. Weshalb sollte einer von den beiden Argwohn zeigen, nur weil eine Ähnlichkeit nicht so deutlich vorhanden war, wie Johannes angenommen hatte?

»Dann ist der Mann also dein Bruder? Du hast mir doch erzählt, du hättest gar keine Geschwister.«

Die Bemerkung versetzte Bernadette einen Stich. Eine weitere Lüge, mit der sie leben musste. Doch sie hatte sich entschieden und würde nun auch dabei bleiben.

»Er ist Karls Halbbruder«, erklärte Bernadette. »Sie hatten den gleichen Vater, aber verschiedene Mütter.«

»Nein!« Josephine staunte mit offenem Mund. »Das ist ja ein richtiger Skandal. Du meine Güte, und das in unserer langweiligen Familie. *Je suis choquée.*«

Bernadette schmunzelte. »Ach, was. Es gibt gar keinen Grund, schockiert zu sein. Johannes ist ein sehr netter Mann, der nur gekommen ist, weil wir die einzige Familie sind, die er noch hat.« Sie zögerte kurz, dann fügte sie an: »Er ist krank, musst du wissen.«

»Ach herrje.« Josephine legte in einer bedauernden Geste die Hand auf die Brust. »Das tut mir leid. Schwer?«

Bernadette nickte. »Ihm bleibt nicht mehr viel Zeit.« Der Gedanke schmerzte sie.

»*Maman*, du hast ja Tränen in den Augen.«

»Aber nein.« Bernadette wischte sich rasch über das Gesicht. »Das sieht nur so aus.«

»Es sieht so aus, weil es stimmt.« Josephine legte ihr Besteck beiseite, stand auf und trat neben ihre Mutter. Sanft zog sie Bernadette zu sich heran. »Es tut mir leid, dass dir das so nahegeht.«

»Ich weiß selbst nicht, warum.« Bernadette schüttelte den Kopf und sah zu ihrer Tochter auf. »Danke, Liebes. Es geht schon wieder.«

Josephine gab ihrer Mutter einen Kuss auf die Stirn, dann setzte sie sich. »Er bedeutet dir etwas, nicht wahr?«

»Nein.« Bernadette schüttelte den Kopf. »Oder doch. Ich weiß es nicht. Er ist ja erst seit fünf Tagen hier – ich kenne ihn kaum. Allerdings haben wir seither viel Zeit miteinander verbracht, und ja, ich gebe es zu, ich hatte Freude daran. Er ist ein sehr angenehmer, freundlicher Mensch, und irgendwie kommt es mir so vor, als würden wir uns nicht fünf Tage, sondern fünf Jahre kennen.«

»Bestimmt weil er dich an Vater erinnert«, mutmaßte Josephine.

»Wer weiß?« Bernadette zuckte die Achseln. »Würdest du ihn gern kennenlernen? Ich könnte ihm nachher ein Treffen vorschlagen.«

»Sehr gern, *maman*. Ich würde mich freuen.« Josephine lächelte und schenkte sich Kaffee nach, dann sah sie auf die Uhr. »Margrit schläft heute aber lange.«

»Ich denke eher, sie möchte nicht mit uns frühstücken«, erklärte Bernadette.

»Warum? Habt ihr euch gestritten?«

»Auch darüber wollte ich mit dir sprechen.«

Josephine verdrehte die Augen. »Ich wohne hier und scheine doch überhaupt nichts mitzubekommen«, gab sie mit gespielter Verzweiflung von sich.

»Margrit wird sich in Kürze etwas Eigenes suchen«, kündigte Bernadette an. »Sie und die Zwillinge ziehen aus.«

Josephine sah sie mit offenem Mund an. »Das ist jetzt nicht dein Ernst.«

»Du kannst sicher sein, dass ich in dieser Sache nicht scherze.«

»Donnerwetter«, entfuhr es Josephine. Erschrocken schlug sie die Hand vor den Mund. »Entschuldige bitte, doch damit hätte ich wirklich niemals gerechnet. Fast muss ich sie bewundern für diesen Schritt.«

»Das ist nicht nötig. Sie geht nicht aus eigenem Antrieb, sondern weil ich es von ihr verlange.«

Nun wurden Josephines Augen noch größer. »Du setzt sie vor die Tür?«

»Nicht bevor nicht eine angemessene Unterkunft für sie gefunden ist. Ich zahle ihr ihren Erbanteil aus – sie wird also vorübergehend eine recht wohlhabende Frau sein.«

»Vorübergehend?«

»Zum einen hat sich Margrit offenbar finanziell einer Partei verpflichtet, und zum anderen traue ich ihr eine vernünftige Haushaltsführung nicht zu.« Bernadette schmunzelte. »Nenn mich herzlos, doch ich muss zugeben, dass es mich amüsiert, mir Margrit beim Windelwechseln vorzustellen.«

Josephine grinste breit. »Ich halte dich nicht für herzlos. Du hast einfach nur recht. Erst gestern bin ich mit ihr aneinandergeraten, weil sie sich unmöglich gegenüber Inge benimmt. Offen gesagt, die Zwillinge sind mit ihren drei Jahren schon so schrecklich verzogen, dass es alles andere als ein Vergnügen ist, mit ihnen Umgang zu haben. Eigentlich sollten sie in diesem Alter längst trocken sein.«

»Für Erich und Paul tut es mir leid. Am Ende sind sie die Leidtragenden, wenn ihre Mutter mit der Situation überfordert ist.«

»Dann ist deine Entscheidung also endgültig?«, wollte Josephine von ihrer Mutter wissen.

»Ja, denn ich hatte diese Entscheidung schon einmal getroffen, kurz vor Alexanders Tod.«

»Du hast mir nie gesagt, weshalb.«

»Und das möchte ich auch jetzt nicht. Dein Bruder und ich hatten einen Streit – das ist alles.« Sie seufzte. »Es schmerzt mich, dass wir nicht mehr die Möglichkeit zu einer Aussprache hatten. Doch die Entscheidung, dass er mit seiner Familie ausziehen sollte, war damals die richtige, und sie ist es auch heute noch. Deshalb werde ich mich nicht erweichen lassen.«

»Und wenn deine Prophezeiung eintritt und Margrit das Geld schneller zwischen den Fingern zerrinnt als Eis in der Sonne?«

Bernadette trank einen Schluck Kaffee. »Frag mich noch einmal, wenn es so weit ist. Ich halte nichts davon, mich mit Problemen zu beschäftigen, die noch gar nicht eingetreten sind.«

»Ich wünschte wirklich, ich wäre mehr wie du.«

»Weshalb?«

»Nun, ich mache mir ständig Gedanken um alles, gehe im Kopf jedes Wenn und Aber durch – und zwar schon lange, bevor es ein wirkliches Problem gibt.«

»Daran solltest du wirklich arbeiten«, stellte Bernadette fest. »Zermürbende Gedanken sind zeitfressend und bringen nicht das Geringste.«

Es klopfte. Die beiden sahen zur Tür, die nun geöffnet wurde. Margrit erschien auf der Schwelle, zögernd.

»Guten Morgen, Margrit. Weshalb klopfst du?«, fragte Bernadette. »Solange du noch in diesem Haus lebst, gibt es keinen Grund, dich wie eine Fremde zu benehmen.«

Margrit hob den Kopf. »Vielen Dank. Das ist sehr freundlich von dir.«

»Guten Morgen«, sagte nun auch Josephine, und Margrit erwiderte den Gruß.

»Bitte, komm zu uns und setz dich.« Bernadette deutete auf den freien Stuhl neben sich.

»Danke.«

Wieder klopfte es. Dieses Mal trat Mechthild mit einem Tablett ein, auf dem eine einzelne Tasse Kaffee stand. Sie ging zu Margrit hinüber und stellte sie vor ihr ab. »Wünschen Sie heute Morgen eine Eierspeise, gnädige Frau?«

Margrits Augen schweiften über den gedeckten Tisch. »Nein, danke. Ich nehme mir vielleicht etwas von dem Brot und dem Aufstrich, allerdings habe ich ohnehin kaum Appetit.«

»Sehr wohl, gnädige Frau.« Mechthild knickste und ging hinaus.

»Ich habe Josephine von unserer Unterredung berichtet und ihr gesagt, dass du dir eine eigene Unterkunft suchen wirst. Sie ist also im Bilde.«

Margrit nickte. »Ich werde mich gleich morgen auf die Suche begeben.«

»Wenn du möchtest, kann ich dir Dr. Hoffmann zur Seite stellen.«

»Damit es rascher geht?«, gab Margrit mit gespitzten Lippen zurück.

»Bitte, Margrit. Wir wollen einen vernünftigen Umgang miteinander pflegen, auch wenn unsere Differenzen unüberbrückbar sind. Schon der Zwillinge wegen.«

Margrit atmete geräuschvoll aus. »Du hast recht, bitte entschuldige, Schwiegermutter.«

Bernadette und Josephine warfen sich einen Blick zu. Noch nie hatte eine von beiden gehört, dass Margrit die Schwiegermutter anders als mit Vornamen angesprochen hätte. Doch keine von beiden sagte etwas dazu.

»Und um auf dein Angebot zurückzukommen: Ja, ich hätte

gern die Hilfe von Dr. Hoffmann. Als Notar wird er mir sicher zur Seite stehen können.«

»Ich werde ihn gleich morgen kontaktieren«, bot Bernadette an und leerte ihre Tasse. Dann stand sie auf und ging zur Tür. »Wenn ihr mich jetzt entschuldigen würdet?« Sie griff nach der Klinke, dann drehte sie sich noch einmal um. »Ach, eines noch, Josie: Wann musst du zurück nach Leipzig, um deine Vernissage vorzubereiten?«

»Ich bleibe noch ein paar Tage und werde am nächsten Freitag oder Samstag abreisen. Der liebe Herr von Rubenstein wird immer ein bisschen nervös, wenn nicht Tage vorher alles vorbereitet ist, und oft ergeben sich tatsächlich noch viele Fragen.«

Bernadette erwähnte nicht, dass sie gefragt hatte, um ein Treffen mit Johannes Blumberg arrangieren zu können, denn davon musste Margrit nichts wissen.

»Ach, *maman*, wäre es wohl möglich, dass ich die nächsten Tage öfter einmal mitkomme und dir bei der Arbeit über die Schulter sehe? Sonst bekomme ich nie eine Ahnung davon, was es heißt, ein Hotel zu führen. Und weil wir gerade von Leipzig sprechen: Ich hätte da eine Idee«, sagte Josephine eilig, bevor ihre Mutter das Zimmer verlassen konnte.

Bernadette kehrte zum Tisch zurück. »Und was für eine Idee ist das?«

»Ich habe überlegt, eine Kunstausstellung im Grand zu organisieren«, erklärte Josephine mit Enthusiasmus in der Stimme.

»Aber deine Gemälde sind doch in Leipzig«, hielt Bernadette dagegen.

»Die Ausstellung soll auch nicht für mich sein, *maman*«, erklärte Josephine, »sondern für die Künstler aus der Gegend. Es gibt hier so viele wunderbare Maler und auch Bildhauer. Sie bekommen die Gelegenheit, auf ihre Kunst aufmerksam zu machen, und wir können, je nachdem, wie das Ganze angenommen wird, unser Portfolio erweitern und so von Zeit zu Zeit auch bekanntere Künstler zu einer Vernissage nach Binz locken, die dann natürlich bei uns im Grand nächtigen werden.«

Bernadette musterte ihre Tochter stolz. »Das ist eine ganz wunderbare Idee, Liebes. Mach dich gern an die Planungen, ich werde dich unterstützen.« Sie überlegte kurz. »Nein, doch nicht, ich unterstütze dich nicht, denn du wirst selbst am besten wissen, was zu tun ist. Solltest du mich brauchen, bin ich selbstverständlich für dich da.«

»Vielen Dank, *maman*.« Josephine strahlte über das ganze Gesicht.

»Doch nun zu deinem Wunsch, mir über die Schulter zu blicken, um so das Hotelfach zu erlernen«, nahm Bernadette auch diesen Faden wieder auf. »Wenn du möchtest, kannst du gleich mitkommen. Es ist zwar Wochenende, aber die Aufgaben bleiben stets die gleichen. Wer ein Hotel führt, kennt keine freien Tage.«

Josephine überlegte nicht lange und sprang auf. »Ja, sehr gern.«

Margrit guckte sauertöpfisch drein. »Wenn ich mir die Bemerkung erlauben darf: Ich verstehe nicht ganz, weshalb ihr euch an meiner Anwesenheit hier im Hause stört, wenn du, liebe Bernadette, doch ohnehin den ganzen Tag im Hotel verbringst und du«, sie sah zu Josephine, »nun den gleichen Weg beschreiten möchtest.«

Bernadette legte den Kopf schräg. »Ich möchte nicht in einer derart vergifteten Umgebung leben, das ist der Grund.« Sie überlegte kurz, dann fügte sie hinzu: »Mir ist klar geworden, dass wir zwei uns niemals mögen werden. Das liegt weder nur an dir noch an mir. Es passt einfach nicht.«

»Und das ist für dich Grund genug, mich auf die Straße zu setzen?«

»Bitte hör auf, die Dinge zu dramatisieren«, bat Bernadette in sachlichem Ton. »Ich meine es völlig ernst, Margrit. Ich gebe dir nicht die Schuld. Ich habe in den letzten Tagen erkannt, wie wichtig es ist, glücklich zu sein. Mir ist bewusst geworden, dass Erfolg nicht alles im Leben ist. Ich wünsche mir Harmonie und Ausgeglichenheit. Ja, ich möchte gern unbeschwert sein.« Bernadette sah die Schwiegertochter an.

»Und in dieses Bild der Harmonie passe ich in deinen Augen nicht hinein?«

»Das Gespräch führt zu nichts. Es ist mein Haus, und ich allein entscheide, mit wem ich darin leben möchte und mit wem nicht.«

»Ich wäre dann so weit«, erklärte Josephine, um das Gespräch zu beenden.

»Gut, gehen wir.« Bernadette nickte ihrer Schwiegertochter zu. »Hab einen angenehmen Tag, Margrit.«

Zusammen verließen Bernadette und Josephine das Esszimmer und gaben Mechthild Bescheid, dass sie drüben im Hotel zu finden seien. Als sie die Stufen des Privathauses hinunterstiegen, sagte Josephine: »Ich muss zugeben, du überraschst mich, *maman.* Du wirkst tatsächlich verändert.«

»Wie meinst du das?«, hakte Bernadette nach.

Josephine zuckte mit den Schultern. »Nun, ich hatte früher stets den Eindruck, dass für dich nur der Erfolg und das Ansehen des Hotels im Vordergrund standen, von Zufriedenheit und Glück war da nie die Rede.«

Bernadette nickte nachdenklich. »Du magst recht haben, Josephine, doch mit Alexanders Tod hat sich vieles verändert.

Dinge, die zuvor eine Bedeutung hatten, sind für mich sinnlos geworden. Ich habe zum Beispiel erkannt, dass Erfolg nicht alles ist.«

»Aber er ist auch nicht unwichtig. Seit ich als Künstlerin erfolgreich bin, spüre ich, dass es gut ist, nach Höherem zu streben. Und deshalb frage ich mich ...« Sie verstummte.

Bernadette blieb stehen. »Was möchtest du mir sagen, Liebes?«

Josephine sah zu Boden. »Ich hatte mir erhofft, gemeinsam mit dir noch mehr zu erreichen. Ich dachte zum Beispiel an das Palais ... Es steht immer noch leer. Und ich habe mich erkundigt: Kaub würde es dir verkaufen, auch wenn ihr die größten Konkurrenten wart.«

»Woher weißt du das?« Bernadette sah ihre Tochter erstaunt an.

»Ich habe zufällig Herrn Jahns von der Bank getroffen, als ich an der Promenade spazieren ging«, erklärte Josephine. »Wir haben uns unterhalten und sind irgendwie auf das leer stehende Gebäude zu sprechen gekommen. Herr Jahns meinte, es sei schade, dass es einfach so verfällt, bei dem Potenzial.«

»Jahns will Kredite verkaufen, deshalb sagt er das.«

»Aber *maman*, er hat doch recht. Das Palais ist nur einen Steinwurf entfernt und gilt als Spitzenlage. Wenn wir es kaufen und wieder zum Leben erwecken, wäre nicht nur ein Schandfleck an unserer schönen Promenade beseitigt, sondern wir könnten uns gegenseitig Konkurrenz machen.«

»Wie meinst du das?« Bernadette hätte nicht verblüffter sein können.

»Wir hätten gleich zwei Hotels in bester Lage. Zwei Hotels, die wir in völlig unterschiedlichem Stil einrichten könnten.«

»Bist du deshalb nach Binz gekommen?«

Josephine hakte sich bei ihrer Mutter unter. »Ich möchte etwas schaffen, *maman*, möchte etwas leisten. Ich bin nicht mehr das verwöhnte Mädchen, das nur genug Geld in der Tasche haben muss, um sich schöne Kleider zu kaufen oder die neueste Frisur zu tragen.«

Sie betraten das Grand Hotel durch den Haupteingang, und Max, der Page, hielt ihnen die Tür auf und verbeugte sich tief. »Guten Morgen, die gnädigen Damen.«

»Lass uns in meinem Büro weitersprechen«, schlug Bernadette vor, nachdem sie den Gruß des Pagen erwidert hatten, dann strebte sie auf die Rezeption zu. Josie folgte ihr.

Werner Druminski sah ihnen dienstbeflissen entgegen.

Sie tauschten einen Gruß aus, dann erkundigte sich Bernadette nach Lob und Tadel der Gäste, die sich für gewöhnlich an die Rezeption wandten, wenn ihnen irgendetwas nicht passte.

»Der Gast von Zimmer 132 hat sich beschwert, dass die Möwen am Morgen zu früh lärmen und er deshalb nicht bei offenem Fenster schlafen kann«, teilte ihr Werner prompt mit.

»Sende ihm einen Gruß und einen guten Wein. Gab es sonst noch etwas?«

»Nein, gnädige Frau, ansonsten ist alles in Ordnung.«

»Gut. Sind die Zimmermädchen da?«

Werner nickte. »Alle bis auf Trude und Paula, die noch immer krankgemeldet sind. Aber es wäre wohl angebracht, dass Sie selbst im zweiten Stock kontrollieren. Reni und Hilde haben dort Dienst, und nun ja, Sie wissen ja«, deutete er an.

»Allerdings«, bestätigte Bernadette.

»Was denn?«, fragte Josephine interessiert.

»Nun, Reni und Hilde sind nicht gerade die Fleißigsten«, antwortete Bernadette. »Bei ihnen sind die Ecken gern mal rund, wenn du verstehst, was ich meine. Es gab schon mehrfach Beschwerden.«

»Darf ich das übernehmen? Den zweiten Stock kontrollieren, meine ich.«

Bernadette war überrascht, doch es gefiel ihr, dass Josephine die Initiative ergriff. Anstelle einer Antwort wandte sie sich an den Rezeptionisten. »Werner, bitte geben Sie meiner Tochter einen Generalschlüssel, sie wird sich um die Angelegenheit kümmern.«

»Sehr wohl, gnädige Frau.« Der Rezeptionist bückte sich und sperrte eine Schublade auf, aus der er einen Schlüsselring nahm. Er löste einen der Schlüssel ab, die anderen legte er zurück und schloss die Schublade sorgfältig ab.

»Bitte sehr, gnädiges Fräulein.«

»Danke schön, Werner. Dann gehe ich gleich hinauf.« Josephine freute sich, war doch das Erhalten eines Generalschlüssels ein großer Vertrauensbeweis.

»Sei nicht zu nachgiebig«, mahnte Bernadette.

Josephine wollte erwidern, dass die Mutter ihr einfach vertrauen solle, doch sie behielt die Bemerkung für sich. Wenn sie überzeugen wollte, dann mit Taten und Leistung, nicht mit Worten.

»Ich komme danach in dein Büro«, sagte sie daher und ging zur Treppe.

»Na, sieh einer an, da ist jemand flügge geworden«, stellte Werner Druminski mit einem wohlwollenden Schmunzeln fest und reichte Bernadette das Auftragsbuch, damit diese wie jeden Morgen die Buchungen für den heutigen Tag durchgehen konnte.

Die Tür zu Zimmer 241 war nur angelehnt, heraus drangen die Stimmen von Reni und Hilde, die offenbar fröhlich miteinander plauderten. Josephine trat ein, ohne zu klopfen. Mitten im Weg stand ein Eimer, in dem diverse Putzutensilien verstaut waren.

»Guten Morgen«, grüßte sie.

Die beiden Mädchen, die gerade dabei waren, das Bett zu machen, fuhren erschrocken zusammen.

»Oh, gnädiges Fräulein, haben Sie mich erschreckt«, stieß Hilde hervor und schlug die Hand vor die Brust. »Einen guten Morgen.«

Auch Reni grüßte. Josephine trat näher an das Bett heran.

»Weshalb macht ihr das Zimmer zu zweit? Sind die anderen Gäste noch nicht beim Frühstück?«

»Doch, aber so geht es schneller«, erwiderte Reni.

»Nein«, befand Josephine, »ihr braucht länger, weil ihr schwatzt, anstatt euch zu beeilen.«

Hilde senkte rasch den Kopf, doch Reni sah Josephine herausfordernd an.

»Uns hat niemand gesagt, dass wir die Zimmer nicht zu zweit machen dürfen.«

Josephine straffte die Schultern, ganz so, wie sie es bei ihrer Mutter beobachtet hatte, wenn diese das Personal oder zu früheren Zeiten auch sie selbst oder ihre Brüder zurechtgewiesen hatte.

»Nun, jetzt habe ich es euch gesagt.« Josephine verschränkte die Arme vor der Brust. »Reni, du gehst ein Zimmer weiter und reinigst dort. Und zwar gründlich. Ich möchte keine runden Ecken sehen, ist das klar?«

»Ja, gnädiges Fräulein.« Reni nickte und griff nach dem Eimer.

»Und beeilt euch. Die Gäste können jederzeit zurückkommen, und es ist ihnen nicht zuzumuten zu warten, nur weil ihr nicht rasch genug eure Aufgaben verseht.«

»Ja, gnädiges Fräulein«, sagte nun auch Hilde. Reni verließ bereits das Zimmer. Josephine hörte, wie sie nebenan die Tür aufsperrte.

»Ich werde später noch einmal vorbeikommen und alles kontrollieren«, kündigte Josephine an, die sich lebhaft vorstellen konnte, wie die beiden sie gerade im Stillen verfluchten. Plötzlich musste sie an etwas denken, was ihre Mutter so oft gesagt hatte: Ich erwarte, dass getan wird, was ich sage, und nicht, dass man mich mag.

13. Kapitel

»Ich will immer weiter vorankommen. Stillstand ist gleichbedeutend mit dem Tod.«

Constantin von Plesow

Constantin und Gerd waren am Vorabend bis kurz vor sieben Uhr durch München gestreift und hatten sich mit der Stadt vertraut gemacht. Es gab etliche schön dekorierte Schaufenster, die vor allem gehobene Kleidung sowohl für Damen als auch für Herren anpriesen – Letzteres jedoch in erheblich kleinerem Umfang. Viele Paare begegneten ihnen, die eng aneinandergeschmiegt durch die Straßen flanierten und es scheinbar einfach genossen, ihre Zeit miteinander zu teilen. Lag es daran, dass Constantin sich nie die Zeit genommen hatte, Berlin auf diese Weise zu erkunden, oder tickten die Uhren in der bayerischen Metropole tatsächlich langsamer? In Berlin schien jeder für sich zu sein, hier wirkten die Menschen weitaus geselliger und zogen es offenbar vor, ihr Leben zu zweit zu verbringen. Er fühlte sich unweigerlich an Binz erinnert, wo die Menschen an der Promenade spazieren gingen und die Seeluft genossen, nur dass sie hier an jedem Schaufenster Halt machten, um die Auslagen zu bewundern. Es hatte ihm gefallen, doch bei ihrer Rückkehr ins Regina-Palast-Hotel waren Constantin und Gerd sich einig gewesen, dass sie Berlin vorzogen.

Während der Nacht war Constantin etliche Male wach geworden, hatte das Licht eingeschaltet und auf seine Uhr geblickt. Um halb sechs hatte er schließlich beschlossen, aufzustehen und den Tag mit einem Morgenspaziergang an der frischen Luft zu beginnen. Schlafen hätte er ohnehin nicht mehr können, und statt wieder in dumpfes Grübeln zu verfallen, wollte er lieber noch etwas frische Luft schnappen. Nie zuvor hatte er so sehr gespürt, nicht an einen Ort zu gehören, wie hier in München. Sollte er besser wieder nach Hause reisen in sein geliebtes Berlin, wo er das Sagen hatte und die Regeln bestimmte? Er schüttelte den Gedanken ab. Für Zweifel war jetzt nicht der richtige Zeitpunkt. Er durfte nicht zögern, musste den Takt vorgeben. Unsicherheit bedeutete in seinen Kreisen schnell den Tod, und das Risiko wollte er nicht eingehen.

Die Wagen, die Gustav von Kempner geschickt hatte, fuhren pünktlich um elf Uhr dreißig vor. Während der gesamten Fahrt zu dessen Anwesen sprachen Constantin und Gerd kaum ein Wort. Endlich kamen die Automobile zum Stehen. Mehrere Angestellte eilten herbei, öffneten ihnen die Türen und baten Constantin und seine Männer ins Haus, wobei das Haus eher einem Schloss glich.

Der Vorbau des mächtigen roten Klinkerbaus war auf weiße Säulen gestützt, die im oberen Bereich einem großzügigen Balkon Platz boten. Constantin zählte je vier reich verzierte weiße Fenster rechts und links vom Eingang im Erdgeschoss und je zehn Fenster im zweiten und dritten Stock. Und das waren nur die nach vorn heraus. An der massiven, weit geöffneten Tür standen zwei Diener, die ihnen Einlass gewährten.

Ludger Schnurr pfiff durch die Zähne. »Hübscher Schuppen«, befand er beim Eintreten.

Einer der Diener wandte sich an Constantin. »Herzlich willkommen, die Herren. Der gnädige Herr von Kempner bat mich, den Herrn von Plesow in den grünen Salon zu führen. Wenn die anderen Herren bitte meinem Kollegen folgen wollen?«

»Soll ich dich nicht lieber begleiten, Chef?«, fragte Nolte leise.

»Das wird nicht nötig sein, Gerd«, befand Constantin. »Ich komme schon klar.«

»Bitte hier entlang, gnädiger Herr«, bat nun der Diener und ging Constantin voran in die linke Richtung, während sein Kollege die anderen Männer in einen nach rechts abgehenden Flur führte.

Ihre Schritte hallten auf dem Marmorboden wider. Ihm gefiel der schwarze Stein mit der weißen Marmorierung, den seine Mutter sicher als »zu unruhig« bezeichnet hätte.

»Bitte sehr, gnädiger Herr.« Der Diener öffnete die Tür zu einem ganz in Grün gehaltenen, prachtvollen Raum. »Herr von Kempner wird Sie sogleich mit seiner Anwesenheit beehren. Darf ich Ihnen etwas zu trinken bringen?«

»Einen Whisky, bitte.«

»Sehr wohl, gnädiger Herr.« Der Diener verbeugte sich und ging hinüber zur Bar. Während er sich mit Gläsern und Eis zu schaffen machte, schlenderte Constantin zu einer dreiflügeligen Terrassentür und sah hinaus. Der Garten entpuppte sich als riesiger Park mit einer Rasenfläche, die bestimmt fünf der immer beliebter werdenden Fußballfelder Platz geboten hätte. Zwar konnte Constantin dem aus England kommenden Spiel nicht wirklich etwas abgewinnen, doch die Größe der Plätze, auf denen die Siege errungen wurden, beeindruckte ihn.

»Bitte sehr, gnädiger Herr.« Der Diener reichte ihm seinen Whisky.

»Danke.« Constantin nahm das Glas, setzte es an die Lippen und trank einen großen Schluck. Sein Kontrahent schien nicht unbedingt kleine Brötchen zu backen. Er wollte sich gerade nach der Größe des Anwesens erkundigen, als er eine Stimme hinter sich hörte.

»Kollege von Plesow. Es ist mir eine Freude.«

Constantin drehte sich um. »Gustav von Kempner. Schön, dass wir uns persönlich kennenlernen.« Die beiden schüttelten einander die Hand.

Er hatte sich von Kempner anders vorgestellt. Der Vorstand des Münchner Ringvereins war ein ganzes Stück kleiner als Constantin, was nicht weiter ungewöhnlich war, überragte dieser die anderen doch fast immer. Von Kempner allerdings sah man im Gegensatz zu Constantin das gute Leben an, das er führte. Sein Wanst hatte einen beträchtlichen Umfang, während Constantin großen Wert darauf legte, in Form zu bleiben, schon für den Fall, dass er sich einmal selbst einer körperlichen Auseinandersetzung würde stellen müssen. Von Kempner dagegen schien nicht allzu viel von Bewegung zu halten, und sein Doppelkinn verriet, dass er nicht viele fettige Speisen ausließ.

»Bitte, setzen Sie sich. Wie ich sehe, hat Ferdinand Sie bereits versorgt?«

Constantin nahm auf der Ledercouch Platz, von Kempner setzte sich ihm gegenüber. Der Diener vergewisserte sich, dass die beiden mit Getränken versorgt waren, dann verließ er den Raum.

»Ja, danke. Ein ausgezeichneter Whisky. Aus Schottland?«

»Sie haben einen feinen Geschmack«, lobte der Gastgeber. »Ein Single-Malt von 1870.«

Constantin steckte kurz die Nase ins Glas, dann nahm er einen weiteren Schluck. »Davon sollte ich mir unbedingt einige Kisten nach Berlin bestellen.«

»Unser Lieferant war gerade erst da. Ich werde Ihnen eine Sendung zukommen lassen.«

»Verbindlichsten Dank.« Constantin hob das Glas, leerte es

und stellte es auf dem niedrigen Tisch zwischen ihnen ab. »Noch einen?«, bot von Kempner an.

»Später vielleicht.« Constantin deutete in Richtung Terrassenfenster. »Eine wirklich schöne Parkanlage haben Sie da. Und das Haus hier ist überaus beeindruckend. Auf eine solche Fläche würde man in Berlin einen ganzen Wohnkomplex bauen.«

»Fläche haben wir hier wirklich genügend«, stellte von Kempner fest. »Ich muss zugeben, ich bin kein Stadtmensch. So ist es für mich gut. München ist nicht weit entfernt, doch hier draußen habe ich meine Ruhe. Mich der Stille hingeben zu können hilft mir beim Denken.«

»Offen gesagt habe ich Sie mir anders vorgestellt.«

»Ach ja?« Von Kempner verzog die Lippen zu einem Grinsen. »Und wie?«

»Nun, nach allem, was man so hört, sind Sie ein eher umtriebiger, ehrgeiziger Mann, während Sie hier das genaue Gegenteil leben – Ruhe und Ausgeglichenheit.«

»Halten Sie das für einen Widerspruch?«

»Ich weiß es nicht, sagen Sie's mir.«

»Nun, meine Antwort lautet Nein. Aber mir Fragen zu meiner Lebensanschauung zu stellen ist sicher nicht der Grund Ihres Besuchs. Ich nehme an, Sie sind gekommen, weil Ihnen mein Vorgehen ein Dorn im Auge ist? Oder steckt etwas anderes dahinter?«

»In der Tat«, gab Constantin zurück. »Ich bin gekommen, um zu sondieren. Und womöglich neue Freundschaften zu schließen.«

»Neue Freundschaften, tatsächlich?« Von Kempner stand auf, nahm die leeren Gläser und ging zur Bar, wo er ihnen nachfüllte. »Auf eine mögliche Freundschaft«, sagte er, als er an den Tisch zurückkehrte und ihm das volle Glas reichte.

»Darauf trinke ich gern.« Constantin hob das Glas, doch anders als von Kempner leerte er es nicht in einem Zug.

»Also, Herr Kollege, was ist der wahre Grund für Ihren Besuch?«, kam von Kempner nun zur Sache.

»Sie reden nicht lange um den heißen Brei herum, das gefällt mir.« Constantin legte den Kopf schräg. »Mir ist zu Ohren gekommen, dass Sie daran interessiert sind, Erich Lodewald vom Thron zu stoßen.«

»So würde ich es nicht ausdrücken. Es geht wohl eher darum, den Thron wieder mit jemandem zu besetzen, der auch das Zepter in die Hand zu nehmen bereit ist.«

»Lodewald hat nachgelassen, da gebe ich Ihnen recht.«

»›Nachgelassen‹ trifft es wohl kaum. Er ist mit den Jahren nicht nur alt, sondern vor allem schwach geworden. Das ist nicht gut für den Zusammenhalt des Rings.«

»Wie kommen Sie darauf?«

»Nun, Sie als sein Günstling werden es womöglich noch nicht so sehr zu spüren bekommen haben, doch Lodewald trifft nur noch die Entscheidungen, die er unbedingt treffen muss.«

»Ich als sein Günstling?«, wiederholte Constantin.

»Aber ja. Das ist allgemein bekannt. Und wie man so hört, laufen Ihre Geschäfte durch Lodewalds unverbrüchliches Engagement rund um Berlin noch immer vortrefflich. Bei dem Rest von uns sieht es da anders aus.«

»Was meinen Sie damit?«

»Splittergruppen«, sagte von Kempner. »Kleine Emporkömmlinge, die uns den Rang ablaufen wollen.«

»Innerhalb des Rings?«

»Nein, genau das ist es ja. Es gründen sich andere Organisationen, die uns die Geschäfte kaputtmachen.«

»Wie das?«

»Sie holen sich unsere Nutten, die sie für sich arbeiten lassen, bringen Kokain günstiger auf den Markt und sind sogar dazu übergegangen, Schutzgelder dafür einzufordern, um die Leute gegen uns abzusichern. Sie werben uns die Männer reihenweise ab – das muss man sich mal vorstellen.«

»Das ist mir tatsächlich neu«, räumte Constantin wahrheitsgemäß ein. »In Berlin haben wir diese Probleme nicht.«

»Weil Sie Ihre Leute in der Spur halten und Lodewald dafür Sorge getragen hat, dass die Kapazitäten dort weiter gebündelt bleiben. Andere von uns sind dagegen zum Handeln gezwungen.«

Constantin überlegte kurz. »Wie kann ich helfen?«

Gustav von Kempner schien überrascht. »Damit habe ich nicht gerechnet. Ich gebe zu, ich bin ich erfreut, dass Sie so denken, Herr Kollege. Immerhin könnten Sie die Sache auch einfach aussitzen.«

»Welche Vorgehensweise schlagen Sie vor?«

Von Kempner zögerte. »Ich habe bereits mit einigen Verbandsvorständen gesprochen«, erklärte er vage.

»Ich weiß«, stellte Constantin fest. »Und keine Sorge, ich bin nicht hier, um Sie auszuhorchen. Sie müssen mir nicht sagen, wer auf Ihrer Seite steht. Das ist für mich unerheblich.«

»Nun überraschen Sie mich bereits das zweite Mal«, erklärte von Kempner. »Also gut, wir müssen die alte Stärke wiederherstellen, und das geht meiner Meinung nach nur, wenn wir gehörig aufräumen. Hierzu müssen wir unsere Kräfte bündeln.«

»Das sehe ich genauso. Allerdings mahne ich, dabei nicht zu leichtfertig vorzugehen. Lodewald weiß von Ihrem Vorgehen und wird sich das bestimmt nicht einfach so gefallen lassen.«

»Also sind Sie und Lodewald doch nicht so eng, wie man immer hört?«

»Er war mein Mentor, aber so ist es nun einmal im Leben: Irgendwann kommen die Jungen nach und werden zu den Alten. Dann müssen die, die noch älter sind, Platz machen.«

»Wir beide sind etwa gleich alt, nicht wahr?«

Constantin grinste. »Ich verstehe, worauf Sie hinauswollen. Und ich gebe zu, ich habe mir auf der Fahrt hierher so meine Gedanken gemacht.«

»Darf ich fragen, zu welchem Schluss Sie gekommen sind?«

»Vielleicht ist der Ringverein in Gefahr, weil zu lange am alten Konzept festgehalten wurde. Es ist schwierig, über ganz Deutschland hinweg die einzelnen Organisationen zusammenzuhalten. Womöglich würde eine übergeordnete Aufteilung wieder klarere Strukturen hervorbringen.«

»Ich kann Ihnen nicht ganz folgen.«

»Nun, es ist ganz einfach: Sie haben hier die größte Organisation, ich in Berlin. Es gibt noch den Frankfurter, doch damit wären die großen Verbände bereits abgedeckt. Wenn wir beide uns also einigen würden und den Frankfurter, nun sagen wir mal, überzeugen, dass er sich nicht einzumischen hat, könnte das von beiderseitigem Interesse sein.«

Von Kempner überlegte. »Sie meinen, wir sollten einen Strich auf der Karte ziehen, damit wir uns nicht in die Quere kommen?«

»Ganz genau. Mit der Option, dass wir uns wechselseitig unterstützen, sollte es vonnöten sein. Als Gefallen unter Freunden sozusagen.«

»Und Lodewald?«

»Er hat noch viele Anhänger. Auch wenn seine Position vereinzelt geschwächt ist, stehen gerade die der alten Garde treu hinter ihm.«

»Und wie können wir diese alte Garde überzeugen?«

»Nicht wir, ich.«

»Sie. Aber wie wollen Sie das anstellen?«

»Ich habe noch keine konkreten Pläne gemacht«, erklärte Constantin. »Ich wollte Sie erst kennenlernen, um abzuwägen, ob es Sinn ergibt, mit Ihnen zu arbeiten.«

Von Kempner lehnte sich zurück. »Sind Sie diesbezüglich schon zu einem Ergebnis gekommen?«

»Allerdings. Ich denke, wir beide könnten dem Ringverein des Reiches wieder die Bedeutung zukommen lassen, die er verdient. Wenn wir gemeinsam aufräumen, wird es bald keine kleinen Gauner mehr geben, die es wagen, eigene Geschäfte zu machen, ohne uns zuvor um Erlaubnis zu bitten.«

Von Kempner sah Constantin nachdenklich an, als wäge er ab, ob er ihm wirklich trauen konnte. »Der Frankfurter«, sagte er dann. »Ich vermute, den würden Sie übernehmen wollen.«

»Das ist richtig.«

»Ich habe von der Sache mit den Libellen in Binz gehört.« Von Kempner verzog das Gesicht. »Ihre Familie war betroffen, richtig?«

»Sie sind wirklich gut informiert. Ja, ganz recht, meine Familie war betroffen.«

»Auch so ein Fall. Hätte Lodewald sich um die Mitglieder des Rings gekümmert, wäre es nie so weit gekommen.«

»Wie meinen Sie das?«

»Sie hatten die Libellen doch gewarnt, oder nicht?«

»Allerdings.«

»Sehen Sie, Herr Kollege, genau das meine ich. In dem Moment, wo der Chef der Libellen …«

»Schnidtke«, sagte Constantin, »Dieter Schnidtke.«

»Danke. Als Sie beziehungsweise Ihre Leute diesem Dieter Schnidtke mitteilten, dass es sich um Ihre Familie handelt und er nicht gleich eingelenkt hat, hätte Lodewald etwas tun müssen.«

»Vielleicht hat er nichts davon erfahren.«

»Das wäre dann doppelt so schlimm. Er muss so etwas wissen. Dafür hat man Leute. Letztendlich arbeiten wir alle für ihn.«

»Da stimme ich Ihnen zu.«

»Eben das meine ich. Die Angelegenheiten müssen intern geregelt werden, schon deshalb, damit keine Unbeteiligten wie Ihr Bruder hineingezogen werden – und die Justiz ebenfalls nicht. Der Ringverein ist ein Geschäft, und genau so muss er geführt werden. Sie kommen aus einer Hoteliersfamilie, nicht wahr?«

Constantin nickte.

»Ihre Frau Mutter ist eine beeindruckende Persönlichkeit mit großen Führungsqualitäten.«

Constantin zögerte, bevor er erneut nickte. Worauf wollte der Bayer hinaus?

»Ich denke, das beschreibt sie sehr gut.«

»Was, wenn sie die Zügel locker lassen und die Führung des Hotels zu lasch betreiben würde? Denken Sie, das Grand wäre dann immer noch das erste Haus am Platz?«

Constantin legte den Kopf schräg. »Sie scheinen wirklich eine Menge über mich zu wissen.«

»Man muss sich informieren, damit man weiß, mit wem man es zu tun hat.« Von Kempner schmunzelte. »Ich habe mir vor einigen Monaten tatsächlich ein paar Tage im Hotel Ihrer Frau Mutter gegönnt. Eine reizende Person. Beeindruckend, wirklich.«

»Sie waren im Grand zu Gast?«

»Aus reiner Neugierde.« Er hob die Hände. »Und keine Sorge, ich hatte gewiss keine schlechten Absichten. Ganz im Gegenteil. Im Haus Ihrer Mutter in Binz ist mir eines klar geworden: Sie und ich, von Plesow, könnten zusammen etwas bewirken. Wir denken beide gleich, und wir könnten den Ringverein größer und mächtiger werden lassen, als er je gewesen ist.«

Von Kempner hatte recht, dachte Constantin. Wut stieg in ihm auf. Hätte Lodewald seine Organisation im Griff gehabt, hätte er die Dinge nicht selbst regeln müssen, und Alexander wäre womöglich noch am Leben. War es klug von ihm gewesen, damals im Alleingang zu handeln? Hätte er sich womöglich an Lodewald wenden sollen, damit der die Sache in die Hand nahm? Aber wäre dann nicht der Anschein entstanden, dass er, Constantin, nicht in der Lage wäre, seine Angelegenheiten selbst zu regeln?

»Was denken Sie, Herr Kollege?«, holte von Kempner ihn zurück.

»Was Sie sagen, ist völlig korrekt. Sie haben Weitblick. Und Sie haben die Mittel, die Angelegenheit wieder in die richtigen Bahnen zu lenken.«

Von Kempner stand auf. »Entschuldigen Sie mich einen kurzen Moment. Ich bin gleich zurück.« Er verließ das Zimmer. Wenige Momente später kehrte er zurück, eine Papierrolle unter dem Arm. Er räumte die Gläser ab, anschließend breitete er die Rolle auf dem Tisch aus. Constantin war ihm behilflich.

Sie entrollten eine Karte von Deutschland, auf der mit einem Stift etliche Punkte gekennzeichnet waren.

»Die roten Punkte markieren den jeweiligen Sitz eines Mitglieds des Ringvereins, die blauen, kleinen Punkte das Gebiet, das diese abdecken«, erläuterte von Kempner und setzte sich wieder.

Constantin war beeindruckt. Dieser von Kempner war um einiges besser informiert als er selbst. Fast ärgerte er sich, sich nicht besser vorbereitet zu haben.

»Wie Sie sehen, ist die Dichte der Ringvereine im Norden und Osten um einiges höher als hier unten bei uns. Deshalb muss ich mit Bedacht vorgehen, während Sie in Ihrem Einzugsgebiet bessere Chancen haben, einen Großteil der Vorstände auf Ihre Seite zu ziehen.« Er sah Constantin an. »Was denken Sie, von Plesow?«

»Dass Sie mich brauchen«, stellte Constantin fest. Er tippte auf die Karte und zog mit seinem Finger einen Kreis. »Diesen Bereich hier«, er deutete auf den Westen, »können wir beide komplett vergessen. Da sitzt Lodewald viel zu fest im Sattel.« Er hob die Hand und deutete auf die Gegend oberhalb von Kassel. »Von hier bis zur Küste und im gesamten Osten kann ich tätig werden und die Männer dort überzeugen. Ihnen bliebe dann der Teil ab hier.« Er tippte auf den Bereich um Bayern herum.

»Ich fürchte, ich habe dem nichts entgegenzusetzen. Und genau darin besteht mein Problem.«

»Was Ihnen an Kontakten und Unterstützung fehlt, können Sie mit Geld wettmachen. Das andere regle ich.«

»Und der spätere Anteil?«

Constantin überlegte. »Wenn wir den Ringverein schon in eine neue Richtung steuern, dann richtig. Bisher zahlt jeder seinen Anteil an Lodewald. In dem Moment, wo wir übernehmen, senken wir diesen Anteil, wodurch mehr in der Kasse bleibt. Halbe-halbe bei den Abgaben, und wenn Ausgaben anstehen, ebenso. Sollte etwas Größeres anliegen, müssen sich die einzelnen Vorstände künftig beteiligen. Was halten Sie davon?«

»Klingt gut.« Gustav von Kempner stemmte sich von der Couch hoch, was ihm bei seinem Gewicht einige Schwierigkeiten bereitete. »Hand drauf, von Plesow.«

Constantin stand ebenfalls auf und reichte ihm die Rechte. »Auf gute Geschäfte.«

»Auf gute Geschäfte.« Von Kempner schlug ein und grinste breit, sichtlich erleichtert, die Vereinbarung mit Constantin geschlossen zu haben.

14. Kapitel

»Ich hab nichts, und ich bin auch nichts. Doch ich träume. Das kann mir niemand nehmen.«

Inge Bachbauer

Inge konnte ihr Glück kaum fassen. Die gnädige Frau Margrit von Plesow und die Zwillinge würden ausziehen! Es war, als wären ihre Gebete erhört worden.

Es gelang ihr nur mäßig, ihre Begeisterung darüber nicht allzu sehr zu zeigen. Zu erleichtert war sie, seit Mechthild ihr davon erzählt hatte. Zwar hatte die Haushälterin nur Bruchstücke der Unterredung der gnädigen Frauen beim Frühstück herausgehört, doch die gnädige Frau Margrit von Plesow hatte, als Mechthild das Geschirr abräumen wollte, eine Bemerkung fallen lassen, wie ungerecht es sei, dass sie zu gehen hätte, was das Wenige, was Mechthild gehört hatte, zu einem Bild fügte.

Für Inge war von diesem Moment an alles anders, denn schon seit Monaten hatte sie sich mit dem Gedanken getragen, die Stelle bei den von Plesows zu kündigen. Sie hatte sogar schon die Fühler nach einer anderen Anstellung ausgestreckt, doch bisher nichts Passendes gefunden.

Früher, bevor die Zwillinge auf der Welt waren, hatte sie die ihr übertragenen Aufgaben stets mit einem Lächeln versehen. Sie gehörte nicht zu den jungen Frauen, die hohe Ansprüche stellten, und wusste genau, wo ihr Platz in der Gesellschaft war.

Auch war ihr bewusst, dass sie von Glück sagen konnte, bei den von Plesows arbeiten zu dürfen, zahlte die gnädige Frau doch um einiges besser als die meisten anderen Herrschaften, zumal diese ihren Lohn nach der Geburt der Zwillinge noch einmal großzügig angehoben hatte. Damals hatte sie sich gefreut, denn sie hatte ja nicht ahnen können, wie die Kinder sich entwickelten und dass die gnädige Frau Margrit von Plesow ihr wegen jeder noch so banalen Kleinigkeit die Hölle heißmachen würde. Im Gegensatz zu Bernadette von Plesow, Fräulein Josephine oder auch dem viel zu früh verstorbenen Herrn Alexander war Margrit stets über die Maße gereizt und schimpfte, wann immer sie jemanden vom Personal zu Gesicht bekam. Besonders Inge hatte ihr nie etwas recht machen können, ganz gleich, wie sehr sie sich auch bemühte. Und sie hatte sich bemüht. Wieder und wieder. Doch es war nie genug gewesen.

Einen kurzen Moment dachte Inge etwas bang daran, ob mit dem Auszug der Kinder und der damit wegfallenden Aufgabe nun auch ihr Lohn gekürzt würde, denn das würde sie in Schwierigkeiten bringen. Nach der Lohnerhöhung vor drei Jahren hatte sie sich eine eigene kleine Wohnung genommen, um nicht länger mit ihrer Mutter und deren neuem Ehemann unter einem Dach wohnen zu müssen.

Ihr Vater war vor fünf Jahren gestorben, und ihre Schwestern, die beide älter waren als sie, hatten das bescheidene Häuschen binnen der darauffolgenden sechs Monate verlassen. Eine Weile hatte Inge mit ihrer Mutter allein gelebt, dann war dieser Rudolph in ihr Leben getreten. Das Trauerjahr war gerade mal drei Tage vorbei, als er auch schon bei ihnen einzog. Von dem Zeitpunkt an war das Zusammenleben für Inge zur Hölle geworden. Anfangs hatte sie es noch für Zufall gehalten, dass Rudolph immer dann in ihre kleine Kammer kam, wenn sie gerade dabei war, sich umzuziehen. Oder auch, dass der Schlüssel zur Badezimmertür auf einmal verschwunden war, sodass sie nicht mehr abschließen konnte, wenn sie ihr Geschäft zu verrichten hatte oder sich reinigte. Doch irgendwann glaubte sie nicht mehr an so viele Zufälle. Wenn sie in der Küche am Herd stand, stellte er sich so dicht hinter sie – angeblich um zu sehen, was so köstlich in den Töpfen duftete –, dass sie meinte, seine Erektion zu spüren. Das Angebot der von Plesows, als Kindermädchen zu arbeiten und dadurch mehr Geld zu bekommen, war ihr erschienen wie ein Segen. Trotz der Miete für die kleine Wohnung behielt sie am Ende jeder Woche noch ein paar Mark übrig, die sie beiseitelegte und sparte. Sie wusste auch genau, wofür. Von ihrer Mutter konnte sie nichts erwarten. Alles, was diese für ihre Arbeit in dem kleinen Lebensmittelladen bekam, hatte sie sogleich bei Rudolph abzugeben, und schon öfter hatte sie Inge oder deren Schwestern um Geld bitten müssen. Ihr Vater würde sich im Grab umdrehen, wüsste er davon, in welche Lage seine Ehefrau sich durch ihre Naivität gebracht hatte.

Aus diesem Grunde sparte Inge jeden einzelnen Pfennig dafür, sich eines Tages selbst ein Hochzeitskleid kaufen zu können, und schaffte es sogar noch, ihren Hausstand nach und nach aufzubessern, sei es durch Geschirrtücher oder Bettwäsche, die im Hotel aussortiert wurden, oder auch mal Teller und Schalen, die nur einen kleinen Sprung hatten, der gar nicht auffiel, wenn man es nicht wusste.

Außerdem brachte die gnädige Frau von Plesow manchmal ganz wunderbar duftende Seifenstücke mit, die im Hotel von einem Gast nur ein paarmal benutzt worden, dem nächsten Gast jedoch nicht mehr zuzumuten waren. Und für ihren Einkauf brauchte sie so gut wie nie zu sorgen, weil die gnädige Frau es erlaubte, dass das Personal einmal am Tag warm aß, was nichts anderes bedeutete, als dass Mechthild und sie selbst stets das gleiche gute Essen bekamen wie die gnädigen Herrschaften, nur eben etwas später, wenn diese bereits gespeist hatten. Abends dann, kurz bevor Inge nach Hause ging, durfte sie sich noch ein Brot für zu Hause schmieren. Ja, Inge bekam so einige Vergünstigungen, für die sie aufrichtig dankbar war. Sie würde gerne bleiben, und sie hoffte inständig, dass das, was Mechthild sich zusammengereimt hatte, der Wahrheit entsprach. An diesem Sonntag hätte Inge eigentlich ihren freien Nachmittag gehabt, doch die gnädige Frau Margrit von Plesow hatte ihr mitgeteilt, es sei ihr heute unmöglich, sich um die Zwillinge zu kümmern. Sie versprach Inge eine gesonderte Entlohnung, und Inge hatte nicht lange überlegen müssen, sondern kurzerhand eingewilligt, auch wenn sie es bedauerte, heute nicht, wie ursprünglich geplant, das erste Bad in der Ostsee nehmen zu können. Die Maisonne bahnte sich Tag für Tag mit zunehmender Kraft ihren Weg durch die Wolken, und Inge genoss die Vorstellung, sich mit nur wenigen Menschen den Strand zu teilen, da die meisten erst ab Juni den Weg ins Wasser fanden. Ihr selbst machte die Kälte nichts aus. Schon als kleines Mädchen war sie zusammen mit ihren Schwestern in der Ostsee baden gegangen, manchmal auch schon im März. Dann hatten die Mädchen sich einen kleinen Wettkampf geliefert, welches von ihnen es am längsten in dem eiskalten Wasser aushielt. Fast immer hatte Inge gewonnen, ein paarmal auch Erna, die Älteste der drei. Berta, die mittlere Schwester, jedoch nie. Sie hatte schon immer viel zu rasch aufgegeben, und das nicht nur bei dem Bad in der Ostsee. Keine Anstellung hatte sie länger als ein Jahr behalten können, doch Inge konnte sich nicht erinnern, dass Berta die Schuld dafür jemals bei sich selbst gesucht hätte. Für Berta schien jede Aufgabe auf Dauer zu schwer, und manchmal fürchtete Inge den Tag, an dem sie sich endgültig in ihre Lethargie hineinfallen lassen würde. Einige Male hatte sie ihrer Schwester geholfen, wenn diese wieder einmal die Stellung verloren hatte und nicht wusste, woher sie das Geld nehmen sollte, ihre Miete zu bezahlen und sich etwas zu essen zu kaufen, doch das würde Inge künftig nicht mehr tun. Zu oft hatte Berta ihr versprochen, das Geld zurückzuzahlen, allerdings hatte sie erst ein einziges Mal etwas wiederbekommen, und auch das erst nach einem heftigen Streit. Inzwischen sprachen die Schwestern kaum noch miteinander, der letzte Kontakt lag mittlerweile über zwei Monate zurück. Wie Inge erfahren hatte, sah es zwischen Erna und Berta ähnlich aus, nur mit dem Unterschied, dass die Ältere bereits vor über einem halben Jahr das letzte Mal ausgeholfen und Berta bei dieser Gelegenheit in aller Deutlichkeit mitgeteilt hatte, dass weitere Zahlungen von ihrer Seite nicht mehr erfolgen würden. Berta hatte es dennoch versucht und war hierüber genau wie mit Inge in Streit geraten. Nun hatten weder Erna noch Inge Kontakt zur mittleren Bachbauer-Schwester, und Inge musste sich eingestehen, dass sie sich mitunter um Berta sorgte. Ob es ihr gut ging? Wie würde sie sich momentan über Wasser halten? »Erich, bitte gib mir den Löffel.« Inge hielt ihm die geöffnete Hand hin, um ihm den kleinen Silberlöffel abzunehmen, den er sich von dem Tablett mit den Tassen und der kleinen Kanne auf dem Tischchen im Flurbereich genommen hatte.

»Nein!«, brüllte er laut.

Inge blieb ruhig und hielt ihm einfach weiter die Hand hin.

»Komm, Erich, wir wollen etwas Schönes spielen.«

Erich verzog grimmig das Gesicht und hielt den Löffel noch fester in der Hand.

Am liebsten hätte sie dem kleinen Teufel den Löffel aus der Hand gerissen, doch sie besann sich. Bald würde sich seine Mutter selbst mit ihm abquälen müssen – ein tröstlicher Gedanke.

»Dann eben nicht.« Inge drehte sich um. »Paul, wollen wir etwas spielen?«

»Ja«, gab der Kleine mit Begeisterung in der Stimme zurück.

»Mit dem Haus?« Inge deutete auf den wundervollen Kaufmannsladen aus Holz, den die Zwillinge zu ihrem dritten Geburtstag von der gnädigen Frau Bernadette von Plesow bekommen hatten. Er war bunt bemalt, in den Regalen lagen aus Holz nachgebaute Waren, es gab sogar eine kleine Waage mit Gegengewichten. Sie kniete sich auf den Fußboden und warf Paul einen aufmunternden Blick zu. Der Junge stellte sich neben sie, noch unschlüssig, was zu tun war.

»Guten Tag, der Herr«, sagte Inge nun. »Möchten Sie Zucker kaufen?«

Paul nickte eifrig und griff dann zielsicher nach den Holzklötzen, die die Zuckersäcke darstellen sollten.

»Sehr gut«, lobte Inge. »Und wie viel Zucker hätten der Herr gerne?«

»Fünf Säcke«, kam prompt die Antwort. Er streckte gerade die Hände danach aus, als Erich von hinten kam und mit voller Wucht gegen den Kaufmannsladen trat, der hierauf schwer zu Boden krachte.

Inge schlug erschrocken die Hände vor den Mund, während Paul augenblicklich aufjaulte und zu weinen begann.

Inge hörte eilige Schritte auf der Treppe. Im nächsten Moment stand Mechthild im Kinderzimmer.

»Um Himmels willen, was ist geschehen? Das hat ja fürchterlich gekracht.« Dann sah sie die Bescherung.

»Ach herrje. Der gute Kaufmannsladen.« Ihre Augen glitten über das liebevoll gefertigte Stück, dessen Holz am oberen Rand abgesplittert war. Eine Ecke fehlte, die Regale waren in sich zusammengebrochen und lagen verstreut am Boden.

Erich warf Inge einen herausfordernden Blick zu, dann nahm er zwei der kleinen Holzklötze und schleuderte diese mit Schwung gegen die Wand.

»Erich!«, rief Inge entsetzt.

Mechthild funkelte ihn wütend an, dann machte sie einige rasche Schritte auf ihn zu und packte ihn am Arm. »Es reicht!«, rief sie laut.

»Pscht«, machte Inge, »die gnädige Frau.«

»Soll sie sich ruhig gestört fühlen. So geht es nicht einen Tag weiter«, befand die Haushälterin. In ihrer Stimme schwang Empörung mit.

Erich brüllte wie am Spieß und versuchte, seine Hand aus dem festen Griff zu befreien, doch Mechthild ließ sich nicht beirren. »O nein, junger Mann. Wir haben dir viel zu viel durchgehen lassen.«

»Aber Mechthild«, versuchte Inge zu beschwichtigen, zumal nun auch Pauls Weinen lauter und lauter wurde.

»Was ist denn jetzt schon wieder los? Kann man denn in diesem Hause nicht einen einzigen Moment seine Ruhe haben?«

Margrit hatte ihr Schlafzimmer verlassen und betrat nun ebenfalls das Kinderzimmer.

»Ich bitte um Verzeihung, gnädige Frau.« In Inges Stimme lag etwas Flehendes. »Erich hat den Kaufmannsladen zu Boden getreten, als Paul und ich damit spielten.«

»Warum lässt du dummes Ding denn auch nur einen der Jungen mitspielen?«

»Ich habe ihn gefragt, aber er wollte nicht«, stammelte Inge.

»Das ist doch Unsinn. Du wolltest ihn mit deinem Verhalten verletzen, und nun siehst du, was du davon hast. Lass sofort meinen Sohn los, Mechthild! Was bildest du dir ein?«

Mechthild, die nun schon so viele Jahre im Dienst der von

Plesows stand, ließ Erichs Arm los. Sie zögerte nur kurz, dann blickte sie Margrit direkt in die Augen und sagte: »Bei allem Respekt, gnädige Frau, Inge hat nichts falsch gemacht. Erich ist ein Tyrann, und wenn Sie uns nicht glauben, dann verbringen Sie doch nur mal einen einzigen ganzen Tag mit ihm.«

Margrit schnappte nach Luft. »Was denkst du dir, mit wem du hier sprichst?«

Mechthild hielt ihrem Blick stand. »Mit einer Mutter, die einsehen muss, was für ihr Kind gut ist und was nicht.«

»Das werde ich dir nicht durchgehen lassen, Mechthild, das nicht. Du kannst dir ab sofort eine andere Anstellung suchen. Deine Tage hier sind gezählt.«

Inge zuckte zusammen, doch die Miene der Haushälterin blieb ungerührt.

»Das denke ich nicht.«

»Du verlässt das Haus! Sofort! Ich will dich hier nicht mehr sehen!«

Mechthild sah sie nur an, dann nickte sie und verließ ohne ein weiteres Wort das Kinderzimmer. Gemächlich schritt sie die Treppe hinab, ging zum Gesindetrakt, um ihren Umhang zu holen, und verließ dann das Haus. Sie lächelte, als sie vor die Tür trat. Der Akkordeonspieler setzte gerade zu einer neuen Melodie an, als sie auf die Promenade trat und das kurze Stück bis zum Eingang des Grand Hotel zurücklegte. Trotz ihrer einfachen Kleidung verbeugte der Page sich höflich und hielt ihr die Tür auf. Mit entschlossenem Schritt ging sie auf die Rezeption zu.

»Mechthild?« Werner Druminski schaute sie überrascht an. »Wir haben uns aber lange nicht gesehen.«

»Guten Tag, Werner. Sagen Sie, wäre es möglich, die gnädige Frau kurz zu sprechen?«

Der Rezeptionist musste nicht lange überlegen, ob er die gnädige Frau stören konnte. In all den Jahren, die er nun schon im Grand arbeitete, waren die Male, in denen Mechthild ins Hotel gekommen war, an einer Hand abzuzählen. Es musste etwas Ernstes vorgefallen sein, wenn sie nun um ein Gespräch bat.

Er hob den Hörer ab und wartete einen Moment, dann sagte er: »Gnädige Frau, bitte verzeihen Sie die Störung. Mechthild ist hier und wünscht Sie zu sprechen. Ja, Ihre Mechthild.« Er horchte kurz und verbeugte sich dann. »Sehr wohl, gnädige Frau. Vielen Dank.« Er hängte den Hörer ein.

»Sie ist in ihrem Büro.«

»Danke, Werner.«

Sobald er sie kommen sah, öffnete der Liftboy das Gitter zum Aufzug. Mechthild zögerte, dann umspielte ein neuerliches Lächeln ihre Lippen. Warum eigentlich nicht?

Sie trat in die Kabine und sagte: »Bitte in den zweiten Stock, zur gnädigen Frau.«

»Sehr wohl.« Der Liftboy zog das Gitter zu und legte den Metallhebel um.

Mechthild streckte ihren Rücken durch und fasste mit der rechten Hand ihren Umhang vor der Brust zusammen. Im zweiten Stock stieg sie aus und machte sich auf den Weg ins Büro der gnädigen Frau. Erst jetzt kam ihr der Gedanke, sie könnte vielleicht zu kühn vorgegangen sein, und sie bekam eine Gänsehaut. Hatte sie zu viel riskiert? Würde sich die gnädige Frau womöglich hinter die Schwiegertochter stellen, schon damit diese nicht das Gesicht verlor? Noch nie in all den Jahren hatte Mechthild sich derart verhalten oder die Entscheidungen der gnädigen Herrschaften in Zweifel gezogen. Nein, sie hatte nie auch nur ein Widerwort gegeben, hatte sich stets korrekt verhalten und sich selbst dann nicht an den Lästereien beteiligt, wenn sie auf den Markt gegangen war und die anderen Haushälterinnen sich über ihre Herrschaften ausgelassen hatten. Auch die gnädige Frau hatte sich ihr gegenüber stets mehr als anständig verhalten, und sie galt unter ihren Angestellten als ausgesprochen gerecht.

Mechthild blieb vor Bernadette von Plesows Bürotür stehen und atmete tief durch. Sie zauderte nur einen Moment, dann hob sie die Hand und klopfte. »Herein!«, hörte sie die Stimme ihrer Chefin von drinnen.

Zögerlich öffnete Mechthild die Tür. »Ich bitte um Verzeihung, gnädige Frau.«

»Mechthild, bitte, komm herein. Was ist geschehen?«

In Bernadettes Miene spiegelte sich Sorge wider.

»Es ist niemand krank oder verwundet«, stieß sie daher eilig hervor.

»Gut.« Bernadette wirkte erleichtert. »Dann setz dich, bitte.«

»Vielen Dank, gnädige Frau.« Mechthild nahm auf einem der beiden Besucherstühle Platz.

»Also, Mechthild. Was ist geschehen?«

»Es gab einen Streit«, begann Mechthild und suchte dann nach den richtigen Worten. Was sollte sie erzählen? Dass der Kaufmannsladen kaputt war, dass sie Erich am Arm gegriffen und fest zugedrückt hatte? »Die gnädige Frau Margrit von Plesow hat mich hinausgeworfen«, brach es aus ihr hervor.

»Wie bitte?«

»Es stimmt.« Mechthild schluckte. Dann erzählte sie, was sich ereignet hatte, und ließ auch nicht unerwähnt, dass sie Erich am Arm gefasst hatte. »Ich wollte ihm gewiss nicht wehtun, gnädige Frau«, endete sie.

Bernadette seufzte. »Das war nicht deine Aufgabe, Mechthild, allerdings weiß ich sehr genau, dass es einen Punkt gibt, an dem man dem Treiben von Kindern Einhalt gebieten muss.«

»Es tut mir leid, gnädige Frau.«

Bernadette lächelte. »Wie viele Jahre stehst du jetzt in meinem Dienst, Mechthild?«

»Im August sind es elf Jahre, gnädige Frau.«

»Elf Jahre.« Bernadette schüttelte den Kopf. »Die Zeit vergeht wirklich rascher, als man sich einmal im Kreis drehen kann.«

»Ja, gnädige Frau, ich sehe es an meinem Neffen. Ein richtiger Mann ist er geworden, dabei weiß ich noch genau, wie er damals ausgesehen hat, wenn ich ihn in die Wiege legte.«

»Meine Schwiegertochter wird in Kürze ausziehen, Mechthild. Du musst sie also nicht mehr lange ertragen.«

»Dann behalte ich meine Stellung?«

»Hast du auch nur einen Moment daran gezweifelt?« Bernadette legte den Kopf schräg. »Sagtest du nicht eben, dass du mich nun schon fast elf Jahre kennst?«

»Vielen Dank, gnädige Frau. Ich verspreche, Sie nie wieder zu enttäuschen.«

»Du hast mich nicht enttäuscht, Mechthild. Mach dir darum keine Gedanken. Aber wenn die Zwillinge künftig zu Besuch kommen, so ihre Mutter es noch zulässt, möchte ich keinesfalls, dass du erneut grob zu ihnen wirst. Mit Worten, ja. Doch nicht körperlich.«

»Darauf gebe ich Ihnen mein Wort, gnädige Frau.«

Bernadette stand auf. »Gut, Mechthild. Dann geh zurück ins Haus. Und wenn Margrit dich ansprechen sollte, dann sag ihr, wir hätten miteinander geredet. Alles andere werde ich selbst klären, sobald ich nach Hause komme.«

Mechthild stand ebenfalls auf und knickste. »Sie sind ein so guter Mensch, gnädige Frau. Ich bin Ihnen unendlich dankbar, weiter für Sie arbeiten zu dürfen.«

Kaum hatte Mechthild das Büro verlassen, klopfte es erneut, und Josephine betrat das Zimmer, eine Bleistiftskizze in der Hand, die sie ihrer Mutter auf den Schreibtisch legte.

»Das Palais«, stellte Bernadette fest und strich bewundernd mit dem Zeigefinger über die feinen Bleistiftlinien. Ihre Tochter hatte wirklich Talent. »Nun, ich ahne, worüber du mit mir sprechen möchtest.«

Josephines Wangen röteten sich vor Begeisterung: »Ich sitze bereits an einer weiteren Skizze, *maman*. Diesmal zeichne ich das Palais so, wie ich es mir nach der Übernahme durch die von Plesows vorstelle …«

»Ach, Josie …« Bernadette seufzte. »Ich finde deinen Vorschlag, das Hotelfach zu erlernen und mit meiner Unterstützung das Palais zu übernehmen, sehr ehrgeizig und wunderbar, nur kann ich es mir im Moment nicht leisten, über einen Kauf auch nur nachzudenken. Margrits Erbanteil von dreißig Prozent ist eine erhebliche Summe.«

Josephine streckte die Hand nach der Skizze aus und betrachtete sie. »Das heißt also, du könntest es dir vorstellen, doch du verfügst nicht über die entsprechenden Mittel?«

»Es heißt, dass ich generell bereit bin, über deinen Plan nachzudenken. Allerdings muss ich erst sehen, wie viel ich in nächster Zeit zu investieren habe.« Sie lächelte die Tochter aufmunternd an. »Lass uns bitte Folgendes vereinbaren, Josephine: Du machst deine Vernissage in Leipzig, und danach organisierst du eine Ausstellung hier im Hotel mit örtlichen Künstlern. Anschließend sehen wir weiter. Wer weiß, vielleicht entpuppen sich deine Ideen als großer Erfolg?« Bernadette beugte sich vor und legte ihre Hand auf die von ihrer Tochter. »Ich finde deine Ambitionen vollkommen richtig, und ich habe allen Grund, stolz auf dich zu sein und an dich zu glauben. Daher freue ich mich auch auf alles, was wir künftig gemeinsam auf die Beine stellen werden. Doch ich möchte nichts überstürzen, das verstehst du sicher, oder?«

Josephine nickte, doch glücklich wirkte sie nicht.

Bernadette stand auf und ging um den Schreibtisch herum, um sie in die Arme zu schließen. »Du bist meine Tochter, Josie. Und wenn ich eines verstehen kann, dann deinen dringenden Wunsch, etwas zu bewegen. Und das wirst du, mein Schatz. Das verspreche ich dir.«

15. Kapitel

»Bedeutender als das, was man zum ersten Mal macht, ist das, was man nur noch ein letztes Mal tun kann.«

Johannes Blumberg

Er genoss jeden einzelnen Atemzug. Lag es daran, dass die Sanduhr seines Lebens immer rascher Körnchen um Körnchen verlor, oder wie war es zu erklären, dass ihm alles so viel intensiver erschien? Die Seeluft, die tief in seine Lunge drang, der Wind, der sein Haar zauste, die Sonne in seinem Gesicht, deren Strahlen ihn zu durchfluten schienen, und schließlich die Klänge des Akkordeons, die tief in seine Seele drangen. Nie zuvor hatte er das Gefühl verspürt, so leidenschaftlich zu leben wie in den letzten paar Tagen. Doch einher mit dieser Leidenschaft gingen Zweifel, ob es richtig gewesen war hierherzukommen. Hatte er vor seinem Besuch in Binz akzeptieren können, dass seine Zeit auf Erden ablief, so quälte ihn diese traurige Wahrheit nun mehr als alles andere. Er wollte nicht sterben! Endlich hatte er einen Sinn in seinem Leben gefunden, den er zuvor so schmerzlich vermisst hatte. In seiner Schwägerin Bernadette hatte er eine Frau gefunden, die jeden Augenblick seines Daseins so sehr bereicherte, dass ihm das Versäumnis, nicht früher den Kontakt aufgenommen zu haben, quälend auf die Seele drückte. Was für eine wunderbare Zeit hätten sie miteinander teilen können, nicht im romantischen Sinne, doch verbunden durch ein Band, wie es nur in der Familie geflochten werden konnte.

Bernadette hatte keine Vorbehalte gehabt, ihn in ihr Leben zu lassen, und ganz selbstverständlich die Tatsache hingenommen, dass er, ein Bastard, dessen Identität stets ein Geheimnis zu sein hatte, ein vollwertiges Mitglied ihrer Familie war, das sie vorbehaltlos und mit absoluter Selbstverständlichkeit akzeptierte. Was für eine Frau! Bei ihr schienen alle Konventionen bedeutungslos zu sein. Sie fragte nicht, sie urteilte nicht, sie sah in ihm einfach nur den Menschen und erlaubte ihm, seine Zeit mit ihr zu teilen.

An diesem Nachmittag waren sie wieder miteinander verabredet. Unweit des Grand Hotels fand eine Filmaufführung statt, die sie sich gemeinsam ansehen wollten. Es wurde *Der letzte Mann* gezeigt, ein Film von Friedrich Wilhelm Murnau, der im letzten Dezember im Berliner Ufa-Palast am Zoo Premiere gehabt hatte. Johannes konnte nicht von sich behaupten, sich wirklich für Filme zu begeistern. Er hatte bisher überhaupt nur zweimal in seinem Leben Lichtspielhäuser besucht – einmal vor vier oder fünf Jahren, als er einen Charlie-Chaplin-Film gesehen hatte, in dem dieser einen Vagabunden spielte, das andere Mal eine Dokumentation, bei der Johannes heute nicht einmal mehr sagen konnte, um was es dabei gegangen war. Doch auf das Erlebnis mit Bernadette freute er sich aufrichtig.

Er sah auf die Uhr, noch nicht einmal zwölf. Sie waren erst für zwei Uhr verabredet, es blieb ihm also noch etwas Zeit. In aller Ruhe schlenderte er zu dem Akkordeonspieler hinüber und blieb einen Augenblick stehen, um die Melodie ganz und gar in sich aufzunehmen. Der Soldat sah einen Moment zu ihm hinauf, und ein kurzes, kaum wahrnehmbares Lächeln zuckte über seine Lippen. Dann gab er sich weiter der Musik hin. Als er schließlich endete, bückte sich Johannes, legte einen Schein in die Mütze und beschwerte diesen mit einigen der Münzen, die sich bereits darin befanden.

Der Akkordeonspieler nickte ihm dankbar zu, sagte aber nichts.

Johannes zögerte, dann setzte er sich neben den Mann auf den Boden. Ihm war gleichgültig, welches Bild er den Passanten bieten musste.

»Darf ich fragen, wie Sie heißen, Soldat?«

»Hauptmann Carl Winkler, mein Herr.«

»Johannes Blumberg.« Er streckte dem Akkordeonspieler die Hand entgegen, die dieser ergriff. »Einfacher Jurist ohne Auszeichnung.«

Ein Lächeln glitt über die Lippen des Soldaten.

»Darf ich fragen, wie das geschehen ist?« Johannes deutete auf das abgetrennte Bein.

»Ein französisches Spitzgeschoss, ging glatt durch. Ich habe es kaum bemerkt während der Kampfhandlungen. Erst als ich weiterlaufen wollte, hab ich's dann gesehen. Danach weiß ich nichts mehr.«

»Ein großes Opfer für unser Land. Wir sind Ihnen zu Dank verpflichtet.«

»Ich habe nur meine Pflicht erfüllt. Und ich hatte noch Glück. Immerhin kann ich hier sitzen und meine Tage genießen. Kameraden von mir ist es nicht so gut ergangen.« Der Soldat blickte ihn an. »Waren Sie auch im Krieg?«

»Nein.« Johannes tippte sich gegen die Brust. »Die Lunge.«

Der Soldat nickte.

»Ich weiß nur das, was Männer wie Sie bei ihrer Heimkehr erzählten. Und offen gesagt, die wenigsten wollten überhaupt darüber sprechen.«

»Kann man uns das verdenken? Wer erzählt schon gern, dass er hilflos zusehen musste, wie Kameraden, Freunde, starben?«

»Niemand. Sie und Ihre Kameraden haben mehr durchgemacht, als Menschen je erleben sollten.«

Der Soldat schwieg einen Moment lang, dann sagte er leise: »Es kommt nicht oft vor, dass jemand sich die Zeit nimmt, mit mir zu sprechen.«

»Ich denke, dieses Glück ist kaum jemandem von uns vergönnt, mein Freund. Wenn man auch nur einen einzigen Menschen, einen ganz besonderen Menschen, in seinem Leben hat, der einem zuhört, ist man reich. Dann hat man etwas, was von einem bleibt, wenn man eines Tages geht. Haben Sie so einen besonderen Menschen in Ihrem Leben, Hauptmann Winkler?«

Der Akkordeonspieler blickte voller Sehnsucht über das Meer. »Nein«, antwortete er dann. »Ich habe niemanden. Ich hatte ein Mädchen, bevor ich in den Krieg zog. Ihr Name war Helga, Helga Schutanek. Doch als ich wiederkam, war sie nicht mehr da. Wie ich hörte, waren ihre Eltern fortgegangen und sie mit ihnen. Niemand konnte mir sagen, wohin. Also blieb ich hier.«

»Hier in Binz, meinen Sie? Dann hat sie hier gewohnt?«

Der Akkordeonspieler nickte. »Hier haben wir uns das erste Mal geküsst. Genau an dieser Stelle, an der wir beide jetzt sitzen. Es war der 5. Juni 1913. Und genau ein Jahr später haben wir uns hier verlobt.«

Johannes hörte ihm zu, sagte aber nichts. Dem Soldaten war anzusehen, wie sehr die Erinnerungen an damals ihn berührten.

»Ich war gerade neunzehn Jahre alt, da habe ich sie hier gefragt, ob sie meine Frau werden will. Und sie hat Ja gesagt. Doch dann kam mein Marschbefehl, und alles ging ganz schnell.«

»Das tut mir leid.«

»Sie hat mir versprochen, dass sie auf mich wartet. Doch das war ihr wohl nicht möglich. Ich habe sie nie wiedergesehen.«

»Haben Sie sich deshalb diese Stelle ausgesucht, um zu spielen?«

Der Soldat nickte. »Ich spiele jeden Tag nur für sie und hoffe, dass sie eines Tages kommen wird und meine Melodien hört.«

»Wie lange sind Sie schon aus dem Krieg zurück?«

»Im März waren es acht Jahre.«

»Acht Jahre, die Sie nun hier sitzen und Ihre Melodien spielen. Ich wünschte, ich hätte je so geliebt wie Sie.«

Der Soldat blickte Johannes in die Augen. »Sie sind nicht von hier, nicht wahr?«

»Nein, ich bin nur zu Besuch.«

»Ich habe Sie mit der gnädigen Frau gesehen. Mit der wunderschönen, einsamen gnädigen Frau.«

»Wie kommen Sie darauf, dass sie einsam ist?«

Der Soldat zuckte die Schultern. »Ich sehe täglich viele Menschen, und ich erkenne es, wenn jemand einsam ist.«

Hatte der Soldat recht mit seiner Vermutung?, fragte sich Johannes. War Bernadette wirklich einsam? Sie wirkte so ruhig und besonnen, zufrieden mit ihrem Leben. Etwas mühsam rappelte er sich auf.

»Ich habe noch eine Verabredung mit der gnädigen Frau«, sagte er. »Es war schön, mit Ihnen zu plaudern.«

Der Soldat nickte und hob sein Akkordeon auf. »Wenn ich Ihnen noch etwas raten darf?«

»Ja, bitte.«

»Nutzen Sie die Zeit, die Sie hier in Binz haben, um dafür zu sorgen, dass die gnädige Frau nicht so einsam ist. Sie hätte es verdient.«

»Ich werde mich bemühen«, versicherte Johannes. »Guten Tag, Soldat.«

»Es war mir eine Ehre, Herr Blumberg.«

Nachdenklich schlenderte Johannes zurück zum Hotel.

In der Halle strebte er auf die Rezeption zu, an der Werner Druminski soeben einen Gast begrüßte, der offenbar gerade angekommen war.

»Herr Major. Welche Freude, Sie wieder im Grand empfangen zu dürfen. Doch ich bin untröstlich, ich habe tatsächlich kein einziges Zimmer mehr frei.« Der Rezeptionist blätterte mit bedauernder Miene durch sein in Leder gebundenes Buch.

»Ich hätte mich wohl vorher anmelden sollen«, erwiderte der Gast enttäuscht.

»Wenn Sie mich kurz entschuldigen würden«, bat Druminski und sah zu Johannes herüber. »Herr Blumberg, wünschen Sie nur, Ihren Schlüssel in Empfang zu nehmen?«

»Ja, genau.«

Druminski griff in das Fach hinter sich und nahm den Schlüssel vom Haken. »Bitte sehr, Herr Blumberg.«

»Vielen Dank, Herr Druminski.« Johannes nahm den Schlüssel und nickte dem Gast, der ihn nun ansah, kurz zu. Dann ging er zum Aufzug. Er bekam noch mit, dass der Gast danach fragte, ob die gnädige Frau zu sprechen sei, worauf Druminski den Hörer abnahm und offenbar bei Bernadette durchklingelte, weil er kurz darauf die gnädige Frau um Verzeihung für die Störung bat. Mehr hörte er nicht mehr, weil der Liftboy den Hebel bereits umgelegt hatte und der Aufzug nach oben fuhr. Doch Johannes fragte sich, wer der fremde Mann, den Druminski mit »Herr Major« angesprochen hatte, wohl sein mochte. Und er schämte sich für das Gefühl der Eifersucht, das in diesem Moment in ihm aufstieg.

»Du bist heute sehr still, liebe Bernadette«, bemerkte Johannes, als sie nach der Filmvorführung die Promenade entlangflanierten.

Bernadette hatte sich bei ihm eingehakt und berührte mit der anderen Hand seinen Arm.

»Nun, während der Vorführung zu sprechen ist wohl wenig angebracht.«

»Da gebe ich dir recht. Aber ich habe das Gefühl, da ist etwas. Ist dir unser Treffen heute nicht recht?«

»Aber nein, ganz sicher nicht. Ich habe mich darauf gefreut.«

»Hängt es mit dem Besuch zusammen?«

»Welchen Besuch?«

»Als ich ins Hotel zurückkehrte, traf ich am Empfang mit einem Gast zusammen, einem Major, soweit ich verstanden habe, der dich zu sprechen wünschte.«

Bernadette räusperte sich. »Ein alter Bekannter«, erklärte sie knapp. »Doch ich hatte vorhin keine Zeit, ihn zu empfangen, da ich im Gespräch mit Josephine war.«

»Kam dir unsere Verabredung deshalb ungelegen, weil du ihn gern vorher noch gesprochen hättest?«

»Nein, durchaus nicht. Aber lass uns nicht mehr davon sprechen, einverstanden?«

»Wie du wünschst.« Johannes schwieg einen kurzen Moment, dann fragte er: »Hat dir der Film gefallen?«

Bernadette überlegte kurz. »Offen gesagt, nicht besonders. Die Geschichte des alt gewordenen Portiers, der, nur weil er nicht mehr bester Gesundheit ist, gegen seinen Willen versetzt wird und dann jeden Tag heimlich seine Uniform überzieht, um seiner Familie vorzugaukeln, dass alles noch wie früher sei, ist bedrückend, findest du nicht? Ich mag es nicht, wenn Menschen gedemütigt werden. Und letztendlich ist dem alten Portier genau das und nichts anderes widerfahren.«

»Aber am Ende erhält er von dem sterbenden Mann ein Vermögen, weil er dort den Dienst versehen hat und ihm hilft.«

»Trotzdem«, beharrte Bernadette, »dem Mann wurde die Würde genommen. Das kann das Geld am Ende auch nicht wiedergutmachen.«

»Du bist wirklich eine ganz besondere Frau, Bernadette.« Johannes sah ihren Blick nicht, doch er glaubte, dass sie dieses sanfte Lächeln auf ihren Lippen trug, das sie ihm in der letzten Zeit so oft geschenkt hatte. »Die Art, wie du die Dinge wahrnimmst und wie sorgsam du mit den Menschen umgehst, gefällt mir über die Maße.«

»Danke.«

»Ich meine es ernst, Bernadette. Auf den ersten Blick wirkst du so unnahbar, ja fast schon kalt. Doch in Wahrheit liegt in jeder deiner Entscheidungen mehr Mitgefühl und Verständnis, als ich je bei einem Menschen erlebt habe.«

»Offen gesagt glaube ich, dass du mich etwas geschönt wahrnimmst. Ich denke, die meisten meiner Mitmenschen halten mich für ausgesprochen herzlos und übermäßig hart und unnachgiebig.«

»Die, die dich nur flüchtig kennen, vielleicht. Doch diejenigen, denen du die Ehre zuteilwerden lässt, dich näher kennenlernen zu dürfen, werden mir gewiss beipflichten.«

Sie warf ihm einen gerührten Seitenblick zu. »Es bedeutet mir viel, dass du mich so siehst.«

»Ich wünschte, ich wäre früher hierhergekommen, Bernadette.« Bedauern lag in seiner Stimme.

»Das wünschte ich auch.« Sie blieben stehen.

»Mein Bruder muss der glücklichste Mensch der Welt gewesen sein.« Johannes strich ihr zärtlich über die Wange. Einen Moment sahen sie sich nur an, schweigend und mit einem Gefühl unbedingter Vertrautheit. Nach einem Augenblick, der ihnen vorkam wie eine Ewigkeit, stellte Bernadette sich auf die

Zehenspitzen und gab ihm einen zarten Kuss. Johannes zögerte, dann zog er sie an sich und küsste sie so leidenschaftlich, dass es ihr den Atem nahm. Erst Minuten später lösten sie sich voneinander.

»Der Gedanke, dass uns nicht mehr viel Zeit bleibt, zerreißt mich«, sagte Johannes leise.

»Wir haben die Zeit, die wir daraus machen.« Bernadette hob den Blick und küsste ihn erneut. Die Nachricht, dass Major Götz Wilhelm nach Binz zurückgekehrt war, hatte sie nachdenklich gestimmt. Doch nun spürte sie, dass das, was ihr vorhin noch wirr und ungeordnet schien, seine Ordnung fand. »Komm«, sagte sie und nahm zärtlich seine Hand, »gehen wir. Hier und jetzt ist unsere Zeit. Das kann uns niemand nehmen.«

16. Kapitel

»Alles in mir ist zerrissen. Und es vergeht kein Tag, an dem ich mich nicht frage, wann der Schmerz endlich nachlässt.«

Marie Reidel

Marie atmete tief durch, bevor sie das Kuvert öffnete. »Lisa Reidel« stand als Absender auf der Rückseite. Ihre Hände waren so trocken, dass sie die Fingerspitzen kurz mit der Zunge befeuchten musste, um den Brief überhaupt entfalten zu können.

Binz, am 8. Mai 1925

Geliebte Schwester!

Ich hoffe, diese Zeilen erreichen dich bei bester Gesundheit.

Hier in Binz kommt die Sonne jeden Tag ein wenig mehr heraus, und es wird nicht mehr lange dauern, bis es warm genug sein wird, um wieder eines meiner zwei Sommerkleider zu tragen. Du weißt ja, wie ich mich jedes Jahr auf diese Zeit freue, und gerade jetzt kann ich es kaum erwarten. Für mich ist es, als stünde nicht nur der Sommer, sondern mein Aufbruch direkt bevor. Schon bald werde ich meine Prüfung in der Schneiderei ablegen, und mein Lehrmeister ist über die Maßen zuversichtlich, dass ich die Aufgaben mit Bravour bestehen werde. Stell dir nur vor, dann könnte ich mich eine Schneiderin nennen, die selbst im Auftrage der feinen Damen Kleider fertigen darf. Im Vertrauen will ich dir gestehen, dass ich dies ohnehin schon eine Weile tue. Die Augen meines Lehrmeisters sind nicht mehr die besten, ja mehr noch, fast kann er die Stoffe besser am Griff unterscheiden, als dass er sie sieht. Ich weiß, dass er mich braucht, und ich spüre, wie bang seine Stimme wird, wenn er mich fragt, ob ich wohl auch bei ihm bleiben werde, sobald ich meine Prüfung abgelegt habe und die Lehre damit ein Ende findet. Keinesfalls möchte ich ihn enttäuschen, war er es doch, der mir den richtigen Weg wies und mich anhielt, fleißig zu sein und alles zu lernen, was in der Schneiderei von Wichtigkeit ist. Auch zeigte er mir so manchen Kniff im Umgang mit dem Stoffe, war dieser zu starr oder aber zu weich, vernünftig die Nähte zu setzen. Und wie er mir andeutete, könnte er sich sogar vorstellen, die gesamte Schneiderei eines Tages an mich zu übertragen. Doch eben das ist es, was mich zweifeln lässt. Ich hoffe, du hältst mich nicht für undankbar oder auch größenwahnsinnig. Fast sehe ich dich vor mir, wie du deine Hände auf meine Schultern legst und mir ins Gewissen redest, dass mir etwas Besseres doch gar nicht passieren kann. Aber trotz dieses Wissens muss ich dir, vor allem aber mir selbst die Frage stellen, ob es das Richtige für mich ist. Du kennst mich besser als jeder andere Mensch auf dieser Welt. Heute weiß ich, dass ich dir mehr hätte beistehen müssen, damals, als Vater dich hinauswarf. Doch ich wusste einfach nicht, was ich tun sollte. Wie hätte ich mich verhalten sollen? Ich weiß, ich habe dich in meinen Briefen schon einmal gefragt, doch bitte beantworte mir meine Frage, und sei es nur, damit ich wieder Sicherheit gewinne: Zürnst du mir noch, liebe Marie? So gern würde ich alles ungeschehen machen, mich mutiger verhalten. Vor allem aber würde ich so gern die Enttäuschung fortwaschen, die du erleben musstest, als ich über dich urteilte. Ich weiß, du *konntest, nein musstest es an der Art erkannt haben, wie ich dich angesehen habe. Ja, ich gebe es zu, ich war zu schockiert, um noch klar denken zu können. Kannst du mir das je verzeihen?*

Selbst wenn du mir vor Monaten schriebst, dass du mir nicht mehr böse bist, begleiten mich die schlechten Gedanken doch auch heute noch bis tief in meine Träume. Ich bin deine Schwester, doch ich war nicht für dich da, während du dich all die Jahre um mich gekümmert hast. Kannst du mir das je verzeihen?

Manchmal denke ich, der Herr hat uns eine Prüfung auferlegt. Dann wieder verwerfe ich diesen Gedanken in der Überzeugung, dass ich wohl nur einen Sinn erkennen will, der gar nicht da ist. Ja, ich drehe mich im Kreise, doch vielleicht sollte alles so kommen, weil du sonst nie den Mut gefunden hättest, Binz den Rücken zu kehren. Du wärst viel zu pflichtbewusst gewesen, und ich weiß, dass du mich freiwillig nie allein in der Wohnung mit Vater gelassen hättest. Gern würde ich dir schreiben, dass sein Verhalten sich inzwischen gebessert hat, doch das wäre eine Lüge. Er trinkt und trinkt immer mehr, und da ich längst nicht das Geld heimbringe, das du stets in deiner Lohntüte hattest, frage ich mich manches Mal, woher er die Münzen wohl nehmen mag, um den Alkohol zu bezahlen. Er spricht kaum mit mir, und wenn, dann fordert er nur sein Essen ein, das ich ihm auch stets bereite. Doch ich scheine es ihm nicht recht machen zu können. Letzte Woche schrie er mich an und warf schließlich den Teller voller Wut gegen die Wand. Es war einer von dem Porzellan, das Mutter so geliebt hat, das mit dem blauen Muster in der Mitte und den kleinen, gemalten Blättern, die wie Efeu aussehen. Ich war so erschrocken, dass ich mich nicht mehr zu rühren wagte. Frau Liebetrud kam herüber und klopfte mehrfach an die Tür. Vater hat mir verboten, ihr zu öffnen. Sie rief dann, dass sie sich beschweren und dafür Sorge tragen werde, dass wir aus der Wohnung müssten, weil sich ein solches Verhalten für einen Angestellten der Deutschen Reichsbahn nicht gehöre. Nun warte ich jeden Tag, ob jemand kommt und uns die Wohnung nehmen will. Manchmal kann ich auch deshalb kaum in den Schlaf kommen.

Gestern habe ich übrigens durch Zufall deine frühere Chefin, die gnädige Frau Bernadette von Plesow, gesehen. Sie flanierte mit einem Begleiter auf die Seebrücke zu, als ich gerade ein Kleid bei den Wegeners abzugeben hatte. Die gnädige Frau hat mich gar nicht bemerkt, womöglich kennt sie auch mein Gesicht nicht einmal mehr und hat längst vergessen, dass es mich gibt. Wer weiß das schon. In jedem Fall sah sie wie immer blendend aus. Sie war ganz in die Unterhaltung mit einem mir fremden Mann vertieft. Und sie sah nicht unglücklich aus, scheinbar geht es ihr nach dem Tod des Herrn Alexander von Plesow ein klein wenig besser. Ich habe mich aufrichtig gefreut, sie so zu sehen, weiß ich doch, welche Zuneigung du für die gnädige Frau hegst.

Bevor ich nun schließe, möchte ich dich fragen, ob du glücklich bist und sich alles zu deiner Zufriedenheit entwickelt hat, Schwester. Ich wünsche es dir von Herzen.

Sag bitte, könnten wir uns nicht einmal sehen, um Aug in Aug miteinander zu sprechen? So gerne würde ich dir alles erzählen, was sich sonst so ereignet hat. Vor allem aber brauche ich deinen schwesterlichen Rat, was ich tun soll, wenn ich die Lehre hinter mich gebracht habe.

In Liebe
deine Schwester Lisa

PS: Bitte sende wie gehabt die Briefe nicht an unsere Anschrift, sondern an die Schneiderei. Ich mag mir nicht ausmalen, was wäre, wenn Vater erführe, dass wir weiterhin in Kontakt stehen.

Marie ließ den Brief sinken. Einen kurzen Moment wurde ihr das Herz schwer. Lisa. Ihre geliebte kleine Schwester, die sie in Binz hatte zurücklassen müssen. Gewiss zürnte sie ihr nicht – wie denn auch, war Lisa doch mit der damaligen Situation schlichtweg überfordert gewesen. Marie konnte es ihr nicht im Mindesten verdenken, hatte sie doch selbst kaum gewusst, was sie tat. Und das hatte sie ihr auch schon geschrieben, nicht nur einmal, sondern mindestens zwei- oder dreimal.

Sie faltete die beschriebenen Seiten zusammen und steckte sie wieder in das Kuvert, das sie in der untersten Schublade ihres Schreibtisches verschwinden ließ. Es warteten mehr als genug Aufgaben auf sie, vor allem da Constantin am gestrigen Abend angerufen und ihr mitgeteilt hatte, dass er eine Weile fortbleibe, da er von München aus noch einige weitere Besuche zu erledigen habe, bevor er nach Berlin zurückkehre. Marie hatte ihm versichert, dass es keine Probleme gebe und sie sogar gut mit Eduard Köhler zusammenarbeiten würde, er müsse sich keine Gedanken machen. Allerdings hatte sie nicht erwähnt, dass Köhler vorgestern im Hotel aufgetaucht war und sie gefragt hatte, wann mit der Rückkehr seiner Mädels, wie er sie nannte, zu rechnen sei. Maries Antwort war vage ausgefallen, hatte sie doch am selben Tag, an dem sie die beiden aus dem Varieté geholt und als Zimmermädchen eingesetzt hatte, eine Unterredung mit Gerda geführt. Diese hatte ihr anvertraut, dass ihr das Tanzen im Lokal, selbst mit recht freizügigen Kostümen, nichts ausmache, doch sie habe auch im Separee für besondere Kunden auftreten sollen, wo es zu Übergriffen gekommen sei. Marie hatte darauf verzichtet, sich nach den Einzelheiten zu erkundigen. So verängstigt, wie Gerda war, konnte sie sich auch so ihren Reim darauf machen und war fest entschlossen, dem einen Riegel vorzuschieben. Es klopfte an ihre Bürotür.

»Herein!«

Marie schluckte, als sie sah, wer der Besucher war, und nahm eine stocksteife Haltung an.

»Marie, könnte ich dich bitte kurz sprechen? Es ist beruflich«, fragte Dr. Herbst, als er ihren ablehnenden Blick sah.

»Guten Tag, Robert«, grüßte sie förmlich und deutete auf einen der Besucherstühle vor ihrem Schreibtisch. »Bitte. Nimm Platz.«

»Danke.« Die Nervosität stand dem Arzt deutlich ins Gesicht geschrieben.

»Was kann ich für dich tun?« Marie sah ihn fragend an. Ihre Stimme klang beherrscht, ihrem Gesicht war nicht die geringste Emotion anzusehen.

Dr. Herbst zögerte, als überlege er, sich bei Marie zu entschuldigen für das, was unentschuldbar war. Nein, sie würde ihm gewiss nicht verzeihen.

»Geht es dir gut, Marie?«, erkundigte er sich schließlich.

»Ja, danke.« Sie blickte ostentativ auf die Uhr. »Ich habe nicht allzu viel Zeit, Robert. Welche geschäftliche Angelegenheit möchtest du mit mir besprechen?«

Robert seufzte. »Nun, ich wurde heute Morgen zu einem Gast hier im Hotel gerufen, der ärztliche Hilfe benötigte.«

»Zu wem?«

»Der Gast heißt Gottfried Redeker, Zimmer 252.« Der Arzt zögerte erneut.

»Und weiter? Was hat er, und konntest du ihm helfen?«

»Tja, die Sache ist schon ein bisschen heikel, und ich würde sie sehr viel lieber mit Herrn von Plesow oder Herrn Nolte besprechen, aber man hat mir mitgeteilt, dass die beiden momentan in München zu tun haben. Allerdings sehe ich eine gewisse Dringlichkeit…«

»Robert, komm bitte auf den Punkt«, unterbrach ihn Marie.

Dr. Herbst räusperte sich, dann fuhr er fort: »Wie du bestimmt weißt, ist Herr Redeker schon fast drei Wochen bei euch im Hotel zu Gast. Und er hat wohl auch viel Zeit im Varieté verbracht.«

»Und weiter?«

Robert holte tief Luft, dann sagte er: »Der Gast in Zimmer 252 hat sich die Syphilis geholt, und zwar bei euch im Varieté.«

Marie starrte ihn entsetzt an. »Woher will er wissen, dass er sich die Krankheit im Varieté geholt hat? Männer wie er werden viele Kontakte haben.«

»Er ist nur zu Besuch in der Stadt. Als er meine Diagnose hörte, geriet er völlig außer sich und drohte, er werde die Mädchen im Varieté zur Anzeige bringen.«

»Ist er verheiratet?«

»Ich habe ihm gesagt, dass er während der nächsten Wochen die Finger von seiner Frau lassen soll.«

»Deshalb habe ich nicht gefragt.« Sie stand auf. »Hast du überlegt, ob er vielleicht nur die Zeche prellen oder zumindest ein bisschen Geld einsparen möchte? So schnell lasse ich mir keinen Bären aufbinden.«

Robert erhob sich ebenfalls. »Ich bin als Arzt verpflichtet, Fälle von Syphilis den Behörden zu melden.«

»Ich habe keine Ahnung, wie ihr derartige Schwierigkeiten in der Vergangenheit aus der Welt geschafft habt, doch ich bin überzeugt, dass du ein solches Gespräch auch schon mit Constantin geführt hast.«

»Dieser Fall ist anders. Diesmal besteht der Gast auf einer Anzeige.«

»Überlass das mir. Ich werde mit ihm sprechen.«

»Wenn er seine Drohung wahr macht und die Sache meldet, bevor ich es tun kann, verliere ich womöglich meine Approbation.«

»Ach bitte, als ob ausgerechnet du dich korrektem Verhalten verpflichtet fühlst.« Sie schnaubte verächtlich. »Wie gesagt: Ich kümmere mich darum und gebe dir rechtzeitig Bescheid.«

»Danke.« Robert wandte sich ab und ging zur Tür. Dort angekommen drehte er sich noch einmal um. »Auch wenn du es nicht hören willst: Es tut mir unendlich leid, was ich dir angetan habe, und ich würde alles dafür geben, es rückgängig machen zu können. Ich werde mir das nie verzeihen.«

»Ich werde dir auch nie verzeihen, dass du unser Kind abgetrieben hast, Robert. Und jetzt verschwinde aus meinem Büro.«

17. Kapitel

»Je länger ich hier in meiner alten Heimat bin, umso näher scheine ich mir selbst zu kommen.«

JOSEPHINE VON PLESOW

Fast tat Margrit ihr leid – aber eben nur fast. Als ihre Mutter ihr am gestrigen Sonntag den Grund mitgeteilt hatte, weshalb Mechthild im Hotel gewesen und sie kurz darauf zum Privathaus hinübergegangen war, um mit Margrit zu sprechen oder, besser gesagt, diese nach Strich und Faden zurechtzuweisen, hatte Josephine es sich nicht nehmen lassen, sie zu begleiten, um ja alles selbst mitzubekommen. Dieses Mal hatte ihre Schwägerin es wirklich übertrieben. Und es sprach für Margrits Einfältigkeit, dass sie den Stellenwert, den Mechthild bei den von Plesows innehatte, offenbar nicht kannte.

Mechthild war da gewesen, solange sich Josephine erinnern konnte. Sie hatte die Mutter unterstützt, als Josephines Vater verstorben war und Bernadette von einem Tag auf den anderen das Hotel allein führen musste. Mechthild hatte sich trotz ihrer vielen Aufgaben im Haus stets Zeit für Josephine und ihre Brüder genommen, hatte die Glücksmomente und kleinen Erfolge ebenso mit der Familie geteilt wie das Leid, das sie immer wieder traf. Sie hatte die Trauerfeier für Maximilian ausgerichtet, als dieser im Krieg geblieben war, und dabeigestanden, als dessen leerer Sarg symbolisch in die Erde gelassen wurde. Mechthild hatte mit Josephine geschimpft, wenn sie sich des Nachts aus dem Haus geschlichen und erst Stunden später wiedergekommen war von einer Tanzveranstaltung, zu der die Mutter sie nie hätte gehen lassen. Doch verpetzt hatte Mechthild sie nicht. Eine Strafe hatte Josephine dennoch bekommen, einfach weil Mechthild darauf bestanden hatte, dass sie Wiedergutmachung leistete, wenn sie sich schon nicht dazu durchringen konnte, ihren Schützling bei Bernadette zu verraten. Es war Mechthild gewesen, die Margrit geholfen hatte, als die Zwillinge früher als gedacht das Licht der Welt zu erblicken suchten und die Hebamme eine kleine Ewigkeit gebraucht hatte, bevor sie endlich hinzugekommen war. Der Hebamme blieb schließlich nur noch, die Nabelschnur zu durchtrennen, alles andere hatte Mechthild bereits erledigt. Und im letzten Jahr hatte sie ihnen beigestanden, als Alexander an der Seite seines Vaters und des leeren Grabes des Bruders beigesetzt worden war. Für Josephine war Mechthild zu einem wichtigen Familienmitglied geworden. Wäre Margrit nicht ein so egoistischer Mensch, hätte sie erkennen müssen, dass Mechthilds Stellenwert innerhalb der Familie erheblich höher war als ihr eigener, ungeachtet des gesellschaftlichen Ranges. Und mit ähnlichen Worten hatte Bernadette ihr genau dies zu verstehen gegeben und ihr gesagt, dass Mechthild nicht nur bleiben und ihre Stellung behalten werde, sondern dass es an Margrit war, sich bei der Haushälterin für ihr Benehmen zu entschuldigen, was diese jedoch rundweg abgelehnt hatte. Bernadette hatte daraufhin nur mit den Schultern gezuckt und ihre Schwiegertochter darauf hingewiesen, dass deren bevorstehender Auszug nun noch rascher als angedacht vonstattengehen müsse, damit der Hausfrieden wiederhergestellt werden könne. Margrit hatte bitterlich geweint, aber Josephines Mutter hatte sich nicht erweichen lassen.

Josephine dachte an den Traum, der sie in der vergangenen Nacht aus dem Schlaf geholt hatte. Sie war darin durch die Straßen von Paris geschlendert, erst mit einigen ihrer Künstlerfreunde, dann war sie auf einmal allein gewesen, doch sie hatte keine Angst, fühlte sich nicht einsam. Ohne Ziel ließ sie sich durch die kleinen, verträumten Gassen treiben und erreichte schließlich das Ufer der Seine. Dort ging sie weiter, berührte die Straßenlaternen und sah zu dem weichen Licht hinauf, das sie ausstrahlten. Niemand außer ihr war dort, die Lampen spendeten dieses warme Licht, das es nur in Paris gab. Im Traum war sie weitergeschlendert, immer am Fluss entlang, bis sie plötzlich keine Schuhe mehr trug und den Sand zwischen den Zehen spürte. Als sie an sich hinabblickte, stellte sie fest, dass sie bis zu den Knöcheln im Wasser stand, das in gleichmäßigen Wellen an den Strand spülte. Sie war nicht mehr am Ufer der Seine, sondern am Strand in Binz, und die Brücke vor ihr war nicht die Pont des Arts, die den Quai du Louvre am rechten Ufer mit dem Quai de Conti verband, sondern die Seebrücke von Binz. In diesem Moment war sie aufgewacht und hatte begriffen, dass das Gefühl der Freiheit, das sie in Paris während ihres Kunststudiums verspürt hatte, den Weg ins vertraute Binz gefunden hatte, ganz so, als hätte das Wasser der Seine den weiten Weg in die Ostsee genommen und berührte nun in einer zärtlichen Geste ihre Haut als Zeichen, dass hier der Ort auf der Welt war, der ihr Freiheit und Heimat zugleich schenkte.

Josephine zog das Laken von den Bildern, die hintereinander an der Wand ihres Ateliers lehnten. Staub wirbelte auf und rieselte langsam zu Boden, während Josephine sich über die Augen wischte und mehrfach die Nase rieb, die von einem Moment auf den nächsten schrecklich zu jucken begann. Als das Gefühl abebbte, klappte Josephine das erste Bild nach vorn, dann besah sie das nächste und übernächste, bis sie gefunden hatte, wonach sie suchte. Mit etwas Mühe zog sie den Rahmen mit der Leinwand aus der Reihe, klappte die anderen zurück und ging mit dem ausgewählten Bild zum Fenster, um es zu betrachten. Nach einem kurzen Augenblick stellte sie es auf den Boden und machte ein paar Schritte zurück, um es besser ansehen zu können. Es handelte sich um eines der Bilder, die sie nach ihrer Rückkehr aus Paris gezeichnet hatte, und es zeigte eine Gasse mit einer Laterne, deren warmes Licht einen kleinen Kreis unten am Boden erleuchtete und eine Stufe sichtbar machte, die zum Wasser hinunterführte, auf das der Mond einen glitzernden Schein gelegt hatte. Im Hintergrund war die Pont des Arts mit ihren Bögen zu erkennen, die von einer Seite des Bildes zur anderen führte, ohne einen wirklichen Anfang oder ein Ende.

Plötzlich verspürte Josephine den überwältigenden Drang zu malen. Sie wollte das Gefühl des Traums verarbeiten und sich so über dessen Bedeutung klar werden. Eilig holte sie ihre Palette und einige Pinsel, als sie das schrille Läuten des Telefonapparates hörte. Kurz darauf rief Mechthild ihren Namen.

»Ich bin hier oben in meinem Atelier. Ich komme!«, rief sie zurück, legte die Malutensilien auf den Fußboden und lief hinaus.

»Wer ist es denn?«, wollte sie wissen, während sie die Stufen vom Dachgeschoss zum ersten Stock hinuntersprang.

»Werner Druminski vom Grand«, kam die Antwort der Haushälterin.

»Ich nehme hier oben ab!« Josephine blieb vor dem Telefon stehen und griff nach dem Hörer. »Josephine von Plesow?«, meldete sie sich.

»Hier spricht Werner Druminski von der Rezeption des Grand«, erklärte Werner förmlich. »Bitte verzeihen Sie die Störung, gnädiges Fräulein. Doch hier ist eine Besucherin, die Sie zu sprechen wünscht, und ich bin mir nicht sicher, ob ich sie einfach so zum Privathaus schicken darf.«

»Wie heißt sie denn?« Erstaunt fragte sich Josephine, von wem Werner wohl sprechen könnte, wussten doch all ihre Bekannten in Binz, dass das Hotel direkt neben dem Privathaus lag, und Freunde und Bekannte außerhalb des Ostseebades hatte sie kaum. Oder war endlich Claudine eingetroffen, ihre Kommilitonin aus Paris, die ihr nun schon so lange einen Besuch versprochen hatte? Hatte sie deshalb von Paris geträumt?

»Fräulein Lotte Raabe, gnädiges Fräulein.«

»Lotte ist hier?«, rief Josephine begeistert aus. »Das glaube ich ja nicht! Bitte, Werner, schicken Sie sie rüber. Danke! Tausend Dank!« Aufgeregt hängte sie ein und stürmte die Treppe zum Erdgeschoss hinunter, so schnell, dass sie fast gestolpert wäre – Contenance hin oder her, sie war schließlich nicht im Hotel.

»Nicht so eilig, gnädiges Fräulein. Nicht dass Sie noch stürzen«, mahnte Mechthild, doch Josephine kümmerte sich nicht darum, fiel der Haushälterin in die Arme und wirbelte sie im Kreis herum. »Lotte ist da, Mechthild. Sie ist wirklich gekommen!«

Mechthild ließ es geschehen, freute sie sich doch aufrichtig mit Josephine, auch wenn sie keine Ahnung hatte, wer diese Lotte eigentlich war.

»Da ist sie schon!«, rief Josephine mit einem Blick aus dem Fenster, ließ Mechthild los und rannte zur Haustür hinaus. Als Lotte sie sah, ließ sie ihren Koffer fallen und lief ihr entgegen, um sich direkt in Josephines ausgebreitete Arme zu stürzen.

»Du bist hier! Du bist wirklich hier! Ich kann es kaum glauben.« Tränen des Glücks standen in Lottes Augen, und auch Josephine musste zwinkern. »Ich kann dir gar nicht sagen, wie sehr ich mich freue, dass du gekommen bist.«

Lotte sah Josephine an, dann stieß sie leicht nervös hervor: »Es ist nicht nur aus Freundschaft, Josie. Ich wusste nicht, wohin ich sonst sollte.«

Josephines Miene wurde ernst. Schon einmal hatte sie Lotte geholfen, damals in Berlin, als sie sie aus Constantins Hotel geschafft und ihr zur Flucht verholfen hatte. Dass Lotte schon wieder in einer Notlage steckte, mochte sie sich kaum ausmalen. Gab es Menschen, die das Unglück geradezu anzogen?

»Egal, weshalb du gekommen bist, ich freue mich, dich hier zu haben.« Josephine deutete auf den Koffer. »Komm erst einmal ins Haus. Dann können wir in Ruhe über alles sprechen.«

Lotte nickte dankbar, nahm ihr Gepäck, dann ließ sie sich von der Freundin die Stufen zum Privathaus hinaufführen. Mechthild wartete am Eingang auf die beiden.

»Mechthild, das ist meine Freundin Lotte. Wir kennen uns aus Berlin. Lotte, das ist Mechthild, die gute Seele unseres Hauses. Könntest du bitte Inge Bescheid geben, dass sie Lotte ein Zimmer herrichtet?«

»Sehr wohl, gnädiges Fräulein.« Mechthild sah die Besucherin an, die ihr doch sehr blass erschien. Ja fast wirkte ihre Haut durchsichtig. Viel an die Luft kam sie offenbar nicht. Und dabei war sie dünn wie ein Klappergestell. Mechthild nahm sich vor, dafür zu sorgen, dass sie während ihres Aufenthalts hier ein paar Pfund mehr auf die Rippen bekam. »Darf ich Ihnen den Koffer abnehmen?« Mechthild streckte die Hand aus.

»Das ist wirklich sehr freundlich. Haben Sie vielen Dank.« Lotte reichte ihr schüchtern den Koffer. Ihr war anzusehen, dass sie es nicht gewohnt war, sich Dinge oder Arbeiten abnehmen zu lassen.

»Sehr gern, Fräulein Lotte. Willkommen im Hause von Plesow.«

Lotte nickte ihr zu und lächelte schwach.

»Komm!« Josephine zog Lotte am Ärmel. »Wir haben uns so viel zu erzählen. Lass uns ins Wohnzimmer gehen.«

»Wünschen die Damen einen Tee?«, fragte Mechthild.

»Ja, das wäre wunderbar. Am liebsten diesen englischen. Du weißt schon, welchen ich meine.«

»Ja, ich weiß«, bestätigte die Haushälterin lächelnd und hörte in diesem Moment, wie die Hintertür zur Küche aufgestoßen wurde. Offenbar war Inge mit Paul und Erich vom Strand zurückgekehrt. Die Mutter der Zwillinge hatte sich heute schon recht früh mit der Bemerkung verabschiedet, dass kaum zu schaffende Aufgaben vor ihr lagen. Mechthild hatte ihr höflich einen guten Tag gewünscht – nach ihrer Aussprache mit der gnädigen Frau gab es keinen Grund für weitere Zwistigkeiten. Es war nur noch eine Frage der Zeit, wann Margrit von Plesow zusammen mit den Zwillingen auszog. Kurz darauf stürmten die Jungs auch schon in den Flur, bremsten aber sofort ab, als sie Lotte, Josephine und Mechthild sahen.

»Das sind meine Neffen«, stellte Josephine die sandverkrusteten Jungen vor. »Erich, Paul, kommt und sagt meiner Freundin Lotte Guten Tag.«

Erich rührte sich nicht, doch Paul machte einige Schritte auf Lotte zu und nahm deren dargebotene Hand.

»Guten Tag«, sagte er folgsam.

»Guten Tag«, erwiderte Lotte und ging vor ihm in die Hocke. »Bist du Erich oder Paul?«

»Ich bin Paul«, antwortete der Kleine sogleich.

»Erich?« In Josephines Stimme lag etwas Mahnendes.

Zögernd setzte sich der Kleine in Bewegung. Anscheinend waren die Ereignisse der vergangenen Tage doch nicht spurlos an ihm vorbeigegangen.

»Guten Tag, Erich«, sagte Lotte nun auch zu ihm.

Erich reichte ihr die Hand, doch er blieb stumm. Josephine wuschelte ihm über den Kopf, was ihm offenbar gefiel, denn fast unmerklich huschte ein rasches Lächeln über seine Lippen.

»Und das ist Inge«, erklärte Josephine, als das Kindermädchen nun ebenfalls den Flur betrat. »Inge, das ist meine Freundin Lotte. Sie wird für eine Weile bei uns zu Besuch sein.«

»Guten Tag, gnädiges Fräulein«, sagte Inge, reichte Lotte die Hand und knickste, was dieser offenbar unangenehm war.

»Guten Tag, bitte einfach nur Lotte«, sagte sie. »Ich bin kein gnädiges Fräulein.«

Josephine schmunzelte und legte Lotte den Arm um die Schultern. »Nun komm erst einmal richtig herein.« Sie führte Lotte in Richtung Wohnzimmer.

»Ich mache den Tee«, kündigte Mechthild an und verschwand in der Küche.

Paul warf Inge einen Blick zu. »Dürfen wir auch mitgehen?«

»Später vielleicht«, antwortete Josephine mit einem Blick über die Schulter. »Erst einmal wollen Lotte und ich allein miteinander sprechen.«

»Ihr müsst ohnehin gewaschen werden«, erklärte Inge und deutete zur Treppe. »Hoch mit euch, damit wir wieder anständige Menschen aus euch machen können.«

Als die drei die Treppe hinauf verschwunden waren, nahm Josephine Lottes Hand und zog sie ins Wohnzimmer. Sie ließ sich auf die Couch fallen und klopfte auf den Sitz neben sich. »Setz dich und erzähl mir alles.«

»Du lebst wirklich in einem wunderschönen Haus«, stellte Lotte ehrfürchtig fest. »Und erst mal das Grand nebenan … Ich wusste ja, dass deine Familie ein Hotel besitzt, doch was für eines, das wusste ich nicht.«

»Es ist schön, nicht wahr?« Josephine lächelte glücklich. »Es ist nicht nur schön, sondern über die Maßen beeindruckend«, schwärmte Lotte. »Ich hatte ja keine Ahnung.«

»Meine Mutter hat jedes Detail mit großer Sorgfalt gestaltet«, erklärte Josephine. »Ich glaube, es gibt nicht eine einzige Blume im gesamten Hotel, bei der sie nicht genau angeordnet hätte, wie diese zu stehen hat. Sie ist äußerst akribisch und überlässt nichts dem Zufall.«

»Wird es ihr recht sein, dass ich gekommen bin?«

»Ja, mach dir darum keine Gedanken. Sie wirkt mitunter recht barsch auf andere Menschen, womöglich sogar ein wenig kalt. Wenn ich ehrlich bin, fand ich sie in meiner Kindheit oft um einiges zu streng. Die Eltern meiner Freunde hier in Binz waren da oft nachgiebiger und haben ihren Kindern mehr durchgehen lassen. Doch heute denke ich anders darüber. Meine Mutter hat ihre Prinzipien und gewiss hohe Ansprüche. Die größten hat sie jedoch an sich selbst.«

»Ich möchte dich mit meinem überraschenden Besuch keinesfalls in Schwierigkeiten bringen.«

»Mach dir darüber mal keine Gedanken.«

Es klopfte.

»Herein!«, rief Josephine, und sogleich wurde die Tür geöffnet, und Mechthild trat ein. Mit einem Lächeln auf den Lippen stellte sie ein Tablett auf den Tisch, nahm die Tassen herunter und schenkte den Tee ein, dessen köstliches Aroma sogleich den Raum erfüllte. Außer dem Tee hatte Mechthild noch einen Teller mit Gebäck gebracht, den sie nun ebenfalls auf den Tisch stellte. »Ich habe die Kekse gestern gebacken.« Sie schob den Teller zu Lotte. »Lassen Sie es sich schmecken.«

Prompt meldete sich deren Magen mit einem lauten Knurren. Sie hatte schon seit Tagen so gut wie nichts mehr gegessen, weil ihre Chefin sich geweigert hatte, ihren Lohn für die letzten Wochen nach ihrem unverschuldeten Rauswurf auszubezahlen. Sie hatte geahnt, dass es dazu kommen würde, war der Ehemann der Chefin doch ein genauso geiler Bock wie damals die Herren in Berlin. Trotzdem hatte sie keine Rücklagen bilden können, um notfalls selbst die Arbeit zu kündigen. Nein, sie hatte jeden Pfennig dazu verwenden müssen, ihre Schulden beim Bestatter abzustottern, der ihrer Mutter ein für die ärmlichen Verhältnisse durchaus würdiges Begräbnis ermöglicht hatte. Aber selbst wenn sie nun rasch eine neue Anstellung fand, würde es noch einige Monate dauern, bis die Kosten vollständig beglichen wären.

»Greif zu!«, unterbrach Josephine ihre trüben Gedanken und deutete auf den Teller mit dem Gebäck, während Mechthild das Wohnzimmer verließ und die Tür hinter sich schloss.

Etwas zaghaft nahm Lotte einen Keks und biss hinein. Die Geschmacksexplosion in ihrem Mund ließ sie genussvoll die Augen schließen.

»Gut, nicht wahr? Mechthild probiert immer etwas Neues aus, und ein Gebäck ist köstlicher als das andere.«

Lotte nickte nur und schob sich einen zweiten Keks in den Mund, dann einen dritten.

»Sag mal, wie lange hast du eigentlich nichts mehr gegessen?«, erkundigte sich Josephine besorgt.

Verlegen riss Lotte die Augen auf, doch anstatt etwas zu erwidern, streckte sie wortlos die Hand nach dem nächsten Keks aus.

»Um Himmels willen, Lotte.« Josephine schob den Teller ganz zu ihr hinüber. »Iss erst mal, aber dann musst du mir unbedingt erzählen, was geschehen ist.«

Lotte leerte stumm den Teller, dann griff sie zu ihrer Tasse und trank den Tee in einem Zug aus. »Danke«, stieß sie anschließend hervor. »Das tat unglaublich gut.«

Josephine, die sie mit zunehmender Sorge beobachtet hatte, lehnte sich in die Polster zurück und reichte Lotte ein Kissen.

»Mach es dir bequem, und dann erzähl mir endlich, was geschehen ist, Lotte.«

Lotte tat, wie sie geheißen, zog sogar die Füße an, dann legte sie los.

»Am Anfang war alles so schön, als ich wieder nach Hause kam«, begann sie und berichtete, dass Josephine mit ihrer Vermutung, dass ihre Mutter ihr nicht länger zürnte, genau richtiggelegen hatte. »Dann aber offenbarte sie mir, dass sie krank war.« Lotte schluckte schwer.

»Konnten die Ärzte denn gar nichts tun?«

Lotte zuckte mit den Schultern. »Meine Mutter hatte kein Geld, um einen Arzt aufzusuchen. In ihrer Brust waren Geschwüre, die deutlich hervortraten. Ihre Mutter hatte das Gleiche gehabt, und wahrscheinlich wird es mich eines Tages ebenso treffen.«

»Es tut mir so leid.«

»Immerhin hatten wir noch ein Dreivierteljahr miteinander. Jeder Tag war so unendlich kostbar, und ich glaube, wir haben in dieser Zeit mehr miteinander gesprochen als in all den Jahren meiner Kindheit.«

»Ich bin froh, dass euch wenigstens das noch vergönnt war.«

Lotte nickte. »Als sie nicht mehr kräftig genug war, das Bett zu verlassen, und somit auch nicht mehr arbeiten konnte, wurde es schwierig, die Miete für die Wohnung zu bezahlen. Im Café am Berkel bekam ich nicht viel, doch ich war froh, dass die gnädige Frau Markwort mir überhaupt eine Anstellung gegeben hat.«

Josephine nickte verständnisvoll. Die Freundin tat ihr von Herzen leid, so zusammengesunken, wie sie dasaß und das Kissen an ihren dürren Körper presste. Der Schmerz über die Ereignisse stand ihr tief ins Gesicht geschrieben.

Lotte starrte ins Leere. »Ich habe nicht gemerkt, dass meine Mutter gestorben ist, dabei lag ich während der ganzen Nacht neben ihr.« Ihre Augen füllten sich mit Tränen.

Josephine legte tröstend die Hand auf die der Freundin. »Das bedeutet doch nur, dass sie ganz friedlich von dir gegangen ist. Dafür musst du dankbar sein. Stell dir nur vor, sie hätte Schmerzen gehabt und sich gewunden, und du hättest nichts tun können, um ihr zu helfen.«

Lotte senkte den Blick, dann nickte sie. »Da hast du recht. Trotzdem war ich schockiert, als ich sie am nächsten Morgen tot neben mir vorfand, ohne zu wissen, wie lange sie schon so dagelegen hatte.«

»Das verstehe ich gut.« Josephine streichelte Lottes Hand und ließ ihr Zeit, sich zu sammeln.

»Und danach? Was ist dann geschehen?«

»Mit meiner Mutter?«

»Aber nein, das meine ich nicht. Im Café?«

Die Freundin blickte erneut ins Leere. »Fast glaube ich, dass mir überall auf der Welt immer wieder das Gleiche zustoßen wird. Es wird immer irgendeinen Kerl geben, der glaubt, sich nehmen zu können, was er will.«

»Es sind nicht alle so«, wandte Josephine tröstend ein.

»Andere sind zumindest mir noch nicht begegnet.« Lotte seufzte. »Das Café gehörte früher den Eltern meiner Chefin. Auch wenn sie nur eine Frau ist, hat sie doch das Sagen. Ihr Mann ist nicht viel besser als ein Handlager.«

Josephine sagte nichts.

»Von Anfang an hatte er es auf mich abgesehen. Hier ein Blick, dort ein kurzer Kniff in den Po. Mehr als einmal hat er mir aufgelauert, wenn ich Feierabend hatte und das Café verließ. Ich konnte immer rasch genug laufen, doch von Tag zu Tag wuchs meine Angst, was passieren würde, wenn ich womöglich irgendwann unaufmerksam wäre und nicht so leicht davonkäme.«

»Und seine Frau? Was hat die dazu gesagt?«

»Was schon? Dass ich selbst schuld sei und gefälligst aufhören solle, ihrem Mann nachzustellen. Beschimpft hat sie mich und mir gedroht, ich würde die Anstellung verlieren, wenn sie noch einmal etwas davon mitbekommen würde.«

»Aber du hast doch gar nichts getan. Er hat dich belästigt!«

Lotte hob die Schultern. »Ja, aber das hat sie nicht interessiert.«

»Und dann?«

»Letzte Woche hat er mich in den Keller geschickt – ich sollte Zucker für die Backstube holen.« Lotte schluckte schwer. »Ich hätte wissen müssen, was er vorhatte, doch ich war in Gedanken bei meiner Mutter und irgendwie abgelenkt, ach, ich weiß auch nicht.« Wieder seufzte sie schwer. »Ich habe wirklich nicht mitbekommen, dass er sich von hinten an mich herangeschlichen hat.«

Josephine bekam einen Kloß im Hals. Was würde die Freundin ihr gleich berichten?

»Er hat mich gepackt und auf die Säcke geworfen. So behäbig er sonst auch war, seine Hose hatte er so rasch herunter, wie ich gar nicht gucken konnte. Er hat sich auf mich geworfen und dann … Na ja, du weißt schon.«

»Hat er es geschafft?«

Lotte schwieg, den Blick ins Leere gerichtet. »Ich musste an Berlin denken und was mir dort angetan wurde. Das wollte ich auf keinen Fall noch einmal durchmachen. Als er noch an meinen Röcken fingerte, konnte ich die kleine Handschaufel greifen, die wir zum Abfüllen des Zuckers nehmen. Ich habe ausgeholt und sie ihm gegen den Kopf geschlagen.«

»Ja!« Josephine stieß begeistert die Faust in die Luft. »Das geschieht ihm recht!«

Lotte schüttelte den Kopf. »Das hätte ich auf keinen Fall tun sollen, vor allem hätte ich kein zweites Mal zuschlagen dürfen.«

»Er wollte dir Gewalt antun. Wäre ich an deiner Stelle gewesen, hätte ich wie verrückt auf ihn eingeprügelt.«

»Das ist etwas anderes. Du bist jemand von gesellschaftlichem Rang.«

»Das ist gar nichts anderes«, ereiferte sich Josephine, »gesellschaftlicher Rang hin oder her. Wenn ein Kerl einem Mädchen so etwas antun will, gehört er wie ein räudiger Hund geprügelt, und zwar so lange, bis er kaum noch aufstehen kann.« Sie sah Lotte prüfend an. »Er ist doch wieder aufgestanden, oder?« Sie schlug erschrocken die Hand vor den Mund. »Oder hast du ihn totgeschlagen?«

Lottes Mundwinkel zuckten. »Aber nein, wo denkst du hin?« Über ihre Lippen drang ein bitteres Lachen. »Ich habe die Schaufel fallen lassen und bin nach oben gerannt, leider direkt in die Arme der gnädigen Frau, die mich sogleich fragte, was geschehen sei. Ich kam aber gar nicht dazu, ihr zu antworten, weil ihr Mann mir gefolgt war und mit offener Hose, die er nur mühsam über seinem Gesäß hielt, die Stufen heraufkam.«

»Und dann?«

»Dann hat sie mich hinausgeworfen. Ein leichtes Mädchen hat sie mich genannt, eine, die alles tun würde, um die Männer wild zu machen. Ich könne froh sein, wenn sie mich nicht den Behörden meldet.« Lotte stöhnte leise. »Meinen Lohn habe ich auch nicht mehr bekommen. Also habe ich dem Vermieter meiner Mutter Bescheid gegeben, dass ich ausziehe, weil ich die

Wohnung nicht mehr bezahlen kann. Er hat die Sachen meiner Mutter behalten, um so wenigstens einen Teil seiner Kosten wieder reinzuholen.« Sie zuckte die Schultern. »Mir ist von ihr nur ihre Lieblingshalskette geblieben.«

»Dann ist da drin also dein ganzer Besitz?« Josephine sah auf den Koffer, den Lotte vom Flur mit ins Wohnzimmer gebracht und dort abgestellt hatte.

»Ich fürchte, ja.«

»Ach, Lotte.« Sie beugte sich vor und umarmte die Freundin. »Das ist alles so ungerecht. Es tut mir so unendlich leid für dich.«

»Ich wusste nicht, was ich tun soll. Da habe ich vom letzten Geld, das ich noch hatte, ein Billett gelöst und bin hierhergekommen.«

»Und das war die beste Entscheidung, die du hättest treffen können«, versicherte ihr Josephine. »Glaub mir, hier wird dir so etwas nicht geschehen.«

»Denkst du, ich kann eine Weile hierbleiben, bis ich weiß, wie es weitergeht?«

»Das denke ich nicht nur, das weiß ich genau. Und mehr noch: Ich werde dir helfen, in Binz eine Anstellung zu finden, damit du dir ein gutes Leben aufbauen kannst.«

»Aber Josie, ich muss doch zurück nach Billerbeck.«

»Warum? Deine Mutter ist tot, und dieser Widerling aus dem Café könnte dir dort jederzeit über den Weg laufen. Das kannst du doch unmöglich wollen.«

»Ich habe noch Schulden bei dem Bestatter«, gestand Lotte ein.

»Umso wichtiger, dass du die Möglichkeit bekommst, Geld zu verdienen«, befand Josephine. »Erst einmal brauchst du aber Ruhe, ausreichend Essen und Trinken und natürlich mich.« Sie tippte sich gegen die Brust. »Denn ich, Josephine von Plesow, bin das beste Mittel, das es gibt, wenn man endlich wieder lachen möchte.«

Lotte fiel ein Stein von Herzen. Josephine war einfach ein wunderbarer Mensch. Und tatsächlich fing Lotte trotz ihrer schwierigen Lage an zu lachen.

18. Kapitel

»Die meisten Menschen, denen ich begegne, haben keine Bedeutung für mein Leben. Doch die wenigen anderen überwältigen mich.«

Bernadette von Plesow

»Wäre die gnädige Frau von Plesow wohl zu sprechen?« Der Besucher hatte eilig seinen Hut abgenommen, als er das Grand Hotel betreten und Werner Druminski an der Rezeption angesprochen hatte. »Mein Name ist Koldehofer, Herbert Koldehofer.«

»Einen guten Tag, Herr Koldehofer. Bedaure«, gab der Rezeptionist zurück. »Die gnädige Frau möchte am heutigen Tage ausdrücklich nicht gestört werden.« Druminski war verwundert gewesen, als seine Chefin ihm diese Weisung erteilt hatte, war es doch in all den Jahren nicht oft dazu gekommen. Er kannte den Grund hierfür nicht, doch die gnädige Frau war am heutigen Tage so gut gelaunt, ja geradezu glücklich ins Hotel gekommen, wie Werner es seit Monaten nicht mehr erlebt hatte. Er würde ihr diese heitere Stimmung gewiss nicht nehmen, vielmehr würde er entschlossen dafür Sorge tragen – ausgenommen, es gäbe einen Brand und eine Evakuierung stünde ins Haus –, dass ihrem Wunsch entsprochen wurde.

»Aber es ist wirklich wichtig«, versuchte Koldehofer es erneut.

Druminski hob in einer hilflosen Geste die Hände. »Ich würde Ihnen wirklich gern helfen, Herr Koldehofer …«

»Es geht um die Schwiegertochter der gnädigen Frau«, fiel ihm dieser ins Wort.

Druminski meinte, sich zu erinnern, dass er der Wirt einer der Kneipen ganz in der Nähe des Grand war. Er überlegte kurz.

»Steht die Schwiegertochter der gnädigen Frau in Flammen und hat sie vor, in diesem höchst beklagenswerten Zustand das Hotel zu betreten?«

»Wie bitte?« Koldehofer sah ihn mit offenem Mund an.

»Nicht? Nun, dann kann ich leider nichts für Sie tun. Ein Brand ist die einzige Ausnahme für die ausdrückliche Weisung der gnädigen Frau.«

Koldehofer klappte den Mund zu und schien zu überlegen, was er noch vorbringen könnte, doch dann gab er sich geschlagen. »Würden Sie der gnädigen Frau bitte ausrichten, sie möge mich kontaktieren, sobald es ihre Zeit erlaubt? Sie weiß, wie sie mich erreichen kann. Die Angelegenheit ist wirklich von größter Wichtigkeit.«

»Das werde ich selbstverständlich gern tun, Herr Koldehofer«, versicherte der Rezeptionist.

Koldehofer zögerte, doch dann setzte er seinen Hut wieder auf, wünschte einen guten Tag und verließ das Hotel.

* * *

Bernadette lehnte sich aus dem weit geöffneten Fenster, atmete tief die hereinströmende Seeluft ein und lauschte den Klängen des Akkordeons, die von der Seebrücke zu ihr herüberwehten. In Gedanken war sie bei der vergangenen Nacht und bei Johannes. Voller Zärtlichkeit hatten sie sich einander hingegeben, sich wieder und wieder geliebt. Es war vermutlich das Unbedachteste, was Bernadette je getan hatte, und früher hätte sie sich gewiss dafür geschämt. Doch nicht heute. Hier und jetzt war alles richtig und gut, und zwar so, wie es war. Johannes war ihr so vertraut, dass Bernadette meinte, ihn nicht erst ein paar Tage, sondern Jahre oder auch Jahrzehnte zu kennen. So vieles zwischen ihnen bedurfte keiner Worte, und Bernadette genoss diese Vertrautheit mehr als alles andere.

Seit dem Tod ihres Mannes hatte sie nur zwei Männer in ihr Herz gelassen, im letzten Jahr Major Götz Wilhelm und jetzt Johannes. Ihr Bett hatte sie freilich mit einigen weiteren geteilt, doch dies aus anderen Gründen. Sie hatte ihren Körper als Mittel zum Zweck eingesetzt, das zu bekommen, was sie wollte, doch letzte Nacht hatte sie gespürt, was echte Leidenschaft war.

Ihr Blick fiel auf den unter ihr liegenden Eingang des Hotels, aus dem nun ein Mann heraustrat. Erst als er sich vom Gebäude entfernte, die Promenade überquerte und sich dann nach links wandte, sodass sie sein Profil sehen konnte, erkannte sie, dass es Herbert Koldehofer war. Was hatte er im Hotel gewollt? Sie kannte den Wirt seit Jahren, konnte sich jedoch nicht erinnern, ihn jemals im Grand gesehen zu haben. Sie hatte Werner Druminski gebeten, dafür zu sorgen, dass sie heute Morgen von niemandem gestört wurde, auch wenn sie dabei eigentlich ihren früheren Verlobten, Major Götz Wilhelm, im Sinn gehabt hatte. Götz würde heute vermutlich noch einmal vorbeikommen, um sie zu sprechen, und sie kannte ihn gut genug, um zu wissen, dass er sich so schnell nicht abwimmeln lassen würde. Sie hatte nicht die geringste Ahnung, weshalb er wieder in Binz war. Ja, es stimmte, dass sie keine Gelegenheit zu einer Aussprache gehabt hatten, als Götz vor einigen Monaten Binz verlassen hatte. Damals hatte Bernadette einfach nicht die Kraft gehabt, zu sehr war sie noch in ihrer Trauer um Alexander gefangen gewesen. Sie wusste, dass sie sich nicht richtig verhalten hatte – immerhin hatten Götz und sie heiraten wollen, bevor ihre gemeinsamen Pläne von einem Tag auf den anderen geplatzt waren. Nein, ihr Verhalten war wirklich nicht richtig gewesen. Götz hatte weder Alexanders Tod zu verantworten, noch hätte er irgendetwas tun können, um die Trauer oder den Schmerz von Bernadette zu nehmen.

Und dafür würde sie sich bei Götz entschuldigen. Doch nicht heute. Nicht heute, wo sie das Gefühl hatte, Johannes noch immer auf ihrer Haut zu spüren. Ihr hatte nicht der Sinn nach einer Beziehung gestanden, und sie war weit davon entfernt gewesen, Gefühle für einen Menschen zu entwickeln oder auch nur zuzulassen, aber die Begegnung mit Johannes hatte sie mit sich gerissen wie eine gewaltige Welle, die alles überflutet und mit sich ins Meer zieht, ohne dass sie die Möglichkeit bekam, sich irgendwo festzuhalten oder gar dagegen zu wehren.

Vielleicht lag es daran, dass von vornherein feststand, dass ihre Zeit mit Johannes begrenzt war. Bernadette würde keine Entscheidung treffen müssen, ob sie eine Beziehung eingehen wollte oder nicht. Dazu würden weder sie noch Johannes die Gelegenheit bekommen. Sie wusste nicht, wie viel Zeit ihnen blieb, doch schon jetzt zerfraß sie der Gedanke, dass die gemeinsamen Stunden bald ein Ende finden würden, ohne dass irgendjemand etwas dagegen tun konnte.

Es war ungerecht, wie sie sich jetzt Götz gegenüber verhielt, dass sie sich weigerte, ihn auch nur zu sehen. Johannes und das wunderbare Gefühl für ihn hin oder her – sie würde mit ihrem ehemaligen Verlobten sprechen. Zumindest das war sie ihm schuldig.

Bernadette trat vom Fenster zurück und ging zu ihrem Schreibtisch. Sie nahm den Telefonhörer ab, rief Werner Druminski an der Rezeption an und teilte ihm mit, dass sie von jetzt an wieder zu sprechen sei, sollte jemand nach ihr fragen. Der Rezeptionist berichtete ihr, dass ein gewisser Herbert Koldehofer vorstellig geworden sei und sie in einer dringenden Angelegenheit ihre Schwiegertochter betreffend zu sprechen wünsche. Bernadette behielt für sich, dass sie Koldehofer bereits gesehen hatte, dankte für die Information und legte auf. Anschließend setzte sie sich an ihren Schreibtisch. Deshalb war Koldehofer also gekommen. Vermutlich war Margrit zu ihm gerannt und hatte ihn um Hilfe gebeten, weil Bernadette sie zwang, sich eine andere Bleibe zu suchen. Wie jämmerlich. Nein, sie hatte für die Ehefrau ihres verstorbenen Sohnes keinerlei Verständnis. Vielmehr empfand sie eine gewisse Verachtung, müsste sich Margrit doch spätestens jetzt, wo sie allein für die Kinder verantwortlich war und ihnen eine Zukunft bieten musste, endlich dazu durchringen, für sich selbst einzustehen. Bernadette überlegte kurz, dann griff sie erneut zum Hörer und rief in der Anwaltskanzlei von Dr. Philipp Hoffmann an, der seit Jahren sämtliche Rechtsangelegenheiten der von Plesows regelte.

Die Sekretärin meldete sich, Bernadette nannte ihren Namen und wurde sofort mit dem Justiziar verbunden.

»Philipp, mein Lieber«, grüßte Bernadette. »Bernadette. Welch wunderbare Überraschung. Ich hoffe, du bist bester Gesundheit?«

»Aber ja, danke. Warum ich dich anrufe«, kam sie sogleich zur Sache. »Ich möchte meiner Schwiegertochter Alexanders Erbe ausbezahlen.«

»Hm. Dazu muss ich nachsehen, wie lange die letzte Bewertung des Hotels zurückliegt.«

»Einfacher wird es sein, bei der Bank nachzufragen«, erklärte Bernadette. »Zur Finanzierung der neuen Terrasse habe ich das Hotel erst im letzten Jahr schätzen lassen. Wende dich einfach an Herrn Jahns. Und solltest du eine weitere Vollmacht benötigen, lass es mich bitte wissen. Doch vermutlich reicht es, wenn du ihn herzlich von mir grüßt.«

»Selbstverständlich, Bernadette, ich werde mich darum kümmern.«

»Ach ja, da ist noch etwas, Philipp. Ich möchte nicht, dass die Kosten für den Bau der Terrasse als Verbindlichkeit vom Wert des Hotels in Abzug gebracht werden.«

»Ach nein?«

»Nein. Margrit wird keinen Nutzen mehr aus dieser Investition ziehen können, und ich möchte die Angelegenheit korrekt regeln.«

»Das ist sehr großzügig von dir, Bernadette. Ich werde es berücksichtigen.«

»Außerdem soll in den Vertrag aufgenommen werden, dass die Hälfte der Erbsumme, die zu je einem Viertel den Zwillingen zusteht, von Margrit so angelegt wird, dass sie selbst keinen Zugriff darauf hat, sondern allein Paul und Erich, sobald sie erwachsen sind.«

»Das dürfte deiner Schwiegertochter nicht gefallen.«

»Nein, sie wird sich vermutlich dagegen zur Wehr setzen. Aus diesem Grunde erhöhen wir im zweiten Schritt die Summe, die sie bekommt, wenn sie unterschreibt. Bei einem schwachen Charakter wie dem meiner Schwiegertochter genügt es, ein wenig mit Scheinen zu wedeln. Ihre Gier ist so groß, dass sie gar nicht anders kann, als zuzugreifen.«

»Was für eine bittere Erkenntnis«, befand der Rechtsanwalt.

»Bitter und überaus wahr«, stellte Bernadette fest und seufzte. »Leider ist es meine Schwiegertochter nicht gewohnt, zu arbeiten und ihren Lebensunterhalt selbst zu verdienen, doch genau das wird sie bald tun müssen.«

»Ich verstehe. Sobald ich mit der Bank gesprochen habe, werde ich die Verträge vorbereiten und dir einen Entwurf zukommen lassen«, ließ sich der Rechtsanwalt vernehmen.

»Danke sehr, Philipp. Aber ich habe noch eine weitere Bitte an dich. Meine Schwiegertochter benötigt eine Unterkunft. Etwas Angemessenes für sich und die Zwillinge.«

»Sie zieht aus deinem Haus aus?«

»In der Tat. Es ist das Beste so.«

Dr. Hoffmann überlegte einen Moment, dann fragte er: »Kennst du das Lehmann-Haus in der Margaretenstraße?«

»Nein, auf Anhieb nicht. Steht es leer?«

»Ja. Die Familie will verkaufen. Erwin Lehmann ist vor Kurzem mit seiner Familie nach Potsdam gezogen.«

»In der Margaretenstraße, sagst du?«

»Ja, Margaretenstraße 22, das Eckhaus. Links davon geht es direkt zur Strandpromenade. Es ist nicht allzu weit von eurem Haus entfernt.«

Kurz überlegte Bernadette, ob es Sinn ergab, wenn die Schwiegertochter in ihrer Nähe blieb, doch letztendlich, so entschied sie, war in Binz nichts sonderlich weit voneinander entfernt. Außerdem böte ihr das die Möglichkeit, den Kontakt zu den Zwillingen aufrechtzuerhalten. Bernadettes stille Hoffnung war, dass das Verhältnis zu Margrit womöglich etwas entspannter würde, sobald diese erst einmal ihren eigenen Haushalt führte. Vielleicht würde sie statt ihrer ewigen Nörgelei und den nicht enden wollenden Forderungen ein wenig Dankbarkeit zeigen, wenn Bernadette oder Josephine sich gelegentlich um die beiden Jungs kümmerten, auch wenn sie selbst nicht recht von dieser Hoffnung überzeugt war.

»Ich werde es meiner Schwiegertochter vorschlagen. Vielen Dank, Philipp.«

»Melde dich, wenn ich noch irgendetwas tun kann. Auf bald, Bernadette, meine Verehrung.«

»Auf bald, Philipp.« Bernadette hängte ein.

Nur einen Augenblick nachdem sie den Hörer auf die Gabel gelegt hatte, klingelte das Telefon, und Werner war am Apparat.

»Ich bitte um Verzeihung, gnädige Frau.«

»Was gibt es denn, Werner?«

»Herr Major Götz Wilhelm ist da und fragt, ob Sie jetzt für ihn zu sprechen sind.«

Bernadette atmete tief durch. »Sicher, Werner. Schicken Sie ihn zu mir. Er kennt den Weg zu meinem Büro.«

»Sehr wohl, gnädige Frau.«

Bernadette atmete geräuschvoll aus. Nun galt es also, sich Götz zu stellen, und zwar schneller als gedacht. Noch bevor sie sich wirklich sammeln konnte, klopfte es an der Tür.

»Ja, bitte!«, rief sie. Götz betrat den Raum.

»Guten Tag, Bernadette.«

»Ich bin froh, dass du gekommen bist«, hörte sie sich selbst sagen, und sie spürte, dass es die Wahrheit war.

19. Kapitel

»Ich spüre, dass ich mit jedem Tag stärker werde. Und wohl auch ein bisschen einsamer. Vermutlich ist das der Preis, den es zu begleichen gilt.«

Marie Reidel

Sie strich ihren Rock glatt, fuhr sich mit den Handinnenflächen über die zum Knoten gebundenen Haare, befeuchtete mit der Zunge ihre Lippen und hob den Kopf, bevor sie an die Tür von Zimmer 252 klopfte.

Es dauerte einen kurzen Moment, dann wurde die Tür geöffnet, und ein dickbäuchiger Mann Mitte fünfzig, der nicht viel mehr als einen Kopf größer war als Marie, öffnete.

»Ja?«

»Herr Redeker, guten Tag. Mein Name ist Marie Reidel, ich bin die Hausdame dieses Hotels.«

Er musterte sie von oben bis unten. »Ganz schön jung für eine Hausdame.«

»Wie bitte?« Marie lächelte freundlich, doch diese eine Bemerkung und die Art, wie er sie ausgesprochen hatte, genügten. Sie wusste, mit welcher Sorte Mann sie es hier zu tun hatte.

»Ich kann mir schon denken, weswegen Sie hier sind«, erklärte er, machte kehrt und ging ins Zimmer zurück, was Marie als Aufforderung verstand, ihm zu folgen.

Redeker ließ sich schwer auf einen der beiden Sessel fallen.

Marie wartete kurz, doch als keine Aufforderung kam, ebenfalls Platz zu nehmen, setzte sie sich einfach hin.

»Herr Redeker, mir ist zu Ohren gekommen, dass Sie unzufrieden sind?«

»Unzufrieden?« Er ballte die Hand zur Faust. »Die Mädchen, die Sie da haben, sind nicht sauber. Das ist ein Fall für die Behörden.«

»Wovon genau sprechen Sie, bitte?« Marie lächelte ihn an. »Sind Sie mit der Zimmerreinigung nicht einverstanden?« Sie sah sich um. »Soweit ich es auf den ersten Blick beurteilen kann, scheint alles in Ordnung zu sein.«

»Nicht die Zimmermädchen«, blaffte er. »Die Mädchen drüben.«

»Ah, Sie sprechen vom Varieté, ich verstehe. Dann habe ich wohl etwas falsch verstanden. Ich hatte die Mitteilung über eine Beschwerde, das Hotel betreffend, erhalten.«

»Ist doch alles das Gleiche hier. Gehört doch alles Constantin von Plesow.«

»Gewiss, dennoch sind Hotel und Varieté verschiedene Unternehmen. Wenn ein Hotelgast mit irgendetwas unzufrieden ist, bin ich dafür zuständig, mich darum zu kümmern. Sollten Sie sich über das Varieté beschweren wollen, wenden Sie sich bitte an Herrn Köhler, der Herrn von Plesow während seiner Abwesenheit vertritt.«

»Mir ist es gleichgültig, bei wem die Behörden dreinschlagen, ob nun bei Ihrem Hotel hier oder drüben. In einem Haus von Ruf darf so was nicht vorkommen. Da kann ich mir ja gleich Mädchen von der Straße holen.«

»Ich fürchte, ich verstehe Sie nicht, Herr Redeker. Von welchen Mädchen sprechen Sie?«

»Sie wissen genau, wovon ich hier spreche, Fräulein. Nun tun

Sie mal nicht so. Ich habe die letzten drei Wochen viel Geld hiergelassen, nur um mir ein ausgesprochen unschönes Andenken einzuhandeln. Der Arzt wird Ihnen schon reinen Wein eingeschenkt haben. Ich habe die Syphilis, und dafür wird einer bezahlen, das verspreche ich Ihnen.«

Marie hielt seinem Blick stand. »Aha. Allerdings verstehe ich nicht, was Ihre Erkrankung mit dem Varieté zu tun hat, und mit dem Hotel schon gar nicht.«

»Ich war während meiner Zeit hier in Berlin nur bei den Weibern vom Varieté. Sonst nirgendwo.«

»Derartige Dienste werden im Varieté gar nicht angeboten. Dort gibt es Tänzerinnen, doch das ist auch alles.«

»So ein Blödsinn. Tanzen tun sie auch, ja. Aber wenn sie damit fertig sind, dann bringen die Dinger einen Kerl ganz schnell dazu, mit ihnen nach hinten zu verschwinden. Und das für mehr Geld als in jedem anderen Bordell, das ich kenne. Richten Sie Ihrem Chef aus, dass ich ihm die Hölle heißmachen werde, so wahr ich Gottfried Redeker heiße.«

»Herr Redeker, Sie sind jetzt bereits seit drei Wochen hier im Hotel. Und mit den weiteren Ausgaben drüben im Varieté, die Sie andeuten, dürfte es ein recht teurer Aufenthalt geworden sein. Vermutlich mehr, als Sie anfangs gedacht hatten.«

»Allerdings.«

»Könnte hierin das Problem liegen? Ohne Ihnen zu nahe treten zu wollen – kann es sein, dass Sie die Rechnung des Hotels nicht begleichen können und deswegen zu derart drastischen Behauptungen greifen?«

»Was erlauben Sie sich?« Redeker war aufgesprungen, schien es aber augenblicklich zu bereuen, so schmerzverzerrt, wie er sein Gesicht verzog. »Wenn Sie mir nicht glauben, können Sie ja den Arzt fragen.« Langsam ließ er sich in den Sessel sinken.

»Oh, dass Sie die Erkrankung nicht erfinden, glaube ich Ihnen selbstverständlich. Einzig wundert mich, weshalb Sie eine derartige Peinlichkeit an die große Glocke hängen.«

»Weil ich ein Gast bin und Sie dafür zu sorgen haben, dass es mir gut geht. Und damit«, er deutete auf seine Lendengegend, »geht es mir alles andere als gut.«

Marie setzte eine mitleidige Miene auf. »Ich bedauere aufrichtig, dass Sie krank geworden sind, und genau aus dem Grund werde ich dafür sorgen, dass Sie ärztlich betreut werden.«

»Der Arzt war schon da. Doch so etwas dauert«, grummelte er.

»Aber nein. Ich werde Ihnen einen Leibarzt zur Seite stellen, der Sie bis nach Hause begleitet. Zwei Männer von Herrn von Plesow werden dafür Sorge tragen, dass es Ihnen an nichts fehlt – Ihnen und Ihrer Ehefrau.«

Redeker funkelte sie wütend an. Er wusste, dass er verloren hatte.

»Gut, Herr Redeker, ich lasse Ihnen die Rechnung zusammenstellen, dann werden wir sehen, wie viel Sie davon bezahlen können.« Marie stand auf.

»Vermutlich nicht viel«, hörte sie ihn sagen.

Voller Verachtung sah sie auf ihn hinab. »Nun, das genügt uns. Hauptsache, Sie verschwinden, und wir müssen Sie hier in Berlin nicht mehr sehen.« Damit wandte sie sich zur Tür. »Wir sehen uns in zwanzig Minuten unten an der Rezeption, Herr Redeker.«

20. Kapitel

»Sehnsucht und Glück sind wie ein wunderbar glitzerndes Gewässer, in das ich genussvoll eintauchen möchte. Doch habe ich Angst vor dem, was mich am Grunde des Sees erwartet.«

BERNADETTE VON PLESOW

Sie fühlte sich erschöpft und gleichzeitig erleichtert. Das Gespräch mit Götz war besser verlaufen, als sie gedacht hatte. Ohne zu zögern, hatte er sie zur Begrüßung in seine Arme gezogen, ganz so, als wäre es selbstverständlich. Anschließend hatte er ihr ohne Umschweife erklärt, wie sehr er sie in den Monaten, seit er fortgegangen war, um seinen Militärdienst wieder aufzunehmen, vermisst hatte und dass er hoffte, es ginge ihr ebenso. Ohne auf seine Frage zu antworten, hatte Bernadette ihm gestanden, dass sie nicht wusste, was sie fühlen sollte, und das entsprach zu einhundert Prozent der Wahrheit.

Fast zwei Stunden waren sie in ihrem Büro geblieben und hatten sich ausgesprochen. Seinen Vorschlag, nach draußen zu gehen und über die Seebrücke zu spazieren, hatte sie abgelehnt, wollte sie doch keineswegs riskieren, zusammen mit Götz Johannes zu begegnen. Stattdessen hatte sie Werner an der Rezeption angerufen und eine gekühlte Flasche Weißwein bringen lassen, die sie gemeinsam geleert hatten. Anfangs noch ein wenig hölzern, waren sie mit jedem Moment, den sie zusammen verbrachten, immer entspannter geworden und hatten schließlich miteinander gescherzt und munter geplaudert. Ja, es fühlte sich für Bernadette tatsächlich so an, als wäre Götz nicht Monate, sondern höchstens ein paar Tage fort gewesen.

Am Ende hatten sie sich für den morgigen Abend zu einem gemeinsamen Essen verabredet. Heute würde sie sich wieder mit Johannes treffen – den morgigen Abend anderweitig zu verbringen würde sicher kein Problem darstellen. Sie war weder Johannes noch Götz Rechenschaft schuldig, und es gab im Grunde keinen Anlass, die Wahrheit nicht offen auszusprechen, doch die Befürchtung, sie könnte Johannes verletzen, ließ sie zurückschrecken. Das hatte er nicht verdient. Und Götz ebenso wenig. Sie musste sich zuerst selbst über ihre Gefühle klar werden, und sie wusste genau, dass ihre Beziehung zu Johannes, wenn man sie denn überhaupt so nennen konnte, ein Verfallsdatum hatte. Das mit jedem Tag näher und näher rückte. Weshalb sollte sie also die wenige Zeit, die ihnen noch gemeinsam bliebe, mit schweren Gesprächen füllen, statt sie zu genießen?

Heute Abend hatte sie Johannes zum Essen ins Privathaus eingeladen, damit dieser Josephine kennenlernen konnte, allerdings erst für zwanzig Uhr, obwohl sie sonst früher aß. Der Grund dafür war ganz einfach: So würde Margrit bereits gespeist und sich hoffentlich in ihre Räumlichkeiten zurückgezogen haben.

»Guten Abend!«, rief sie laut, als sie nun das Haus betrat. »Ich bin wieder da!«

»*Maman!*« Zu Bernadettes Überraschung kam Josephine aus dem Wohnzimmer statt wie sonst von oben aus ihrem Zimmer oder aus dem Atelier.

»Wie schön, dass du da bist. Ich habe eine Überraschung: Wir haben einen Gast.«

»Ach ja?« Kurz fragte sich Bernadette, ob Johannes womöglich schon früher hergekommen war, doch da trat bereits eine junge Frau, die Bernadette noch nie gesehen hatte, hinter Josephine aus dem Wohnzimmer.

»*Maman*, das ist Lotte, meine Freundin aus Billerbeck. Lotte, das ist meine Mutter, Bernadette von Plesow.«

Bernadette ging auf Lotte zu und streckte ihr die Hand entgegen. »Sehr erfreut, Lotte.«

»Gnädige Frau.« Lotte knickste. »Ich hoffe, es ist Ihnen nicht unrecht, dass ich Josephine besuche?«

»Josies Freundinnen sind mir stets von Herzen willkommen. Wie schön, dass Sie den Weg zu uns gefunden haben.«

»Das ist wirklich zu freundlich. Haben Sie vielen Dank, gnädige Frau.«

Bernadette lächelte. »Dann werden wir heute wohl in größerer Runde zu Abend essen«, teilte sie ihrer Tochter mit. »Ich habe deinen Onkel Johannes eingeladen.«

»Oh«, sagte Josephine und wandte sich dann an Lotte. »Du musst wissen, ich habe meinen Onkel selbst noch nicht kennengelernt. Es hat sich erst vor ein paar Tagen herausgestellt, dass ich überhaupt einen Onkel habe.«

Lotte sah sie überrascht an.

»Geheimnisvoll, nicht wahr?« Josephine lachte heiter auf.

»Sag, Josie, könnte ich dich kurz sprechen? Es geht um Margrit«, bat Bernadette.

»Aber natürlich.« Josephine fasste Lottes Arm. »Ich zeige Lotte nur eben das Gästezimmer, ja? Wir haben Stunden zusammengesessen und dabei völlig die Zeit vergessen.«

»Aber sicher doch. Ich warte im Wohnzimmer auf dich.« Bernadette wandte sich freundlich lächelnd zur Tür.

Lotte holte ihren Koffer, dann folgte sie Josephine die Treppe hinauf und ließ sich von ihr das Zimmer zeigen, das Mechthild für sie vorbereitet hatte.

»Richte dich erst einmal ein. Ich werde nur schnell mit meiner Mutter sprechen und komme dann wieder hoch.«

»Josephine, denkst du, deine Mutter möchte meinetwegen mit dir sprechen? Womöglich ist es ihr doch nicht recht, dass ich hier bin. Ich möchte dir keinesfalls Schwierigkeiten machen.«

»Ach, Lotte.« Josephine winkte ab. »Du machst dir die völlig falschen Gedanken. Glaub mir: Wenn meine Mutter sagt, sie möchte mit mir über Margrit sprechen, dann möchte sie mit mir über Margrit sprechen. Es gibt da so einige Probleme mit meiner Schwägerin, weißt du?« Josephine wusste, dass das eine faustdicke Lüge war. Sie würde Stein und Bein darauf schwören, dass ihre Mutter sie sogleich auf Lotte ansprechen würde. Doch das würde sie der Freundin gewiss nicht auf die Nase binden.

»Dann bin ich erleichtert«, stellte die nun fest, hob ihren Koffer aufs Bett und öffnete ihn. Josephine warf einen Blick über ihre Schulter und stellte voller Mitgefühl fest, wie ärmlich Lottes Sachen wirkten.

»Weißt du was?« Sie schenkte der Freundin ein aufmunterndes Lächeln. »Zur Feier des Tages werden wir uns gleich ganz schick machen. Du kannst dir etwas aus meinem Schrank aussuchen, ja?«

»Aber nein, das ist nicht nötig. Ich habe doch selbst etwas mitgebracht.«

»Ach, komm schon«, versuchte Josephine sie zu überzeugen. »Das wird lustig. Ich habe mir immer eine Schwester gewünscht. Und jetzt, wo du für eine Weile hierbleibst, können wir ja so tun, als ob.«

»Wenn du meinst.« Lotte schien zu ahnen, aus welchem Grund die Freundin ihr den Vorschlag machte. Doch das sagte sie nicht. »Bestimmt hast du recht. Das wird lustig.«

»Sag ich doch. Bin gleich wieder da! Bis dahin genieß einfach die Aussicht aus dem Fenster – die See sieht im Licht der Abendsonne magisch aus.«

Schon im nächsten Moment und ohne dass Lotte noch etwas erwidern konnte, war Josephine zur Tür hinaus. Lotte hörte sie die Treppenstufen hinunterlaufen. Im nächsten Moment fiel eine Tür ins Schloss.

»Da bist du ja. Setz dich kurz.« Bernadette deutete einladend aufs Sofa. »Ist Margrit im Haus?«

»Ja, sie ist in ihrem Schlafzimmer. Und die Zwillinge sind ebenfalls oben. Inge ist bei ihnen. Ich weiß nicht, wie sie die beiden so ruhig bekommen hat. Bis vorhin war von oben ein fürchterliches Gebrüll zu hören.« Josephine lachte.

»Eigentlich wollte ich mit dir gar nicht über Margrit sprechen, sondern über deine Freundin«, räumte Bernadette ein.

»Das dachte ich mir schon.« Josephine ließ sich in den Sessel sinken. »Ich habe dir bereits von ihr erzählt«, fing sie an und sah ihre Mutter eindringlich an.

»Sie ist das Mädchen, das du in Berlin kennengelernt hast, nicht wahr? Daher kenne ich den Namen.«

Josephine nickte.

»Das Mädchen, das du aus dem Hotel geschafft hast, um sie Constantins Zugriff zu entziehen?«, hakte Bernadette nach.

»Ja, *maman*.«

»Und was macht sie hier in Binz?«

Josephine seufzte. Dann erzählte sie ihrer Mutter, was sie von Lotte erfahren hatte und in welcher Situation diese sich befand.

»Dann hat sie im Grunde kein Zuhause mehr, nicht wahr?«

»Nein.« Josephine schüttelte den Kopf. »Sie tut mir so leid.«

Bernadette seufzte. »Es ist noch immer wie früher, wenn du jeden Vogel, der sich den Flügel gebrochen hatte, und jede streunende Katze mit nach Hause brachtest.« Sie schüttelte den

Kopf, doch an ihrer Miene konnte Josephine erkennen, dass sie ihr nicht böse war.

»Es ist also in Ordnung?«, fragte Josephine zögerlich und zog den Kopf ein, ganz so, als erwarte sie ein Donnerwetter.

»Natürlich ist es das.« Bernadette stand auf. »Na, mach schon. Geh nach oben und richte dem Vögelchen den gebrochenen Flügel. Ich gehe derweil zu Margrit und teile ihr mit, dass in der Margaretenstraße ein Haus zum Verkauf steht.«

Josephine umarmte die Mutter stürmisch. »Ach, *maman*, du bist wirklich der allerbeste Mensch der Welt.«

Bernadette schmunzelte. »Der Ansicht wird deine Schwägerin gewiss nicht sein.«

***

»Du kanntest wirklich Jesko von Puttkamer?« Josephine sah Johannes erstaunt an. »Ich habe in der Schule mal etwas über ihn schreiben müssen.«

»Wirklich?«

»Ja, ganz bestimmt.« Josephine setzte sich aufrecht hin. »›Ein deutscher Gouverneur und kaiserlicher Kommissar als Herrscher über die Neger‹«, zitierte sie, was ihr in Erinnerung geblieben war. »Es ging darum aufzuzeigen, ob die Stärke von Puttkamers von seiner Herkunft aus einem pommerschen Adelsgeschlechts herrührte und er schon deshalb seinem Vorgänger Eugen von Zimmerer überlegen war.«

»Nun, soweit ich weiß, wurde von Zimmerers Kolonialpolitik vor allem deshalb gerügt, weil er die Expansion ein wenig aus den Augen verloren hatte«, sagte Johannes.

»Auch wenn du unter von Puttkamer tätig warst, ich fand von Zimmerer besser«, bemerkte Josephine ein wenig flapsig, was ihr einen tadelnden Blick ihrer Mutter einbrachte. »Ist doch wahr«, bekräftigte Josephine. »Ich glaube, von Zimmerer war netter.«

»Das ist schon möglich«, räumte Johannes ein. »Aber es gibt bekanntlich immer zwei Seiten, und ich kann nur sagen, dass ich von Puttkamer als recht aufgeklärten und überlegten Mann kennengelernt habe.«

»Könnten wir uns bitte nicht über Politik unterhalten«, bat Bernadette. »Oder wollt ihr, dass Lotte und ich uns langweilen?« Sie lächelte die junge Frau an, die neben Josephine und damit Bernadette gegenüber saß, die ihrerseits neben Johannes Platz genommen hatte.

»Und wo kommen Sie her, Lotte?«, fragte nun Johannes.

»Aus Billerbeck. Das ist im Münsterland.«

»Oh, Billerbeck. Das kenne ich. Der Ludgerus-Dom, nicht wahr?«

»Ja, genau.« Lottes Augen strahlten. »Sie sind der erste Mensch, dem ich begegne, der auf Anhieb weiß, wo Billerbeck ist und dass wir einen Dom haben.«

»Ich hatte das Glück, in meinem Leben ein bisschen herumzukommen. Der Chorraum mit den Buntglasfenstern hat mich damals sehr beeindruckt. Ich sehe ihn jetzt, wo ich daran denke, direkt vor mir.«

Lotte hing an seinen Lippen. »Wirklich? Mir geht es ganz genauso. Ich war nicht oft in dem Dom, nicht mehr als eine Handvoll Male, doch die bunten Glasscheiben mit den Menschen in den farbenfrohen Gewändern …« Sie fasste sich an die Brust. »Das ist wirklich wunderschön.«

»Tja, mit so etwas können wir hier in Binz nicht mithalten«, musste Bernadette eingestehen. »Aber wir haben die See.«

»Und das Grand«, fügte Josephine hinzu und hob mahnend den Zeigefinger.

»Das stimmt.« Bernadette erhob ihr Glas. »Auch wenn es eigennützig scheinen mag, doch ich trinke auf das Grand und diesen wunderbaren Abend, an dem wir als Familie und Freunde zusammengekommen sind.« Sie beugte sich vor. »Ach, und Lotte, bitte nenn mich Bernadette.« Sie hob das Glas und prostete den anderen zu.

Lotte saß da mit offenem Mund, und auch Josephine war von dem Angebot der Mutter überrascht. Irgendwie wirkte sie so glücklich, ja fast schon befreit, dass Josephine sich fragte, was der Grund hierfür war. Zwar glaubte und hoffte sie, dass die gute Laune ihrer Mutter vor allem der Tatsache geschuldet war, dass Josephine heim- und somit in ihr Leben zurückgekehrt war, und gewiss trug auch die Tatsache, dass Margrit in absehbarer Zeit ausziehen und damit die zermürbenden Auseinandersetzungen ein Ende finden würden, dazu bei, doch irgendwie hatte sie das Gefühl, dass da noch etwas war, was ihrer Mutter das Leben ein bisschen schöner machte. Sie wusste nur nicht, was es war. Erst als sie den Blick sah, den Bernadette und ihr Onkel Johannes tauschten, als sie sich zuprosteten, kam ihr eine leise Ahnung.

»Ich bin überwältigt, gnädige Frau. Haben Sie vielen Dank. Sie sind zu freundlich.«

Bernadette lachte auf. »Hoffentlich nicht so überwältigt, dass du mich weiterhin siezen willst?«

»Aber nein, natürlich nicht.«

»Und Johannes und du kennt euch wirklich erst seit ein paar Tagen, *maman*?«, wechselte Josephine ziemlich abrupt das Thema.

»Johannes und ich?«, fragte Bernadette, unsicher, ob sie die Frage der Tochter richtig verstanden hatte.

Josephine nickte. »Ihr wirkt so vertraut miteinander.«

»Ja, eigenartig, nicht wahr?« Johannes lächelte Josephine an.

»Bernadette und ich haben das auch schon bemerkt. Fast ist es, als würden wir uns bereits Jahre kennen. Aber es stimmt, ich bin erst letzte Woche hierhergekommen. Womöglich ist es, weil ich deinem Vater ähnele.«

Josephine musterte ihn nachdenklich, dann lächelte sie ebenfalls. »Aber natürlich. Das ist es. Auf den ersten Blick bemerkt man die Ähnlichkeit gar nicht, aber jetzt, wo du es sagst …«

Bernadette dachte sich ihren Teil, doch sie zog es vor, ihrer Tochter beizupflichten. »Es stimmt, nicht wahr?«, brachte sie sich nun ein. »Vater und Johannes haben tatsächlich große Ähnlichkeit, vor allem in ihrer Art und ihrem Wesen.«

»Darf ich fragen, weshalb Sie sich erst nach so vielen Jahren kennengelernt haben? Waren Sie und Ihr Bruder zerstritten?«, traute sich Lotte zu fragen.

»Aber nein, keinesfalls. Mein Bruder Karl hatte keinerlei Kenntnis von meiner Existenz. Ich bin das, was man gemeinhin einen Bastard nennt«, erklärte Johannes freundlich.

»Bitte sprich nicht schon wieder dieses Wort aus«, bat Bernadette und wandte sich dann an Lotte. »Mein Ehemann und mein Schwager hatten den gleichen Vater, doch unterschiedliche Mütter.«

»Oh, das tut mir leid.«

»Muss es nicht.« Johannes schüttelte den Kopf. »Ich hatte eine schöne Kindheit. Meine Mutter hat mir erzählt, dass mein Vater gestorben sei, was ja auch zutraf. Die gesamten Hintergründe beichtete sie mir erst kurz vor ihrem Tod. Ich musste nie etwas entbehren, war stets gut versorgt, und mein Vater hat meiner Mutter bereits kurz nach meiner Geburt eine Summe zukommen lassen, von der wir nicht nur gut leben, sondern auch meine Schulausbildung und mein Studium begleichen konnten. Weshalb hätte ich mit meiner Situation unzufrieden sein sollen?« Er lächelte Josephine an. »Das Einzige, was ich ein wenig bereue, ist, dass ich euch nicht schon früher aufgesucht habe. Ich hätte gern meinen Bruder kennengelernt, und da ich selbst keine Nachkommen habe, dich und deine Brüder schon als Kinder erlebt. Dann wäre ich euch ein richtiger Onkel gewesen.«

»Was für ein schöner Gedanke«, stimmte Josephine zu. »Aber ach, wir haben noch so unendlich viel Zeit. Auch wenn wir uns erst spät kennengelernt haben, können wir jetzt das Beste daraus machen.«

Johannes und Bernadette tauschten einen Blick, den Josephine nicht recht deuten konnte.

»Moment«, fügte sie rasch hinzu. »Willst du uns etwa schon bald wieder verlassen? Du bist doch gerade erst in unser Leben getreten.«

»Nein«, sagte Johannes nachdenklich. »Ich versichere dir, diesen Wunsch hege ich nicht.«

Josephine lächelte erleichtert, dann erzählte sie Johannes von ihrer Künstlertätigkeit und davon, dass sie in zwei Tagen nach Leipzig reisen würde, um ihre Vernissage vorzubereiten. Als sie merkte, wie aufmerksam er zuhörte, lud sie ihn kurzerhand ein, ihre Mutter zu begleiten, die ebenfalls nach Leipzig fahren würde.

»Eine wunderbare Idee«, lobte Bernadette, und Johannes versicherte, dass er stolz wäre, dabei sein zu dürfen. Nur Lotte blieb still, und die Angst stand ihr förmlich ins Gesicht geschrieben.

»Hab keine Sorge, Lotte«, beschwichtigte Josephine, der die Sorge ihrer Freundin nicht verborgen blieb. »Du wirst mich selbstverständlich begleiten.«

Lotte war anzusehen, dass ihr offenbar ein ganzer Felsbrocken vom Herzen fiel.

»Was dachtest du denn?«, rief Josephine lachend. »Dass ich dich hier lasse, damit du dich den ganzen Tag langweilst?«

Bernadette musterte das blasse, dünne Mädchen einen Moment lang. Sie wusste, was Lotte in ihrer Zeit in Berlin unter Constantin hatte durchmachen müssen, und sie verspürte das dringende Bedürfnis, Wiedergutmachung zu leisten. »Sag mal Lotte, könntest du dir vorstellen, im Hotel eine Lehre zu machen?«, fragte sie daher nach kurzem Überlegen.

Lotte bekam große Augen.

»Soweit ich von Josie weiß, hast du zwar immer gearbeitet, doch mit einer Lehre in einem Hotel wie dem Grand hättest du eine bessere Grundlage, um eine gute Anstellung zu bekommen.«

»Ich …«, stammelte Lotte hilflos, »ich weiß nicht, was ich dazu sagen soll.«

»Mensch, Lotte«, Josephine stieß ihr in die Seite. »Das wäre doch klasse. Du könntest hier bei uns wohnen und das Geld, das du verdienst, beiseitelegen.« Sie warf ihrer Mutter einen fragenden Blick zu. »Ja«, pflichtete Bernadette ihrer Tochter bei. »Das könntest du. Du würdest genau wie alle anderen deinen Lohn erhalten, und du darfst nicht glauben, dass ich dich bevorzuge, nur weil du Josephines Freundin bist. Doch ich habe gewiss nichts dagegen, wenn du hier im Hause wohnst, und ich erwarte nicht, dass du etwas für das Zimmer bezahlst. Das Haus ist groß genug, und ob ein Zimmer nun leer steht oder du es dir darin gemütlich machst, ist schließlich kein Unterschied.«

Lotte öffnete den Mund und schloss ihn wieder. Die vorbehaltlose Unterstützung, die sie von Josephine und ihrer Mutter erfuhr, machte ihr Angst, hatte sie so etwas doch noch nie zuvor im Leben erfahren. Sie musste an ihre eigene Mutter denken, die auch stets gut zu ihr gewesen war, und spürte, wie ihr die Tränen in die Augen traten.

»Also wäre ich an Ihrer Stelle, Lotte, ich würde zustimmen

und vermutlich laut jubeln vor Freude«, stellte Johannes fest, der das Unbehagen der jungen Frau bemerkte, und griff zum Glas. »Auf Lotte! Auf dass sie ihr Glück findet!«

Bernadette und Josephine taten es ihm gleich. »Auf Lotte!«

21. Kapitel

»Entscheidungen muss der Kopf treffen. Das Herz ist hierfür ungeeignet.«

Constantin von Plesow

Constantin war erleichtert, als er sein Büro im Hotel Astor betrat. Er hatte den Boy angewiesen, seinen Koffer in seine privaten Räumlichkeiten zu bringen, und bisher darauf verzichtet, sich im Varieté sehen zu lassen oder auch nur bei Marie vorbeizugehen. Letzteres würde er gleich noch tun, schließlich wollte er sie nicht verärgern, außerdem war er gespannt darauf zu hören, was sich in den Tagen seiner Abwesenheit im Hotel zugetragen hatte.

Er ging zu dem kleinen Barschränkchen und schenkte sich einen Whisky ein, den er in einem Zug austrank. Genussvoll seufzend füllte er das Glas erneut und trat ans Fenster, um dem Treiben vor seinem Hotel zuzusehen. Die Reise, die hinter ihm lag, war zum vollen Erfolg geworden. Nicht nur München, sondern auch die anderen Städte, die er und seine Männer besucht hatten, standen loyal zu ihm.

Noch in Bayern hatte Constantin angeordnet, dass Gerd Nolte und die vier anderen nach Dresden, Chemnitz, Kassel, Hannover und Hamburg fahren, mit den Chefs der örtlichen Ringvereine sprechen und diese einschwören sollten. Er hatte Leipzig und Halle, die aus seiner Sicht wichtigsten Städte nahe Berlin, aufgesucht, um die dortigen Ringbrüder zu informieren. Gerd Nolte war noch vor ihm nach Berlin zurückgekehrt und hatte bei Ronald Sommer eine Nachricht für Constantin hinterlassen, dass alles seinen Wünschen entsprechend laufen und er sich sogleich auf den Weg zu Wolfgang Schenker machen werde, um das, was Constantin und er in München besprochen hatten, in die Tat umzusetzen. Des Weiteren lagen an der Rezeption telefonische Nachrichten von Ludger Schnurr, Klaus Denker, Peter Renken und Hans Lippmann für ihn bereit, in denen diese mitteilten, dass sich alle Ringbrüder auf seine Seite geschlagen hatten und ihm folgen würden. Der einzige Wermutstropfen war, dass er die Sache mit Schnidtke vorerst hatte auf Eis legen müssen, denn die neuen Umstände um Lodewald und von Kempner zu klären war von oberster Priorität. Er mochte es nicht, wenn er einmal gemachte Pläne auf die lange Bank schieben oder gar verwerfen musste, um einer neuen Situation zu begegnen. Andererseits war es womöglich sogar gut, dass ihm die Sache mit Lodewald und von Kempner dazwischengekommen war, konnten sich hierdurch doch vielleicht ganz andere Möglichkeiten ergeben, wie sich das Problem mit Schnidtke elegant aus der Welt schaffen ließe.

Es klopfte. »Herein!« Constantin drehte sich vom Fenster weg und sah zur Tür, durch die nun Marie trat. »Marie, wie schön! Ich wollte auch gleich zu dir.« Constantin freute sich aufrichtig, sie zu sehen.

Lächelnd ging sie auf ihn zu. »Ronald Sommer teilte mir gerade mit, dass du wohlbehalten wieder da bist. Wie schön, Constantin.«

Constantin zögerte kurz, dann schloss er sie in seine Arme. »Ach, was soll's. Früher habe ich dich zur Begrüßung auch immer umarmt«, sagte er, strich ihr über den Rücken und fühlte ihren zarten Körper unter seiner kräftigen Hand.

»Da habe ich aber auch noch nicht für dich gearbeitet«, stellte sie fest, dann legte sie ihren Kopf an seine Brust und atmete tief seinen Duft ein. Lange blieben sie so stehen, und als Constantin schließlich die Umarmung lockerte, fasste er Maries Schultern und sah ihr tief in die Augen. Ihr Gesicht war ganz nah vor seinem, so nah, dass er ihren Atem spürte. Langsam näherten sich ihre Lippen, dann, ganz plötzlich, hielt Constantin in der Bewegung inne. »Du weißt, wer ich bin und was ich bin«, stellte er mit rauer Stimme fest, voller Bedauern darüber, dass er nicht fühlen durfte, was er fühlen wollte.

Marie hielt seinem Blick stand und nickte fast unmerklich. »Ja, das weiß ich.«

»Ich kann es nicht riskieren zu lieben. Doch du weißt, dass ich genau das tue. Ich habe mich in dich verliebt, Marie.«

»Ja.« Wieder nickte sie. »Und ich empfinde genauso für dich.«

Der Griff um ihre Schulter wurde fester. Es war, als müsse er sich mit aller Macht zurückhalten, um nicht das zu tun, was er nur zu gern tun würde.

»Ich möchte dich nicht in Gefahr bringen. Mit einem Mann wie mir gibt es keine Zukunft.«

»Mit einer Frau wie mir auch nicht.« Sie hob ihre Hände, umfasste sein Gesicht, stellte sich auf die Zehenspitzen und küsste ihn. Er zog sie in seine Arme und erwiderte stürmisch ihre Küsse. »Ich wünschte, wir wären jetzt in Binz«, flüsterte Marie an seinen Lippen und schloss die Augen, um sich einem weiteren Kuss hinzugeben.

»Weshalb?«, fragte er und vergrub die Nase in ihren Haaren. Ihr Duft war so köstlich, dass ihm die Sehnsucht nach ihr beinahe körperliche Schmerzen bereitete. Was hätte er in diesem Moment dafür gegeben, sie zu lieben, sie ganz für sich zu haben!

»Weil wir dann die Seebrücke entlanggehen und dem Akkordeonspieler lauschen könnten. Ich liebe seine Melodien.«

Ohne Marie freizugeben, ging Constantin zum Sofa, ließ sich darauf fallen und zog sie auf seinen Schoß. »Ja«, sagte er dicht an ihrem Ohr. »Das wäre schön. Kann ich dir etwas anvertrauen?«

Marie nickte stumm und strich mit den Händen durch sein volles Haar.

»Soll ich dir verraten, seit wann ich weiß, dass ich dich liebe?«, fragte er leise.

Marie sah ihn mit großen Augen an.

»Seit du zwölf Jahre alt warst.«

»Wie bitte?« Ihre Augen wurden noch größer.

»Ja, es stimmt. Dir ist irgendein Missgeschick passiert, und du kamst zu deiner Mutter ins Hotel gelaufen, um ihr davon zu erzählen und sie um Hilfe zu bitten. Sie war aber nicht da, oder du hast sie nicht gefunden, das weiß ich nicht mehr so genau. Du hast unten im Gesindebereich gestanden und gegen die Tränen gekämpft. Als ich hinzukam, hast du sie rasch weggewischt, weil du nicht wolltest, dass ich dich weinen sehe.«

»Ich erinnere mich. Es war nicht mein Missgeschick, sondern das unserer Nachbarin. Frau Liebetrud hat sich aus ihrer Wohnung ausgesperrt und wollte den Schlüssel haben, den wir bei uns aufbewahrten. Doch ich konnte ihn nicht finden, und Frau Liebetrud war furchtbar aufgebracht, weil sie noch etwas auf dem Herd stehen hatte. Du hast mich damals in den Arm genommen, um mich zu trösten, und mir versprochen, dass du mir hilfst, meine Mutter zu suchen.«

»Ja, richtig. Die Nachbarin.« Er nickte. »Und dann kam deine Mutter von oben die Stufen herunter, und du hast mich so kräftig von dir geschubst, dass ich mit dem Hinterkopf gegen die Kittelhaken geprallt bin. An der Stelle ist bis heute eine Beule.«

Marie lachte auf. »Du schwindelst doch. Da ist bestimmt keine Beule.«

»Doch hier, fühl mal. Das hast du mit zwölf Jahren angerichtet.«

Marie legte ihre Hand an die Stelle, die Constantin ihr zeigte. »Da ist überhaupt nichts, Constantin von Plesow.« Auf einmal wurde ihr Blick ernst. »Du hast dich schon damals in mich verliebt?«

»Wahrscheinlich sogar noch früher. Doch seit dem Tag wusste ich es.«

»Aber du hast nie etwas gesagt.«

»Nein, irgendwie war da wohl immer das Gefühl, dass ich nicht gut genug für dich wäre.«

»Du?«, fragte Marie überrascht. »Der Sohn der Hotelbesitzer nicht gut genug für mich, die Tochter der Zimmerfrau?«

»Du weißt, dass ich mit diesem Standesdünkel noch nie etwas anfangen konnte. Für mich warst du immer nur die bezaubernde Freundin meiner kleinen Schwester.« Er strich ihr zärtlich mit dem Zeigefinger über die hohen Wangenknochen. Marie war schön, wunderschön, und das Besondere war, dass sie es nicht zu wissen schien.

»Du hast wirklich viel von deiner Mutter, weißt du das? Auch sie hat mir nie das Gefühl gegeben, weniger wert zu sein als sie selbst.«

Constantin lehnte sich ein kleines Stück zurück. Die Erwähnung seiner Mutter schmerzte ihn. Er wusste, dass sie ihm nachtrug, was seinerzeit mit der Familie Kaczmarek geschehen war. Sie hatten sich nach Alexanders Tod nicht ausgesprochen, was sie längst hätten tun sollen. Natürlich würde er ihr niemals sagen, dass Alexanders Tod kein Unfall gewesen war. Man hatte ihn kaltblütig ermordet, weil Constantin sich gegen die

Libellen gestellt hatte, die sich in Binz als gnadenlose Schutzgelderpresser übten. Er hatte nicht gewollt, dass dabei ein Unschuldiger ums Leben kam, und genau das musste er seiner Mutter endlich plausibel machen. »Weißt du was?« Er bedachte Marie mit einem nachdenklichen Lächeln und spielte mit einer sanft gewellten Haarsträhne, die sich aus ihrem ordentlichen Knoten gelöst hatte. »Auch wenn ich gerade erst wieder da bin, ist es vielleicht an der Zeit, nach Binz zu fahren und meine Mutter zu besuchen. Weshalb begleitest du mich nicht einfach?«

»Ach, Constantin …« Sie streifte flüchtig seine Lippen, als wolle sie damit ihr Bedauern ausdrücken, dass sie seinen Vorschlag ablehnen musste. »Wie soll das möglich sein? Ich habe zu arbeiten.«

»Ja, aber du hattest noch nicht einen einzigen freien Tag, seit du deine Stelle hier angetreten hast. Du könntest dich mit deiner Schwester treffen und meiner Mutter einen Besuch abstatten. Ich weiß doch, wie sehr du zu ihr aufblickst, und sie würde sich von Herzen freuen, dich zu sehen. Das weiß ich.«

Marie überlegte. Lisas Brief kam ihr in den Sinn, und sie überlegte, ob es nicht tatsächlich klug wäre, in Binz nach dem Rechten zu sehen und mit der Schwester zu besprechen, wohin sie ihr weiterer Weg führen sollte. Und der Gedanke, die gnädige Frau wiederzusehen, ließ ihr Herz erst recht höher schlagen. Doch da war auch die Angst, an den Ort zurückzukehren, der ihr so viel Leid gebracht und an dem sie die schwersten Stunden ihres Lebens hatte ertragen müssen. Doch sie war heute eine andere als vor einem Jahr, und wenn sie mit Constantin reisen würde, gäbe ihr dies womöglich die Kraft, mit dem, was geschehen war, Frieden zu schließen.

Constantin liebkoste zärtlich ihren Nacken.

»Aber wie stellst du dir das vor?«, fragte sie unschlüssig. »Wie sollen wir begründen, dass wir zusammen dort sind?«

»Ich weiß es nicht«, gestand Constantin ein. »Ich habe mir zuvor keinerlei Gedanken darüber gemacht.« Er zuckte die Schultern. »Uns wird schon eine Erklärung einfallen. Außerdem könnte es dort anders sein. *Wir* könnten dort anders sein, andere Menschen.« Er löste sich von ihr, stand auf und ging zum Fenster. »Dort bin ich nicht der Besitzer vom Astor, der Ganove, der Chef.« In seinen Worten schwang Verachtung mit. »Dort bin ich der Sohn der Bernadette von Plesow, Besitzerin des Grand Hotels, des ersten Hauses am Platz.« Er wandte sich wieder zu ihr um, und sie sah die Verletzlichkeit, die er tief in seiner Seele verborgen hielt.

»Du hast recht«, pflichtete sie ihm bei. »Wir könnten dort andere Menschen sein.«

Constantin kam zu ihr zurück und zog sie erneut in seine Arme, was Marie lächelnd geschehen ließ. »Also bist du einverstanden?«

»Ja, Constantin, das bin ich. Das bin ich wirklich.« Sie spürte ihre eigene Überraschung.

Constantin hob sie hoch und wirbelte sie einmal herum. Als er sie wieder auf die Füße stellte, bemerkte er: »Findest du es nicht auch eigenartig, wie richtig sich das alles anfühlt?«

»Ganz so, als sei es das Normalste auf der Welt, nicht wahr?«, stimmte sie zu.

»Ich habe nie bemerkt, dass du ebenfalls Gefühle für mich hast, süße Marie.«

Sie verzog die Lippen zu einem feinen Lächeln und nahm seine Hand. »Darf ich ganz ehrlich sein? Ich auch nicht. Ich mochte dich immer sehr gern, als Kind wie auch im Erwachsenenalter, doch an Liebe habe ich dabei nicht gedacht, schon gar nicht nach …« Sie brach ab. »Egal. Es zählt ohnehin nur, was ich nun für dich empfinde.«

Constantin sah sie an, dann zog er sie wieder auf die Couch. Marie verspürte einen Anflug von Panik. Was hatte er vor? Er würde sie doch nicht …

Doch anstatt zudringlich zu werden, sah er ihr erneut tief in die Augen.

»Du sagtest vorhin, mit einer Frau wie dir gebe es keine Zukunft. Was hast du damit gemeint?«

Marie spürte, wie ihr Herz anfing zu galoppieren. »Das ist mir nur so herausgerutscht«, stammelte sie verunsichert, dann fing sie sich wieder und straffte die Schultern.

»Nein.« Constantin schüttelte den Kopf. »Das hast du ernst gemeint.« In seinen Augen standen unausgesprochene Fragen.

Marie knetete nervös ihre Hände.

»Was ist geschehen, Marie?«, drängte Constantin. »Sag es mir.«

»Das kann ich nicht.« Sie hob den Kopf. »Nein, das ist nicht richtig. Ich will es nicht.« Sie sah ihm fest in die Augen.

»Ich werde dich nicht dazu drängen, mir dein Geheimnis zu verraten, auch wenn mich der Gedanke, dass dir jemand etwas angetan hat, förmlich zerreißt.«

Marie schüttelte den Kopf. »Nein, es ist nicht das, was du denkst. Mir wurde keine Gewalt angetan.«

»Gut.« Constantins Stimme wurde kalt. »Denn sonst wäre derjenige so gut wie tot.« Er zögerte, dann wandte er den Blick zum Fenster und fügte hinzu: »Mir ist bewusst, dass es immer Dinge geben wird, die wir einander nicht sagen können, wenn wir zusammen sind. Ganz gleich, aus welchem Grund.« Er wandte sich wieder Marie zu, die ihn überrascht und leicht verunsichert ansah.

»Du willst wirklich mit mir zusammen sein? Ich meine, ist das denn überhaupt möglich?«

»Das käme auf die Erwartungen an, die du an mich stellst. Ich liebe dich. Das habe ich nie zuvor zu einer Frau gesagt, aber du bist für mich die Eine, Marie.« Er sah, wie sie errötete, und seufzte. »Ich hatte etliche Mädchen, doch bedeutet hat mir keine etwas. In meinen Kreisen leben Ehefrauen gefährlich. Ich kann für mich die Verantwortung übernehmen, und meine Männer wissen ebenfalls, worauf sie sich einlassen. Doch ich kann nicht für dich die Verantwortung tragen. Sobald jemand erfährt, dass du die Frau an meiner Seite bist, schwebst du in Gefahr.«

»Für mich muss niemand die Verantwortung übernehmen. Das tue ich selbst.«

Constantin schüttelte mit einem gequälten Lächeln den Kopf. »Marie, die Leute, von denen ich spreche, machen nicht viel Federlesen.«

»Aber ich …« Weiter kam sie nicht, weil Constantin ihr den Finger auf die Lippen legte.

»Glaub mir, Marie, es ist so. Deshalb dürfte niemals jemand erfahren, was du mir wirklich bedeutest. Niemals!«, wiederholte er eindringlich. »Wir würden nie Kinder haben können, niemals ein Familienleben führen. Wir dürften uns nie zusammen zeigen, nicht einmal gemeinsam das Theater oder das Lichtspielhaus besuchen, damit niemand Verdacht schöpft. Wir wären zusammen und doch getrennt.«

Marie schluckte. »Aber zumindest wären wir zusammen.«

»Und du denkst, du könntest damit leben, nicht zu heiraten und auch niemals Mutter zu werden?«

Marie wurde schwindelig, doch sie riss sich zusammen und sah ihm fest in die Augen. Fast schien es ihr, als wäre das, was er soeben ausgesprochen hatte, die Antwort auf die Frage, wie sie jemals mit der Sünde, die sie begangen hatte, leben sollte, ohne daran zu zerbrechen. Sie hatte ein Kind abgetrieben und damit ein Menschenleben genommen. Zeigte ihr Gott in seiner unendlichen Güte in diesem Augenblick einen Weg auf, gab er ihr eine Chance, Buße zu tun und so doch noch ein Leben führen zu können, das lebenswert war?

»Nicht jede Frau ist dazu bestimmt, Mutter zu sein, und die Aufgaben, die das neue Leben seit meiner Ankunft aus Berlin für mich bereithält, erfüllen mich voll und ganz. Ja, ich bin bereit, auf ein Kind zu verzichten, um deine Frau sein zu können.«

»Das sagst du jetzt. Doch was ist in einem Jahr oder zwei?«

»Das weiß ich nicht«, gab sie ohne Umschweife zu. »Und du auch nicht. Ich habe für mich begriffen, dass es nur das Hier und Jetzt gibt. Alles andere weiß nur Gott allein, und das ist auch gut so. Wüssten wir, was uns im Leben widerfährt, würden wir wahrscheinlich nicht einmal mehr vor die Tür treten, um unserem unausweichlichen Schicksal zu entgehen.«

»Du bist wirklich ein sehr nachdenklicher Mensch, Marie. Und du hast vollkommen recht.« Er drückte sie fest an sich. »Lass uns zusammen sein, solange wir die Gelegenheit dazu haben. Lass uns unser Leben genießen, lachen, tanzen und lieben. Womöglich gibt es nach dem Morgen keinen weiteren Tag für uns. Doch wenn wir das Heute haben, haben wir ein ganzes Leben.«

Er löste die Umarmung, und Marie traten die Tränen in die Augen.

»Liebe mich, Constantin. Liebe mich, wie du noch nie zuvor eine Frau geliebt hast.« Sie ließ sich mit dem Rücken aufs Sofa sinken und half ihm, die Knöpfe ihrer Bluse zu lösen. Constantin zögerte nur kurz, dann küsste er sie so voller Leidenschaft, dass beiden fast schwindelig wurde.

Marie gab sich seinem Kuss hin, dann schob sie ihn ein Stück weit von sich. Sie sah seinen Blick, der lustvoll an ihrem Körper hinabglitt. Sie stand auf, streifte langsam die Bluse von ihren Schultern und spielte mit den Trägern ihres Unterkleids.

Er fuhr sich mit der Zunge über die Lippen, dann stand auch er vom Sofa auf und streifte das Hemd ab.

Marie trat einen Schritt auf ihn zu und machte sich an seiner Hose zu schaffen, während er dafür sorgte, dass ihr Unterkleid zu Boden glitt.

Mit einem leisen Stöhnen betrachtete Constantin ihre makellosen Brüste, beugte sich vor und fing an, sie mit den Lippen zu liebkosen. Marie keuchte und warf voller Genuss den Kopf in den Nacken. Als er sich wieder aufrichtete, um sie erneut voller Begierde zu küssen, umfasste sie mit beiden Händen sein Gesäß und zog ihn mit einem Ruck zu sich heran. Constantin stöhnte, lauter diesmal, und ließ sich mit ihr zusammen aufs Sofa gleiten.

»Ich will dich«, flüsterte sie mit rauer Stimme und spreizte einladend die Beine. Constantin streifte ihr das zarte Höschen ab und tauchte ein in den Beweis ihrer Leidenschaft. Marie schloss die Augen und gab sich ganz dem Rausch ihrer Sinne hin.

22. Kapitel

»Niemand hat das Recht, mir zu nehmen, was mein ist.
Es gibt Mittel und Wege, mir Gehör zu verschaffen,
und wenn es mit einem Donnerschlag ist.«

Margrit von Plesow

»Sie hat sich geweigert, mit Ihnen zu sprechen? Das ist ungeheuerlich.« Margrit stand in Herbert Koldehofers Kneipe und ballte wütend die Hand zur Faust.

»Bitte, gnädige Frau von Plesow, beruhigen Sie sich und setzen Sie sich doch erst einmal.« Er rückte ihr einen Stuhl an einem der Tische zurecht. »Der Rezeptionist des Grand wird Ihrer Schwiegermutter ausrichten, dass ich sie Ihretwegen zu sprechen wünsche. Sie wird sich ganz sicher bei mir melden«, versuchte Herbert Koldehofer ein wenig hilflos, die vollkommen aufgelöste Besucherin zu beruhigen.

Margrit setzte sich auf die Kante des bereitgestellten Stuhls. »Ich habe meine Schwiegermutter gestern gesehen, und sie hat kein einziges Wort davon erwähnt. Sie setzt mich und ihre eigenen Enkel auf die Straße, aber für ein dahergelaufenes Mädchen ist Platz im Haus. Das darf doch alles nicht wahr sein!«

»Von wem reden Sie, gnädige Frau? Ist die junge Dame, die neuerdings mit ihr unter einem Dach wohnt, denn nicht das Fräulein Josephine?«

»Doch, doch, selbstverständlich, die Tochter meiner Schwiegermutter ist nach Binz zurückgekehrt, aber die meine ich nicht. Ich rede von Josephines Freundin, so ein billig aussehendes Ding, vermutlich aus ganz schlechtem Hause. Wer weiß, womit die bisher ihr Geld verdient hat.« Margrits Wangen wurden rot vor Zorn. »Genau das ist es doch, was der Führer unserer Gefolgschaft in Deutschland bemängelt: diesen schrecklichen Verfall aller Werte.« Sie atmete tief durch, um sich zu sammeln, die Hände mit den beringten, sauber manikürten Fingern zu Fäusten geballt.

»Ich verstehe so gut, was in Ihnen vorgeht, gnädige Frau. Doch ich sehe keine Möglichkeit, Ihre Frau Schwiegermutter zum Einlenken zu bewegen.«

»Wollen Sie mir damit sagen, dass ich von Seiten der Bewegung keine Unterstützung zu erwarten habe? Und das, nachdem ich mich mehr als großzügig gezeigt habe?«

»Bei allem Respekt, gnädige Frau, bisher haben Sie lediglich ein großzügiges Versprechen gegeben, das offenbar auf recht wackligen Füßen steht.«

Margrit schnaubte. »Was erlauben Sie sich, Herr Koldehofer?«

Er hob in einer hilflosen Geste die Hände. »Ich gebe nur das wieder, was in der Gruppe gesprochen wird. Wie Sie wissen, haben wir uns auf Ihr Wort verlassen und die Zusage nach München weitergegeben. Es sind bereits zwei Telegramme eingetroffen, in denen auf die versprochene Zahlung gedrängt wird. Heilsbringer Hitler steht unter Druck, gnädige Frau. Die Gerüchte, dass es zwischen ihm und Ernst Röhm kriselt, werden immer lauter. Angeblich soll Röhm sogar mit Rücktritt als SA-Sturmführer gedroht haben, sollte Hitler seinen Legalitätskurs weiter fördern wollen und damit die Stellung des Frontbanns gefährden. Falls es tatsächlich dazu kommt, muss Hitler mit eigenen Mitteln den Ausbau der Sturmabteilung weiterführen. Und dafür braucht er Geld, gnädige Frau, und zwar dringend.«

»Das weiß ich doch!«, fuhr sie ihn an. »Glauben Sie etwa, das sei mir entgangen?« Tatsächlich hatte Margrit soeben das erste Mal von den Streitigkeiten zwischen Ernst Röhm und Adolf Hitler gehört. »Aus ebendem Grund halte ich den Zeitpunkt für eine Zahlung zur Förderung der Bewegung für denkbar schlecht. Wer weiß, ob das Geld nicht in irgendwelchen undurchsichtigen Kanälen versickert und am Ende gar nicht bei der Führung ankommt?«

An Koldehofers Schläfe begann eine Ader zu pochen. »Bei allem nötigen Respekt, gnädige Frau – genau dieses Zweifeln und Zaudern hat Deutschland in die Lage gebracht, in der wir uns heute befinden.« Er schüttelte fassungslos den Kopf. »Wie können Sie sich einerseits über den Verfall von Werten ereifern, dem wir scheinbar machtlos gegenüberstehen, und uns gleichzeitig die Mittel streichen, die es uns ermöglichen, dem entgegenzutreten? Ich bin enttäuscht, gnädige Frau. Aufrichtig enttäuscht. Ihr Ehemann wäre empört gewesen, hätte er diese Worte aus Ihrem Munde vernommen.«

Margrit behielt den Gedanken für sich, dass Alexander ihr in all den Jahren, die sie verheiratet gewesen waren, so gut wie nie widersprochen, geschweige denn sich über sie empört hatte. Er war viel zu sehr darauf bedacht gewesen, alles in der Waage zu halten und Streitigkeiten generell aus dem Wege zu gehen. Vermutlich lag das an dem Verhältnis zu seiner Mutter. Er war es nicht gewohnt, ihr zu widersprechen, und hatte dieses Verhalten auf Margrit übertragen. Was ihr nur recht gewesen war.

»Herr Koldehofer, ich muss doch sehr bitten. Wir reden hier von einer großen Geldsumme, und ich habe durchaus das

Recht, mich zu vergewissern, dass damit die Sache, die uns allen so wichtig ist, auch wirklich vorangebracht wird. Die Gruppe kann dankbar sein, dass ich mich überhaupt zur Bereitstellung des Geldes bereit erklärt habe.« Margrit reckte das Kinn vor. Sie würde sich nicht von diesem Koldehofer kleinkriegen lassen. Was bildete er sich eigentlich ein? Ein Kneipenwirt war er, nicht mehr, sie dagegen hielt dreißig Prozent am besten Hotel von ganz Binz.

Koldehofer deutete demonstrativ auf den leeren Tisch. »Ich sehe aber kein Geld. Und ich rate Ihnen dringend, einmal gegebene Zusagen einzuhalten, vor allem wenn es um die gemeinsame Sache geht. Wer uns nicht unterstützt, ist unser Feind, und man hört immer wieder Gerüchte, dass Mitglieder der gegnerischen Parteien unter Zuhilfenahme des Verbandes zum Umdenken gebracht werden sollen. Wir reden hier von gestandenen Männern und erfahrenen Politikern. Was denken Sie, gnädige Frau – wie wird man mit einer alleinstehenden Witwe verfahren, die nur um ihres Ansehens willen große Versprechungen macht, die sie dann nicht hält?«

Margrit verschlug es die Sprache. Sie wollte aufbegehren und sich empören, doch ein Blick in seine Augen verriet ihr, dass seine Worte keine Drohung, sondern eine Warnung waren.

»Ich werde das Geld besorgen und wie vereinbart an die Zentrale in München weiterleiten lassen«, erklärte sie, nachdem sie sich einen Moment besonnen hatte. Sie hob mahnend den Zeigefinger. »Doch sobald das geschehen ist, erwarte ich von der Gruppe vorbehaltlose Unterstützung. Habe ich mich da deutlich ausgedrückt?«

»Selbstverständlich, gnädige Frau«, erwiderte Koldehofer. »Das ist unser Motto: Die, auf die wir uns verlassen können, können auch auf uns zählen.«

Margrit verabschiedete sich und verließ die Kneipe. Draußen lehnte sie sich gegen die Hauswand und atmete tief durch. Ihre Knie zitterten. Auf was hatte sie sich da nur eingelassen? Ja, sie hatte sich womöglich ein wenig wichtiggetan, als sie so großspurig die Zuwendungen versprochen hatte, doch konnte man ihr das wirklich verdenken? Als die Männer um Koldehofer auf sie zugekommen waren, hatte sie geglaubt, sie wollten nur freundlich zu ihr sein und ihr als Alexanders Witwe Unterstützung anbieten. Soweit sie wusste, war ihr verstorbener Ehemann ein wichtiges Mitglied der Gruppe gewesen. Die übrige Binzer Gesellschaft hatte sich eher zurückgehalten, doch die geistlosen Kaffeekränzchen der Damen oder die zahlreichen Teegesellschaften, zu denen Margrit eingeladen wurde, galten einzig und allein dem Zeitvertreib, wohingegen diese Männer ein gemeinsames, wichtiges Ziel verfolgten. Und auch Margrit hatte sich wichtig gefühlt, als man sie indirekt aufforderte, den Platz ihres verstorbenen Ehemanns einzunehmen. Nur deshalb hatte sie sich darauf eingelassen: Sie wollte dazugehören, einer gemeinsamen Sache dienen, mithelfen, das deutsche Volk zu alter Stärke zu führen. Allein aus dem Grund hatte sie versprochen, die Männer so großzügig mit dem Erbe ihres Mannes zu unterstützen. Jetzt gab es für sie kein Zurück mehr. Sie musste das Geld nehmen, das Bernadette ihr angeboten hatte, selbst wenn sie damit ein schlechteres Geschäft machte als zu einem späteren Zeitpunkt. Sie konnte nur hoffen, dass sich ihre Schwiegermutter wie bisher in finanzieller Hinsicht als großzügig erweisen würde. Schließlich hätte Margrit von dem Erbe nicht nur die Zahlung an die Partei zu leisten, sondern müsste künftig auch für alle Haushaltskosten in ihrem neuen Heim aufkommen – Kosten, die Bernadette bislang stillschweigend übernommen hatte. Wie sie von der kläglichen Restsumme eine Haushälterin, eine Kinderfrau und auf alle Fälle auch noch eine Köchin finanzieren sollte, war ihr ein absolutes Rätsel.

Margrit stieß sich von der Wand ab, strich ihr Haar zurück und machte sich auf den Heimweg. Sie war so in Gedanken, dass sie beinahe nicht bemerkt hätte, dass dieser durch die Margaretenstraße führte. Hatte Bernadette ihr nicht gesagt, dass hier ein leer stehendes Haus zum Verkauf stehen sollte? Margrit konnte sich beim besten Willen nicht an die Hausnummer erinnern, also ging sie weiter und blieb dann und wann stehen, um in die Fenster zu blicken. Bei den meisten Häusern konnte man auf den ersten Blick erkennen, dass diese bewohnt waren, vor der Nummer 9 dagegen verlangsamte Margrit ihre Schritte und reckte den Hals, um besser erkennen zu können, ob sich etwas hinter den verschmutzten Scheiben tat. Als sich nichts rührte, trat sie zwei Schritte vor und beschattete das Gesicht mit den Händen, um ins Hausinnere zu spähen. Plötzlich sprang von innen ein Hund gegen die Fensterscheibe und bellte aus voller Kehle. Margrit schreckte zurück, stolperte und ging rücklings zu Boden. Eilig rappelte sie sich auf, klopfte ihr Kleid ab und blinzelte gegen die Tränen an, die ihr in die Augen schossen. Verlegen sah sie erst nach links und dann nach rechts. Zum Glück schien niemand ihr Missgeschick mitbekommen zu haben. Sie wollte gerade weitergehen, als die Haustür aufgerissen wurde. Ein Mann trat heraus.

»Alles in Ordnung?«, fragte er besorgt.

»Wonach sieht es denn aus?«, gab Margrit schnippisch zurück. »Ist das Ihr Hund da drinnen?«

Der Mann nickte.

»Das Tier hat wohl Tollwut«, schimpfte sie weiter. »Die Bestie ist ans Fenster gesprungen und hat mich so sehr erschreckt, dass ich gestürzt bin. Sehen Sie sich nur mein Kleid an!« Sie deutete anklagend auf einen dunklen Schmutzfleck an der Seite.

Der Mann konnte sich ein Grinsen nicht verkneifen.

»Halten Sie das für komisch?«

»Also, zum einen hat meine Emma ganz bestimmt keine Tollwut. Und sie als Bestie zu bezeichnen dürfte wohl auch etwas übertrieben sein.« Er drehte sich um und rief ins Haus hinein: »Emma, Emma, bei Fuß!« Im nächsten Moment kam ein kleiner Kurzhaardackel herausgelaufen und setzte sich schwanzwedelnd vor sein Herrchen.

»Ihr Hund mag ja nicht groß sein, doch deswegen darf er noch lange keine Passanten erschrecken, die ahnungslos den Gehweg benutzen.« Margrit klopfte weiter ihr Kleid ab.

»Emma bellt nicht, nur weil dort jemand vorbeigeht. Aber wenn sich jemand die Nase an unserem Fenster plattdrückt, dann verteidigt sie ihr Zuhause – so wie es jeder Hund tut.«

Margrit lief rot an. »Ich werde Ihnen die Rechnung zukommen lassen, sollte der Fleck nicht herausgehen«, blaffte sie unwirsch und wandte sich zum Gehen.

»Oh«, rief er ihr hinterher. »Da habe ich eine bessere Idee: Ziehen Sie es einfach wieder an, wenn Sie das nächste Mal einen Blick in fremde Häuser werfen wollen. In dieser Gegend haben viele einen Hund, und so wird wenigstens kein weiteres Kleid dreckig, wenn Sie wieder zu Boden gehen.« Er bückte sich, streichelte den Dackel und ging wieder hinein, ohne sich noch einmal umzudrehen.

Aufgewühlt setzte Margrit ihren Weg fort. Was würde ihr heute wohl noch Schlimmes passieren? Ihr Blick blieb an einem Eckhaus auf der rechten Straßenseite hängen. Das Grundstück wirkte vernachlässigt, der Rasen schon längere Zeit nicht mehr gemäht. Auf den Eingangsstufen lagen mehrere Zeitungen. Hier schien tatsächlich niemand zu wohnen. Sie sah an der Fassade hinauf. Der hellblaue Anstrich mit den weiß eingefassten

Fenstern war etwas verblasst und sollte beizeiten erneuert werden. Das Haus war um einiges kleiner als das Privathaus der von Plesows, aber immer noch groß genug, um als stattlich bezeichnet zu werden. Eine angemessene Unterkunft für sie und ihre Kinder. Das Erlebnis mit dem Hund noch in den Gliedern wagte Margrit es nicht, erneut durch eines der Fenster zu sehen. Kurz überlegte sie zu klopfen, ließ es dann aber sein und merkte sich stattdessen die Hausnummer, um sich bei Bernadette danach zu erkundigen.

Zu Hause angekommen, hörte sie von oben aus dem Kinderzimmer das Lachen eines ihrer Söhne herunterschallen. Welcher von beiden es war, hätte sie nicht sagen können. Sie klangen aber auch zu ähnlich. Jemand sagte einen lustigen Kinderreim auf. Die Stimme kannte sie nicht. Jetzt war Josephine zu hören, die ein Lied anstimmte, in das die unbekannte Stimme mit einfiel. Hatte Inge es etwa gewagt, ihre Jungs mit diesem klapperdürren Straßenmädchen in Kontakt zu bringen, das vor zwei Tagen bei ihnen eingezogen war? Margrit presste die Lippen aufeinander und schickte sich an, die Treppe hinaufzugehen, um das Kindermädchen in aller Strenge zurechtzuweisen, doch dann überlegte sie es sich anders.

Ihre Position im Hause war im Augenblick denkbar schlecht, und sie wollte ihre Schwiegermutter auf keinen Fall zusätzlich gegen sich aufbringen. Anstatt sich also gegen den impertinenten Eindringling zu wehren, würde sie lieber mit Bernadette über den Erwerb des leer stehenden Hauses in der Margaretenstraße 22 sprechen.

Entschlossen machte Margrit kehrt und eilte mit großen Schritten in Richtung Hotel. An der Rezeption blieb sie stehen und erkundigte sich bei Werner, ob ihre Schwiegermutter im

Haus sei. Dieser bejahte und griff sogleich zum Hörer, um sie im Büro anzumelden, doch Margrit dachte daran, wie Bernadette Koldehofer abgewiesen hatte, und wehrte ab.

»Nein danke, Werner, das ist nicht nötig. Ich gehe schnell hinauf und klopfe.«

»Sehr wohl, gnädige Frau. Wie Sie wünschen.«

Der Liftboy, der das Gespräch mitbekommen hatte, zog eilig das Gitter beiseite, um Margrit eintreten zu lassen.

Aus dem Augenwinkel sah Margrit, wie Werner Druminski zum Hörer griff. Selbstverständlich würde er ihre Ankunft seiner verehrten gnädigen Frau melden.

Margrit klopfte an die Bürotür.

»Herein!«, kam prompt die Antwort aus dem Innern. Margrit öffnete die Tür und trat ein.

»Bitte verzeih die Störung, Bernadette. Kann ich dich kurz sprechen?«

»Aber gewiss. Nimm doch Platz.« Bernadette deutete auf einen der Besucherstühle, stand auf und ging zum Fenster, um es zu schließen.

»Es ist recht kühl hier bei dir«, bemerkte Margrit. »Frierst du nicht, wenn du am Schreibtisch sitzt und arbeitest?«

»Durchaus nicht. Ich finde die klare, hereinströmende Luft herrlich. Doch um ungestört sprechen zu können, ist es angenehm, das Akkordeon und die Möwen auszusperren.« Bernadette ging zum Schreibtisch zurück, vor dem Margrit bereits Platz genommen hatte, und setzte sich wieder.

»Bitte. Worüber möchtest du mit mir sprechen?«

»Ich habe mir das Haus in der Margaretenstraße angesehen.«

»Ach ja?« Bernadette war überrascht. »Das finde ich überaus erfreulich, Margrit.«

Anscheinend traute ihr ihre Schwiegermutter so viel Eigeninitiative nicht zu. »Wie schön, dass ich dich auch noch positiv überraschen kann«, gab sie daher spitz zurück. »Liege ich richtig in der Annahme, dass es sich um das Eckhaus mit der Nummer 22 handelt?«

»Ja«, bestätigte Bernadette, »Dr. Hoffmann hat von der Hausnummer 22 gesprochen.«

»Nun, es befindet sich nicht gerade in einem guten Zustand. Die Fassade muss gestrichen und der Garten gerichtet werden, und wer weiß, in welchem Zustand es sich innen befindet.« Bernadette griff zum Telefonhörer. »Das lässt sich schnell herausfinden. Ich rufe rasch Dr. Hoffmann an und frage ihn, wo wir den Schlüssel abholen können.«

Margrit setzte ein sauertöpfisches Gesicht auf, was Bernadette nicht entging. »Gibt es sonst noch etwas, Margrit?«, erkundigte sie sich daher.

»Ich wüsste gern genau, wie hoch die Summe ist, die du mir schlussendlich bietest. Es fällt mir nicht leicht, auf die Gewinne zu verzichten, die der Terrassenanbau mit sich bringen wird, aber mir bleibt schließlich keine andere Wahl.«

Bernadette musterte ihre Schwägerin schweigend. Nach einer ganzen Weile erst räusperte sie sich und sagte mit beherrschter Stimme: »Du sprichst von Verzicht, während du im gleichen Atemzug darauf drängst, dass ich dir ein großzügiges Angebot mache. Das irritiert mich, doch es ist für mich nicht weiter schlimm. Schlimm dagegen ist, dass deine Worte in meinen Ohren so klingen, als hättest du den Eindruck, ich würde dich um Alexanders Erbe bringen wollen – und das ist absolut inakzeptabel.«

»Ist das denn wirklich so falsch?« Margrit hob das Kinn. »Du nutzt meine Lage aus, um mich aus dem Haus und dem Hotel zu werfen, oder etwa nicht?«

»Das Gespräch, liebe Margrit, ist an dieser Stelle für mich beendet. Du wirst eine mehr als anständige Summe erhalten, und damit ist Schluss. Ich denke, du solltest jetzt besser gehen, bevor ich es mir anders überlege.«

Margrit spürte die Wut wie giftige Galle in sich aufsteigen, doch sie hielt sich zurück. Der Tag würde kommen, an dem sie ihrer Schwiegermutter all die Kränkungen und Demütigungen heimzahlen würde. Alles würde sie wiederbekommen, wenn die neue Bewegung erst einmal stärker wurde und sie, Margrit, als eine von denen gefeiert würde, die es schon immer gewusst hatten und sich trotz aller Entbehrungen der Förderung der wichtigen Sache verschrieben hatten, ganz gleich, welches persönliches Opfer dies für sie bedeutete.

Die Röte kroch ihr den Nacken hoch und malte dunkle Flecken auf ihren Hals und ihre Wangen, doch Margrit gelang es, die scharfen Bemerkungen, die ihr auf der Zunge lagen, hinunterzuschlucken und stattdessen halbwegs ruhig zu fragen: »Über welche Summe reden wir konkret? Zumindest diese Auskunft könntest du mir erteilen.«

Bernadette nahm einen Schlüsselbund aus der obersten Schreibtischschublade und sperrte die unterste, abschließbare Lade auf, in der sie ihre persönlichen Unterlagen aufbewahrte, die auf keinen Fall für fremde Augen bestimmt waren. Sie nahm einen sorgfältig gehefteten Stapel Papiere hinaus und schob ihn Margrit über den Schreibtisch zu. »Dies hat Dr. Hoffmann mir zukommen lassen. Er hat sich bei der Bank und den Behörden erkundigt und geht von einer Summe von achtzigtausend Reichsmark aus. Die Kosten für den Bau der Terrasse sind dabei nicht berücksichtigt, sonst wäre die Summe geringer ausgefallen. Wenn du damit einverstanden bist, lasse ich einen entsprechenden Vertrag anfertigen.«

Margrit blätterte die Seiten durch, doch die vielen Posten und Zahlen, die darauf aufgeführt waren, sagten ihr nicht viel.

Bernadette ließ ihr einen Moment Zeit, dann nahm sie ein weiteres Dokument aus der Schublade. »Auf einen Punkt muss ich bestehen, Margrit, denn das haben Karl und ich noch vor Karls Tod verfügt: Von den dreißig Prozent, die du erhältst, wird die Hälfte zu je einem Viertel für Paul und Erich angelegt, welches die beiden mit Eintritt der Volljährigkeit erhalten. Dieses Procedere ist juristisch einwandfrei, aber du kannst dich gerne bei Dr. Hoffmann danach erkundigen.«

Margrit wurde weiß um die Nasenspitze. Sie warf einen Blick auf das Dokument, das Bernadette ihr zuschob, dann keifte sie: »Paul und Erich sind drei Jahre alt. Wie soll das gehen? Was, wenn größere Anschaffungen für die Kinder anstehen? Das kann ich unmöglich von den Brosamen bestreiten, die mir am Ende übrig bleiben. Das hast du dir fein ausgedacht, liebe Schwiegermutter!«

»Nicht ich habe mir etwas ausgedacht, sondern das Gesetz. Diese Verteilung entspricht der regulären juristischen Erbfolge. Aber da du so große Sorge zu haben scheinst, mit der gewaltigen Summe von vierzigtausend Reichsmark nicht über die Runden zu kommen, werde ich dir bei den Ausgaben für dein neues Zuhause unter die Arme greifen«, entgegnete Bernadette ruhig. Ihr entging nicht, dass Margrit anfing zu zittern.

»Wie kannst du uns so etwas antun?«, stieß Margrit mit erstickter Stimme hervor und fing an zu schluchzen. »Der Ehefrau deines verstorbenen Sohnes, der Mutter deiner Enkel!«

Bernadette ließ sich nicht beirren. »Wenn du einverstanden bist, werde ich gleich Dr. Hoffmann informieren, der alles Nötige in die Wege leiten wird.« Sie griff zum Telefonhörer, ließ sich mit dem Anwalt verbinden und vereinbarte mit ihm einen

Termin für den nächsten Vormittag. Anschließend erkundigte sie sich nach einem Besichtigungstermin für das Haus in der Margaretenstraße.

»Morgen früh um elf in der Kanzlei«, wandte sich Bernadette an die Schwiegertochter, nachdem sie aufgelegt hatte. »Dort bekommen wir auch den Schlüssel für das Haus, damit wir einen Blick hineinwerfen können.«

Margrit stand abrupt auf. »Wer weiß, ob ich den morgigen Tag noch erlebe. Guten Tag, Schwiegermutter.« Damit drehte sie sich um und verließ türenschlagend Bernadettes Büro.

»Dir ebenfalls einen guten Tag, Margrit«, gab diese kopfschüttelnd zurück. Für eine Weile würde Margrit eine reiche Frau sein. Aber eben nur für eine Weile. Denn dass sie das Geld nicht zusammenhalten könnte, war so klar wie der strahlend blaue Himmel von Binz. Gier und Geltungsbedürfnis waren keine guten Finanzberater. Und daran würde sich auch niemals etwas ändern.

23. Kapitel

»Mir scheint, es gibt zwei Welten. Die eine ist voller Entbehrungen und Armut, die andere voller Annehmlichkeiten und Reichtum. Ich lebe in der einen und blicke täglich in die andere.«

INGE BACHBAUER

Inge hatte den ganzen Vormittag mit Josephine, deren Freundin Lotte und den Zwillingen verbracht, und sie war so heiterer Stimmung, dass es sich fast anfühlte, als hätte sie einen freien Tag gehabt. Gerade erst hatte sie die beiden Jungs hingelegt, damit diese sich nach dem reichhaltigen Mittagessen ein wenig ausruhen konnten, und war nun auf dem Weg die Treppe hinunter in die Küche, als es an der Eingangstür klopfte.

»Ein Telegramm für ein Fräulein Josephine von Plesow«, vermeldete der Telegrammbote, als Inge die Tür öffnete – ein junger Mann, der nicht älter als siebzehn oder achtzehn Jahre sein konnte. Er musste gerannt sein, seinem roten Gesicht nach zu urteilen.

Inge streckte die Hand aus. »Vielen Dank, ich werde es dem gnädigen Fräulein geben.«

»Es ist wirklich sehr eilig und duldet keinen Aufschub.« Der Bote machte keinerlei Anstalten, Inge das Telegramm auszuhändigen. »Ich soll persönlich dafür Sorge tragen, dass Fräulein von Plesow es sofort erhält.«

In diesem Moment kamen Josephine und Lotte die Stufen aus dem ersten Stock herunter.

»Wer ist denn da?«, fragte Josephine.

»Ein Telegramm für Sie, gnädiges Fräulein«, antwortete Inge. Der Bote möchte es nur Ihnen persönlich aushändigen.«

»Für mich?« Josephine nickte dem Jungen zu, der ihr das Telegramm in die Hand drückte und gleich darauf weitereilte. »Von wem das nur sein kann?« Voller Erwartung überflog sie die wenigen Zeilen las, dann schlug sie vor Schreck die Hand vor den Mund.

»Was ist geschehen?«, fragte Lotte, die das Mienenspiel der Freundin verfolgt hatte und nun ebenso entsetzt dreinblickte.

Josephine reichte ihr das Telegramm. »Gregor von Rubenstein ist tot«, flüsterte sie fassungslos.

»Wer ist denn Gregor von Rubenstein?«, fragte Lotte und sah von Josephine zu Inge, die jedoch auch nur mit den Schultern zuckte.

»Er ist … er war der Galerist, der meine Vernissage veranstalten wollte.« Josephine traten Tränen in die Augen. Sie ließ sich schwer auf die Stufen vor der Eingangstür fallen.

Lotte setzte sich neben sie und legte den Arm um sie. »Ach Josephine, das tut mir so schrecklich leid für dich. Ich weiß, wie sehr du dich auf die Vernissage gefreut hast.«

»Mir tut es auch leid«, versicherte Inge, etwas hilflos, wie sie sich in dieser Situation verhalten sollte.

»Danke«, sagte Josephine, der Tränen über die Wangen kullerten. »Es ist ja nicht nur die Ausstellung, mir tut es auch leid um ihn. Er war derjenige, der mir im letzten Jahr die erste Vernissage ermöglichte. Er hat an mich geglaubt und mir immer wieder Mut zugesprochen. Vor allem aber war er noch viel zu jung zum Sterben.«

»Wie alt war er denn?«, fragte Lotte.

»Ich weiß nicht, vielleicht so um die sechzig. Er war zwar nicht mehr der Allerjüngste, doch er war im Kopf so jung, so voller Enthusiasmus und Ideen. Ganz gleich, was ich ihm vorschlug, er war immer begeistert. Und stets so freundlich.« Sie schluchzte leise auf, dann fuhr sie fort: »Mein Gott, seine arme Frau. Die beiden haben sich so sehr geliebt. Sie leidet bestimmt ganz schrecklich.«

»Ich mache Ihnen erst einmal einen Tee«, schlug Inge vor in der Hoffnung, so wenigstens irgendetwas tun zu können. »Ich denke, Sie können in dieser Situation eine Stärkung gut gebrauchen.«

»Das wäre wirklich sehr lieb von dir, Inge«, sagte Lotte. »Vielen Dank.« Josephine schniefte.

Inge eilte in die Küche, wo Mechthild gerade dabei war, das Geschirr in die Regale zu räumen. Sogleich erzählte sie ihr von dem Telegramm und dessen Inhalt.

»Ach herrje, das arme Fräulein Josephine«, sagte Mechthild voller Mitgefühl. »Erst gestern hat sie doch noch erwähnt, wie sehr sie sich auf die Vernissage freut. Es tut mir aufrichtig leid für sie.«

»Ja, sie wurde eben ganz blass, als sie das Telegramm gelesen hatte.« Inge schüttelte den Kopf. »Es ist schon eigenartig. Unsereins hat stets das Gefühl, dass die Missstände in unserem Leben der Tatsache geschuldet sind, von geringerem Stand zu sein. Doch wenn ich das gnädige Fräulein Josephine nun so bitterlich weinen sehe, weiß ich nicht, ob die Sorgen wirklich geringer sind.«

»Glaub mir, Inge. Die gnädigen Herrschaften haben es auch nicht besser als wir. Sie haben nur mehr Geld und Personal, das ihnen die Wäsche abnimmt und für sie das Essen zubereitet.

Doch am Ende muss jeder sein Leben leben, ob nun Herrschaft oder Diener.«

Inge ging zu dem blechernen Kessel und setzte Wasser für den Tee auf. »Aber denkst du denn nicht«, nahm sie das Gespräch wieder auf, »dass du glücklicher wärst, wenn du mehr Geld hättest?«

Mechthild lächelte Inge an. »Nein, ehrlich gesagt denke ich das nicht. Früher einmal vielleicht, als ich in deinem Alter oder noch jünger war. Doch inzwischen weiß ich, dass jeder Mensch sein Päckchen zu tragen hat. Und wenn ich daran denke, was die gnädige Frau in ihrem Leben zu erleiden hatte, weiß ich genau, dass ich nicht einen einzigen Tag mit ihr tauschen möchte.« Mechthild stellte den letzten Teller ins Regal und drehte sich dann zu Inge um.

»Aber wenn du nun einen Tag lang die Herrschaft sein und allen Befehle geben und tun und lassen könntest, was du wolltest – was würdest du dann tun?«, bohrte Inge.

»Wenn ich einen ganzen Tag lang die Herrschaft wäre?«, wiederholte Mechthild nachdenklich. »Nun, ich denke, dann würde ich … hm. Ehrlich gesagt habe ich keine Ahnung.« Sie legte die Stirn in grüblerische Falten. »Oder doch. Ich glaube, ich würde mal einen Tag lang nicht kochen.«

»Natürlich würdest du nicht selbst kochen, du wärst ja die Herrschaft!« Inge lachte.

»Ach, dann weiß ich es auch nicht. Ich bin froh, dass es so ist, wie es ist.«

Der Teekessel fing an zu pfeifen, und Inge beeilte sich, ihn vom Herd zu nehmen. Sie füllte Tee in das Sieb, legte es auf die Kanne und goss das heiße Wasser auf.

»Also ich weiß, was ich tun würde«, sagte sie und sah zu, wie das Wasser in der Kanne nach und nach dunkler wurde, während der Tee sein herrliches Aroma verbreitete.

»Und?«, fragte Mechthild pflichtschuldig nach, ohne wirkliches Interesse an Inges Gedanken zu haben. »Was würdest du tun?«

»Ich würde an den Schrank der Herrschaft gehen, ein Kleid nach dem anderen anprobieren und mich damit vor dem Spiegel drehen.«

»Unsinn. Wenn du die Herrschaft wärst, wären es ja deine eigenen Kleider, die du jeden Tag anziehen kannst. Also wäre das nichts Besonderes mehr.«

»Da hast du auch wieder recht«, gestand Inge etwas enttäuscht ein. »Wenn ich es mir recht überlege, würde ich die Kleider dann wahrscheinlich gar nicht mehr so besonders finden wie jetzt.« Sie überlegte kurz, dann sah sie Mechthild mit großen Augen an. »Das wäre ja ganz schrecklich! Dann hätte ich gar nichts mehr, wovon ich träumen könnte.«

»Siehst du«, stellte Mechthild fest. »Wir sind diejenigen, die besser dran sind. Wenn du dir alle Wünsche gleich erfüllen kannst, gibt es nichts mehr zu träumen.« Sie deutete auf die Teekanne. »Und nun bring dem Fräulein den Tee, bevor er wieder kalt ist.«

Inge brachte den Tee ins Wohnzimmer, in dem Josephine und Lotte auf einem der Sofas Platz genommen hatten. Lotte gab ihr Bestes, die Freundin zu trösten.

Inge stellte das Tablett auf dem Tisch ab und schenkte den Tee ein.

»Danke schön, Inge. Das ist lieb von dir«, sagte Josephine, die sich alle paar Sekunden die Tränen abtupfte.

»Gern, Fräulein Josephine. Wenn ich noch irgendetwas für Sie tun kann …?

»Setz dich ein wenig zu uns, Inge, und nimm dir auch einen

Tee«, sagte Josephine. »Dort auf der Anrichte steht noch eine unbenutzte Tasse. Die Zwillinge schlafen, und es hilft mir, wenn ich euch beide um mich habe.« Sie warf Lotte und Inge einen dankbaren Blick zu.

Inge lächelte. Das kurze Gespräch mit Mechthild hatte ihr gutgetan und sie zurückgeholt auf den Boden der Tatsachen. Auch das Leben der Herrschaften, um das sie diese insgeheim stets ein wenig beneidet hatte, war nicht immer so wie in ihrer Vorstellung, und genau diese Erkenntnis führte dazu, dass sie entschlossener denn je war, von ihrem Platz im Leben aus das Beste zu erreichen.

»Was mache ich denn jetzt?«, fragte Josephine mit zittriger Stimme. »Von Rubenstein war der Einzige, der sich für meine Bilder interessiert hat.«

»Er war nur der Erste, der erkannt hat, was für eine großartige Künstlerin du bist. Das heißt doch nicht, dass nicht schon in Kürze jemand anderes auf dich zukommen wird«, sprach Lotte ihr zu, und Inge nickte bekräftigend. »Sein Tod kann ja noch nicht lange her sein, und es muss doch erst einmal alles geregelt werden. Du wirst schon sehen. Sobald dies geschehen ist, wird sich sein Nachfolger bei dir melden.«

»Ob ich seine Frau anrufen soll? Oder ist es womöglich besser, wenn ich direkt nach Leipzig reise?«

»Das kommt darauf an, wie gut du den Verstorbenen und seine Ehefrau kanntest.«

Josephine überlegte kurz und schüttelte dann den Kopf. »Nein, besser nicht. So gut kannte ich die beiden dann doch nicht. Und womöglich würde sie es nur als aufdringlich empfinden.« Sie sah Lotte hilflos an. »Also soll ich erst einmal nichts unternehmen?«

»Meiner Meinung nach nicht. Aber vielleicht fragst du lieber deine Mutter. Sie wird wissen, wie du dich in einem solchen Fall zu verhalten hast.«

»Ja, das wird das Beste sein«, bestätigte auch Inge und strich tröstend über Josephines Arm. »Die gnädige Frau weiß immer, was zu tun ist.«

Josephine hatte sich so weit beruhigt, dass ihr nicht länger die Tränen übers Gesicht liefen. Sie griff nach ihrer Teetasse und umfasste diese mit beiden Händen, als wolle sie sich daran wärmen, dann setzte sie die Tasse an die Lippen. Sobald sie einen Schluck genommen hatte, kehrte ein wenig Farbe in ihre aschfahlen Wangen zurück. »Vielleicht musste das alles so kommen«, sagte sie nach einer Weile nachdenklich.

»Was meinst du?«, hakte Lotte nach.

Josephine stellte ihre leere Tasse ab und zuckte die Schultern. »Dass ich die Vernissage nicht machen kann. Wisst ihr, ich bin nach Binz gekommen, um meiner Mutter nach dem Tode meines Bruders zu helfen, neuen Lebensmut zu finden. Möglicherweise ist es einfach Schicksal, dass ich mich jetzt, wo es keine Vernissage mehr geben wird, auf das Hotel und meine Aufgaben hier konzentriere.« Sie lächelte Lotte an. »Und wenn du jetzt im Hotel in die Lehre gehst, können wir gemeinsam alles von Grund auf lernen.«

»Dass deine Mutter mir eine solche Chance gibt, ist mehr als großzügig«, bemerkte Lotte. »Sie ist wirklich eine ganz außergewöhnliche Frau.«

Inge wollte ihr gerade beipflichten, als die Tür zum Wohnzimmer aufgerissen wurde. Margrit erschien im Türrahmen. Als sie die kleine Gruppe sah, blieb sie wie angewurzelt auf der Schwelle stehen.

Inge sprang auf und teilte ihr mit, dass die Zwillinge oben im Kinderzimmer ihren Mittagsschlaf hielten.

»Aber natürlich«, bemerkte Margrit spitz. »Wenn du sie schlafen legst, musst du dich nicht um sie kümmern und kannst in aller Ruhe ein Tässchen Tee trinken.«

Josephine schnitt eine Grimasse, woraufhin Lotte die Hand vor den Mund hielt, um nicht laut loszulachen.

Margrit warf ihr einen eisigen Blick zu. »Ich werde mich selbst ein wenig ausruhen«, sagte sie an Inge gewandt. »Sorg dafür, dass die Zwillinge leise sind, sobald sie wieder wach werden.«

»Jawohl, gnädige Frau.« Inge nickte folgsam.

Im selben Moment hörten sie Paul von oben laut nach dem Kindermädchen rufen.

»Na, wunderbar. Jetzt sind die Zwillinge wieder wach, während ich dringend ein wenig Ruhe brauche«, beschwerte sich Margrit.

»Was meinst du?«, fragte nun Josephine an Lotte gewandt. »Wollen wir mit den Zwillingen an die Promenade gehen, um Inge das Leben ein bisschen leichter zu machen?«

»Ja, das machen wir«, stimmte Lotte sofort zu, während Inge unruhig über ihren Rock strich.

Josephine und Lotte standen ebenfalls auf. »Lotte und ich nehmen dir die Zwillinge ab und gehen mit ihnen an die Promenade, Inge. Dann kannst du in Ruhe das Leinen glätten, wie meine Mutter es dir aufgetragen hat.«

Nervös blickte Inge zwischen Josephine und Margrit hin und her.

»Ach, und das hast du einfach so zu entscheiden?«, nörgelte Margrit.

»Du kannst dich gern bei *maman* über mich beschweren. Komm, Lotte, gehen wir.« Josephine zog die Freundin mit sich aus dem Wohnzimmer, und auch Inge beeilte sich, in Richtung

Küche zu verschwinden. Als sie einen Blick über die Schulter warf, sah sie, dass Margrit von Plesow vor Wut kochte, und sie fragte sich, wann diese wohl endgültig explodieren würde.

24. Kapitel

»Will ich fühlen, was ich fühle?«

Constantin von Plesow

Es war etwas vollkommen anderes, die Nächte mit namenlosen Frauen zu verbringen, deren Gesichter hübsch und doch so austauschbar waren wie die Mädchen selbst, als wie jetzt mit Marie. Constantin war überrascht gewesen, dass Marie keine Jungfrau mehr war. Er wusste, dass sie gläubig erzogen worden war, und hätte Stein und Bein darauf geschworen, dass sie sich noch nie zuvor einem Mann hingegeben hatte. Und noch etwas hatte ihn überrascht: die Leidenschaft, mit der sie sich geliebt hatten, bis sie schließlich eng umschlungen eingeschlafen waren. Am Morgen hatte sich Marie in aller Frühe in ihr Zimmer geschlichen, um sich frisch zu machen, umzukleiden und schließlich wie immer die Erste zu sein, die ihren Dienst antrat.

Jetzt nahm Constantin sein Frühstück in seinen Privaträumen im Hotel ein und faltete die Morgenausgabe des *Berliner Tageblatts* vom 21.05.1925 auf, wobei ihm sogleich der Aufmacher ABLEHNUNG DES MISSTRAUENSANTRAGS ins Auge stach. Er las, dass am Vortag im Reichstag zwei verschiedene Misstrauensanträge gescheitert waren. Zunächst war der Misstrauensantrag der Sozialdemokraten gegen das Kabinett von Reichskanzler Luther mit 214 gegen 129 Stimmen bei 25 Enthaltungen abgelehnt worden. Außerdem hatten die Abgeordneten des Reichstages in einer weiteren Abstimmung auch einen Misstrauensantrag der Kommunisten gegen Reichsaußenminister Stresemann abgewiesen. Auch die nächsten Artikel befassten sich mit politischen Themen im In- und Ausland. Constantin las über den »Abschluss der Reichstagsdebatte«, die wenig überraschende »koloniale Schuldlüge«, die derzeit unklare Situation in Marokko sowie die »neue deutsch-polnische Streitfrage« wegen widerrechtlicher Enteignung oberschlesischer Grundeigentümer. Er blätterte weiter und fand auf Seite eins des ersten Beiblatts einen Artikel über den aktuellen Kunstmarkt, der ihn jedoch ebenso wenig interessierte wie der Bericht über die Entscheidung des Landgerichts Berlin-Mitte, welches die Klage eines Oberfeuerwehrmannes aus Dortmund gegen die Reichsbank auf Einlösung von vor dem Kriege erworbener Tausendmarkscheine abgewiesen hatte.

Spannender waren da schon die Nachrichten im Sportblatt zum *Berliner Tageblatt*, vor allem die Berichte über »Kurt Prenzels Wiederauftreten« bei einem »Boxkampfabend im Zirkus Busch«. Auch die Pferderennen im Hoppegarten vom Vortag waren für ihn von Interesse, da dort immer mal was zu gewinnen war. Auf derselben Seite warb der Automobilhersteller Opel mit den Erfolgen seiner Wagen bei dem Bergrennen rund um die Solitude, bei dem die Fahrer Carl Joerns und Hans von Opel die ersten beiden Plätze belegt hatten. Der »Altmeister« Carl Joerns habe die Strecke sogar in der »fabelhaften« Durchschnittsgeschwindigkeit von dreiundachtzig Stundenkilometern zurückgelegt. Das war wirklich eine rasante Fahrt, dachte Constantin, schlug die Zeitung zu und nahm gerade einen letzten Schluck Kaffee, als es klopfte.

»Herein!«

»Morgen, Chef.« Gerd Nolte betrat das Zimmer.

»Gerd. Setz dich. Hast du schon gefrühstückt?«

»Bin schon durch, danke.« Nolte setzte sich Constantin gegenüber und warf einen Blick auf die Zeitung, die auf dem Tisch lag. »Wir müssen über Langkamp und seine Kollegen reden«, sagte er dann. »Ich habe gestern Abend nach meiner Rückkehr im Varieté vorbeigeschaut und mit Köhler geredet. Die Boxer gehen wohl schon seit ein paar Tagen dort ein und aus. Und Langkamp lädt alle auf deine Kosten ein.«

Constantin grinste breit. »Ganz schön rotzig, was der sich erlaubt.«

Gerd rutschte auf dem Stuhl weiter vor. »Ich habe übrigens Rückmeldung von Wolfi Schenker erhalten. Er macht es.«

Constantins Grinsen wurde noch breiter. »War doch nicht anders zu erwarten. Der kann von Glück sagen, dass er auf seine alten Tage noch mal so eine Chance zum Geldverdienen kriegt. Hat er gesagt, wann das Ganze stattfinden kann?«

»Wenn wir in die alte Fischfabrik gehen, ist es kein Problem. Wir müssten dann da nur einen richtigen Ring aufstellen lassen.«

»Haben wir nichts anderes?«

»Ich glaube, es wäre gut, wenn wir es vorerst dabei belassen. Dann kommt Schnidtke nicht drauf, dass du hinter allem steckst.«

Constantin rieb sich das Kinn. »Stimmt. Daran hatte ich noch nicht gedacht. Also gut, bleiben wir in der Fischfabrik. Trotzdem müssen wir die Sache so groß aufziehen, dass Schnidtke aufmerksam wird.«

»Das dürfte kein Problem sein. Wenn einer der Boxer, auf die er gesetzt hat, in die Knie geht, haben wir seine Aufmerksamkeit, darauf gehe ich jede Wette ein.«

Constantin legte den Kopf schräg. »Gerd, Gerd, wer von uns beiden ist eigentlich der schlechtere Mensch?«

»Ich glaube, wir halten uns die Waage.« Gerd schmunzelte. »Wir müssen Schritt für Schritt vorgehen. Wenn wir das Ding bei Schenker durchgezogen und erst einmal einen Fuß in der Tür haben, werden wir die nächsten Kämpfe in einem ganz anderen Umfeld aufziehen können. Ich habe mich bereits um eine Halle gekümmert und die Ausrüstung und einen Boxring bestellt. Die Austragung der Kämpfe scheint momentan in fester Hand zu sein, ich werde also noch ein bisschen Überzeugungsarbeit leisten müssen, bevor wir konkrete Termine mitteilen können.«

»Gute Arbeit, Gerd. Bleib dran.« Constantin nickte anerkennend. »Wann ist die Halle so weit fertig, dass die Boxer dort zumindest schon mal trainieren können?«

»Am Wochenende können die ersten rein.«

»Gut. Nimm dir ein paar Leute und geh zu Koziol und seinen Boxern. Sag ihnen, wo sie in Zukunft trainieren. Und kein Wort zu Koziol über die Dinger, die Langkamp und Schiller bei Wolfi drehen. Wir fahren hier zweigleisig.«

»Soll ich was wegen der Geschichten im Varieté sagen?«

Constantin schüttelte den Kopf. »Nein, noch nicht. Aber führt künftig eine Liste, was Langkamp und Schiller schuldig bleiben. Ein Druckmittel mehr in der Hand zu haben kann ja nicht schaden.«

»In Ordnung, Chef.«

»Und was diese richtigen Boxkämpfe angeht: Wir brauchen Männer, die schon gegen diesen Max Schmeling gekämpft haben. Wenn Langkamp die auf die Bretter schickt, kriegen wir die Aufmerksamkeit, die wir brauchen, um die größeren Sachen zu organisieren, egal, was mit Schnidtke ist.«

»Geht klar.«

»Ach, und eines noch, Gerd: Ich werde für ein paar Tage nicht da sein.«

Gerd sah ihn überrascht an. Er wusste, dass Constantin sich nicht allzu gern aus Berlin wegbewegte, ganz einfach weil er lieber den Überblick behalten und alles mitbekommen wollte.

»Ich fahre nach Binz, um bei meiner Mutter ein bisschen gut Wetter zu machen. Seit dem letzten Jahr reden wir zu wenig miteinander. Das muss sich wieder ändern.«

»Jetzt? Während die Sache mit Lodewald und von Kempner schwelt?«

»Es wird immer irgendetwas geben, das gerade zu erledigen ist«, gab Constantin ausweichend Antwort.

Gerd kannte Constantin lange genug, um zu wissen, dass da noch etwas anderes war. Doch wenn sein Chef ihm nur ausweichend antworten und keine weitere Erklärung geben wollte, würde er bestimmt nicht weiter auf ihn eindringen.

»In Ordnung«, sagte er deshalb nur.

»Marie wird mich begleiten«, fuhr Constantin fort, was Gerd noch mehr überraschte. »Sie macht sich offenbar Sorgen um ihre Schwester und hat sich ein paar Tage freigenommen, um nach dem Rechten zu sehen. Ich habe ihr angeboten, sie mitzunehmen, wenn ich ohnehin nach Binz fahre.«

Nolte bemühte sich um einen neutralen Gesichtsausdruck, auch wenn er sich insgeheim für seinen Chef freute. Das also steckte dahinter, doch auch deswegen würde er nicht auf Constantin eindringen. Ihm war klar, dass eine ernsthaftere Liaison in diesem Geschäft sowohl für seinen Chef als auch für dessen Auserwählte mit einem nicht zu unterschätzenden Risiko verbunden war.

»Alles klar, Chef. Ich kümmere mich um das Hotel.«

»Ich habe bereits mit Frau Stieglitz gesprochen«, teilte Constantin seiner rechten Hand mit. »Sie wird Marie im Hotel vertreten, schließlich hat sie vor ihrem Ruhestand das Astor jahrelang gut geführt.«

In einer ungewohnten Geste legte Gerd Constantin die Hand auf den Unterarm. »Von mir erfährt niemand etwas, Constantin, ich gönne euch das Glück. Aber weiß sie, worauf sie sich da einlässt?«

Constantin sah seiner rechten Hand prüfend in die Augen. Gerd war mehr als sein Angestellter, er war sein Freund, vermutlich sein einziger, weshalb er erwiderte: »Das weiß sie, und zwar mit einer geradezu erschreckenden Klarheit. Wir werden uns weder zusammen zeigen noch außerhalb des Hotels miteinander zu tun haben.«

»Du bist ein Glückspilz, wenn sie das alles so mitmacht.«

»Irgendetwas muss in ihrem Leben geschehen sein, weshalb sie nicht so ist wie die anderen. Dass sie mir überhaupt ihr Herz geöffnet hat, ist ein kleines Wunder. Doch eine, die heiraten und Kinder will, ist Marie nicht.« Er rieb sich nachdenklich das Kinn. »Ich weiß noch nicht, wohin das alles führen wird, Gerd. Aber ich weiß, dass ich es will. Ihr darf nichts geschehen, hörst du, Gerd?«

»Mach dir keine Sorgen, Chef. Dein Fräulein Reidel ist etwas ganz Besonderes. So einen Schatz muss man hüten. Wir kriegen das hin.«

»Danke.«

Es war das erste Mal, dass Gerd Nolte seinen Chef so erlebte. Sonst ging dieser ohne Rücksicht auf Verluste seinen Weg, und nichts und niemand schien ihm etwas zu bedeuten. Wie viel er jedoch für Marie Reidel empfinden musste, wenn er Gerd so tief in seine Seele blicken ließ, konnte dieser nur erahnen.

»Soll ich dir Bescheid geben, wenn unsere Jungs aus Nürnberg, Köln, Kiel und Breslau wieder da sind?«

»Hinterlass einfach eine Nachricht bei Werner Druminski an der Rezeption. Ich werde mich ohnehin regelmäßig bei dir melden.«

»Wann brecht ihr auf?«

»Schon morgen.«

»Weiß deine Mutter, dass du kommst?«

»Nein. Ich werde unangekündigt dort aufkreuzen, damit sie mich nicht wegschicken kann. Seit der Geschichte mit dieser Familie Kaczmarek steht etwas zwischen uns, und das möchte ich gern aus dem Weg räumen.«

»Du kriegst das schon hin, Chef.«

Constantin zog die Stirn in Falten. »Ganz einfach wird es nicht. Du kennst ja meine Mutter.«

»Allerdings.« Nolte grinste breit. »An der könntest selbst du dir die Zähne ausbeißen.«

»Verbindlichsten Dank für deinen Zuspruch, alter Freund.«

»Ach was«, winkte Nolte ab. »Du machst das schon.«

»Ich meine es ernst, Gerd. Du bist einer der wenigen Menschen, denen ich nicht erklären muss, wie ich denke. Ich weiß, dass du alles in meinem Sinne klären wirst. Sorg dafür, dass die Kämpfe bald stattfinden und Schnidtkes Leute so kassieren, dass er nicht tatenlos zusehen kann. Und ich bringe in der Zeit die Sache mit meiner Mutter wieder ins Reine.«

Nolte nickte, dann stand er auf und wandte sich zum Gehen. An der Tür blieb er stehen und drehte sich noch einmal zu Constantin um. »Ich kümmere mich drum. Und es freut mich wirklich für dich, das mit Fräulein Reidel, meine ich.«

»Danke, Gerd. Das weiß ich zu schätzen.«

Gerd tippte sich an die Stirn, als wollte er einen Hut lüften, den er gar nicht trug, dann ging er hinaus.

Kaum war er wieder allein, griff Constantin zum Telefon und

bat Ronald Sommer, den Juwelier mit einigen Stücken zu ihm kommen zu lassen. Am besten Uhren und Armbänder, keine Ketten oder gar Ringe. Anschließend stand er auf und ging zum Fenster hinüber. Berlin hatte ihm gefehlt. Das Gewimmel und geschäftige Treiben, das Chaos der Straßenbahnen, Automobile, Fahrräder und schließlich Fußgänger, die allesamt versuchten, so rasch wie möglich von einem Ort zum anderen zu gelangen, und hierbei hupten, bimmelten, schimpften und gestikulierten. Er sah Dr. Robert Herbst die Straße überqueren und auf das Hotel zukommen. Wie immer galt der erste Besuch des Tages nicht seiner Praxis, sondern dem Hotel. Constantin wunderte das nicht, verdiente der Arzt doch hier um einiges mehr als mit den Menschen, die täglich wegen einer Lappalie in seine Praxis kamen und ihm ihre Wehwehchen klagten.

Marie hatte Constantin bei einem Glas Wein berichtet, was sich während seiner Abwesenheit im Hotel mit Gottlieb Redeker, dem Gast aus Zimmer 252, zugetragen hatte. Constantin hatte geschmunzelt, vor allem darüber, wie Marie die Angelegenheit letztendlich geklärt hatte. Ein solches Verhalten hätte er eher seiner Mutter zugetraut, nicht jedoch der Marie, die sie all die Jahre über für ihn gewesen war. Zu gern hätte er gewusst, was zu ihrem Wesenswandel geführt hatte. Was um alles auf der Welt konnte eine Frau, die zuvor schüchtern bis ins Mark gewesen war, derart verändern? Constantin hoffte aufrichtig, dass sie ihm eines Tages genug vertrauen, ja ihn vielleicht auch genug lieben würde, um es ihm zu verraten. Bis dahin würde er sich wohl gedulden müssen.

Den Tag über ging Constantin wie gewohnt seinen Geschäften nach. Er hatte am Nachmittag die Mitteilung erhalten, dass sich die Ankunft von Renaldo und Catherine, die als die *Volants Marocains* im Varieté auftraten, noch um mindestens eine weitere Woche verzögern würde. Offenbar waren sie in Lyon aufgehalten worden. Wieso und weshalb, hatte bis jetzt niemand sagen können. Constantin hoffte zum Wohle der Geschwister, dass es keine Schwierigkeiten mit dem Kokain gegeben hatte. Seit dem letzten Jahr schuldeten sie Constantin ohnehin noch eine hübsche Stange Geld, nachdem Catherine mit einem Teil des Stoffs durchgebrannt war und sich diesen dann auch noch hatte stehlen lassen. Noch so eine Nummer würde Constantin ihnen ganz sicher nicht durchgehen lassen. Doch damit würde er sich erst beschäftigen, wenn es denn so weit war. Was ihn viel mehr interessierte, war, wie es mit Lodewald und von Kempner weitergehen würde. Mit den Zusagen der weiteren Ringvereinsvorstände, die ihn nach und nach erreicht hatten, konnte er nun mit Sicherheit sagen, dass er eine breite Mehrheit hinter sich versammelt hatte. Sobald er aus Binz zurückkäme, würde er eine Zusammenkunft mit Lodewald, von Kempner und den Vorsitzenden der jeweiligen Gebiete organisieren. Er freute sich schon darauf. Wenn alles gut lief, und dafür würde er Sorge tragen, würde schon bald eine neue Zeit innerhalb des Rings eingeläutet werden. Doch zuerst würde er die Zwistigkeit mit seiner Mutter beilegen. Und er würde die Zeit mit Marie genießen, unbeschwert und frei von all den Risiken, die ihre Liebe mit sich brachte – auch wenn sie dort oben an der See ebenfalls vorsichtig sein mussten.

Constantin machte an diesem Abend nur einen kurzen Abstecher ins Varieté, und das auch nur, um seinen Gästen und Angestellten zu zeigen, wer dort der Herr im Hause war. Die Stimmung war ausgelassen, Fredy und seine Band heizten dem Publikum ordentlich ein, und als sie endeten, kündigte der Conférencier die Große Geraldine an, die bezauberndste Frau aller Zeiten. Das Publikum klatschte begeistert. Diejenigen, die öfter die Show besuchten, wussten bereits, dass die Große Geraldine ein Travestiekünstler war, der sich am Ende seiner Vorstellung Perücke und Kleid herunterriss und sich als Mann zu erkennen gab. Sein richtiger Name war Heinz Bertram, und bevor aus ihm die Große Geraldine wurde, hatte er im Berliner Westhafen die Waren verladen und Schiffsladungen gelöscht. Constantin langweilte die Vorstellung. Sicher auch, weil er sie schon Dutzende Male gesehen hatte. Doch das war es nicht allein. Vielmehr fand er die Reaktion der Gäste geradezu grotesk, wenn sie vor Begeisterung aufschrien und sich verblüfft die Hände an die Wangen legten, weil diese schöne Frau in Wahrheit ein Mann war. Meine Güte, war das wirklich schon alles, worin die gesamte Faszination lag? Ein Mann in Frauenkleidern? Constantin zuckte die Schultern. Seinem Publikum schien es zu gefallen, und ein glückliches Publikum bedeutete volle Kassen. Das war es doch, worauf es ankam. Oder nicht?

Nachdem die Vorstellung endlich zu Ende und die Einnahmen des Tages abgerechnet waren, konnte Constantin es kaum erwarten, ins Hotel zurückzukehren und sich zu Marie ins Zimmer zu stehlen. Er achtete sorgfältig darauf, dass ihn niemand sah, klopfte leise an ihre Tür und war überrascht, als sie ihm, nur mit einem schlichten, eleganten Negligé bekleidet, öffnete und ihn wortlos ins Zimmer und an sich zog.

Seine Lippen fanden ihren hungrigen Mund, dann hob er sie auf die Arme und trug sie zum Bett, wo sie sich ihm erneut mit einer Leidenschaft hingab, die er weder dem schüchternen Zimmermädchen von früher noch der strengen Hausdame aus Berlin zugetraut hätte. Er bedauerte es zutiefst, als sie sich schließlich voneinander trennen mussten, doch der Gedanke an ihre gemeinsame bevorstehende Reise, bei der sie das Versteckspiel zumindest vorübergehend aussetzen konnten, ließ ihn das zerwühlte Bett mit einem Lächeln auf den Lippen verlassen.

Am nächsten Morgen verabschiedete er sich von Ronald Sommer und teilte ihm mit, einige Tage geschäftlich unterwegs zu sein. Alles, was zu klären war, würde Gerd Nolte erledigen, Nachrichten, die für Constantin bestimmt waren, sollten ebenfalls unverzüglich an diesen weitergeleitet werden.

Der Rezeptionist sah ihn ein wenig verwundert an und erkundigte sich, ob Herr von Plesow Kenntnis davon habe, dass auch Fräulein Reidel für mehrere Tage außer Haus sein würde – sie habe sich heute Morgen mit einem Koffer in der Hand verabschiedet und ihm mitgeteilt, dass sie ihre Schwester besuchen wolle und noch nicht genau wisse, wann sie zurückkehre.

Constantin nickte. Frau Stieglitz, die frühere Hausdame, werde einspringen und für einen reibungslosen Ablauf der Dinge im Haus sorgen, versicherte er Ronald Sommer, dann tippte er sich an den Hut, bedeutete dem Pagen, sein Gepäck zu nehmen, und stieg in einen Wagen, der vor dem Hotel auf ihn wartete.

Als Constantin den Bahnsteig betrat, sah er Marie bereits von Weitem. Sie hatte auf einer der Bänke Platz genommen und wartete auf den Zug, der bisher noch nicht eingefahren war. Kurz sah sie zu ihm herüber, und ihre Blicke trafen sich, woraufhin sie rasch den Kopf zur Seite drehte. Im nächsten Moment fuhr zischend der Zug auf dem Gleis ein und hielt mit quietschenden Bremsen an. Constantin trat an die Bahnsteinkante heran und wartete, bis der Zug vollends zum Stehen gekommen war. Der Schaffner verließ als Erster den Zug und klappte die Stufen herunter, dann wurden nach und nach die Türen geöffnet, und die Menschen sprangen auf den Bahnsteig.

Constantin reichte einer älteren Frau, die soeben den Zug verlassen wollte, die Hand, um ihr einen sicheren Ausstieg zu ermöglichen, dann stieg er selbst ein und suchte das Abteil 7 der ersten Klasse. Als er eintrat, war Marie bereits da.

»Guten Morgen, die Dame.« Er hob den Hut und lächelte sie verschwörerisch an.

»Guten Morgen, der Herr.« Sie erwiderte das Lächeln vielsagend.

Constantin schloss die Tür und zog die Gardinen des Abteils zu. Dann setzte er sich auf den Platz neben sie, schloss sie in seine Arme und küsste sie.

»Ich muss doch sehr bitten«, empörte sie sich amüsiert. »Wir sind uns schließlich gerade erst begegnet.«

»Das stimmt. Doch das mache ich immer so. Glauben Sie mir, ich fahre den ganzen Tag von Berlin nach Stralsund, immer hin und wieder zurück. Und sobald ich eine hübsche, junge Frau sehe, setze ich mich zu ihr und küsse sie.«

»Ach, so einer sind Sie.« Marie beugte sich weiter vor und gab ihm noch einen Kuss. Dann setzte sie sich wieder gerade hin. »Aber du solltest wirklich etwas Abstand halten. Wer weiß, wer sich gleich noch zu uns gesellt.«

»Niemand«, stellte Constantin fest.

»Das kannst du nicht wissen. Der Bahnhof war recht voll.«

»Das stimmt schon. Und auch dieses Abteil hier ist bereits voll belegt.«

»Wie bitte?« Sie deutete auf die vier freien Plätze.

»Nun, dort drüben sitzt Klaus, daneben Gerd. Ludgers Platz ist dir gegenüber, und hier bei mir hat es sich unser Eduard bequem gemacht. Du siehst, wir sind voll belegt.«

»Du hast das ganze Abteil gekauft?«

»Aber nein, nur die Plätze.«

Marie schlang die Arme um seinen Hals. »Weißt du was? Auch wenn mir dein Geld sonst völlig egal ist – jetzt gefällt es mir, dass du so viel davon hast.«

»Ja, es hat durchaus seine Vorteile.«

»Was denkst du? Können wir die Gardinen geschlossen lassen und die Tür versperren, sobald der Schaffner die Fahrkarten kontrolliert hat?«

»Fräulein Reidel, was sind denn das für Angebote?«

Sie lächelte ihn verführerisch an. »Ich muss mich doch für die Fahrt erkenntlich zeigen.«

Constantin grinste breit. »Wenn das so ist, soll der Schaffner sich bloß beeilen herzukommen.« Er küsste sie voller Begierde, und Marie lehnte sich glücklich an seine Schulter. Kurz darauf kam der Schaffner, um die Fahrkarten zu kontrollieren.

Constantin reichte ihm die Billetts und bat ihn, dafür Sorge zu tragen, dass sie nicht gestört würden.

»Tut mir leid, der Herr«, bedauerte der Schaffner. »Ich weiß nicht …« Er brach ab, als Constantin ihm fünfzig Reichsmark in die Hand drückte, die er blitzschnell in seiner Hosentasche verschwinden ließ.

»Selbstverständlich, der Herr.« Der Schaffner reichte die Fahrscheine zurück. »Ich werde Ihrem Wunsch gemäß die Tür von draußen abschließen und erst kurz vor Stralsund wieder öffnen.« Damit verließ er das Abteil, versperrte die Tür und entfernte sich.

Constantin drehte sich zu Marie um, die ihn erstaunt ansah. »Du überraschst mich, Constantin von Plesow.«

»Nun warte erst mal ab, Marie Reidel, ich habe noch viel mehr auf Lager.« Er öffnete seine Reisetasche und zog eine Flasche Champagner und zwei Sekttulpen heraus, von denen er eine Marie reichte.

Die nahm sie und schlug kokett die Beine übereinander. »Nun«, sagte sie dann und ließ sich das Glas von ihm füllen. »Mit dir wird das Reisen wirklich zum Erlebnis.«

25. Kapitel

»Die Körner der Sanduhr rinnen immer schneller und schneller durch die schmale Öffnung. Und mit ihnen zusammen falle ich ins Nichts der Ewigkeit.«

Johannes Blumberg

»Guten Morgen, Hauptmann Winkler.«

»Guten Morgen, Zivilist Blumberg«, gab der Akkordeonspieler zurück, sichtlich erfreut, den Mann, der sich in letzter Zeit fast täglich zu ihm gesetzt und sich mit ihm unterhalten hatte, zu sehen.

Johannes hustete. »Es ist mir die letzten Male recht kühl auf dem Boden geworden«, erklärte er, »deshalb habe ich mir heute das hier mitgebracht.« Er deutete auf das Kissen, das er in der Hand hielt, dann legte er es neben den Akkordeonspieler und setzte sich. »Und? Wie geht es Ihnen heute?«, erkundigte er sich.

Der Akkordeonspieler deutete zum Himmel hinauf. »Die Möwen haben mich mit einem Lied begrüßt, die Sonne gewinnt jeden Tag mehr an Kraft, das Meer lässt klangvoll die Wellen an den Strand rauschen. Ich würde also sagen, es könnte mir nicht besser gehen, da alles um mich herum sich derart Mühe für mich macht.«

»Die perfekte Einstellung für einen wunderbaren Tag«, fand Blumberg. »Und ich habe auch noch etwas beizutragen.« Er stellte den Tragebeutel, den er mitgebracht hatte, vor sich zwischen die Beine und holte zwei in ein Leinentuch eingewickelte Tassen hervor, dazu eine Thermoskanne mit einem Metallhenkel.

Er reichte dem Akkordeonspieler die Tassen, öffnete die Thermoskanne und schenkte heißen Tee ein, der sofort ein wunderbares Aroma verströmte. »Frisch am Morgen im Hotel aufgebrüht«, erklärte er, ließ die Kanne wieder in der Tasche verschwinden und nahm seinem Nachbarn eine der Tassen ab. »Einfach köstlich.«

»Wie kommt es, dass der Tee noch so heiß ist? Man muss aufpassen, sich nicht die Lippen zu verbrennen.«

»Kennen Sie so etwas nicht?« Blumberg deutete auf das Gefäß, dessen Umriss sich in der Tasche deutlich abzeichnete.

»Eine Erfindung aus dem Vereinigten Königreich. Innen aus Glas, außen aus Bakelit, das ist ein Kunststoff. Diese hier ist noch ziemlich neu. Eine wunderbare Erfindung. Ich hatte noch eine andere, die ich stets auf meine Reisen mitgenommen habe, aber irgendwann ist das Glas innen kaputtgegangen.«

»Wirklich wunderbar«, bestätigte der Akkordeonspieler und trank genüsslich den heißen Tee. »Daran könnte ich mich gewöhnen.«

Einen Moment saßen sie schweigend nebeneinander und genossen ihren Tee, dann reichte der Akkordeonspieler die Tasse an Johannes zurück.

»Noch einen?«

»Sehr gern, vorausgesetzt, Sie können die Zeit erübrigen.«

»Aber sicher. Ich habe es nicht eilig.« Johannes lehnte sich an die kleine Steinmauer. »Im Moment könnte ich mir keinen Ort auf der Welt vorstellen, an dem ich lieber wäre als hier.«

»Das macht den Tag noch ein wenig schöner«, befand der Akkordeonspieler. »Sie wissen schon viel von mir. Wäre es vermessen, Sie um Ihre Geschichte zu bitten? Was hat sich in Ihrem Leben zugetragen, dass Sie sich die Zeit nehmen, hier zu sitzen und den Müßiggang zuzulassen, mit einem verwundeten Soldaten zu sprechen?«

»Halten Sie mich für vermessen, doch ich denke, ich sitze hier mit einem Freund.« Johannes warf dem Akkordeonspieler einen kurzen Blick zu.

»Einen Freund hat mich lange niemand genannt«, erwiderte dieser lächelnd. »Ich würde mich freuen, wenn mir ein Freund seine Geschichte erzählt.«

»Meine Geschichte«, überlegte Johannes nun. »Kind einer schönen, liebenswerten Mutter und eines großzügigen Vaters, den ich leider nie kennenlernen durfte. Er war verheiratet, müssen Sie wissen. Nur leider nicht mit meiner Mutter.« Johannes vermied es, sich erneut als Bastard zu bezeichnen – es wurde Zeit, loszulassen und Frieden mit seiner Herkunft zu machen. »Es hat mir, solange ich denken kann, nie an etwas gefehlt. Ich habe nicht im Krieg gedient, war nie verheiratet, habe, soweit ich weiß, keine Kinder und keine lebenden Geschwister. Allerdings habe ich seit Kurzem eine Familie.« Die beiden Männer tauschten einen Blick. »Die gnädige Frau Bernadette von Plesow ist meine Schwägerin. Sie war mit meinem Bruder Karl verheiratet, den ich ebenfalls nie kennengelernt habe.«

»Bedauern Sie es?«

»Ihn nicht kennengelernt zu haben?«

Der Akkordeonspieler nickte.

»Ich weiß nicht genau.« Johannes überlegte einen Moment. »Ich hadere nicht mit dem, was mir im Leben versagt geblieben ist. Nicht mehr. Dafür ist mir die Zeit, die ich jetzt habe, zu kostbar.«

»Sie sind krank, nicht wahr?«

»Sieht man mir das an?«

»Nein.« Der Akkordeonspieler schüttelte den Kopf. »Aber ich spüre es. Es ist diese Art, die Sie ausstrahlen und die ich schon einige Male in meinem Leben mitbekommen habe.«

»Bei sterbenden Menschen?«

»Ja. Doch nicht bei allen. Es gibt Unterschiede.«

»Worin liegen diese Unterschiede?«

»In der Art, wie jemand diese Welt verlässt.«

Als Johannes nichts erwiderte, sprach der Akkordeonspieler weiter: »Damals, als mein Vater starb, war er schon lange krank. Er ist mit Freude und Frieden im Herzen gegangen. Meine Mutter dagegen hatte schreckliche Furcht, als sie spürte, dass ihre Zeit gekommen war. Nicht um ihrer selbst willen, sondern unseretwegen.«

»Ihretwegen?«

»Ja. Ich hatte noch vier Brüder. Alle sind inzwischen tot, nur einer außer mir kam aus dem Krieg zurück. Auch er war schwer verwundet und hat nie mehr richtig ins Leben zurückgefunden. Ich war der jüngste von uns Brüdern, zwischen uns lagen insgesamt fast fünfundzwanzig Jahre.« Er sah Johannes an. »Was für eine Krankheit haben Sie?«

Johannes klopfte sich gegen die Brust. »Es ist etwas in meiner Lunge, das wächst und mir allmählich den Atem nehmen wird.«

»Das tut mir aufrichtig leid.«

»Vielen Dank, mein Freund. Ich denke, ich halte es wie Ihr Herr Vater: Ich habe meinen Frieden damit gemacht. Genau genommen betrachte ich es sogar als ein seltenes Glück.«

»Dass Sie sterben?«

»Dass ich weiß, dass ich sterbe«, korrigierte Johannes. »So habe ich die Möglichkeit, meine Angelegenheiten zu regeln. Ich kann mich darauf vorbereiten, was geschehen wird. Denken

Sie nicht auch, viele Ihrer Kameraden im Krieg hätten sich gewünscht, dass ihnen das Gleiche vergönnt gewesen wäre?«

»So gesehen haben Sie sicherlich recht.«

»Wissen Sie, der Tod ist doch so lange, wie er uns bevorsteht, etwas Unwirkliches. Ich meine, jedem von uns ist bewusst, dass er eines Tages sterben muss, und doch wollen wir es nicht wahrhaben.«

»Wie meinen Sie das?«

»Nun, bleiben wir einmal bei Ihrem Herrn Vater. Was haben Sie gedacht, als Sie davon erfuhren, dass er sterbenskrank ist?«

»Ich war traurig«, sagte der Akkordeonspieler. »Und bestürzt.«

»Und vermutlich kamen auch noch Verzweiflung und Wut hinzu, warum ausgerechnet ihm, Ihrem Vater, so etwas geschehen muss, nicht wahr?«

»Ja, ich denke, das trifft es ziemlich genau.«

»Weil es immer so ist«, stellte Johannes fest. »Schon von klein auf, wenn wir die ersten Fragen zum Leben stellen und mitbekommen, dass ein Mensch, den wir oder unsere Eltern kannten, gegangen ist, wird uns gesagt, dass jeder Mensch eines Tages sterben muss.«

»Das stimmt.«

»Genau das ist der Witz daran: Wir glauben es nicht. Wir hören es und nehmen es zur Kenntnis. Doch dass wir selbst eines Tages diejenigen sein werden, die sterben, geht über unsere Vorstellungskraft hinaus. Jeder von uns hat in seinem Leben schon einmal einen Angehörigen oder einen Freund verloren, jemanden, der uns nahestand. Und es hat uns fassungslos gemacht, nicht wahr?«

Der Akkordeonspieler nickte.

»Und wenn mir nun, wie in meinem Falle, ein Arzt, der mich lange Jahre kennt und behandelt hat, sagt, ich möge meine Angelegenheiten klären, weil es an der Zeit sei, so führt dies zunächst zum Schock. Doch diesen Schock habe ich schon vor einer Weile überwunden und mich gefragt, wie ich die Zeit, die mir noch bleibt, verbringen möchte.«

»Und da sitzen Sie hier mit mir?«

»Ganz genau, mein Freund. Ich sitze hier mit Ihnen, weil es das ist, was ich will.« Johannes sah zu den Möwen hinauf, die immer wieder in die See niederstürzten, um Nahrung zu fangen.

»Wissen Sie, wie ich mir den Tod vorstelle?«, fragte Johannes nach einer Weile.

»Nein. Wie?«

»Als ständigen Begleiter. Seit ich weiß, dass es mein letzter Frühling sein wird, sehe ich den Tod als Vogel vor mir, der stets auf meiner linken Schulter sitzt und alles sieht, was ich sehe. Dennoch empfinde ich ihn nicht als beängstigend. Als Mahnung, ja. Als Mahnung, die Augen für die Welt zu öffnen und jedes Detail wahrzunehmen.«

»Und es bedrückt Sie gar nicht zu wissen, dass Ihre Zeit bald enden wird?«

»Ach, wissen Sie, es wäre falsch von mir zu behaupten, dass ich nicht gern noch etwas länger auf dieser Erde verweilen würde. Doch stets ist da auch das Gefühl der Dankbarkeit, dass ich über fünfzig Jahre, also mehr als ein halbes Jahrhundert, alles sehen und erleben durfte, um nun zu entscheiden, mit welchen Erinnerungen ich gehen werde, wenn ich diese Welt verlassen muss.« Er atmete die Seeluft ein und schloss die Augen. »Und noch etwas Gutes liegt im Sterben: Man lernt, die Dinge nicht mehr so ernst zu nehmen, die es nicht wirklich verdient haben. Das hätte ich gern schon früher in meinem Leben gelernt. Hätte ich Dinge, die mich ärgern oder belasten, ebenso wichtig genommen, wenn ich gewusst hätte, dass mir nur noch wenige

Monate bleiben? Oder hätte ich viel öfter die Schultern gezuckt und wäre darüber hinweggegangen?« Er streckte sein Gesicht der wärmenden Sonne entgegen. »Was würden Sie tun wollen, wenn Sie nur noch wenige Wochen oder womöglich nur noch ein paar Tage zu leben hätten?«

Der Akkordeonspieler tat es Johannes gleich, schloss die Augen und streckte sein Gesicht ebenfalls den Sonnenstrahlen entgegen. »Ich würde gern mit dem Orchester spielen«, überlegte er dann laut.

»Mit welchem Orchester?«

»Mit dem Orchester, das am Sonntagnachmittag in dem Pavillon dort drüben für die Gäste auftritt.« Er deutete auf das runde Gebäude, das direkt an der Promenade stand.

»Eigenartig. Das ist mir bisher noch gar nicht aufgefallen«, stellte er fest. »Hat das Orchester am letzten Sonntag auch gespielt? Was ist das für ein Orchester?«

»Es besteht aus vier Flöten, einer Oboe, zwei Klarinetten, einem Fagott, einem Horn, zwei Trompeten, drei Posaunen, einer Harfe, einem Klavier, einer Pauke, vier Violinen, einem Kontrabass und einer Bratsche.«

»Das haben Sie herausgehört?«

Der Akkordeonspieler lächelte. »Aber nein. Ich habe mein Akkordeon genommen und zugesehen. Wundervoll, mit welcher Hingabe diese Musiker spielen.«

»Warum haben Sie nicht gefragt, ob Sie mitspielen können?«

»Ach, nein. Ich spiele nur Akkordeon. Ein solches Instrument ist in einem Orchester nicht gefragt. Das sind Künstler, und ich bin nur ein einfacher Straßenmusikant.«

Johannes sagte nichts dazu. »So ist es wohl im Leben. Es ist ein Spiel zwischen Anpassung und Einbringen, Abstandhalten und Näherkommen.« Er hustete.

Nach und nach füllte sich die Promenade mit Menschen, die meist zu zweit oder in kleineren Gruppen der Seebrücke entgegengingen.

»Ich denke, ich sollte so langsam meinen Dienst beginnen«, stellte der Akkordeonspieler fest und nahm sein Instrument.

»Wenn Sie erlauben, bleibe ich hier sitzen und lausche den Klängen Ihres Spiels?«, fragte Johannes.

»Es wäre mir eine Ehre.« Lächelnd griff der Hauptmann in die Tasten und spielte so inbrünstig, dass die Melodie nicht nur seine Zuhörer, sondern auch ihn selbst mit dem Winde davontrug. Und weder er noch Johannes konnte am Ende sagen, wie lange sie so dasaßen und die Welt um sich herum vergaßen.

26. Kapitel

*»Wie gern würde ich manchmal von einem Menschen
überrascht, weil er besser ist, als ich denke.
Doch tatsächlich ist stets das Gegenteil der Fall.«*

Bernadette von Plesow

Es war genau vier Minuten vor elf, als Bernadette die Kanzleiräumlichkeiten des Anwalts und Notars Dr. Philipp Hoffmann betrat.

Fräulein Richter, die Sekretärin des Rechtsanwalts und Notars, sprang von ihrem Schreibtischstuhl und beeilte sich, Bernadette den Mantel abzunehmen.

»Herr Dr. Hoffmann wird Sie sofort empfangen, verehrte Frau von Plesow«, versicherte sie ihr eifrig und hängte den eleganten Sommermantel in den Garderobenschrank.

»Ah, Bernadette, da habe ich doch gerade deinen Namen gehört.« Der Anwalt war aus seinem Büro auf den Gang herausgetreten und kam nun mit großen Schritten auf die beiden Frauen zu.

»Philipp, mein Lieber.« Bernadette streckte ihm die Hand entgegen, auf die er einen formvollendeten Handkuss gab. »Halte mich für einen Schwärmer, aber du bist seit unserer letzten Begegnung noch schöner geworden.«

»Du alter Schmeichler.« Bernadette schenkte ihm ein Lächeln.

»Nenn mich ruhig einen Schmeichler, doch es ist die volle Wahrheit. Bitte, komm doch herein, meine Liebe. Kann ich dir einen Tee oder Kaffee anbieten?«

»Einen Kaffee, bitte.«

»Ohne Milch und Zucker, nicht wahr?«, versicherte sich Fräulein Richter.

Bernadette nickte. »Ist meine Schwiegertochter noch gar nicht da?«, wunderte sie sich dann.

»Doch, schon seit einer Weile«, erklärte Fräulein Richter. »Ich habe sie gebeten, im Warteraum Platz zu nehmen, und gebe ihr gleich Bescheid.«

»Vielen Dank, Fräulein Richter. Wollen wir dann, Bernadette?« Dr. Hoffmann deutete in Richtung seines Büros.

»Sehr gern.«

Er ließ Bernadette vorangehen. Kaum dass sie eingetreten waren, kehrte die Sekretärin mit Margrit zurück. »Bitte sehr, gnädige Frau, Sie werden schon erwartet«, sagte Fräulein Richter höflich und bedeutete Margrit mit einer Geste, ebenfalls einzutreten.

»Guten Morgen, Herr Dr. Hoffmann. Schwiegermutter.«

Sie reichte dem Juristen die Hand, Bernadette bedachte sie mit einem Kopfnicken.

»Bitte nehmen Sie Platz, die Damen.« Der Anwalt setzte sich an seinen Schreibtisch und schlug sogleich den vor ihm liegenden Aktendeckel auf, aus dem er den vorbereiteten Vertrag nahm. Er reichte je ein Exemplar an Bernadette und Margrit, ein drittes legte er vor sich hin.

»Wenn die Damen den Vertrag bitte prüfen wollen? Wie Sie sehen, habe ich deinem Wunsch gemäß, liebe Bernadette, den Wert von dreißig Prozent des Hotels gemäß der Bankbewertung abzüglich der Kosten für den Neubau der Terrasse übernommen, mithin die Summe von achtzigtausend Reichsmark. Sie, gnädige Frau Margrit, erklären sich mit der Zahlung dieser Summe aus dem Erbteil ihres verstorbenen Mannes für vollständig abgefunden und schließen mit Ihrer Unterschrift jegliche weiteren Forderungen aus. Auf Sie als Witwe des verstorbenen Herrn Alexander von Plesow entfällt die Hälfte der Erbsumme, die andere Hälfte geht zu jeweils einem Viertel auf die minderjährigen Söhne Paul Karl und Erich Maximilian von Plesow über. Mit Eintritt der Volljährigkeit werden diese Zugriff darauf erhalten. Die Zahlung der Summe ist mit Unterschrift dieses Vertrages fällig.«

»Dazu habe ich eine Frage«, meldete sich Margrit zu Wort. Ohne die Aufforderung von Dr. Hoffmann abzuwarten, fuhr sie fort: »Wie werden die Ausgaben abgegolten, die mir für meine Söhne bis zu deren Volljährigkeit entstehen?«

»Ich verstehe nicht…«, sagte Dr. Hoffmann leicht irritiert und warf Bernadette einen fragenden Blick zu.

»Nun, es wird gewiss vonnöten sein, schon vorher auf das Geld der beiden zurückzugreifen, da ich selbst über keinerlei Einkommen verfüge und von dem Erbteil sämtliche Kosten bestreiten muss. Vierzigtausend Reichsmark sind nicht viel, wenn man ein halbwegs angemessenes Leben führen möchte.«

Dr. Hoffmann war anzusehen, was er von Margrits befremdlichem Ansinnen hielt. Bernadette konnte sich das Lachen kaum verkneifen.

»Das Gesetz sieht vor, dass nicht nur die Ehefrau, sondern gerade auch die Nachkommen eines Verstorbenen mit dessen Erbe versorgt werden«, erklärte der Anwalt und Notar. »Ich sehe da keinerlei Handlungsspielraum.«

»Hm.« Margrit krauste die Nase. »Vielleicht sollte ich mir lieber einen eigenen Rechtsberater nehmen, bin ich mir im Augenblick doch nicht ganz sicher, ob Sie hier auch meine Interessen vertreten und nicht nur die Ihrer langjährigen Mandantin – oder was auch immer meine Schwiegermutter für Sie sein mag.«

Dr. Hoffmann stand die Empörung ins Gesicht geschrieben, doch bevor er etwas entgegnen konnte, brach Bernadette in lautes Lachen aus.

»Nun, ich dachte mir schon, dass deine Geldgier keine Grenzen kennen würde, liebe Schwiegertochter. Wir können den Termin an dieser Stelle abbrechen und erst dann wieder zusammenkommen, wenn wir sicher sein können, dass du die vorab getroffene Vereinbarung auch einhalten möchtest.«

»Wir stehen hier noch immer in Verhandlungen«, stellte Margrit in schnippischem Tonfall fest.

»Keineswegs«, hielt Bernadette dagegen. »Du täuschst dich, Margrit. Das hier ist keine Verhandlung, sondern ein Beurkundungstermin. Du bist nicht bereit, die erforderliche Unterschrift zu leisten, damit ist alles Weitere hinfällig.« Sie stand auf und wandte sich zur Tür. »Wir verschwenden hier nur unsere Zeit.«

»Moment. Was soll das heißen?« Margrit sprang ebenfalls auf und eilte Bernadette hinterher.

»Das heißt, liebe Margrit, dass du deinen Advokaten befragen sollst, damit ich mir nachher nicht anhören muss, ich hätte dich ungerecht behandelt. Du solltest allerdings nicht erschrecken, wenn du feststellen musst, dass am Ende weniger für dich herausspringen wird, von der saftigen Rechnung ganz zu schweigen.«

»Nein, nein, ich möchte unterschreiben«, versicherte Margrit rasch. »Ich hatte den Vertrag bislang nur nicht richtig verstanden.«

Dr. Hoffmann sah Bernadettes Schwiegertochter kopfschüttelnd an, dann nahm er einen edlen schwarzen Füllfederhalter aus der marmornen Stifteschale und schraubte den Verschluss auf. »Wenn wir uns dann so weit einig sind, steht meiner Meinung nach einer Unterschrift nichts mehr im Wege«, erklärte er und sah die beiden Frauen abwartend an. Da keine von ihnen einen weiteren Einwand hervorbrachte, erkundigte er sich, ob Fragen zur Urkunde bestünden und ob der Inhalt denn nun schlüssig sei. Als Margrit zögernd nickte, reichte er den Stift zunächst Bernadette, dann gab er ihn Margrit zum Unterschreiben.

»Dann wäre das erledigt«, stellte er nach den geleisteten Unterschriften fest und kündigte an, sowohl Bernadette als auch Margrit ein Exemplar mit Siegel zu übersenden.

»Wollen wir jetzt das Haus in der Margaretenstraße besichtigen?«, schlug der Rechtsanwalt vor.

»Ja, gern«, stimmte Margrit etwas kleinlauter zu, und auch Bernadette nickte und schob ihren Stuhl zurück. Dr. Hoffmann nahm einen Schlüssel aus der obersten Schublade seines Schreibtischs, dann verließen sie das Büro, ließen sich von Fräulein Richter die Garderobe bringen und machten sich auf den Weg in die Margaretenstraße. Während Bernadette und Dr. Hoffmann angeregt miteinander plauderten, ging Margrit still neben den beiden her. Fast tat sie Bernadette leid, doch es machte sie wütend, dass Margrit einfach nicht zu begreifen schien, dass Bernadette sie keinesfalls übervorteilen wollte. Ganz im Gegenteil: Ob sie diese Frau nun mochte oder nicht, sie war nun einmal Alexanders Ehefrau gewesen und die Mutter ihrer Enkel. Sie hätte sie niemals hintergangen und ihr das nach Alexander zustehende Erbe verweigert, lastete das Wissen, dass ihr ältester Sohn in dem Bewusstsein gestorben war, mit der Mutter in einem nicht wiedergutzumachenden Streit zu liegen, doch schon schwer genug auf ihr. Bernadette warf ihrer Schwiegertochter einen Seitenblick zu und seufzte. Warum konnte Margrit nicht etwas mehr Gefühl für ihre Kinder und etwas weniger Geldgier in sich tragen? Womöglich hätten sie dann weiter unter einem Dach leben können.

»So, da wären wir«, sagte Dr. Hoffmann und blieb vor einem hübschen, leicht verwahrlost wirkenden Eckhaus stehen. »Da ist das Schmuckstück. Auch wenn von den jetzigen Besitzern seit einiger Zeit nichts mehr gemacht wurde, dürfte es sich mit einigen wenigen Arbeiten leicht wieder in Schuss bringen lassen.«

Bernadette sah die Fassade hinauf, während der Rechtsanwalt die Tür aufschloss und die Damen eintreten ließ.

Drinnen war es dunkel, da alle Türen zu den jeweiligen Räumen geschlossen waren und somit nur der Glasausschnitt über dem Eingang ein wenig Licht in den Flur dringen ließ. Es roch staubig, und Margrit fing prompt an zu husten, hielt sich dann aber zurück, offenbar um sich keine bissige Bemerkung ihrer Schwiegermutter anhören zu müssen.

Rechtsanwalt Hoffmann ging an den beiden Frauen vorbei und öffnete die erste Tür. Sofort strömte Licht herein und gab dem gesamten Flurbereich ein vollkommen verändertes Aussehen. Eben noch dunkel und gedrungen, waren nun ein gepflegt wirkender Holzboden zu erkennen und ein geräumiger Eingangsbereich, von dem insgesamt fünf Türen abgingen.

»Hier vorne ist das Esszimmer«, erklärte Dr. Hoffmann und führte sie hinein. Margrit war anzumerken, dass ihr gefiel, was sie sah. Vom Esszimmer aus erreichte man durch eine Schiebetür das dahinterliegende Wohnzimmer, von dort führte eine weitere Tür wieder in den Flurbereich. Alles wirkte ausgesprochen geräumig und gepflegt.

»Ich denke nicht, dass man hier drinnen viel machen muss«, befand Bernadette. »Wenn alles erst einmal richtig sauber gemacht ist, könnte es sehr hübsch sein.«

Sie sah Margrit an und wartete schon auf eine bissige Erwiderung, doch die Schwiegertochter stimmte ihr zu. »Ich dachte auch, es wäre mehr zu tun.«

Sie ließen das Wohnzimmer hinter sich und gingen über den Flur in das nächste Zimmer – eine kleine Kammer, kaum mehr als zwei mal zwei Meter groß.

»Hier war das Näh- und Wäschezimmer«, erklärte Dr. Hoffmann. »Nicht groß, aber praktisch, wenn man eine Hauswirtschafterin hat, die das Leinen ordentlich bearbeiten will.«

Sie traten wieder auf den Flur. »Bitte hier entlang.« Er führte die beiden an der Treppe vorbei, auf deren anderer Seite sich drei weitere Türen befanden.

»Hier haben wir die Küche.« Er öffnete die Tür zu einem hellen, geräumigen Zimmer, das von dem gusseisernen Herd dominiert wurde, um den scheinbar alles andere herumgebaut worden war. Unter dem Fenster befand sich ein weißes, großes Emaillebecken, daneben ein weißer Schrank mit einer breiten Arbeitsfläche. Auf der anderen Seite stand ein Büfett in dem man reichlich Platz für Teller und anderes Geschirr hatte und das, so gepflegt, wie es aussah, auch ebenso gut einen Platz im Esszimmer hätte haben können. »Dort hinten geht es zu einem kleinen Innenhof, der früher zu Stallungen führte. Jetzt kann man ihn im Sommer als Patio nutzen.« Sie verließen die Küche und gingen vorbei an der Speisekammer und einer kleinen Waschküche zum Dienstbotentrakt, dann stiegen sie die Treppe hinauf in den ersten Stock.

Margrit versuchte sich, so gut es ging, einen Überblick zu verschaffen. Im Grunde war das Haus ähnlich aufgebaut wie das Privathaus der von Plesows, nur längst nicht so geräumig. Im Grunde gefiel es ihr recht gut, doch das wollte sie vor ihrer Schwiegermutter nicht eingestehen.

Oben angekommen wandten sie sich zunächst nach rechts. Dr. Hoffmann öffnete auch hier Tür um Tür. »Im oberen Bereich haben wir insgesamt vier Schlafzimmer, ein größeres Bad und ein kleineres. Ihre Zwillinge könnten sogar jeder ein eigenes Zimmer bekommen und ein gemeinsames Spielzimmer obendrein, gnädige Frau von Plesow.«

Margrit ging in jeden der Räume und sah sich um. »Sehr schön, wirklich«, lobte sie leicht widerstrebend.

»Mir gefällt die Tapete«, stellte Bernadette fest, die in einem der Schlafzimmer stehen geblieben war, und fing an zu schmunzeln. Die Tapete war ihr auf Anhieb vertraut vorgekommen – war es doch die gleiche wie in Josephines Zimmer. »Ich bin überzeugt. Was denkst du, Margrit?«

»Es könnte schlimmer sein«, gab Margrit zurück. »Zumindest bietet es den Zwillingen und mir ein Dach über dem Kopf. Was soll es denn kosten?«

»Die Lehmanns möchten vierzigtausend Reichsmark dafür haben. Doch ich bin sicher, dass sie mit sich handeln lassen.«

»Vierzigtausend Reichsmark? Damit wäre der gesamte Teil meines Erbes weg. Wovon um alles auf der Welt soll ich dann leben, noch dazu mit zwei kleinen Kindern? Und wer bezahlt das Personal?«

»Ich mache dir einen Vorschlag, Margrit«, schaltete sich Bernadette ein. »Ich könnte mir vorstellen, das Haus zu kaufen und an dich zu vermieten.« Sie musterte ihre Schwiegertochter, der erneut die Röte in die Wangen stieg. »Möchtest du hier einziehen, Margrit? Das ist alles, was ich wissen möchte.«

Margrit erwiderte ihren Blick und sah ihrer Schwiegermutter prüfend in die Augen, doch darin waren weder Häme noch Bosheit zu erkennen. Hatte sie der Schwiegermutter womöglich unrecht getan? Konnte es tatsächlich sein, dass sie – genau wie sie selbst – die Streitigkeiten einfach nur leid war und nach einer Lösung suchte, mit der alle leben konnten?

»Würdest du dich wirklich so großzügig zeigen?«, fragte sie daher vorsichtig.

»Selbstverständlich. Wir mögen unsere Differenzen haben, doch du bist die Witwe meines Sohnes und Mutter meiner einzigen Enkel. Ob du es glaubst oder nicht: Ich möchte, dass es euch gut geht, Margrit. Dir, Erich und Paul.« Kurz sah sie zu Dr. Hoffmann, dann fügte sie hinzu: »Womöglich können wir über diese räumliche Trennung einen Weg zueinander finden, Margrit. Ich für meinen Teil würde es mir aufrichtig wünschen.«

Margrit schluckte, weil sie plötzlich einen Knoten in der Brust verspürte. »Das wünsche ich mir auch, Bernadette.«

Bernadette sah sie erneut durchdringend an, dann wandte sie sich an den Anwalt. »Versuch, die Lehmanns auf dreißigtausend runterzuhandeln, und schlag bei vierunddreißigtausend ein. Mehr werde ich nicht bezahlen.«

»Und wenn sie sich nicht darauf einlassen?«, fragte Margrit mit verzagter Stimme.

»Dann werde ich selbst mit ihnen sprechen. Wir werden eine Lösung finden.«

»Das ist nett von dir, Bernadette. Danke.«

Bernadette sah die Schwiegertochter überrascht an. Was auch immer sie bisher aus deren Munde vernommen hatte, sie konnte sich nicht erinnern, dass dieses Wort je dabei gewesen wäre.

»Sehr gern, Margrit. Ich hoffe, du wirst hier glücklich.« Fast war sie in Versuchung, die Schwiegertochter zum ersten Mal in all den Jahren in den Arm zu nehmen. Und fast kam es Bernadette so vor, als ginge es Margrit ähnlich. Einen langen Moment sahen sie sich an.

»Wunderbar!«, ließ sich Dr. Hoffmann vernehmen. »Dann wäre das geklärt. Darf ich den Damen voran zur Haustür gehen?«

»Ja, natürlich. Gehen wir«, stimmte Bernadette zu, und so war der Moment, der womöglich etwas zwischen Margrit und ihr hätte verändern können, auch schon wieder verstrichen.

27. Kapitel

»Zu fühlen, wie ich es tue, ist in meinem Leben gefährlich. Und doch will ich es tun. Nur dieses eine Mal.«

Constantin von Plesow

In Stralsund angekommen winkte Constantin eines der Taxis heran, die vor dem Bahnhofsgebäude auf Fahrgäste warteten. Gewiss wäre es ein Leichtes gewesen, Horst, den Hotelchauffeur, zu bitten, Marie und ihn vom Bahnhof abzuholen, doch Constantin wollte partout vermeiden, dass seine Mutter von seiner überraschenden Ankunft erfuhr. Auf keinen Fall sollte Bernadette die Möglichkeit bekommen, der Konfrontation mit ihrem Sohn aus dem Weg zu gehen – auch wenn er zugeben musste, dass er der Begegnung leicht nervös entgegenblickte. »Ich kann es kaum erwarten, deine Mutter endlich einmal wiederzusehen«, unterbrach Marie seine Gedanken.

»Ich freue mich auch darauf«, gab Constantin zur Antwort und nahm Maries Hand. Hier in der Enge des Automobils und ohne dass jemand sie sehen konnte, wagte er die vertraute Geste. Doch schon jetzt spürte er, dass es nicht nur Freude war, die er mit dieser Beziehung verbinden würde. Marie war ein so reines, ehrliches und unverbrauchtes Geschöpf. Alles an ihr erschien ihm besonders. Ganz im Gegensatz zu ihm selbst, der in all den Jahren nichts hatte anbrennen lassen, wie man so schön sagte. Er hatte gelebt und bis jetzt nie darüber nachgedacht, welche Auswirkungen dies auf das Leben anderer haben könnte. Sein Motto war stets gewesen: Lebe oder stirb! So und nicht anders hatte er es für sich gehalten. Vorwürfe darüber, wie er sein Leben führte, hatte er nie zugelassen. Nicht einmal früher, als er noch zusammen mit seinen Brüdern und seiner kleinen Schwester Josephine zu Hause in Binz gelebt hatte und sein Spielplatz das Grand Hotel gewesen war. Wie sehr er es geliebt hatte, dort mit seinen Geschwistern Verstecken zu spielen, ganz besonders, weil die Mutter es ihnen verboten hatte, was den Kitzel noch erhöhte. Am liebsten hatte er sich mit seinem älteren Bruder Alexander in die Dachkammer geschlichen, sich ins Dachfenster gesetzt und die Beine baumeln lassen – eine ganz schlimme Untat. Doch während ihn Strafe und Verbote nicht interessierten, war es Alexander dabei stets mulmig zumute gewesen, war er doch derjenige, der sich stets an Regeln und Vorschriften hielt. Maximilian, der jüngere Bruder, hatte einfach nur mitgemacht, während die kleine Josephine ohnehin die meiste Zeit bei der Mutter zu bleiben hatte. Es gehörte sich für ein Mädchen aus gutem Hause nicht, zu toben wie ein Junge. Im Nachhinein fragte sich Constantin, wie seine Eltern es geschafft hatten, ein Hotel zu erbauen und groß zu machen – und ganz nebenbei vier Kinder zu erziehen.

»Woran denkst du?« Marie sah ihn fragend an.

»Ach, an nichts Besonderes«, wiegelte er ab. »Ich hoffe nur, meine Mutter freut sich über unseren Besuch.«

»Was ist eigentlich zwischen euch vorgefallen, dass ihr so fremd miteinander geworden seid?«

»Weshalb denkst du, es könnte etwas vorgefallen sein?«

Marie lächelte. »Ist es denn nicht so?« Sie hob die Augenbrauen. »Du musst es mir nicht sagen. Doch dann sag mir bitte einfach, dass du nicht darüber sprechen möchtest. Nur versuche mich nicht für dumm zu verkaufen, indem du behauptest, es wäre nichts gewesen.«

»Nun, dann möchte ich nicht darüber sprechen.« Er grinste und drückte ihre Hand.

Sie boxte ihn spielerisch auf den Oberarm. »Danke für deine Offenheit.«

Er wich ihr aus, dann wurde sein Grinsen noch breiter. »Ich fand die Zugfahrt hierher ziemlich aufregend«, bemerkte er in anzüglichem Ton. »Ich habe noch nie zuvor ein Abteil von außen absperren lassen.«

Marie errötete. »Ich weiß gar nicht, wovon du sprichst, Herr von Plesow. Wie sollen wir uns eigentlich in Gegenwart deiner Mutter verhalten? Sie wird sich doch gewiss wundern, wenn wir zusammen bei ihr auftauchen.«

»Nun ja, du willst deine Schwester besuchen und ich meine Mutter. Da sie im gleichen Ort wohnen, wäre es schließlich unsinnig, wenn jeder von uns für sich anreisen würde.«

»Und du denkst, deine Mutter kauft uns das ab?«

»Wenn wir überzeugend genug sind. Warum nicht?«

Marie war skeptisch, doch sie ließ es so stehen. In den letzten Tagen war alles dermaßen schnell gegangen, dass sie gar nicht recht wusste, wo ihr der Kopf stand. Noch vor einer Woche war sie sich nicht sicher gewesen, ob sie sich in ihrem Leben jemals wieder auf einen Mann einlassen würde, und sie war glücklich damit gewesen, ganz einfach weil ihr das Leben, das sie jetzt führte, auch ohne Mann sehr gut gefiel. Doch mit Constantin war es etwas vollkommen anderes. Er erwartete nicht von ihr, dass sie nur für ihn da war und womöglich ihre Arbeitsstelle aufgab, um ihm den Haushalt zu führen oder seine Kinder großzuziehen. Ganz im Gegenteil. Er wusste ihre Arbeit zu schätzen und gab ihr das Gefühl, wichtig zu sein mit dem, was sie tat, dass es richtig gewesen war, sich vom einfachen Zimmermädchen zur Hausdame emporzuarbeiten. Und nun freute sie sich darauf, der gnädigen Frau, Constantins Mutter, zu begegnen, die sie auf genau diesen Weg gebracht hatte. Bernadette von Plesow war es gewesen, die Marie dazu angehalten hatte, stets mehr zu wollen als das, was sie hatte. Sie hatte Marie vor fast einem Jahr geholfen, als ihre Verzweiflung nicht größer hätte sein können. Sie hatte ihr sogar das Leben gerettet, als Marie keinen anderen Ausweg mehr gewusst hatte, als sich vom Hoteldach zu stürzen. Kurz kam ihr der Gedanke, ob die gnädige Frau Constantin wohl davon erzählen würde, wenn sie ahnte, dass Marie und er mehr waren als Arbeitgeber und Angestellte. Ob sie Marie womöglich für nicht gut genug als Frau an der Seite ihres letzten verbliebenen Sohnes befände. Nein. Marie schüttelte entschieden den Kopf. Was für ein Unsinn! Wie lange kannte sie die gnädige Frau nun schon? Fünfzehn oder sechzehn Jahre, wenn sie richtig rechnete. So etwas passte ganz und gar nicht zu Bernadette von Plesow.

»Weshalb schüttelst du den Kopf?«, fragte Constantin.

»Ach, wegen nichts Besonderem«, nahm sie sein Ausweichmanöver vorhin mit einem neckenden Lächeln wieder auf. »Ich habe mich nur gefragt, was sie davon halten würde, wenn sie von unserem Verhältnis erführe. Sie würde sich doch hoffentlich freuen?«

Constantin presste die Lippen aufeinander. »Ich bin mir fast sicher, dass es ihr nicht recht wäre.«

Maries Lächeln verschwand. »Und warum nicht?« Marie wappnete sich für die Antwort, dass sie für den Sohn der gnädigen Frau nicht standesgemäß sei.

»Weil du zu gut für mich bist. Und damit hätte sie sogar recht.«

»Was für ein Unsinn. Weshalb sollte ich zu gut für dich sein? Andersherum ergibt es wohl mehr Sinn.«

Constantin lachte freudlos auf. »Nein, ganz gewiss nicht. Einfach weil ich bin, wie ich bin. Und meine Mutter weiß das.«

»Ich denke, du übertreibst.«

»Nein, durchaus nicht«, stellte er fest. »Ich würde ja sagen: ›Du wirst es schon sehen‹, doch ich hoffe tatsächlich, dass sie nichts bemerkt. Es würde vieles erleichtern.«

»Vermutlich hast du recht.« Marie drückte kurz seine Hand, dann ließ sie den Kopf gegen seine Schulter sacken. Die lange Fahrt hatte sie erschöpft, und ihre Gefühle, die sie so sorgsam unter Verschluss gehalten und erst in den letzten Tagen wieder hatte hervorbrechen lassen, fuhren Achterbahn. Seufzend suchte sie nach einer Möglichkeit, das Thema zu wechseln, um ihre Emotionen unter Kontrolle zu bringen. »Sag mal, Constantin«, sie hob den Kopf und sah ihn an, »was hältst du von dem Gedanken, die Zimmermädchen, die wir einstellen, als Lehrmädchen zu beschäftigen? So könnten wir ihnen eine vernünftige Grundlage schaffen und wir uns Personal heranziehen, das seinen Beruf versteht.«

Constantin warf ihr einen überraschten Blick zu. »Na, das nenne ich mal einen raschen Umschwung von der Geliebten zur Hausdame.«

Sie knuffte ihn in die Seite. »Ich meine es ernst. Unser Personal ist einfach nicht gut. Es reicht nicht, ein paar Mädchen von der Straße zu holen und ihnen zu zeigen, wie man die Betten macht und die Bäder reinigt. Wenn ich bedenke, welche Kenntnisse ich bei deiner Mutter erwerben durfte, ist es geradezu sträflich, dass wir dies den Mädchen verweigern. Sie könnten mit einer guten Lehre auch in ihrem weiteren Leben viel erreichen.«

Constantins Blick wurde skeptisch. »Hm. Warum willst du

dir die Mühe machen? Diese Mädchen sind ohnehin nur auf das schnelle Geld aus und hoffen, sich eines Tages einen Ehemann angeln zu können, der sie aus diesen Verhältnissen herausholt.«

»Eine recht gewagte Aussage dafür, dass genau so ein Mädchen neben dir sitzt, auch wenn ich ganz und gar nicht auf einen Ehemann hoffe, der mir meine Arbeit womöglich noch untersagt.«

»Ach Marie, du weißt doch, dass das bei dir etwas anderes ist.«

»Und wieso? Immerhin bin ich bei deiner Mutter in die Lehre gegangen und würde nur allzu gern weitergeben, was sie mir vermittelt hat.« Sie reckte trotzig das Kinn.

»Kann es sein, dass du mit mir zanken willst?« Ein amüsiertes Schmunzeln umspielte Constantins Lippen.

»Nimmst du mich etwa nicht ernst?«, empörte sich Marie, doch dann musste sie selbst lachen.

»Ach, meine Marie.« Er umarmte sie und gab ihr einen Kuss, dann wurde sein Blick ernst. »Weißt du, wie schön es ist, dich so nennen zu können? Meine Marie?«

»Du sagst es gern, und ich höre es gern. Aber damit hast du noch nicht auf meine Frage geantwortet: Bist du einverstanden, wenn ich das Hotel zu einem Lehrbetrieb mache?«

»Du lässt wohl niemals locker.« Er zuckte mit den Schultern und drückte ihr einen Kuss auf die Schläfe. »Aber genau das mag ich so an dir.«

»Heißt das ja?« Sie drehte sich zu ihm und sah ihn erwartungsvoll an.

»Wenn du dir die Mühe machen willst, werde ich dir nicht im Wege stehen.«

Marie schlang ihm die Arme um den Hals und strahlte vor Freude, doch dann kam ihr ein Gedanke, und ihr Blick wurde finster.

»Da ist noch etwas«, sagte sie leise, »und ich weiß nicht, ob es gut ist, mich so weit vorzuwagen, aber ich kann nicht einfach zusehen und schweigen.«

»Was ist los, Marie? Was willst du mir sagen?« Constantin musterte sie prüfend.

»Ich habe mit Gerda gesprochen«, stieß sie nach kurzem Zögern hervor.

»Wer ist Gerda?«

»Gerda ist Zimmermädchen in deinem Hotel, aber ganz offensichtlich weißt du nicht, wer für dich arbeitet.« In ihrer Stimme schwang Vorwurf mit.

»Und ob ich das weiß.« Constantin schüttelte vehement den Kopf und strich Marie eine verirrte Haarsträhne hinters Ohr. »Gerda, das Zimmermädchen. Jetzt sehe ich sie direkt vor mir. Ich konnte sie nur nicht gleich zuordnen, weil ich eben nur Augen für dich habe.« Seine Lippen verzogen sich zu einem schiefen Grinsen.

»Du bist unmöglich, Constantin von Plesow«, schimpfte Marie, doch sie konnte ein Lächeln nicht unterdrücken. »Aber zurück zu Gerda. Sie war eine von den Mädchen, die Eduard Köhler abgeworben und als Tänzerin eingesetzt hat.«

»Ach Marie, das hatten wir doch schon besprochen. Was gibt es denn da noch zu klären?«

»Nichts«, erwiderte sie eilig, »darum geht es gar nicht.« Sie zögerte erneut und rang nervös die Hände.

»Worum geht es dann?«, drängte Constantin.

»Nun, als Gerda nach ein paar Tagen Varieté zurück ins Hotel kam, war sie nicht mehr dieselbe.«

Constantin seufzte. Er ahnte, in welche Richtung sich dieses Gespräch entwickeln würde, und hatte nicht die geringste Lust, sich mit Marie über das verwerfliche Treiben in den Separees zu unterhalten.

»Worauf willst du hinaus?«

»Du weißt genau, worauf ich hinauswill, Constantin. Bitte zwing mich nicht, ins Detail zu gehen.«

Constantin seufzte. »Ich habe dich gefragt, ob du weißt, worauf du dich mit mir einlässt, Marie, und ich habe keinen Hehl daraus gemacht, wer ich bin und was ich bin. Auch nicht daraus, womit ich mein Geld verdiene.«

Marie sah ihn kurz an. »Du denkst, ich will dir ins Gewissen reden?«, fragte sie dann.

»Ja, allerdings.«

»Unsinn.« Sie schüttelte den Kopf. »Das ist es nicht. Mach deine Geschäfte, wie du willst. Es gibt genug Mädchen, die sich gern gut für das bezahlen lassen, was die Männer von ihnen wollen. Es sollte nur niemand dazu gezwungen werden.«

Constantin zögerte. »Ich kann nichts versprechen«, sagte er dann. »Aber wenn ausreichend Mädchen zur Verfügung stehen …«

Marie legte ihm den Zeigefinger auf die Lippen, hauchte einen Kuss darauf und brachte ihn so zum Schweigen.

»Es werden genug Mädchen da sein.«

»Du wickelst mich ganz schön um den kleinen Finger«, stellte Constantin mit rauer Stimme fest, doch er merkte, dass ihm genau das gefiel.

28. Kapitel

»Jeder Mensch hat seine Pflichten.
Und die wiegen schwerer als die eigenen Bedürfnisse.«

Major Götz Wilhelm

»Du siehst bezaubernd aus.« Major Götz Wilhelm erhob sich von seinem Platz im Restaurant des Grand und gab Bernadette zur Begrüßung einen formvollendeten Handkuss.

»Vielen Dank.« Sie ließ sich von ihm den Stuhl zurechtrücken und nahm Platz.

»Ich war überrascht, dass ich gestern gar nichts mehr von dir gehört habe«, sagte der Major und setzte sich ebenfalls wieder. »Herr Druminski erteilte mir die Auskunft, du hättest das Hotel in aller Frühe verlassen.«

»Das ist richtig. Auch in Binz gibt es immer etwas zu tun. Ich war erst spät wieder hier, sonst hätte ich mich noch bei dir gemeldet.«

»Du bist mir wahrlich keine Rechenschaft schuldig, liebe Bernadette. Umso schöner, dass es heute zum Mittagessen passt, auch wenn ich gehofft hatte, den Abend mit dir verbringen zu dürfen.«

»Ich bedauere, Götz. Da bin ich bereits verabredet.«

»Mit jemandem, den ich kenne?«

»Nein.« Bernadette schüttelte den Kopf. »Mit meinem Schwager.«

»Ich wusste nicht einmal, dass du einen Schwager hast«, stellte er überrascht fest.

»Ich bis vor Kurzem auch nicht. Aber das ist eine lange Geschichte.«

»Ich höre dir gern zu.«

In diesem Moment trat der Kellner an ihren Tisch und verbeugte sich. Nachdem er die gnädige Frau und den Herrn Major begrüßt hatte, erkundigte er sich, ob er bereits etwas zu trinken bringen dürfe.

»Sehr gern, Casper. Ich hätte gern mein übliches Glas Champagner. Und was möchtest du?«, fragte sie anschließend an Götz gewandt.

»Für mich auch, bitte.«

»Wünschen die Herrschaften, dass ich Ihnen die Karten bringe?«

Bernadette nickte. »Was hat die Küche heute Besonderes gezaubert?«

»Ich könnte vorweg unsere Rinderbouillon mit feinen Markklößchen empfehlen, als Hauptspeise eine Seezunge an Kartoffeln, Spargel, Spinat und jungem Gemüse sowie als Nachspeise Mohnpielen.«

»Das nehme ich«, entschied Bernadette. »Doch statt der Mohnpielen hätte ich gern ein Kompott.«

»Für mich das Gleiche«, legte Götz sich fest.

»Dann also keine Karten, sehr wohl, die Herrschaften. Ich werde sogleich den Champagner bringen.«

»Danke, Casper.«

Der Kellner verbeugte sich erneut und eilte in die Küche, um die Bestellung aufzugeben.

»Also, wo waren wir?«, nahm Bernadette das Gespräch wieder auf.

»Du wolltest mir von deinem Schwager erzählen«, erinnerte Götz.

Bernadette nickte und berichtete ihm, dass Johannes Blumberg der Halbbruder ihres verstorbenen Mannes sei, der für eine begrenzte Zeit im Grand weile. Sie habe ihn erst vor Kurzem kennengelernt und sei ausgesprochen erfreut über seine Gesellschaft, weil er sie an ihren verstorbenen Mann erinnere.

»Und du glaubst ihm einfach so, dass er ist, wer er zu sein behauptet?«, erkundigte sich Götz skeptisch.

»Ich habe keinen Grund, an seinen Worten zu zweifeln, und ich wüsste nicht, welchen Vorteil er aus einer falschen Behauptung ziehen sollte.« Sie legte ihre Hand auf seine. »Ich weiß deine Umsicht zu schätzen, Götz.«

In diesem Moment kehrte der Kellner mit zwei Gläsern Champagner an ihren Tisch zurück. »Bitte sehr, die Herrschaften. Sehr zum Wohle.«

»Danke, Casper.« Bernadette hob ihr Glas und wartete, bis dieser sich vom Tisch entfernt hatte, dann fuhr sie fort: »Ich habe etwas zu feiern, und deshalb möchte ich mit dir auf eine streitfreie und entspannte Zukunft anstoßen.«

Götz hob das Glas. »Auf eine streitfreie und entspannte Zukunft, was auch immer du damit meinst – ich bin jedenfalls froh, dass wir keinen Streit hatten.« Sie ließen die Gläser aneinander klingen. Bernadette nahm einen Schluck, dann stellte sie das Glas ab und erklärte:

»Heute Vormittag habe ich mich mit meiner Schwiegertochter geeinigt. Sie wird ausziehen und finanziell unabhängig sein, da ich ihr Alexanders Erbe ausbezahle. Jetzt, da sich unsere Wege trennen, hoffe ich auf die Möglichkeit zu einem streitfreien und entspannten Miteinander.«

»Ah, ich verstehe. Das war sicher eine gute Entscheidung.

Es ist immer besser, wenn die jungen Leute auch finanziell auf eigenen Füßen stehen. Wer weiß, was sie sich mit dem Geld aufbaut?«

Bernadette drehte den Stiel ihres Champagnerglases und sagte bedauernd: »Wahrscheinlich gar nichts. Meine Schwiegertochter hat nie gearbeitet, geschweige denn gelernt, für sich selbst zu sorgen. Und leider hat sie den falschen Leuten Versprechungen macht.«

»Was meinst du damit?« Götz setzte sich aufrechter hin und sah sie interessiert an.

»Nun, es gibt da so eine Gruppe hier in Binz«, setzte Bernadette zu einer Erklärung an. »Ich weiß nicht genau, welche Ziele diese Leute verfolgen, allerdings scheinen sie der Ansicht zu sein, etwas wegen der Missstände im Land unternehmen zu müssen.«

»Und was heißt das konkret?«

»Das weiß ich nicht. Und offen gesagt interessiert es mich auch nicht. Sie haben mir eine Einladung zu einem Treffen geschickt, angeblich um meines Sohnes Alexander zu gedenken, doch das war nur ein Vorwand, mich dorthin zu locken.«

Götz' Miene wurde schlagartig ernst. »Was wollten sie von dir? Geld?«

Bernadette wurde stutzig. »Ja, woher weißt du das?«

»Hast du ihnen welches gegeben?«

Bernadette sah ihn überrascht an. »Ich bitte dich, Götz, natürlich nicht. Wie gut kennst du mich?« Sie trank einen Schluck Champagner. »Aber anscheinend hat sich Margrit mit einer etwas waghalsigen Zusage aus dem Fenster gelehnt und sieht sich nun gezwungen, dieses Versprechen zu halten.«

»Wer gehört alles zu dieser Gruppe?« Die Stimme des Majors klang plötzlich angespannt, drängend.

»Was ist los, Götz?« Bernadette sah ihn prüfend an. »Du weißt doch etwas. Warum bist du nach Binz zurückgekommen?«

»Deinetwegen, Bernadette. Ich hatte gehofft, du und ich …«

»Nein.« Bernadette musterte ihn durchdringend. »Halt mich nicht zum Narren. Es steckt ein anderer Grund dahinter, ich kenne dich gut genug, um das zu wissen.«

Der Major klappte den Mund auf, um etwas zu erwidern, doch im selben Augenblick brachte Casper zwei Suppentassen an den Tisch.

»Zweimal Rinderbouillon mit feinen Markklößchen, die Herrschaften.« Er stellte Suppe vor sie hin und erkundigte sich, ob er noch etwas zu trinken bringen dürfe, was Bernadette dankend ablehnte. Nachdem der Kellner ihnen einen guten Appetit gewünscht hatte und außer Hörweite war, wandte sich Bernadette wieder an Götz. »Ich denke, du bist mir eine aufrichtige Antwort schuldig, schon allein um unserer früheren Verbundenheit willen.«

Götz legte den Löffel, den er gerade in die Suppe hatte tauchen wollen, wieder ab. »Also gut, Bernadette, wenn du es unbedingt wissen willst … Ich bin, als ich seinerzeit nach Binz kam, im Auftrag der Regierung vorstellig geworden.«

»Was willst du damit sagen?«

»Nun, ich wurde für diese Aufgabe ausgewählt, weil Alexander unter mir gedient hat.«

»Also hast du jeden von uns von Anfang an belogen.« Es war keine Frage, sondern eine Feststellung.

Götz wollte widersprechen, doch dann nickte er. »Was den Grund meines Besuchs anbetrifft, ja. Aber alles, was ich sonst sagte und tat, war ganz allein der Wahrheit und meinen aufrichtigen Gefühlen dir gegenüber geschuldet.«

»Mit welchem Auftrag warst du betraut oder bist es noch?«

»Das ist nicht mit einem Satz zu beantworten.«

»Ich habe dich nicht um nur einen Satz gebeten.«

Götz warf einen Blick auf seine Suppe und seufzte. Er hatte Hunger, und die Rinderbouillon duftete absolut köstlich. Doch Bernadettes Blick genügte ihm, um zu wissen, dass er sich an dieser Stelle nicht um eine Erklärung würde drücken können.

»Ich war wegen Alexander hier. Bitte verstehe mich nicht falsch. Ich möchte bestimmt nicht deinen toten Sohn diskreditieren.«

»Sprich weiter«, forderte Bernadette ihn auf, ohne die Miene zu verziehen.

»Alexander hatte, wie soll ich sagen, recht klare Vorstellungen davon, was in der Politik seiner Meinung nach schieflief, und sich deshalb dazu hinreißen lassen, gewisse Gruppierungen zu unterstützen, die als regierungsfeindlich eingestuft wurden. Ich wurde geschickt, um in Erfahrung zu bringen, wie ernst sein Vorgehen einzuschätzen war.«

»Was meinst du damit, er habe ›gewisse Gruppierungen unterstützt‹?«

»Finanziell. Vor dem Verbot der NSDAP hat er dieser erhebliche Summen zukommen lassen.«

Bernadette überlegte, wie Alexander dies möglich gewesen sein könnte. Zwar hatte er seine Einnahmen aus dem Hotel erhalten, doch von »erheblichen Summen« konnte man nicht gerade sprechen. »So viel Geld hatte er eigentlich gar nicht zur Verfügung«, stellte sie fest.

»Es mag durchaus sein, dass er die Zahlungen nur getätigt hat und auch die Summen anderer dabei waren.«

»Davon habe ich nichts gewusst«, sagte Bernadette nachdenklich.

»Ich weiß. Oder besser, ich nehme es an. Einen entsprechenden Bericht habe ich schon vor Monaten abgegeben. Und jetzt, nach Alexanders Tod, ist das Thema ohnehin hinfällig.«

Bernadette nahm ihren Löffel und tauchte ihn in die Suppe, ohne ihn jedoch zum Mund zu führen. »Und jetzt?«, fragte sie leise.

»Du meinst, weshalb ich wieder hier bin? Nun, zum einen ist es wirklich deinetwegen. Zum anderen aber gibt es Gerüchte, dass die Gruppierung, welche die NSDAP so großzügig unterstützt, wiederbelebt wurde. Das Geld soll erneut von hier kommen, hier aus Binz.«

»Aber das kann nicht sein. Zumindest nicht, wenn du statt auf meinen Sohn nun auf meine Schwiegertochter anspielst. Sie hat das Geld aus dem Erbe noch gar nicht erhalten – wir haben erst heute den Vertrag unterschrieben.«

»Ich habe keine Ahnung, woher das Geld stammt, doch es ist meine Aufgabe, genau das herauszufinden. Und ja, ich gebe zu, dass ich gehofft hatte, wir beide würden uns wieder näherkommen. Meine Liebe zu dir ist ungebrochen, Bernadette.«

Ohne auf seine letzte Bemerkung einzugehen, fragte Bernadette: »Wurde das Verbot der NSDAP denn nicht offiziell aufgehoben? Wenn ja, dann ist es doch gar nicht verboten, die Partei zu unterstützen.«

»Nein, das ist es tatsächlich nicht mehr. Es geht inzwischen eher darum, die politischen Feinde – entschuldige bitte die Formulierung – im Auge zu behalten.«

Der Kellner trat an den Tisch, um die mittlerweile kalt gewordene Suppe abzuräumen. Besorgt erkundigte er sich, ob die Bouillon nicht geschmeckt habe. Bernadette beruhigte ihn und bat ihn, das Hauptgericht aufzutragen. Mit verwirrtem Gesicht zog sich der Kellner in die Küche zurück.

»Du hättest mir von Anfang an die Wahrheit sagen sollen«,

sagte Bernadette vorwurfsvoll. »Wir hatten vor zu heiraten, Götz.«

»Ich hatte meine Befehle, Stillschweigen zu bewahren«, hielt er dagegen. »Unsere geplante Hochzeit hatte nicht das Geringste damit zu tun.«

»Es hat alles miteinander zu tun«, bemerkte Bernadette. Ein Schatten huschte über ihr Gesicht, was Götz nicht entging, genauso wenig wie die Tatsache, dass sie den Blick senkte und die Hände im Schoß verschränkte.

Götz sah sie lange an, dann fragte er leise: »Dann hat es also keinen Sinn mehr, an eine gemeinsame Zukunft zu glauben?« Als Bernadette nichts erwiderte, setzte er nach: »Hast du wirklich all deine Gefühle für mich so tief in dir vergraben, dass du sie selbst nicht mehr entdecken kannst?«

Augenblicklich fuhr Bernadettes Kopf in die Höhe. »Du bist fortgegangen, Götz. Damit hast du mir deine Entscheidung klar und deutlich mitgeteilt. Und das habe ich akzeptiert.«

»O nein«, widersprach er aufgewühlt. »So war das nicht, das lasse ich mir nicht unterstellen. Ich war zum Schweigen verpflichtet, auch wenn die Erfüllung dieser Pflicht gegen meine Ehre ging. Allerdings war das nicht der Grund dafür, dass ich Binz verlassen habe. Du hast mich fortgestoßen, Bernadette. Schlimmer noch: Du hast nicht einmal mehr wahrgenommen, dass ich überhaupt existiere.«

»Mein Sohn war gestorben.«

»Und es war dein gutes Recht, dich so zu verhalten. Doch du kannst mir nicht unterstellen, ich hätte unsere Beziehung beendet. Das habe ich nie getan, vielmehr bin ich davon ausgegangen, dass wir diese zu einem späteren Zeitpunkt wieder aufnehmen.« Er legte seine Hand auf ihre. »Liebe vergeht nicht einfach, Bernadette. Die Umstände haben es uns schwer gemacht, doch ich bin sicher, dass wir wieder zueinander finden, wenn wir es denn nur wollen.«

»Und unter welchen Voraussetzungen? Bis du weiterziehen musst, um jemand anderen auszuspionieren?« Ihre Worte klangen bitter, doch sie zog ihre Hand nicht weg.

Götz seufzte. »Du weißt, dass ich nicht so ein Mensch bin. Ich habe deinen ältesten Sohn als aufrichtigen, ernsten, jungen Mann kennengelernt, dessen Überzeugungen auf Werten beruhten. Ich konnte mir beim besten Willen nicht vorstellen, dass er etwas Regierungsfeindliches unternehmen würde.« Er strich zärtlich mit den Fingern über ihren Handrücken. »Deshalb habe ich damals angeboten, nach Binz zu reisen und mir einen persönlichen Eindruck zu verschaffen. Das ist alles, Bernadette. Das verspreche ich dir.«

»Ich glaube dir, Götz, ganz bestimmt. Aber was hast du nun vor? Ich meine, in Bezug auf meine Schwiegertochter.«

»Was denkst du, wie tief sie involviert ist?«

»Margrit? Überhaupt nicht«, kam die sofortige Antwort. »Du weißt, ich habe nicht gerade eine Schwäche für sie. Doch auf was auch immer sie sich da eingelassen hat – es hat nichts mit irgendwelchen Überzeugungen zu tun. Vermutlich hat es ihr ein gutes Gefühl gegeben, wichtig genommen zu werden. Ich kann mir nicht vorstellen, dass sie wirklich an die Sache glaubt.«

»Also wird sie vermutlich auch die Letzte sein, der man innerhalb dieser Organisation etwas anvertraut?«

»Wenn die Leute dort auch nur einen Hauch an Verstand haben, dann gewiss nicht.«

Götz überlegte. Er war froh, dass in diesem Augenblick Casper und ein weiterer Kellner den Hauptgang servierten und mit großem Brimborium die Silberhauben von den Tellern nahmen. Der Duft, der ihnen entgegenströmte, war einfach köstlich.

»Die fangfrische Seezunge an Kartoffeln mit Spargel, Spinat und Gemüse der Saison«, verkündete Casper. »Einen guten Appetit, die Herrschaften.« Sein Kollege und er verbeugten sich und zogen sich zurück. Götz griff nach Fischmesser und Gabel und nahm einen Bissen, der auf der Zunge zerging.

»Das schmeckt einfach wunderbar, Bernadette«, lobte er das Essen begeistert, doch trotz der guten Küche konnte er sich nicht wirklich darauf konzentrieren. Er war froh, sich so offen mit Bernadette austauschen zu können, doch wie viel durfte er ihr anvertrauen? Seit es den Hinweis gegeben hatte, die Aktivitäten in Binz seien wieder aufgenommen worden, war es der Regierung umso wichtiger, mehr darüber zu erfahren. Die Tendenzen, die NSDAP zu unterstützen, gab es überall im Land, nicht nur hier in Binz. Man musste das Problem im Keim ersticken und das Übel mit der Wurzel herausreißen, bevor dieses sich ausbreiten konnte. Sofern das überhaupt noch möglich war.

»Vielleicht kann ich dir trotzdem helfen«, sagte Bernadette in seine Gedanken hinein. Götz ließ die Gabel sinken und sah sie fragend an. »Vor ein paar Tagen wurde Herbert Koldehofer bei mir im Hotel vorstellig. Er wollte mich wegen meiner Schwiegertochter sprechen.«

»Koldehofer«, wiederholte Götz. »Der Name ist im Zusammenhang mit der Gruppe schon öfter gefallen.«

»Er ist Wirt und betreibt eine Gastwirtschaft hier in Binz. Seine Söhne sind alle vier im Krieg gefallen.«

»Das kann einen Menschen am Leben verzweifeln lassen«, stellte Götz nachdenklich fest.

»Am Leben und an der Regierung, wenn diese nichts tut, um die verheerenden Zustände, die im Land herrschen, wieder in Ordnung zu bringen.«

»Bernadette. Genau solche Reden sind es, die unsere Oberen aufhorchen lassen.«

»Ach, bitte.« Sie verdrehte die Augen. »Das, mein lieber Götz, denkt so ziemlich jeder im Land, da jeder auf die eine oder andere Art Verluste zu beklagen hat. Es ist allerdings ein großer Unterschied, ob ich es beim Denken belasse oder mich irgendwelchen Faschisten zuwende und diese in ihren umstürzlerischen Tendenzen unterstütze.«

Götz nickte. »Besser hätte ich es nicht auf den Punkt bringen können.«

»Ich könnte mich an Herbert Koldehofer wenden und ihm sagen, dass ich es mir noch einmal überlegt habe und nun doch bereit bin, Gelder zur Unterstützung ihrer Sache lockerzumachen.«

Götz schob sich ein Stück Spargel in den Mund und kaute genussvoll, während er sich ihre Worte durch den Kopf gehen ließ. »Das wäre zu viel verlangt«, stellte er dann fest. »Ich weiß dein Angebot zu schätzen, aber ich weiß nicht, ob es sich um Männer handelt, die nur gern ein paar Parolen brüllen oder auch mehr tun würden. Du könntest dich in Gefahr bringen, und das werde ich auf keinen Fall riskieren.«

Götz bemerkte, dass Bernadettes Blick abschweifte in Richtung Restauranttür. Er wollte sich gerade umdrehen, um zu sehen, was dort ihre Aufmerksamkeit erweckt hatte, als sie auch schon die Hand vor den Mund schlug und aufsprang.

»Marie!«, entfuhr es ihr, während sie schnellen Schritts zur Tür eilte. »Das gibt es doch gar nicht!«

Götz sah, wie eine junge Frau, die soeben die Hotelhalle durchquerte, den Kopf in Bernadettes Richtung drehte.

»Gnädige Frau!« Sie ließ das Gepäck fallen und eilte auf Bernadette zu. Diese öffnete die Arme und zog die junge Frau an sich.

Götz wartete einen Moment, dann stand er ebenfalls auf und ging zu den beiden hinüber.

Er sah, dass Bernadette Tränen in den Augen hatte. Als sie Götz bemerkte, löste sie ihre Umarmung und fragte: »Marie, erinnerst du dich noch an Major Götz Wilhelm?«

Erst jetzt erkannte Götz die junge Frau, die er seinerzeit kennengelernt hatte, als sie sich vom Dach des Hotels hatte stürzen wollen.

»Aber natürlich.« Marie knickste.

»Sie sehen blendend aus, Marie. Ich muss Sie nicht einmal fragen, um zu wissen, dass es Ihnen gut geht.«

»Ja, Herr Major. Das stimmt.« Sie schenkte ihm ein glückliches Lächeln.

»Und ich bin nicht allein gekommen.« Sie deutete hinter sich auf den Mann, der gerade die Koffer an den Pagen übergeben hatte und nun mit einem breiten Lächeln auf den Lippen zu ihnen herüberkam.

»Constantin?«, gab Bernadette verblüfft von sich.

»Ja, Mutter. Ich freue mich, dich zu sehen.«

29. Kapitel

»Ich kenne meine Pflichten. Und ich erfülle sie.
Das ist die einzige Leidenschaft, die in mir ist.«

Gerd Nolte

Er wusste, wie lächerlich der Gedanke war, doch Gerd empfand fast so etwas wie Eifersucht auf Marie. Gewiss nicht, weil er sich auf irgendeine Weise zu Constantin hingezogen fühlte. Es gab solche Männer, das wusste er, doch das wäre nichts für ihn gewesen. Nein, wenn er ehrlich war, gefiel es ihm nicht, dass ein anderer Mensch Constantin so nahe kam, dass dieser ganz offensichtlich bereit war, jemandem außer ihm zu vertrauen.

Nolte hatte Constantin und sich in den vergangenen Jahren als eine Art verschworene Gemeinschaft betrachtet, die nun durch Marie unterwandert wurde. Ein lächerlicher Gedanke, den er doch nicht recht abschütteln konnte.

In den nächsten Tagen würden die Kämpfe bei Wolfgang Schenker stattfinden. An den ersten beiden Abenden würde vor allem Fallobst, wie diejenigen, die nur mäßige Leistung brachten, in Boxerkreisen genannt wurden, gegeneinander kämpfen. Am letzten Abend jedoch wollte Fritz Langkamp gegen einen von Schnidtkes Leuten aus Frankfurt antreten. Nolte konnte nur hoffen, dass Langkamp in Höchstform wäre. Doch verlassen wollte er sich darauf nicht. Deshalb würde er dafür sorgen, dass der Boxer eine nicht zu geringe Dosis Amphetamine erhielt, bevor er in den Ring stieg. Nur um auf Nummer sicher zu gehen.

»Ludger«, rief er seinem Kollegen zu, der soeben über die Straße kam und im Begriff war, zum Varieté hinüberzugehen. Schnurr hob die Hand. »Ich will zum Westhafen und mir die Halle ansehen. Heute soll der Boxring aufgebaut werden. Kommst du mit?«

»Na klar. Sollte ja wenigstens einer mit Ahnung dabei sein.«

Gerd hob die Hand und bedeutete so dem Fahrer, vor den roten Teppich des Hotels zu fahren, wo der Page sogleich die Tür öffnete und die beiden Männer einsteigen ließ.

»Zum Westhafen, bei der neuen Lagerhalle«, wies Nolte den Fahrer an.

Die Fahrt dauerte etwa eine halbe Stunde, dann hielt der Wagen an.

Nolte befahl dem Fahrer zu warten, dann stiegen Schnurr und er aus und besahen sich das Gebäude, das Gerd für die Boxhalle angemietet hatte und an dem bereits ein großes Schild mit der Aufschrift »Berliner Boxhalle« hing.

»Und? Wie gefällt's dir?«

»Kann ich noch nicht sagen, muss ich mir erst von innen angucken. Wieso ist hier eigentlich offen?« Schnurr deutete auf die weit geöffnete Tür.

»Ich habe Klaus den Schlüssel gegeben, damit einer da ist, wenn die Lieferung kommt.«

Sein Kollege erwiderte nichts, sondern marschierte vorneweg in die Halle. Drinnen sah er sich um und pfiff sogleich durch die Zähne. »Donnerwetter!«, entfuhr es ihm. »Vornehm geht die Welt zugrunde.«

Gerd Nolte sah sich um. Seit seinem letzten Besuch war die Beleuchtung geändert worden, die Spinde für die Bekleidung waren eingetroffen, die Bänke für die Sportler davor aufgestellt worden. Von der Decke hingen insgesamt sechs Boxsäcke, und im hinteren Bereich hatte man ein Regal für die Handtücher aufgestellt. Gerd sah in die andere Richtung, wo bereits das massive Untergestell für den Boxring errichtet worden war, und sah Klaus, der ihn und Schnurr entdeckt hatte und nun auf sie zukam.

»Die Leute mit dem Boxring haben noch nicht von sich hören lassen«, teilte Denker Gerd mit, nachdem er die beiden Männer begrüßt hatte. »Ich war in aller Frühe hier, doch bisher hat sich nichts getan.«

»Die werden schon kommen«, befand Nolte und zeigte an die Decke. »Die neue Beleuchtung gefällt mir. Es wirkt alles gleich viel aufgeräumter.«

»Wenn erst mal der Boxring da ist, sieht das wieder ganz anders aus. Habt ihr die Schränke schon gesehen?« Er deutete auf die linke Seite neben dem Eingang, die Gerd bisher noch nicht begutachtet hatte. Die komplette Wand war mit einem Schrank verkleidet, in dem sich Boxhandschuhe und Binden befanden, in den Fächern darunter waren Gewichte, Pratzen und Schlagpolster verstaut.

»Die anderen Schränke sind auch voll damit. Wer hier boxen will, muss sich um nichts mehr kümmern«, stellte Klaus Denker fest.

»Also, mir gefällt's«, urteilte Gerd.

»Wenn mir zu meiner Zeit einer so was hingestellt hätte, hätt ich nicht lange überlegen müssen«, urteilte Schnurr, sichtlich beeindruckt von der klaren Aufteilung, vor allem aber davon, dass er noch nie zuvor eine Boxhalle gesehen hatte, die nicht als enge, dunkle Kaschemme daherkam.

Die Eingangstür wurde geöffnet, und ein Kerl, der gut in Constantins Dienst hätte stehen können, so groß und breit, wie er war, trat ein und verkündete, die Lieferung für die Boxhalle zu bringen.

»Na, dann wollen wir mal sehen«, sagte Gerd und folgte ihm zusammen mit den anderen hinaus.

Draußen stand ein LKW, dessen hintere Klappe soeben von einem weiteren Mann geöffnet wurde.

»Wir ziehen die Seitentür auf«, erklärte Gerd. »Dann bekommen wir das Ganze besser hinein.«

Auch wenn es eigentlich nicht ihre Aufgabe gewesen wäre, packten Gerd, Ludger und Klaus kräftig mit an, sodass die Einzelteile des Boxrings in einer guten Viertelstunde im Innern der Halle zum Aufbau bereitlagen.

Unter der Anweisung der beiden Auslieferer bauten alle zusammen den Ring auf, was vor allem Gerd Freude bereitete. Während seiner früheren Tätigkeit als Buchhalter hatte er eines stets als ausgesprochen befriedigend empfunden: wenn er am Ende seiner Arbeit die beiden diagonal verlaufenden Striche ziehen und somit zum Abschluss kommen konnte. Das war das Ergebnis, etwas Handfestes, was er geschaffen hatte, etwas Vorzeigbares, dem man die stundenlangen Mühen ansah. Erst jetzt spürte Gerd, dass ihm das in seinem Alltag fehlte. Das Gefühl, wirklich etwas zu erledigen, statt nur dafür zu sorgen, dass immer alles so weiterlief, wie Constantin es sich vorstellte.

»Donnerwetter, das Ding sieht gut aus«, stellte Schnurr fest. »Also, wenn ich jünger wäre, könnte ich mir gut vorstellen, was es für ein Gefühl sein muss, den einen oder anderen hier auf die Bretter zu schicken.«

Klaus bezahlte die Männer, dann ging es zurück zum Varieté. Während sich Denker und Schnurr ihren dortigen Aufgaben widmeten, ging Nolte zu Fuß zur alten Boxhalle, in der Fritz Langkamp und seine Kollegen derzeit noch trainierten.

Der Trainer Manfred Koziol kam auf ihn zu. Die beiden Männer schüttelten einander die Hand.

Gerd ließ den Blick durch das heruntergekommene Gebäude schweifen, dann sagte er: »Die neue Boxhalle ist eingerichtet. Wenn Sie wollen, können Ihre Männer und Sie sich einen ersten Eindruck verschaffen.«

»Ich habe nie gesagt, dass wir eine neue Halle brauchen«, erwiderte Koziol abfällig.

Gerd lehnte sich gegen eine schmutzige Mauer mit abgenutzten Wandpratzen. »Herr Koziol, ich habe keine Lust auf Ihre Spielchen. Halten Sie sich als Trainer wirklich für unentbehrlich?«

»Es geht Ihnen doch gar nicht um mich – Sie wollen Fritz. Und der macht genau das, was ich sage.«

Gerd verzog die Lippen zu einem schiefen Grinsen. »Wenn Sie meinen …«

»Was spricht denn dagegen, da zu trainieren?« Fritz Langkamp war unbemerkt zu ihnen getreten und sah erst seinen Trainer, dann Nolte fragend an.

»Die Kosten«, antwortete Koziol prompt. »Oder denkst du etwa, das Training in so einem Nobelschuppen ist umsonst?«

»Constantin von Plesow ist ein Geschäftsmann. Er ist bereit, in Dinge, die er für sinnvoll hält, zu investieren. Bedeutet im Klartext: Die Halle kostet Sie gar nichts.«

»Was gibt's dann noch zu überlegen?«, sagte Langkamp und drehte sich zu Koziol um. »Mensch, Manni, der Laden ist die letzte Bruchbude, das weißt du.«

»Ich treffe hier die Entscheidungen, ist das klar?«

»Wenn Sie so weitermachen, vermutlich nicht mehr lange«, ließ sich Nolte vernehmen. »Es ist für uns kein Problem, einen eigenen Trainer zu stellen, der auch nicht mehr kostet als Sie.«

Zwei andere Boxer, die ebenfalls trainiert hatten, traten hinzu und verfolgten den Abtausch interessiert. An die Sportler gewandt verkündete Nolte mit lauter Stimme: »Die Halle ist in der Westhafenstraße. Jeder von euch, der will, kann ab sofort dort trainieren. Ein Kollege von mir ist selbst Boxer gewesen und wird sich die ersten Tage um euch kümmern, bis ich einen Profi aufgetrieben habe.«

»Und was kostet das Training bei dem?«, fragte einer der Boxer.

»Drei Monate lang könnt ihr kostenlos trainieren, danach eine Reichsmark die Woche.« Nolte wusste, dass es seinem Chef nicht um die Wirtschaftlichkeit der Boxhalle ging, sondern einzig und allein darum, Schnidtke aus der Deckung zu locken, damit er Rache für seinen toten Bruder nehmen konnte. Es wäre ihm egal, was anschließend mit der Halle passierte.

»Nur eine Reichsmark die Woche? Mit allem Drum und Dran? Bin dabei.« Einer der Boxer schlug in Noltes ausgestreckte Hand ein.

Manfred Koziol wusste, dass er verloren hatte. »Wenn du jetzt gehst, brauchst du nicht wiederzukommen«, schnauzte er den Boxer an.

»Ach, weißt du, bisher hast du mich nicht wirklich vorangebracht, Manni. Wer weiß, was ein anderer schaffen kann.« Er spuckte auf den Boden. »Und für dieses Loch hier überhaupt Geld zu bezahlen ist eigentlich eine Frechheit.« Damit drehte er sich um, nahm seine Sachen und verließ die Halle.

Drei weitere Sportler gesellten sich zu ihnen. »Das sehe ich genauso. Dein Wochengeld hast du gekriegt, Manni«, sagte einer von ihnen, ein breitschultriger Kerl, der die anderen um eine Kopflänge überragte. »Ich nehme meine Sachen und bin weg.«

Kurz standen Koziol, Langkamp und dessen Freund Peter

Schiller, der oft zusammen mit Fritz Langkamp ins Varieté gekommen war, um dort ausgiebig zu feiern, allein vor dem Boxring.

Gerd schüttelte den Kopf. »Sie hätten einschlagen sollen, Koziol. Nun ist der Zug ohne Sie abgefahren.« Er wandte sich an Langkamp und Schiller. »Was ist mit Ihnen? Bleiben Sie bei Ihrem bisherigen Trainer, oder wechseln Sie ebenfalls zu uns? In erstem Fall müsste ich Ihnen allerdings eine Rechnung geben. Es sind einige Ausgaben im Varieté zusammengekommen.«

»Herr von Plesow hatte uns eingeladen«, protestierte Langkamp.

»Ja, einen Abend. Wenn wir ganz großzügig sind, auch zwei. Die anderen Ausgaben sollten Sie alsbald begleichen. Es sei denn ...« Nolte zog einen Schlüssel hervor und ließ ihn vor Langkamps Nase baumeln. »... Sie möchten sich die Halle einmal ansehen.«

»Schon gut«, lenkte Langkamp ein und schnappte sich den Schlüssel. »Tut mir leid, Manni, unter den Umständen bleibt mir nichts anderes übrig, als zu wechseln.«

Nun sackte Koziol vollends in sich zusammen. Nolte ließ die drei stehen und verließ ohne ein weiteres Wort die Boxhalle. Er wusste, dass Koziol den beiden das Blaue vom Himmel versprechen würde, um sie in seiner Kaschemme zu halten, dennoch ging er jede Wette ein, dass er beide schon am nächsten Tag in der Halle am Westhafen wiedersehen würde. Geld und Drohungen waren die Mittel, die verlässlich dazu führten, dass die Menschen taten, was man von ihnen wollte. So war es schon immer gewesen, ohne jede Ausnahme.

30. Kapitel

»Manche Begegnung trifft einen wie ein Donnerschlag. Doch ich bin nicht der Mensch, der ausweicht und Schutz sucht. Ich richte mich auf, denn ich weiß, ich kann bestehen.«

Bernadette von Plesow

Eben noch bis ins Mark gerührt bei Maries Anblick, versteifte sich Bernadette, als sie nun Constantin auf sich zukommen sah. Automatisch fasste sie ihn an den Schultern und küsste ihn auf die rechte und die linke Wange. Doch sie spürte, dass sie es nicht von Herzen tat.

»Mutter.« Constantin ließ sich umarmen und trat anschließend einen Schritt zurück. »Du siehst fabelhaft aus.«

»Vielen Dank, mein Sohn. Was für eine Überraschung. Ich hatte ja keine Ahnung.« Es klang nicht vorwurfsvoll, doch in ihrer Stimme schwang nicht nur Freude mit.

»Ich hoffe doch sehr, eine angenehme Überraschung?«, fragte Constantin, dem ihr Unterton nicht entgangen zu sein schien.

»Was für eine Frage, du bist schließlich mein Sohn.« Bernadette sah von Constantin zu Marie. »Ihr seid also zusammen hier?«

»Ja, aber komm bitte nicht auf falsche Gedanken. Marie möchte sich mit Lisa treffen, und ich will dich schon seit Wochen mal wieder besuchen.«

Bernadette deutete auf Götz. »Constantin, Major Götz Wilhelm ist ebenfalls hier. Du bist ihm auf Alexanders Beerdigung begegnet, doch ihr hattet bislang noch keine Gelegenheit, euch kennenzulernen.«

»Major Wilhelm.« Constantin schüttelte ihm die Hand. »Es ist mir eine Freude.«

»Herr von Plesow. Die Freude ist ganz auf meiner Seite. Doch da ich der Ältere von uns beiden bin, schlage ich vor, dass wir uns beim Vornamen nennen. Ich heiße Götz.«

»Constantin.« Sie hielten noch immer am Händedruck fest.

Bernadette trat an Maries Seite und hakte sie unter. »Ich kann dir nicht sagen, wie sehr ich mich freue, dich zu sehen. Und wie du ausschaust! Eine vollendete Dame.«

»Ich hatte die beste Ausbilderin, die man sich nur denken kann.«

Lächelnd strich Bernadette Marie über die Wange. »Es ist so schön, dass du da bist. Bist du glücklich geworden in Berlin?«

Marie nickte. »Ja, das bin ich. Die Anstellung im Hotel Astor ist genau das, was ich mir immer gewünscht habe.«

»Gut. Sehr gut«, befand Bernadette. »Nun kommt aber erst einmal richtig an.«

»Ich hoffe, ihr habt noch zwei Zimmer für uns?«, fragte Constantin.

Bernadette schüttelte den Kopf. »Wir sind tatsächlich vollkommen ausgebucht.« Es gab zwar zwei Zimmer, die stets für Eventualitäten freigehalten wurden, aber das würde sie vor Götz, der keins davon hatte beziehen können, nicht zugeben. »Ihr beide wohnt natürlich drüben im Privathaus.«

Marie machte große Augen. »Aber das geht doch nicht, dass ich …«

»Aber natürlich, Marie«, fiel ihr Bernadette ins Wort. »Das steht doch außer Frage. Josephine ist auch da, zusammen mit einer Freundin.« In diesem Moment traf sie die Erkenntnis, dass Lotte im vergangenen Jahr vor Constantin und dessen Leuten aus Berlin geflohen war, wie ein Blitz. Ihr Mund wurde staubtrocken.

»Josie ist da? Müsste die denn nicht in Leipzig sein? Immerhin ist doch in ein paar Tagen ihre Vernissage«, erkundigte sich Constantin überrascht.

Bernadette versuchte, ihre Gedanken zu ordnen. »Von Rubenstein ist gestorben«, brachte sie knapp hervor. »Deshalb ist deine Schwester noch hier. Wir müssen erst einmal sehen, wie es jetzt weitergeht.« Sie überlegte fieberhaft, wie sie die Situation mit Lotte bereinigen konnte.

»Alles in Ordnung?«, fragte Constantin, der ihr Mienenspiel verfolgt hatte.

»Aber ja, gewiss.« Bernadette deutete auf den Pagen, der in einigem Abstand mit den Koffern auf sie wartete. »Wir sollten erst einmal eure Koffer verstauen. Kommt, gehen wir hinüber.«

Götz trat einen Schritt vor. »Bernadette, ihr möchtet sicher *en famille* Begrüßung feiern. Ich denke, da ist es besser, wenn ich das Menü im Restaurant allein beende und ein andermal wiederkomme, wenn es dir besser passt.«

»Unsinn, Götz«, widersprach Bernadette. »Du kommst selbstverständlich mit auf ein Gläschen Champagner.« Etwas zu schnell griff sie nach seinem Arm, als wolle sie sich daran festhalten.

»Ich würde noch gern Herrn Druminski begrüßen«, wandte Marie ein. »Es dauert auch gewiss nicht lange.«

»Das ist kein Problem.« Bernadette gab dem Pagen ein Zeichen, der sofort das Gepäck nahm. »Götz und ich gehen schon einmal vor.« Ohne Götz' Arm loszulassen, schlug sie den Weg in Richtung Privathaus ein. Der Major ließ sich leicht verwundert davonführen. Im Weggehen hörte sie, wie Werner Druminski die beiden herzlich begrüßte und Marie mit Komplimenten überschüttete.

Als sie außer Hörweite waren, warf Götz Bernadette einen fragenden Seitenblick zu. »Ist alles in Ordnung?«

Bernadette sah ihn an. »Ich möchte dich bitten, dass du bleibst, ganz gleich, was drüben im Privathaus geschieht.«

»Was ist los, Bernadette?«

»Tu es einfach. Mir zuliebe.« Ihre Stimme, die es gewohnt war, ruhige Befehle zu erteilen, klang plötzlich unsicher.

»Selbstverständlich«, erwiderte Götz schlicht.

Die beiden gingen gerade entlang der Promenade zum Haus, als sie hinter sich schnelle Schritte hörten. Bernadette drehte sich um und sah Marie und Constantin, die hinter ihnen hereilten und sich bemühten, sie einzuholen. Damit war ihr kleiner Vorsprung, Lotte betreffend, dahin. Sie würde eine andere Lösung finden müssen. Ein entschlossenes Lächeln auf den Lippen ließ sie Götz' Arm los und hakte sich bei Marie unter. Für sie war die junge Frau so viel mehr als nur eines der Zimmermädchen, das in ihrem Hause gelernt hatte. Marie war Gertruds Tochter, die für Bernadette beinahe so etwas wie eine Freundin gewesen war, und seit dem Tod ihrer langjährigen Angestellten fühlte sich Bernadette in gewisser Weise für Marie verantwortlich. Sie nun hier so wunderbar gekleidet und mit der Ausstrahlung einer starken Frau vor sich zu sehen machte Bernadette dankbar und sogar ein bisschen stolz. Sie wusste, dass ihre eigene Stärke es gewesen war, die Marie geprägt hatte. Kaum zu glauben, dass sich diese wunderschöne junge Frau noch vor einem Jahr aus lauter Verzweiflung das Leben hatte nehmen wollen. Ob Constantin wohl davon wusste? Als Marie fortgegangen war, hatte Bernadette ihr dringend davon abgeraten, irgendjemandem auf der

Welt anzuvertrauen, was ihr widerfahren war. Wie nahe standen sich Constantin und Marie wirklich? Die Erklärung ihres Sohnes, dass sie die Reise einzig und allein wegen des gemeinsamen Ziels zusammen angetreten hatten, glaubte Bernadette keinen einzigen Augenblick. Denn dass sie einander mehr bedeuteten, konnte man auf den ersten Blick erkennen. Gewiss würden sie ihre Gründe haben, ihre Liaison geheim zu halten.

»Es ist ganz eigenartig, wieder hier zu sein«, sagte Marie in Bernadettes Gedanken hinein, blieb stehen und atmete tief die würzige Seeluft ein. Die Musik des Akkordeonspielers wehte zusammen mit dem Rauschen der Wellen zu ihnen herüber.

Marie traten Tränen in die Augen. »Mein Gott, wie sehr ich das alles hier vermisst habe.«

Bernadette drückte zärtlich ihre Hand. »Und alles hier hat dich vermisst.« Voller Mitgefühl sah sie, wie Marie die Tränen in die Augen stiegen. Sie drückte ihre Hand, und gemeinsam gingen sie weiter.

Bei jedem Schritt, den sie sich dem Privathaus näherten, wurde Bernadette unruhiger. Was würde geschehen, wenn Constantin Lotte zu Gesicht bekam? Sie war froh, dass Götz da war, wusste sie doch nicht, wie unberechenbar Constantin womöglich reagieren würde. Ihr eigener Sohn war ihr so fremd geworden, dass sie nicht einzuschätzen wusste, wozu er am Ende wirklich fähig war. Dabei hatte sie sich früher so gut mit ihm verstanden. Ja, sie mochte seinen Charme und die Art, wie er Menschen für sich zu gewinnen wusste – eine Gabe, die sie selbst in sich trug und die ihr Sohn wohl schon mit der Muttermilch aufgesogen hatte.

Sie erreichten die Stufen zum Privathaus und wollten diese soeben hinaufsteigen, als ein Rufen sie zurückhielt.

»Bernadette!«

Bernadette drehte sich um und sah Johannes, der offenbar auf der Promenade gewesen war und nun im Eilschritt auf die kleine Gruppe zukam. Bernadettes Knie wurden weich. Was war das heute bloß für ein Tag? Erst ihre Furcht vor dem bevorstehenden Zusammentreffen von Constantin und Lotte, und nun auch noch Johannes und Götz. »Johannes.« Sie setzte ihre lächelnde Maske auf und bemühte sich krampfhaft, sich ihre zunehmende Nervosität nicht anmerken zu lassen. »Du kommst gerade richtig«, sagte sie freundlich, ließ Maries Arm los und deutete auf Constantin. »Johannes, darf ich dir meinen Sohn Constantin vorstellen? Constantin, das ist Johannes Blumberg, dein Onkel.«

»Ich habe einen Onkel?«, fragte Constantin überrascht.

»Du hast richtig gehört«, versicherte ihm Bernadette, dann stellte sie Johannes und Götz einander vor. »Johannes, das ist Major Götz Wilhelm, ein enger Freund der Familie. Götz, das ist Johannes Blumberg, mein Schwager.« Die Männer begrüßten sich und schüttelten einander die Hände.

»Gehen wir hinein«, schlug Bernadette vor, bemüht, das leichte Zittern in ihrer Stimme zu unterdrücken. Sie mochte sich gar nicht vorstellen, welche Katastrophen in den nächsten Minuten über sie hereinbrechen mochten.

Constantin trat an ihre Seite und flüsterte: »Woher habe ich denn so plötzlich einen Onkel?«

»Später, Constantin, später«, vertröstete ihn Bernadette. »Dann können wir auch noch über ganz andere Überraschungen reden.« Sie musste beinahe lachen, so skurril kam ihr die ganze Situation mit einem Mal vor. Sie, die stets um Kontrolle bemüht war, musste nun erkennen, dass ihr von einem Moment auf den anderen alles zu entgleiten schien und sie sich vorkam wie eine Marionette, fremdgesteuert und unfähig, sich von den Fäden zu lösen.

Bernadette straffte die Schultern und öffnete die Tür. »Mechthild?«

»Sehr wohl, gnädige Frau?« Die Haushälterin kam aus der Küche und rieb sich mit einem Tuch die Hände trocken. Sie stutzte, als sie die vielen Menschen sah, die nach und nach das Haus betraten.

»Wir haben Besuch«, erklärte Bernadette. »Würdest du bitte oben zwei Zimmer herrichten?«

»Jawohl, gnädige Frau.«

Bernadette wandte sich an ihre Gäste. »Gehen wir ins Esszimmer. Mechthild wird uns dort einen Tee servieren.«

»Jawohl, gnädige Frau«, sagte Mechthild erneut und knickste.

Constantin, der als Letzter eingetreten war, machte einen Schritt auf Mechthild zu, die ihn erst jetzt zu bemerken schien.

»Herr Constantin!«, rief sie erfreut.

»Mechthild. Du bist ja schon wieder hübscher geworden. Das sehe ich doch auf den ersten Blick.« Er ging hinüber, nahm sie in den Arm und drückte ihr einen dicken Kuss auf die Wange.

Die Haushälterin errötete. »Ach, Herr Constantin, veralbern Sie doch eine alte Frau nicht.«

»Mechthild, Mechthild, ich schwöre es, wann immer ich nach Binz komme, frage ich mich, wie du das machst.«

Sie schob ihn gespielt empört von sich. »Sie sind unmöglich, Herr Constantin. Einfach unmöglich.«

Constantin lachte herzlich auf. »Die schönste Haushälterin in ganz Binz. Ich schwöre es, so wahr ich hier stehe.«

Mechthilds Gesichtsfarbe war inzwischen purpurfarben.

»Schluss mit dem Unsinn, Constantin«, wies Bernadette ihren Sohn zurecht, aber in ihrer Stimme schwang ein Lachen mit. »Ich gehe rasch nach oben und gebe Josephine Bescheid.«

»Nein, lass nur. Ich will sie überraschen.«

»Nein!«, rief Bernadette erschrocken, doch ihr Sohn sprang bereits die Treppenstufen hinauf.

Bernadette eilte ihm nach, während die anderen ihnen überrascht nachsahen.

Constantin war fast oben angekommen, als Josephine, durch die Stimmen alarmiert, aus ihrem Zimmer trat.

»Josie!«, rief Constantin und eilte auf sie zu.

»Tino?« Josephine stand der Schrecken ins Gesicht geschrieben. Sie wirbelte herum, um ihre Zimmertür zu schließen, doch es war zu spät. Lotte war ihr bereits gefolgt und erstarrte vor Entsetzen, als sie sich dem Mann gegenübersah, der sie in Berlin zur Prostitution gezwungen hatte.

»Lotte?« Constantin stand da wie vom Donner gerührt.

Bernadette, die nun ebenfalls den oberen Treppenabsatz erreichte, blieb neben ihm stehen.

»Ganz recht.« Bernadette straffte ihren Rücken und berührte kurz ihren Sohn am Arm. »Lotte. Du kennst sie ja noch aus Berlin.«

Constantins Hände ballten sich zu Fäusten. Langsam, aber sicher bekam er eine Ahnung, wie es der kleinen Hure gelungen war, unbemerkt aus dem Hotel zu verschwinden. Josie!

»Lotte ist Gast in meinem Haus. Genau wie du, Constantin«, stellte Bernadette klar. In ihrem Tonfall lag etwas Warnendes.

Constantin tauschte einen langen Blick mit seiner Mutter, kaum fähig, die Wut über diesen Verrat zu unterdrücken. Er ahnte, dass seine Mutter sehr genau wusste, welchem Geschäft Lotte in Berlin hatte nachgehen müssen, und vermutlich wusste sie auch, dass er sie keineswegs aus freien Stücken hatte gehen lassen. Doch konnte er es sich wirklich leisten, nun einen Streit vom Zaun zu brechen? Er war nach Binz gekommen, um sich mit seiner Mutter zu versöhnen, nicht um die Kluft zwischen ihnen noch weiter zu vertiefen. Und er sah ihrem Blick an, dass sie nur einen Wimpernschlag davon entfernt war, ihn aus dem Haus zu werfen, sollte er es wagen, ihre Entscheidung, die sie offenbar im Hinblick auf Lotte getroffen hatte, infrage zu stellen. Er dachte an das Gespräch mit Marie und an sein Versprechen, künftig nur noch Frauen zu beschäftigen, die von sich aus bereit zu dem waren, was im Varieté von ihnen verlangt wurde. In Berlin hätte er Lotte einen Denkzettel verpassen müssen, den sie ihr ganzes Leben lang nicht vergessen würde. Doch hier war er in Binz, hier ging es darum, wieder einen Fuß in die Tür seiner Familie zu bekommen. Er nickte Bernadette fast unmerklich zu, dann drehte er sich zu Lotte, die sich Schutz suchend hinter Josephine versteckte, und streckte ihr die Hand entgegen. »Es tut mir leid, Lotte – alles, was mit dir passiert ist. Das Leben in Berlin hat mich verändert, hat mich hart gemacht, aber ich verspreche dir, dass dir von meiner Seite aus kein weiteres Leid zugefügt werden wird.«

Lotte schluchzte auf, doch sie machte keinerlei Anstalten, in die ausgestreckte Hand einzuschlagen. »Ich weiß, es sind nur Worte. Doch bitte nimm meine Entschuldigung an, Lotte.«

Lotte sah ängstlich in die Runde, sah, wie Bernadette und Josie ihr aufmunternd zulächelten, und nahm zögerlich Constantins Hand. »Das tue ich, aber entschuldigen ist nicht gleich verzeihen«, sagte sie leise. »Verzeihen braucht Zeit, und davon ist noch längst nicht genug verstrichen. Das, was ich erlebt habe, quält mich noch immer.«

Sie hörten Schritte auf der Treppe. Constantin drehte sich um und sah Marie hinaufkommen. Seufzend wandte er sich noch einmal an Lotte. »Danke, dass du zumindest meine Entschuldigung annimmst. Noch einmal: Es tut mir aufrichtig leid, was in Berlin passiert ist.«

»Die Herren unten möchten wissen, ob alles in Ordnung ist«, sagte Marie und wurde von einem hellen Freudenschrei unterbrochen.

»Marie?«, rief Josie und stürmte der Freundin entgegen. »Wie wunderbar, dass du gekommen bist!« Die beiden Mädchen fielen einander in die Arme. Vergessen war die Zeit in Berlin, in der sie sich entfremdet hatten, in der Marie der Freundin aus Kindertagen plötzlich ablehnend und verschlossen entgegengetreten war. Jetzt zählte allein das Wiedersehen, das die Erinnerung an unbeschwerte gemeinsame Tage in ihnen wachrief.

Constantin atmete erleichtert aus. »Wollen wir nicht lieber zu den anderen gehen?«, schlug er vor. »Wir wollen doch nicht, dass Mechthilds guter Tee kalt wird.« Damit hakte er sich bei seiner Mutter ein und bedeutete Lotte mit einem freundlichen Nicken, ihnen zu folgen.

Mechthild hatte alle Hände voll zu tun, der vielen unerwarteten Gäste Herr zu werden, stellte Bernadette fest, als sie zu ihrer Haushälterin in die Küche trat. Eifrig war diese dabei, Teetassen und Besteck auf ein Tablett zu stellen, auf der Anrichte standen Milch, Zitrone, Zucker und Kluntjes bereit, damit jeder der Gäste seinen Tee nach eigenem Geschmack anreichern konnte.

»Der Tee ist bereit, gnädige Frau«, verkündete Mechthild, »ich muss nur noch rasch in die Speisekammer, um Kekse und den feinen Sandkuchen zu holen. Zu dumm, dass ich just vor einer Viertelstunde Inge die Erlaubnis gegeben habe, mit den Zwillingen an den Strand zu gehen, damit sie ein wenig frische Luft kommen.«

»Keine Sorge«, versicherte Bernadette, »du konntest ja nicht ahnen, dass wir dich derart überfallen würden. Aber warum kümmert sich Margrit nicht um ihre Kinder? Hast du eine Ahnung, wo meine Schwiegertochter sein könnte?«

Mechthild eilte in die Speisekammer, kehrte mit einem goldgelben Kastenkuchen zurück und fing an, ihn in dünne Scheiben zu schneiden.

»Leider nein, gnädige Frau. Ich habe sie seit heute Morgen nicht mehr gesehen.« Nachdenklich kehrte Bernadette ins Esszimmer zurück. Wo mochte Margrit nur wieder stecken? Sie hatte sich nie groß um ihre Kinder gekümmert, doch im Augenblick hatte es den Anschein, als wären ihr die beiden Jungs nur noch lästig.

Alle standen noch, als sie eintrat, als warteten sie auf die Erlaubnis der Hausherrin, die Plätze einnehmen zu dürfen.

»Nun setzt euch doch«, forderte Bernadette ihre Gäste freundlich auf. »Bitte nicht so förmlich, meine Lieben, wir sind doch unter uns – unter Familie und Freunden.« Sie nahm am Kopf des Tisches Platz, Johannes an ihrer rechten Seite. Götz' Blick sagte ihr, dass ihm dies nicht passte, doch sie konnte es nun einmal nicht jedem recht machen. Josephine setzte sich an ihre linke Seite, Lotte wählte den Stuhl daneben, rechts von Johannes nahmen Marie und Constantin Platz. Für Götz blieb nur der freie Stuhl neben Lotte, ein gutes Stück von Johannes entfernt, ein Umstand, der Bernadette zumindest für den Moment etwas beruhigte.

Mechthild brachte den Tee herein, und Josephine griff nach der Kanne und schenkte ein, um die gute Seele des Hauses bei der Arbeit zu unterstützen. »Vielen Dank, ihr zwei«, sagte Bernadette, als die Haushälterin das Gebäck auftrug und sich anschließend mit einem Knicks zurückzog.

»Ich würde vorschlagen, wir stoßen später mit einem Glas Champagner auf das Wiedersehen an«, ließ sich Bernadette vernehmen, »nach der langen Fahrt solltet ihr aber erst einmal eine Kleinigkeit in den Magen bekommen. Bitte greift zu.«

»Unbedingt«, riet auch Josephine. »Mechthilds Kuchen ist einfach himmlisch!« Sie nahm die Kuchenzange und legte der protestierenden Lotte gleich zwei Stück auf einmal auf den Teller. »Na los, Marie«, forderte sie anschließend die Freundin auf. »Du bist in Berlin auch ganz schön dünn geworden! Bekommst du im Astor nicht genug zu essen?«

Alle lachten, dann hob Constantin scherzhaft die Teetasse, als wäre sie eine Sekttulpe. »Was brauchen wir Champagner, Mutter? Auf Familie und Freunde!«, rief er, und alle prosteten einander zu.

Bernadette stellte ihre Tasse ab und beugte sich ein Stück weit vor. »Und nun erzählt: Was hat euch bewogen, nach Binz zu kommen?«, fragte sie an ihren Sohn und Marie gewandt.

»Wenn du erlaubst, Mutter, würde ich gern erst einmal erfahren, seit wann ich einen Onkel habe«, hielt Constantin dagegen.

Bernadette lächelte. »Ich denke, das sollte Johannes besser selbst erzählen.« Sie blickte den Mann an ihrer Seite auffordernd an.

»Aber gern, Bernadette.« Johannes gab die Geschichte seiner Herkunft zum Besten, und Bernadette beobachtete dabei Götz, der alles aufmerksam verfolgte. Die Eifersucht stand ihm deutlich ins Gesicht geschrieben. War es wirklich so offensichtlich, was Bernadette für ihren Schwager empfand?

»Und nun bin ich hier«, endete Johannes, »und lerne fast jeden Tag ein neues Familienmitglied oder dessen Freunde kennen.«

»Meine Güte«, stellte Constantin ungläubig fest. »Fast schon zu schön, um wahr zu sein.«

Johannes ließ sich nicht aus der Fassung bringen. »So schön finde ich das eigentlich gar nicht – ich bedauere nämlich sehr, dass ich nicht schon früher den Kontakt zu meiner Familie gesucht habe. Ich hätte meinen Halbbruder gern kennengelernt.«

»Und was, lieber Onkel«, er betonte das letzte Wort, »sind deine weiteren Absichten hier in Binz?«

Bernadette hob warnend die Augenbrauen.

»Ich hege keine weiteren Absichten, Constantin. Ich möchte euch kennenlernen, das ist alles. Dabei verfolge ich weder finanzielle Ziele, noch habe ich vor, mich längerfristig einzunisten.« Johannes lag die Bemerkung auf der Zunge, dass ihm hierfür ohnehin nicht mehr die Zeit blieb, doch er behielt sie für sich.

»Hör bloß mit deinem Misstrauen auf«, mischte sich Josephine an ihren Bruder gewandt ein und verdrehte genervt die Augen. »Mir gefällt es, einen Onkel zu haben. Du mit deinem Argwohn glaubst doch ohnehin nur, dass es hier um Geld geht.«

»So abwegig ist der Gedanke bei einer der reichsten Familien der Gegend wohl nicht, oder?«, hielt Constantin dagegen.

»Da gebe ich dir recht«, pflichtete Johannes ihm bei und unterdrückte ein Husten. »Doch in diesem Fall geht es tatsächlich nicht darum. Ich bin durch die Regelungen meines Vaters, eures Großvaters, vollständig abgefunden. Ganz abgesehen davon habe ich mir durch meine Arbeit ein stattliches Vermögen anhäufen können.« Er schmunzelte. »Für den Fall meines Ablebens seid ihr meine nächsten Verwandten – der Vorteil liegt damit eher bei euch.«

»Na, wenn das so ist: Willkommen in der Familie«, scherzte Constantin. Er beugte sich näher an Johannes heran. »Nicht dass ich auf dein Ableben spekuliere.«

Johannes lachte auf, doch Bernadette versetzte die Bemerkung ihres Sohnes einen Stich. Natürlich konnte Constantin nicht wissen, wie nahe er der Wahrheit war.

»Nun seid ihr dran«, wechselte Bernadette das Thema und richtete den Blick auf Marie und Constantin. »Was verschlägt euch zwei nach Binz?«

»In meinem Falle Lisa«, antwortete Marie schlicht. »Meine Schwester wird in Kürze ihre Ausbildung zur Schneiderin beenden, und sie ist sich unsicher, wie es danach für sie weitergehen soll. Ich möchte ihr bei dieser Entscheidung helfen, denn mein Vater wird ihr keine Hilfe sein.« Sie führte keinen Grund dafür an, schließlich musste hier am Tisch niemand wissen, dass ihr Vater ein gnadenloser Egoist und Säufer war. Es genügte, wenn die gnädige Frau davon wusste.

Die Zeit verflog, Mechthild trug ein kräftiges Abendbrot auf, und sie stießen noch mehrmals miteinander an – nicht mehr mit Tee, sondern mit Wein und Champagner. Inge und die Zwillinge waren längst vom Strand zurückgekehrt, nur Margrit ließ sich immer noch nicht blicken. Und zum ersten Mal, seit Bernadette ihre Schwiegertochter kannte, machte sie sich ein wenig Sorgen um sie.

31. Kapitel

»Womöglich sollte alles genau so kommen, denn endlich scheine ich meine Bestimmung im Leben gefunden zu haben.«

MARGRIT VON PLESOW

Sie fühlte sich einfach wundervoll. Alle waren so freundlich und aufmerksam, und jeder schien daran interessiert zu sein, dass es ihr gut ging und ja an nichts fehlte. Herrlich! So und nicht anders müsste es immer sein. Ja, endlich wurde sie wieder wahrgenommen, war den anderen wichtig. Die Bedeutungslosigkeit, zu dem ihr Leben verkommen war, hatte einem Gefühl der Gemeinsamkeit Platz gemacht, das sie nie zuvor so intensiv empfunden hatte.

Gleich nach dem Termin in dem Haus in der Margaretenstraße war sie zu Herbert Koldehofer gegangen und hatte ihm mitgeteilt, dass sie in Kürze das ihr zustehende Geld erhalten werde, welches sie ihm unverzüglich zur Anweisung nach München übergeben wolle. Kaum hatte sie zu Ende gesprochen, war Koldehofer, der zunächst recht distanziert auf ihren Überraschungsbesuch reagiert hatte, wie ausgewechselt. Eilig hatte er sie gebeten, doch Platz zu nehmen, und seine Ehefrau angewiesen, ihr reichlich aufzutragen. Dann hatte er sechs weitere Mitglieder der Gruppe angerufen und ihnen mitgeteilt, dass die zugesagte Summe nun verlässlich fließen werde, sodass sie die nächsten Schritte in Angriff nehmen könnten.

Margrit hatte nicht wirklich verstanden, worum es eigentlich ging, doch offenbar sollte die Zahlung der Binzer Gruppe einen gewissen Status verschaffen, was wiederum dem gemeinsamen Ziel zur Wiedererstarkung des Deutschen Reichs zugutekäme. Koldehofer hatte ihr versichert, dass den Oberen der NSDAP, ja vielleicht sogar Hitler selbst, ihr Name genannt werde, um klarzustellen, wer da so großzügig Anteil nahm an dem Fortkommen derer, die ein schwaches, verweichlichtes Deutschland nicht länger hinnehmen wollten. Womöglich durfte Margrit sogar auf eine Einladung nach Berlin hoffen, da Adolf Hitler dafür bekannt war, sich mit Freude denjenigen zu widmen, die seine Überzeugungen durch ihre Taten mit Leben füllten. Margrit war selig. Sie genoss den Nachmittag unter ihren neuen Freunden in vollen Zügen, und es war bereits Abend, als sie sich endlich auf den Heimweg machte. Der Gastwirt begleitete sie höchstpersönlich zum Privathaus derer von Plesows an der Promenade, um sicherzugehen, dass sie auch heil dort ankam. Unterwegs unterhielten sie sich angeregt weiter, und dabei wurde Margrits Wunsch, sich noch mehr einzubringen und Teil der neuen, starken Macht in Deutschland zu werden, immer größer. Ja, sie würde alles dafür tun, ihrem Leben einen neuen Sinn zu geben. Noch nie zuvor hatte sie so empfunden, weder bei ihrer Hochzeit mit Alexander noch bei der Geburt ihrer Kinder. Ja, die politische Arbeit war in der Tat der erste wirkliche Sinn, den sie in ihrem Leben entdeckte.

Vor der Haustür verabschiedete sie sich von Koldehofer und versprach ihm, noch einmal durchzurechnen, ob sie womöglich weitere Gelder erübrigen konnte. Schließlich hatte Bernadette ihr angeboten, das Haus für sie zu kaufen und ihr lediglich eine monatliche Miete hierfür zu berechnen. Es war also im Grunde gar nicht vonnöten, so viel Geld für sich zu behalten. Genauso gut könnte sie in eine Sache investieren, die ihnen allen zugutekam. Wie wunderbar, wenn Deutschland durch ihr Zutun zu alter Macht und Größe zurückfinden könnte!

»Guten Morgen«, grüßte Margrit gut gelaunt, als Bernadette am nächsten Morgen das Esszimmer betrat. Diese hätte überraschter nicht sein können, war sie es doch seit Alexanders Tod gewohnt, dass Margrit sich erst spät aus dem Bett quälte – manchmal erst Stunden nachdem Bernadette ihre Arbeit im Hotel aufgenommen hatte.

»Guten Morgen, Margrit. Ich habe dich gestern Nachmittag vermisst.«

»Ich habe ein paar angenehme Stunden unter Freunden verbracht.«

»Unter Freunden, soso.« Bernadette setzte sich auf ihren Platz. Einen Moment später kam Mechthild mit einer Kanne herein und schenkte Bernadette mit aller Selbstverständlichkeit Kaffee ein, ohne die gnädige Frau hiernach zu fragen. Sie wusste, dass Bernadette am Morgen stets eine Tasse Kaffee trank, ohne Milch und Zucker. Auf das Frühstück, das Mechthild ihr jeden Morgen anbot, verzichtete sie in den meisten Fällen.

»Darf ich Ihnen etwas zu essen bringen, gnädige Frau?«, fragte die Haushälterin.

»Nein, Mechthild, vielen Dank«, lehnte sie auch diesmal ab. »Nur den Kaffee, bitte.«

»Sehr wohl, gnädige Frau.« Mechthild knickste. »Darf ich Ihnen noch etwas bringen?«, fragte sie, an Margrit gewandt.

»Nein.« Margrit schüttelte den Kopf. »Das würde mir dann doch zu reichlich.«

»Sehr wohl, gnädige Frau.« Mechthild knickste, dann ging sie, die Kanne in der Hand, hinaus und schloss die Tür hinter sich.

»Du hast gestern etwas verpasst«, stellte Bernadette fest. »Constantin ist zu Besuch. Und Marie ebenfalls.«

»Constantin. So, so. Und wer ist Marie?«

»Marie Reidel.«

»Hm.« Margrit überlegte. »Der Name sagt mir nichts.«

Bernadette schüttelte den Kopf. Wie konnte es sein, dass Margrit den Namen der jungen Frau, die jahrelang in ihrem Dienst gestanden hatte und fast so etwas wie ein weiteres Familienmitglied war, nicht kannte? »Sie hat viele Jahre im Hotel als Zimmermädchen gearbeitet. Ihre Mutter Gertrud war mir eine gute Freundin, und Marie ist quasi mit meinen Kindern aufgewachsen.«

Margrit zuckte gleichgültig die Schultern. Bernadette bemerkte die Veränderung, die seit der Besichtigung des Hauses gestern mit Margrit vorgegangen war. Beinahe war sie wieder die Alte: egoistisch und arrogant, ohne sich auch nur ansatzweise für irgendetwas anderes als sich selbst zu interessieren.

»Was denkst du, wann das Geld meinem Konto gutgeschrieben wird?«, wechselte Margrit abrupt das Thema.

»Deinem Schwager Constantin geht es gut. Danke der Nachfrage«, bemerkte Bernadette leicht gereizt, dann seufzte sie. Es hatte einfach keinen Sinn, Margrit belehren zu wollen. Sie war nun einmal ein hoffnungsloser Fall. Immer noch seufzend, erwiderte sie: »Ich werde heute die Zahlung veranlassen, du kannst also davon ausgehen, dass das Geld morgen oder spätestens übermorgen auf deinem Konto gutgeschrieben wird.«

»Das ist ja großartig«, befand Margrit aufgeräumt. »Und ist mit einer Regelung bezüglich des Hauses in der Margaretenstraße zu rechnen?«

»Ich habe Philipp angewiesen, die Verhandlungen zu führen. Sobald ich etwas höre, gebe ich dir Bescheid.«

»Auch das ist wunderbar. Dann muss ja nur noch die Fassade gestrichen und der Garten neu angelegt werden – das Grundstück ist furchtbar verwildert. Ach ja, die Tapeten gehören ebenfalls dringend erneuert. Deine Enkel sollen doch wohl in einem standesgemäßen Zuhause aufwachsen und nicht in einer solchen Bruchbude.«

Bernadette stöhnte innerlich. Ihre Schwiegertochter war wirklich ein hoffnungsloser Fall. »Garten und Fassade übernehme ich, für den Innenbereich bist du selbst zuständig«, lenkte sie resigniert ein. »Das kannst du mir nicht zumuten, Schwiegermutter. Als Mieterin möchte ich schließlich ein einwandfreies Objekt beziehen!«

»Tu, was du möchtest, Margrit. Du weißt, dass du nicht weiter unter meinem Dach wohnen wirst, also triff deine Entscheidungen.« Bernadette atmete tief durch, um nicht die Fassung zu verlieren. »Lass die Wände neu tapezieren oder verzichte darauf, es ist mir einerlei.« Damit stand sie auf und ging zur Tür, die in diesem Moment aufgestoßen wurde. Beinahe wäre sie mit Constantin zusammengeprallt.

»Guten Morgen, Mutter.«

»Guten Morgen, Constantin.« Sie hielt ihm die Wange zum Kuss hin.

»Du gehst bereits? Ich hatte gehofft, wir würden gemeinsam frühstücken und uns ein bisschen unterhalten können.«

»Ich würde ebenfalls gern mit dir sprechen, doch nicht hier und jetzt.« Sie deutete ganz offen mit dem Kopf in Richtung Margrit, sodass diese es auch mitbekam.

»Margrit. Guten Morgen.« Constantin nickte in ihre Richtung. »Dann werde ich später in dein Büro kommen, wenn du einverstanden bist.«

»Ja, bitte, tu das. Bis dahin, mein Lieber.« Ohne sich noch einmal zu ihrer Schwiegertochter umzudrehen, verließ Bernadette das Zimmer.

»Margrit.« Constantin setzte sich zu ihr an den Tisch, als die Tür erneut aufging und Mechthild Brot, ein Ei, Butter und Wurst auftrug. Anschließend schenkte sie ihm eine Tasse Kaffee ein.

»Lassen Sie es sich schmecken, Herr Constantin. Und geben Sie Bescheid, sollten Sie noch Kaffee wünschen.«

»Danke, Mechthild.«

Constantin nahm sich eine Scheibe Brot und wollte sie gerade mit Butter bestreichen, als ihm auffiel, dass Margrit leise schniefte und sich mit einem spitzenbestickten Taschentuch Tränen aus den Augen tupfte.

»Was ist los, Margrit?«, fragte er erstaunt. Er hatte gar nicht gewusst, dass sie zu Gefühlen fähig war, hatte er sie in seiner Zeit in Binz ausschließlich als unterkühlte Kratzbürste kennengelernt.

»Ach, Constantin, du weißt ja, wie deine Mutter ist.«

Er wartete, bis Margrit sich etwas gefangen hatte.

»Sie hat mich aus dem Haus geworfen, wusstest du das?«

»Nein, das überrascht mich. Tatsächlich hatte ich davon keine Ahnung.«

»Ja, ich kann mir vorstellen, dass sie das verschwiegen hat. Es wirft ja auch nicht gerade das beste Licht auf sie, nicht wahr?«

»Was ist denn vorgefallen? Sie wird dich schließlich nicht grundlos vor die Tür gesetzt haben.«

»Sie hatte kurz vor Alexanders Tod einen Streit mit ihm, und ich bin nun einmal seine Witwe.«

Constantin wusste sofort, worum es bei dem Streit gegangen war. Alexander selbst hatte ihn angerufen, als Bernadette die Sache mit Kaczmarek herausgefunden hatte und ihn hierauf sowohl aus dem Hotel als auch dem Privathaus geworfen hatte. Doch dass sie dies nun seiner Witwe zum Vorwurf machte, konnte er sich nicht vorstellen.

»Und etwas anderes steckt nicht dahinter?«, hakte er daher skeptisch nach. Margrit sah ihn empört an und schüttelte den Kopf. Constantin legte ihr die Hand auf den Unterarm.

»Margrit, die Wahrheit, bitte.«

Seine Schwägerin seufzte. »Na schön«, lenkte sie ein, »ich denke, der Grund ist, dass Bernadette und ich uns noch nie gemocht haben. Vermutlich hat sie sogar recht, und es ist so besser für uns beide.«

»Es gab also keinen konkreten Anlass?«, ließ Constantin nicht locker.

»Aber nein, wenn ich es dir doch sage. Deine Mutter ist sogar so weit gegangen, meine Autorität gegenüber dem Personal zu untergraben. Das muss man sich einmal vorstellen.«

Constantin wurde klar, dass er hier nur einen Teil der Wahrheit in Erfahrung bringen würde – und auch diesen nur bruchstückhaft. Er hatte sich selbst nie besonders für seine Schwägerin erwärmen können, und er hatte sich oft gefragt, wie Alexander es bloß mit einer Frau wie ihr aushielt. Aber er hatte sie sich schließlich ausgesucht, und somit war sein Leiden hausgemacht.

»Und was hast du jetzt vor?«, wollte er wissen.

Margrit zuckte die Schultern. »Was bleibt mir denn? Ich werde ausziehen und meine Zwillinge ohne die Unterstützung der Familie großziehen müssen.« Sie zwang sich zu einem Lächeln. »Aber keine Sorge, ich stehe nicht mittellos dar. Deine Mutter zahlt mir die dreißig Prozent Anteile aus, die Alexander am Hotel hatte. Selbstverständlich werde ich davon die Hälfte für die Zwillinge fest anlegen – schließlich ist es das Erbe ihres

Vaters. Und nun ja, mit dem Rest werden wir uns irgendwie über Wasser halten müssen.«

Constantin wunderte sich. Welche Differenzen im Laufe der Jahre er auch mit seiner Mutter gehabt haben mochte, er konnte sich nicht vorstellen, dass sie nicht für die Angehörigen ihres verstorbenen Sohnes sorgen würde. »Ich weiß ja nicht, über welche Summe wir sprechen, doch wenn du die Hälfte davon allein für Erich und Paul anlegst, wird es schwer, auf Dauer alles zu bezahlen«, stellte er vorsichtig fort.

Wieder zog Margrit ihr Taschentuch hervor und tupfte ihre Augen. »Nein, Constantin, deine Mutter hat sich großzügig gezeigt. Da kann ich ihr wahrlich keinen Vorwurf machen. Ich erhalte vierzigtausend Reichsmark, und die gleiche Summe lege ich für die Zwillinge zurück.«

»Achtzigtausend. Das ist in der Tat mehr als großzügig.«

Nun brach Margrit endgültig in Tränen aus. »Das ist mir bewusst, und ich kann deiner Mutter auch nur danken.« Sie schniefte. »Nur kennt deine Mutter eben nicht die Wahrheit ...« Sie brach ab und fing an zu schluchzen.

Constantin legte das Besteck zur Seite. »Welche Wahrheit?«, fragte er, ohne auch nur einen Bissen gegessen zu haben.

»Das darf ich dir nicht sagen, Constantin, das habe ich Alexander versprochen.«

»Margrit.« Constantin legte seine Hand auf ihre. »Du kannst mir vertrauen.«

»Ich möchte keinesfalls, dass deine Mutter davon erfährt.« Sie sah ihn ernst an. »Das würde ich dir nie verzeihen, hörst du?«

»Ich gebe dir mein Wort, Margrit.«

»Alexander ist Verpflichtungen eingegangen«, schluchzte sie und presste sich mit zitternder Hand das Taschentuch auf den Mund.

»Was für Verpflichtungen?« Eben noch mitfühlend wurde Constantins Tonfall nun ernst, ja geradezu geschäftsmäßig.

»Es hat hier in Binz einer Gruppe angehört, die sich ... nun ja, wie soll ich es sagen? Die sich für die Sache einsetzt.«

»Für welche Sache?«

Margrit rang die Hände. »Ach, Constantin, ich weiß nicht. Womöglich sollte ich besser nicht mit dir darüber sprechen.«

»Margrit. Bitte. Er war mein Bruder.«

»Nun gut.« Margrits Stimme bebte. »Die Hintergründe kenne ich nicht. Ich weiß nur, dass von mir erwartet wird, die Versprechungen meines Ehemannes einzuhalten. Nur deshalb habe ich mich darauf eingelassen, mich von deiner Mutter ausbezahlen zu lassen, statt meine Anteile am Hotel zu behalten, was mir auf Dauer einen höheren Gewinn gebracht hätte.«

»Welche Versprechungen hat Alexander gemacht und wofür?«

Margrit räusperte sich. »Nun ja, die Männer, von denen wir hier sprechen, haben seinerzeit dafür gesorgt, dass diese widerlichen Schutzgelderpressungen hier in Binz ein Ende fanden. Sie haben diese Kerle aus unserem Ort vertrieben.«

»Tatsächlich?« Constantin hob die Augenbrauen. Fast amüsierte es ihn zu hören, dass andere sich mit seinen Taten rühmten.

Margrit nickte. »Daran ist ihre unbedingte Entschlossenheit zu erkennen«, befand sie. »Ach Constantin, ich weiß, dass Alexander an die Sache geglaubt hat. Vor allem aber möchte ich nicht, dass man sein Andenken in den Dreck zieht, indem man ihm unterstellt, ein Aufschneider zu sein, der sich nicht an seine Versprechungen hält.«

»Er ist tot. Der Vorwurf wäre damit wohl hinfällig«, befand Constantin mit kritischer Miene.

»Nein. Ich bin es meinem toten Ehemann schuldig, das von

ihm gegebene Versprechen einzulösen. Aus diesem Grunde werde ich der Gruppe zwanzigtausend Reichsmark von meinem Erbe überlassen.«

»Zwanzigtausend? Bist du wahnsinnig?« Constantin lehnte sich zurück und schnappte nach Luft.

Für einen Moment fürchtete Margrit, den Bogen überspannt zu haben. In Wahrheit hatte sie der Gruppe um Koldehofer fünftausend Reichsmark versprochen, und am liebsten hätte sie die gleiche Summe noch einmal obendrauf gelegt. Und sollte sich ihr Schwager wegen ihrer rührseligen Geschichte dazu erweichen lassen, ihr zumindest einen Teil hinzuzuschießen, würde sie keinen Verlust haben.

»Ach Constantin«, stieß sie daher leise schluchzend hervor. »Ich war ja ebenso schockiert, als ich davon erfuhr.«

»Bist du dir sicher, dass ihre Behauptungen überhaupt der Wahrheit entsprechen? Ich meine, nach Alexanders Tod können sie ja vieles behaupten.«

»Er hat es mir doch selbst gesagt«, spann sie ihr Lügennetz weiter, doch sie musste vorsichtig sein, damit sie sich am Ende nicht darin verstrickte. »Es war kurz vor seinem Tod«, fuhr sie zögernd fort. »Nach dem Streit mit eurer Mutter hatte er den Entschluss gefasst, sich von ihr auszahlen zu lassen und einen neuen Weg einzuschlagen, und dabei spielte die Gruppe offenbar eine so wichtige Rolle, dass er diese Zusage gemacht hat.« Sie sah Constantin an. »Er ist doch zu dir gefahren, um mit dir zu sprechen. Hat er das denn überhaupt nicht erwähnt?«

Constantins Mund wurde trocken. Er hatte allen erzählt, dass Alexander für ein paar Tage zu ihm gekommen war, um seine Gedanken zu ordnen. Natürlich musste Margrit davon ausgehen, dass sie innerhalb dieser Zeit auch über Alexanders Probleme mit Bernadette gesprochen hatten. Dass sein Bruder in Wirklichkeit niemals bei ihm gewesen war, sondern dass Schnidtkes Männer lediglich seine Leiche in ein Automobil verfrachtet und dieses in Constantins Hinterhof abgestellt hatten, wusste in der Familie außer ihm niemand.

»Nein«, sagte Constantin rasch. »Das hat er nicht erzählt. Vielleicht wollte er das Thema noch anschneiden, doch dann ist er die Treppe hinuntergefallen, und es kam nicht mehr dazu«, antwortete er ausweichend. »Soll ich mal mit diesen Männern reden?«, schlug er vor.

Margrit zuckte zusammen. »Nein, bitte, tu das nicht. Es war Alexanders Wille, und ich möchte ihn erfüllen. Es ist das Letzte, was ich noch für meinen Ehemann tun kann.«

»Ich verstehe.« Constantin senkte den Blick. »Wenn das so ist, dann lass mich dir helfen, liebe Schwägerin.«

Margrit sah ihn fragend an. Sie musste sich alle Mühe geben, die weinerliche Fassade aufrechtzuerhalten, hätte sie doch am liebsten gejubelt, so groß war das Gefühl des Triumphs, das nun in ihr aufstieg. Verfluchte Bernadette! Verfluchte von Plesows!

»Was meinst du damit?«, stieß sie mit zittriger Stimme hervor.

»Halte dein Versprechen und zahle mit dem Geld, das du von meiner Mutter erhältst, diese Männer aus. Ich werde dir die zwanzigtausend Reichsmark ersetzen – als Geschenk, weil ich weiß, dass genau dies in Alexanders Sinne gewesen wäre.«

Margrit schlug die Hand vor den Mund. Tatsächlich hatte sie mit fünftausend gerechnet, womöglich auch mit etwas mehr, doch niemals mit zwanzigtausend. Wieder stiegen die Tränen in ihre Augen, diesmal jedoch, weil sie überwältigt war, wie mühelos ihr perfider Plan aufging. »Aber das kann ich nicht annehmen«, protestierte sie schwach.

»Doch, Schwägerin, das kannst du.«

Margrit stand auf und fiel Constantin um den Hals. »Oh,

danke, das ist einfach zu großzügig von dir. Dein Bruder wäre so stolz auf dich.« Sie gab ihm einen Kuss auf die Wange, dann setzte sie sich wieder, sichtlich gerührt.

»Ich werde gleich nach dem Frühstück in Berlin anrufen und das Geld mit einem Boten schicken lassen.«

»Mit einem Boten? Nicht als Bankanweisung?«

»Nur Bares ist Wahres«, befand Constantin und köpfte sein Ei. Auf einmal verspürte er großen Appetit.

Es klopfte.

Auf sein beherztes »Herein!« trat Marie ein und wünschte einen guten Morgen.

Margrit sah zu ihr auf. »Marie!«, sagte sie erfreut, obwohl sie sicher war, die junge Frau nie zuvor gesehen zu haben. Da sie jedoch gestern deren Namen erfahren hatte und alle anderen Personen im Hause kannte, konnte es sich schließlich nur um das ehemalige Zimmermädchen handeln.

»Gnädige Frau«, grüßte Marie und nickte dann auch Constantin zu.

»Aber ich bitte dich. Nenn mich Margrit.«

»Gern, Margrit. Vielen Dank.« Marie sah kurz zum Fenster hinüber, durch das die Sonnenstrahlen bereits zu so früher Stunde hereinbrachen. »Ist das nicht ein wunderschöner Tag?«

»Allerdings«, bekräftigte Margrit. »Wunderschön! Ich bin ja so glücklich, dass ihr hier seid.«

32. Kapitel

»Fremd und doch vertraut. Heimat und doch nicht der Ort, an dem ich zu Hause bin.«

Marie Reidel

Sie hatte sich von Constantin verabschiedet, der noch mit Berlin telefonieren und sodann zu seiner Mutter ins Hotel gehen wollte, um sich in Ruhe mit dieser unterhalten zu können. Nun schlenderte Marie über die Promenade zum Akkordeonspieler hinüber, der soeben angekommen war und sich mit einem Kissen auf dem Boden seinen Platz direkt neben der Seebrücke einrichtete, um dort seinen Tag zu begehen.

»Guten Morgen«, grüßte Marie freundlich, als sie an ihm vorbeiging.

Er nickte ihr zu, setzte sich und begann kurz darauf zu spielen. Marie betrat die Seebrücke, schlenderte ein paar Meter über die Planken und blieb dann an der Brüstung stehen. Sie hielt sich daran fest, schloss die Augen und zog die frische Seeluft tief in ihre Lunge. Das Rauschen der Wellen, das Kreischen der Möwen und die Musik des Akkordeonspielers trugen sie zurück in eine Zeit, die ihr unendlich weit weg erschien. Es war, als blickte sie nicht zurück auf das Leben, das sie selbst hier geführt hatte, sondern auf das einer anderen Frau oder eher auf das eines jungen, naiven Mädchens.

Manchmal war sie früh am Morgen hier auf die Seebrücke

gekommen, wenn sie lange vor Dienstantritt das Haus verlassen hatte, um ihrem Vater aus dem Wege zu gehen und ihren eigenen Gedanken nachspüren zu können. Wie oft war sie über diese Holzplanken gegangen und hatte sich gefragt, weshalb sie auf dieser Welt war und wie sie Sinn in ihrem Leben finden konnte, das so offensichtlich von Sinnlosigkeit geprägt war. Marie öffnete die Augen, stieß sich von der Brüstung ab und schritt weiter auf die Seebrücke hinaus. Es wurde kühler hier draußen, deshalb zog sie ihren Mantel enger zusammen und rieb sich die Oberarme. Die Sonne schien, aber der Wind war frisch, und er trug ihr ihre Lieblingsmelodie, »Zogen einst fünf wilde Schwäne«, zu, auf die sie sich früher Tag für Tag gefreut hatte. Plötzlich war ihr, als spielte der Akkordeonspieler nur für sie allein. Ein Lächeln trat auf ihre Lippen. Was für ein eitler Gedanke! Müsste sie sich dafür nicht vor Gott schämen? Doch sie hatte weit Schlimmeres in ihrem Leben getan, als sich durch übermäßige Eitelkeit zu versündigen. Wenn sie überhaupt noch einen Platz in Gottes Herzen fand, dann würde ihre Eitelkeit sie gewiss nicht daraus verbannen können. Sie hatte Angst davor gehabt, nach Binz und damit an den Ort zurückzukehren, der ihr so schreckliches Leid gebracht hatte, doch nun erkannte sie, dass nicht Binz sie am Leben hatte verzweifeln lassen, sondern ihr früherer Geliebter, Dr. Robert Herbst. Er und sein unverantwortliches Handeln hatten sie in ein so tiefes Unglück gestürzt, dass sie es nur der gnädigen Frau Bernadette von Plesow verdankte, nicht daran zerbrochen, ja überhaupt noch am Leben zu sein. Als sie nun hier entlangschritt, begleitet von der Musik, der würzigen Seeluft und der Sonne auf ihrem Gesicht, spürte sie intensiver als je zuvor, dass sie leben wollte. Sie wollte fühlen, wollte alles voller Leidenschaft erleben. Sie war nicht mehr die kleine, scheue Marie, die zurückschreckte, wenn jemand sie ansprach, und die für die Menschen unsichtbar war, wenn sie ihren Dienst versah. Nein, diese Marie gab es nicht mehr. Sie war tatsächlich damals gestorben. An ihre Stelle war eine andere Marie getreten, die mit jedem Tag stärker wurde. Heute sah niemand mehr durch sie hindurch, heute kam niemand umhin, sie wahrzunehmen und zu bemerken, dass es sie gab.

Sie blieb erneut stehen, drehte sich um und betrachtete aus der Entfernung das Grand Hotel, das so prächtig an der Promenade thronte, stolz wie seine Besitzerin Bernadette von Plesow höchstselbst. Ihr Blick schweifte ein Stück weiter nach rechts, zum früheren Palais hinüber, dem einzigen Hotel, das über Jahre hinweg auf einer Stufe mit dem Grand gestanden hatte. Die gardinenlosen Fenster blickten wie tote Augen, die ein dunkles Nichts hinter sich verschlossen. Während das Grand zu leuchten schien, wirkte das Palais dunkel und heruntergekommen, obwohl die Bausubstanz in Ordnung zu sein schien. Marie sah immer wieder zwischen den Gebäuden hin und her. Erst gestern Abend hatte sich Constantin nach dem Besitzer des Palais, Gideon Kaub, erkundigt, doch auch seine Mutter wusste nicht genau, was aus ihm geworden war. Offenbar hatte sie eine Weile überlegt, das Palais zu kaufen, doch dann hatte sie sich dagegen entschieden. Was genau der Grund dafür gewesen war, hatte sie ihm nicht mitgeteilt, doch vermutlich hing er mit Alexanders Tod zusammen. Marie starrte weiter wie gebannt auf das Palais. Was für ein Gefühl musste es wohl sein, ein solches Hotel von Grund auf zum Leben zu erwecken? Jede Tapete neu kleben zu lassen, jedes Möbelstück auszusuchen, jede Lampe genau an den Platz hängen zu lassen, an dem man sie haben wollte. Einen Moment blieb sie noch so stehen, dann schüttelte sie den Kopf. All das würde ein Vermögen kosten, ohne Frage. Woher kam nur dieses Gefühl in ihr, mehr und immer mehr zu wollen? Sie war ja vollkommen wahnsinnig.

Doch wer wusste schon, was irgendwann einmal sein konnte? Die gnädige Frau hatte es schließlich auch geschafft, allerdings hatte diese das Vermögen ihres Ehemannes im Hintergrund gehabt. Doch das, was das Grand heute ausmachte, war ausschließlich ihr Verdienst, daran hegte Marie nicht den geringsten Zweifel. Und wenn nun Constantin das Palais kaufte? Und wenn nun sie selbst, Marie Reidel, die Zügel in die Hand nehmen und das Hotel zu neuem Glanz führen würde, ganz so, wie sie es bei der gnädigen Frau erlebt hatte? Marie musste selbst lachen, so absurd kamen ihr all die Gedanken vor, die sie in diesem Moment umtrieben. Doch da war auch noch ein anderes Gefühl, eines, das ihr zeigte, wie groß die Begehrlichkeit war, die plötzlich in ihr entstand. Und so größenwahnsinnig ihr der Gedanke auch vorkam, so sah sie doch vor ihrem inneren Auge das Palais, wie es sein könnte, wenn nur jemand kühn genug wäre, den Wiederaufbau zu wagen. Sie drehte sich um und schüttelte den Kopf, dann machte sie entschlossen kehrt. Schluss damit! Das war doch alles nichts als Träumerei.

Anders als auf dem Hinweg ging sie nun mit festem, raschem Schritt zurück und schlug den Weg über die Promenade in Richtung der Schneiderei in der Marienstraße ein, in der ihre kleine Schwester ihre Lehre absolvierte. Der Laden hatte noch nicht geöffnet, und Marie wollte gerade umkehren, um später wiederzukommen, als sie hinter sich eine vertraute Stimme vernahm.

»Marie?«

Marie wirbelte herum und sah ihre Schwester Lisa in einiger Entfernung auf dem Gehsteig stehen.

»Marie«, wiederholte Lisa nun und lief die letzten Meter auf sie zu.

Marie öffnete die Arme und drückte die Schwester an sich. »Lisa. Ach, meine Lisa.«

Beiden standen Tränen in den Augen. Sie umarmten sich wieder und wieder, lösten sich voneinander, um sich gegenseitig zu betrachten, und umarmten sich erneut.

»Was machst du denn in Binz?«, wollte Lisa wissen.

»Na, ich habe deinen Brief bekommen und wollte dich natürlich sehen, um mit dir über deine Zukunft zu sprechen.«

»Können wir drinnen weiterreden?«, fragte Lisa. »Ich muss aufsperren. Wir öffnen in einer Viertelstunde.«

»Aber ja. Wir können uns auch gerne später treffen – ich möchte keinesfalls, dass du meinetwegen Schwierigkeiten bekommst.«

»Bestimmt nicht.« Lisa schüttelte den Kopf. »Ich werde ohnehin noch ein paar Stunden allein hier sein. Mein Meister, nun ja, er hat gesundheitliche Schwierigkeiten.«

»Und was ist mit Moni?«

»Moni arbeitet nicht mehr hier. Genau wie Lisbeth. Beide sind gegangen. Und nun bin ich die Letzte hier und kümmere mich um die Schneiderei ebenso wie um den Verkauf.«

»Ganz allein?«

Lisa zuckte die Achseln. »Was soll ich denn tun? Der Meister hat ja nur noch mich.« Sie ging auf das Geschäft zu, schloss auf und ließ Marie vor sich eintreten.

Im Innern war es dunkel, bis Lisa die Jalousien im Schaufenster hochzog und so den Blick von außen auf die Kleider freigab, die dort ausgestellt waren. Marie lehnte sich ein wenig vor, um diese betrachten zu können. Sie sahen schön aus, alle drei in Pastellfarben gehalten und so an den Kleiderpuppen drapiert, dass man den modernen Schnitt erkennen konnte. Die kleinen Raffinessen wie beispielsweise an der Taille versetzte Schleifenbänder oder zwei aus Stoff geformte Rosen an dem zartgrünen Kleid ganz links beeindruckten Marie.

»Die Kleider gefallen mir«, sagte sie bewundernd.

»Wirklich?« Lisa strahlte sie an. »Die habe alle ich gemacht. Komm, ich zeige dir noch mehr.« Sie nahm die Hand der Schwester und zog diese mit in den Verkaufsraum, wo an mehreren Stangen ein Kleid neben dem anderen hing.

Marie staunte nicht schlecht. Der Laden selbst wirkte verstaubt, diese Kleider jedoch standen der neuen Mode, die in Berlin getragen wurde, in nichts nach. Zumindest nicht die Kleider auf der linken Seite, die ihr sofort ins Auge fielen, als sie den Verkaufsraum betrat. Nur die Kleider ganz rechts wirkten sowohl von den Stoffen, vor allem aber vom Schnitt her wie Überbleibsel aus einer anderen Zeit.

»Die dort finde ich wundervoll.« Marie berührte die Stoffe auf der linken Seite und deutete dann zu den anderen hinüber. »Die da sind nicht so mein Geschmack. Aber nun ja, ihr müsst schließlich für alle Kundinnen etwas bereithalten.«

Lisa strahlte nun noch mehr. »Die hier sind alle von mir.«

»Die sind wundervoll, Lisa«, lobte Marie ihre kleine Schwester. »Wirklich großartig. Du hast Talent. Glaub mir, diese Kleider könntest du so mit nach Berlin nehmen, und sie würden reißenden Absatz finden.«

»Und das meinst du auch so und sagst es nicht nur, um mir eine Freude zu machen?«

»Natürlich meine ich es ernst«, versicherte ihr Marie und lachte laut auf, als Lisa ein paar Schritte auf sie zumachte und die Arme um sie schlang.

»Ach, Marie. Ich freue mich ja so. Vielen Dank.«

Marie löste sich aus der Umarmung und fasste die prächtigen Roben noch einmal genauer ins Auge. »Wirklich eine exzellente Arbeit«, sagte sie wie zu sich selbst, dann sah sie ihre Schwester an. »Sag mal, habt ihr denn überhaupt genug Kundschaft für diese wunderschönen Kleider? Der Laden kommt mir so … na ja, sagen wir, verstaubt vor?«

»Das ist es ja.« Lisa seufzte. »Seit die neue Schneiderei in der Wilhelmstraße geöffnet hat, kommen immer weniger Kundinnen zu uns, dabei sind die Kleider dort nicht einmal schöner. Die Schnitte sind so lala, und auf den ersten Blick würde ich sagen, dass auch die Stoffe eher eine durchschnittliche Qualität haben. Doch das Geschäft ist größer und, soweit ich es durchs Schaufenster sehen konnte, um einiges heller und freundlicher eingerichtet.«

»Ich verstehe«, sagte Marie. »Und was wollt ihr jetzt tun?«

»Nun ja, Lehrmeister Grafe möchte das Geschäft auf keinen Fall aufgeben. Bisher halten wir uns einigermaßen über Wasser, doch ich wünsche mir natürlich mehr als das.«

»Das verstehe ich sehr gut.«

»Tatsächlich? Du hältst mich also nicht für undankbar und vermessen, wenn ich glaube, dass ich mehr erreichen kann, als Ränder zu säumen oder Kleider zu ändern, wenn die Schnitte nicht mehr aktuell sind?«

»Aber Lisa, das fragst du mich doch nicht ernsthaft.« Marie nahm eines der Kleider, das Lisa gefertigt hatte, von der Stange und hielt es bewundernd in die Höhe. »Deine Arbeiten sind wunderbar. Du hast Talent, kleine Schwester. Und wenn ich eines gelernt habe, dann das: Es ist nicht gut, sich mit zu wenig zufriedenzugeben, ja es ist sogar grundfalsch.« Sie hängte das Kleid zurück und fasste Lisa an den Schultern. »Wir leben, Lisa. Wir leben und haben das Recht, glücklich zu werden. Und das geht am einfachsten mit einer Aufgabe, die uns erfüllt.«

»Obwohl wir Frauen sind?«

»Gerade weil wir Frauen sind. Die Zeiten, in denen wir hinter die Männer zurückzutreten hatten, gehören dem vergangenen Jahrhundert an. Denk doch nur: Seit nunmehr sechs Jahren dürfen wir sogar wählen. Warum also sollten wir uns hinter den Männern verstecken und dort in unserem Unglück ausharren, während auch wir all das erreichen können, was sie geschafft haben? Denk doch nur an die gnädige Frau von Plesow. Ganz allein führt sie das Grand, das beste Hotel in ganz Binz. Glaubst du, sie würde auch nur einen Moment zögern, ihr Talent einzusetzen, nur um sich irgendwelchen überholten Vorstellungen zu beugen?« Marie schüttelte den Kopf. »Du müsstest mal die jungen Frauen in Berlin sehen. Sie tragen Kleider, die gerade noch das Knie bedecken, setzen freche Hüte auf, tanzen, lachen und verdienen ihr eigenes Geld. Unsere Zeit ist gekommen, Lisa.« Sie deutete nochmals zu den Kleidern. »Du hast ein solches Talent«, wiederholte sie. »Vergeude es nicht.«

»Und Meister Grafe?«

»Er hat seine besten Zeiten längst hinter sich, und allein aus dem sentimentalen Gefühl einer moralischen Verpflichtung heraus hier zu verharren wäre falsch. Wenn ich dir eines raten darf, dann das: Mach die Lehre zu Ende und kehre dem hier den Rücken.«

»Aber was soll dann aus ihm werden?«

»Wie alt ist er jetzt?«

»Er wird im Juni achtundsechzig.«

»Ach, Lisa. Er ist ein alter Mann. Er könnte dein Großvater sein. Willst du deine Zukunft wegwerfen, nur damit er noch ein paar Jahre seinen Laden behält?«

Lisa schüttelte den Kopf. »Nein, eigentlich nicht.«

»Sprich mit ihm, sobald du deine Prüfung gemacht hast.«

»Und dann?«

»Dann kommst du zu mir nach Berlin«, entschied Marie kurzerhand. »Dort gibt es ein Dutzend Schneidereien, die eine begabte junge Frau wie dich suchen.« Zwar wusste Marie nicht, ob dies wirklich der Fall war, doch sie konnte es sich gut vorstellen. Und bestimmt würde Constantin den einen oder anderen kennen, der Lisa weiterhelfen könnte. Hier in Binz würde sie versauern, und das durfte Marie keinesfalls zulassen.

»Und Vater?« Lisa sah die ältere Schwester schuldbewusst an. »Was soll aus ihm werden, wenn ich fortgehe?«

Marie stemmte die Hände in die Hüften. »Bist du Köchin, Lisa?«

»Nein.«

»Haushälterin?«

»Nein.«

»Dann weiß ich wirklich nicht, worüber wir hier gerade reden. Vater kann Geschirr schmutzig machen, also wird er auch in der Lage sein, es wieder zu reinigen. Und wenn er etwas essen möchte, kann er sich selbst ein Brot schmieren oder aber in die Wirtschaft gehen, um warm zu essen.«

»Aber ein warmes Essen kostet viel Geld.«

»Dann sollte er sich weniger Schnaps kaufen, wenn er Wert auf warmes Essen legt.« Marie spürte die Wut, die mit ungeahnter Wucht in ihr aufstieg. Sie hatte es so satt. So furchtbar satt, dass Lisa und sie von Anfang an nichts als Pflichten und Entbehrungen kennengelernt hatten und es ihnen in Fleisch und Blut übergegangen war, dem zu entsprechen, was andere von ihnen verlangten. Damit musste Schluss sein, ein für alle Mal.

»Du musst mehr wollen als das, Lisa. Hörst du?« Sie fasste die Jüngere an den Schultern. »Du musst viel mehr wollen, du musst alles wollen.«

Lisa schluckte. Ihr standen Tränen in den Augen. »Berlin hat dich wirklich verändert. Ich kenne dich gar nicht wieder.«

»Gott sei Dank!«, rief Marie aus. »Und ja, das meine ich genau so. Ich habe eine solche Kraft in mir, Lisa, und keinesfalls würde ich wieder die sein wollen, die hier in Binz das kleine Mäuschen war, zu schüchtern, um die Stimme zu erheben. Nie mehr.«

Lisa presste die Lippen aufeinander.

»Wenn du willst, spreche ich mit Meister Grafe.«

»Nein«, sagte Lisa eilig. »Nein«, wiederholte sie dann leiser. »Das muss ich selbst machen.«

»Gut. Und dann geh dein Leben an. Du hast nur dieses eine.«

33. Kapitel

»Das ganze Leben ist ein einziges Varieté. Und manch einer beherrscht es besser als die anderen, dort das, was er kann, zu präsentieren.«

GERD NOLTE

»Renaldo.« Gerd Nolte ging auf den marokkanischen Artisten zu und schüttelte ihm kräftig die Hand. »Da seid ihr ja endlich. Wir waren schon in Sorge.« Er sah suchend an dem Trapezkünstler vorbei. »Wo ist Catherine?«

Der Marokkaner ließ den Kopf hängen, den Blick fest auf den Boden. »Catherine ist tot«, antwortete er mit erstickter Stimme. »Sie ist auf dem Weg hierher gestorben. In Frankreich.«

»Was?«, fragte Nolte fassungslos nach.

Renaldo nickte. »Sie hat es nicht geschafft. Das Kokain war stärker als meine kleine Schwester.«

Gerd schüttelte nur den Kopf, unfähig zu realisieren, was er soeben vernommen hatte. »Komm«, sagte er schließlich, »lass uns nach oben gehen.« Er legte den Arm um die Schultern des Artisten und führte ihn die Stufen zu Constantins Büro im ersten Stock hinauf. »Setz dich.« Gerd deutete zur Couch hinüber, dann ging er zum Barschrank, nahm zwei Gläser heraus und schenkte ihnen einen ordentlichen Schluck Whisky ein, bevor er sich auf die Couch Renaldo gegenübersetzte. »Was genau ist passiert?«, wollte er wissen.

Renaldo schluckte den Whisky in einem Zug herunter. »Du weißt ja, wie gern sie den Stoff hatte.« Er stellte das Glas auf dem Tisch ab.

»Noch einen?«

Renaldo schüttelte den Kopf.

»Mein ganzes Reden hat nichts genützt. Selbst wenn ich alles durchsucht habe, hat sie immer noch irgendwo etwas versteckt und sich den Dreck durch die Nase gezogen. Du hast sie ja selbst schon so erlebt. Manchmal, wenn wir aufs Trapez geklettert sind, wusste ich nicht, ob wir beide da noch heil wieder runterkommen.«

»Ist sie so gestorben?«

»Nein.« Renaldo schüttelte den Kopf. »Wir waren in Paris, und Catherine wollte sich ein bisschen amüsieren. Am nächsten Tag wollten wir weiterreisen. Ich habe nicht einmal mitbekommen, wann sie überhaupt in unsere Unterkunft zurückkam. Am nächsten Morgen hab ich sie dann gefunden. Sie hatte noch immer das Kleid vom gestrigen Abend an, der Boden neben ihr war voll mit weißem Pulver. Sie hat anscheinend eine Überdosis genommen, und ich … ich habe es nicht mal bemerkt. Ich hab's einfach nicht bemerkt«, flüsterte er nochmals und schüttelte den Kopf.

»Das tut mir leid, mein Freund.«

»Sie war meine kleine Schwester, und ich hab sie nicht beschützt.« Der Marokkaner schlug die Hände vors Gesicht und weinte bitterlich. »Sie war noch so jung, Gerd. Nicht einmal fünfundzwanzig.«

»Ja, das ist zu jung. Viel zu jung.«

Nolte gab ihm einen Moment, sich wieder zu fangen.

»Ich habe sie zu Grabe getragen und bin anschließend direkt hierhergekommen. Was hätte ich auch tun sollen? Die *Volants Marocains* gibt es nicht mehr.« Wieder schlug er die Hände vors

Gesicht und weinte. »Ich musste sie in Frankreich beerdigen lassen, Gerd. Nicht einmal bei uns zu Hause in Tanger, sondern in Frankreich. Sie wird bestimmt keine Ruhe finden.«

»Sie wird ihre Ruhe finden«, sagte Gerd, doch Zuversicht lag nicht in seiner Stimme. Er hatte den Verfall der jungen Marokkanerin in den letzten Jahren miterlebt, hatte miterlebt, wie die schöne, talentierte, junge Frau zu einem blassen Abklatsch ihrer selbst geworden war, in Gedanken stets beim Kokain, darauf bedacht, den Schmerz zu betäuben, den sie offenbar verspürte. Niemand außer ihr selbst hätte sie retten können, doch das Kokain war stärker gewesen.

»Was willst du jetzt tun?«

Renaldo zuckte die Schultern. »Ich weiß es nicht. Ich muss mit Constantin sprechen.«

»Er ist nicht da. Geschäftlich unterwegs.«

»Wann kommt er zurück?«

»Das ist noch nicht absehbar. Aber ich werde später mit ihm telefonieren und ihm mitteilen, was geschehen ist.«

Renaldo nickte. »Ich weiß nicht mehr weiter, Gerd. Alles ist für mich sinnlos geworden.«

Bevor Nolte etwas erwidern konnte, klopfte es. Auf sein »Herein!« trat Klaus Denker in Constantins Büro.

»Entschuldige die Störung, Gerd, aber einer von Lodewalds Leuten will dich sprechen.«

Nolte stand seufzend auf. »Ich komme. Geh du mit Renaldo nach nebenan ins Astor und sag Ronald Sommer Bescheid, dass er ihm ein Zimmer geben soll. Geht aufs Haus.«

Denker nickte. Renaldo stand auf, bedankte sich und trottete hinter Denker her. Nolte folgte den beiden zur Tür, wo bereits in einigem Abstand einer der Männer wartete, die den Chef des Ringvereins beim letzten Mal begleitet hatten.

Nolte nickte ihm grüßend zu und bedeutete ihm mit einer Geste, ins Büro zu treten.

»Der Chef schickt mich«, verkündete der, schon bevor Gerd die Tür hinter ihm geschlossen hatte.

»Was gibt's?«, erkundigte sich Nolte, ohne dem Besucher einen Platz anzubieten.

»Der Chef will wissen, ob der Auftrag erledigt ist.«

»Constantin von Plesow ist unterwegs«, erklärte Gerd. »Ich weiß nicht, welche Informationen ich herausgeben soll.«

»Von Plesow arbeitet für meinen Chef, genau wie wir beide.«

»Für wen ich arbeite, kannst du getrost mir überlassen, mein Freund.« Gerd hielt seinem Blick stand.

Dem Besucher war anzusehen, dass ihm die Antwort alles andere als gefiel. »Was soll ich Lodewald ausrichten?«

»Sag ihm, Herr von Plesow ist in der Sache tätig geworden und wird von sich hören lassen, sobald er es für richtig hält.«

»Und du glaubst, das wird dem Chef gefallen? Ich bin mir ziemlich sicher, dass das nicht die Antwort ist, die er hören will.«

»Tja.« Gerd zuckte mit den Schultern. »Eine andere wird er von mir nicht kriegen.« Er öffnete die Tür und ließ Lodewalds Untergebenen an sich vorbeitreten. Als dieser ohne weiteren Gruß hinausgegangen war, schloss er die Tür, nahm den Telefonhörer ab und ließ sich mit dem Grand in Binz verbinden.

»Grand Hotel Binz, Sie sprechen mit Werner Druminski, guten Tag.«

»Guten Tag, Herr Druminski. Gerd Nolte hier.«

»Ah, Herr Nolte.« Der Rezeptionist schien zu wissen, wen er da in der Leitung hatte. »Ist Herr von Plesow zu sprechen?«

»Nun, der gnädige Herr wohnt nicht im Hotel, sondern im Privathaus. Doch tatsächlich ist er derzeit hier zugegen. Er ist im Büro seiner Mutter. Soll ich Sie verbinden, Herr Nolte?«

Gerd überlegte kurz. War es klug, sich verbinden zu lassen? Constantin könnte vor seiner Mutter gewiss nicht frei sprechen, andererseits wüsste er dann zumindest, dass es etwas zu klären gab, und würde sich später zurückmelden.

»Ja, bitte. Stellen Sie mich durch.«

»Sehr wohl, Herr Nolte. Dann noch einen angenehmen Tag.«

»Danke, Herr Druminski. Ebenso.«

Es knackte kurz in der Leitung, dann meldete sich Constantin.

»Constantin, ich bin's, Gerd. Ich weiß, dass du nicht frei sprechen kannst, aber es ist wichtig. Kannst du mich nachher zurückrufen?«

»Geht es um die Kämpfe? Hat etwas nicht geklappt?«

»Keine Sorge. Die Sache läuft wie am Schnürchen. Langkamp hat Schnidtkes Mann so zugerichtet, dass wir jetzt ganz gewiss seine Aufmerksamkeit haben. Doch deshalb rufe ich nicht an.«

»Sondern? Gib mir einfach ein Stichwort, worum es geht.«

»Ein Stichwort?« Nolte atmete geräuschvoll aus. »Catherine ist tot.«

»Wie bitte?«

»Du hast richtig gehört. Sie ist in Frankreich gestorben. An einer Überdosis.«

Constantin schnaubte. »Um Gottes willen. Was ist mit Renaldo?«

»Ich habe ihn im Hotel untergebracht. Er ist völlig fertig. Und dann war eben noch einer von Lodewalds Männern hier, der wissen wollte, wie es steht.«

Constantin überlegte kurz. »Ich werde meinen Besuch hier abkürzen und morgen zurückkommen«, sagte er dann.

»In Ordnung. Tut mir leid, doch im Moment kommt alles zusammen.«

»Danke, dass du mir Bescheid gegeben hast. Halt die Ohren steif, Gerd.«

»Du auch. Bis dann.«

Constantin hängte ein und reichte seiner Mutter das Telefon zurück.

»Was ist geschehen?«, fragte Bernadette.

Constantin stand auf, ging zum Fenster und sah hinaus. Dann drehte er sich wieder um und lehnte sich an die Fensterbank. »Das war Nolte«, sagte er dann. »Meine rechte Hand in Berlin. Du kennst doch die Artisten, die bei mir auftreten, die *Volants Marocains*?«

»Ja.«

»Die junge Frau ist tot. Ein Unfall.«

»Das ist ja furchtbar.« Bernadette sah ihn mit durchdringendem Blick an. »Du wirkst nicht sonderlich überrascht. Darf ich fragen, was für einen Unfall sie hatte, Constantin?«

Er überlegte kurz, was er seiner Mutter sagen sollte. Er war nach Binz gekommen, um sich mit ihr zu versöhnen, ergab es da wirklich Sinn, sie immer weiter zu belügen? Sie schien ohnehin längst über seine Geschäfte Bescheid zu wissen.

»Sie ist an einer Überdosis Kokain gestorben«, erklärte er daher mit ruhiger Stimme. »Sie war abhängig von dem Zeug.«

»Kokain, ja? Hatte sie es von dir?«

»Nein. Sie ist in Frankreich gestorben. Sie und ihr Bruder Renaldo waren auf dem Weg zu uns.«

»Ich verstehe«, sagte Bernadette. »Und du musst deshalb nach Berlin zurück?«

»Deshalb und auch noch wegen einer anderen Sache.« Er stieß sich von der Fensterbank ab, kam wieder an den Schreibtisch und setzte sich auf den Stuhl, auf dem er zuvor gesessen hatte.

»Ich will ganz offen zu dir sein, Mutter. Ich weiß, dass dir missfällt, wie ich meine Geschäfte mache.«

»Missfallen ist noch sehr schmeichelhaft ausgedrückt«, stellte sie fest.

»Berlin ist nicht Binz, Mutter. Dort gelten andere Gesetze.«

»Nein, es gelten die gleichen Gesetze wie hier. Nur scheint ihr es dort damit nicht allzu genau zu nehmen.«

»Du denkst, nur ich bin so?« Constantin lachte freudlos auf. »Weißt du Mutter, nirgendwo ist die Kriminalität so hoch wie in Berlin. Dort heißt es, fressen oder gefressen werden. So einfach ist das. Und ich habe nicht vor, mich fressen zu lassen.«

»Auch wenn ich es keineswegs gutheißen kann, Constantin, geht es mich letztendlich nichts an. Aber dass du dich hier in mein Leben eingemischt hast und dadurch eine unschuldige Familie ums Leben kam, das geht mich sehr wohl etwas an.«

»Das war ein Unfall, Mutter.«

»Und wenn ich dir nicht glaube?«

»Mutter. Wir haben noch nie derart offen über meine Geschäfte gesprochen. Wenn du meinst, ich würde dich belügen, dann kann ich es nicht ändern.«

»Selbst wenn ich dir glauben würde, Constantin, bleibt das eigentliche Problem bestehen: Du hattest nicht das Recht, dich einzumischen.«

»Alexander hat mich um Hilfe gebeten, und die habe ich ihm geschickt. Ich hatte nie vor, mich in deine Angelegenheiten einzumischen, und ich verspreche dir, es kommt nie wieder vor. Es sei denn, du bittest mich darum.«

»Das werde ich nicht.«

»Nun, ich erinnere mich gut, wie dankbar du mir warst, als die Libellen bei dir vorstellig wurden, um Schutzgeld zu erpressen.«

Sosehr es Bernadette auch missfiel, sie musste sich eingestehen, dass ihr Sohn recht hatte. »Es stimmt«, gab sie zu. »Und ich möchte unseren Streit genauso beilegen wie du, Constantin. Von drei Söhnen bist du der einzige, der mir noch geblieben ist.«

»Dann lass uns doch endlich einen Schlussstrich ziehen und zu dem vertrauten Verhältnis zurückkehren, das wir immer hatten.« Er seufzte. »Und so wenig ich dich beunruhigen möchte – ich glaube nicht, dass die Sache ein für alle Mal ausgestanden ist.«

»Die Sache mit den Kaczmareks?«, fragte Bernadette überrascht.

»Nein, die Sache mit dem Schutzgeld. Die Libellen konnten wir aus Binz vertreiben. Doch es werden andere kommen, Mutter.«

»Woher willst du das wissen?«

»Weil es sie überall gibt, in ganz Deutschland. Das, was sich in Berlin abspielt, ist nur der offensichtliche Teil. Ich werde meinen Einfluss geltend machen und versuchen, euch hier zu beschützen, auch von Berlin aus, doch es würde mich nicht wundern, wenn ich in einigen Monaten erneut einen Anruf von dir erhalte, weil du meine Hilfe brauchst.«

»Es gibt noch andere in der Gegend, die sich dagegen auflehnen«, stellte Bernadette fest und dachte hierbei an Koldehofer und dessen Leute, die ebenso wie Constantin zu allem entschlossen schienen.

Constantin lächelte abschätzig. »Die spucken große Töne, das ist alles. Doch beschützen können dich solche Leute nicht, ebenso wenig wie die Polizei. Ich weiß, wovon ich rede, Mutter.«

Bernadette schüttelte den Kopf. »Früher war in Binz alles so friedlich. Es gab nur den Strand, die See, die Sommerfrische. Und nun müssen wir uns gegen Verbrecher zur Wehr setzen, die keinen Glauben zu kennen scheinen.«

Constantins Miene wurde ernst. »Ich bereite gerade etwas vor, Mutter. Etwas Großes. Und wenn mein Plan aufgeht, werde ich dafür sorgen, dass Binz, was derartige Unternehmen angeht, zum Sperrgebiet erklärt wird.«

»Was soll das heißen, du bereitest ›etwas Großes‹ vor?«

»Es ist besser, wenn du nicht weißt, worum es geht. Glaub mir, das Hotel und dein Anteil daran sind nicht gefährdet.«

»Du glaubst, mir ginge es ums Geld? Wie schlecht du mich doch kennst, mein Sohn. Ich habe dir schon einmal gesagt, dass ich bereit bin, dir ohne Gegenleistung meinen Anteil zu übertragen.«

»Und ich dir, dass ich dich als Miteigentümerin behalten möchte.«

»Sag mir bitte, was du vorhast, Constantin.«

»Nein, keinesfalls.«

»Weiß Marie davon?«

»Marie?«

»Nun tu doch bitte nicht so. Glaubst du wirklich, dass ich euch eure fadenscheinige Begründung abkaufe, ihr wärt lediglich der Einfachheit halber zusammen angereist?«

Constantin schüttelte den Kopf. »Nein, Mutter, das glaube ich nicht.«

»Weiß sie, wie du dein Geld verdienst?«

»Ja.«

»Und sie ist damit einverstanden?«

»Marie ist eine sehr realistische junge Frau«, konstatierte er und sah Bernadette an. »Als sie im vergangenen Jahr in Berlin ankam, war sie nicht mehr das naive, unbeschwerte Mädchen, mit dem wir unsere Kindheit verbracht haben. Irgendetwas muss passiert sein, was diese Veränderung herbeigeführt hat. Weißt du, was ihr widerfahren ist?«

»Sie ist erwachsen geworden, wie jeder von euch«, antwortete Bernadette ausweichend.

»Nein, das ist es nicht.« Constantin musterte seine Mutter, doch ihre Miene war undurchdringlich.

»Wenn du etwas mit Marie zu klären hast, musst du das schon direkt tun.« Bernadette zögerte. »Hast du vor, sie zu heiraten?«

»Nein«, kam sofort die Antwort. »Bei dem Leben, das ich führe, kann ich mir keine Ehefrau leisten. Ich würde sie damit nur in Gefahr bringen.«

Bernadette sah ihn mit schräg gelegtem Kopf an. »Nun, das sehe ich genauso.«

Constantin spürte, wie Traurigkeit in ihm aufstieg. Ja, Berlin war seine Stadt, dort spielte sich das Leben ab, das er sich selbst aufgebaut, das er gewollt hatte, doch dieses Leben zeigte ihm plötzlich die Kehrseiten auf. Kurz stellte er sich vor, wie es wäre, Marie zu heiraten, sie ganz in Weiß, auf der Seebrücke, er, der Geschäftsführer des Grand, der mit seiner frischgebackenen Ehefrau den Hotelbetrieb führte, unterstützt von seiner Mutter… Nein, dieser Traum würde nicht Wirklichkeit werden. Hier gehörte er nicht hin, hier war kein Platz für ihn. »Wie du vorhin mitbekommen hast, werde ich schon morgen zurück nach Berlin reisen müssen«, sagte er und zwang sich, in die Realität zurückzukehren. »Wäre es dir recht, wenn Marie noch einige Tage bliebe? Sie wollte heute ihre Schwester aufsuchen, und ich denke, es gibt da so einiges, was sie hier noch hält.«

»Marie ist mir immer willkommen, das weißt du«, erwiderte Bernadette.

Er sah sie einen Moment lang an. »Bin auch ich dir immer willkommen? Denkst du, dass es zwischen uns wieder selbstverständlich werden kann? Unser Umgang miteinander?«

»Ja.« Bernadette nickte. »Wenn wir beide es wollen, dann kann es gelingen.«

»Willst du es denn, Mutter?«

Bernadette dachte an Alexander und daran, dass sie im Streit auseinandergegangen waren. Ihr erstgeborener Sohn war in der Annahme gestorben, dass seine eigene Mutter ihn niemals wiedersehen wollte.

»Ich sage es dir jetzt mit aller Deutlichkeit, Constantin: Ab diesem Tage ist das Thema Kaczmarek Geschichte. Ich werde dir nichts mehr nachtragen. Du bist mein Sohn, und ich liebe dich, ganz gleich, wie du deine Geschäfte führst.« Kurz zögerte sie, dann stand sie auf und kam mit ausgebreiteten Armen auf ihn zu.

Constantin trat zu ihr und ließ sich in ihre Umarmung ziehen. »Ich danke dir«, sagte er bewegt. Eine Weile blieben sie so stehen. Schließlich machte Bernadette einen Schritt zurück und strich ihm sanft über die Wange, dann nahm sie wieder Platz.

Constantin tat es ihr lächelnd gleich, dann sagte er: »Erlaubst du mir eine Frage, Mutter?«

»Gewiss.«

»Woher weißt du so genau, dass Johannes Blumberg wirklich der Halbbruder meines Vaters ist?«

»Die Ähnlichkeit«, sagte sie prompt.

»Ich finde nicht, dass er auch nur die geringste Ähnlichkeit mit Vater hat.«

»Nicht mit deinem Vater, sondern mit deinem Großvater«, behauptete sie.

»Aber du hast doch Großvater gar nicht kennengelernt.«

»Nein, das nicht. Aber ich habe Fotografien von ihm gesehen. Johannes sieht genau aus wie er.«

»Hm.« Constantin war nicht überzeugt. »Hast du dich nie gefragt, warum er all die Jahre nichts von sich hören lassen hat und jetzt hier auftaucht?«

»Nein.« Sie atmete tief durch. »Denn er hat mir diese Frage bereits beantwortet, bevor ich sie stellen konnte.«

»Und?«

»Er ist krank, Constantin. Todkrank. Mit viel Glück wird er den Sommer noch erleben. Doch gewiss ist auch das nicht.«

»Das tut mir aufrichtig leid«, sagte Constantin betroffen. »Jetzt verstehe ich, warum er die Familie kennenlernen will.«

»Und ich verstehe dein Misstrauen, mein Sohn. Wir sind eine reiche Familie, angesehen und mit einem gewissen Einfluss. Doch glaub mir: Er will weder unser Geld noch sonst irgendwie von der Zugehörigkeit zu unserer Familie profitieren.«

»Gibt es denn keine Möglichkeit, ihm zu helfen? Ich meine, wenn nicht hier, dann vielleicht in Berlin. An der Charité gibt es ausgezeichnete Ärzte, wahre Koryphäen …«

»Ich denke nicht, dass Johannes das will. Er hat seinen Frieden gemacht und ist nicht gekommen, weil er sich Hilfe erwartet.«

»Nun sehe ich ihn mit anderen Augen.«

»Ich werde mich für heute Abend mit ihm verabreden. Möchtest du dich mit Marie hinzugesellen, oder ziehst du es vor, den Abend allein mit ihr zu verbringen, da ihr bereits in Kürze Abschied nehmen müsst?«

»Zwar kann ich nicht für Marie sprechen, doch ich denke, dass wir uns gern zu euch gesellen. Was ist mit Josie?« Er räusperte sich. »Und mit Lotte?«

»Josie und Lotte möchten sich einen schönen Abend in der Kakadu-Bar machen. Die beiden waren noch nicht einmal aus, seit Lotte hier ist.« Bernadette konnte ihrem Sohn ansehen, dass ihm das Thema »Lotte« gar nicht behagte. Er verschränkte die Hände hinter dem Kopf, lehnte sich auf seinem Stuhl zurück und sah an ihr vorbei aus dem Fenster. »Die Kakadu-Bar. Meine Güte, es ist eine kleine Ewigkeit her, dass ich zuletzt dort war. Hier in Binz scheinen die Uhren langsamer zu ticken. Ich glaube, ich könnte nicht mehr hier leben, ich gehöre nicht mehr hierher. Doch manchmal vermisse ich genau das.« Er setzte sich wieder gerade hin. »Weißt du, was ich jetzt gern täte?«

Bernadette sah ihn fragend an.

»Mich unten an den Flügel setzen und spielen. Ich weiß, ich bin nicht ansatzweise so gut wie Maximilian, aber irgendetwas würde ich bestimmt noch hinbekommen.«

Ein warmes Gefühl durchströmte Bernadette bei der Erinnerung an ihren jüngsten Sohn. Er war ein begnadeter Pianist gewesen, ein wirklich außergewöhnliches Talent. Bernadette war sich sicher gewesen, ihn eines Tages in den ganz großen Metropolen am Flügel erleben zu dürfen. Er selbst hatte den Wunsch gehabt, irgendwann in der Royal Albert Hall in London zu spielen. Nur er, ganz allein, ohne weitere Begleitung und vor Tausenden von Menschen, die die Musik mit ihm teilen und sich von den Klängen seines Flügels forttragen lassen würden.

»Warum tust du es dann nicht?« Bernadette lächelte ihn so liebevoll an, wie sie es schon lange, sehr lange nicht mehr getan hatte.

»Würdest du mich begleiten?«

»Um nichts in der Welt würde ich das verpassen wollen.«

Lächelnd verließen sie das Büro, das Bernadette wie immer sorgfältig abschloss, und gingen die Treppen hinunter ins Erdgeschoss.

»Weißt du, dass du ein anderer wirst, wenn du hier in Binz bist?«, fragte Bernadette.

»Ich stelle es mit Erschrecken fest«, gab Constantin scherzhaft zurück. Doch dann wurde seine Miene ernst. »Ich glaube, genau deshalb komme ich so selten hierher. Selbst vor unserer Auseinandersetzung war ich kaum in Binz.« Er blieb stehen, und auch Bernadette verharrte in der Bewegung. »Ich kann es mir nicht leisten, der Constantin zu sein, den ihr alle hier kennt. Ich würde unvorsichtig werden. Und das wäre in Berlin mein Tod.«

Bernadette schauderte bei seinen Worten. »Komm«, sagte sie leise und berührte sanft seinen Arm. »Spiel mir etwas auf dem Flügel.«

Constantin nickte, und in diesem Moment trat genau die Zerbrechlichkeit zutage, die er so eisern zu überspielen versuchte.

Unten angekommen gingen sie, gefolgt von Werner Druminskis Blicken, durch die Halle zum Flügel. Constantin nahm Platz, legte beinahe zärtlich einen Finger auf die Tastatur und schloss die Augen. Wie von selbst schlugen seine Finger die Tasten an. Alle vier Kinder hatten seinerzeit das Klavierspielen lernen müssen, darauf hatte Bernadette bestanden. Doch sie hatte nicht gewusst, mit welcher Leidenschaft ihr zweitältester Sohn spielte, hatte sie doch eigentlich immer nur Maximilian mit dieser hingebungsvollen, entrückten Miene am Flügel sitzen sehen. Constantin spielte *Die Moldau* von dem tschechischen Komponisten Bedřich Smetana. Bernadette liebte dieses Stück. Und ohne dass sie es gleich bemerkte, spürte sie, wie ihr die Tränen kamen. Sie betrachtete ihren Sohn, der voller Hingabe dieses wunderbare Musikstück spielte, und ließ sich fortreißen von der Trauer um all die Verluste, die sie zu beklagen hatte, bis sie schließlich kurz davorstand, vollends die Fassung zu verlieren. Constantin schien es ähnlich zu gehen, öffnete er doch in diesem Moment die Augen, die genau wie die ihren mit Tränen gefüllt waren.

»Ich spüre Maximilian mit jeder Faser meines Körpers«, sagte Constantin rau und spielte die Melodie weiter und weiter, bis er bemerkte, dass einige Gäste ein Stück entfernt stehen geblieben waren, um ebenfalls zu lauschen. Als er endete, brandete Applaus auf.

Bernadette machte einen Schritt auf Constantin zu, der sich nun von dem Schemel erhob, beugte sich vor und gab ihm einen Kuss auf die Wange. »Ich danke dir. Gerade habe ich gespürt, dass mein Sohn in seinem Wesen immer noch dort drin ist.« Sie tippte ihm mit dem Finger gegen die Brust. »Und damit meine ich nicht Maximilian. Das, Tino, war dein wahres Ich, das ich mehr vermisse, als ich sagen kann.«

Constantin schluckte schwer. »Gib mich nicht auf, Mutter. Trotz allem, was geschehen ist.«

»Das werde ich nicht. Ich verspreche es dir.«

34. Kapitel

»Seit ich erfahren habe, dass ich bald sterbe, frage ich mich,
ob ich spüren würde, wenn es zu Ende geht.
Nun kenne ich die Antwort.«

JOHANNES BLUMBERG

Auf Bernadettes Einladung hin waren sie im Restaurant des Grand zusammengekommen, um dort gemeinsam zu speisen. Marie wusste nicht recht, wie sie damit umgehen sollte. Wie oft hatte sie die vornehmen Herrschaften dort sitzen sehen, wenn sie in aller Eile vorbeigehuscht war, um etwas zu reinigen oder in Ordnung zu bringen. Es war eigenartig, wie anders, ja fremd ihr alles vorkam, nur weil sie vom Zimmermädchen zum Gast geworden war, der ihrerseits vom Personal hofiert wurde. Fast fühlte sie sich wie eine Betrügerin.

Nachdem sie mit ihrer Schwester Lisa gesprochen hatte, war sie in den Gesindetrakt des Grand gegangen, um ihre früheren Arbeitskolleginnen zu besuchen. Die Einzige, die sie von damals noch kannte, war Trutchen. Trutchen hatte inzwischen eine gesunde Tochter zur Welt gebracht, die sie während ihres Dienstes bei ihrer Schwiegermutter unterbringen konnte. Zu ihrem Bedauern hatte sich Trutchen nicht über ihren Besuch gefreut. Es hatte Marie geschmerzt, dass die ehemalige Kollegin sie nur kurz gemustert und dann abfällig bemerkt hatte, dass Marie jetzt also endgültig »eine von denen« geworden sei. Marie war nichts anderes übrig geblieben, als ihr alles Gute zu wünschen und sich zu verabschieden. Natürlich war ihr bewusst, dass es nur der Neid war, der Trutchen dazu bewog, sich so zu verhalten. Trotzdem tat es weh. Wie oft hatte sie Trutchen während ihrer gemeinsamen Zeit im Grand gedeckt und Ausreden für sie erfunden, weil diese wieder einmal zu spät kam oder an Morgenübelkeit litt, später, als sie bereits schwanger gewesen war. Marie hatte doppelt so schwer geschuftet, nur damit die gnädige Frau nichts davon mitbekam, und nun das. Aber Marie würde sich ihren hart verdienten Erfolg nicht madigmachen lassen. Weder von Trutchen noch von sonst jemandem.

»Marie?«

»Oh, Verzeihung.« Erst jetzt bemerkte sie, dass alle die Gläser erhoben hatten und offenbar nur darauf warteten, mit ihr anstoßen zu können. Eilig hob auch sie das Glas Champagner, das die gnädige Frau für sie bestellt hatte, und prostete den anderen zu.

»Einen Pfennig für deine Gedanken«, sagte Constantin und lächelte sie liebevoll an.

»Hier zu sitzen fühlt sich eigenartig an«, sprach sie aus, was ihr gerade durch den Kopf ging. Sie deutete zur Tür, die die Eingangshalle mit dem Restaurant verband. »Ich kenne den Anblick eigentlich nur von dort aus.« Sie sah zu Bernadette. »Ich hoffe, es ist nicht unangebracht, wenn ich das so offen ausspreche.«

»Aber keineswegs. Es ist immer gut zu wissen, wo man herkommt.« Bernadette legte Johannes die Hand auf den Unterarm. »Du musst wissen, dass Marie früher Zimmermädchen hier war, bevor sie zu Constantin nach Berlin gegangen ist, um dort als Hausdame ihren Dienst zu tun.«

»Ach«, sagte Johannes überrascht. »Sie arbeiten für Constantin, Marie?« Johannes schmunzelte. »Ich dachte, Sie beide seien verlobt und nicht beruflich verbunden.«

»Im Grunde sind die beiden das auch«, stellte Bernadette ohne Umschweife fest. »Allerdings wollen sie das lieber für sich behalten.«

Marie und Constantin tauschten einen Blick, dann fing Constantin an zu lachen. »Was soll ich dazu sagen? Meine Mutter hat eine entwaffnend offene Art, die Dinge auf den Punkt zu bringen.«

Etwas unsicher stimmte Marie in sein Lachen mit ein, während Johannes abermals das Glas erhob. »Dann trinken wir doch auf das junge Glück«, schlug er vor, und sie ließen die Gläser aneinander klingen.

»Warum sind denn Josephine und ihre Freundin Lotte heute Abend nicht dabei?«, fragte Johannes. »Oder ist die Frage zu indiskret?«

»Indiskret wird sie erst, wenn wir den Zustand beurteilen können, in dem die beiden nach Hause kommen«, scherzte Constantin.

»Ach Tino«, mahnte Bernadette. »Die Mädchen sind heute Abend in der Kakadu-Bar, die früher Gideon Kaub gehörte. Ich muss gestehen, ich weiß nicht einmal, wer sie jetzt betreibt. Aber unsere Josie ist inzwischen durchaus vernünftig geworden«, fügte sie an Johannes gewandt hinzu. »Lass dir von Constantin nichts erzählen, Johannes. Josephines Verhalten ist tadellos.«

Constantin lachte noch lauter.

»Gideon Kaub«, wiederholte Johannes nachdenklich. »Der Name ist schon einmal gefallen, oder?«

»Ihm gehörte das Palais, nur ein Stück weiter die Promenade hinunter. Oder besser gesagt, es gehört ihm noch immer. Er will es verkaufen, findet jedoch seit Monaten niemanden, der zur Übernahme bereit ist.«

»Mich wundert, dass du dich noch nicht dazu durchgerungen

hast, Mutter«, stellte Constantin fest. »Das wäre doch eine Herausforderung nach deinem Geschmack.«

»Ich gebe zu, dass ich damit geliebäugelt habe. Doch das war vor Alexanders Tod. Weshalb sollte ich mir so viel Arbeit aufhalsen? Für mehr Geld?«

»Ach, Mutter. Ich glaube dir kein Wort«, stellte Constantin fest. »Sieh mir in die Augen und sag mir, dass es dich nicht immer noch reizen würde, aber ich denke, das wirst du nicht können. Vor allem weil du es inzwischen vermutlich für einen Spottpreis bekommen würdest.«

»Da könntest du recht haben«, stimmte Bernadette zu.

»Es muss herrlich sein, so ein Gebäude wieder zu neuem Leben zu erwecken«, brachte sich nun Marie ein. »Ich war heute Morgen auf der Seebrücke und habe erst das Grand und dann das Palais von Weitem betrachtet. Das Grand sah so wunderschön aus in der aufgehenden Sonne, während die helle Morgensonne sich nicht recht zu trauen schien, das Palais mit ihrem Schein zu erleuchten, weil dann der Verfall nur noch stärker offenbart würde.«

»Das hast du schön gesagt«, lobte Bernadette. »Ja, Constantin, du hast recht, reizen würde es mich, das Hotel zu neuem Leben zu erwecken. Es könnte etwas für Josephine sein, sie könnte sich damit etwas Eigenes aufbauen. Natürlich würde ich ihr beistehen, doch hier im Grand verläuft alles in den festen Bahnen, in die ich es gezurrt habe, da ist für Innovationen kaum Platz.«

»Oh, wie sehr würde ich sie um diese Aufgabe beneiden«, sagte Marie schwärmerisch. »Sollte es wirklich so weit kommen, würde ich ihr nur allzu gerne meine Hilfe anbieten.«

»Hast du denn in Berlin nicht genug zu tun mit dem Astor, Marie Reidel?«, beschwerte sich Constantin. »Lass mich nur nicht für meine kleine Schwester sitzen.«

»Aber nein, Constantin von Plesow.« Marie knuffte ihn zärtlich in die Seite. »Das würde ich doch nie tun. Aber ein klitzekleines bisschen Zeit würde ich schon abknapsen und hierherkommen, um Josie unter die Arme zu greifen.«

»Meinst du das ernst, Marie?«, fragte Bernadette nun.

»Ja, gnädige Frau.« Marie nickte. »Das meine ich wirklich.«

»Nenn mich doch bitte Bernadette. Es gefällt mir nicht, wenn die Frau an Constantins Seite mich siezt.«

Marie schluckte. »Aber ich kann doch nicht …«

»Warum nicht? Meine Güte, Marie, nun leg endlich das alte Zimmermädchen ab. Ich bestehe darauf.«

Ehe Marie etwas erwidern konnte, hob Johannes, der das Gespräch interessiert mitverfolgt hatte, das Glas. »Wenn sich alle duzen, möchte ich mich nicht ausschließen. Marie, ich bin Johannes.«

Marie griff ebenfalls nach dem Champagner und prostete noch etwas schüchtern erst Bernadette und dann Johannes zu.

»Also, Marie«, fuhr Johannes fort. »Angenommen, Josephine würde tatsächlich das Palais übernehmen und von Grund auf neu aufbauen wollen – wie würdest du ihr helfen?«

Marie musste nicht lange überlegen. »Nun, zunächst einmal würde ich die Betten für die Gäste aussuchen. Die Matratzen dürfen nicht zu weich und nicht zu hart sein. Und die Laken müssen genau wie die im Grand sein, anders als die im Astor.«

»Wie bitte? Die waren sehr teuer«, empörte sich Constantin.

Marie zuckte die Schultern. »Das bestreite ich nicht. Doch wirklich gut sind sie deshalb nicht.«

Bernadette lachte auf. »Da siehst du's, mein Sohn. Wenn jemand sein Handwerk wie Marie gelernt hat, macht ihr so schnell niemand etwas vor.«

»Was stimmt denn nicht mit den Laken?«

»Sie verlieren die Form, auch wenn sie gestärkt sind. So kann man sie nicht ganz und gar glatt ziehen, sondern muss sie öfter tauschen als nötig, damit die Betten in Ordnung sind.«

Constantin schüttelte den Kopf. »Und warum hast du mir das nie gesagt?«

»Weil sie nicht beschädigt sind und ich nicht wollte, dass etwas Neues angeschafft wird, was nicht notwendig ist.«

Johannes lachte auf. »Du kannst dich glücklich schätzen, eine Frau an deiner Seite zu haben, die dein Geld zusammenhält, statt es mit vollen Händen auszugeben. Glaub mir Constantin, darum würden dich sehr viele Männer beneiden.« Sein Lachen ging in Husten über.

Bernadette konnte sich ebenfalls das Lachen nicht verkneifen.

Der Kellner kam an den Tisch, offenbar erfreut, die heitere Runde an diesem Abend bewirten zu dürfen.

»Darf ich fragen, ob die gnädigen Herrschaften bereits gewählt haben?«

»Ach herrje«, sagte Bernadette, da sie alle vier vollkommen vergessen hatten, auch nur einen Blick in die Speisekarte zu werfen. »Wenn ihr erlaubt?« Sie sah kurz in die Runde, dann sagte sie: »Fritz, lass Edelfried ein ganz besonderes Menü für uns zusammenstellen. Er soll die Suppe wählen, uns mit einer Hauptspeise überraschen und anschließend mit einem ganz besonderen Dessert. Alle einverstanden?«

»Eine wunderbare Idee«, lobte Johannes und hustete erneut. »Lassen wir uns von deinem Koch überraschen, liebe Bernadette.« Constantin und Marie nickten ebenfalls.

»Und dazu einen Weißwein?«

Wieder nickten alle.

»Sehr wohl, gnädige Frau.« Fritz sammelte die Speisekarten ein, verbeugte sich und zog sich zurück, um kurz darauf mit dem

Wein wiederzukommen. Johannes nahm einen Schluck, doch dann fing er kräftiger an zu husten, zog sein Taschentuch hervor und hielt es sich vor den Mund. Als er es wieder zusammenfaltete, bemerkte er das Blut, das darin war. Eilig steckte er es wieder ein, in der Hoffnung, dass niemand außer ihm es bemerkt hatte.

»Alles in Ordnung?«, fragte Marie besorgt.

»Aber ja, ich habe mich nur verschluckt«, wiegelte er ab. »Sag Bernadette, Karl und du – wusstet ihr eigentlich von Anfang an, dass ihr ein Hotel betreiben wolltet?«, wechselte er abrupt das Thema, da er auf keinen Fall über seine Erkrankung sprechen wollte.

Bernadette überlegte kurz. Sollte sie zugeben, dass sie, als sie Karl kennenlernte, kurz davorstand, ihre Lehre in der kleinen Schneiderei in Berlin zu beenden? Aus irgendeinem Grund war ihr das zu persönlich. Also sagte sie stattdessen: »Ach, weißt du, Karl war ja durch seine Familie von vornherein vermögend. Kapital war also vorhanden. Und ja, wir wollten von Anfang an etwas aufbauen, und das haben wir getan. In diesem Hotel hier steckt das Vermögen der Familie von Plesow, das wir über die Jahre mehren konnten. Dennoch war es nicht immer einfach, wahrlich nicht. Es gab einen fürchterlichen Brand, bei dem wir erst einmal alles verloren. Und da die Assekuranz, bei der wir das Hotel versichert hatten, die Versicherungssumme erst nach geraumer Zeit ausbezahlte, mussten wir eine nicht unerhebliche Durststrecke überstehen. Im Jahr 1911 konnten wir das Hotel endlich wieder aufbauen, und ein Jahr später starb Karl.« Sie seufzte. »Dann kam der Krieg, und nun ja, es gab Zeiten, in denen ich beinahe die Hoffnung verlor, es schaffen zu können.«

»Doch du hast es geschafft, Mutter.« Constantin legte seine Hand auf die von Bernadette. »Darauf kannst du stolz sein.«

»Ich danke dir, mein Sohn.« Bernadette lächelte. »Wenn ich jetzt daran zurückdenke, würde es mich schon reizen, noch einmal ein Hotel aufzubauen, doch ich gebe zu, dass ich die Investition scheue.« Sie musste an Margrit und die Auszahlung von Alexanders Erbe denken, außerdem an ihr Versprechen, das Haus in der Margaretenstraße zu kaufen. Das waren wahrlich hohe Kosten, zumal sie erst vor ein paar Monaten einiges an Mitteln aufgewandt hatte, um die Terrasse neu bauen zu lassen. Nicht dass sie sich übernahm, wenn nun auch noch das Palais hinzukäme.

»Wir könnten es machen wie seinerzeit mit dem Astor. Die Hälfte du, die Hälfte ich?«, schlug Constantin vor. »Du bekommst ohnehin noch Geld von mir. Das Astor und das Varieté werfen von Jahr zu Jahr mehr Gewinn ab.«

Bernadette schüttelte den Kopf. »Lass gut sein, Constantin. Ich mag zwar Anteile besitzen, doch wir beide wissen, dass die Einnahmen eigentlich dir zustehen.«

»Du hast damals an mich geglaubt«, widersprach Constantin. »Ohne dein Kapital hätte ich weder das Hotel noch das Varieté errichten können. Nun gib dir einen Ruck, Mutter. Gemeinsam könnten wir das schaffen.«

Bernadette überlegte. »Das Palais wäre aus meiner Sicht vor allem für Josephine interessant. Sie ist meinetwegen nach Binz zurückgekehrt, um mich zu unterstützen. Und nun, wo ihre Künstlerkarriere einstweilen auf Eis liegt, wäre es gut für sie, eine Aufgabe zu haben, der sie sich mit aller Leidenschaft widmen kann.«

»Dem stimme ich voll und ganz zu.« Constantin nickte. »Was hältst du davon: Ich verpflichte mich, meinen Anteil nur so lange zu halten, bis Josie so weit ist und an meiner Stelle einsteigen kann. Ich wäre nur der Geldgeber im Hintergrund.«

»Ich werde darüber nachdenken. Doch lasst uns diesen wundervollen Abend nicht mit Geschäftlichem verschwenden.« Sie zwinkerte Marie zu. »Ich würde wirklich zu gern erfahren, wann du dich in meinen Sohn verliebt hast.«

Marie konnte nicht verhindern, dass ihr die Röte ins Gesicht stieg.

Johannes fing an zu lachen, was abermals in einem Hustenanfall endete. »Ich muss mich wohl erkältet haben«, stieß er atemlos hervor, dann entschuldigte er sich, er wolle kurz hinaus an die frische Luft gehen. Bernadette wollte ebenfalls aufstehen, doch er winkte ab. Genau in diesem Moment trugen die Kellner die Suppe auf.

»Fangt ruhig schon an«, stieß er röchelnd hervor. »Ich bin gleich zurück.« Damit drückte er sich erneut das Taschentuch vor den Mund und verließ das Restaurant.

Bernadette sah ihm mit besorgter Miene nach.

»Das klang aber nach einem schlimmen Husten«, stellte Marie fest.

»Ja«, sagte Bernadette leise. »Doch Johannes hat recht. Lasst uns essen, die Suppe wird sonst kalt.«

Bernadette und Constantin tauschten fast unmerklich einen Blick. Und in diesem Moment war Constantin anzusehen, dass auch er aufrichtig bedauerte, was mit Johannes geschehen würde.

35. Kapitel

> *»Was schwarz war, ist bunt und meine Seele leichter als eine Feder. Von nun an kann ich meiner wahren Bestimmung folgen.«*
>
> Margrit von Plesow

Constantin hatte Wort gehalten. Gleich in der Früh war ein Bote gekommen und hatte ein Päckchen im Privathaus der von Plesows abgegeben. Und kaum dass das Frühstück beendet war, hatte er Margrit zur Seite genommen und ihr zwanzigtausend Reichsmark in bar übergeben. Margrit hatte noch nie so viel Geld auf einmal gesehen. Sie hatte sich überschwänglich bei ihrem Schwager bedankt, der ihr mitteilte, wegen dringender Geschäfte bereits am heutigen Tage zurück nach Berlin zu müssen, weshalb er sich jetzt schon von ihr verabschiede. Margrit drückte ihr Bedauern darüber aus, dass er Binz so bald schon wieder verlassen wolle, auch wenn es ihr im Grunde einerlei war. Für sie zählte einzig das Geld, das er ihr gegeben hatte, und kaum dass sie wieder allein war, nahm sie die Hälfte davon, umwickelte sie mit einem bunten Seidenschal und verstaute sie in ihrer Handtasche, dann versteckte sie die andere Hälfte in der untersten Kommodenschublade. Anschließend suchte sie Inge und trug ihr auf, auf die Zwillinge achtzugeben. Sie wisse noch nicht, wann sie zurück sei, sagte sie und verließ das Haus.

Aufgeregt schlug sie anschließend den direkten Weg zum

Haus von Herbert Koldehofer ein. Sie konnte es kaum abwarten, ihm gegenüberzutreten, waren doch die Nachrichten – vor allem aber das Geld, das sie ihm mitbrachte – ihre Eintrittskarte in ein neues Leben.

»Wer hätte gedacht, dass wir uns so bald wiedersehen«, begrüßte Koldehofer sie freundlich und bat sie in die gute Stube. Ohne zu zögern, trat sie ein, legte das Geldpaket auf den Tisch und wickelte den Stoff ab. »Die versprochenen fünftausend und noch einmal die gleiche Summe obendrauf, als Zeichen meiner Wertschätzung.«

Koldehofer staunte mit offenem Mund. »Gnädige Frau«, stieß er stockend hervor. »Sie übersteigen meine kühnsten Erwartungen.«

»Das freut mich«, erwiderte Margrit mit einem gönnerhaften Lächeln. »Was denken Sie, Herr Koldehofer, wird die Partei sich wohl meinen Namen notieren?«

»Notieren?«, echote Koldehofer. »Gnädige Frau, es würde mich nicht wundern, wenn schon bald die persönliche Einladung nach Berlin folgt.«

»Eine kleine Luftveränderung würde mir vermutlich guttun.«

Koldehofer nahm ihre Hand und hauchte einen Kuss darauf. »Meine Verehrung, gnädige Frau. Ich werde Sie informieren, sobald ich eine Nachricht erhalte.«

»Ich freue mich darauf, von ihnen zu hören.« Damit verabschiedete sie sich und verließ das Haus des Wirts, sichtlich zufrieden mit sich und der Welt, die ihr auf einmal so viel freundlicher erschien.

Auf dem Rückweg unternahm sie einen Abstecher zu ihrem künftigen Wohnhaus in der Margaretenstraße. Noch hatte Bernadette keinen Fassadenstreicher beauftragt, dabei hatte Dr. Hoffmann schon vor zwei Tagen ihr Angebot der Familie Lehmann unterbreitet. Margrit verstand nicht, was da so lange dauern konnte. Sie selbst hatte in der Zwischenzeit das Geld für die Partei besorgt und die Zahlung bereits geleistet. Da sollte noch einer sagen, dass sie einer Bernadette vom Plesow nicht das Wasser reichen konnte! Sie ging weiter und bog in die Marienstraße ein, wo sich eine kleine Schneiderei befand. Wenn sie nach Berlin reiste, würde sie dort in einer angemessenen Garderobe erscheinen müssen. Schließlich wollte sie nicht den Eindruck einer kleinen Landpomeranze erwecken, die nur aus reiner Gefälligkeit von ihren Parteifreunden in die große Stadt eingeladen worden war. Nein, sie wollte dort als eine Frau von Welt erscheinen, finanziell unabhängig und trotz des Schicksals der Witwenschaft schön und begehrenswert. Ja, wer wusste schon, wem sie in Berlin begegnete und wie diese Zusammenkünfte sich gestalten würden? Womöglich lernte sie dort ihren nächsten Ehemann kennen, vielleicht sogar ein hochrangiges Mitglied der Partei, ein Mann, der das Land in eine neue, bessere Zukunft führen würde. Allein der Gedanke daran ließ ihr Herz höher schlagen. Wer wusste schon, was sie noch alles erwartete, jetzt, da sie gezeigt hatte, was alles in ihr steckte?

Margrit ließ den Blick über die Kleider im Schaufenster schweifen. Schön, wirklich sehr schön. Doch waren sie auch exquisit genug? Es gab doch da diese neue Schneiderei in der Wilhelmstraße, in der alles moderner war. Vielleicht sollte sie lieber dorthin gehen? Immerhin war sie eine überaus vermögende Frau. Einen Moment blieb sie noch stehen, etwas unschlüssig, ob sie das Geschäft betreten sollte oder nicht, dann ging sie weiter und schlug den Weg zur Wilhelmstraße ein, um sich dort in aller Ruhe umzusehen. Doch sie würde nicht irgendetwas kaufen, sondern sich Einzelstücke anfertigen lassen. Und ganz gewiss würde sie nicht Bernadettes Schneider bemühen. Nein, sie war von diesem Tag an unabhängig. Und genau das würde sie beweisen.

***

Lisa seufzte. Sie hatte gehofft, dass die Dame, die in aller Ruhe das Schaufenster betrachtete, hereinkommen und etwas kaufen würde. Sie war gut gekleidet und verfügte sicherlich über das nötige Geld. Doch am Ende ging sie weiter, und Lisa setzte sich wieder auf den kleinen Schemel und arbeitete weiter an dem Entwurf, mit dem sie, wie sie hoffte, spätestens am Abend fertig würde.

Seit dem Gespräch mit Marie war kaum ein Augenblick vergangen, an dem sie nicht daran hatte denken müssen, wie es weitergehen könnte und wie sie sich in Bezug auf ihren Lehrmeister verhalten sollte. Dabei wusste sie selbst, dass sie im Grunde ihre Entscheidung längst getroffen hatte. Sie würde noch ihre Prüfung abwarten, die zweifelsohne gut verliefe, denn sie war all die Jahre fleißig gewesen und hatte immer gut aufgepasst. Das hatte sie von ihrer Mutter gelernt und später auch von ihrer Schwester Marie. Lisa wusste, dass man es mit Fleiß und der richtigen Einstellung im Leben weit bringen konnte – Marie war das beste Beispiel dafür.

Sie wusste auch, dass sie ihrer Mutter genau wie ihrer Schwester nie gleichgültig gewesen war, nur bei ihrem Vater verhielt es sich anders. Er hatte ihre Mutter aufrichtig geliebt, dessen war sich Lisa sicher, doch weder ihr noch ihrer älteren Schwester hatte er je echte Gefühle entgegengebracht. Die beiden Mädchen waren ihm gleichgültig gewesen, wenn nicht gar lästig. Und seit dem Gespräch mit Marie war Lisa klar geworden, dass sie ihm nicht das Geringste schuldig war. Sie wünschte ihm nichts

Schlechtes, aber sie fühlte sich auch nicht länger dazu verpflichtet, ihm Gutes zu tun. Marie hatte recht: Er war ein erwachsener Mann und würde einen Weg finden, sein Leben auch ohne die Hilfe seiner Tochter einzurichten. Sie musste sich endlich auf sich selbst konzentrieren, ohne den Ballast einer steten Verpflichtung, der sie schlicht zu ersticken drohte.

Lisa schreckte hoch, als die kleine Glocke über der Eingangstür anschlug. Sie hatte gar nicht bemerkt, dass Kundschaft den Laden betrat, so sehr war sie in ihre Gedanken versunken gewesen. Eilig legte sie den Stoff beiseite, den sie gerade bearbeitete, und stand auf.

»Guten Tag«, begrüßte sie die beiden jungen Damen, die ihr den Rücken zukehrten und ein Kleid betrachteten, das auf einer der Schaufensterpuppen ausgestellt war.

»Lisa!«, rief Josephine erfreut, als sie sich umdrehte.

»Oh, Fräulein Josephine, guten Tag.« Zwar hatte Lisa nie viel mit der Tochter von Bernadette von Plesow zu tun gehabt, doch sie wusste, dass diese eine gute Freundin ihrer Schwester war. Zumindest früher, als Marie der Mutter bei deren Arbeit im Hotel zur Hand gegangen war. Sie selbst war damals noch zu jung zum Geldverdienen gewesen und hatte die meiste Zeit bei der Nachbarin, Frau Liebetrud, verbracht.

Josephine und Lisa reichten sich die Hand.

»Das ist meine Freundin Lotte«, stellte Josephine ihre Begleiterin vor. »Lotte, das ist Maries Schwester Lisa.« Lisa und Lotte begrüßten sich ebenfalls.

»Lotte wird eine Lehre im Grand machen und braucht Kleidung. Am Montag geht es los. Die Rechnung übernimmt meine Mutter.«

»Aber ja, sehr gern.« Lisa war von einem Moment auf den anderen Feuer und Flamme. Solche Bestellungen bedeuteten sicheres Geld. Geld, das ihr Lehrmeister Grafe gut gebrauchen konnte. »Wollen wir gleich Maß nehmen?«

Lotte sah Josephine verunsichert an. »Bist du sicher, dass es so aufwendig sein muss? Ich meine, ich könnte auch einfach etwas von den früheren Zimmermädchen nehmen. Es muss doch nichts Neues sein.«

»Meine Mutter lässt immer wieder Kleidung anfertigen. Sie möchte keinesfalls, dass die Zimmermädchen nicht vernünftig ausgestattet sind, wenn sie von den Gästen gesehen werden.« Josephine strahlte die Freundin an. »Außerdem habe ich noch eine Überraschung für dich. Meine Mutter möchte, dass du dir zwei Kleider schneidern lässt oder welche von denen kaufst, die du hier siehst. Damit du dich gut fühlen kannst, wenn du frei hast und an der Promenade entlangflanierst.«

»Aber das geht doch nicht. Es würde vermutlich Jahre dauern, bis ich das von meinem Gehalt zurückzahlen könnte.«

Josephine berührte Lottes Arm. »Das ist es, was viele nicht begreifen: Meine Mutter ist so. Sie möchte am liebsten, dass alle glücklich und zufrieden sind. Nur eben nicht die Faulen. Die kann sie nicht leiden.« Sie kicherte.

»Das hat meine Mutter auch immer gesagt«, erinnerte sich Lisa. »Sie hielt die gnädige Frau für den gütigsten Menschen, dem sie je begegnen durfte. Deshalb hat sie sich auch stets geärgert, wenn jemand im Hotel behauptete, die Frau von Plesow sei viel zu streng und ihr Anspruch zu hoch.«

»Siehst du. Das meine ich. Die Fleißigen wie deine Mutter lieben meine Mutter. Und die anderen hassen sie. So ist das eben.« Sie zuckte die Achseln. »Doch ich weiß, dass ihr das einerlei ist.« Josephine hob den Zeigefinger. »Sie sagt immer: ›Die Menschen mögen einen oder eben nicht, das kann man nun mal nicht ändern. Deshalb sei einfach, wie du bist, und tue niemandem ein Unrecht. Dann kannst du gut mir dir selbst leben.‹«

»Ich versuche immer, es allen recht zu machen«, erwiderte Lotte etwas kleinlaut.

»Ich bis vor Kurzem auch«, stellte Lisa fest. »Doch ich muss sagen, seit ich das nicht mehr tue, geht's mir sehr viel besser.«

Die drei Mädchen sahen sich an, dann prusteten sie los, ohne genau zu wissen, warum.

Lisa nahm bei Lotte Maß für die Zimmermädchenkleidung und verkaufte ihr zwei der Kleider, die sie bereits gefertigt hatte. Als Josephine und Lotte wieder fort waren, nahm sich Lisa den Stoff vor, an dem sie zuvor gearbeitet hatte, doch immer wieder schweifte ihr Blick zur Tür. Sie konnte es kaum erwarten, dass Meister Grafe in die Schneiderei kam. Mit dem, was sie heute schon verkauft hatte, würde sie gewiss ein Lächeln in das furchige Gesicht des alten Mannes zaubern können.

***

Der Abschied fiel ihm schwerer, als er es für möglich gehalten hätte. Und nicht nur das. Constantin hatte in Binz ein Stück Leichtigkeit zurückgewonnen und es genossen, eine unbeschwerte Zeit verbringen zu können – sowohl mit Marie als auch mit den Menschen, die hier ihr Leben führten. Er hatte wieder zu sich selbst gefunden und wäre am liebsten gar nicht mehr abgereist. Allein die Vorstellung, in das harte, kalte Leben Berlins zurückzukehren und dort seine Position im Ringverein behaupten zu müssen, notfalls über Leichen, war ihm plötzlich zuwider. All das, was er sich über die Jahre hinweg aufgebaut hatte, schien zu bröckeln, und Dinge, die noch vor wenigen Tagen größte Bedeutung für ihn gehabt hatten, kamen ihm nun unbedeutend und irrelevant vor. Neben dem bevorstehenden Abschied von Marie machte ihm vor allem eines zu schaffen: Wenn er Johannes Blumberg die Hand reichte und ihm Adieu sagte, wäre es ein Abschied für immer. Immer wieder stellte er sich die Frage, was er denken, was er tun würde, befände er sich in der gleichen Situation. Was, wenn der Abschied von Marie nicht nur für wenige Tage, sondern für immer währte? Was, wenn er seine Mutter oder Josie nur ein letztes Mal in den Arm nehmen könnte, bevor er für immer ginge? War es nicht geradezu unmenschlich, dieses Wissen vor sich herzutragen und damit jeder Begegnung im Leben eine andere Bedeutung beizumessen? Constantin wusste, dass er diese Gedanken ganz schnell abschütteln musste, wollte er nicht in Berlin gnadenlos untergehen und zu denen gehören, an die man sich, wenn sie denn überlebten, mit einem abschätzigen Lächeln erinnerte, weil sie mit den Jahren weich und damit ersetzbar geworden waren. Nein, Constantin wusste genau, dass er nicht zurückkonnte in ein friedliches Leben, wie es hier in Binz geführt wurde, im Gleichschritt mit dem melodischen Klang des Akkordeons. Sein Leben waren die Trompeten, Posaunen und Klarinetten. Er hatte sich vor Jahren dafür entschieden und war darin gefangen, ganz gleich, ob es ihm passte oder nicht.

Constantin hob die Hand und klopfte an Zimmer 143. Kurz darauf öffnete Johannes die Tür.

»Guten Morgen«, sagte Constantin.

»Guten Morgen. Welche Überraschung. Bitte, komm doch herein.«

»Danke.« Constantin betrat die Suite, die für eine Person entschieden zu groß war. Sein Blick fiel auf den Nachttisch, auf dem mehrere blutige Taschentücher lagen. Johannes bemerkte es, machte ein paar rasche Schritte und warf die Taschentücher in den Mülleimer, wenngleich man sie bestimmt noch hätte waschen können.

»Bitte, setz dich«, bot Johannes ihm einen der Sessel an, die rechts und links eines Tischchens unter den Fenstern standen.

»Ich bin nur hier, um mich zu verabschieden«, entschuldigte sich Constantin. »Ich muss zurück nach Berlin. Die Geschäfte.«

»Verstehe.« Johannes trat auf ihn zu. »Ich bedauere, dass wir nicht mehr Zeit hatten, uns kennenzulernen.«

»Ja, ich ebenfalls«, antwortete Constantin und spürte, dass es die Wahrheit war.

»Auch wenn ich alles andere als der Onkel bin, der dich dein Leben lang begleitet hat und sich ein Urteil erlauben darf, würde ich dir doch gern etwas mit auf den Weg geben.«

Constantin sah ihn fragend an.

»Gib auf Marie acht. Sie hat etwas sehr Zerbrechliches an sich, auch wenn sie bemüht ist, das niemanden merken zu lassen. Und wenn es deine Zeit erlaubt, so halte den engen Kontakt zu deiner Mutter. Sie ist wirklich die außergewöhnlichste Frau, der ich je begegnen durfte. Dein Vater war ein Glückspilz, sie die Seine nennen zu dürfen.«

»Ja, meine Mutter ist wirklich ein ganz besonderer Mensch«, pflichtete Constantin ihm bei. »Ich werde Marie und sie beschützen, so gut es eben möglich ist.«

»Und vergiss dabei nicht dich selbst«, riet Johannes, machte einen Schritt auf Constantin zu und streckte ihm die Hand entgegen. »Leb wohl, Constantin, und nimm dir jeden Tag einen Augenblick, um für das zu danken, was du hast. Glaub mir, ein Leben ist nicht mehr als ein Wimpernschlag, und ehe du es richtig begreifst, ist es auch schon wieder vorbei.«

Constantin nahm die ihm gereichte Rechte. »Ich wünschte wirklich, wir hätten uns früher kennengelernt.«

»Das wünschte ich auch. Lebe wohl, Constantin.«

»Lebe wohl …«, er zögerte kurz, dann fügte er hinzu: »Onkel Johannes.«

Johannes lächelte und zog Constantin in die Arme. Beide Männer mussten an sich halten, um sich nicht von ihren Gefühlen überwältigen zu lassen. Dann löste sich Constantin mit einem Ruck, nickte Johannes zu und verließ das Hotelzimmer, ohne sich noch einmal umzusehen. Die Endgültigkeit, mit der die Tür hinter ihm ins Schloss fiel, ließ ihn zusammenfahren.

Er eilte zur Treppe und, immer zwei Stufen auf einmal nehmend, hinauf in den zweiten Stock. Dort angekommen blieb er stehen und stützte sich einen Moment schwer auf das Geländer. Constantin konnte sich nicht erinnern, dass ihm der Abschied von einem Menschen je so schwergefallen war. Er nahm sich einen Moment, atmete tief durch, dann ging er zum Büro seiner Mutter und klopfte.

»Herein!«, ertönte es von innen.

»Mutter. Ich wollte dir Lebewohl sagen. Ich werde gleich aufbrechen.«

Bernadette erhob sich von ihrem Schreibtischsessel und kam mit offenen Armen auf ihn zu. »Es war so schön, dich hier zu haben. Ich bin froh, dass wir unsere Meinungsverschiedenheiten beilegen konnten.«

»Ich auch, Mutter, ich auch.« Er drückte Bernadette an sich und hielt sie einen Moment fest.

»Alles in Ordnung?«, erkundigte sie sich, löste die Umarmung und sah ihn fragend an.

»Ich war gerade eben bei Onkel Johannes, um mich von ihm zu verabschieden. Es ist schwer, jemandem Lebewohl zu sagen, wenn man weiß, dass der Abschied endgültig ist.«

»Da gebe ich dir recht. Und offen gesagt mag ich selbst nicht an den Moment denken, da ich dasselbe tun muss. Er ist ein ganz besonderer Mensch, und wenngleich wir uns erst seit Kurzem kennen, wird es schlimm für mich sein, ihn wieder zu verlieren.«

»Ihr seid euch nahegekommen, nicht wahr?«

Bernadette nickte stumm und musste sich zusammennehmen, um die aufsteigenden Tränen zu unterdrücken. »Komm gut und sicher zurück nach Berlin, mein Sohn.« Sie räusperte sich. »Ich werde gut auf Marie achtgeben, solange sie hier ist.«

»Danke, Mutter.« Er drückte sie an sich. »Am liebsten würde ich bleiben. Wer weiß. Womöglich werde ich Berlin eines Tages den Rücken kehren und nach Binz zurückkommen.«

»Das würde mich sehr glücklich machen«, sagte Bernadette leise.

»Doch erst einmal«, er straffte den Rücken, »ruft die Pflicht.« Er beugte sich vor und küsste ihre Wange. »Leb wohl, und auf ein baldiges Wiedersehen, Mutter.«

»Auf ein baldiges Wiedersehen«, echote sie und berührte zärtlich seine Wange. Dann brachte sie ihn zur Tür und sah ihm nach, wie er den Gang zur Treppe entlangschritt. Als er außer Sichtweite war, schloss sie die Tür hinter sich, lehnte sich dagegen und atmete tief durch. Sie wollte gerade an ihren Schreibtisch zurückkehren, als das Telefon klingelte. Dr. Philipp Hoffmann war am Apparat. Er machte Bernadette die erfreuliche Mitteilung, dass die Lehmanns ihr Kaufangebot über dreißigtausend Reichsmark für das Haus in der Margaretenstraße akzeptiert hatten. Bernadette zeigte sich mehr als zufrieden und wies ihn an, sogleich die Verträge vorzubereiten und alles in die Wege zu leiten. So könnte Margrit mit den Zwillingen bereits in Kürze den Umzug vornehmen. Bernadette war erleichtert. Endlich würde es ein wenig ruhiger im Haus werden.

***

Marie begleitete Constantin im Automobil bis nach Stralsund, um so lange wie möglich mit ihrem Geliebten zusammen zu sein. Beim Abschied versprach Constantin, sie anzurufen, sobald er in Berlin angekommen sei. Dann stieg Marie wieder ein und ließ sich von Horst zurück nach Binz fahren.

36. Kapitel

»Es ist erstaunlich, wie sehr Orte und Musik die Stimmung eines Menschen beeinflussen können.«

Constantin von Plesow

Mit jedem Geräusch, das die Sohlen seiner Schuhe auf dem Marmorboden der Hotelhalle des Astor machten, spürte Constantin die alte Sicherheit in sich aufsteigen, die er in Binz kurzzeitig hatte aufgeben müssen.

»Guten Tag, Ronald.« Er trat an den Rezeptionstresen.

»Herr von Plesow. Wie schön, Sie wohlbehalten wieder im Hause zu haben. Ich hoffe, Sie hatten einen angenehmen Aufenthalt?«

Constantin musste schmunzeln. Die Worte des Rezeptionisten klangen so, als wäre Constantin Gast in seinem eigenen Hotel gewesen und würde nun abreisen, dabei war er doch gerade erst aus Binz zurückgekehrt.

»Es war alles in Ordnung. Danke.«

Ronald Sommer sah an ihm vorbei. »Und Fräulein Reidel?«

»Fräulein Reidel? Was soll mit ihr sein?«, fragte Constantin und tat überrascht.

»Nun, ich dachte …«

»Ach …«, fiel ihm Constantin ins Wort, »sie ist ja ebenfalls für einige Tage verreist. Hat sie denn noch keine Nachricht hinterlassen, wann sie wieder im Hotel ist?«

Ronald Sommer stand die Enttäuschung förmlich ins Gesicht geschrieben. Es war klar, welche Schlüsse er bei der zeitnahen Abreise des Chefs und der Hausdame gezogen hatte, doch den Zahn musste ihm Constantin so schnell wie möglich ziehen, wollte er Marie nicht in Gefahr bringen. »Bitte informieren Sie mich, sollten Sie etwas von Fräulein Reidel hören«, bat er daher, dann erkundigte er sich, ob es während seiner Abwesenheit irgendwelche besonderen Vorkommnisse gegeben habe.

»Nein. Ich habe Ihrer Weisung gemäß alles an Herrn Nolte weitergeleitet, und Frau Stieglitz hat Fräulein Reidel angemessen vertreten.«

»Vielen Dank, ich werde später mit ihr sprechen. Wissen Sie, wo ich Herrn Nolte antreffen kann?«

»Vor einer halben Stunde ist er nach oben in Ihr Büro gegangen, und ich habe ihn noch nicht wieder herunterkommen sehen.«

»Danke, Ronald.«

»Sehr gern, Herr von Plesow.«

Constantin stieß sich vom Tresen ab, begrüßte ein Gästepaar, das soeben aus dem Aufzug stieg, und wandte sich zur Treppe.

Bei seinem Büro angekommen drückte er schwungvoll die Klinke herunter und stieß die Tür auf, doch Gerd schien nicht zu erschrecken. Gelassen blickte er vom Schreibtisch auf. »Constantin«, sagte er, als er seinen Chef sah, stand auf und kam mit ausgestreckter Hand auf ihn zu. »Ich bin froh, dass du zurück bist.«

»Gerd.« Constantin schüttelte die dargebotene Hand und klopfte ihm mit der linken freundschaftlich an die Schulter. »Na, war ganz schön was los, oder? Er ging zu dem Tisch, auf dem die Whiskyflasche stand, und befüllte zwei Gläser. Eines davon reichte er Gerd, das andere nahm er mit zu seinem Schreibtisch und setzte sich in seinen Sessel. Gerd nahm ihm gegenüber auf einem der beiden Besucherstühle Platz.

»Heute Morgen kam eine Nachricht von Lodewald. Es soll ein Treffen geben. Schon morgen.«

»Schon morgen? Wo?«

»Hier in Berlin. Er lässt die Vorsitzenden zusammenkommen. Alle. Von hier bis runter nach Bayern.«

»So was hat es seit Jahren nicht gegeben.« Constantin legte die Stirn in Falten.

»Ich habe erst gestern Abend davon erfahren. Wir wurden offenbar als Letzte informiert, von Kempner hat bereits vorgestern für sich und fünf seiner Leute reservieren lassen. Sie kommen morgen an.«

Constantin trank einen Schluck Whisky und ließ nachdenklich das Glas in seiner Hand kreisen. »Was hat Lodewald deiner Meinung nach vor?«

»Das Revier abstecken. Wir müssen aufpassen, Constantin. Mit Sicherheit hat er davon erfahren, dass wir mit den anderen Vorsitzenden gesprochen haben.«

»Da haben wir nichts zu befürchten. Wir haben lediglich die großen Vereine hinter uns gebracht, genau wie mit Lodewald vereinbart.«

»Was hast du vor, Constantin? Ich glaube nicht, dass du das alles für Lodewald machst. Willst du ihn stürzen und gemeinsame Sache mit von Kempner machen?«

Constantin sah Gerd einen Moment lang an. Weshalb fragte seine rechte Hand ihn nach seinen Plänen? Lodewald hatte ihm bei seinem letzten Treffen gesteckt, dass einige, von denen Constantin glaubte, dass sie für ihn arbeiteten, tatsächlich in Lodewalds Diensten standen. Aber Gerd? Er war stets der festen Überzeugung gewesen, dass dieser treu zu ihm stand, doch die

Art, wie er nun nach Constantins Plänen fragte, ließ ihn aufhorchen.

»Warum willst du das wissen, Gerd?«

Sein misstrauischer Unterton entging Gerd nicht, denn er fragte prompt: »Was ist los, Constantin? Misstraust du mir etwa? Ich will wissen, womit wir es zu tun haben, was sonst?«

Constantin hob abwehrend die Hände. »Woher soll ich wissen, dass du nicht insgeheim Lodewald Bericht erstattest?«, erwiderte er, ohne etwas zu beschönigen.

Er sah, wie sich Noltes Miene veränderte. Die Enttäuschung über das Gehörte stand ihm ins Gesicht geschrieben. »Bei allem Respekt, Constantin, du benimmst dich wie ein Arschloch.«

»Pass auf, was du sagst, Gerd.«

»Nein, pass du lieber auf. Nach allem, was wir über die Jahre zusammen durchgemacht haben, zweifelst du an meiner Loyalität. Von mir aus schmeiß mich raus, aber wag es ja nicht noch einmal, mich so zu beleidigen.«

»Sonst was?«, fragte Constantin drohend.

»Sonst gehe ich, und du verlierst den einzigen Menschen, dem du wirklich vertrauen kannst.«

Constantin starrte ihn wortlos an.

»Ich meine es ernst, Constantin. Mit mir machst du das nicht. Ich habe keine Angst vor dir. Das Einzige, was mir noch wichtiger ist als die Freundschaft zu dir, sind meine Prinzipien. Wenn du auch nur den Hauch eines Zweifels hast, bin ich weg. Und ich warne dich kein zweites Mal.«

Constantin starrte ihn weiter an. Der Moment dehnte sich zu einer halben Ewigkeit. Dann nickte er und streckte Nolte die Hand entgegen. »Verstanden. Es tut mir leid.«

»Akzeptiert.« Gerd schlug ein. Langsam hellte sich sein finsteres Gesicht wieder auf.

»Lodewald und von Kempner sind durchschaubar«, nahm Constantin den Faden wieder auf und beantwortete so Noltes Frage. »Lodewalds Stuhl wackelt, weil von Kempner daran sägt. Und um im Bild zu bleiben: Ich gehe davon aus, dass am Ende beide umfallen werden, und dann werde ich als lachender Dritter übrig bleiben.«

»Und du denkst, Lodewald hegt keinen Verdacht, dass du ihn hintergehen könntest?«

»Nein, Lodewald glaubt, dass ich mich ihm verpflichtet fühle. Von Kempner allein hat nicht die Möglichkeit, die Vereine hinter sich zu bringen. Sie werden mir folgen, allerdings denkt von Kempner, dass wir halbe-halbe machen. Doch warum sollte ich teilen, wenn ich alles haben kann?«

»Und was ist mit Schnidtke?«

»Was soll mit ihm sein?«

»Du hast diese ganze Boxsache doch nur angeleiert, um ihn über kurz oder lang nach Berlin zu locken. So jedoch ist davon auszugehen, dass er bei dem Treffen morgen ohnehin dabei sein wird.«

»Und was schlägst du vor?«

»Gar nichts. Ich will nur wissen, was du vorhast, wenn du auf ihn triffst.«

Constantin überlegte kurz. »Offen gesagt weiß ich das noch nicht. Ein Schritt nach dem anderen, Gerd. Morgen bei dem Treffen wird sich entscheiden, wie es um Lodewald steht und was ich unternehmen kann, um mich an die Spitze zu setzen. Doch selbst wenn es mir in einem großen Rundumschlag gelingen sollte, die Gesamtführung zu übernehmen, muss ich mich im Moment bei Schnidtke noch zurückhalten. Ein neuer Chef, der gleich darauf einen der Vorsitzenden kaltmacht, könnte für Misstrauen sorgen.«

»Also ziehen wir die Boxsache erst mal weiter durch?«

»Ja. Mal sehen, was daraus wird. Hat denn so weit alles geklappt?«

Gerd nickte. »Alle Boxer, die in Koziols alter Kaschemme trainiert haben, sind jetzt bei uns, einschließlich Langkamp und dessen Kumpel Schiller. Letztere haben sich noch einen Tag Zeit gelassen, bis sie ebenfalls aufgekreuzt sind.«

»Und Koziol?«

»Hab ich vor die Tür gesetzt. Musste sein. Er wollte aufmüpfig werden. Aber ich hab schon einen neuen Trainer besorgt. Keine Ahnung, ob der Kerl wirklich was taugt. Hat selbst eine ganz gute Quote und ist in der Boxszene bekannt.«

»Wie heißt er?«

»Adolf Wiese. Er hat gestern angefangen.«

»In Ordnung. Ich gucke mir das die Tage mal an.«

Nolte zögerte, dann sagte er frei heraus: »Constantin, ich habe Bauchschmerzen wegen dieses Treffens morgen.«

»Warum?« Constantin beugte sich vor und sah seine rechte Hand fragend an.

»Wenn Lodewald ahnt, was du vorhast, könnte es ungemütlich werden. Wer sagt dir, dass es nicht anders ist, als du denkst, und in Wirklichkeit hat er sich mit von Kempner zusammengetan?«

»Weil Lodewald so nicht tickt. Es passt nicht zu ihm, teilen zu wollen.«

»Aber warum haben alle anderen offenbar früher Bescheid bekommen als wir?«

»Na, weil sie längere Anreisewege haben. Ach, Gerd. Mach dich nicht verrückt.«

»Ich meine ja nur. Wir müssen aufpassen, dass uns das Ganze nicht um die Ohren fliegt. Die kleineren Ringvereine rüsten immer mehr auf. Um sich gegenseitig auszuschalten, schwärzen sie sich teilweise schon gegenseitig bei der Polizei an, damit Razzien stattfinden und die anderen hochgenommen werden.«

»Das sind kleine Fische, Gerd.« Constantin wedelte verächtlich mit der Hand. »Lass sie. Das hat mit uns nichts zu tun.«

»Das hat gerade etwas mit uns zu tun. Was glaubst du denn, wo diese kleinen gierigen Kröten hinwollen? Die wollen alle groß werden und schrecken bestimmt nicht davor zurück, am Ende einen Constantin von Plesow vom Thron stoßen. Das ist doch vollkommen klar.«

»Mag sein, aber du weißt doch, wie das läuft. Wir haben hier in Berlin das Sagen. Und wenn sich wirklich mal einer so weit vorwagen sollte, werden wir ein deutliches Zeichen setzen.« Er lehnte sich in seinem Schreibtischsessel zurück. »Komm schon, Gerd. Entspann dich ein bisschen.«

»Wenn morgen das Treffen vorbei ist, vielleicht. Doch ich halte lieber die Augen offen. Ich habe da so ein komisches Gefühl im Bauch, Constantin. Glaub mir, da ist was im Busch.«

»Dann holen wir eben die Knüppel raus und hauen drauf auf den Busch. Und jetzt genug davon. Wo treffen wir uns?«

»Im Hinterzimmer des Café America im Scheunenviertel.«

»Hm. Was für ein Klischee. Na ja, von mir aus.« Constantin warf einen flüchtigen Blick auf die Briefe, die, von Gerd ordentlich sortiert, auf dem Schreibtisch lagen. Es war nichts dabei, was wirklich sein Interesse weckte.

»Was ist mit Renaldo?«, fragte er dann.

»Ist die meiste Zeit in seinem Zimmer. Ich habe ihn erst mal in Ruhe gelassen, damit er sich ein bisschen sammelt.«

»Können wir überhaupt noch was mit ihm anfangen?«

»In seinem jetzigen Zustand nicht. Doch vielleicht finden wir ja eine andere, die mit ihm aufs Trapez geht?« Gerd hob die Hände.

»Wir werden in Berlin wohl kaum eine weitere schwarze Artistin auftreiben. Die *Volants Marocains* dürften also Geschichte sein.«

»Vermutlich schon, aber wer weiß. Vielleicht fällt ja auch Renaldo etwas ein.«

»Das wird es auch müssen, denn wenn er nicht auftritt, wird er kaum von hier nach Tanger reisen können, ohne dass jemand misstrauisch wird. Wenn er nicht fährt, reißt unser Kokainhandel ab, und das gefällt mir gar nicht.«

»Ich rede mit ihm. Aber lass ihm noch ein paar Tage. So sehr stehen wir nicht unter Zeitdruck.«

»In Ordnung.«

Gerd stand auf. »Ich werde mir das Café America mal etwas genauer ansehen, bevor wir uns morgen in die Höhle des Löwen begeben. Ich sage dir, Constantin, da stimmt was nicht.«

»Dann kümmere dich darum, Gerd. Aber hör bloß auf zu unken.«

Gerd nickte, verabschiedete sich und ging hinaus. Constantin sah ihm nach. Er hatte Gerd noch nie so beunruhigt erlebt, doch wahrscheinlich machte er nur aus einer Mücke einen Elefanten.

37. Kapitel

»Wenn alles im Leben nach einem Wandel ruft,
sollte man klug genug sein, die Ohren zu spitzen.«
MARGRIT VON PLESOW

Sie war gerade erst zur Tür hineingekommen, als das Telefon im Privathaus der von Plesows klingelte und Mechthild Margrit mitteilte, dass die gnädige Frau aus dem Hotel anrufe und sie zu sprechen wünsche. Margrit überlegte kurz, ob sie überhaupt ans Telefon gehen solle, wollte sie sich doch keinesfalls die gute Laune verderben lassen. Zum Glück rief Bernadette nur an, um ihr mitzuteilen, dass die Verhandlungen mit den Lehmanns abgeschlossen waren und sie in Kürze das Haus in der Margaretenstraße beziehen könne. Margrit erkundigte sich, wann denn endlich der Anstreicher für die Fassade käme, doch Bernadette seufzte nur und legte auf. Entrüstet ging Margrit nach oben ins Kinderzimmer. Man würde doch wohl noch fragen dürfen!

Die Zwillinge saßen am Boden und spielten mit Inge, die sogleich den Kopf hob und grüßte.

»Kinder«, sagte Margrit, ohne den Gruß des Kindermädchens zu erwidern, »ich habe gute Nachrichten. Unsere Zeit hier geht bald zu Ende. Ach, ich kann es kaum mehr erwarten.«

Inge, die nicht wusste, wie sie darauf reagieren sollte, nahm eilig eines der Blätter, die sie auf dem kleinen Beistellschränkchen abgelegt hatte.

»Paul hat etwas für Sie gemalt, gnädige Frau.« Inge reichte ihr das Blatt. »Paul, möchtest du deiner Mutter nicht sagen, was du Hübsches für sie gemacht hast?«

Der Kleine sah von Inge zu seiner Mutter und wieder zurück. Er setzte gerade zu einer Antwort an, da sagte Margrit: »Schön, schön«, und legte das bunt bemalte Papier zurück. Paul stand die Enttäuschung ins Gesicht geschrieben.

»Ich habe einige Kleider in Auftrag gegeben«, erklärte Margrit, »die in den nächsten Tagen geliefert werden dürften. Vergewissere dich, dass sie ordentlich genäht sind.«

»Jawohl, gnädige Frau.«

»Sag, Inge«, Margrit zog sich einen Stuhl heran, damit sie besser mit dem am Boden knienden Kindermädchen sprechen konnte. »Du hast doch die Zwillinge gern, nicht wahr?«

»Durchaus, gnädige Frau. Paul und Erich sind kleine Sonnenscheine.«

»Ja, das sind sie«, bekräftigte Margrit. »Die beiden werden dir sicher sehr fehlen, wenn du sie künftig nicht mehr sehen kannst, richtig?«, fragte sie mit zuckersüßer Stimme.

Inge wusste nicht recht, worauf die gnädige Frau hinauswollte, doch da diese so nett zu ihr war, wurde sie misstrauisch.

»Ja, schon«, gab sie zu. »Doch ich nehme an, Sie werden uns mit den Jungs besuchen kommen?«

»Ach, Besuche sind doch nicht dasselbe«, befand Margrit.

Inge sagte nichts, weil sie nicht wusste, was sie hierauf erwidern sollte.

»Hör mal, Inge«, forderte Margrit nun. »Wenn ich dieses Haus verlasse, bin ich eine sehr reiche Frau. Und offen gesagt glaube ich kaum, dass es erstrebenswert ist, weiter hier zu verharren mit den paar Pfennigen, die meine Schwiegermutter dir bezahlt.«

»Aber ich werde gut bezahlt, sehr gut sogar. Besser als die meisten anderen, die ich kenne.«

»Soll das denn wirklich schon alles sein? Ich würde dich besser bezahlen, wenn du mit mir kämst und dich um die Zwillinge kümmerst.«

Inge überlegte kurz. Der Gedanke, einen höheren Lohn einzustreichen, wäre natürlich reizvoll. Aber reizvoll genug, um sich in den Dienst dieser Hexe zu stellen?

»Was genau wären denn meine Aufgaben?«

»Na, die gleichen wie hier. Du würdest dich um die Zwillinge kümmern, und du müsstest natürlich den Haushalt führen und alles rein halten. Und kochen, das auch, aber für die Zwillinge und mich wäre es ja nicht viel.«

»Ich werde darüber nachdenken«, versprach Inge mit einem unguten Gefühl.

Margrit stand auf. »Ich muss sagen, ich hätte mir etwas mehr Dankbarkeit erwartet.«

»Ich bin Ihnen dankbar«, versicherte Inge, »doch ich weiß gar nicht, ob ich es mir zutraue, einen ganzen Haushalt allein zu führen. Und dann auch noch die Zwillinge …«

»Was soll das heißen?«, empörte sich Margrit und verdrehte die Augen. »Was hast du denn schon groß zu tun mit den beiden?«

Inge brauchte nicht länger zu überlegen. »Danke für Ihr großzügiges Angebot, gnädige Frau, ich muss gar nicht lange über eine Entscheidung nachdenken. Ich möchte lieber hierbleiben.«

»Wie bitte?« Margrit sprang auf. »Was bildest du dummes Ding dir ein? Glaubst du etwa, du bist unentbehrlich? Ich glaube kaum, dass meine Schwiegermutter deine Dienste noch im gleichen Umfang benötigt, wenn wir erst einmal weg sind. Und dann geht es an dein Portemonnaie!«

»Ich werde mit der gnädigen Frau Bernadette von Plesow sprechen und sie fragen, in welchem Umfang sie mich noch benötigt, sobald die Zwillinge nicht mehr hier sind«, hielt Inge dagegen, aber Margrit keifte schon weiter.

»Eines sage ich dir: Falls du glaubst, so den Preis in die Höhe treiben zu können, hast du dich verrechnet. Aber glaub ja nicht, dass du bei mir anzukommen brauchst, wenn meine Schwiegermutter dich auf die Straße setzt.«

Paul und Erich sahen mit offenen Mündern zwischen den beiden Frauen hin und her. Auch wenn sie nicht begreifen konnten, spürten sie, wie angespannt die Situation war. Prompt kamen Paul die Tränen.

»Schon gut, Paul, es ist alles in Ordnung«, tröstete Inge den Kleinen und zog ihn in ihre Arme.

Margrit schnaubte wütend, dann stürmte sie hinaus.

Pauls Schluchzen steigerte sich zu lautem Gebrüll, und nun fing auch Erich an zu weinen.

»Was ist denn hier los?«, fragte Josephine, die soeben mit Lotte nach Hause gekommen war und das Geschrei der Zwillinge gehört hatte.

»Pst, pst, ist ja gut«, tröstete Inge, dann sah sie zu den beiden jungen Frauen auf. »Die gnädige Frau Margrit ...«, begann sie.

»Was ist mit ihr? Wir haben sie soeben in ihrem Zimmer verschwinden sehen.«

Inge räusperte sich. »Sie hat mir angeboten, für sie zu arbeiten, sobald sie in ihr neues Haus gezogen ist.«

»Hinter dem Rücken meiner Mutter?«, empörte sich Josephine.

Inge nickte. »Zumindest vermute ich das. Ich weiß nicht, ob sie mit der gnädigen Frau darüber gesprochen hat, zumindest hat sie nichts davon erwähnt.«

»Und was hast du gesagt?« Josephine verschränkte die Arme vor der Brust.

»Ich habe abgelehnt. Deshalb war sie ja so aufgebracht.« Sie drückte Paul und Erich an sich. »Wobei ich zugeben muss, dass die beiden kleinen Schlingel mir fehlen werden.«

»Sie sind ja nicht aus der Welt«, stellte Josephine fest. »Bestimmt wird Margrit jede Gelegenheit nutzen, sie hierherzubringen.«

»Ich habe schon ein wenig Angst, dass ich hier im Hause nicht mehr gebraucht werde, wenn die zwei weg sind«, gab Inge ihre Bedenken preis.

»So ein Unsinn«, hielt Josephine sofort dagegen. »Ich habe zwar nicht mit meiner Mutter darüber gesprochen, doch sie würde dich niemals auf die Straße setzen. Du hast doch schon bei uns gearbeitet, bevor Erich und Paul auf der Welt waren.« Josephine ging zu ihren Neffen und bückte sich. »Was sehe ich denn da für Tränen?«, fragte sie, strich Paul über die nassen Wangen, dann richtete sie sich wieder auf und nahm Erich auf den Arm.

»Was haltet ihr davon, wenn wir mit den beiden hier an den Strand gehen? Es ist so ein schöner Tag. Vielleicht kommt Marie hinzu, wenn sie zurück ist. Sie wollte Constantin nach Stralsund begleiten.« Josephine verkniff sich eine Bemerkung darüber, dass sie glaubte, ihr Bruder und ihre Freundin hätten Gefühle füreinander entwickelt. Als sie sich am Morgen von Constantin verabschiedet und diesem eine gute Fahrt gewünscht hatte, war ihr Blick zu Marie geglitten, der die Trauer über seine Abreise ins Gesicht geschrieben stand.

»Sehr gern. Ab Montag beginnt mein Dienst. Da werde ich für so etwas keine Zeit mehr haben«, stimmte Lotte zu.

»Dann werde ich Mechthild fragen, ob ich ihr helfen kann«, sagte Inge.

»Oder du kommst einfach mit und lässt auch einmal ein paar Sonnenstrahlen an deine Haut«, schlug Josephine vor. »Vielleicht geht dir so der Streit mit meiner Schwägerin aus dem Kopf.«

»Aber eigentlich …«

»Kein Aber«, entschied Josephine. »Bevor du dir weiter Sorgen machst, verspreche ich dir, dass ich selbst nachher mit meiner Mutter über Margrit und deren Angebot spreche. Und nun komm endlich.« Sie fasste Inge bei der Hand und zog sie mit sich Richtung Treppe.

»Einen Moment noch«, wandte diese ein. »Wir müssen erst die Jungs strandfertig machen.«

Die drei jungen Frauen zogen Paul und Erich die etwas derberen Stoffhosen an, damit der feine Sand die guten Hosen, die sie sonst trugen, nicht verschmutzte. Anschließend gab Josephine Mechthild Bescheid, dann befüllten sie den kleinen Handwagen und machten sich auf den Weg.

Es war herrlich warm, und während die Möwen ihr kreischendes Konzert gaben, spielte der Akkordeonspieler eine sanfte Melodie. Josephine sah hinüber und erblickte Johannes, der neben dem Musiker auf den Steinen saß.

»Kommt«, sagte sie zu den anderen. »Dort vorn ist mein Onkel.« Sie winkte Johannes zu. Als Johannes sie sah, stand er auf und ging einige Schritte auf die drei Frauen und die Zwillinge zu.

»Guten Tag, die Damen«, grüßte er, als er die kleine Gruppe erreichte. »Und natürlich einen ebenso guten Tag den werten Herren.« Er beugte sich hinunter und strich über Erichs Wange, der ihn interessiert ansah, dann gab er Paul einen liebevollen Klaps auf die Schulter.

»Guten Tag, Onkel Johannes. Was machst du denn hier?«, fragte Josephine.

»Darf ich vorstellen?« Johannes deutete auf den Akkordeonspieler. »Hauptmann Carl Winkler. Mittlerweile ein guter Freund von mir.«

Josephine ging in die Hocke. »Josephine von Plesow. Ich bewundere schon seit Jahren Ihre Musik, Hauptmann Winkler.«

Der Akkordeonspieler grüßte nickend. »Ergebensten Dank. Dann spiele ich das nächste Lied nur für Sie, gnädiges Fräulein.«

Josephine bedankte sich und richtete sich wieder auf, um seiner Musik, ihrem Lied, zu lauschen.

Lotte und Inge gingen mit den Zwillingen, die langsam unruhig wurden, ein Stück vor zum Strand, doch Johannes blieb bei ihr stehen. Josephine spürte die Vertrautheit, die sich in den wenigen Tagen zwischen ihnen entwickelt hatte. Schweigend genossen sie die Melodie, und als sie zu ihrem Onkel hinübersah, bemerkte sie, dass er die Augen geschlossen hatte. Sie tat es ihm gleich, und als das Stück endete, schlug sie sie leicht widerwillig wieder auf.

»Vielen Dank, Hauptmann Winkler«, sagte sie, bückte sich und legte einige Münzen in seine Mütze.

»Ich habe zu danken«, erwiderte der Soldat und nickte lächelnd.

»Sieh nur, deine Mutter«, bemerkte Johannes und deutete zum Hotel hinüber, wo Bernadette am Fenster ihres Büros stand und zu ihnen heruntersah. Sie hob freudig die Hand und winkte ihnen zu.

»Ob wir sie wohl dazu bewegen können, ihre Arbeit zu beenden und zu uns zu kommen?«, fragte Johannes. Prompt begann Josephine zu gestikulieren, winkte Bernadette und deutete immer wieder auf die Promenade. Einen Moment schien Bernadette noch zögerlich, dann jedoch nickte sie und schloss das Fenster.

»Kaum zu glauben, sie kommt wirklich!« Begeisterung lag in Josephines Stimme.

Es dauerte nicht lange, da wurde die Hoteltür vom Pagen geöffnet, und Bernadette trat hinaus. Josephine eilte ihr entgegen. »*Maman*, ich finde es wunderbar, dass du dich uns anschließt.«

»Viel Zeit habe ich allerdings nicht«, sagte Bernadette. »Doch es sah so schön aus, wie ihr so vertraut dort gestanden und dem Akkordeonspieler gelauscht habt. Da konnte ich einfach nicht widerstehen.«

Josephine umarmte Bernadette. »Ach *maman*, ich weiß gar nicht, wann ich zuletzt so glücklich war.«

»Wirklich?« Bernadette lächelte die Tochter an. »Das freut mich unendlich, mein Schatz.«

Josephine hakte sich bei ihrer Mutter unter, und sie gingen zusammen zu Johannes. Josephine deutete auf Inge, Lotte und die Zwillinge, die inzwischen eine Decke im Sand ausgebreitet und es sich darauf gemütlich gemacht hatten.

»Die machen es richtig«, sagte Bernadette schmunzelnd. »Wenn wir schon an diesem wunderschönen Fleckchen Erde leben, an dem andere die Sommerfrische genießen, wären wir dumm, wenn wir dies nicht ebenfalls nutzten.«

Johannes deutete eine kleine Verbeugung an, als die beiden Damen von Plesow bei ihm stehen blieben. »Bernadette«, sagte er freudig, »wie schön, dich zu sehen. Darf ich heute Abend beim Essen auf deine Gesellschaft hoffen? Ich würde gerne etwas mit dir besprechen.« Trotz des Strahlens in seinen Augen klang seine Stimme ernst, weshalb Bernadette sofort zustimmte.

Sie hatten am Sonntag eine leidenschaftliche Nacht miteinander verbracht, waren sich seither jedoch stets nur im Kreise anderer begegnet, weshalb sie es begrüßte, ein wenig mit ihm allein zu sein und zu reden. »Warum kommst du nicht einfach zum Essen?«, schlug Bernadette vor. »Soweit ich weiß, haben die Mädchen ohnehin vor, den Abend in der Kakadu-Bar zu verbringen und ein wenig Spaß zu haben, bevor Lottes Lehre anfängt, und meine Schwiegertochter meidet das Haus mittlerweile ohnehin wie die Pest. Wir hätten also Gelegenheit, in aller Ruhe miteinander zu reden.«

»Aha, wir sind heute Abend also unerwünscht?«, fragte Josephine amüsiert. »Nun, dann werden wir eben die Tanzfläche unsicher machen. Inge würden wir übrigens auch gern mitnehmen, wenn es dir recht ist, *maman*. Wusstest du eigentlich, dass Margrit sie uns abspenstig machen wollte, und als sie Nein gesagt hat, hat sie ihr einzureden versucht, du würdest sie entlassen, weil es ohne die Zwillinge nichts mehr für sie zu tun gäbe?«

Bernadette schüttelte empört den Kopf. »Was für ein Unsinn. Es bleibt alles beim Alten, nur dass sich Inge nicht länger von Margrit herumkommandieren lassen muss. Soll sie ruhig mitgehen und sich amüsieren, sie hat in letzter Zeit genug mitmachen müssen.«

»Danke, *maman*, du bist die Beste. Auf Wiedersehen, Onkel Johannes!« Damit lief sie eilig zu den anderen.

»Ich mag es, wenn sie mich Onkel nennt«, stellte Johannes fest.

»Genau deshalb tut sie es ja.« Bernadette zwinkerte ihm zu.

»Und was machen wir zwei nun? Sollen wir ein Stück die Seebrücke entlangschlendern?« Sie warf einen Blick auf die Uhr. »Ich muss allerdings bald zurück ins Hotel und außerdem Mechthild Bescheid geben, dass sie heute Abend für zwei kocht. Ist dir neunzehn Uhr recht?«

Johannes nickte, doch dann sagte er: »Um ehrlich zu sein, würde ich dich gern einmal aus deiner vertrauten Umgebung entführen und in ein Restaurant einladen – vorausgesetzt, es ist dir recht.«

Bernadette stutzte kurz, dann nickte sie. »Gern. Dann holst du mich schon eine Viertelstunde eher ab?«

»Sehr gern«, antwortete Johannes, reichte Bernadette den Arm und betrat mit ihr zusammen die hölzernen Planken der Seebrücke.

Um genau Viertel vor sieben klopfte Johannes an die Tür des Privathauses. Bernadette öffnete. »Guten Abend, Johannes.« Sie gab ihm einen Kuss auf die Wange.

»Guten Abend, Bernadette. Du siehst einfach wunderbar aus. Es schmeichelt mir, mich mit dir zeigen zu dürfen.«

Bernadette dankte ihm das Kompliment mit einem Lächeln.

»Wollen wir?«, fragte sie, hakte sich bei ihm unter und stieg mit ihm gemeinsam die Stufen des Privathauses hinunter.

»Ja, sehr gern. Ich habe uns in dem Restaurant am Ende der Promenade einen Tisch reserviert. Ich hoffe, es ist dir recht?« Johannes deutete mit der Hand nach links.

»Bei Seibolds? Das ist mir sogar sehr recht. Sie bereiten dort hervorragenden Fisch zu. Fast so gut wie in unserem eigenen Restaurant.« Bernadette warf ihm einen schalkhaften Seitenblick zu.

»Selbstverständlich.«

»Im Ernst, ich esse sogar recht oft dort. Es ist eines meiner Lieblingsrestaurants.«

»Ich weiß. Deshalb habe ich es ja ausgewählt.«

Bernadette warf ihm einen fragenden Seitenblick zu, während sie nebeneinander langsam die Promenade entlangschlenderten. »Woher willst du das wissen?«

»Ich habe mich über dich informiert«, flüsterte er geheimnisvoll, dann lachte er laut auf. »Na gut, das klingt wohl doch etwas zu weit hergeholt. Philipp Hoffmann hat es mir erzählt.«

»Du kennst Philipp?«

»Noch nicht lange. Ich habe ihn aufgesucht, weil ich, wie du dir denken kannst, noch einige Dinge zu regeln hatte.«

»Oh«, sagte Bernadette leise. Ihre eben noch heitere Stimmung schwand beim Gedanken an Johannes' baldiges Ableben.

»Bitte verzeih. Ich wollte dir nicht die Laune verderben. Doch ich fürchte, es ist leider unausweichlich.«

Bernadette blickte starr geradeaus. »Es geht dir schlechter, nicht wahr?«

»Allerdings. Es ist bald so weit, Bernadette.«

Bernadette schluckte schwer, sagte aber nichts. Eine Weile gingen sie schweigend nebeneinander her.

»Wahrscheinlich ist es überflüssig, dich zu fragen, ob du dir eine zweite Meinung von einem anderen Arzt eingeholt hast?«

»Ich war sogar bei vier verschiedenen Ärzten. Allesamt mit einem ausgezeichneten Ruf.«

Bernadette seufzte. »Die Frage war dumm von mir. Verzeih, ich hätte es mir denken können.«

»Aber nein, die Frage war durchaus nicht dumm. Sie zeigt nur, dass du noch nicht bereit bist, die Wahrheit zu akzeptieren. Doch so ist es leider nun einmal. Glaub mir, ich wünschte ebenso wie du, dass es noch Hoffnung gäbe.«

Wieder legten sie ein Stück des Weges schweigend zurück. Die klare Abendluft, die noch immer etwas von der Wärme des Tages in sich trug, tat Bernadette gut. Obwohl Johannes von Anfang an mit offenen Karten gespielt und sie die ganze Zeit über gewusst hatte, was geschehen würde, bahnte sich nun die Verzweiflung ihren Weg. Die Erkenntnis, nichts an dem, was geschehen würde, ändern zu können, schmerzte. Johannes kennenzulernen war eine wirkliche Bereicherung für sie gewesen. Sie erreichten das Restaurant, und Johannes beeilte sich, Bernadette die Tür zu öffnen. Kaum dass sie das Lokal betreten hatten, kam eine Frau um die fünfzig mit einem strahlenden Lächeln auf sie zu.

»Bernadette, welche Freude.«

»Irmgard, guten Abend.« Johannes konnte seiner Schwägerin anmerken, dass sie die Frau, die sie begrüßte, aufrichtig mochte.

»Irmgard«, stellte Bernadette vor, »das ist der Bruder meines verstorbenen Mannes, Johannes Blumberg. Johannes, das ist Irmgard Seibold, die Besitzerin dieses exquisiten Restaurants.«

»Es ist mir eine Freude, Herr Blumberg.«

»Die Freude ist ganz meinerseits, gnädige Frau.« Johannes verbeugte sich und gab ihr einen Handkuss.

»Johannes hat für uns reserviert«, erklärte Bernadette.

Irmgard Seibold nahm ihre Reservierungsliste für den Abend zur Hand. »Ja«, bestätigte sie, »ein Tisch für zwei Personen auf den Namen Blumberg.« Sie beugte sich weiter vor und sagte dann in verschwörerischem Tonfall: »Aber da wusste ich ja noch nicht, wer Sie sind.« Sie trat an einen Tisch in der Mitte des Gastraums und nahm das darauf stehende Reservierungsschildchen, dann führte sie Bernadette und Johannes zu einem Fenstertisch, an dem für vier Personen Platz war, und tauschte es gegen das dortige Schildchen aus. »Mein Lieblingstisch! Wie zauberhaft von dir. Vielen Dank, Irmgard«, sagte Bernadette und ließ sich von Johannes den Stuhl zurechtrücken.

»Vorweg ein Glas Champagner?«, fragte Frau Seibold, als er ebenfalls Platz genommen hatte.

Bernadette nickte.

»Ja, bitte. Zwei«, bestellte Johannes.

»Kommt sofort.« Die Restaurantbesitzerin drehte sich um und verschwand, um die Getränke zu holen.

»Eine wirklich nette Person«, stellte Johannes fest.

»Ja, ich mag sie sehr. Sie und ihr Mann stammen aus der Eifel. Dort haben sie ebenfalls ein Restaurant betrieben. Zwei sehr kompetente und fleißige Menschen.«

»Warum haben sie die Eifel verlassen?«

»Irmgard hat mir mal erzählt, es sei schon immer ihr Traum gewesen, an der See zu wohnen. Doch früher, als ihre Eltern noch lebten, wollten sie nicht fortziehen. Erst als diese verstorben waren, haben sie alles verkauft, um hier neu anzufangen. Ein Gewinn für uns Binzer, wenn du mich fragst.« Sie deutete auf den Raum, in dem sie bisher die einzigen Gäste waren. »Noch ist es ein bisschen früh. Aber warte nur eine halbe Stunde ab, dann wirst du hier ohne Reservierung keinen Tisch mehr bekommen. Qualität spricht sich eben herum.«

»Das lässt ja auf ein wirklich gutes Essen hoffen«, freute sich Johannes.

»So, und da ist auch schon der Champagner.« Irmgard Seibold trat mit einem Tablett an den Tisch und stellte die gefüllten Champagnergläser vor ihren Gästen ab. »Wohl bekomm's. Ich bringe dann gleich die Karten.«

»Danke schön, Irmgard«, sagte Bernadette und hob das Glas, während die Wirtin sich wieder vom Tisch entfernte.

»Worauf wollen wir trinken, Johannes?«

»Bitte nicht auf die Gesundheit. Das klänge in meinem Fall doch sehr unheilvoll.«

Bernadette schüttelte den Kopf. »Du bist geradezu zynisch, mein Lieber. Wie kannst du nur so leicht damit umgehen?«

»Schwer war es mir lange genug«, hielt er dagegen und hob das Glas. »Ich trinke auf besondere Begegnungen, die einen Augenblick mehr erfüllen können als ein ganzes Leben.«

Bernadette schluckte schwer, dann atmete sie tief durch und lächelte, um das traurige Gefühl, das in ihr aufstieg, niederzuringen. »Darauf trinken wir«, stellte sie fest und ließ ihr Glas an seines klingen.

Gleich darauf kehrte Irmgard Seibold mit den Karten zurück. »Wollen wir uns nicht einfach ein Menü zusammenstellen lassen?«, schlug Johannes vor.

»Aber sehr gern«, stimmte Bernadette zu und gab Irmgard die Karten unaufgeschlagen zurück. »Wir vertrauen dir voll und ganz, Irmgard. Würdest du so nett sein?«

Die Wirtin strahlte. »Solche Gäste sind mir die liebsten«, befand sie. »Ich bringe euch gleich noch Wasser und Weißwein, wenn es recht ist.«

»Das ist es«, versicherte ihr Johannes, dann wandte er sich an Bernadette und hob das Glas erneut. »Lass uns noch einmal anstoßen. Auf einen schönen Abend.«

Bernadette stieß mit ihm an. »Darauf trinke ich gern.«

Als sie die Gläser wieder abgestellt hatten, sah sie Johannes fragend an. »Verrätst du mir, was dir auf der Seele brennt?«

Johannes lächelte. »Im Grunde haben wir vorhin schon darüber gesprochen«, stellte er fest. »Mir bleibt nicht mehr viel Zeit, Bernadette.«

»Ich darf überhaupt nicht daran denken.« Sie legte ihre Hand auf seine. »Ich will nicht, dass unsere gemeinsame Zeit endet.«

»Ich bin nicht gekommen, um zu bleiben, Bernadette. Ich bin nach Binz gekommen, um zu gehen.«

»Ich weiß. Doch es fällt mir unglaublich schwer, das zu akzeptieren.«

»Du hast keine Wahl. Und sich dagegen aufzulehnen würde uns nur der Zeit berauben, die uns noch bleibt.«

»Ich weiß ja, dass du recht hast. Trotzdem wünschte ich nichts sehnlicher, als dass es anders wäre.«

»Ich auch, seit ich dich kenne. Aber es ändert nichts.« Er

seufzte. »Ich möchte dich um etwas bitten, Bernadette, doch meine Bitte ist so unzumutbar, dass ich sie kaum auszusprechen wage.«

»Tu es einfach«, forderte sie ihn auf.

»Der Arzt, bei dem ich schon seit Jahren in Behandlung bin und der mir so etwas wie ein Freund geworden ist, hat mir etwas gegeben. Wenn ich spüre, dass es nicht mehr lange dauert, kann ich es nehmen und werde friedlich einschlafen, anstatt auf unabsehbare Zeit dahinzusiechen, was mir unerträglich wäre.«

Bernadette atmete schwer. »Das verstehe ich gut. Ich weiß, dass viele einen solchen Schritt verurteilen. Ich jedoch würde es genauso handhaben, wäre ich in deiner Situation.« Sie straffte den Rücken. »Und du möchtest, dass ich dir dabei helfe?«

»Nein«, er schüttelte den Kopf. »Das ist nicht notwendig. Ich nehme die Flüssigkeit und muss dann einfach nur abwarten. Allerdings …«, er zögerte.

»Ja?«

»Ich möchte nicht alleine sterben. Vor einigen Wochen noch, ja. Doch jetzt nicht mehr. Denkst du, du hast die Kraft, bei mir zu bleiben, bis ich meinen letzten Atemzug tue?«

»Oh, Johannes.« Allein bei der Vorstellung zu tun, worum er sie bat, bekam sie am ganzen Körper eine Gänsehaut.

»Ich weiß, das ist viel verlangt. Ich kann verstehen, wenn du ablehnst.«

»Ich möchte dir beistehen«, versicherte sie. »Doch die Vorstellung, einfach danebenzusitzen und dir beim Sterben zuzusehen, finde ich unerträglich.«

Johannes lächelte schwach.

Bernadette trank den letzten Schluck Champagner. »Dennoch kannst du auf mich zählen. Ich werde bei dir sein, wenn es so weit ist.«

Johannes langte über den Tisch und legte seine Hand auf ihre. »Ich danke dir, Bernadette.«

Sie nickte stumm.

Irmgard kam mit einer Glaskaraffe und einer Flasche Wein an den Tisch. »So, die Herrschaften, bitte sehr …«

Bernadette wollte nicht, dass Irmgard die Tränen sah, die ihre Augen füllten. »Wir machen das«, bot sie daher eilig an und nahm Irmgard die Weinflasche ab.

»Natürlich, sehr gern.« Irmgard schien zu bemerken, dass sie in einem ungünstigen Moment an den Tisch gekommen war, und machte eilig kehrt. »Dann hole ich jetzt die Suppe.« Johannes nahm Bernadette, deren Hand sichtbar zitterte, die Flasche ab. »Lass mich das machen.«

»Ich habe Angst, Johannes.«

Er schenkte ihnen mit ruhiger Hand ein, nahm dann die Karaffe mit Wasser und füllte schließlich auch die anderen Gläser. »Ich auch, Bernadette, ich auch«, sagte er leise und stellte die Karaffe wieder ab. Bevor er noch etwas hinzufügen konnte, verzog er das Gesicht, drückte die flache Hand gegen die Brust und fing an zu husten. Eilig zog er sein Taschentuch hervor und drückte es sich vor den Mund. Als er es diesmal sinken ließ, war zum Glück kein Blut darin.

»Ich habe alles, was noch zu regeln war, mit Dr. Hoffmann besprochen. Sobald der Tag gekommen ist, wird er meinen Anweisungen gemäß handeln.«

»Ich kenne Philipp schon sehr lange. Er steht zu seinem Wort. Du kannst dich auf ihn verlassen.«

»So schätze ich ihn auch ein.« Johannes nahm einen Schluck Wasser. »Ich hoffe, meine nächste Frage erscheint dir nicht vermessen.«

Bernadette sah ihn abwartend an.

»Ich habe bereits vor Monaten eine Grabstelle gekauft, direkt neben meiner Mutter. Auch die Kosten für das Doppelgrab sind für die nächsten dreißig Jahre bezahlt. Doch jetzt…« Er brach ab.

»Möchtest du hier in Binz begraben werden, Johannes?«, fragte sie, weil sie seinen Gedanken zu ahnen schien.

»Gehe ich mit diesem Wunsch einen Schritt zu weit?«

»Nein, ich denke nicht. Ich denke, das steht dir als Familienmitglied zu.«

»Danke.« Er senkte den Blick. »Ich danke dir wirklich sehr, Bernadette.«

Irmgard kam mit zwei Suppenschalen an den Tisch. »Krabbencremesuppe mit einem Sahnehäubchen.« Sie stellte die Teller ab und versuchte, die ernste Stimmung am Tisch mit einem Lächeln zu überspielen.

»Ich wünsche einen guten Appetit.« Irmgard entfernte sich, um weitere Gäste zu begrüßen, die soeben das Restaurant betreten hatten.

»Ich glaube, ich bekomme keinen einzigen Bissen hinunter«, sagte Bernadette.

»Aber damit würden wir nur die gute Suppe verschwenden. Und wer weiß, ob wir noch einmal die Gelegenheit bekommen, einen gemeinsamen Abend zu verbringen.« Er sah ihr tief in die Augen. »Lass uns die letzten Stunden, die uns bleiben, genießen, Bernadette.«

Sie nickte tapfer und hob die Mundwinkel, doch ein echtes Lächeln war es nicht. »Du hast recht. Genießen wir den Abend.«

Johannes spiegelte ihr Lächeln, dann aßen sie und unterhielten sich über allgemeine Themen. Und ganz langsam, nach und nach, während sie bereits bei der Hauptspeise angelangt waren, kam auch das Lachen zurück, und sie genossen die gemeinsame

Zeit, bevor sie ins Hotel zurückkehrten. Sie liebten sich die gesamte Nacht über, aneinandergeklammert wie Ertrinkende, beide mit der bangen Hoffnung, dass der Morgen nicht kommen möge. Doch er kam. Und mit dem heller werdenden Tag die Erkenntnis, dass es vielleicht der letzte sein würde.

38. Kapitel

»So viele Jahre habe ich auf den heutigen Tag hingearbeitet. Doch jetzt, wo ich kurz davor bin, wirklich alles zu erreichen, frage ich mich, ob ich es überhaupt noch will.«

CONSTANTIN VON PLESOW

Irgendetwas lag in der Luft, das spürte Constantin. Sein Instinkt, der Constantin noch nie getrogen hatte, gepaart damit, dass Gerd ihn wieder und wieder zur Vorsicht mahnte, ließ ihn unruhig werden. Oder war es nur die Vorfreude auf das, was kommen würde? In Binz hatte er gemerkt, dass es die leisen Töne waren, die in ihm nachklangen, doch hier in Berlin spielte die Musik anders. Lauter, aggressiver. Seine Pläne waren aufgegangen, am Abend würde die Zusammenkunft der führenden Köpfe der einzelnen Vereine stattfinden, und wenn alles gut ging, würde nicht er selbst sich für den obersten Posten vorschlagen, sondern sich von den Anwesenden zur Übernahme des Amtes überzeugen lassen. Erich Lodewald, dem es nicht gelungen war, Gustav von Kempner in die Schranken zu weisen, würde seinen Platz ganz oben an der Spitze nicht mehr halten können. Und von Kempner glaubte noch immer, dass Constantin sich das Amt mit ihm teilen wollte. So würde sich letztendlich alles zu Constantins Gunsten klären, und dann wäre er der oberste Chef der gesamten Organisation und seine Machtstellung nicht mehr zu überbieten. Dumm war nur, dass ihm bei dem Gedanken daran eine Frage immer wieder durch den Kopf schoss: Und dann? Was würde er mit der neuen Position anfangen? Worum ging es ihm wirklich? Um das Geld? Er hatte genug Geld, auch ohne die zusätzlichen Einnahmen. Was nützte ihm aller Reichtum der Welt, wenn sein Leben darin bestand, mit den Einnahmen die richtigen Stellen bei der Polizei zu bestechen, nur um weitere Geschäfte machen und noch mehr Geld scheffeln zu können?

Sein Besuch in Binz hatte ihn verändert, und auch die Gespräche mit Marie hatten ihn zum Umdenken angeregt. Eines war ihm klar geworden: Es störte ihn, dass er nichts erschuf. Ja, er hatte das Hotel und das Varieté zu dem gemacht, was sie waren, doch das, was das Hotel in Binz so besonders machte, fehlte seinen Etablissements völlig: nämlich die Seele. Sowohl das Hotel Astor als auch das Varieté waren einfach nur Orte, an denen die Menschen sich trafen und verweilten. Manche, um sich zu amüsieren, andere, um ihre Geschäfte zu betreiben. Und wieder andere aus Neugierde und der bloßen Lust aufs Leben. Aber genügte ihm das wirklich, dieses Leben in Berlin, so bunt und schillernd es nach außen hin auch wirken mochte? Ein Klopfen an der Bürotür riss ihn aus seinen Gedanken.

Gerd Nolte trat ein. »Es ist alles vorbereitet«, verkündete er. »Wir haben zehn Leute, die sich im vorderen Teil des Lokals unter die Leute mischen, zwei Fräulein, die bedienen, und weitere zwei, die ich in der Küche und an der Bar unterbringen konnte. Und dann noch zwölf, die sich in der Gegend aufhalten und bei denen ein Pfiff genügt, damit sie kommen.«

»Gut, Gerd. Danke. Nun zieh doch nicht so ein Gesicht.«

»Schon gut, schon gut.« Gerd hob abwehrend die Hände. »Wird schon alles klappen.«

Constantin stand vom Schreibtisch auf und klopfte mit seiner rechten Hand auf die Schulter. »Ich habe vorhin bei von Kempner geklopft, um ihn zu begrüßen, aber er war nicht da.«

»Er ist mit fünf seiner Männer in Berlin unterwegs. Unsere Leute sind dran.«

»Du traust ihm nicht über den Weg, oder?«

»Du etwa? Wir können ihm genauso vertrauen wie er uns.« Nolte grinste schief.

»Wo du recht hast.« Constantin sah auf die Uhr. »Für uns wird es auch langsam Zeit«, stellte er fest.

»In Ordnung. Gehen wir.«

Die beiden Männer verließen das Büro, dessen Tür Constantin wie immer sorgfältig verschloss, dann gingen sie nach unten, wo sechs von Constantins Männern auf sie warteten, um sie zu dem Treffen mit den anderen Ringvorsitzenden zu begleiten. Zusammen verließen sie das Varieté.

Das Café America war gerade einmal fünfzehn Gehminuten von Constantins Etablissement entfernt. Um Punkt zwanzig Uhr sollte dort das Treffen der Vorsitzenden der wichtigsten und größten Ringvereine des Landes stattfinden. Wenn man die Straftaten zusammenrechnete, für die die Männer, die sich dort trafen, verantwortlich waren, wenngleich sie dafür nie verurteilt worden waren, würden gewiss über hundert Jahre Zuchthaus zusammenkommen. Doch Constantin hatte nicht die geringsten Bedenken, dass das Treffen von der Polizei unbehelligt über die Bühne gehen würde. Soweit er wusste, lag gegen nicht einen der Bosse ein Haftbefehl vor. Solche Angelegenheit wurden stets geklärt, bevor es überhaupt zu einem Haftbefehl, geschweige denn zu einer Anklage kam. Geschnappt wurden nur die kleinen Fische, die wegen Einbruchs und Hehlerei immer mal wieder für eine Weile hinter Gittern landeten. Eine wirkliche Größe jedoch hatte, soweit Constantin wusste, in den vergangenen Jahren nicht einmal ein Vernehmungszimmer und erst recht keinen Gerichtssaal von innen gesehen.

Das Café America war so verraucht, dass Constantin meinte, gegen eine Nebelwand zu prallen, als er zusammen mit seinen Leuten das Lokal betrat. Anders als im Varieté waren die Räumlichkeiten verwinkelt und unübersichtlich, außerdem war es schon um diese Zeit brechend voll. Begleitet von quäkender Dixie-Musik lachten und lärmten die Gäste, und Constantin staunte nicht schlecht über die Bedienungen, die allesamt oben ohne die Drinks servierten.

Ein Mann, den Constantin noch nie gesehen hatte, trat auf ihn zu. »Sie sind dann wohl wegen der Vereinssitzung hier.« Es klang wie eine Feststellung, nicht wie eine Frage.

Constantin nickte.

»Hier entlang.« Er machte kehrt und ging Constantin und seinen Leuten voran zu einem Hinterzimmer, das durch eine Schiebetür vom Rest des Lokals getrennt war. Er schob eine der Türen auf und bedeutete ihnen einzutreten.

Sechs Männer blickten ihnen entgegen. Einer von ihnen war Erich Lodewald, zwei hatte Constantin schon einmal gesehen, die anderen drei kannte er nicht. Er fragte sich, ob Arnold Schnidtke aus Frankfurt darunter war.

»Constantin«, sagte Erich Lodewald, stand auf und kam ihm entgegen. Die beiden Männer umarmten sich zur Begrüßung, dann nahm Constantin den Hut ab und begrüßte die anderen, die seinen Gruß erwiderten.

»Wenn die Herren ablegen wollen?« Der Mann, der sie hergeführt hatte, hielt ihnen einen Korb entgegen, in dem sich mehrere Waffen befanden. Constantin sah Erich Lodewald fragend an. Dieser zog sein Jackett zur Seite, um zu zeigen, dass auch er keine Waffe mehr trug. »Mussten wir alle machen«, erklärte er, worauf Constantin seine Pistole hervorzog, in den Korb legte und seinen Männern bedeutete, es ihm gleichzutun.

»Das hätten wir«, stellte Lodewald fest. »Jetzt musst du nur noch deine Männer rausschicken.«

»Dann will ich meine Waffe zurückhaben«, meldete sich Gerd Nolte zu Wort.

»Warum?«, fragte Lodewald.

»Wenn wir ohnehin rausgehen sollen, gibt es keinen Grund, die Knarre abzugeben.«

»Ihr sollt auch draußen nicht rumballern«, entgegnete Lodewald zynisch. »Also, schwirr ab. Die Waffen bleiben hier.«

Nolte setzte zu einer Erwiderung an, doch Constantin legte ihm die Hand auf den Arm und sagte beschwichtigend: »Schon gut, Gerd. Geht einfach.«

Nolte zögerte kurz, dann beugte er sich weiter zu Constantin vor. »Ein Wort von dir, und wir sind da.«

Constantin nickte.

Während Nolte und die anderen das Hinterzimmer verließen, trafen weitere Vorsitzende ein, mit denen in der gleichen Art verfahren wurde.

Als Letzter der zwanzig Vorsitzenden erschien Gustav von Kempner mit seinen Männern und nahm neben Constantin Platz. Auch seine Leute wurden des Raumes verwiesen.

Von den insgesamt zwanzig Vorsitzenden der Ringvereine kannte Constantin insgesamt sechzehn. Mit neun von ihnen hatten er und seine Leute gesprochen, zwei weitere ordnete er als Gefolgsleute von Kempners ein.

Der Münchener streckte Constantin grüßend die Hand entgegen.

Constantin schlug ein und nickte, dann sahen beide Männer, genau wie die übrigen, in Lodewalds Richtung. Jeder im Raum schien nur darauf zu warten, dass der oberste Chef des Ringvereins das Wort ergriff.

»Meine Herren.« Lodewald stand auf. »Ein solches Treffen hat es lange nicht mehr gegeben.« Er ließ seinen Blick über die Anwesenden schweifen, dann schob er seinen Stuhl zurück und schritt langsam mit hinter dem Rücken verschränkten Händen an den Anwesenden vorbei. »Wie Sie wissen, werte Kollegen, bin ich ein großer Verfechter der offenen Worte und Taten. Ich weiß gern, mit wem ich es zu tun und was ich von demjenigen zu halten habe.« Bei Constantin blieb er stehen und legte ihm freundschaftlich die Hand auf die Schulter, dann sah er Gustav von Kempner direkt in die Augen. »Es ist kein Geheimnis, dass ich mit manchem hier enger vertraut bin als mit anderen. Wir alle wissen, weshalb wir heute hier zusammengekommen sind. Es geht um nichts Geringeres als um unser aller Zukunft. Und mag es auch einen Hauch melancholisch klingen, so will ich doch hier, unter Freunden, die wir alle die gleichen Ziele verfolgen, gestehen, dass ich mich gefragt habe, ob ich noch der richtige Anführer für unsere Vereinigung bin.« Er machte eine bedächtige Pause und ließ abermals den Blick schweifen, bevor er wieder Platz nahm. »Die Antwort lautet: Ja, ich bin der richtige Mann auf diesem Stuhl.«

Einige der Männer raunten ihrem Nachbarn etwas zu, andere nickten, wieder andere, wie Constantin und von Kempner, saßen nur regungslos da.

»Ich gehe nicht davon aus, dass diejenigen, die ebendies in Zweifel ziehen und mir diesen Stuhl streitig machen wollen, deswegen einen Rückzieher machen werden. Damit«, er hob die Hand und deutete auf Gustav von Kempner, »übergebe ich das Wort an Sie, Kollege von Kempner.«

Dem Bayern war anzusehen, dass er mit einer derart offenen Ansprache nicht gerechnet hatte.

»Meinen Dank«, sagte er nach einer kurzen Pause, »Kollege Lodewald, für die offenen Worte. Dann will auch ich so frei sein und ganz offen sprechen. Wie wir alle hier wissen, gibt es einige Vorkommnisse, die mich veranlasst haben, die Führungsfrage neu zu stellen. Bei allem Respekt, Sie haben nachgelassen, Kollege Lodewald.«

Von Kempner sah zu Constantin, als warte er darauf, dass dieser ihm den Rücken stärkte, doch Constantin schwieg.

»Mitunter scheinen die Dinge unter Ihrer Führung aus dem Ruder zu laufen«, fuhr er fort. »Ich denke da nur an die Sache mit von Plesow und Schnidtke.«

Der Mann, der Constantin schräg gegenübersaß, setzte sich aufrecht hin und straffte die Schultern. »Geht es etwas präziser?«, fragte er dann.

»Sind Sie Schnidtke?«, wollte von Kempner wissen.

Der Mann nickte. »Arnold Schnidtke höchstpersönlich.«

Constantin ließ den Nacken kreisen, um die angespannten Muskeln zu lockern.

»Dann lernen wir uns also endlich persönlich kennen«, stellte er fest. »Constantin von Plesow.«

»Ist mir eine Ehre, die legendäre Größe der Berliner Unterwelt kennenzulernen«, gab Schnidtke spöttisch zurück. Constantin musterte Schnidtke mit unbewegter Miene, doch seine Augen blitzten drohend.

»Was läuft denn da zwischen den beiden?«, fragte Helmut Lankenau, Vorsitzender des Ringvereins im Hamburger Raum.

Constantin stand auf. »Nun, die Sache ist ganz einfach. Meine Familie besitzt ein Hotel auf Rügen. In Binz, um genau zu sein. Dort haben sich vor einiger Zeit die Libellen niedergelassen, angeführt von Arnold Schnidtkes Bruder.«

»Sein Name war Dieter, du Heini«, schnauzte Schnidtke.

»Wie üblich wurden die Libellen bei allen Geschäftsleuten vorstellig, so auch im Hotel meiner Familie«, fuhr Constantin unbeirrt fort.

Die Anwesenden tauschten einige Blicke.

»Wie es sich unter Kollegen gehört, wies ich Dieter Schnidtke darauf hin, dass meine Familie für ihn tabu ist, doch leider machte er einfach weiter. Also habe ich meine Leute angewiesen, sich um ihn und seine Truppe zu kümmern.«

»Hätte jeder von uns so gemacht«, gab ihm von Kempner recht, und ein weiterer Mann, den Constantin nicht namentlich zuordnen konnte, bekräftigte: »Familie ist Familie. Daran haben sich alle zu halten.«

Sämtliche Blicke richteten sich auf Arnold Schnidtke.

»Mag sein, dass mein Bruder übers Ziel hinausgeschossen ist«, räumte dieser ein. »Ich gebe Ihnen recht, meine Herren, ich hätte es auch anders gehandhabt und dem Wunsch unseres werten Kollegen von Plesow entsprochen. Aber musste der werte Herr Kollege ihn deshalb gleich entführen und ihm die Kehle durchschneiden?«

Ein Raunen ging durch den Raum.

Von Kempner grinste breit. »Genau das meine ich, Lodewald. Früher wäre das nicht passiert. Ich stehe voll und ganz hinter Constantin von Plesow. Er konnte nicht anders handeln. Doch Sie hätten dafür sorgen müssen, dass es gar nicht erst so weit kommen konnte.«

Lodewald wurde erst leichenblass, dann zornrot. »Gibt es sonst noch etwas, wofür ich hätte ›sorgen müssen‹?«, fragte er und schlug mit der flachen Hand auf den Tisch.

Constantin grinste innerlich. Sein Plan schien aufzugehen: Lodewald und von Kempner hauten sich die Köpfe ein, und er würde als lachender Dritter aus der Sache hervorgehen.

Lodewald rieb sich das Kinn. »Hm«, sagte er nachdenklich, stand erneut auf und sah die Männer der Reihe nach an. »Ihr hättet euch also ein striktes Durchgreifen von mir erwartet?«

Alle bis auf Schnidtke nickten. »Dann, verehrte Kollegen, versichere ich euch hier und jetzt, dass ich künftig mit aller Härte gegen die vorgehen werde, die den Ringvereinen und damit mir persönlich schaden wollen.« Er trat hinter von Kempner, zog ein Messer aus dem Ärmel, packte den Münchener am Schopf und schnitt ihm blitzschnell die Kehle durch. Blut spritzte, von Kempner gab einige gurgelnde Laute von sich, dann ließ Lodewald ihn los, und er knallte mit dem Kopf auf die Tischplatte.

Alle, die in von Kempners Nähe gesessen hatten, waren blutbespritzt. Constantin hatte am meisten abgekommen.

»Noch irgendjemand in der Runde, der an meiner Entschlossenheit zweifelt?«

Keiner sagte ein Wort.

»Gut. Dann schlage ich vor, dass wir unsere Sitzung beenden und nebenan ein wenig feiern. Die Rechnung geht natürlich auf mich«, verkündete er jovial. »Ehrensache.«

39. Kapitel

»Ich weiß, dass die Zeit, die vor mir liegt, mir alles abverlangen wird. Doch ich bin Bernadette von Plesow – also werde ich bestehen.«

Bernadette von Plesow

Bernadette hatte sich erst in den frühen Morgenstunden von Johannes verabschiedet. Nicht jedoch ohne zu vereinbaren, dass sie sich bereits zur Mittagszeit wiedertreffen wollten, da Johannes eine Überraschung für einen Freund vorbereitet hatte, bei der er sie unbedingt dabeihaben wollte. Also war sie gegen ein Uhr zur Promenade gegangen, wo sie ihn neben dem Akkordeonspieler auf dem Boden sitzen sah. Kaum dass er sie erblickte, stand er auf und eilte auf sie zu.

»Guten Tag, Bernadette. Wie schön, dass du gekommen bist.«

»Selbstverständlich, auch wenn ich nicht weiß, was mich erwartet.«

»Das ist ja das Schöne«, stellte Johannes fest. »Ich war schon lange nicht mehr so aufgeregt.«

»Du machst aber auch ein Geheimnis daraus.«

»Komm. Lass uns hinübergehen. Aber du darfst dir nichts anmerken lassen, nein?«

»Was sollte ich mir anmerken lassen? Ich weiß ja nichts«, gab sie lachend zurück und trat gemeinsam mit Johannes auf den Akkordeonspieler zu.

»Guten Tag«, grüßte Bernadette den Soldaten, der soeben sein Stück beendete.

»Guten Tag, gnädige Frau.«

Johannes reckte den Hals und winkte jemandem. Bernadette drehte sich um und sah mehrere Männer mit Stühlen auf sie zukommen. Johannes ging ihnen entgegen und nahm dem ersten einen Stuhl ab, den er dem Akkordeonspieler brachte.

»Aber ich brauche doch keinen Stuhl«, verwahrte sich dieser.

»Glauben Sie mir, gleich werden Sie mir dankbar dafür sein.« Johannes stellte den Stuhl ab, nahm das Akkordeon und half Carl Winkler, auf dem Stuhl Platz zu nehmen.

Die anderen Männer stellten die Stühle in einem Halbkreis vor ihnen ab und eilten zurück, um weitere zu holen.

»Bitte, Bernadette, setz dich doch«, bot Johannes an, der auch ihr einen Stuhl besorgt hatte. Zu den Stuhlträgern gesellten sich weitere Personen, die Instrumente in den Händen hielten.

Der Akkordeonspieler sah verwirrt von Johannes zu den Musikern, die nach und nach ihre Plätze in dem Halbrund ihm gegenüber einnahmen. Johannes wies jedem seinen Platz zu, bis er den letzten Stuhl neben Bernadettes abstellte und dann an die Seite des Akkordeonspielers trat.

»Verehrte Damen und Herren, ich möchte Ihnen allen den Mann vorstellen, zu dessen Ehren wir uns heute hier versammelt haben. Hauptmann Carl Winkler, der sich die Ehre gibt, Sie mit seinem Akkordeon zu begleiten.« Er sah zu Winkler herunter, dem Tränen über die Wangen liefen.

Johannes deutete auf die Musiker. »Wie gewünscht: Vier Flöten, eine Oboe, zwei Klarinetten, ein Fagott, ein Horn, zwei Trompeten, drei Posaunen, eine Harfe, eine Pauke, vier Violinen, ein Kontrabass und eine Bratsche. Nur das Klavier fehlt, wofür ich mich selbstverständlich entschuldige.«

Carl Winkler war zu überwältigt, um irgendetwas sagen zu können. Er nahm Johannes' Hand und drückte sie.

»Sie haben es sich verdient, mein Freund«, sagte Johannes. »Und nun bitte ich um das Konzert, das Sie selbst sich gewünscht haben.«

Ein Mann mit einem Taktstock trat an Carl Winkler heran. »Es ist mir eine Ehre, Hauptmann Winkler. Mein Name ist Ferdinand Paulach, und ich habe das Vergnügen, der Dirigent dieses wunderbaren Orchesters zu sein. Ihr Einverständnis vorausgesetzt, verzichten wir auf Noten?«

Winkler nickte. »Ich kann ohnehin keine Noten lesen.«

»Und doch haben Sie ein so wunderbares Gespür für die Musik. Ich bin ein großer Bewunderer, wenn ich das sagen darf, und habe schon sehr oft Ihren Melodien gelauscht.« Er deutete eine Verbeugung an. »Wir werden einige bekannte Lieder spielen, und Sie können mit dem Akkordeon einsetzen, wann immer es Ihnen beliebt.«

Carl Winkler nickte ihm zu. »Danke. Haben Sie vielen Dank.«

»Es ist uns eine Freude.« Paulach trat beiseite und hob den Taktstock. Alle Blicke waren auf ihn gerichtet, und der Hauptmann umfasste fast hektisch sein Akkordeon.

Die ersten Töne von »O Frühling wie bist du schön« von Paul Lincke erklangen, und es dauerte nur wenige Augenblicke, bis Carl Winkler mit seinem Akkordeon einstimmen konnte. Er schloss die Augen und gab sich ganz und gar der Musik hin. Seine Miene verriet nichts anderes als Glückseligkeit. Bernadette bekam am ganzen Körper eine Gänsehaut und nahm Johannes' Hand. »Das hast du wunderbar gemacht.«

Johannes lächelte sie an, nickte und sah wieder auf den Akkordeonspieler, der mit geschlossenen Augen sein Instrument bediente, als hinge sein Leben davon ab.

Mehr und mehr Menschen kamen herbei und blieben stehen, um der Musik zu lauschen. Es war ein so besonderer Moment, und jeder von ihnen schien zu spüren, dass er hier etwas Einmaliges, Unwiederbringliches erleben und Teil eines Augenblicks sein durfte, den wohl keiner der Anwesenden je vergessen würde. Das Orchester spielte volle zwei Stunden, dann schüttelten die Musiker dem Akkordeonspieler die Hand und versicherten ihm, wie sehr sie das gemeinsame Musizieren mit ihm genossen hätten. Bernadette stand ebenfalls von ihrem Stuhl auf.

»Ich gehe jetzt ins Privathaus. Nimm dir noch Zeit mit Hauptmann Winkler, um diese besonderen Stunden nachklingen zu lassen«, sagte sie an Johannes gewandt und lächelte ihn dankbar an. »Ich habe noch nie erlebt, dass jemand etwas so Schönes getan hat.« Sie stellte sich auf die Zehenspitzen und gab ihm einen Kuss auf die Wange. »Komm, wenn du so weit bist, dann können wir den Abend miteinander verbringen.«

Johannes nickte. »Unseren letzten Abend«, stellte er fest. »Denn jetzt ist alles getan, was ich tun wollte.«

Bernadette sah ihn bestürzt an, dann jedoch nickte sie. »Ja, du hast recht. Es kann keinen besseren Moment geben als diesen.« Sie ging zu Carl Winkler, reichte ihm die Hand und dankte für das wunderbare Konzert. Dann verließ sie die Promenade, und das Gefühl, nie wieder etwas so Wunderbares erleben zu können, schnürte ihr die Kehle zu.

Bernadette trat aus dem Haus und ging auf den wartenden Johannes zu, einen Picknickkorb in der Hand, eine zusammengerollte Decke unter den Arm geklemmt.

»Schöner und anmutiger als je zuvor«, stellte er bewundernd

fest und gab ihr einen Kuss auf die Wange. »Was hast du da? Darf ich dir etwas abnehmen?«

»Aber ja, sehr gern.« Sie reichte ihm den Korb, die Decke behielt sie bei sich. »Darin ist unser Abendessen«, erklärte sie. »Ich habe nämlich noch nie ein Picknick am Strand gemacht.«

»Ach? Auch früher nicht, als Karl noch lebte?«

»Nein.« Sie schüttelte den Kopf. »Wir waren immer so beschäftigt. Solche Momente wollten wir uns für später aufbewahren, für einen ganz besonderen Augenblick, doch dazu ist es nie gekommen.«

Sie hakte sich bei Johannes ein, und zusammen schlenderten sie über die Promenade, bis sie außer Sichtweite des Hotels waren. An einer mit Büschen bewachsenen Stelle, die von der Promenade aus nicht einsehbar war, bogen sie zum Strand ab und setzten sich auf die Decke, auf der Bernadette die Sachen aus dem Korb verteilte. Sie hatte zwei Weingläser, eine Flasche Weißwein, zwei Stück Käse, einige Früchte, Brot, ein Stück Butter, Teller und Besteck mitgebracht. Sorgfältig richtete sie den Käse und die Butter auf einem Teller, Früchte auf einem weiteren und das Brot in einem kleinen Körbchen an. Dann reichte sie Johannes einen leeren Teller und stellte einen weiteren neben sich ab.

»Das sieht fantastisch aus«, lobte Johannes.

»Greif zu.« Bernadette hielt ihm den Teller mit dem Käse hin. Er schnitt von jedem ein Stück ab und legte es auf Bernadettes Teller, dann griff er beim Brot zu und öffnete anschließend den Wein. Während er ihnen einschenkte, richtete Bernadette das Obst an.

»Auf einen wunderbaren letzten Abend«, sagte sie und hob das Glas.

»Auf einen wunderbaren letzten Abend«, wiederholte Johannes und stieß mit ihr an.

Es war eigenartig, doch anders als erwartet, verspürte Bernadette keine Melancholie. Sie war einfach nur dankbar. Dankbar für den Moment, dankbar, dass Johannes, wenn auch nur für kurze Zeit, in ihr Leben getreten war. Dankbar für all die Empfindungen, die sie in der letzten Zeit gehabt hatte, dankbar, dass sie leben durfte und ihre Zeit noch nicht gekommen war.

Noch vor wenigen Wochen hatte sie mit sich und dem Schicksal gehadert, war mutlos gewesen und verzweifelt. Doch Johannes hatte ihr gezeigt, wie wertvoll das Geschenk des Lebens jeden einzelnen Tag war. Sie hatte sich das Versprechen gegeben, dies nie wieder zu vergessen, bis auch sie ihren letzten Atemzug tat.

»Was du für Hauptmann Winkler getan hast, war einfach wundervoll.«

»Ja, nicht wahr?« Er lachte auf. »Ich will mich nicht selbst loben, aber ich fand es wirklich einzigartig.«

»Wie bist du auf die Idee gekommen?«

»Er hat mir gestanden, dass es sein größter Wunsch sei. Also habe ich den Leiter des Orchesters angesprochen und ihm meine Bitte vorgetragen. Und weißt du, was wirklich schön war?«

»Was?«

»Ich wollte das Orchester bezahlen, und zwar recht großzügig. Doch jeder der Musikanten hat das abgelehnt. Fast alle wussten sofort, von wem ich sprach, und jeder schien schon einmal stehen geblieben zu sein oder aber ihm aus der Ferne zugehört zu haben.« Er aß ein Stück Käse. »Ich habe für mich drei Dinge aus diesem Erlebnis mitgenommen.«

»Welche?«

»Erstens, dass es viel mehr gute und großherzige Menschen gibt, als wir auf den ersten Blick erkennen können. Zweitens, dass der Akkordeonspieler, der sich die ganze Zeit über unsichtbar fühlte, von so vielen wahrgenommen wurde, ohne dass er es je geahnt hätte. Und drittens«, er lächelte in sich hinein, »dass es das unglaublichste Gefühl der Welt ist, einem Menschen eine Freude zu machen.«

»Na, eine Freude dürfte wohl weit untertrieben sein. Er war überglücklich«, befand Bernadette. »Hast du seinen versonnenen Gesichtsausdruck gesehen, als er die ersten Töne spielte?«

»Ja, das ganze Glück der Welt lag in seinem Lächeln. Herrlich, nicht wahr?«

»Du bist ein guter Mensch, Johannes Blumberg. Vielleicht der beste, der mir je begegnet ist.«

Johannes musste husten, und als er spürte, dass Blut mitkam, zog er eilig ein Taschentuch hervor und drückte es vor den Mund. Als der Anfall vorüber war, steckte er es eilig wieder ein.

»Trink einen Schluck«, sagte Bernadette und reichte ihm sein Glas.

»Wo waren wir stehen geblieben?«, fragte Johannes.

»Ich sagte dir, dass du ein guter Mensch bist.«

»Ja, richtig. Ich wollte es auch nur noch einmal hören.« Er zwinkerte Bernadette zu. »Darf ich dir von einem Traum erzählen, den ich hatte?«

»Aber gern.«

Johannes lehnte sich zurück und fing an: »Du und ich waren auf der Seebrücke. Ganz langsam sind wir dort entlanggegangen. Du trugst ein weißes Kleid und ich einen weißen Anzug. Die Sonne strahlte vom Himmel, die Möwen kreischten, und in unserem Rücken spielte an der Promenade Hauptmann Winkler. Er spielte nur für uns, denn wir waren die Einzigen auf der Seebrücke.« Er seufzte und trank einen Schluck Wein. »Ich weiß nicht, wie lange wir so nebeneinanderher gingen, es fühlte sich an wie Stunden, dann wieder nur wie ein kurzer Augenblick. Das Wasser erschien mir im Traum blauer als sonst, und die Möwen, die anfangs noch kreischten, verstummten von einem Moment auf den anderen und ließen sich vom Winde tragen. Sie glitten direkt über uns durch die Luft, als wollten sie uns auf unserem Weg begleiten.«

»Was für eine wunderbare Vorstellung«, unterbrach ihn Bernadette und ließ die Augen über die See schweifen.

»Irgendwann«, fuhr Johannes fort, »setzten wir beide uns auf eine der Bänke. Du schmiegtest dich ganz dicht an mich, und ich genoss die Wärme deines Körpers, vor allem aber den Duft, den dein Haar verströmte.« Er lächelte Bernadette an. »Wir hielten uns an den Händen, waren ganz still, keiner von uns sagte ein Wort. Plötzlich zog sich meine Brust zusammen, und ich musste husten. Es war schlimmer als sonst, viel schlimmer. Ich glaubte, augenblicklich ersticken zu müssen.«

Bernadette schluckte schwer und sah ihn mitfühlend an.

»Doch weißt du, was dann geschehen ist?«

»Nein, was?«

»Du sagtest mir, dass es in Ordnung sei und dass ich gehen dürfe. Und von einer Sekunde auf die andere war der Husten verschwunden, meine Brust hob und senkte sich gleichmäßig, ich konnte wieder atmen. Es war ein Gefühl totaler Befreiung, ja mehr noch, ein Gefühl von Freiheit, wie ich es nie zuvor gekannt hatte. Alles erschien mir mit einem Mal leicht, von Licht durchflutet, und ja, ich kann es nur so beschreiben: frei. Ich war frei, unendlich frei, und spürte, dass es gut war. Es gab nichts mehr, was ich noch hätte sagen wollen. Der Druck, womöglich vergessen zu haben, etwas zu regeln, war fort.« Er atmete tief durch. »Nun saß ich nicht mehr neben dir. Ich stand vor dir, beugte mich zur dir hinab und gab dir einen letzten Kuss. Dann richtete ich mich auf und ging die Seebrücke allein zu Ende. Doch da war keine Trauer, alles war richtig, wie es war.«

Bernadette schluckte gegen die aufsteigenden Tränen an.

»Es ist an der Zeit, Bernadette.«

Kurz überkam sie Panik. »Du willst es jetzt tun?«

»Nein.« Er schüttelte den Kopf. »Nicht jetzt und nicht hier. Ich möchte noch diesen Abend mit dir verbringen und eine letzte wundervolle Nacht. Eine Nacht, die nur uns gehört.« Er schenkte ihnen nach. »Ich denke, mein Traum hat mir den Weg gezeigt. Ich möchte nicht in einem Bett in deinem Hotel sterben. Würdest du mir die Ehre erweisen und mich morgen zur Seebrücke begleiten? Früh genug, dass noch nicht zu viele Menschen dort sind? Doch auch so, dass ich mich von Hauptmann Winkler verabschieden kann.«

»Du möchtest in aller Öffentlichkeit sterben?«

»Niemand außer dir wird verstehen, was geschieht. Erst wenn ich gegangen bin, werde ich dich um die lästige Pflicht bitten müssen, Hilfe zu holen, um meinen Leichnam fortbringen zu lassen.« Er sah sie an. »Wir wählen eine der ersten Bänke auf der Seebrücke. So hast du es nicht weit, wenn es so weit ist.«

Bernadette schüttelte den Kopf. »Du möchtest nicht einmal im Tode jemandem zur Last fallen, nicht wahr?«

»Bist du bereit, mit mir diesen letzten Weg zu gehen?«

Bernadette hob den Kopf und nickte, während ihr die Tränen über die Wangen strömten.

»Ach, weine doch nicht, Bernadette. Es ist alles gut, glaube mir.« Er rückte näher an sie heran und zog sie in seinen Arm, hielt sie einfach nur fest. So blieben sie sitzen, während sich um sie herum die Dunkelheit herabsenkte. Irgendwann räumten sie ein und gingen zusammen ins Hotel, um eine letzte Nacht miteinander zu verbringen. Als der Morgen graute, fragte Bernadette leise, ob sie gehen und sich ein weißes Kleid anziehen solle, doch Johannes schüttelte den Kopf. Auch er würde keinen weißen Anzug tragen, wichtig für ihn war nur, dass sie bei ihm blieb. Bis zu seinem letzten Atemzug.

Als es heller wurde, stand er auf und ging ins Bad, um sich etwas frisch zu machen. Kurz danach tat Bernadette es ihm gleich. Als sie wieder herauskam, stand Johannes am Fenster und sah hinaus.

»Hauptmann Winkler ist soeben auf der Promenade eingetroffen. Doch sonst sind fast noch keine Menschen da«, stellte er fest und drehte sich zu Bernadette um. »Es wird Zeit.«

Sie umarmten einander, hielten sich minutenlang fest. Dann lösten sie sich, und Johannes ging zu seinem Koffer und nahm ein kleines Fläschchen heraus. Kurz hielt er es hoch, um es Bernadette zu zeigen. Hand in Hand verließen sie das Hotelzimmer und gingen hinunter in die Eingangshalle, in der Werner Druminski bereits seinen Dienst aufgenommen hatte.

»Guten Morgen, die Herrschaften«, grüßte er freundlich. Bernadette und Johannes nickten ihm zu und traten hinaus. Vor dem Hotel blieb Johannes stehen und sah sich noch einmal alles genau an, als wolle er das, was ihm in seiner kurzen Zeit hier widerfahren war, tief in sich aufsaugen und mit auf die andere Seite nehmen. Nach einem scheinbar endlosen Moment riss er sich los, lächelte Bernadette an, nahm ihre Hand und setzte sich langsam in Bewegung. »Hauptmann Winkler«, grüßte Johannes, als sie auf den Akkordeonspieler zugingen.

»Herr Blumberg. Mein Freund.« Er streckte ihm die Hand entgegen, die Johannes ergriff. Dann sah er zu Bernadette herauf. »Gnädige Frau.«

»Herr Hauptmann«, erwiderte Bernadette.

Johannes ging in die Hocke. »Es ist an der Zeit, Lebewohl zu sagen, mein Freund. Es war eine Bereicherung für mein Leben, Sie kennenlernen zu dürfen.«

»Sie verlassen Binz?« Das Bedauern stand dem Akkordeonspieler ins Gesicht geschrieben.

»Ich werde gehen, ja. Würden Sie mir die Ehre erweisen und noch einmal für mich spielen?« Er sah zu Bernadette. »Für uns.«

»Es ist mir eine Ehre.«

»Vielen Dank. Leben Sie wohl, Hauptmann Winkler. Und was immer das Leben für Sie bereithalten sollte, greifen Sie zu! Es ist zu kurz, Gelegenheiten an sich vorbeiziehen zu lassen. Glauben Sie mir, ich weiß, wovon ich rede.«

»Leben Sie wohl, Johannes Blumberg. Ich werde Sie niemals vergessen, solange ich lebe.«

Johannes schüttelte ihm noch einmal die Hand, dann richtete er sich auf und reichte Bernadette den Arm. Sie hakte sich ein, und langsam, ganz langsam betraten sie die Brücke zu ihrem letzten gemeinsamen Gang.

Der Hauptmann begann zu spielen, und die Melodie schien jeden ihrer Schritte zu begleiten. Über ihnen kreischten die Möwen und stießen wieder und wieder in die See. Als sie die erste Bank erreichten, bedeutete Johannes, dass sie Platz nehmen sollten. Doch Bernadette schüttelte den Kopf. So gingen sie weiter, und bei jeder Bank blieb Johannes kurz stehen, nur um sich von Bernadette weiterziehen zu lassen, bis sie schließlich die letzte Bank auf der Seebrücke erreichten. Johannes blieb stehen und sah Bernadette einen langen Moment in die Augen. Sie wollte sich nicht setzen, alles in ihr schrie danach, seine Hand zu nehmen und mit ihm fortzulaufen, fort von der Seebrücke, vielleicht sogar aus Binz. Einfach weg und dem Sterben entfliehen. Doch sie wusste, dass es kein Entrinnen gab. Also gab sie sich einen Ruck, blickte ihm tief in die Augen und nahm lächelnd auf der Bank Platz. Er setzte sich neben sie. Einen Moment lang verharrten sie schweigend nebeneinander.

»Ich danke dir für alles, Bernadette. Und wenn ich jetzt gehen muss, dann in dem Bewusstsein, dass ich einen Menschen zurücklasse, den ich aufrichtig liebe und der mich liebt.«

»Ja, ich liebe dich«, sagte sie, ohne ihn anzusehen. »Und ich spüre, dass du auch mich liebst. Das wird uns über dieses Leben hinaus verbinden, Johannes. Für immer.«

Er zog sie an sich und gab ihr einen langen Kuss. Dann griff er in seine Hosentasche, holte das Fläschchen hervor, öffnete es und trank den Inhalt aus, ohne zu zögern. Anschließend warf er es im hohen Bogen in die See, setzte sich bequem hin und legte den Arm um Bernadettes Schultern, die sich zärtlich an ihn schmiegte. Außer ihnen war niemand auf der Seebrücke, und selbst wenn, wäre es Bernadette egal gewesen. Sie wusste nicht, wie viel Zeit vergangen war, als sie spürte, dass sein Brustkorb sich nicht mehr hob und senkte. Trotzdem blieb sie noch eine Weile so sitzen. Irgendwann hob sie seine Hand an ihre Lippen und hauchte einen zärtlichen Kuss darauf.

»Auf Wiedersehen auf der anderen Seite, Johannes Blumberg.« Sie nahm seinen leblosen Arm von ihrer Schulter und legte ihn vor seinen Körper, wo sie seine Hände ineinanderlegte. Dann beugte sie sich zu ihm, küsste seine Wange und stand auf, um ihn ein letztes Mal zu betrachten. Seine Gesichtszüge waren vollkommen entspannt, ein Lächeln lag auf seinen Lippen, als wäre er in der Morgensonne eingeschlafen.

Ohne sich umzudrehen, ging sie langsam über die Seebrücke zurück in Richtung Promenade, wo sie neben Hauptmann Winkler stehen blieb, der sein Spiel unterbrach.

»Herr Blumberg ist gegangen«, sagte sie leise, dann setzte sie ihren Weg zum Hotel fort. An der Rezeption angekommen beauftragte sie Werner Druminski, Oberwachtmeister Bender und einen Arzt kommen zu lassen, da ein Gast ihres Hauses auf der

Seebrücke verstorben sei. Für Fragen würde sie in ihrem Büro zur Verfügung stehen. Sie strich die Haare zurück, die die Brise zerzaust hatte, straffte den Rücken und schritt zur Treppe. Es war getan.

40. Kapitel

»Ich fühle mich leer. Und dennoch weiß ich, dass das, was geschehen ist, mich stärker sein lässt als je zuvor.«

Bernadette von Plesow

Es klopfte hektisch an ihre Bürotür. »Ja, bitte.« In der Erwartung, Oberwachtmeister Bender oder Dr. Vogel zu sehen, blickte Bernadette zur Tür, doch statt der Männer trat Marie ein. Ihre Wangen glühten. »Ich muss Sie dringend sprechen, gnädige Frau.«

»Wolltest du mich nicht Bernadette nennen?«

»Aber ja, natürlich. Es ist wegen Constantin.« Marie kam herein und schloss die Tür.

»Was ist mit ihm?«

»Er wurde verhaftet«, stieß Marie hervor. »Gerd Nolte hat mich angerufen.«

»Aber weshalb?«, fragte Bernadette, deren Gedanken allein um Johannes kreisten, benommen.

»Wegen Mordes.«

Bernadette schlug erschrocken die Hand vor den Mund. »Das ist doch Unsinn. Wen soll er denn ermordet haben?«

»Einen Gustav von Kempner. Der Mann wurde mit durchgeschnittener Kehle im Hotel aufgefunden.«

»Ein Gast also?«

Marie überlegte kurz. »Gerd Nolte sagte, Constantin und dieser von Kempner hätten sich gekannt. Aus Berlin.« Sie zögerte.

»Von Kempner hat in München wohl ein ähnliches Gewerbe betrieben wie Constantin in Berlin.«

»Waren die beiden verfeindet?«, hakte Bernadette nach, nach Fassung ringend.

»Nein, keineswegs.« Marie ging zum Fenster hinüber und lehnte sich mit dem Rücken an die Fensterbank. »Gerd Nolte meinte, sie hätten sich gut verstanden. Constantin hat nichts mit dem Mord zu tun, Bernadette!«

»Und wie kommt die Polizei dann darauf?«

»Das weiß ich nicht. Wirklich nicht.« Marie rang die Hände.

Bernadette nahm all ihre Kraft zusammen, um ruhig zu bleiben. »Hat er einen Rechtsanwalt?«

»Ja, ich denke schon … Ich weiß es nicht.«

»Ich werde Gerd Nolte anrufen und mit ihm besprechen, was zu tun ist«, erklärte Bernadette.

Von unten drangen aufgeregte Stimmen zu ihnen herauf. Marie drehte sich um und sah aus dem Fenster. Irgendetwas tat sich auf der Seebrücke, immer mehr Menschen strömten von der Promenade herbei, um zu sehen, was sich dort tat. In diesem Moment klopfte es erneut an Bernadettes Tür, dann stürmte Josephine herein, ohne eine Antwort abzuwarten.

»Habt ihr es schon gehört? Ein Mann ist gestorben, mitten auf der Seebrücke.«

Bernadette sah sie an. »Dein Onkel Johannes ist tot, Josephine. Er ist der Mann auf der Seebrücke.«

»Was?« Josephine schnappte nach Luft. »Was sagst du da?«

»Komm, setz dich.« Sie sah zu Marie. »Und du bitte auch. Was ich euch jetzt mitteile, ist vertraulich.«

Bernadette wartete, bis die beiden Platz genommen hatten, dann erzählte sie ihnen von Johannes' Krankheit und dass er freiwillig aus dem Leben geschieden war.

»Oh, *maman*, ich mag mir nicht vorstellen, wie du dich jetzt fühlen musst.«

»Es tut mir so leid«, sagte Marie. »Und nun auch noch die Sache mit Constantin.«

»Was ist mit Tino?«, fragte Josephine und sah von ihrer Mutter zu Marie.

»Er wurde verhaftet«, erwiderte Marie mit zitternder Stimme.

»Was? Weshalb?«

»Ich werde mich darum kümmern«, kam Bernadette Maries Antwort zuvor. Ihre Tochter sollte sich nicht noch mehr aufregen. »Ich werde nachher Gerd Nolte anrufen und mit ihm klären, wie wir weiter vorgehen.«

Die drei Frauen sahen einander an. Keine sprach ein Wort.

»Ich bin ganz durcheinander«, sagte Josephine matt und sackte gegen die Stuhllehne. »Onkel Johannes. Ich kannte ihn ja nicht lange, doch ich mochte ihn so sehr. Und gerade schien alles zwischen Constantin und mir wieder gut zu sein.« Ihr kamen die Tränen.

»Jetzt atme erst einmal tief durch«, riet Bernadette. »Ich gebe euch Bescheid, wenn ich mit Herrn Nolte gesprochen habe.«

Wieder klopfte es an Bernadettes Tür, und wieder war sie überrascht, als auf ihr »Herein!« weder der Polizist noch der Arzt eintraten.

»Eine Zustellung, gnädige Frau, von der Kanzlei Dr. Hoffmann.« Ein Bote hielt ihr einen Umschlag entgegen.

Bernadette nahm einige Münzen aus einer kleinen Schale auf ihrem Schreibtisch und reichte sie dem Boten, dann quittierte sie den Empfang und bedankte sich.

»Das wird der Kaufvertrag sein«, sagte Bernadette, als er gegangen war, und zog die Unterlagen heraus. Josephine und Marie standen auf und wandten sich zur Tür.

»Der Kaufvertrag?«, fragte Josephine.

»Für das Haus, in das Margrit ziehen wird.« Bernadette überflog die ersten Zeilen. »Ja, das ist er.«

»Das verstehe ich nicht.« Josephine sah ihre Mutter verwundert an. »Du hast es noch gar nicht gekauft?«

»Nein, Philipp musste erst die Verhandlungen führen und die Verträge entsprechend vorbereiten. Wieso fragst du?«

»Na, weil Margrit heute Morgen mit einem Koffer in der Hand das Haus verlassen hat. Ich dachte, sie würde die ersten Sachen in ihre neue Unterkunft bringen, zumal gestern eine größere Kleiderlieferung für sie eingetroffen ist. Ich hatte sie gefragt, warum sie die Sachen nicht gleich ins neue Haus habe bringen lassen, und sie hat, schnippisch wie immer, geantwortet, die Kleider kämen schon noch früh genug dahin, wo sie hingehörten. Doch wenn jetzt erst die Verträge da sind …«

»Das kann nicht sein. Sie hat ja noch gar keine Schlüssel«, wunderte sich Bernadette. »Merkwürdig.«

Es klopfte ein weiteres Mal. Da Marie direkt vor der Tür stand, öffnete sie.

»Oh«, sagte Oberwachtmeister Bender überrascht, als er eintrat. »Guten Tag, die Damen.«

»Guten Tag, Herr Oberwachtmeister Bender. Wir wollten gerade gehen.« Marie hielt Josie die Tür auf und warf Bernadette einen flehentlichen Blick zu, der die stille Bitte verriet, dass diese ihr Bescheid geben möge, sobald sie etwas über Constantin in Erfahrung gebracht hatte.

»Hans. Bitte. Komm doch herein.« Bernadette stand auf und streckte dem Polizisten die Hand entgegen. »Bitte, setz dich«, forderte sie ihn auf und deutete auf einen der Besucherstühle.

»Guten Tag, Bernadette. Danke.« Er nahm Platz. »Ich nehme an, du weißt, weshalb ich gekommen bin?«

»Aber ja. Ich selbst habe dich ja informieren lassen.«

Hans Bender zog seinen Notizblock hervor.

»Der Tote war also Gast im Grand. Kannst du mir erzählen, was geschehen ist?«

»Er war nicht irgendein Gast, Hans. Johannes Blumberg war mein Schwager, der Halbbruder meines verstorbenen Ehemannes. Er war krank, schwerkrank sogar.« Sie öffnete die oberste Schublade ihres Schreibtisches und holte einen Zettel heraus. »Hier hat Johannes mir Namen und Anschrift seines Hausarztes notiert. Er wird dir meine Angaben bestätigen.«

»War es Selbstmord?«

»Nein.« Bernadette schüttelte den Kopf. »Zumindest weiß ich nichts davon. Wenn er irgendetwas während meiner Abwesenheit genommen haben sollte, ist es mir nicht bekannt. Wir sind zusammen auf die Seebrücke gegangen und haben uns unterhalten. Dann haben wir uns auf die Bank gesetzt, um die Morgensonne zu genießen. Irgendwann muss er eingeschlafen und auf die andere Seite gegangen sein. Ganz still und leise, ohne dass ich es bemerkt habe.«

»Einen schöneren Tod kann man sich kaum wünschen«, stellte Oberwachtmeister Bender fest. »Außer dass er noch viel zu jung war, um zu sterben.«

»Gerade mal Mitte fünfzig. Also ja, er war viel zu jung. Doch die Krankheit hat wohl schon eine Weile an ihm gezehrt.«

Oberwachtmeister Bender besah die Adresse auf dem Zettel. »Dann werde ich diesen Arzt kontaktieren. Würdest du dich für weitere Fragen zur Verfügung halten, Bernadette?«

»Selbstverständlich.« Bernadette stand auf. »Du weißt, wo du mich findest.«

Sie reichten sich die Hand. »Mein Beileid, Bernadette.«

»Danke, Hans.«

Sie begleitete ihn noch zur Tür, kehrte dann an ihren Schreibtisch zurück und ließ sich gleich darauf mit Gerd Nolte in Berlin verbinden.

»Bernadette von Plesow. Guten Tag, Herr Nolte.«

»Guten Tag, gnädige Frau. Ich bin erleichtert, dass Sie sich melden.«

»Was ist geschehen?«

Gerd zögerte. »Das würde ich nur ungern am Telefon besprechen. Nur so viel: Constantin hat nichts, aber auch gar nichts mit dem Mord an von Kempner zu tun. Doch jemand hat sich große Mühe gegeben, es so aussehen zu lassen.«

»Ist bekannt, wer sich diese Mühe gemacht hat?«

»Mir ist es bekannt, ja.«

»Ich verstehe. Hat mein Sohn einen Anwalt?«

»Ja, Dr. Wilhelm Rebenschlag. Einer der besten seines Fachs.«

»Gut. Sagen Sie ihm bitte, dass er sich mit mir in Verbindung setzen soll.«

»Ich werde es ausrichten, gnädige Frau.«

»Danke, Herr Nolte. Bitte sorgen Sie dafür, dass alles während Constantins Abwesenheit seinen gewohnten Gang geht.«

»Sie können sich auf mich verlassen, Frau von Plesow.«

»Ich werde mich in Kürze wieder bei Ihnen melden, Herr Nolte. Und bitte nutzen Sie Ihre Kontakte, um dafür Sorge zu tragen, dass meinem Sohn während der Haft nichts geschieht.«

»Darum habe ich mich bereits gekümmert.«

»Wir hören voneinander, Herr Nolte. Guten Tag.«

»Guten Tag, gnädige Frau.«

Bernadette hängte den Hörer ein und schob den Telefonapparat wieder an den richtigen Platz auf dem Schreibtisch. Dann zog sie ihn erneut heran und ließ sich mit Dr. Philipp Hoffmann verbinden.

»Bernadette, wie schön, von dir zu hören. Dann hast du die Verträge erhalten.«

»Ja, vielen Dank, Philipp. Aus diesem Grunde rufe ich auch an.«

»Stimmt etwas nicht damit?«, fragte der Anwalt und Notar verwundert.

»Doch, doch. Darum geht es nicht. Sag bitte, Philipp, hast du meiner Schwiegertochter schon einen Schlüssel für das Haus in der Margaretenstraße zukommen lassen?«

»Ich? Aber wie käme ich dazu? Natürlich nicht. Wieso fragst du?«

»Ach, nur so. Hab vielen Dank, Philipp. Ich werde die Verträge durchsehen, unterzeichnen und dir dann wieder zukommen lassen. Aber jetzt bin ich in Eile.« Sie bedankte sich, dann legte sie auf und verließ das Büro. Auf dem Flur kam ihr Lotte entgegen, die in ihrer Zimmermädchenuniform ausgesprochen adrett aussah. Am liebsten wäre Bernadette an ihr vorbeigehastet, doch sie zwang sich, stehen zu bleiben und ihre frischgebackene Auszubildende zu begrüßen.

»Guten Morgen, Lotte. Die Uniform steht dir hervorragend. Viel Freude bei deiner neuen Arbeit.«

»Herzlichen Dank, Bernadette. Ich bin ja so glücklich, dass ich hier lernen darf. Aber nun muss ich mich beeilen.«

»Dann will ich dich nicht aufhalten«, erwiderte Bernadette lächelnd. »Einen guten Tag, Lotte.« Sie setzte sich wieder in Bewegung und ging weiter zur Treppe, wobei sie sich sehr zusammennehmen musste, nicht in einen Laufschritt zu verfallen. Wo konnte Margrit mit dem Koffer hingegangen sein?

In der Empfangshalle angekommen teilte sie Werner Druminski mit, dass sie für eine Weile außer Haus sein werde, dann eilte sie zum Vordereingang hinaus und schlug den kurzen

Weg entlang der Promenade zum Privathaus ein. Der Platz, an dem noch heute Morgen der Akkordeonspieler gesessen hatte, war leer. Wahrscheinlich hatte Carl Winkler seinen Dienst für heute eingestellt, weil auch er Zeit brauchte, um Johannes' Tod zu verdauen.

Kaum hatte sie die Tür des Privathauses geöffnet, rief sie auch schon: »Mechthild?«

»Jawohl, gnädige Frau. Einen Moment«, kam es aus der Küche, und kurz darauf erschien die neue Haushälterin im Flur, ein Geschirrtuch in den Händen. »Guten Tag, gnädige Frau. Ich habe Sie heute noch gar nicht gesehen. Wünschen Sie jetzt ein Frühstück einzunehmen?«

Josephine sah von oben über das Treppengeländer.

Bernadette schüttelte den Kopf. »Nein danke. Josie teilte mir mit, dass meine Schwiegertochter mit einem Koffer das Haus verlassen hat?«

Gefolgt von Marie, kam Josephine die Stufen hinunter. »Jawohl, gnädige Frau. Ich weiß leider nicht, wohin sie wollte. Sie hat mir nichts gesagt, und ich habe sie nicht danach gefragt.«

»Hm.« Bernadette sah nach oben. »Was ist mit den Zwillingen?«

»Sie sind oben mit Inge«, gab Mechthild Auskunft.

»Ist dir in den letzten Tagen irgendetwas aufgefallen? War sie anders als sonst?«, fragte Bernadette drängend.

»Nein«, erwiderte Mechthild nachdenklich. »Sie hat Inge angefahren, als diese ihr nicht sorgsam genug mit einer Lieferung von dem Schneider in der Wilhelmstraße umging, aber das ist ja eher normal …«

»Diese neuen Kleider … Wozu hat sie sich eine neue Garderobe machen lassen?«, überlegte Bernadette laut.

»Wohin kann Margrit gegangen sein?« Josephine war blass

geworden. »*Maman*, sie wird doch nicht einfach ihre Kinder zurückgelassen und ein neues Leben begonnen haben, oder?«

»Ich hoffe nicht, doch mit Bestimmtheit kann ich das nicht sagen.« Sie schüttelte den Kopf. »Ich weiß es wirklich nicht, Josie. Allerdings kommt mir da so ein Gedanke …«

Bernadette wandte sich wieder zur Tür.

»Wohin willst du, *maman*?«, wollte Josephine wissen.

Bernadette drehte sich um. »Ich bin bald wieder da, dann weiß ich Näheres.«

»Viel Glück«, wünschte Marie, ohne genau zu wissen, wofür.

Bernadette eilte zur Promenade und schlug den direkten Weg zu Herbert Koldehofer ein.

Ihre Gedanken wirbelten wie Trommelschläge. Was hatte Margrit vor? Und sollte sie jetzt nicht lieber in der Nähe des Telefons bleiben, für den Fall, dass dieser Dr. Wilhelm Rebenschlag, der Rechtsanwalt aus Berlin, sie zu erreichen versuchte?

Eigentlich hatte sie sich für diesen Tag vorgenommen, im Hotel Hans Benders Besuch abzuwarten und sich anschließend zurückzuziehen, womöglich sogar an den Strand zu gehen und sich an der Stelle niederzulassen, an der sie am gestrigen Abend das Picknick mit Johannes geteilt hatte. Sie hatte für sich sein wollen, hatte sich Zeit nehmen wollen, um ihn zu trauern. Doch nun hatten sich die Ereignisse überschlagen, und sie spürte, dass es ihr alles abverlangen würde, einen klaren Kopf zu bewahren. Die Trauer um Johannes musste warten. Erst einmal galt es, die Dinge im Hier und Jetzt zu klären.

Ein wenig außer Atem kam sie am Haus von Herbert Koldehofer an. Nachdem sie mehrmals tief durchgeatmet und sich gesammelt hatte, klopfte sie an und musste nicht lange warten, bevor ein Dienstmädchen öffnete.

»Guten Tag, gnädige Frau.« Das Dienstmädchen knickste.

»Ich möchte den Hausherrn sprechen«, erklärte Bernadette.

»Bitte, gnädige Frau. Kommen Sie doch herein.« Das Mädchen gab den Eingang frei, und Bernadette trat in den Flur. »Einen kleinen Moment bitte. Ich werde Herrn Koldehofer Bescheid geben.«

Eilig verschwand das Mädchen im hinteren Teil des Flurs und kehrte kurz darauf, gefolgt von Koldehofer, zurück.

»Gnädige Frau. Das ist aber eine Überraschung.«

»Herr Koldehofer. Hätten Sie wohl einen Moment für mich?«

»Für Sie immer, gnädige Frau.« Er sah zu seinem Dienstmädchen. »Lieschen, trag der gnädigen Frau auf.«

Bernadette hob abwehrend die Hand. »Nein, vielen Dank. Ich möchte nichts und werde auch nicht lange bleiben.«

»Nun denn, bitte hier entlang.« Er deutete mit dem ausgestreckten Arm in Richtung des Raumes, aus dem er soeben herausgekommen war.

Bernadette betrat das Zimmer, dessen dunkle Farben erdrückend wirkten. Die Tapete an den Wänden war in einem dunklen Grün gehalten, das Mobiliar bestand aus massivem, ebenfalls dunklem Holz. Unwillkürlich zog Bernadette den Kopf ein.

Auf dem Weg hierher hatte sie überlegt, welche Taktik sie wählen sollte, um an die Informationen zu gelangen, die sie brauchte, doch letztendlich hatte sie sich entschieden, mit offenen Karten zu spielen.

»Ich möchte gleich zum Punkt kommen, Herr Koldehofer«, sagte sie daher, nachdem sie auf dem angebotenen Stuhl Platz genommen hatte. »Ich bin wegen meiner Schwiegertochter hier.«

Koldehofer sah sie erschrocken an. »Um Himmels willen. Der gnädigen Frau Margrit wird doch unterwegs nichts geschehen sein?«

»Was meinen Sie mit ›unterwegs‹, Herr Koldehofer?«

Er zögerte.

»Herr Koldehofer, ich erwarte Ihre sofortige Antwort. Ich habe zu Hause dreijährige Zwillinge, die gern wüssten, wo ihre Mutter ist.«

Koldehofer nahm ebenfalls Platz. »Sie hat Ihnen also nichts gesagt.«

»Dann wäre ich jetzt wohl kaum hier. Nun reden Sie schon, um Himmels willen, bevor ich mich vergesse!«

»Sie ist nach Berlin gereist. Ich habe sie höchstpersönlich zum Bahnhof nach Stralsund gebracht und bin selbst vorhin erst zurückgekehrt.«

Bernadette sah den Gastwirt perplex an. »Was um alles in der Welt will meine Schwiegertochter in Berlin?«

Koldehofer zögerte, gab dann aber Auskunft: »Sie wurde eingeladen. Von der Partei. Wegen der Spende, Sie wissen schon. Ich nahm an, sie habe es Ihnen erzählt, schon wegen der Kinder.«

»Wo wird sie absteigen?« Bernadette konnte ihre Wut kaum mehr im Zaum halten.

»Das weiß ich nicht.« Koldehofer schüttelte den Kopf. »Wirklich, ich habe keine Ahnung.«

»Können Sie sie irgendwie erreichen?«

»Aber nein, woher denn? Ich habe sie lediglich auf ihre Bitte hin zum Bahnhof gefahren, da sie offenbar eine Einladung zur Parteiführung erhalten hat.«

»Sie kann also überall und nirgends sein«, stellte Bernadette bitter fest. »Hat sie Ihnen gesagt, wie lange sie bleiben wird?«

»Nein. Und ich habe auch nicht gefragt. Ich versichere Ihnen, gnädige Frau, dass ich ihr ins Gewissen geredet hätte, wenn ich geahnt …«

Bernadette spürte, dass sie kurz davorstand, aus der Haut

zu fahren. Mühsam beherrscht stand sie auf und ging zur Tür. »Sollte meine Schwiegertochter die Güte haben, sich bei Ihnen zu melden, so richten Sie ihr bitte aus, dass ihre Kinder zu Hause auf ihre Mutter warten. Guten Tag, Herr Koldehofer.« Damit verließ sie, ohne sich noch einmal umzudrehen, das Haus des Gastwirts.

Ihr schwirrte der Kopf, als sie sich auf den Rückweg machte. Was hatte Margrit sich nur dabei gedacht? Wie konnte eine Mutter einfach so ihre Kinder zurücklassen? Und vor allem: Würde Margrit überhaupt wiederkommen? Inzwischen traute Bernadette ihrer Schwiegertochter wahrlich alles zu.

Als sie wieder auf die Promenade einbog, sah sie in einiger Entfernung Götz in ihre Richtung kommen. Sie hob die Hand, um sich bemerkbar zu machen. Er hob ebenfalls den Arm, dann gingen sie aufeinander zu und blieben schließlich voreinander stehen. Kurz wunderte sie sich, dass er immer noch hier war, hatten sie sich seit dem gemeinsamen Tee im Kreise der Familie doch nicht mehr gesehen.

»Guten Tag, Götz. Ich brauche deine Hilfe«, kam sie sofort zur Sache.

»Guten Tag, Bernadette. Was kann ich für dich tun?«

»Es wäre schön, wenn du mich ein Stückchen begleiten könntest. Ich muss ohnehin zurück ins Hotel, weil ich einen dringenden Anruf erwarte.«

Während sie nebeneinander hergingen, erzählte Bernadette ihrem früheren Geliebten, dass Margrit offenbar, ohne etwas zu sagen, nach Berlin gereist war und ihre Zwillinge bei ihnen zurückgelassen hatte. Anscheinend hatte ihre Schwiegertochter eine Einladung aus Berlin bekommen, vermutlich wegen der Spende, die sie geleistet hatte.

»Dann hat sie das Geld also schon erhalten?«

»Nun ja, das weiß ich gar nicht genau. Die gesamte Abwicklung hat mein Rechtsanwalt gemacht. Ich müsste ihn fragen.«

»Ihn oder die Bank«, stellte Götz fest.

»Du hast recht. Lass uns doch direkt dorthin gehen. Womöglich können wir so auch erfahren, an wen genau das Geld gegangen ist, sollte sie es zur Anweisung gebracht haben. Wenn wir einen Namen in Erfahrung bringen können, wissen wir auch, wo sie ist.«

»Ja«, stimmte Götz zu. »Das ist eine gute Idee.«

Sie machten kehrt und gingen auf direktem Weg zur Bank, wo Bernadette darum bat, zu Bankdirektor Jahns vorgelassen zu werden.

»Einen Moment, bitte. Ich werde den Bankdirektor sogleich von Ihrem Besuch in Kenntnis setzen. Möchten die Herrschaften vielleicht so lange Platz nehmen?«, bot die Bankangestellte höflich an.

»Vielen Dank«, lehnte Bernadette ab. Wir warten einfach hier.«

Es dauerte nicht lange, bis Bankdirektor Jahns durch den Korridor auf Bernadette und Götz zukam und die beiden formvollendet begrüßte.

Bernadette streckte ihm die Hand entgegen und legte den Kopf schräg. »Bankdirektor Jahns, bitte entschuldigen Sie, dass wir ohne Termin Ihre Zeit beanspruchen möchten. Darf ich Ihnen Major Götz Wilhelm vorstellen? Er ist ein Freund der Familie, und die Angelegenheit, in der wir Sie aufsuchen, so steht zu befürchten, ist auch für die Regierung von Interesse, die Major Wilhelm offiziell vertritt.«

Götz und der Bankdirektor reichten sich die Hand, dann bat Jahns sie in sein Büro, wo sie in der Sitzecke Platz nahmen.

Auf seinen Wink hin brachte die Sekretärin Kaffee und Wasser.

»Nun, liebe Frau von Plesow, was kann ich für Sie tun?«, erkundigte er sich, als alle versorgt waren.

Bernadette stellte ihre Kaffeetasse ab, nachdem sie einen stärkenden Schluck genommen hatte, und seufzte. »Nicht nur was die Bankgeschäfte angeht, sondern vor allem auch bei dem, was wir Ihnen gleich anvertrauen werden, muss ich Sie um äußerste Diskretion bitten.«

»Aber liebe Frau von Plesow, das ist doch eine Selbstverständlichkeit«, versicherte ihr Jahns.

Bernadette atmete tief durch. »Es geht um meine Schwiegertochter Margrit. Wie Sie sicher wissen, standen wir uns nie sonderlich nahe, doch wir sind immer leidlich miteinander ausgekommen«, begann Bernadette. »Nun jedoch muss ich fürchten, dass sie eine Dummheit vorhat oder sogar schon begangen hat.«

»Was denn für eine Dummheit?« Der Bankdirektor schien aufrichtig beunruhigt.

»Es geht um das Erbe, dessen Auszahlung ich kürzlich veranlasst habe. Ich nehme an, es ist bereits auf dem Konto meiner Schwiegertochter eingegangen?« Der Bankdirektor nickte.

Bernadette seufzte erneut. »Es besteht Grund zu der Vermutung, dass meine Schwiegertochter einen Großteil davon benutzt hat, um damit eine Gruppe zu unterstützen, die von der Regierung, nun sagen wir mal, als äußerst kritisch angesehen wird.«

Jahns schüttelte fassungslos den Kopf. »Ach du meine Güte. Ich hatte ja keine Ahnung.«

»Ich nehme an, das heißt, dass sie eine große Summe angewiesen hat?«

»Nein, gnädige Frau.« Der Bankdirektor zog ein Taschentuch aus der Anzugtasche und fuhr sich damit über die Stirn. »Viel schlimmer. Ihre Schwiegertochter war heute früh hier und hat alles Geld von ihrem Konto abgehoben.«

»Alles?« Bernadette wurde übel.

Götz, der bisher geschwiegen hatte, zog geräuschvoll die Luft ein. »Das bedeutet, wir haben kein Konto, auf das das Geld überwiesen wurde, und damit auch keinen Namen.«

»Bedauere, Major Wilhelm. Ich hatte ja keine Ahnung«, entschuldigte sich der Bankdirektor.

Götz sah Bernadette an. »Ich sage es dir nicht gern, doch ich fürchte, das beantwortet deine Frage, wann Margrit wiederkommen und sich um ihre Kinder kümmern wird.«

Bernadette war kreideweiß geworden, doch sie nahm sich zusammen, nickte und stieß mit halbwegs fester Stimme hervor: »Was ist mit dem Geld der Zwillinge?«

»Das ist dem Vertrag entsprechend auf Konten festgelegt, die auf die Namen von Erich und Paul von Plesow laufen.« Er räusperte sich. »Ich gebe zu, es gab eine kleine Meinungsverschiedenheit, da Ihre Frau Schwiegertochter darum bat, auch diese Konten aufzulösen. Doch wir haben hier unsere Vorschriften, weshalb wir ihr Anliegen rundweg abgelehnt haben.«

Bernadette stand auf. »Vielen Dank, Herr Jahns, für Ihre offenen Worte.« Sie reichte dem Bankdirektor, der sich ebenfalls erhoben hatte, die Hand.

»Es tut mir aufrichtig leid, gnädige Frau, wie diese Angelegenheit verlaufen ist. Und wenn ich das sagen darf, so hoffe ich, dass Ihre Schwiegertochter zur Einsicht kommt und bald nach Binz und zu ihren Zwillingen zurückkehrt. Eine Mutter gehört doch zu ihren Kindern.«

Bernadette nickte.

Götz und der Bankdirektor schüttelten sich ebenfalls die Hand, dann begleitete Jahns die Besucher zur Tür, wo er ihnen trotz allem einen guten Tag wünschte.

Draußen vor dem Bankgebäude nahm Götz Bernadettes

Hand. »Es tut mir leid, Bernadette, doch ich muss so rasch als möglich nach Berlin aufbrechen.«

»Aber warum denn? Weshalb so überstürzt?«

»Wie hoch ist die Summe, die deine Schwiegertochter bei sich hat?«

»Vierzigtausend Reichsmark, dazu vermutlich ein paar tausend, die Alexander auf dem Konto gehabt haben dürfte.«

»Mit einer solchen Summe können ganze Gruppen angeheuert werden, die die Sache der NSDAP unterstützen und womöglich sogar Anschläge gegen die Regierung verüben. Ich muss Margrit finden. Und je früher ich Berlin erreiche, desto größer sind meine Chancen.«

Bernadette überlegte kurz, ob sie Götz auf Constantins Situation ansprechen sollte. Eventuell könnte er ihrem Sohn helfen. Doch womöglich würde sie damit einen Fehler begehen. Erst müsste sie mit diesem Rechtsanwalt aus Berlin telefonieren. Danach könnte sie entscheiden, wie sie weiter vorgehen sollten.

»Du hast recht, Götz. Du darfst keine Zeit verlieren.« Sie umarmten sich. Eine Weile erlaubte sich Bernadette, den Kopf an seine Brust zu lehnen, um ein wenig Kraft zu sammeln, dann straffte sie die Schultern, trat einen Schritt zurück und sah ihm in die Augen.

»Ich werde wiederkommen, Bernadette«, versprach er. »Und dann wird es nur deinetwegen sein.« Er beugte sich zu ihr und küsste sie. »Leb wohl, Bernadette. Ich werde dich anrufen, sobald ich etwas weiß.«

»Danke. Leb wohl, Götz.« Der Mann, den sie einst hatte heiraten wollen, machte kehrt und eilte im Laufschritt davon. Bernadette sah ihm nach, dann begab sie sich auf den Rückweg zum Grand. Sie hatte das Gefühl, dass ihre ganze Welt sich an diesem einen Tage auf den Kopf gestellt hatte. Und sie wünschte sich nichts sehnlicher, als dies rückgängig zu machen, doch sie wusste, dass das nicht möglich war. Sie konnte nur stark bleiben, ganz gleich, was noch auf sie zukam.

41. Kapitel

»Ein Leben ist doch nichts anderes als ein Wimpernschlag in der Unendlichkeit der Zeit.«

Bernadette von Plesow

Bernadette stand vor dem frischen Grab und legte eine Rose darauf ab, dann ging sie einige Schritte nach links und tat das Gleiche an den Grabsteinen von Karl, Maximilian und Alexander. Sie hatte Johannes im Familiengrab der von Plesows bestatten lassen. Wenn es einer verdient hatte, dann er, der einzige echte Nachkomme Ferdinand von Plesows, auch wenn sein Nachname ein anderer war. Doch sie handelte nicht aus dem Gefühl der Schuld heraus, dass ihr Mann in Wahrheit niemals den Namen hätte tragen dürfen, der Johannes sein ganzes Leben lang verwehrt geblieben war, vielmehr spürte sie tief in sich, dass Johannes wirklich und wahrlich zur Familie gehört hatte, auch wenn dies nicht durch Blutsbande zu erklären war. Er war für jeden, der ihm begegnet war und mit dem er zu tun gehabt hatte, etwas Besonderes gewesen. Johannes war wie ein Sommerwind, der über die See an Land gekommen war und die Menschen mit einem Hauch von Wärme und einem Gefühl der Leichtigkeit umhüllte. Und doch wusste jeder, der ihn auf der Haut spürte, um die Vergänglichkeit und dass er schon bald wieder fort sein würde, eben nur ein Hauch, der eine Zeit lang verweilte. Doch für Bernadette war er noch mehr. Sie spürte, dass dieser wärmende Sommerwind sie fortan bei jedem ihrer Schritte begleiten und ihr Kraft geben würde. Sie dachte anders, fühlte anders, nahm jeden Moment anders wahr. Johannes hatte ihr gezeigt, wie wertvoll das Leben war, und sie hatte sich selbst das Versprechen gegeben, dass kein Tag mehr vergehen würde, ohne dass sie sich dessen erinnerte.

Noch einmal blickte sie auf die Gräber, dann machte sie kehrt und verließ den Friedhof durch die quietschende Pforte. Gleich würde sie einen Termin bei Dr. Philipp Hoffmann wahrnehmen, der mit ihr über Johannes' letzte Verfügungen sprechen wollte.

Nach dem Telefonat mit Dr. Wilhelm Rebenschlag am heutigen Morgen war sie etwas ruhiger. Sie hatten seit Constantins Verhaftung etliche Male miteinander gesprochen, und Dr. Rebenschlag hatte Bernadette auf dem Laufenden gehalten. Heute nun hatte er ihr mitteilen können, dass Constantin am Nachmittag zunächst auf freien Fuß gesetzt wurde, allerdings gegen eine erhebliche Kautionszahlung, die das Astor ruinieren würde, sollte Constantin sich dem Verfahren entziehen wollen, doch danach, so hatte ihr Dr. Rebenschlag versichert, stand Constantin ganz gewiss nicht der Sinn. Laut seinem Anwalt würde er sich der Verhandlung stellen und erwartete einen Freispruch. Zum jetzigen Zeitpunkt gab es daher keinen Grund für Bernadette, nach Berlin zu fahren. Zur Verhandlung jedoch, deren Anberaumung sich noch hinziehen konnte, würde sie ganz sicher erscheinen. Anders als Constantin sah sie dem Prozess weit weniger zuversichtlich entgegen. Sie verstand nicht, wie ihrem Sohn ein Mord angehängt werden konnte, wenn er zur fraglichen Zeit offenbar nicht einmal im Hotel gewesen war. Aber die Informationen, die ihr vorlagen, waren einfach zu dürftig, als dass sie sich wirklich ein Bild hätte machen können.

Ebenso besorgniserregende Nachrichten hatte sie noch von

anderer Stelle aus Berlin erhalten: Götz war es trotz intensiver Bemühungen bisher nicht gelungen, Margrit ausfindig zu machen. Mehrere Zeugen hatten sie am Bahnhof gesehen. Sie war dort offenbar von einem Mann abgeholt worden, dessen Beschreibung auf jeden zweiten Bürger Berlins zutreffen mochte. Götz versprach, sich zu melden, sobald er neue Erkenntnisse gewonnen hätte.

Bernadette hatte die Kanzlei erreicht und wurde von Fräulein Richter begrüßt, die ihr mitteilte, dass Dr. Hoffmann sie bereits erwarte. Die Sekretärin führte Bernadette zu ihm und bot Getränke an, die Bernadette ablehnte.

»Guten Tag, liebe Bernadette«, nahm sie der Anwalt in Empfang. »Du siehst umwerfend aus.«

Bernadette bedankte sich, dann fiel ihr Blick auf einen weiteren Mann, der vor Dr. Hoffmanns Schreibtisch saß.

»Bernadette, darf ich dir Carl Winkler vorstellen?«

»Hauptmann Winkler und ich kennen einander bereits«, sagte sie zu Dr. Hoffmann, dann wandte sie sich an Winkler: »Guten Tag, Hauptmann. Bitte bleiben Sie sitzen.«

»Guten Tag, gnädige Frau. Vielen Dank. Darf ich Ihnen noch einmal meine Anteilnahme am Tod Ihres Schwagers versichern?«

Dr. Philipp Hoffmann nahm hinter seinem Schreibtisch Platz. Bevor Bernadette etwas erwidern konnte, sagte er: »Ich nehme an, du bist überrascht, dass ich auch Hauptmann Winkler zu diesem Termin gebeten habe, Bernadette.«

Sie warf dem Mann neben sich einen freundlichen Blick zu und schüttelte den Kopf. »Da es hier um Johannes und dessen Wünsche geht, bin ich in der Tat kein bisschen überrascht.«

»Aber ich, gnädige Frau«, sagte Winkler. »Um ehrlich zu sein, weiß ich überhaupt nicht, was ich hier soll.«

Der Anwalt und Notar öffnete die vor ihm liegende Aktenmappe. »Der Verstorbene Herr Johannes Blumberg hat vor seinem Tode einige Verfügungen getroffen. Gemäß seiner Vollmacht habe ich deshalb für Sie, werter Herr Winkler, und auch für dich, liebe Bernadette, persönliche Briefe von Herrn Blumberg zu verlesen. Darf ich?«

»Bitte«, sagte Bernadette.

Hauptmann Winkler nickte stumm.

»Dann schlage ich vor, mit Ihnen, Herrn Winkler, zu beginnen.« Er zog einen von Johannes handschriftlich verfassten Brief hervor und räusperte sich. Dann begann er zu lesen:

»Verehrter Hauptmann Carl Winkler, lieber Freund!

Ich möchte meine Zeilen mit einem Dank beginnen, mit einem tief empfundenen Dank für die gemeinsamen Stunden, die Sie mir an der Promenade schenkten. Ich bin sicher, es ist Ihnen gar nicht bewusst, dass Sie mit Ihrem Akkordeonspiel die Seele Binz' auf unvergleichliche Art zum Leben erwecken und dass Sie, anders als Sie glauben, ganz gewiss nicht unsichtbar für die Menschen sind. Sie sind wertvoll, und im Namen aller Menschen, die jemals Ihren Melodien lauschen durften, möchte ich Ihnen sagen, dass Sie sich damit in unsere Herzen gespielt haben. In meines im Besonderen, und als Sie mir die Ehre erwiesen, mir Ihre Geschichte anzuvertrauen, wusste ich, was ich zu tun hatte.

Aus meinen früheren Zeiten im Dienste des Gouverneurs hatte ich recht gute Kontakte, sodass es mir ein Leichtes war zu ermitteln, dass Helga Schutanek zusammen mit ihren Eltern nach Dresden in die Ahornstraße 17 gezogen ist, wo sie heute noch lebt. Ihre Eltern sind in den vergangenen Jahren verstorben, und es dürfte Sie interessieren zu erfahren, dass besagte

Helga Schutanek niemals geheiratet hat. Sie arbeitet als Bibliothekarin und führt ein einfaches Leben.

In diesem Zusammenhang habe ich mir erlaubt, einige Kliniken auf ihre Tauglichkeit im Herstellen von Prothesen ausfindig zu machen. Die Adressen liegen Dr. Hoffmann vor, er wird Ihnen auch behilflich sein, diese aufzusuchen, sollten Sie es wünschen. Missverstehen Sie mich nicht, lieber Freund: Ich halte Sie für einen vollkommenen Menschen – ganz gleich, ob mit einem oder zwei Beinen. Doch glaube ich, dass es Ihrem Selbstbewusstsein Auftrieb geben könnte, sich über die Möglichkeit einer Prothese zu informieren, damit Sie Helga Schutanek stehend gegenübertreten können, so Sie es denn wünschen.

Um Sie künftig möglicher Geldsorgen zu entledigen, hat Dr. Hoffmann in meinem Auftrag ein Guthaben von dreißigtausend Reichsmark auf ein Konto eingezahlt, das auf Ihren Namen läuft. Gegen Vorlage der Urkunde, die Dr. Hoffmann Ihnen nach Verlesung dieses Briefes aushändigen wird, steht es zu Ihrer freien Verfügung. Was auch immer Sie damit tun werden, mein Freund, ich bitte Sie vor allem zu leben. Leben Sie in dem Bewusstsein der Freiheit, die Sie so vielen Menschen mit Ihren sehnsuchtsvollen Melodien geschenkt haben. Das ist das Einzige, was ich von Ihnen erwarte.

Und noch eines möchte ich Ihnen schenken, denn ich weiß, dass niemand es so zu schätzen wissen wird wie Sie, mein Freund. Ich überlasse Ihnen meine Thermoskanne, die mir ein treuer Begleiter war und nun Ihnen zu Diensten stehen soll.

Nun schließe ich, denn es ist alles gesagt. Sie haben mein Leben in der kurzen Zeit, die wir uns kannten, bereichert.

In Ergebenheit, Ihr Freund Johannes Blumberg.«

Dr. Hoffmann legte den Brief vor Carl Winkler auf dem Schreibtisch so, dass er ihn lesen konnte, und reichte ihm dann ein weiteres Schriftstück. »Hier müssten Sie mir unterschreiben, dass ich Ihnen am heutigen Tage folgende Unterlagen aushändige: Urkunde über die Eröffnung eines Kontos auf den Namen Hauptmann Carl Winkler, eine Adressliste mit Kliniken für Prothesen- und Bewegungsapparate sowie den persönlichen Brief des Verstorbenen Herrn Johannes Blumberg.« Er griff hinter sich ins Regal. »Und natürlich besagte Thermoskanne.« Er stellte das Gefäß auf den Schreibtisch, dann streckte er Carl Winkler den Füller entgegen, den dieser jedoch nicht annahm. Er sah nicht einmal auf, starrte nur auf den Brief.

»Aber ich kann doch nicht …«, sagte er nach einer ganzen Weile leise, dann brach er seinen Satz ab.

Bernadette legte ihm die Hand auf den Unterarm. »Doch, Hauptmann Winkler, Sie können. Sie haben Johannes so unendlich viel geschenkt in der letzten Zeit. Und nun beschenkt er Sie. So machen es Freunde nun einmal.«

»Bitte, Herr Winkler.« Dr. Hoffmann reichte ihm den Füller. »Herr Blumberg hat sehr genaue Anweisungen getroffen. Bitte, unterschreiben Sie. Er wollte es so.«

Winkler sah erneut zu Bernadette, die einmal kurz die Augen schloss und ihm so bedeutete, dass alles seine Richtigkeit hatte. Dann setzte er den Füller an und unterschrieb.

»Vielen Dank.« Dr. Hoffmann zog ein Kuvert hervor, steckte die unterzeichneten Unterlagen hinein und reichte es dem Akkordeonspieler.

»So. Damit wäre der Teil erledigt. Nun zu dir, liebe Bernadette.« Er blätterte um, zog einen weiteren handgeschriebenen Brief hervor und begann erneut zu lesen:

»Meine geliebte Bernadette!

Zunächst hoffe ich, dir mit dieser Anrede nicht zu nahe zu treten. Doch ich denke, es wäre der unpassende Zeitpunkt, aus einem fehlgeleiteten Anstandsdenken heraus etwas abzuschwächen, das so und nicht anders der Wahrheit entspricht. Denn tatsächlich habe ich dich in der kurzen Zeit, die wir zusammen waren, mehr lieben gelernt als jeden anderen Menschen, der mir jemals begegnet ist.

Ich will hier nicht zu viele Worte verlieren, denn ich habe mir zu dem Zeitpunkt, da ich diesen Brief schrieb, fest vorgenommen, dir noch all das, was ich empfinde, denke und fühle, persönlich zu sagen. So hoffe ich nur, dass ich dieses Vorhaben am Ende auch in die Tat umsetzen konnte.

Was nun meine letzten Verfügungen angeht, so habe ich womöglich etwas übergriffig gehandelt, doch auch das aus dem besten Glauben heraus, das Richtige zu tun. Ich habe mir erlaubt, das Palais durch Dr. Hoffmann erwerben zu lassen und dieses sogleich auf deinen Namen eintragen zu lassen. Irgendwie denke ich, du wärst diesen Schritt selbst nicht gegangen, dabei ist es doch deine Natur, immer weiter zu streben und etwas aufzubauen. Und womöglich brauchte es eben diesen Anstoß von mir. Was du nun am Ende damit machst, ist deine Entscheidung. Tatsächlich habe ich kurzzeitig überlegt, es Josephine zu übertragen, allerdings bin ich der Ansicht, dass sie zum jetzigen Zeitpunkt noch nicht so weit ist. Solltest du das anders sehen, so schenke es deiner Tochter. Sie ist ein reizender Mensch und mir wirklich ans Herz gewachsen. Ich weiß, dass du die richtige Entscheidung treffen wirst, was auch immer du tust.

Über das Palais hinaus hinterlasse ich dir, abgesehen von dem, was ich an Hauptmann Winkler gegeben habe, mein gesamtes restliches Vermögen. Neben einem Barvermögen von guten sechzigtausend Reichsmark handelt es sich dabei um etwas, was dich wahrscheinlich überraschen wird. Ich habe vor einigen Jahren aus sentimentalen Gründen das frühere Anwesen der von Plesows gekauft, den Gutshof bei Teterow. Zu meiner Schande muss ich gestehen, dass ich nicht einen einzigen Tag dort verbracht habe. Aber womöglich wird es dir oder deinen Kindern gefallen, dem Haus, das wahrlich prächtig ist, neues Leben einzuhauchen.

Nun schließe ich auch diesen Brief, denn es ist alles gesagt, geliebt, gelebt. Wenn die, wie ich zugeben muss, recht gewagten Theorien einiger Wissenschaftler stimmen und die Seele auch nach dem Verlassen des Körpers auf irgendeine Art weiterlebt, dann wird meine Seele stets an deiner Seite sein. Leb wohl, geliebte Bernadette, leb wohl und werde glücklich. Niemand hat es mehr verdient als du.

Dein dich liebender
Johannes Blumberg.«

Bernadette kämpfte gegen die Tränen an. Dr. Hoffmann sah es und legte den Brief, wie zuvor bei Hauptmann Winkler, vor Bernadette auf den Schreibtisch.

»Dann hätten wir hier die Übertragungs- und Eigentumsurkunde des Palais an der Strandpromenade in Binz, die Einzahlungsbelege auf ein Sonderkonto in Höhe von sechzigtausend Reichsmark auf deinen Namen sowie die Übertragungs- und Eigentumsunterlagen eines Gutshofs bei Teterow, ebenfalls auf deinen Namen lautend.« Er legte Schriftstück für Schriftstück daneben. »Wenn du so gut wärst?« Dr. Hoffmann hielt ihr eine Empfangsquittung sowie den Füller entgegen.

Bernadette atmete geräuschvoll aus, um die aufsteigenden

Tränen niederzuringen, dann nahm sie ihm beides aus der Hand und unterzeichnete.

»So, dann wäre auch das erledigt.« Dr. Hoffmann zog ein Kuvert hervor und ließ auch Bernadettes Unterlagen hierin verschwinden, dann wandte er sich noch einmal an den Hauptmann. »Ihnen, Herr Winkler, möchte ich anbieten, dass Sie sich jederzeit bei mir melden können, sollten Sie Fragen haben oder eben die Kliniken aufsuchen wollen. Herr Blumberg hat hierfür eine gewisse Summe bereitgestellt und mich bereits bezahlt. Nehmen Sie daher das Angebot bitte wirklich an. Es ist kein Almosen, sondern eine Dienstleitung, für die ich bezahlt wurde und die ich nur allzu gern erfüllen würde.«

»Danke«, war alles, was Carl Winkler hervorbrachte.

»Und du, liebe Bernadette, kennst dich ja zur Genüge mit derartigen Rechtsgeschäften aus. Doch auch für dich gilt selbstverständlich, dass ich dir sehr gern behilflich bin.«

»Ich weiß, Philipp. Vielen Dank.« Bernadette stand auf und streckte Carl Winkler die Hand entgegen. »Auf Wiedersehen, Hauptmann Winkler. Ich hoffe, dass Sie trotz des großen Vermögens das eine oder andere Mal an der Promenade sein werden und für uns Binzer spielen.«

»Vielen Dank, gnädige Frau. Das werde ich.«

»Leben Sie wohl.« Bernadette lächelte, wandte sich dann an Dr. Hoffmann und verabschiedete sich auch von ihm.

»Vergiss deinen Umschlag nicht.«

Draußen atmete Bernadette tief durch. Ihre Gedanken waren weder bei dem Geld noch dem Gutshof bei Teterow, der nun ihr Eigen war. Als sie jedoch beim Palais vorbeikam, blieb sie einen Moment stehen, um das Gebäude ganz in Ruhe zu betrachten. Trotz des strahlenden Wetters sah es dunkel aus, ja geradezu trist. Doch vor ihrem inneren Auge konnte Bernadette bereits sehen, wie es werden könnte, wenn es nur mit genügend Sorgfalt und Eifer wieder hergerichtet wurde. Ja, sie würde es wagen. Und sie würde es Josephine überlassen, sich einzubringen und dem ehemals so glanzvollen Hotel einen ganz eigenen Stil zu verleihen. Ein Windstoß strich über ihre Haut, und für einen Moment fühlte sie sich Johannes ganz nah, spürte ihn fast, als stände er neben ihr. Bernadette lächelte, dann löste sie ihren Blick und ging zurück zum Grand, ihrem Hotel an der Promenade, dem ersten Haus am Platz.

Danksagung

Zuallererst möchte ich der Frau danken, der ich dieses Buch gewidmet habe, wenngleich sie dies leider nicht mehr erleben kann: meiner Großmutter. Sie ist die Frau, der ich unendlich viel im Leben zu verdanken habe und die mich auf eine unvergleichbare Weise geprägt hat. Ihr Denken und Handeln, ihre Gradlinigkeit und ja die Tatsache, dass Ausreden bei ihr keinen Platz fanden, haben mich zu der gemacht, die ich heute bin. Vor allem aber waren ihr Leben und ihre wahre Geschichte die Grundlage der Figur meiner Bernadette. Danke, Oma! Für einfach alles!

Mein weiterer, nicht minder wichtiger Dank geht an meinen Mann und meine drei Kinder, die mich von Anfang an in meiner Autorentätigkeit unterstützt, bestärkt und auch angetrieben haben. Ohne euch hätte ich niemals ein Manuskript auf die Reise geschickt. Heute bin ich froh, es getan zu haben. Danke!

Ein ebenso großer Dank geht an eine beeindruckende Frau, die nun schon seit fast einem Jahrzehnt an meiner Seite ist und mein berufliches und persönliches Fortkommen begleitet: meine Agentin Lianne Kolf. Der Austausch mit dir, liebe Lianne, ist immer von Freundschaft geprägt, und tatsächlich bist du für mich einer der wichtigsten Menschen in meinem Leben geworden. Du bist eine gute Freundin, Beraterin, Strategin und Ideengeberin. Der Austausch mit dir ist einzigartig, genau wie du.

Danke auch an meine Filmagentin Isabel Schickinger, die immer gleich jede Buchidee, noch bevor die erste Zeile geschrieben ist, auf »Filmtauglichkeit« überprüft. Vielen Dank, liebe Isa, für deine Unterstützung und Freundschaft.

Auch meinem Freund und Filmproduzenten Andreas Bareiss, der dieses Projekt vom ersten Gedanken an begleitet hat, danke ich herzlich. Es ist schön, wie wir gemeinsam immer neue Ideen entwickeln, und ich freue mich auf alles, was wir noch zusammen schaffen werden.

Ich danke meinem Verlag Blanvalet, der an dieses Projekt genauso geglaubt hat wie ich und der mir das Gefühl gibt, in meiner Verlagsfamilie angekommen zu sein. Besonders erwähnen möchte ich hier Nicole Geismann, die stets ein offenes Ohr für meine Ideen und mich intensiv bei diesem Projekt begleitet hat. Sie war es, die mir Kristina Lake-Zapp als Lektorin an die Seite gestellt hat – eine tolle Frau, die dem Buch mit einer ganz eigenen Handschrift den perfekten Schliff verliehen hat. Mit euch möchte ich unbedingt weiter zusammenarbeiten und all die Figuren in meinem Kopf im Buch zum Leben erwecken.

Mein Dank auch an Britta Egetemeier, meine Verlegerin, die ich kennengelernt habe, als sie noch gar nicht Verlegerin bei Blanvalet war. Zu diesem Zeitpunkt war sie für mich einfach nur eine tolle Verlagsfrau, deren Ausstrahlung mir auf den ersten Blick gefallen hat. Dass sie später meine Verlegerin würde, konnte ich damals noch nicht ahnen. Aber ich musste schmunzeln, als es sich dann doch so fügte. Es kommt wohl zusammen, was zusammengehört.

Abschließend möchte ich noch allen danken, die quasi im Hintergrund zum Erfolg des Vorbandes und damit auch meinem persönlichen beigetragen haben. Sei es nun Katharina Schleicher, Berit Böhm, Astrid von Willmann, Andrea Vetterle oder auch »Jojo« Johannes Schöffmann. Ihr komplettiert für mich das Bild eines modernen, tollen Verlages, der ganz und gar auf meiner Linie ist.

Danke für eure Unterstützung!

Lesen Sie, wie es weitergehen wird in Band 3,
der im Frühjahr 2022 bei Blanvalet erscheinen wird:

Prolog

Ich mag nicht in die Vergangenheit sehen. Es ist stets ein Schritt zurück

Bernadette von Plesow

Das Holztor des kleinen Vorgärtchens knarrt noch immer. Es hatte sich nichts verändert in all den Jahren, rein gar nichts. Schon auf diese Entfernung glaube ich den Ledergeruch wahrnehmen zu können, der aus der Werkstatt meines Vaters herüberdringt. Nur das Geräusch der Schleifmaschine, die sonst fast immer zu hören war, und das Hämmern fehlen, um die Erinnerung zu komplettieren.

Ich zögere, die wenigen Schritte bis zum Eingang zu gehen. Sollte ich nicht doch lieber umkehren? Noch kann ich zurück, niemand hat mich bisher bemerkt. So viele Jahre sind seit meinem letzten Besuch hier vergangen. Damals war ich eine junge Frau, fast noch ein Kind. Meine Josie ist heute bereits um einiges älter als ich damals, als ich dieses Grundstück hier das letzte Mal betreten habe. Wie lange mag das jetzt her sein? Fünfunddreißig Jahre oder sogar mehr?

Ich gehe ein paar Schritte, bleibe abermals stehen und sehe die Fassade hinauf. Früher war sie strahlend weiß, doch nun ist sie vergilbt und oben unter dem Giebel in großen Stücken abgeblättert. Um die Fenster herum hat sich Schmutz abgesetzt, sodass es fast aussieht, als hätte es gebrannt. Ich blicke mich um. Auch der Vorgarten wirkt ungepflegt. Kein Vergleich zu den akkurat aussehenden Flächen, die das *Grand* in Binz umgeben. Überhaupt ist es für mich kaum noch vorstellbar, dass ich hier in dieser Armut tatsächlich meine Kindheit verbracht haben soll. Unwillkürlich schüttele ich den Kopf, hebe dann etwas zögernd die Hand und klopfe. Ich mache vor Schreck einen Schritt rückwärts, da die Tür sogleich mit einem knarrenden Geräusch aufschwingt. Offenbar war sie nicht richtig geschlossen.

Ich trete ein, rufe nach meinen Eltern und lausche einen Moment, erhalte aber keine Antwort. Alles bleibt still, fast unheilvoll nehme ich meinen eigenen Atem wahr, der vor meinem Mund eine kleine Dampfwolke entstehen lässt. Erst jetzt bemerke ich, wie kalt es hier drinnen ist. Mein Blick fällt auf den alten Ofen, in dem sonst außer in den Sommermonaten stets ein Feuer brannte. Hinter der alten, verrußten Glasscheibe ist keine Flamme auszumachen. Ich lege meine Hand auf die Kachelfläche des Ofens. Alles kalt, schon seit Monaten oder womöglich sogar Jahren kann dieser Ofen nicht mehr entzündet worden sein. Ich ziehe meine Hand zurück, reibe die Finger aneinander, um den Staub wieder zu entfernen, den ich von den Kacheln aufgenommen habe. Das Haus wirkt verlassen. Doch hat sich niemand die Mühe gemacht, die Möbel abzudecken. Oder lebt doch noch jemand hier und hat sich in eines der anderen Zimmer zurückgezogen? Ich gehe zur Tür, die in die Küche führt, und öffne sie. Auch hier ist niemand, doch es scheint noch der Hauch eines Essendufts in der Luft zu liegen. Noch einmal rufe ich nach meinen Eltern, dann trete ich ganz in die Küche hinein, und mein Blick fällt auf eine weitere Tür im hinteren Teil des Raumes, die jedoch früher nicht da gewesen war. Dort hatte immer ein Schrank gestanden, auf dem Geschirr abgestellt gewesen war. Wohin mochte die Tür führen? Nach draußen? Oder hatte man einen Durchbruch gemacht, um so den dahinterliegenden Raum zu erreichen. Doch was war dahinter? Ich versuche verzweifelt, mich zu erinnern, gehe in Gedanken wieder und wieder den Grundriss des Hauses durch. Ging es dort ins Freie? Die Werkstatt des Vaters war auf der anderen Seite und schloss sich zur rechten des Hauses an. Hier jedoch, auf der linken Seite, war nichts. Vielleicht der Garten? Oder doch noch ein Raum? Ich zögere, als ich auf die Tür zugehe und nach der Klinke greife. Ein fast unheilvolles Gefühl steigt in mir auf, ganz so, als versuchte meine innere Stimme mich zu warnen. Doch ich drücke die Klinke herunter und öffne die Tür. Vor mir sehe ich eine Brücke, einen Holzsteg, der über einen schmalen, leise plätschernden Bach zu einer weiteren Tür führt. Nach ein paar Schritten bin ich in einem Raum, der wunderschön ist, mit edlem Marmorfußboden, hohen Wänden und großen, fast bodentiefen Fenstern. Auch hier gibt es wieder kleine Holzstege, die bogenförmig über einen nicht erkennbaren dunklen Untergrund führen. Sie erinnern mich ein wenig an die Seebrücke in Binz. Scheinbar verbinden sie die verschiedenen Bereiche des Raumes miteinander. In der Mitte laufen diese Stege wie ein Stern zusammen, sodass man von hier aus in jede Richtung gehen kann. Ich setze mich wieder in Bewegung, bleibe dann in der Mitte stehen und überlege, welchen Steg ich weitergehen soll. Kurz drehe ich mich um. Die Tür hinter mir, die zurückführen würde in das kleine Schusterhaus meiner Eltern, ist noch immer geöffnet. Ich werfe nur einen kurzen Blick dorthin und weiß, dass ich nicht umkehren werde. In diesem Moment fällt die Tür krachend ins Schloss. Ich zucke erschrocken zusammen, sehe mich um. Die Tür ist verschwunden, ebenso wie der Steg, über den ich eben noch gegangen bin. Stattdessen ist dort nun einfach eine Wand ohne jede Öffnung. Ich gehe zurück, berühre sie mit meiner Hand, dann wende ich meinen Blick wieder nach vorn. Wo eben noch viele Brücken waren, liegt nun nur noch ein einziger Holzsteg vor mir, der auf die Tür am Ende des Raumes zuführt, und ich realisiere, dass ich in der Empfangshalle des Grand stehe. Der Steg führt mitten hindurch auf die einzige Tür zu, die ich hier sehe. Ich atme kurz durch, zögere jedoch nicht, darauf zuzugehen. Währenddessen blicke ich zur Seite durch die großen Fenster. Dahinter befindet sich ein Rasenstück, das offenbar im Meer endet und unter dichtem Nebel liegt. Ich bleibe kurz stehen, als ich eine Person wahrnehme. Ist das Johannes Blumberg dort hinten in der Ferne? Der Mann sieht zu mir herüber, ich hebe die Hand. Ja, jetzt bin ich sicher, dass es Johannes' Silhouette ist, die ich im Nebel wahrnehme. Ich winke, freue mich aufrichtig, ihn wiederzusehen. Er hebt ebenfalls die Hand, und auch wenn ich es nicht richtig erkennen kann, so erahne ich doch sein Lächeln. Ich bleibe stehen, überlege, von dem Holzsteg zu steigen und zu ihm nach draußen in den Nebel zu gehen. Wieder blicke ich hinüber, doch statt Johannes glaube ich nun, meine Eltern auszumachen, die dort hinten stehen und zu mir herübersehen. Sofort nehme ich den Arm herunter. Ich will nicht, dass sie auf mich aufmerksam werden. Ein Mann tritt an die Seite meiner Eltern und ein beklemmendes Gefühl steigt in mir auf. Ist das Karl? Mein Karl? Ich richte mich auf, strecke den Hals, um es besser erkennen zu können. Nein, nicht Karl. Es ist Alexander, mein Sohn, und noch ein weiterer Mann tritt zu ihm, setzt sich dann an den weißen Flügel und beginnt zu spielen. Mein Herz klopft mir bis zum Hals. Maximilian? Ich verharre in der Bewegung. Ist das, was ich dort sehe, die andere Seite? Ist es der Ort, wo sich all jene treffen, die bereits gegangen sind? Ein weiterer

Mann tritt hinzu und nimmt auf der Klavierbank neben Maximilian Platz. Sie spielen ein Duett, bringen die Anschläge der Tasten zu einer herrlichen Melodie in Einklang. Ihn erkenne ich sofort. Constantin! Nein, nicht Constantin, das darf nicht sein. Die Menschen dort hinten sind tot, alle sind sie tot. Aber nicht Constantin. Ich muss dorthin, irgendwie muss ich dorthin gelangen und ihn zu mir holen. Constantin darf nicht dort sein. Er gehört auf diese Seite, hierher zu mir. Ob dort hinter der Tür ein Weg zu ihm führt? Eine Brücke, ein Steg, eine Verbindung zur anderen Seite, sodass ich hinlaufen und ihn holen kann? Ich laufe los, versuche verzweifelt, die Tür zu öffnen. Doch sie ist fest verschlossen. Ich trommle mit beiden Händen dagegen, rufe wieder und wieder Constantins Namen.

Ich brauche einen Moment, mich zu sammeln, als ich hochfahre und realisiere, dass ich mich in meinem Bett befinde. Es war ein Traum, nichts als ein Traum. Doch er lässt mich mit dem Gefühl zurück handeln zu müssen. Ich werde nicht zulassen, dass man mir Constantin nimmt. Nicht auch noch ihn.

Ich stehe auf, gehe ans Fenster und öffne es. Eiskalt strömt die Nachtluft herein. Es ist noch dunkel, nur ganz entfernt kann man das Licht des nahenden Tages erahnen. Ein weiterer Tag, für den es zu kämpfen lohnt. So, wie schon mein ganzes Leben.

1. Kapitel

Binz, 24. August 1925

Für den Erfolg braucht es keine Rechtfertigung, für das Versagen gibt es keine.

BERNADETTE VON PLESOW

Gleich am Morgen hatte Bernadette in Berlin angerufen, um mit ihrem Sohn Constantin zu sprechen. Zwar erzählte sie ihm nichts von dem eigenartigen Traum, den sie gehabt hatte. Doch konnte sie auch nicht gänzlich die Sorge um ihn aus ihrer Stimme vertreiben. In drei Tagen würde der erste Prozesstag anstehen, und soweit Bernadette es einschätzen konnte, würde es längst nicht so einfach werden, die gegen ihn vorliegende Anklage aus der Welt zu schaffen, wie Constantin sie glauben machen wollte. Sie hatte des Öfteren mit Dr. Wilhelm Rebenschlag, Constantins Rechtsanwalt telefoniert, und dieser sah die Sache ebenso kritisch wie Bernadette selbst. Womöglich wollte er auch nur die Erwartungen an ihn nicht zu hoch hängen, doch Bernadette hielt den Rechtsanwalt für einen klugen, vor allem aber auch realistischen Menschen und traute dessen Einschätzung weit mehr als der übermäßig optimistischen, ja sogar fast schon überheblichen Siegesgewissheit ihres Sohnes.

Doch das war eben Constantins Art. Wahrscheinlich hatte er nie genug kämpfen müssen für das, was er heute besaß. Das lag zum einen daran, dass Bernadette ihm wie auch ihren anderen Kindern nur allzu gern geholfen hatte und ihn sofort, als er mit dem Vorschlag gekommen war, in Berlin ein Hotel mit angeschlossenem Varieté zu eröffnen mit aller Kraft und auch finanziell unterstützt hatte. Zum anderen jedoch hatte Constantin sehr rasch begriffen, was notwendig war, um in Berlin bestehen zu können und sich nur allzu gern der Rolle des skrupellosen Machers ergeben, der über Leichen ging. Ja, sie hatte es früher nicht wirklich wahrhaben wollen, wozu Constantin bereit war, wenn es darum ging, seine Macht zu sichern und sogar noch weiter auszubauen. Doch inzwischen hatte sie nicht mehr den geringsten Zweifel daran, wer und vor allem was Constantin war. Ihr Sohn war ein skrupelloser Gangster geworden, dem jedes Mittel recht war, um seine Ziele zu erreichen. Prostitution, Drogenhandel, Glücksspiel und Bestechung waren sein tägliches Geschäft, und wenn es nötig war, dann auch Mord. Doch diesen, der ihm nun vorgeworfen wurde und für den er sogar eine kurze Zeit im Gefängnis gesessen hatte, bis Dr. Rebenschlag ihn gegen Zahlung einer Kaution und mit der Auflage, die Stadt nicht zu verlassen, bis zum Prozess auf freien Fuß bekommen hatte, den hatte er nicht begangen. Und aus diesem Grund und einfach, weil er ihr Sohn war, würde Bernadette alles tun, um für Constantin zu kämpfen, ganz gleich, was es war. Vor allem aber ging ihr der nächtliche Traum einfach nicht mehr aus dem Kopf. Er war für sie wie eine Warnung gewesen, dass Constantin schon bald auf der anderen Seite sein könnte, dort, wo die Toten waren. Und das durfte nicht geschehen, niemals. Bernadette wusste, dass sie es nicht verkraften würde, noch eines ihrer Kinder zu Grabe zu tragen. Maximilian war im Krieg gefallen und irgendwann, nachdem sie weit nach Ende des Krieges immer noch gewartet hatte, obwohl sie längst die Nachricht erhalten hatte, dass ihr Sohn nicht mehr am Leben war, hatte sie es akzeptiert, so schwer es ihr auch fiel. Es war ja nicht nur die Tatsache, dass er gestorben war als einer von vielen. Vielmehr war es, weil sie niemals seinen toten Körper gesehen hatte, was es ihr so schwer machte, das Endgültige zu akzeptieren. Bei Alexander war es anders gewesen. Ein Unfall, ein vollkommen sinnloser Tod. Doch sie hatte ihn aufgebahrt gesehen, mit geschlossenen Augen und einer Miene, die verriet, dass er nicht mehr bei ihr war. Das hatte ihr das Abschiednehmen erleichtert. Doch noch einen weiteren Tod würde sie nicht verkraften. Niemand sollte eines seiner Kinder überleben. Bei ihr waren es nun schon zwei, die sie hatte gehen lassen müssen.

Sie trat an das Fenster ihres Arbeitszimmers im *Grand* und ließ ihren Blick über die See schweifen. Soeben hatte Hauptmann Winkler, der Akkordeonspieler, seinen Platz an der Promenade eingenommen und begonnen, sein erstes Lied zu spielen. Bernadette lächelte. Nur sie wusste, dass dort ein überaus vermögender Mann saß, der trotz seines Reichtums offenbar seine Lebensaufgabe darin sah, an der Promenade zu sitzen und für die Gäste zu spielen. Was Bernadette früher vollkommen unverständlich gewesen war, konnte sie heute verstehen. Seit Johannes Blumberg in ihr Leben getreten und ebenso rasch wieder daraus verschwunden war, hatte bei Bernadette ein Umdenken stattgefunden. Sie war nicht mehr die gleiche Frau wie noch im letzten Jahr oder gar vor fünf Jahren oder mehr. Damals hatte sie noch alles daran gesetzt, das *Grand* immer weiter voranzubringen und so aufzustellen, dass sie keine Sorgen mehr zu haben brauchte. So viele Jahre hatte sie nichts anderes gesehen als den Erfolg und den Status, der hiermit verbunden war. Sie hatte bis zur vollkommenen Erschöpfung gearbeitet und war sich für nichts zu schade gewesen. Doch nach dem Tod Alexanders und damit dem Verlust eines Nachfolgers, hatte vieles für sie an Bedeutung verloren. Erst durch Josie und deren Pläne, das Palais zu neuem Leben zu erwecken, hatte Bernadette wieder vollends Mut fassen können und freute sich nun sogar darauf, dieses Projekt gemeinsam mit ihrer Tochter anzugehen. Doch erst einmal musste die Sache um Constantin bereinigt werden und es ihr endlich gelingen, Margrit, ihre Schwiegertochter, ausfindig zu machen, die einfach die Zwillinge zurückgelassen hatte und deren Spur sich am Bahnhof in Berlin verlor. Josie kümmerte sich wirklich rührend um ihre Neffen, doch konnte es so nicht weitergehen. Vor allem war den beiden anzumerken, dass die dringende Angelegenheit, von der Bernadette gesprochen hatte und die vermeintlich der Grund war, weshalb ihre Mutter einfach gegangen war, nicht mehr allzu lange als Vorwand dienen konnte. Die beiden Jungen brauchten bald eine bessere Erklärung. Zwar konnten sie mit ihren drei Jahren wahrlich noch nicht vollends verstehen, was sich tat. Doch irgendwie war wohl auch zu ihnen das Gefühl vorgedrungen, dass etwas an dem Verhalten der Mutter nicht richtig sein konnte. Und auf die Fragen, die hieraus erwuchsen, wusste Bernadette zum jetzigen Zeitpunkt noch keine Antwort zu geben. Wie auch? Sie hatte nicht das geringste Verständnis für eine Mutter, die ihre Kinder einfach zurückließ. Und zwar nicht aus Verzweiflung, Angst um Leib und Leben, oder weil sie versuchen wollte, für sich und die Zwillinge etwas Neues, Besseres aufzubauen. Nein, Margrit war einfach gegangen, weil sie ein verantwortungsloses egoistisches Miststück war, das sich nicht im Geringsten um die Zwillinge oder sonst jemanden scherte. Für sie ging es vielmehr nur um sich selbst und sonst niemanden. Das war die einfache, hässliche Wahrheit.

Bernadette lauschte einige Momente den Klängen des Akkordeons.

Sie wandte sich vom Fenster ab und schloss es wieder. Dann ging sie zu ihrem Schreibtisch und hatte sich gerade auf ihren Stuhl gesetzt, als es an der Tür klopfte.

»Herein!«

»Guten Morgen, *maman*«, flötete Josephine, als sie das Büro ihrer Mutter betrat.

»Guten Morgen, Josie.« Bernadette hielt der Tochter die Wange hin, die einen Kuss darauf hauchte. »Wie ich sehe, bist du bester Laune?«

Josephine setzte sich auf den Besucherstuhl vor Bernadettes Schreibtisch und lächelte zufrieden. »O ja. Und willst du auch wissen warum?«

»Bitte.«

»Ich weiß jetzt, was ich will.«

»Wunderbar. Das freut mich für dich.«

Josephine zog die Stirn in Falten. »Ach *maman*, du musst jetzt fragen, was es ist. Oder interessiert es dich gar nicht?«

»Natürlich interessiert es mich. Doch ich gehe davon aus, wenn du mir etwas sagen möchtest, wirst du es schon tun.«

»Liebe Mutter, in kreativer Hinsicht bist du wie eine sich absenkende Bahnschranke, die ein Weitergehen unmöglich macht.«

Bernadette schmunzelte. »Ich bin tatsächlich nicht einmal sicher, ob das eine Beleidigung sein soll. Denn den Vergleich hat bisher niemand angestellt.«

»Es ist natürlich keine Beleidigung, aber doch eine kritische Feststellung«, bemerkte Josephine.

»Nun gut«, befand Bernadette. »Möchtest du mir mitteilen, welche Erkenntnis dir im Hinblick auf das, was du willst, gekommen ist, mein Kind?«

»Von Herzen gern, *maman.*« Josephine deutete eine Verbeugung an und musste selbst lachen. Sie liebte es, die Mutter zu necken. Vor allem aber genoss sie es, wie eng sie inzwischen miteinander waren, was früher nicht immer der Fall gewesen war.

»Also«, forderte Bernadette. »Was sind deine Pläne?«

»Es geht um's Palais«, begann Josephine, was Bernadette nicht überraschte. Immerhin hatten sie schon einige Male darüber gesprochen, dass Bernadette sich, nachdem sie das Palais quasi von Johannes geschenkt bekommen hatte, durchaus vorstellen konnte, dies durch Josephine leiten zu lassen. Natürlich waren erst einmal umfangreiche Umbauten notwendig, und das Gebäude musste vom Keller bis zum Dachgeschoss renoviert werden. Doch dann, in ein paar Jahren, konnte Bernadette sich durchaus vorstellen, dass Josephine hier ihren Platz finden könnte.

Josephine strahlte ihre Mutter an. »Ich weiß jetzt endlich, was wir daraus machen.«

»Und?«

»Ein Künstlerhotel.«

»Ein was?« Bernadette hob die Augenbrauen, wie sie es immer tat, wenn sie glaubte, nicht richtig verstanden zu haben oder dies zumindest zum Ausdruck bringen wollte.

»Ein Künstlerhotel«, wiederholte Josephine und hob den Kopf. »Ich sehe es schon vor mir, *maman*. Es wird nicht eines dieser hochherrschaftlichen Gebäude, an denen alles spießig aufeinander abgestimmt ist, um die hochwohlgeborenen Gäste zufriedenzustellen.«

»So wie das *Grand*, meinst du?«

»Genau«, rutschte es Josephine heraus, und sie riss sogleich die Augen auf. »Natürlich ist es aber nicht so gemeint, dass das *Grand* nicht ein ganz wunderbares Hotel wäre«, fügte sie eilig hinzu, konnte aber am Blick ihrer Mutter ablesen, dass ihr dieser Rettungsversuch nichts mehr nützen würde.

»Was genau hast du denn für Einwendungen gegen die Einrichtung hier im *Grand*, wenn ich fragen darf?« Es klang interessiert, doch Josephine kannte ihre Mutter gut genug um zu wissen, dass sie ihre Worte jetzt genau bedenken sollte.

»Gar nichts. Ganz im Gegenteil. Es ist wunderschön. Und genau deshalb würde es überhaupt keinen Sinn machen, zu versuchen, ein ebenso schönes Hotel nur wenige Meter entfernt nochmals aufzubauen. Das Palais muss sich vom *Grand* abheben, muss vollkommen anders sein. Sonst kann es niemals bestehen.«

Bernadette schmunzelte. »Da hast du ja gerade nochmal die Kurve gekriegt.«

»Du weißt doch, dass ich es nicht so gemeint habe«, sagte Josephine versöhnlich.

»Ja, das weiß ich. Doch du bist inzwischen alt genug, deine Worte mit etwas mehr Bedacht zu wählen.«

»Aber ich bemühe mich wirklich darum«, hielt Josephine dagegen. »Sag mir ein einziges Abendessen mit unseren Gästen oder Geschäftspartnern, bei dem ich mich nicht als deine wohlerzogene Tochter präsentiert habe.«

»Da gebe ich dir recht, Josie. Doch du musst lernen, in wirklich jeder Unterredung, die du führst, jedes Wort und dessen Wirkung genau zu bedenken.«

»Ich werde darauf achten, Mutter«, gab Josephine zurück und fühlte sich wieder einmal wie ein kleines Kind, das eine Zurechtweisung einzustecken hatte.

»Und was sagst du nun zu meiner Idee?«, fragte sie dann etwas eingeschüchtert.

»Nun, offen gesagt, habe ich nicht die geringste Vorstellung davon, was ein Künstlerhotel sein soll. Denn wenn es dem eigentlichen Wortsinn folgt, wäre das Projekt zum Scheitern verurteilt. Meiner Erfahrung nach haben Künstler nicht das Geld, in einem gehobenen Hotel unterzukommen.«

Josephine hatte hierüber bereits im Vorfeld nachgedacht, jedoch waren ihr keine wirklich guten Argumente eingefallen, die sie zu entgegnen hatte. Denn hier standen die Kreativität und das Geld einander gegenüber. Zwei Dinge, die im echten Leben oft nicht in Verbindung zu bringen waren.

»Es kommt darauf an, welche Künstler wir ansprechen wollen«, entgegnete Josephine etwas zaghaft. »Ich dachte es mir folgendermaßen: Wir laden einen Künstler ein, seine Gemälde, Skulpturen oder was auch immer für eine Zeit hier im Hotel auszustellen. Dafür wird er kostenfrei hier wohnen und hat die Möglichkeit, seine Kunst zu verkaufen. Wir würden dies in allen Zeitungen verbreiten, sodass die Menschen, die den Künstler kennen und dessen Werke schätzen, hierher kommen, um dessen Werke zu bewundern und sich auch in einen Austausch mit dem Künstler selbst begeben zu können.«

»Das klingt für mich nach einer Vernissage.«

»Ja, genau. Doch eben eine Vernissage, die beispielsweise zwei Wochen andauert. In dieser Zeit ist hier ein einziges Kommen und Gehen, die Menschen kommen miteinander ins Gespräch, unterhalten sich über Kunst und lassen sich von diesem Ort inspirieren.«

»Und womit verdienen wir hierbei unser Geld?«

»Mit den Übernachtungen«, sagte Josephine sofort. »Genau wie hier im Grand. Mit den Übernachtungen und natürlich auch mit den Speisen und Getränken im Restaurant.«

»Und wenn der Künstler dann wieder abgereist ist und wir ein ganz normales Hotel sind, das nichts weiter zu bieten hat?«

»Dann holen wir uns den nächsten Künstler. Es gibt doch so viele, die glücklich sind, wenn ihre Kunst gesehen wird.«

»Ja, unbekannte Künstler, von denen noch niemand gehört hat.«

»Auch sie müssen irgendwann einmal anfangen«, hielt Josephine dagegen.

»Da gebe ich dir recht. Doch wir sind hier kein soziales Projekt, um solche Leute zu fördern.«

»Wie du ‘solche Leute‘ sagst, Mutter«, beschwerte sich Josephine. »Als wären wir Künstler Aussätzige.«

»Josie, wenn du mich falsch verstehen willst, dann bitte. Doch das habe ich weder gesagt noch gemeint.«

Josephine senkte kurz den Blick. »Ja, ich weiß. Bitte verzeih. Es ist nur …«

»Es ist nur was?«

»Ich war so begeistert von meiner Idee, und du zerredest mir alles.«

»Ich zerrede dir gar nichts, Josie. Doch ich bin realistisch und wahrlich lange genug in diesem Geschäft.«

»Aber du denkst ja nicht einmal über die Möglichkeit nach«, beschwerte sie sich.

Bernadette legte den Kopf schräg. »Du musst dringend lernen, dass nicht jede deiner Ideen für Begeisterung sorgt und du dennoch die Contenance zu wahren hast.«

Josephine musste sich zusammenreißen, nicht die Augen zu verdrehen.

»Ja, *maman.*«

»Und dieses Künstlerhotel, von dem du sprichst, wie würdest du dir die Einrichtung vorstellen? Und wie hoch wären deiner Meinung nach die Kosten, wenn wir es im Palais umsetzen würden?«

Josephine sah die Mutter überrascht an. »Das Thema ist für dich also nicht vom Tisch?«

»Aber nein, durchaus nicht. Du bist die kommende Generation, Josephine. Und es ist immer klug, sich das, was die Jüngeren zu sagen haben, anzuhören.«

»Ich dachte, du fändest es eine dumme Idee, so wie du eben reagiert hast.«

»Deine Idee ist nicht dumm, sondern nur nicht ausgereift. Du bist sehr schnell zu begeistern, Josie, und das ist auch gut so. Doch ich wäge stets das Für und Wider ab, was du eben nicht tust. Wenn du einen Gedanken hast, siehst du nur noch das Gute daran und nicht, was wirklich zu bedenken ist.« Sie sah ihre Tochter an, die hierauf jedoch nichts zu erwidern wusste. »Wir können sehr gern über deine Idee sprechen, und es ist an dir, mich mitzureißen und zu überzeugen. Denn so viel ist sicher: Wenn du nicht einmal mich als deine Mutter überzeugen kannst, schaffst du es gewiss nicht, dich anderweitig mit deiner Idee durchzusetzen. Dann können wir das beste und schönste Künstlerhotel bauen, das wir uns nur vorstellen können, und könnten doch niemanden davon überzeugen, darin auszustellen oder seine Zeit dort zu verbringen, das ist sicher.«

Josephine betrachtete ihre Mutter, dann setzte sie sich aufrecht hin. »Ich habe mir Folgendes überlegt«, begann sie. »Und gern würde ich auch einige Zeichnungen anfertigen, damit du siehst, wie ich es mir vorstellen könnte.« Dann beschrieb sie ihrer Mutter das Palais in so vielen kleinen Details, dass diese das Gefühl hatte, von der Promenade direkt durch den Haupteingang getreten zu sein und dort all das vor sich zu sehen, was ihre Tochter ihr so lebhaft beschrieb. Als Josephine endete, huschte ein Lächeln über Bernadettes Lippen.

»Das klingt für mich nach einem wunderschönen Hotel, das

so ganz anderes ist als das *Grand*. Ich muss schon sagen, Josie, ich bin sehr stolz auf dich.«

»Wirklich?« Josephine war aufrichtig überrascht. »Du findest es gut?«

»Mehr als nur gut. Wie sehen deine Kalkulationen aus?«

Josephine spürte Unruhe in sich aufsteigen. »Ich habe noch keine, weil ich hierbei deine Hilfe benötige.«

»Gut, dann werden wir diesen Teil zusammen erledigen«, sagte Bernadette nur, obwohl ihre Tochter mit einer ganz anderen Reaktion gerechnet hatte.

»Danke, *maman*.«

»Und welche Rolle siehst du für dich in diesem Hotel?«

Josephine zögerte. Sie hatte kein Geld, das sie einbringen konnte, keine echte Erfahrung in der Hotelleitung und außer einem abgeschlossenen Kunststudium nichts weiter vorzuweisen. Vor allem hatte sie nichts, was sie in der Hotelarbeit vorzuweisen hatte.

»Sie hob das Kinn. »Ich sehe mich als Geschäftsführerin des Hotels, genauso, wie du es seinerzeit mit Alexander gehandhabt hast. Und eines Tages möchte ich das Hotel ganz übernehmen.« Josephine wagte kaum zu atmen. Einen solchen Vorstoß hatte sie sich selbst nicht einmal zugetraut.

Ein Lächeln umspielte Bernadettes Lippen. »Sehr gut«, lobte sie. »Das ist ganz und gar in meinem Sinne.«

Josephine hätte nie und nimmer mit dieser Reaktion gerechnet.

»Du findest mich nicht überheblich?«

»Ganz im Gegenteil. Gerade entdecke ich sehr viel von mir in dir. Und was könnte eine Mutter wohl stolzer machen? Fordere das, was du denkst es zu verdienen und dann tu alles dafür, es zu bekommen, Josie. Denn schenken wird dir niemand etwas.«

»Aber du müsstest das ganze Geld vorstrecken.«

»Ich werde es investieren, nicht vorstrecken. Und zu gegebener Zeit erwarte ich die Rückzahlung und außerdem eine Beteiligung.«

»Die bekommst du«, bestätigte ihr Josephine, noch immer unsicher, ob ihre Mutter es wirklich ernst meinte.

»Ich freue mich darauf, die Verantwortung künftig mit dir zu teilen. Schon morgen wirst du damit anfangen können, indem du mich hier im *Grand* während der Zeit vertrittst, die ich in Berlin bin.«

»Selbstverständlich, Mutter. Denkst du wirklich nicht, dass es besser wäre, wenn ich dich begleiten und dort unterstützen würde? Es wird bestimmt nicht einfach werden, Constantin dort vor Gericht zu erleben.«

»Nein«, machte Bernadette deutlich. »Ich brauche dich hier.« Sie behielt für sich, dass sie keinesfalls wollte, dass Josephine während des Prozesses mit all dem konfrontiert wurde, was ihr Bruder als Geschäft betrieb. Außerdem wäre es eine gute Gelegenheit, ihre Führungsqualitäten hier im Hotel unter Beweis zu stellen.

»Gut. Ich werde dich nicht enttäuschen.«

»Das weiß ich. Und nun entschuldige mich bitte, ich habe noch einiges vorzubereiten bis morgen.«

»Natürlich, *maman*.« Josephine stand auf. »Ich danke dir für dein Vertrauen, Mutter.«

Bernadette lächelte die Tochter an. »Wir sehen uns zum Abendessen, Josie. Bis dahin kannst du gern schon mit dem Teil der Kalkulationen beginnen, die du überschauen kannst. Das gemeinsame erledigen wir dann, wenn ich aus Berlin zurück bin.«

»Ja, Mutter.« Josephine ging um den Schreibtisch herum, gab Bernadette einen Kuss auf die Wange und verließ dann deren Arbeitszimmer.

Bernadette atmete einmal tief durch und widmete sich dann der noch zu erledigenden Korrespondenz. Gleich morgen früh würde sie mit dem Zug nach Berlin fahren und den Tag mit Constantin verbringen, bevor zwei Tage später dessen Prozess begann.

Und am Mittwoch war sie mit Götz verabredet. Sie wusste noch nicht recht, ob sie sich darauf freuen sollte. Es sollte bei dem Treffen um Margrit und deren Verbleib gehen, da Götz in den letzten Wochen umfangreiche Ermittlungen über diese angestellt hatte und nun nach seiner letzten Mitteilung offenbar eine erste Spur hatte. Doch gewiss würde es auch um sie beide gehen, war doch zwischen ihnen längst nicht alles ausgesprochen, was zu besprechen war. Zum jetzigen Zeitpunkt hätte Bernadette nicht sagen können, was sie für Götz empfand. Aber etwas in ihr drängte, es herauszufinden, und wenn es auch nur dazu gut war, um einen endgültigen Schlussstrich zu ziehen.